曾大兴　夏汉宁　海村惟一　主编

| WENXUE DILIXUE |

文学地理学
——中国文学地理学会第五届年会论文集

中国文学地理学会
日本福冈国际大学汉字文化共同体研究会　合编
江西省社会科学院文学研究所
广州大学广府文化研究中心

·广州·

版权所有　翻印必究

图书在版编目（CIP）数据

文学地理学：中国文学地理学会第五届年会论文集/曾大兴，夏汉宁，海村惟一主编．—广州：中山大学出版社，2016.10

ISBN 978-7-306-05839-3

Ⅰ. ①文… Ⅱ. ①曾… ②夏… ③海… Ⅲ. ①中国文学—地理学—文集 Ⅳ. ①I206-53

中国版本图书馆 CIP 数据核字（2016）第 228701 号

出版人：	徐　劲
策划编辑：	曾一达
责任编辑：	陈　芳　王延红
封面设计：	林绵华
责任校对：	陈俊婵　易建鹏
责任技编：	黄少伟
出版发行：	中山大学出版社
电　　话：	编辑部 020-84110283，84113349，84111997，84110779
	发行部 020-84111998，84111981，84111160
地　　址：	广州市新港西路 135 号
邮　　编：	510275　　传　真：020-84036565
网　　址：	http://www.zsup.com.cn　　E-mail:zdcbs@mail.sysu.edu.cn
印　刷　者：	佛山市浩文彩色印刷有限公司
规　　格：	787mm×1092mm　1/16　25.25 印张　500 千字
版次印次：	2016 年 10 月第 1 版　2016 年 10 月第 1 次印刷
印　　数：	1～1000 册　定　价：68.00 元

如发现本书因印装质量影响阅读，请与出版社发行部联系调换

目　录

文学地理学基本理论与方法研究

文学地理学研究主题由来和相关实践案例(周尚意)/1

关于文学地理学概念体系的构想(杜华平)/11

地域文学、区域文学与文学地理学三个概念之辨析
　　(刘川鄂　徐汉晖)/17

文学地理学、地域文学与生态诗学(陈一军)/23

简论文学地理学对现有文学起源论的修正(邹建军　张三夕)/41

地理意象研究刍议(杜华平)/54

中国文学地理学中的微观与宏观研究(戴伟华)/74

文学地理学学术史研究

文学地理学学术史略(曾大兴)/90

《管子·水地》篇与先秦文学地理思想考论(陶礼天)/151

文学景观研究

世界文学之都比较研究及对中国文学景观建设启示(戴俊骋)/177

唐诗中的玉关书写(王忠禄)/190

区域文学地理研究

"泗水捞鼎"图像在不同地区的变异与发展(王青)/199

汴京与燕京：南宋使金文人笔下的"双城记"(王昊)/214

关陇文化生态与先秦文学精神论纲(王渭清)/229

民族地域文化制约下的北周乐府(高人雄　唐星)/238

论秦文化与晋文化的异同(延娟芹)/251

文学地理视野下的沂蒙民俗(徐玉如　高振)/259

中晚唐士人的南方感知及其转型意义(方丽萍)/268

宋代江西文学家的诗创作
　　——以欧阳修、王安石、黄庭坚、杨万里为代表（夏汉宁　黎清）/293
广府风情的文学书写及其价值探绎（纪德君）/307

文学家之地理分布

时空视域中的明清回族文学家族刍论（多洛肯）/315
论宋代女性作家的流徙与分布（刘双琴）/329

国际视野

跨越茫茫海洋的对话
　　——唐朝中日文化及诗人交往述论（高建新）/343
《阿罗史密斯》中的地理空间和帝国意识（胡朝霞）/369
《喧哗与骚动》中"栅栏"的伦理审美意义（王海燕）/377

学科建设动态

文学地理学向国际化迈出第一步
　　——2015年文学地理学国际学术研讨会暨中国文学地理学会第五届年会综述
　　　（黎清）/386
文学地理学学科的国际化建设
　　——文学地理学国际学术研讨会暨中国文学地理学会第五届年会综述
　　　（龙其林）/390

附录

日本志贺岛纪行诗
　　（曾大兴　陶礼天　戴伟华　杜华平　高建新　赵维江　陈一军）/393
日本福冈志贺岛贺文学地理学国际峰会并序
　　——现地会务组谨呈日本汉诗九首兼寄参会诸位共记乙未叶月处暑后之友引
　　　（海村佳惟　陈秋萍　海村惟一）/399

文学地理学基本理论与方法研究

文学地理学研究主题由来和相关实践案例

周尚意

一、文学地理学与文化地理学的关系

地理学有地志学分类和系统分类。前者是按照区域划分的,如中国地理、日本地理、北京地理、宏村地理等。后者是按照研究对象的性质划分的(见图1)。文学地理学可以作为文化地理学的下一级分支之一,它与道德地理学、宗教地理学、语言地理学、艺术(美术、音乐、舞蹈)地理学等并列。两者结合在一起,就有了中国文学地理学。

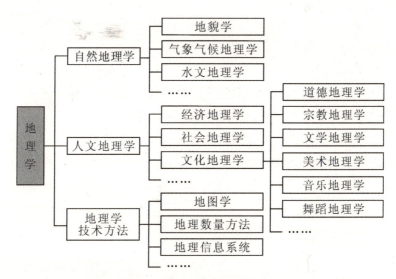

图1　文学地理学在系统地理学体系中的位置

地理学除上面两种分类外，还有按照认识论的分类划分的学术流派。西方地理学，尤其是英美地理学普遍认同图2所示的学术流派划分。在图2中，我们看到文化地理学是其中一种学派。在其发展之初的20世纪20年代，代表人物索尔基本上是用超有机体的理论来解释地表的文化景观。所谓超有机体理论是否定自然环境对文化景观的绝对决定作用，强调同样的自然环境下，随着技术的进步和文化的扩散，可以先后出现不同的文化景观。到20世纪70年代，以段义孚为首的地理学家将人文主义引入文化地理学，并形成人文主义地理学派。该学派在索尔的分析方法的基础上，发展了新的认识论，即强调除了技术之外，人性之美和人性之善对空间安置（包括文化景观）有重要作用。美国地理学家在20世纪80年代就指出，人文主义分析方法是地理学的一个趋势①，而文学地理学恰恰可以提供人性之美、人性之善的空间安置依据。因此本文更为强调不应只是将文学地理学作为地理学的三级分支，更应将其作为一种分析区域的视角。例如，它可以提供中国文学作品体现的某个地方地理意境或意象的美学标准。

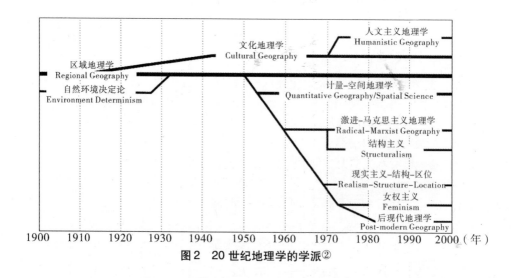

图2 20世纪地理学的学派②

中国文学地理学的倡导者曾大兴认为，文学采用了地理学分析方法，则成为文学地理学，犹如文学采用了历史学的研究方法成为文学史学。③ 而本文作

---

①Brunn S D, Yanarella E. Towards a Humanistic Political Geography. *Studies in Comparative International Development*, 1987（2）：3-49.
②Peet R. *Modern Geographic Thought*. Oxford：Blackwell Publishers, 1998：10.
③曾大兴：《建设与文学史学科双峰并峙的文学地理学科——文学地理学的昨天、今天和明天》，《江西社会科学》2012年第1期。

者站在地理学的角度，也渴望获得文学研究的方法论，从而支持地理学的研究。本文的努力，也正是响应戴俊骋提出的，文学地理学研究中的文学研究和地理学研究亟须打破学科界线，进行相互交流、相互借鉴。① 本文提出认识区域、建构区域是地理学的学科诉求，但是可能不是文学研究群体的学科诉求，目前的研究体制可能是一个较大的障碍。

二、文学地理学的研究主题

文学地理学的主题还是一个尚处于讨论阶段的议题，一些学者业已提出自己的看法，本文也提出一种新的观点。首先说明，本文不太认同布鲁索（Brosseau）提出的文学地理学主题，即"事实虚构、地方认同、景观标志、地方感、地方经验、居住空间、空间中的社会公平性评价、城市写作、城市未来、地理知识、话语认同和差异政治"②。本文不认同的第一个原因是，中英文对"主题"的理解有差异。英文中的主题是 theme，因此要用一个概念表示；中文的主题意指一个问题，对应的英文表述是 issue。因此本文的主题与 Brosseau 的 theme 是不一样的。本文不认同的第二个原因是，Brosseau 所提出的主题不是文学地理学独有的研究对象，甚至不是地理学独有的研究对象，如社会学、政治学也分析社会公平性、差异政治等。邹建军提出了文学地理学研究的八个主要领域③，本文认为这八个领域紧密联系了文学地理学的研究内容。但是本文在此部分提出的八个研究主题，有些与邹建军的观点相同，主要是第一、第二、第四主题；有些主题则不一样，尤其是实践领域方面的四个主题。本文提出的八个研究主题是依托地理学的逻辑框架导出的。

地理学的核心概念是"地方"（place）和"区域"（region）。前者的主体性色彩更为强烈。例如，暖温带是一个"区域"，其温度和降水的各个观测值是在一个"客观"的阈值范围内的。但是，长期生活在这个地区的人们与生活在这个区域之外的人们对这里的温度和降水的生理舒适反应是不一样的，情感态度也是不一样的。"地方"更强调一个主体或一群人对一个空间范围的情感、态度，如家乡一定是某个人或某群人的家乡，其中有浓浓的情感。"地方"是人们内心对一个地点或空间的认识，生理、情感、教化等因素影响人们对一个地方的认识。文化是教化的过程（文学是形式之一）。"区域"和

---

① 戴俊骋：《中国文学地理学的研究范式与学科融合趋势》，《地理科学进展》2015 年第 4 期。
② Brosseau M. *Literature*. Thrift N, Kitchin R. *International Encyclopedia of Human Geography*. Amsterdam, Netherlands: Elsevier, 2009: 212 – 218.
③ 参见邹建军：《文学地理学研究的主要领域》，《世界文学评论》2009 年第 1 期。

"地方"是人们对地表的一种划分，如何划分是有目的的。人各不相同，生理、心理、情感、教化影响着人们对区域和地方的划分。人们划分区域和地方的目的有两大类：认知和实践。前者或满足求知欲，但更是为了实践。

表 1 罗列出地理学为了满足认知需求而要解决的问题。由之，我们引出文学地理学的前四个研究主题。

表 1 为了认知所需要解决的地理学问题

问题	①存在的认知——客观的地方与区域是什么	②道德的认知——道德的地方和区域是什么	③美学的认知——原真的、美的地方和区域是什么
分解项	●科学的真实性和科学知识 ●认知和工具理性	●道德标准和公正 ●道德的实践理性	●艺术原真性和美 ●美学的表达理性
文学地理学例子	同语线的分布	应该实行两种或多种官方语言的区域范围	《园冶》成为中国造园（文化景观）的美学经典和文化表征

资料来源：分解项来自《人文地理学词典》①。

存在的认知——回答客观的地方与区域是什么。

（1）从文学作品、文学事件和文学景观中发掘区域信息。例如，世界各地的学者以穆斯林旅行家的游记分析他们足迹所到之处的区域特征②，中国学者从《徐霞客游记》中了解地理知识。但是目前这些历史文献的信息已经基本开发完毕，新的文学文本信息尚待发掘，尤其是作家、文学景观的区域信息。早在20世纪70年代，地理学家就已经重视发掘文学作品中的非客观信息，分析文学对区域意义的建构结果③。

（2）影响文学作品、作家、文学景观分布的原因。例如，自然环境、社会环境对文学作品中环境氛围的影响。如狄更斯在《雾都孤儿》中，选择性地凸显了伦敦湿冷天气的环境氛围，营造了主人公奥利佛的悲惨命运所处的环境。有学者认为应将文学作品放在地方、国家和世界的三种尺度环境中分析。④

---

① Gregory D, Johnston R, Pratt G, et al. The Dictionary of Human Geography, 5th Edition. Oxford：Wiley-Blackwell, 2009：400－420.

② Al-Monaes W A. Muslim Contributions to Geography until the end of the 12th Century AD. GeoJournal, 1991, 25 (4)：393－400.

③ Entrikin N. Contemporary Humanism in Geography. Annals of the Association of American Geographers, 1976 (4)：615－632.

④ Casanova P. The World Republic of Letters. Cambridge, MA：Harvard University Press, 2005.

放在本例子中，国家的尺度环境则是英国工业化带来早期城市化的时期，英国城市中被资本主义剥削的底层市民的心酸生活。

道德的认知——回答道德的地方和区域是什么。

（3）何种文学景观的分布是道德的。例如，文学景观的分布是否体现某个地方的空间道德，可参见本文第三部分的龙须沟案例，新小区的雕塑代表社区的哪个群体。

美学的认知——回答原真的、美的地方和区域是什么。

（4）植根地方的景观美学。每种文化圈都有自己的美学表达方式，皮亚杰认为这便是"representation"，它是人们在长时间内形成的一套经验和记忆，并通过各类文本传承而来①。文学作品就是重要的文本，它参与地方的建构，许多文学地理学家将之归为地理意象建构。而地理学更为强调这种地理意象的空间根植性，如从《滕王阁序》中"襟三江而带五湖，控蛮荆而引瓯越"的句子，我们可以感受到作者描述地理位置所使用的动词具有语言的美感，这种美感必须植根在汉语文化圈内。了解了每个根植于区域的文学美学，我们就可以开展区域文学比较。

表2是地理学为了达到实践的目标而需要解决的问题。由此，我们引出文学地理学的后四个研究主题（编号与前四个相接）。

表2 为了实践目标所要回答的地理学问题

问题	①福利增加	②社会公正	③环境绿色	④文化多元
分解项	● 区位选择 ● 区域的划分 ● 空间网络组织	● 资源空间分配 ● 资源与空间权力	● 建立人地和谐的区域系统	● 地域文化的创新 ● 地域文化的传承
文学地理学例子	在一个景区，将文学资源做一个空间结构组合，从而使得其资源价值得以提升（见本文第三部分案例）	合理确定一个文学资源的空间覆盖范围，避免资源竞争带来的不公正	利用文学资源营造人地和谐的区域文化	在古代文学事件发生地举办文学活动，实现文化传承和创新的双重目标

（5）探究文学资源的区位特征、区域划分和空间网络组织。

（6）探究如何利用文学资源争取空间公正性。

---

① Bailly A S. Spatial Imaginary and Geography: A Plea for the Geography of Representations. *GeoJournal*, 1993, 31 (3): 247-250.

(7) 探究文学体现的特定区域的人地和谐观。

(8) 探究文学资源如何通过创新和传承繁荣区域文化。

我们在这里要重点指出的是，地理学家认识的地理与其他学科认识的地理有很大的区别，因此地理学家和文学家定义的文学地理学也一定有很大的差别。暂且不讨论哪种认识是正确的，仅以主题的覆盖面而论，地理学家定义的文学地理学的范围要大于文学家、文学研究者所定义的范围。在笔者看到的文学地理学研究成果中，多数文学家、文学研究者偏爱讨论地理环境与文学之间的相互关系，如文学作品与自然地理环境、作家生长的自然地理环境对其作品的影响[①]。有学者将文学与自然地理环境的关系总结为六种类型[②]。分析文学与地理环境之间的关系的确是地理学的宏观方法论（methodology at macro level）[③] 之一，地理学的宏观方法论是"一横"和"一纵"。"一横"的方法是分析相同事物之间的空间作用关系，如文人是否愿意"扎堆"而居。"一纵"的方法就是分析七个圈层的相互作用关系。这七个圈层包括大气圈、水圈、岩石圈、生物圈、生计文化圈、制度文化圈、意识形态文化圈。而自然圈与人文圈之间的关系，我们简称为人地关系。这里不妨介绍著名人文主义地理学家布蒂默总结的人地关系研究类型（见表3），从而帮助我们审视以往的、即将进行的文学地理学研究采用了哪种研究类型。

表3 布蒂默对四种人地观的分析[④]

认识论	根隐喻	真实论	应用环境
①有机体主义	有机体	辩证统一	历史思想、居住、认同、创新
②形式主义	地图	对应	分布、社会空间秩序、结构与形式、边界、土地利用
③机械主义	机制	因果	区域发展、相互作用系统、循环
④情境主义	舞台	可操作化	事件、偶然性、案例研究、经验

[①] 参见于希贤：《地理环境变迁与文学思潮更迭——西周至魏晋南北朝文风演变与地理环境关系》，《中国历史地理论丛》1998年第4期。曾大兴：《气候与戏剧、小说人物之关系——以杜丽娘、林黛玉为例》，《广州大学学报（社会科学版）》2012年第9期。

[②] 参见董遂庭：《文学与地理关系的六种形态》，《世界文学评论》2012年第1期。

[③] 有学者认为定性方法和定量方法是地理学的宏观方法论，但是这两者适合许多社会学科。中观的方法论包括本文图1中地理学学派的分类法，如结构主义地理学等。微观的方法论涵盖地图制图、地理计量方法等。

[④] [爱尔兰] 安·布蒂默：《多元视角下的人地关系研究——在第32届国际地理大会上的主题演讲》，周尚意、吴莉萍、张镱宸译，《地理科学进展》2013年第3期。

布蒂默没有详细阐述这四种人地观，这里我们力图从她列举的关键词（表3中的文字）来理解。

第一种人地观是将人与自然作为一个有机体的整体，人的生命过程是自然过程的一部分，自然与人的关系是辩证统一的。人们居住在大自然中，从自然中获取物质和能量，长期形成的历史思想影响人们认同他们居住的某块地域的某种人地关系，譬如季节性禁猎禁渔。随着自然环境的变化、技术的创新，该地域的人地关系模式还会变化。

第二种人地观是将人地关系作为一种空间模式，该模式是可以描绘为地图的。即人们在心目中形成了土地利用区域模式，譬如何处放牧、何处耕作、何处建立城市。中国古代汉人的"五服思想"是一种人地关系的结构和形式，这种空间结构实际上是一种社会空间秩序。而不同的人对同地域的土地利用形式的认识是不一样的，蒙古人因为游牧，所以他们的人地空间结构是"狗圈—羊圈—牛圈—马圈—骆驼圈"，这也像是"五服"，但中心是移动的。

第三种人地观是将自然与人看作彼此具有因果关系的决定机制。人与自然是相互作用的系统。例如，从自然环境分析区域发展的程度和类型。人类反之作用自然，从而构成因果循环。

第四种人地观是将自然作为人类活动的舞台，人们在舞台上可以操作自己的活动，因而就有了同样的自然环境，但是发生的事件会不同，常常出现偶然性事件和案例。经验并不能指导人地活动。

回到文学地理学的研究主题上，我们看到即便是做人地关系的研究，也可以考虑从文学作品分析人地整体性的观念（机体主义），分析某个地域的人地关系空间模式（形式主义人地观），发掘自然和人之间的因果关系（笔者不太主张这种机械主义的研究），分析同样自然环境下孕育出来的丰富绚烂的文学作品（情景主义）。由于篇幅限制，本文对这四种人地观的优劣不展开剖析。

三、文学地理学研究的三个实践案例

（一）依托《鲁迅日记》中的地名开展地名文化保护

这个案例对应的是本文第二部分提到的第五个研究主题"探究文学资源的空间网络组织"。

以往地名文化的研究主要是发掘地名故事、起源及历史流变，但是这样的研究可以由历史学家来做，地理学家如何参与到地名文化研究中？本案例则通过文化地理学的"空间网络组织"，将那些貌似无意义的地名组织成为若干脉络，构成一个地名集合遗产，从而提升它们的价值，进而使之得到保护。例如，通过《鲁迅日记》中所记录的鲁迅足迹所至之地，揭示20世纪20年代爱国知识分子的生活轨迹。《鲁迅日记》收录鲁迅先生从1912年5月5日至1936年10月17日的日记，其内容丰富，包含作者起居饮食、书信来往、亲友往来、文稿记录、旅行游历、书账等，全面反映了鲁迅的生活情况。我们统计了1912年到1926年鲁迅在北京生活居住时期所到过的地方，发现这些地名可以组合为修身、齐家、治国三条主线。①

这三条主线可以成为北京城市旅游的主题线路，这三条主题线路可以作为城市地方营销的名片。此外，还可以将之作为城市历史文化的活化石；可以作为区域的文化认同对象，加强区域的凝聚力。

（二）依托《龙须沟》作品的社区空间争夺

这个案例对应的是第二部分提到的第六个研究主题"探究如何利用文学资源争取空间公正性"。

该案例地点为北京东城区的金鱼池小区。对应的文学作品是老舍的话剧剧本《龙须沟》。金鱼池旧称龙须沟，此名源于流经该社区的一条排水沟"龙须沟"。这里位于城市下水位置，城市的主要污水都汇流于此，并由此流出城外。由于环境恶劣，1949年前这里是社会底层居住的地区。中华人民共和国成立后，北京开展的居住区改造工程首先便选在这里。老舍以这个事件为基础，撰写了话剧《龙须沟》。该话剧通过对一个小杂院四户人家辛酸、苦难的生活历程的描写，以及新旧社会的对比，反映了北京龙须沟一带劳动人民生活和命运的巨大变化。剧本成功地塑造了居住在这个小杂院里的北京平民群像，特别是通过对程疯子、王大妈、丁四嫂等人物心理变化过程的描述，表现了那些从充满艰辛的旧社会走过来的人们对新社会的无限热爱和喜悦之情。《龙须沟》话剧后又被改编为电影和电视剧，使其具有更强的文学意义。

社会底层居民利用这个文学作品开展了空间争夺。随着北京城市的扩展，现在龙须沟所在的区位已经是城市核心区。较好的交通、商业、公共设施等条件，使这里成为中高社会阶层选择的居住区位。由于高房价可以让开发商获得更多的利润，因此城市改造资金也愿意投在这一地区。当地居民和社区外的其他居民则利用历史事件和《龙须沟》这部文学作品，争取到回迁改造后的新居住区的福利，将这个社区打造成为城市低收入人群居住区的典范。新小区还将《龙须沟》内的人物和老舍以雕塑的形式呈现在居民视野中。

---

① 周尚意、张乐怡：《鲁迅在京足迹折射的文人城市空间结构意象——对〈鲁迅日记〉中北京地名的分析》，《热带地理》2015年第4期。

（三）依托古人关于什刹海的诗歌探究人地观

这个案例对应的是第二部分提到的第七个研究主题"探究文学体现的特定区域的人地和谐观"。

该案例的地点是北京什刹海历史文化保护区。它为北京旧城 25 片历史文化保护区之一，其区域为：东至地安门外大街，西至新街口南、北大街，南至地安门西大街，北至德胜门东、西大街。我们阅读了许多关于北京的古籍，其中提到什刹海地区的就有 20 余部。比较流行的有元代熊梦祥的《析津志辑佚》，明代蒋一葵的《长安客话》、刘侗的《帝京景物略》，清代于敏中的《日下旧闻考》、震钧的《天咫偶闻》和民国时期汤用彬等人编著的《旧都文物略》等。经对这些文献统计可知，从元代至民国时期，文人诗词歌赋中提到什刹海的就有 400 余篇。

这些文学作品最核心的人地观是"身在繁华，心向自然"，其空间形式是"望山"。明代谢铎在《过北海子，因忆宾之相约不果》一诗中写道："鸟外青山昨雨过，马头西望翠嵯峨。"[1] 明代名僧释钦义的《晓发德胜桥，过龙华寺》一诗中有"西山亲人眼，朝云含将抱"[2]，描写的是在德胜桥望西山之景。明代屠应峻在《镜光阁》中写道："镜光阁在帝城边，遥控西山奠北川。"[3] 他是在慈恩寺的镜光阁遥望西山。什刹海地区的"银锭观山"是燕京小八景之一，据说它是"城中水际看山第一胜处"。清初宋荦有"鼓楼西接后湖湾，银锭桥横夕照间"[4] 的诗句。借助这些文学资源，古人设计了"银锭观山"的视觉廊道，我们根据诗文，新增了 4 条视觉廊道。《北京城市总体规划（2004—2020 年）》中有 13 条视觉廊道，而我们发现文学作品可以帮助丰富北京城市的景观视觉廊道，从而延续古代人地观念。

（周尚意：北京师范大学地理学与遥感科学学院教授、博士生导师）

杜华平点评：

文学地理学是一门交叉学科，其学科定位目前仍处于草创阶段，建立于文学旗帜之下的中国文学地理学，借助地理学的知识、观点、方法，但立足文学

---

[1]（明）刘侗、于奕正：《帝京景物略》，北京古籍出版社 1980 年版，第 20 页。
[2]（明）刘侗、于奕正：《帝京景物略》，北京古籍出版社 1980 年版，第 39 页。
[3]（清）于敏中编纂：《日下旧闻考》（第 3 册），北京古籍出版社 1981 年版，第 874 页。
[4]（清）富察敦崇：《燕京岁时记》，北京古籍出版社 1981 年版，第 73 页。

问题,坚持文学本位立场。地理学界对此逐渐有了反馈,周尚意教授为文化地理学的著名学者,本文从学科定位的高度,指出文学地理学既是文化地理学的分支,也可以是地理学的一种认识论(文学地理学为文化地理学提供空间分析的必要内涵)。为此,本文对该学科的任务提出了明确的要求,并进而推展出该学科的八大研究主题。最后以作者本人正在从事的相关研究案例,对几项实践主题给予了具体例析。全文逻辑自洽,符合学科理性。

但是,站在文学的立场看,作者所提出的八大研究主题,文学界真正感兴趣的只有以下三项,即其二,影响文学作品、作家、文学景观分布的原因;其四,植根地方的景观美学;其七,探究文学体现的特定区域的人地和谐观。这三个问题与文学和地理学两个学科的根本关注密切相关,是二者能够交融、能够形成交叉性学科的基础。而其他五个问题,则似乎并不能引发文学界的探究热情。至于作者提出的明确任务:"文学地理学要回答地理学的基本问题",更可能让文学界始料不及,甚至感到不堪重负。

看来,正如戴俊骋博士所看到的那样,地理学界所定义的文学地理学与文学界定义的文学地理学存在着较大差异,几乎可以看作是"两个文学地理学"。为此,解决之道首先在于各学科从自身出发,向文学地理学进发,为这个新学科都做一些添砖加瓦的工作。就如周尚意教授正从事的三个实践性案例,前两个非文学研究者所长,却是地理学者所能胜任的工作。同样,文学界有热情做的一部分工作也应该继续往前走,往深处挖掘。可以相信,当两个学科以求同存异的态度相向而行,两者总有走到"合围"的一日。"两个文学地理学"必可融合为"一个文学地理学"。

此外,两个学科的研究者在定位文学地理学的学科目标时,若能有超越原学科的更宽广的视野,真正以跨学科的胸怀丰富自己的知识结构,不管是"地理学的文学地理学研究",还是"文学的文学地理学研究",都可能取得更高品质的学术成果。譬如文学学者如果只能固守文学固有的知识系统,而功利性地只取暂时能为我所用的一部分地理学观点、方法,而置地理学的完整知识体系于不顾,便称之为"文学地理学研究",这恐怕不是科学、理性的学术态度。因此,应该要把地理学科的问题纳入研究视野之中。换言之,文学地理学的成果不仅要对文学研究有推进,还要能为地理学提供必要的学术支撑,甚至为丰富地理学的知识体系起到一定的作用。与此同时,文化地理学学者也应对文学有更多的理解,不仅把文学当作资源,还要对文学原理、文学意义、文学价值等重要问题有较好的认识,这样才能利用好文学资源,丰富地理学的研究。总之,文学与地理学应在会通之后实现双赢,而不是互相抢夺主导权。从这个角度看,本文在方向上也还有可以调整之处。

关于文学地理学概念体系的构想

杜华平

到 2015 年，我们的文学地理学年会已成功举办四届。但是，有一个很有意思的问题是：曾大兴会长多次说过"很难说文学地理学学科已经初步建成"。那么，文学地理学的发展，特别是 2011 年文学地理学会成立以来都做了哪些事情呢？文学地理学学科建设是否有进展，进展到了哪一步呢？如果要表达得准确，笔者觉得，可以说，学科的胚胎已经形成。

具体表现有四点：①学科的性质虽然认识还有一定分歧，但大体是明确的，即文学地理学以文学为本位，引入地理学知识或者是以地理学的视野来研究文学。这个认识已成为共识。②学科的研究对象已大致明确，曾大兴会长曾概括为三个方面：一是文学要素的地理分布、组合和变迁，二是文学要素及其整体形态的地域特性与地域差异，三是文学与地理环境之间的相互关系。这个看法虽然可能还不精细，但对学科建设有重要的规划意义。③已形成一条为学界所认同的实证研究路子，这就是以地域为基本概念，按地图思维归纳整理文学事实的做法，代表性成果有曾大兴《中国历代文学家之地理分布》（1995）、李浩《唐代三大地域文学士族研究》（2002）、夏汉宁等《宋代江西文学家考录》（2011）。这些成果越来越细密，越来越能展现学科的前景。④来自古代文学、比较文学、现代文学、文艺学等多个学科的一大批学者已集结在一起，形成了一支文学地理学的研究队伍，这个队伍的规模还在不断扩大。现在，文学地理学学科的声势已经不小，文学地理学作为一个学科，不承认它恐怕不行了。

一、文学地理学已有概念的辨析

曾大兴会长几次指出文学地理学学科还没有建成，笔者理解其最主要的原因是学科的理论体系不仅尚未形成，甚至连基本的轮廓也还没有搭建起来。

学科建设首要的是做好顶层设计，而顶层设计中，笔者赞同曾大兴会长对文学地理学学科知识体系五大板块的观点，即文学地理学学术史、文学地理学原理、文学地理学研究方法、文学地理学批评、各式各样的文学地理。这五个知识板块的提出，规划了学科的发展，是顶层设计中非常重要的内容。笔者想在这一基础上提出文学地理学三大研究方向，即文学地理学学术史、文学地理学理论（含原理、方法、批评理论）、文学地理学实证研究。

在这三大研究方向中,学术史和实证研究已取得了重要成果,为学科发展打下了重要基础,现在最薄弱的一块在学科理论。所以,文学地理学的学科建设应特别投入力量,加强学科理论建设。

关于学科理论,梅新林的研究报告《文学地理空间的拓展与文学史范式的重构》[①] 在描述文学地理研究的现状时,曾概括了文学地理学几大具有原创性的理论,提出二人,一人是杨义,另一人是他本人。杨义的理论是以"文学地图"概念为中心,重点提出了"由轴心动力转向边缘动力"的新理念。梅新林则主要提出了"场景还原"和"版图复原"论。应该说,"文学地图"的概念固然是很有价值的文学地理学概念,但仅有这个概念,还不足以建构文学地理学理论体系。而"场景还原""版图复原""由轴心动力转向边缘动力"都是文学地理研究的具体理念,不属于学科理论的层面。

笔者觉得学科理论建设,现在直接提文学地理学原理为时过早,可能要优先设计的是文学地理学学科概念体系。任何一个学科都应有自己的概念,这些概念若能形成体系,就意味着这个学科的理论趋于形成。

文学地理学的核心概念目前人们使用较多的有两个,即"地域"和"地理环境"。文学地域(区域)研究实际上是文学研究中投入比较多、比较早的一个领地,现在比较热闹的地理分布研究都可纳入过去的地域研究范畴。地域(区域)这个词预设着地方的边界,或一个地方与另一个地方的联系与差异,而由地域很容易就进入文学的横向地理分布,延伸出"文学地图"的概念。再进一步就是研究一个个具体地域的自然、人文特性及其对文学家、文学创作、文学接受的影响,这就是地域文学的基本构成。还进一步则可以往地域文化的方向伸展,文学研究扩展为文化研究了。由此看来,"地域"的概念是可用的。但是,地域这一概念太大,内涵又有限,建立在这个概念之上的研究很难进入细微层次。正如陈书录《加强区域文化视野中明清区域文学的特色研究》一文所指出的,区域文学研究最普遍的问题是区域仅仅是对研究对象的外在切割,文学与区域的内在关联往往被悬置。笔者以为之所以出现这个问题,主要是地域(区域)这一概念限制了人们的视野。

"地理环境"是广泛使用的概念,曾大兴会长在描述学科研究对象、学科知识体系时使用得最多的概念是"地理环境"。笔者个人理解,如果从"建设与文学史学科双峰并峙的文学地理学"这一高度来看,文学史研究的是文学与时代的关系,换言之即是文学与时代环境的关系,那么,文学地理学研究的就应是文学与地理的关系,也可以表述为文学与地理环境的关系。

地理环境是文学生存的背景与条件,正如文学的时代背景一样,这是文学

[①] 高翔主编:《中国社会科学学术前沿(2008—2009)》,社会科学文献出版社2009年版。

生存的两大要件。研究文学与它所生存的地理背景、地理条件的关系，当然是文学地理学的重要任务。但是，正如时代背景不是文学史学科的核心概念一样，文学发展、逻辑进程等都不是时代背景能够容纳的内容，地理环境也无法担当文学地理学的核心概念的任务。原因有很多，其中之一是地理环境同样也是内涵有限的概念，很难由它延伸出一个概念系列，并由此建构起学科的基本理论框架。

至于曾大兴会长提出的"文学景观"，这一重要概念当然很好，不过它是文学地理的一个局部概念，无法担当核心角色。

二、从"地理空间"和"文学地理空间"概念出发

笔者认为设计文学地理学的核心概念时，首先要明确学科的根本属性，这就是文学地理学隶属于文学，应以文学为本位。而文学研究的根本问题是解释文学家的精神生命（感觉、感受、情感、价值观、信仰）如何外化为文学作品，在文学这个一级学科之下的任何一种二级学科，都应根据本二级学科的特定视角回应这个问题。其次，文学地理学的核心概念应是关系全局、富有内涵和解释力的概念，即能加以细化、能够展开的概念。

根据以上认识，笔者提出以"地理空间"和"文学地理空间"作为本学科的核心概念，认为文学地理学学科理论探讨应从这两个概念出发。

这里先从这对概念的生成来由说起。首先选取"地理空间"这个地理学名词，使用这个名词说明我们是站在空间层面（有意识与时间问题相区别）建立本学科。这样，本学科的起点就具有哲学的意义，从一开始就与"意义"发生了联系。其次，文学地理学主要研究的应是"文学地理空间"，也就是具有文学意义的地理空间，有时也可以称为"诗意的地理空间"，那么这个概念就与文学创造的本质关联起来了。

用"地理空间"和"文学地理空间"这两个概念来解释个体的文学活动，对于一个文学家来说，他所面对的首先是地理空间，这是他生存的地理背景和条件，这时候的地理空间与地理环境非常接近。然后，他必须创造出高品质的文学地理空间，这是文学创作的工作。从文学地理学的角度看，读者对作品的感受就是对作品中地理空间（即文学地理空间）的理解、接受，如果读者是专业人员，他会对自己理解、接受的文学地理空间加以理性总结，进行文学地理批评，这种批评实际是代表许多读者对文学家的创造进行评判。这种评判往往因为包括社会群体的力量，所以又会在一定程度上对作家产生影响。

用这样的地理空间概念可以解释宏观的文学潮流。一个时代的文学主潮是怎么形成的？一般的文学史都是以重要作家的重要作品为中心钩稽形成的，这

样的文学史书写既有研究不足的不得已,又有登高望远、提纲挈领的主动追求。不过严格说来,文学主潮是在地理空间的传播、扩展中形成的。历史真实的文学发展图景,应类似水域系统,大江大河由许许多多的支流汇集,星罗棋布的激流险滩和大小湖泊,都被组织在这一看似杂乱,实则井然有序的网络中。文学发展的网络图景在构建之初,可能只是个别、随机的文学活动,再以文学交流的方式向外扩展,扩展过程中与其他文学活动在互相对话中逐渐融合,形成更大规模的文学活动,又以类似的方式一边继续向外辐射,一边像滚雪球一般壮大自己,从而构成时代文学主潮。其发展的过程不是简单的线性的时间流程,更重要的是表现为地理空间的拓展。

展开来看,笔者提出了文学地理空间的六个维度:①文学地理空间的意义;②文学地理空间的人文性,即文化意义;③文学地理空间的精神性,指的是文学地理空间与文学家精神生命的深刻联系;④文学地理空间的想象性,指的是文学地理空间常常是在想象的参与下建构起来的;⑤文学地理空间的广度;⑥文学地理空间的深度。

以上六个维度,说明"文学地理空间"的概念有较丰富的内涵,它首先关涉文学家个人的精神创造,深入文学家的精神世界和文学的生成机制中,同时,它还可以解释宏观的文学发展图景,可以汇入文学史研究之中,甚至可以扩展到文化的层面,可以说明文学是如何通过地理转变为文化的。

三、设想中的文学地理学概念体系

把以上核心概念的建构理路扩展开来,就可以形成概念体系。下面稍加展开。

第一,当某个地理空间成为社会人事活动和文学活动的发生地时,可以使用"地理场景"和"地理场所"的概念,或简称为"文学场景"和"文学场所"。"地理场景"和"地理场所"这两个概念与"地理环境"接近,它们都属于人活动的背景,但是环境与人相关,却又外在于人,而场景、场所则突出了事件和现场感。文学作品中所写的地理空间以地理场景、地理场所的形式呈现时,实际上就使人物和事件转变为空间性和情境性的结构形态。从文学活动的角度看,文学场景、文学场所具体表现为场景感、场所感,因与文学中重要的情感活动相联系而显得很重要。梅新林教授所向往的"场景还原"研究,就是基于这种认识。

第二,与文学创作过程相联系的还有"地理感觉""地理经验""地理记忆""地理想象"等概念。"地理感觉"是作家对地理的感觉性把握,"地理经验"是将地理感受内化为人生资源,二者是人与地理发生联系的基础,是一切文学地理创造的前提。而"地理记忆"和"地理想象"解释的是作家身处的地理空间与心中念想的地理空间的不同,这时候作家需要调动起记忆,对特定的地理空间在内心予以建构,这当中经常要驾驭想象的翅膀,在想象的参与下完成内心的地理建构。以上几个概念需要运用心理美学的知识来做阐述。

第三,从文学主体的心理与精神结构的角度,可以提出"地方感""地方意识""地方认同"等概念。这里所用的"地方"(place)与"空间"(space)相近,但有一定的区别,前者与地点、位置等相关,后者侧重于能容纳人、事、物。这几个概念是由美国华裔人文地理学家段义孚所提出的,中心概念是"地方感"。"地方感"强调的是,人对某个地方的地理元素以及依附于其上的文化沉积的主观感觉。这种对地方的感觉具有确定性之后,就是"地方感"。"地方感"没有预设倾向性,也就是说,这个概念本身不包含主观的好恶。当地方感变成一种理性自觉后,它就具有了倾向性,也即:当人把自我放置到了这个地方,自觉接受了这里的地理和依附于其上的历史文化的滋养,这时候就形成了"地方意识"。地方意识往往与"地方认同"相关,甚至表现为"地方皈依"。换言之,人与地方的关系,以建构起"地方认同"和"地方皈依"为最高形式。而这里的认同与皈依,都是在精神上的联系。笔者觉得,文学主体(文学家、读者)与地方之间的精神联系显然应该是文学地理学研究的重要方面。

第四,就文学作品的结构而言,应提出"地理意象"的概念。所谓地理意象,应是作家对特定地理空间的印象经艺术加工后,凝练为具有地理特征(如以地理事象的形式呈现)的形象。例如,李白喜欢把山峰比作盛开的莲花,如在《望九华赠青阳韦仲堪》一诗中,他写道:"昔在九江上,遥望九华峰。天河挂绿水,秀出九芙蓉。我欲一挥手,谁人可相从。君为东道主,于此卧云松。"于是,九华山以九朵莲花的形象定格了。他写庐山五老峰的名篇又说:"庐山东南五老峰,青天削出金芙蓉。九江秀色可揽结,吾将此地巢云松。"同样的莲花,组构的却是有一定差异的地理意象。李白创造的这一意象,将在中国具有圣洁感的莲花赋予了山峰,从而使地理形胜具有了引发人们遐思、激发情感参与的意义。可见,地理意象的意义乃是使外在于人的地理事物与人的精神性活动沟通起来,提升了地理的审美意义。这正是文学生产的重要意义所在。可见,"地理意象"这一概念是文学地理学落实到解读作品时十分需要的。

第五,以文学作品作为成品,从文学作品与地理景观之间的关系看,可以有"文学景观"等概念。这是由曾大兴会长提出的概念。他曾把地理景观分成自然景观、人文景观、文学景观和著名文学景观四个层次。根据笔者的理解,"文学景观"简单说就是指因文学作品而成就的地理景观。文学景观的生成，情况颇为复杂，主要有三种情况：第一种情况是文学作品使原有的自然景观或人文景观转变成文学景观，譬如滕王阁在王勃之前已由滕王李元婴修建，它已是一处人文景观，王勃的到来，以一篇《滕王阁序》使之成为文学景观。第二种情况是因文学作品而建造的新景观，如因白居易《琵琶行》在九江城内湓江口所建的琵琶亭，是当地人为纪念白居易，特别根据他这首诗而修建的，琵琶亭当然属于文学景观。第三种情况是根据文学作品中虚构的场景而修建的景观，如湖南武陵根据陶渊明的《桃花源记并诗》而专门修建的桃花源。文学景观的生成，本质上是文学家的精神创造成果以地理的形式固化为物质文化遗产的过程，在某种程度上延长着文学家的精神生命，是文化实现不朽的方式之一。因此，研究文学景观也应是文学地理学的题中应有之义。

  以上认识，只是笔者近年思考文学地理学理论时所得到的粗浅认识，自知很不完善，但为了学科理论的建设，笔者不揣浅陋，期望能起到抛砖引玉的效果。

（杜华平：江西师范大学文学院教授）

地域文学、区域文学与
文学地理学三个概念之辨析

刘川鄂　　徐汉晖

　　地域、区域与地理本身是一组概念相近、意义较为模糊的词语。按《新编学生现代汉语词典》的解释，所谓"地域"是"具有很大面积的一块地方"[1]，"区域"则是"地域范围或区域范围"[2]，而"地理"指"全球或一个地区的山川、河流、气候等自然环境及物产、交通、民俗、风情等社会经济因素的总的情况"[3]。三者都指涉一定的空间存在，但空间范围的大小并不明确。实际上从"地理学"的角度而言，"地域"与"区域"涉及地理区划的问题。地球表层本是山脉绵延、河海相通的一种自然空间分布，并不存在"域"的界限。由于人类认识世界和改造地理环境的需要，便按照一定的技术原则和价值标准，"将地域划分成若干区域，形成相应的地理单元"[4]，从而使地表系统产生出人为的"区划"。

　　区划作为人类社会活动的历史现象和必然产物，是人们将地球表层自然地理因素和人文地理环境划分为不同区域的一种行为和过程，有什么样的划分方法就有什么样的区划类型。在自然地理方面，就大陆板块相对稳定的结构而言，地球可分为亚洲、非洲、欧洲等七大洲；地形上看有高原、平原、山地、盆地之分；从气候上讲还可分为热带、温带和寒带。在人文地理方面，从政治制度和政权所管辖的领地范围而言，世界又被分为不同的国家与地区。一国之内，根据统治和管理的需要又将领土分为若干不同层次、规模不一的行政区域。地域和区域作为一定的地表空间具有相对的稳定性，而地域空间上的人类活动与社会历史总在发展和变化，因此区划作为人类的主观行为则具有目的性和渐变性。

　　"地域"与"区域"就其本质内涵而言，前者显然更富有自然地理的属性，也包含一定的人文地理环境和较强的文化意蕴；后者是一个行政区划的概念，行政色彩和行政意味更浓。区域在行政体制的主导下，具有内聚力和同质

---

[1]张建国主编：《新编学生现代汉语词典》，吉林教育出版社2010年版，第129页。
[2]张建国主编：《新编学生现代汉语词典》，吉林教育出版社2010年版，第524页。
[3]张建国主编：《新编学生现代汉语词典》，吉林教育出版社2010年版，第128页。
[4]孙平：《中国行政区划分析》，湖北人民出版社2004年版，第3页。

性的特点,"经济上有密切的相关性、协调运转的整体性、相互交叉的渗透性"①。其实,"天然存在的地域差异是人们划分区域的基础"②,行政区域的划分当然要建立在一定的地域条件之上,地域地带空间分布的自然差别是行政区域划分的依据之一。"由人类政治集团、经济地域实体、语言、宗教、民族和种族等分布区域构成的人类文化区域,整个过程沿着区域分割的方向演变,最终由于人类的活动而使地表区域个性化。"③

正因为"区划"的产生是一种"人为"的社会历史现象,地域文学与区域文学的出现作为人类文学活动发展到一定阶段的产物,就是对分布在不同地理空间内的文学创作活动进行"区划"后的一种称谓。无论地域文学,还是区域文学,都以特定的地理空间为存在基础,地域的自然环境和人文因素是影响其发展的重要外因。就概念而言,因为"地域"与"区域"词义本身的相近度、模糊性与互指性,"地域文学"与"区域文学"的内涵指向也有意义的关联度和重合性。有学者指出,地域文学主要研究"文学的自然环境和历史传统,它的地域疆界是模糊的,它的眼光则是向后的;而区域文学研究所关注的则是文学的社会条件和现实需要,它必须在明确的行政区划的前提下讨论问题"④。这种辨析指出了两者的区别,但还不十分明确。

其实,地域文学主要指向"文学的地域性",它的发生与形成遵循地域基础与文学内部规律,是一个自然而然的过程。具体来讲,即在某一地域范围内的作家群体,他们因受地域自然环境和人文环境的熏陶和浸染,其审美观念、创作内容和文学风格表现出一定的趋同化,文学的地域元素和地域色彩非常明显,尤其是对地域精神的深刻把握与独到书写,使他们的作品具有鲜明的"地标"印记,从而散发出经久的艺术魅力。地域文学往往与地域文化、地域历史等人文因素联系紧密,它的空间范围一般被地域文化的能指区间覆盖,却不存在确定的边域界线。与之相对的"区域文学"虽然也带有地域文化的遗传基因,具有一定的地方性色彩,但主要是以行政区划的眼光进行的归属与分类。例如,《黑土文化与东北作家群》《秦地小说与三秦文化》《都市漩流中的海派小说》⑤等就是对地域文学的一种梳理与研究,而《湖北文学史》⑥《湖

---

① 刘胤汉、岳大鹏:《综合自然地理学纲要》,科学出版社2010年版,第179页。
② 周振鹤:《中国历史政治地理十六讲》,中华书局2013年版,第36页。
③ 陈慧琳主编:《人文地理学》,科学出版社2001年版,第209页。
④ 周晓风:《区域文学——文学研究的新视野》,《中国文学研究》2002年第4期。
⑤ 这三本著作都来自严家炎主编的"20世纪中国文学与区域文化丛书",湖南教育出版社版。
⑥ 王齐洲、王泽龙:《湖北文学史》,华中理工大学出版社1995年版。

南近代文学史》①《江西文学史》②等便是典型的"区域文学史"。可见，区域文学是在一定的行政管辖区范围内发生、发展和推进的创作活动与文学现象，它"以区域文化为审美对象，拥有意识文化导向、地区文化限度、地缘文化特性、民族文化底蕴这四大文化内涵"③。它的地域界线就是行政区域的边界，其所指的空间范围是明确而具体的。区域文学一般以省级行政区为单位划分；地域文学则可能会横跨不同的省市，只要地域文化的能指空间涵盖多个地区，受此影响的地域文学也会涵盖多个地区，并形成整体性的文学特征。因此，我们可以说"西部文学"是地域文学而非区域文学，因为"西部"是依据我国自然地理的相对位置生发出的一个地域概念，而非行政区划的概念。西部文学必然表现出西部的地理风貌、风土人情与精神气质。还有，现代文学中的"山药蛋派""荷花淀派""海派"及"东北文学"等都是地域文学流派而非区域文学派别，它们散发着地域的生命气息与精神内质，虽然可能会跨行政地区，但其整体性的文学特征是明显的。然而，"沦陷区文学""国统区文学"及"解放区文学"就应该是一个区域文学概念，它们的形成与地域文化的历史积淀几乎无关，是在不同政治力量的干预下产生的一种"文学区划"，具有明显的区域特征，其文学的地域精神是淡化与模糊的。

可见，地域文学与区域文学的最大区别在于：前者是自然形成的并表现出地方特色与地域精神，后者是在行政区划体制下人为划分出来的文学。而且，地域文学的特色"会随着时代的发展而注入新的内涵，却不会因为行政区划的改变而改变"④，但区域文学比地域文学更具有现实的功利性与面向未来的驱动性，因为区域文学的产生往往与地方政府需要"文化政绩"有关。很多省市都在争"文学强省""文学大省"的面子称号，地方文化部门也希望本区域的文学发展走在全国的前列。近些年，各地"区域文学史"纷纷出版，实际上地方学术机构和文化部门就是背后的重要推手。"当文学成果仍然以行政区域划分高下，各地文学管理部门和学术机构自然会以区域内的文学作为整理、总结对象，并以'政绩'的方式予以张扬。"⑤

当然，不管是"地域文学"，还是"区域文学"，这种提法实际上都是以中国文学或民族国家文学为背景参照的。地域和区域都是一国之内的局部空间范畴，民族国家文学始终具有主流性和整体性的概念价值。地域文学和区域文学都是中国文学的一个组成部分，对它们两者的研究必须置于中国文学的宏观

---

① 孙海洋：《湖南近代文学史》，东方出版社2005年版。
② 吴海、曾子鲁主编：《江西文学史》，江西人民出版社2005年版。
③ 郝明工：《区域文学刍议》，《文学评论》2002年第4期。
④ 周晓风：《世界文学、国别文学与区域文学》，《文学评论》2002年第4期。
⑤ 刘川鄂：《区域文学研究的限制与困境》，《中国社会科学报》2010年6月8日。

版图上进行。反之,凝练地域文学特色和建构区域文学史,"不仅能推动和促进整个中国文学史的研究,而且能使中国历代文学显现出绚丽多姿的本来面目"①。可见,地域文学与区域文学是中国文学多样性和丰富性的体现。

然而,地域文学也好,区域文学也罢,它们都是存在于一定的地理空间的文学形态,与"地理"有千丝万缕的关系。自然地理环境和人文地理环境就像两只"无形的手",一左一右或推动或规约着它们的发展。因此,"地理"应该作为研究地域文学与构建区域文学的一个基本视点。只有首先从"地理"出发,对地域文学和区域文学的研究才具备应有的价值和意义。从这个角度而言,文学与地理关系密切,地域文学与区域文学就是"文学地理"的一个层面或子系统。那么,何为"文学地理"?所谓文学地理就是发生在地理空间上的一切文学存在与文学现象,这些文学现象与地理环境之间有着多种辩证关系。文学地理包含了文学的地域风格与区域特点,文学创作的地理中心以及作家群体的地域分布状况。一般而言,文学的兴衰成败与地理环境有直接的内在关系,地理条件优越、自然环境优美、交通便利、经济发达的地方往往文学创作活跃、作家辈出,容易形成文学中心。"唐代的长安、洛阳、南阳一线,宋代的赣江流域,明清两代的江浙,近代的广东,都是依赖这些条件而成为文学中心的。"② 所以,有学者指出:"中国历代文学家分布重心的形成,与京畿之地、富庶之区、文明之邦、开放之域等地理环境有密切关系。"③

据此可推断,"地理"是地域文学、区域文学与文学地理三者的契合点,地域文学与区域文学是两个相互独立又能被文学地理所统摄的子集。它们三者"都表现出空间的地方性,又表现出时间的时代性"④,相互联系又各有侧重。影响地域文学发展的主要是"地域文化",文学地域性的标志不仅仅是地方风俗画的展览,更是地域灵魂的书写;区域文学着重挖掘的是本区域内有重要影响力的作家和作品,区域文学的流变过程,以及区域文学在民族国家文学中的地位与贡献;文学地理的重心在于文学的地理学属性。然而,区域文学又以地域的特殊性为存在基础,否则区域文学的特色也无法彰显。同时,"区域文学的发展,既受到整个中国文学发展史的制约,也受到所在区域地理环境的某些制约"⑤。可见,地域文学、区域文学与文学地理如同"三角恋",你中有我,我中有你,既各有特点,又相互影响。

对地域文学、区域文学与文学地理的概念辨析到此比较明朗了,但是作家

---

①陈庆元:《区域文学史建构刍议》,《江海学刊》1994年第4期。
②曹诗图、孙天胜、田维瑞:《中国文学的地理分析》,《人文地理》2003年第3期。
③曾大兴:《中国历代文学家之地理分布》,湖北教育出版社1995年版,第501页。
④范藻:《中国当代地域文学的形成及意义》,《天府新论》2004年第5期。
⑤陈庆元:《区域文学史建构刍议》,《江海学刊》1994年第4期。

的区域定位或地域身份界定就显得比较棘手与尴尬了。存在这样几个问题：第一，某个作家籍贯不在此地域，也不在此地域出生与成长，但是作品表现的地域风情与人文精神恰恰是这个区域，那么能否把他看成此地域或区域的作家？比如湖南籍作家周立波，他的小说《暴风骤雨》以东北松花江畔一个叫元茂屯的村庄为故事背景，情节展开的地点以及人物全在此地域。同样，湖南籍作家丁玲的小说《太阳照在桑干河上》也是写北方农村的土地改革斗争。在区域文学史的建构上，这两部作品应该是纳入湖南区域文学史，还是北方某省文学？按通常理解，地域或区域文学研究的对象应该是同一区域的作家和作品，这就存在"越界写作与地域身份认定的矛盾"[①]。第二，某个作家的祖籍归属此区域，但是他从小并未在此地域居住与生活过，他的作品也从未表现祖籍地的风土人情，能否把他归入此区域文学史中？例如，祖籍湖北潜江的作家曹禺，他生于天津城一个旧式官僚家庭，继母是个戏迷，经常带着他看戏，于是他从小就对戏剧产生了浓厚兴趣，并未受到荆楚文化的浸染，他后来创作的话剧也没有涉及湖北的地域风情，但《湖北文学通史·近现代卷》[②]却开设专章介绍他。还有祖籍是湖南衡阳的作家琼瑶，根本不在湖南出生与成长，12岁就举家迁到了台湾，她的作品也从未书写湖南，而《湖南文学史·当代卷》[③]却设置"缠绵悱恻的爱情之梦"专节内容，介绍她的情爱小说。第三，某个作家祖籍不在此区域，但他在此区域游学、为官与居住过数年，也写过一些与此区域相关的诗文，区域文学史的写作是否可以把他们纳入？例如，非湖北籍的大诗人李白曾"酒隐"安陆十年，写下了大量与湖北有关的诗文；还有四川籍的苏轼谪居湖北黄州四年，著有《赤壁赋》《后赤壁赋》和《念奴娇·赤壁怀古》等千古名作。他们其时其地的创作纳入《湖北文学史》应该合情合理。很多时候，区域文学史为了"撑面子"，将一些与此区域仅有祖籍归属关系而无其他任何关联的知名作家纳入其中，实乃"面子工程"的功利心态之折射。

总之，地域文学或区域文学的作家要么籍贯归属此地，要么本人在此地生活过，同时其作品必须反映此地的内容，也即两者存在"地理"上的实在联系。否则，就不能纳入地域文学或地域文学史的建构中。而且，现在的区域文学研究往往重视地域风格的"整体性"与"同质性"内容，却忽略了共通性表征之下的异质性现象，比如浙江籍的现代作家鲁迅、周作人、郁达夫、朱自清、徐志摩、茅盾、梁实秋、夏衍、丰子恺、戴望舒等人，他们的创作理念和文学风格为何差别明显？因此，考察地域作家作品既要从"地理维度"探究

[①] 李晓峰：《略论我国地域文学研究的现状与困境》，《文艺理论与批评》2010年第3期。
[②] 何锡章：《湖北文学通史·近现代卷》，长江文艺出版社2014年版。
[③] 陈书良主编：《湖南文学史·当代卷》，湖南教育出版社1998年版。

他们的共通性特征，又要从其他层面挖掘出他们的异质性成因。当然，在全球化背景下，对于地域文学、区域文学和文学地理的梳理与研究，依然不能放弃"文学性"与"现代性"的价值考量，唯此才能更好地捍卫民族文学的多样性与丰富性。

（刘川鄂：湖北大学文学院院长、教授；徐汉晖：湖北大学文学院博士生，贵州凯里学院副教授）

陈一军点评：

刘川鄂、徐汉晖在文中对地域文学、区域文学等相关问题进行了细致阐述。

论文从地域、区域与地理这三个基本概念入手，仔细辨别了地域文学、区域文学与文学地理学三者之间的联系与区别，做到了对这三个概念较为清晰的认识和把握。

地域文学和区域文学既有联系，又有区别，联系在于：地域文学、区域文学都以特定地理空间为存在基础，其内涵指向存在相当的关联性与重合度；实际都以中国文学或民族国家文学为背景参照，是中国文学多样性和丰富性的体现。两者的最大区别在于：前者是自然形成的并表现出地方特色与地域精神的文学，后者是在行政区划体制下人为划分出来的文学，更具有现实的功利性与面向未来的驱动性，其产生往往与地方政府需要的"文化政绩"有关。

地域文学和区域文学都与文学地理关系密切，都存在于一定的地理空间中，其发展受到自然地理环境和人文地理环境这两只"手"的推动或规约。因此，"地理"应该作为研究地域文学与构建区域文学的一个基本视点。只有首先从"地理"出发，对地域文学和区域文学的研究才具备应有的价值和意义。文学与地理关系密切，地域文学与区域文学就是"文学地理"的一个层面或子系统。

这样，地域文学、区域文学与文学地理之间构成"三角恋"，你中有我，我中有你，既各有特点，又相互影响。

此乃地域文学、区域文学与文学地理学关系简明扼要的论述，充分考虑了三者之间的复杂性，对于人们理解相关问题颇有助益。论文对作家的区域定位或地域身份界定问题也做了有意义的探讨。

论文也存在一定缺憾，对地域文学、区域文学、文学地理学的区分未能充分考虑文学创作中地域性所呈现的复杂状况，一定程度上仍然是对问题的简单化。

文学地理学、地域文学与生态诗学[①]

陈一军

文学地理学、地域文学和生态诗学是这些年中国文学界流行的批评范式，表面看来，它们之间距离较远，但是实际上存在着密切联系，某种程度上三者都是西方文化"空间转向"影响下中国当代文学批评"空间化"的重要表征，彼此之间处于错综复杂的关系状态。从宏观角度看，三者共同清晰反映了20世纪80年代以后当代中国文化的空间化趋势。因此，辨析这几个词语，厘清它们之间的关系，有助于分清当代中国文学研究中的某些"乱象"，对于当前的中国文学研究而言，自然具有积极意义。

一、文学地理学

目前学界已经基本明了"文学地理学"概念的由来。

"文学地理学"这一概念是18世纪中叶康德在《自然地理学》中首先提出来的，实际上是一个"舶来品"。梁启超1902年于《中国地理大势论》中提出"文学地理"之说，很可能是受孟德斯鸠、康德等人影响的结果。[②] 然而蹊跷的是，在康德以后"文学地理学"概念却长期受到冷落，此后的斯达尔夫人、丹纳等人并没有使用过。于是，梁启超首倡文学地理学的提法只有在中国的学术圈里有效。

"文学地理学"概念在20世纪的西方逐渐受到青睐。20世纪四五十年代，"文学地理学"理论在法国兴盛起来。1942年，迪布依出版了专著《法国文学地理学》。1946年，费雷出版了他的《文学地理学》著作。20世纪80年代西方理论空间转向以后，法国出现了大量从文学地理视角研究文学现象和文学文本的论著。波确德·维斯特伏是法国文学地理批评的代表人物。他在《地理批评：真实与虚构的空间》这部专著里建立起了一套文学地理批评的理论框架，系统阐释了文学地理批评的理论基础和实践方法。[③]

积极从事文学地理批评的人还有美国、日本等国学者。罗伯特·泰利是

[①] 本文为2013年度国家社会科学基金资助项目"文学地理学基础理论问题研究"（项目编号：13XZW002）的阶段性成果。
[②] 参见钟仕伦：《概念、学科与方法：文学地理学略论》，《文学评论》2014年第4期。
[③] 参见颜红菲：《开辟文学理论研究的新空间——西方文学地理学研究述评》，《武汉大学学报（人文科学版）》2014年第6期。

20世纪美国从事文学地理批评的代表人物之一,主编了汇集美国当代文学地理批评实践的最新成果——《地理批评探索:文学和文化研究中的空间、地方和制图》①。"二战"结束不久,日本学者久松潜一就明确提出了"文学地理学"的构想。杉蒲芳夫算是20世纪90年代日本活跃的文学地理学研究人员②。

但是,这是否意味着国外已经有了成熟的文学地理学学科呢?答案是否定的。

一门学科的建设需要三个条件:首先是有明确的研究对象。文学地理学的研究对象应该是文学与地理环境的关系。这里包括文学家、文学文本、读者等文学要素与地理环境的复杂关系。国外文学地理研究主要是对文学文本的地理批评,在其他方面则显得薄弱,影响和制约了对文学与地理环境关系的全面观照,也影响了文学地理学的整体理论建构。其次要有成熟的学科基础理论。受文化传统的影响,西方所建立的"文学地理学"理论明显是哲学化的、抽象的。迪布依和费雷的"文学地理学"著作中国学者至今尚未窥其全貌,而波确德·维斯特伏的《地理批评:真实与虚构的空间》则明显具有哲学方法论的意味。西方存在两种有关文学的空间理论:一种是文学地理学的空间理论,关注文学的地方性问题;另一种是后现代主义的空间理论,研究文学文本的空间形式。③ 文化传统和思维惯性似乎使西方学者总不情愿把文学安放在切实的土地上。结果,西方主要建立了文学文本的地理空间批评理论基础与研究路径。这种地理批评主要涉及文学作品,实际上只构成文学地理学的一个组成部分。显然,这与成熟完备的文学地理学理论建构是有距离的。就算法国有较完备的文学地理学理论建构,但是在法国文学地理学的地位不高,仅仅作为西方文学理论的补充却是不争的事实。④ 最后要有提供该学科专业培训的教育机构,也就是我们平常所说的专业人才培养。西方人文地理学学科中往往包含"文学地理"内容,但仅仅是其小部分内容,从未获得独立的学科品质,而文学本位的文学地理学一直未被西方主流文学理论界接纳;虽然也有研究生做文学地理学方面的毕业论文,但是专业人才培养的有效机制一直未能建立起来。

再看看中国的情形。中国近代学者梁启超、刘师培、王国维、顾颉刚、汪辟疆等人的文学地理研究已经初步实现了从传统向现代的转变,为文学地理学建设做了重要准备。改革开放以后,中外文化交流日益频繁,文学地理学研究

---

①颜红菲:《开辟文学理论研究的新空间——西方文学地理学研究述评》,《武汉大学学报(人文科学版)》2014年第6期。
②[日] 小田匡保:《日本文学地理学的发展趋势》,卡苏米译,《世界文学评论》2012年第2期。
③这里采纳了曾大兴会长的意见。
④参见陶礼天:《略论文学地理学的过去、现在和未来》,陶东风、周宪主编:《文化研究》(第12辑),社会科学文献出版社2012年版。

走向兴盛，学科对象逐渐明确了。文学地理学研究也有了自己的学术机构，成立了"中国文学地理学会"，至今已举办了五届年会，成功集结了一大批有志于文学地理学学科建设的学者，他们借鉴、吸收国外文学地理研究的成果，转化与涵摄中国传统文化资源，积极从事文学地理学的理论建构，在许多方面有了突破。文学地理学的专业人才培养也在一些科研院所悄然展开。2011年开始，广州大学的曾大兴教授给本科生开设了"文学地理学"课程；与此同时，杨义、梅新林、邹建军等著名学者也开始培养文学地理学方向的研究生。随着时光推移，一定会有越来越多的科研院所开设文学地理学课程，培养越来越多的文学地理学专业人才，文学地理学对其他学科的联动效应将会越来越大。毫不夸张地说，在中国，文学地理学已进入一个学科建设的自觉阶段，这与从来没有积极把文学地理学作为学科建设的西方学术界截然区别开来了。① 相信拥有独一无二的文化与地理资源的中国，能够把文学地理学打造成一门"显学"，能够构建起具有中国特色的文学地理学学科话语体系。

不过，构建具有中国特色的文学地理学学科话语体系绝非一朝一夕的事情，需要一大批学者的长期努力。就眼下状况来说，文学地理学的性质、概念、基本理论、整体框架都需要辨析、凝铸。比如说，"文学地理学"本身就是一个需要仔细辨诘的概念。目前人们使用这一概念存在很大的随意性，出现了"文学地理""地理文学""文学地理学"等不同提法。

对于中国学界而言，"文学地理"为梁启超首倡。梁启超在《中国地理大势论》中提及"文学地理"，意在强调地理因素对文化（包括文学）的有力影响，是这种影响造成了文化（包括文学）的空间分布格局。所以，梁启超的"文学地理"概念重在文化（包括文学）中的"地理作用"。

有学者主张使用"地理文学"概念。对此有人这样辩白：地理文学表达的是"关于地理的文学"，或"和地理有关的文学"。② 如此看来"地理文学"这一概念重点强调的倒是"文学"。

"文学地理学"一词在目前学界运用得最广泛。有学者称："从文学为本位的立场来看，文学地理学之所以名之为文学地理学而非地理文学，表明文学在先，地理在后，文学与地理之间并非对等关系，而是以文学为主导、为核心。"③ 这是把议论的重心放在了修饰和限定词上。然而，从语言学角度来看，不管修饰限定多么重要，也不过是对"主词"的修饰限定，问题的实质仍然

---

① 梅新林：《世纪之交文学地理研究的进展与趋势》，《浙江师范大学学报（社会科学版）》2010年第3期。
② 王祥：《地域文学性质、特点及其他》，《沈阳师范大学学报（社会科学版）》2013年第3期。
③ 梅新林：《文学地理学的学科建构》，《华中师范大学学报（人文社会科学版）》2012年第4期。

要由"主词"来决定。如此说来,有学者对"文学地理学"的驳诘就不是没有道理的,认为"文学地理学"表达的是关于文学的地理学,或者和文学有关的地理学,把文学看成是地理学的分支,带有浓重的地理学痕迹。①

这样辨析词语是有意义的,有助于人们对"文学地理学"概念的理解和把握。不过在辨析过程中发现,要截然区分这些词语是徒劳的,因为它们都把文学和地理结合在一起,实际强调的都是文学与地理的关系。如果要突出"文学地理学"的文学本位,不应把文学看作是地理的修饰限定词,而是视"文学""地理"皆为主词,形成对释关系,这样就变成了"文学+地理+学"的模式,这个时候完全可以这样说:把文学放在地理之前,意在突出文学地理学的文学学科本位。

"文学地理""地理文学"和"文学地理学"三个词语的一个重要区别还在于,相比前两个概念,文学地理学更加突出了学科特性,是一个学科概念。在中国学界,梁启超首创"文学地理"概念,但还不是一个学科概念,和他同时代的刘师培、王国维、汪辟疆及其他学者当时都没有文学地理学的学科意识。② 使用"地理文学"的学者也意在强调研究者所持的视角,同样学科意味不明显。而"文学地理学"一开始就是一个不折不扣的学科范畴。首提"文学地理学"的康德,就把文学地理学视为地理学的一个分支。不过,康德所谓"文学地理学"的"文学"与今天的文学概念有较大出入,它泛指包括文学在内的科学、艺术、哲学、政治等方面的著作。③ 这应该也影响了梁启超,或者说,梁启超的运用也暗合了康德的用意。因为梁启超在《中国地理大势论》中所言"文学地理"之"文学",包括了哲学、经学、佛学、辞章、美术音乐五个方面,与今天文学的含义显然不同,实际等同于文化,所言文学地理实际为文化地理。④ 实际上,梁启超在此是在传统意义上使用文学概念。

康德的观点影响了后来众多人文地理学家对待文学地理学的态度。这种态度不为从事文学研究的学者所认同,因为后者强调的是文学地理学的"文学"本位。这在新时期以来积极从事中国文学地理学学科建设的学者身上表现得非常明显,不过在学科的具体定位上仍是仁者见仁、智者见智,意见并不统一。杨义坚持大文学观,主张文学地理学为"会通之学",强调文学地理学对于文学研究的方法论意义。⑤ 陶礼天认为,文学地理学是文化地理学的一个分支,

---

① 参见王祥:《地域文学性质、特点及其他》,《沈阳师范大学学报(社会科学版)》2013年第3期。
② 参见曾大兴:《建设与文学史学科双峰并峙的文学地理学科——文学地理学的昨天、今天和明天》,《江西社会科学》2012年第1期。
③ 参见钟仕伦:《概念、学科与方法:文学地理学略论》,《文学评论》2014年第4期。
④ 参见梁启超著,吴松等点校:《饮冰室文集点校》,云南教育出版社2001年版,第1806–1808页。
⑤ 参见杨义:《文学地理学的渊源与视境》,《文学评论》2012年第4期。

也是文艺社会学的一个分支，因而文学地理学实质是一门边缘学科。① 这是承认文学地理学具有文学和地理学的双重学科属性，与胡阿祥的主张类似。曾大兴着重从时间和空间分别对文学的意义角度立论，主张"文学地理学是文学这个一级学科下面的一个可以和文学史双峰并峙的二级学科"，文学地理学的研究对象乃是"文学与地理环境的关系"。② 梅新林将文学地理学概括为：融合文学与地理学研究、以文学为本位、以文学空间研究为重心的新兴交叉学科或跨学科研究方法，其发展方向是成长为相对独立的综合性学科。③ 邹建军则认为"文学地理学是中国比较文学研究的一个新方向，属于跨学科的文学研究的一个分支，与文学伦理学、文学政治学等具有同等重要的地位。……文学地理学的特定研究对象是文学中的地理空间问题"④。

文学地理学学科属性上的这些歧义事实上暴露了文学地理学在学科定位、概念体系和基本原理问题上还存在许多悬而未决的问题，显然这是需要时间解决的。然而一个不争的事实是文学地理学的学科建设业已实实在在地在中国大地上展开了，而且中国学者立志要承担起"辉煌"文学地理学学科的重任。虽然我们说西方已在文学地理学理论建构方面做了一定的工作，但是始终没有得到西方主流文学理论批评界的认同。这显然抑制了文学地理学在西方的发展，致使文学地理学在西方没能成为具有"独立意义的文学批评或流派"，结果"文学与地理关系"之课题，主要被纳入文学社会学的范围进行研究。⑤ 根本原因大抵在于西方文化本身，因为西方文化一直强调文学的虚构性、抽象性与普遍性，便不会在文学"坐实"的一面过多考虑。中国历史和文化却不这样。基于中国文化传统和思维习惯，中国学者惯于就"实"，这与文学地理学"接地气"的性质相契合。正因为这样，从"地理"角度研究文学构成中国文学批评的一个重要传统，并且积累了极为丰厚的思想理论资源。中国广袤复杂的地理版图也为文学地理学学科建设提供了得天独厚的条件。这样，中国学者有意识建设文学地理学学科不仅成为必然，而且具备了充分条件。

中国学界时下已经初步建立了文学地理学这一"学科"规范。然而，"受传统文学地理研究范式的影响，当前国内的文学地理研究依然走实证路线，专

---

① 参见陶礼天：《略论文学地理学的过去、现在和未来》，陶东风、周宪主编：《文化研究》（第12辑），社会科学文献出版社2012年版。
② 参见曾大兴：《建设与文学史学科双峰并峙的文学地理学科——文学地理学的昨天、今天和明天》，《江西社会科学》2012年第1期。
③ 参见梅新林：《文学地理学的学科建构》，《华中师范大学学报（人文社会科学版）》2012年第4期。
④ 刘遥：《关于文学地理学的研究方法与发展前景——邹建军教授访谈录》，《世界文学评论》，2008年第2期。
⑤ 参见陶礼天：《略论文学地理学的过去、现在和未来》，陶东风、周宪主编：《文化研究》（第12辑），社会科学文献出版社2012年版。

注于对具体的文学事件与地理因素之间的关系进行考证，客观上导致了长期以来文学地理学理论研究上的相对薄弱"①。因此，文学地理学的理论建设成了当务之急。笔者以为，在文学地理学的理论建设方面要开阔胸襟，广泛吸收、借鉴中外已有的理论成果。在三个方面需要特别注意：一是兼采中外，不能厚此薄彼。中国有文学地理学理论建设的丰厚资源，西方这方面的成就也不容小觑。从古希腊到现在，堪以开掘的不少。例如，古希腊思想家业已在思考人的性格和智慧与气候的关系。18世纪意大利哲学家维柯在《新科学》中探讨了远古社会环境和地理环境诸要素在诗歌起源中的作用，孟德斯鸠则较为系统地提出了地理环境对文学艺术本质的决定性影响。康德在《自然地理学》中阐发的地域美学思想为文学地理学的理论建构提供了重要的美学和地理学的基础。黑格尔的《历史哲学》也有对文学地理问题的精妙论述。其后，出现了在文学地理研究方面产生了巨大影响的斯达尔夫人、丹纳、蒂博岱等人。直至20世纪中叶乃至当下，重要人物除了前文已经提到的，还有韦斯利·A.科特和他的《现代小说的地方和空间》，菲利普·E.魏格纳和他的《空间批评：地理、空间、地点和文本性批评》，等等。② 二是广泛吸收借鉴地理学特别是人文地理学中关于文学地理的丰富理论成果，不要因为对"地理学"的偏见而轻忽这一部分知识。这方面的成果举不胜举：冯·洪堡1847年出版的《宇宙》对文学和绘画做了理论探讨，维达尔·白兰士1904年写下的《奥德赛》短文从地理学角度讨论文学，米尔斯1910年出版的《地理学导论》探讨了文学地理问题，而怀特在1926年所著的《历史地理学的使命》则被西方公认为确立了文学地理的学科分支。③ 英国学者迈克·克朗的重要著作《文化地理学》中列专章讨论了"文学地理景观"，并在书中明确宣称："文学地理学应该被认为是文学与地理的融合，而不是一面单独折射或反映外部世界的镜头或镜子。"④ 这些论述都是建立文学地理学的重要理论资源。20世纪70年代至90年代，随着人本主义地理学、激进主义地理学、新文化地理学的发展演变，人文地理学为文学地理学理论建设又积累了一笔丰厚成果。这里不妨引述一下人文地理学家段义孚的观点。段义孚认为，文学可以对人本主义地理学者提供三种形式的帮助：它是揭示人类经验方式的一种思想实验，它是阐明对某一环境的文化感知的一种人工产物，它是地理学综合和写作的一

---

① 颜红菲：《开辟文学理论研究的新空间——西方文学地理学研究述评》，《武汉大学学报（人文科学版）》2014年第6期。
② 参见颜红菲：《开辟文学理论研究的新空间——西方文学地理学研究述评》，《武汉大学学报（人文科学版）》2014年第6期。
③ 参考戴俊骋：《中国文学地理学的研究范式与学科融合趋势》，《地理科学进展》2015年第4期。
④ [英] 迈克·克朗：《文化地理学》，杨淑华、宋慧敏译，南京大学出版社2005年版，第52页。

模式。① 这里笔者反其道而用之，将之表述为：（人文）地理学对文学理论（包括文学地理学）的贡献也必然是多方面的、巨大的。有学者指出，在建设文学地理学方面应该打破两个"文学地理学"的假象，尽快走向融通并轨。② 笔者以为这种看法是有见地的，对文学地理学学科建设也是有益的。三是积极译介西方有关文学地理学的理论成果，推动中国文学地理学学科建设的快速发展。前文已经表明，西方在文学地理学的理论建设方面有丰富的积累，虽然因为其文化特性没能在文学地理学学科建设方面获得长足发展，但是，总是"理论先行"③ 的西方学术还是在文学地理学方面累积了不可忽视的理论成果。尽管西方文学地理学未被西方主流文学理论界所接纳，但这绝不意味着我们在建设中国文学地理学学科过程中可以轻视它。正确的做法恰恰相反，应当予以足够的重视。因为它们是中国学界建立文学地理学学科最为直接，也是最为紧要的理论来源。只有如此，中国文学地理学才能少走弯路，才能尽快走向成熟。

二、地域文学

地域文学研究是当前中国文学批评领域的一个热点，本身成为一个值得探讨的重要问题。

首先从地域这一概念说起。地，是地方；域，指区域、范围。所谓地域，就是由各种现象特殊组合并形成独特个性的某一地方、某一区域。因此，地域与区域之间构成纠缠不清的关系，实在难以明确区分。就形成某一地域的因素来讲，有自然地理因素、人口群落因素、文化传承因素，当然也有政治区划的影响等。从目前中国文学研究现状看，有主张运用"地域"概念的，有主张运用"区域"概念的，也有学者认为地域和区域"这两个概念其实没有什么区别"④ 的。"区域"最初的含义为"土地的界划"和"地区"之意。"区域"在现代汉语语境中有"地区"与"范围"两层基本含义。在此基础上，"区域"进一步引申出了"界限、范围"的含义。⑤ 正因为如此，我们完全可以说它和有一定界线范围的地域没有什么重要区别。强调运用"区域"概念的人，

---

① [英] R. J. 约翰斯顿：《哲学与人文地理学》，蔡运龙等译，商务印书馆2000年版，第128页。
② 两个"文学地理学"的假象是指以地理为本位的文学地理学和以文学为本位的文学地理学的并存现状。参见戴俊骋：《中国文学地理学的研究范式与学科融合趋势》，《地理科学进展》2015年第4期。
③ 颜红菲：《开辟文学理论研究的新空间——西方文学地理学研究述评》，《武汉大学学报（人文科学版）》2014年第6期。
④ 凌宇：《关于区域文化与文学研究几个问题的思考》，周晓风、张中良主编：《区域文化与文学研究集刊》（第1辑），中国社会科学出版社2010年版，第18页。
⑤ 贾玮：《"区域"内涵的空间学解读》，周晓风、袁盛勇主编：《区域文化与文学研究集刊》（第2辑），中国社会科学出版社2012年版，第28-29页。

总是突出政治行政区划对一地区的影响，这对具有浓厚政治色彩的中国文学而言也不无益处，但是"地域"何尝不受政治区划的影响呢？而且，在地域的形成要素中，笔者已经特意指出了行政区划对地域的作用。所以，笔者赞同凌宇先生的观点，地域和区域这两个概念的区别其实是可以忽略的。不妨借助杨义的说法加强对这一问题的理解，杨义认为"区域"的形成，与人的群落相关，与政治区划关系极深……区域文化类型需要的不仅是王朝政治区域划分，"更重要的是风俗、民性、信仰的沉积"①。笔者认为，杨义这里所讲"区域"就是"地域"，窃以为用"地域"更准确。再者，文学批评领域运用"地域"概念更加符合文学创作的实际。文学创作往往更深程度受到自然地理和地域文化的影响，往往越出了行政区划的界线。所以笔者以为言说文学以运用"地域"为当。文学批评中运用"地域"概念还有一个十分重要的理由，就是"地域"概念总在突出"地方""大地"之意。一定的土地总构成一定文学的根基，就像孕育婴孩的母亲。

地域（或者区域）其实是个地理概念。著名地理学家理查德·哈特向说："地理学这门学科是从某一特定观点——即地区差异的观点——来看地球表面所存在的现实的一切。"②约翰斯顿也说："地理学者的任务就是鉴别不同的地方——区域，并确定它们的边界。"③而且"地理学自作为一门独立学科传播以来，就具有关于空间和地方的双重兴趣中心。地球表面任何地方存在的垂直和水平的两种关系的结合，提供了地理学的独立性和完整性"。实际上，也是这种垂直和水平的结合构成了文学表达的边界。如此一来，地域文学研究便和前文阐述的文学地理学构成了难分难解的关系。

地域文学本质上是一种文学批评范式，是从自然地理和区域文化的角度来评价作家、作品及文学现象。20世纪80年代，当代文学创作渐渐形成了一种追求不同"地域文学"特色的创作潮流。与此同时，地域文学研究也逐渐成为一种自省自觉的文学研究方式。

地域文学研究的侧重点在于对地域文化的审视。地域文化是以自然环境和地貌特征为标志的文化，由特定的自然地理和人文景观特色构成特定的地域特点。地域文学就是表现特定地域文化的文学，本身构成特定地域文化的一个组成部分。因此，地域文学必须在内容上展现特定的地域特点，比如特定地域的人和事，特定的自然环境、人文环境、语言特色、风土人情、习俗、人的性

---

① 杨义：《文学地理学会通》，中国社会科学出版社2013年版，第17页。
② [美] 理查德·哈特向：《地理学的性质：当前地理学思想述评》，叶光庭译，商务印书馆1996年版，第465页。
③ [英] R. J. 约翰斯顿：《哲学与人文地理学》，蔡运龙等译，商务印书馆2000年版，第16页。

格，等等。① 可见，地域文学研究必然会涉及特定地域的地理现象。这样地域文学研究就和文学地理学紧紧胶结在了一起。事实上，我国大多数学者在主张建立文学地理学学科时，常常和地域文学研究"搅和"在一起。例如，陶礼天这样说："所谓文学地理学就是研究地域的文学与文学的地域、地域的文学与文化的地域、地域的文学与地域的文化之间的相互关系。"② 曾大兴也说："文学的地域性是由文学赖以产生的不同的自然和人文地理环境所决定的。"③ 地域文学研究与文学地理学实际构成了密不可分的关系。文学地理学的一些重要方法，如地图法、田野调查法，也成为地域文学研究的重要方法。地图坐标法在地域文学研究中很管用，常常能使所研究的问题一目了然。地域文学研究也需要有深入的田野考察，才能理解一个区域内特定人们的文化存在方式，真正把握一种活生生的人生样态。

虽然地域文学研究与文学地理学关系密切，但是它们的区别也是显而易见的。有学者对此做过分辨，认为"现有的地域文学研究并不等同于文学地理学研究，因为地域文学研究本质上是一种文化研究，而不是一种文学研究，并没有重视自然地理与人文地理在文学发生与发展中所发挥的作用和所产生的意义"。该学者进而在文学的地域性和地理性之间做出区分：文学的"地域性"是一个旧有概念，是指因为文学与某种地域文化的联系而产生的性质和特色。文学的地域性和特定的自然环境存在密切关系，从而使某种文学的确具有一定的地域特征，并且由此带来特有的文化意义与艺术价值。所谓文学的地理性，是指某一作家的成长与某一作品的产生与特定自然环境存在必然联系。文学的地理性更贴近于文学与地理环境之间的关系，而文学的地域性更贴近于文学的文化特性。④ 突出地域文学研究的"文化特性"是对的，因为"地域"一词确实隐含着更多的文化性质，⑤ 而且特定的地域文化始终是特定地域文学研究的重要基础和目标。但是在文学的地域性和地理性之间做出截然区分，笔者认为并不恰当。地域性是一个旧有概念，难道地理性不是一个旧有概念吗？新旧到底如何划分？笔者以为上述区分颇具随意性和任意性，有为区分而做区分的嫌疑。这样做的目的是要故意淡化地域文学研究的"地理性"特点，然而却

---

① 参见李敬敏：《全球一体化中的地域文化与地域文学》，靳明全主编：《区域文化与文学》，中国社会科学出版社2003年版，第157-162页。
② 陶礼天：《文学与地理——中国文学地理学略说》，费振刚、温儒敏主编：《北大中文研究·创刊号》，北京大学出版社1998年版，第180、185页。
③ 曾大兴：《理论品质的提升与理论体系的建立——文学地理学的几个基本问题》，《学术月刊》2012年第10期。
④ 参见邹建军、周亚芬：《文学地理学批评的十个关键词》，《安徽大学学报（哲学社会科学版）》2010年第2期。
⑤ 参见王祥：《地域文学性质、特点及其他》，《沈阳师范大学学报（社会科学版）》2013年第3期。

在具体的言语表达过程中陷入矛盾。这恰好从反面印证了地域文学研究和文学地理学的难以分解。其实想要做好地域文学研究，不能不重视对研究对象赖以存在的自然和人文地理条件的观照，而且还应该知道，地域文学的"文化性"和地域文学的艺术审美特性之间实际也是无法剥离的。

然而我们不否认地域文学研究和文学地理学的区别，不过它们的区别主要表现在以下几个方面：一是地域文学研究主要是一种视野和方法，而文学地理学是一门学科建设。文学地理学的学科性前文已经论述，此处不再赘言。而地域文学研究作为时下文学批评的一个热点，人们虽然也在探讨地域文学研究的对象、范围、架构、基本体系、理论与方法等，但是截至目前，"地域文学研究"还没有构成一个新的学科。① 二是文学地理学作为文化地理学分支和文艺社会学分支的交叉学科，是涵盖了地域文学研究的。在这个意义上，地域文学研究应该是文学地理学的一个重要组成部分。此外，地域文学研究以具体的作家、作品和文学现象为主，"个案性"特点突出，而文学地理学则重在构建一个完整的学科体系，使其更加具有理论指导的功能。在这个意义上，文学地理学成为对地域文学研究具有理论指导性的"高级学科"。明确这层关系是有意义的，因为地域文学研究要健康、顺利地发展，需要有文学地理学理论的有效指导。三是文学地理学的研究对象涵盖所有的文学作品和文学现象，而地域文学研究范式则适用于具有地域文化特点的文学作品和文学现象，实际应用的范围似乎要狭窄一些。

因为地域文学研究存在适应性的问题，所以地域文学研究实际操作中容易出现一些偏差，这在当前的文学批评实践中表现得较为明显。在地域文学研究中，地域身份认同是一个不容忽视的推动力。研究者往往与研究对象有很强的地理关联，在研究之前容易产生地域期待视野，研究过程中也容易产生主观化倾向。② 地域文学研究中存在的研究者的地域自恋情结也是这类研究中不可小觑的问题，这会导致研究本身的狭隘性，进而助长写作的地域自恋性。这种倾向在美国和加拿大的地域主义文学创作和研究中都实际存在。事实上，地域文学研究和民族国家意识乃至人类性是统一的。杨义说："区域文化意识与民族国家统一的意识是相辅相成的，文化完整性是贯穿于地域文化的脉络。"③ 这应该成为地域文学研究的重要指导思想。还有，地域文学研究应该始终坚持文学的本质特性。文学中的地域并不只是地理上的具体存在，更属于一种想象，是人的精神的一个内在疆界。所以，应该努力探寻地域文学中"地域"的

---

①参见王祥：《地域文学性质、特点及其他》，《沈阳师范大学学报（社会科学版）》2013年第3期。
②参见彭民权：《文学地理学的体系建构与理论反思》，《江西社会科学》2014年第3期。
③杨义：《文学地理学会通》，中国社会科学出版社2013年版，第13页。

"人"性和审美特性。应当时刻铭记:"文学的地域文化研究有以地域文化代替审美价值的方法论迷失。"① 地域文学研究还应该知道,"区域文化与文学研究角度并非万能的,有些作家的书写,本身就不存在一个区域文化视野"②。遇到这种情况,就应该审慎使用"地域文化"批评的视角。

不管怎样说,成熟的地域文化研究要避免过分强调地域性,要在地域性与民族性、整体性、人类性之间取得协调,在文化性与审美性之间取得协调。中国文学确实存在区域格局,不通过地域研究方法不足以揭示其独特性、丰富性与复杂性。但在研究中要避免"挟区域以自重",避免借地域文化研究"达成与世俗功利的暧昧关系",还要避免动机不纯所导致的地区本位主义的过度膨胀,警惕因此走向对学术理性的背叛。③

有一个问题需要提及一下。在时下地域文学研究中,有人着意区分"地域文学"与"区域文学"——就和着意区分"地域"和"区域"概念一样。这样着意区分之人在研究中以"区域文学"用语为重,主要区分的依据依然着眼于前文提到的行政区划问题(当然这是注意到了中国文化、文学的重要历史特点和现实存在状况的缘故,可谓具有中国特色的文学理论表现征兆)。例如,跻身区域文学研究先列的刘川鄂教授认为:"区域文学概念更当下、更行政化。地域文学概念更着眼文化、更注重传统。地域特色是某一地域长期以来自然而然形成的,它往往是跨行政区域的。"④ 另一位积极推动区域文化与文学研究的代表人物周晓风认为:"地域文学研究关注的是文学的自然环境和历史传统,它的地域疆界是模糊的,它的眼光则是向后的;而区域文学研究所关注的则是文学的社会条件和现实需要,它必须在明确的行政区划的前提下讨论问题。"⑤ 笔者则有意模糊"地域文学"与"区域文学"的界限,理由在区分"地域"与"区域"概念时已经说得很清楚了。

对于中国学界来讲,积极推动地域文学研究具有十分重要的意义。一定的地方对于产生于此地的文学来讲具有根本意义,因为"人起源于一种疏远的环境,他创造地方来为他提供根基"⑥。作为人类文化创造形式之一的文学,

---

① 王本朝:《区域文化与文学研究》,靳明全主编:《区域文化与文学》,中国社会科学出版社2003年版,第167页。
② 凌宇:《关于区域文化与文学研究几个问题的思考》,周晓风、张中良主编:《区域文化与文学研究集刊》(第1辑),中国社会科学出版社2010年版,第20页。
③ 参见王学振:《区域文学研究现状之反思》,周晓风、张中良主编:《区域文化与文学研究集刊》(第1辑),中国社会科学出版社2010年版,第41—42页。
④ 刘川鄂:《当代中国区域文学的体制化特点及研究困境》,周晓风、张中良主编:《区域文化与文学研究集刊》(第1辑),中国社会科学出版社2010年版,第30页。
⑤ 周晓风:《区域文学——文学研究的新视野》,《中国文学研究》2002年第4期。
⑥ [英] R.J.约翰斯顿:《哲学与人文地理学》,蔡运龙等译,商务印书馆2000年版,第119页。

自然也以地方为根基。而且，就目前情况来讲，加强地域文化、文学研究，大力发掘地方文化资源，对于增强中华民族的身份认同具有重要意义。英国人文地理学家 R. J. 约翰斯顿这样说："地方确实是世界上大多数存在的一个基本方面……对个人和对人的群体来说，地方都是安全感和身份认同的源泉。"①地域是民族文化的根，文学则是稳固其根基的十分有效的形式。这种重要性还体现在，地域始终存在，而地域意识和本土文化却需要被唤醒，且往往以异域存在或他者文化介入为前提。地域文化不是异域强者作为异域情调撷取的那些浅表的人情风貌，而是处于劣势一方的自我体认和识别，是在比较因素存在下对自身的发掘与观察，是一种思考和固守。② 因此杨义才这样明确表达："区域地理赋予文学以乡土的归属。"③ 其实，对任何文化而言，地域都是源头，所有的问题都要由此探寻。所以，海德格尔才这样说，"地方"构成"人的一种存在方式，是人存在的外部限定和其自由与现实的深度"。如果考虑到现代人们又面临着土地与人类关系被重新认识和确立的问题和使命，我们会发现，地域文化和地域文学研究在今天具有了某种终极意义，因而具有了极为重要的认识价值和非常独特的美学价值。④

加快推进中国地域文学研究还具有特殊意义。中国古代文学对地域文化的关注和阐释源远流长，明清时期还产生了大量的地域文学流派，有诸多的地域性文集问世。对于中国现当代文学而言，地域文化特性同样是非常突出的。所以，地域性文学创作和研究资源的极大丰富是中国文学的突出特点。这也是20 世纪 80 年代以来中国地域文化与文学研究日趋兴盛的重要原因。总之，地域文学研究繁盛的根本原因在于中国文学自身的特点。"文学的地域性显然是中国文学的重要特征和属性，它体现了中国文学的封闭性、自然性和乡土性特征。"⑤ 基于这样的实际，没有不推动中国地域文学研究快速发展的理由。

三、生态诗学

生态诗学就是生态文学批评的理论建构。生态文学与生态批评是近些年来中国文学创作和研究的一个热点。阐述这一问题首先从"生态"概念开始。

生态起初是一个生物学概念，指的是生物在自然界的生存状态，其基本内

---

① [英] R. J. 约翰斯顿：《哲学与人文地理学》，蔡运龙等译，商务印书馆 2000 年版，第 127 页。
② 参见朱伟华：《地域文化与地域文学之断想》，《山花》1998 年第 3 期。
③ 杨义：《文学地理学会通》，中国社会科学出版社 2013 年版，第 7 页。
④ 参见朱伟华：《地域文化与地域文学之断想》，《山花》1998 年第 3 期。
⑤ 王本朝：《区域文化与文学研究》，靳明全主编：《区域文化与文学》，中国社会科学出版社 2003 年版，第 166 页。

涵为生物有机体与周围环境之间的关系。后来随着社会生产的发展和科技的进步，其含义逐渐超越其基本内涵，开始指向人类与自然环境、社会环境之关系的和谐，甚至指向人类生存环境诸关系的和谐。这样，"生态"一词就被赋予了"综合""整体"的含义，具有了社会、经济、自然的复合内容。生态的主体也转化成了人类。想要进一步明晰生态的内涵，还可以和"环境"一词进行对照。生态和环境密切相关，然而区别也很明显。"从环境和生态这两个词的意味看，'环境'是一个人类中心和二元论的术语，它暗示着我们人类位于中心，所有其他非人的物质环绕着我们，成为我们的环境。与之相对，'生态'则意味着相互依存的共同性、整体化的系统和系统内各部分之间的密切关系"，"生态系统并没有中心，它是一个关系网"①。当我们谈到生态一词时，往往会联想到生命、生机、绿色、自然，联想到关系、系统、整体、平衡等含义。可见，现代语境中的"生态"一词强调的是生态系统的相互关联性和整一性。这直接决定了生态文学批评的核心立场。王诺说："生态批评的'生态'首先是指一种思想观念——生态主义的思想观念，其核心是生态整体主义；其次是指一种美学原则——生态的审美原则。"②而所谓生态的美学原则，则是指在生态整体主义基础上生成的人与自然的融洽和谐状态以及自由与美的诗意存在。

如此说来，"生态"用语与地理之间存在必然联系。约翰斯顿说过，"地理这个词具有两个主要涵义：一个是口语化的，指的是环境；而另一个是学术性的，指的是对环境的研究。因而自然地理既意味着自然环境，也意味着对自然环境的研究"③。照此理解，人文地理既意味着人文环境，也意味着对人文环境的研究。理查德·哈特向也说："地理学是一门研究自然环境与人类活动的关系的科学。"④虽然这些解释都有"人类中心和二元论"的意味，但事实上都在强调地理的核心就是人与自然环境之间的关系。这无法不和生态系统联系起来。而我们都知道，生态系统本身就是地理学研究的重要内容。

生态文学指向一种文学创作样式。"所谓生态文学主要是指那些敏感地对现代世界生态危机加以揭示，对其人类中心主义价值观加以批判，对导致生态危机的现代文明加以反省的作品"，可见，生态文学作为一种文学创作样式，是"以注重人与自然的和谐及提倡自然中心主义反对人类中心主义为旨归，

---

① 赵奎英：《从生态语言学批评看"生态"与"环境"之辨》，《厦门大学学报（哲学社会科学版）》2013年第5期。
② 王诺：《生态批评：界定与任务》，《文学评论》2009年第1期。
③ [英] R. J. 约翰斯顿：《哲学与人文地理学》，蔡运龙等译，商务印书馆2000年版，第11页。
④ [美] 理查德·哈特向：《地理学的性质：当前地理学思想述评》，叶光庭译，商务印书馆1996年版，第3页。

其文学特征在于以生态思想和生态视角为出发点,将自然为本的文学和以人为本的文学相并列"①。由此决定了生态文学乃是"跨学科"的文学,成为生态哲学与文学的联姻,因而生态文学便成为一种跨学科的"人类与自然的命运考辨",是人类在反思自然生态之后进而开始反思文化生态的结果。生态文学督促人类用生态文化精神去重新审视世界艺术未来发展的可能性,一方面要求自然生态平衡,另一方面要求人的精神生态的平衡。不过,并非所有书写自然的作品都是生态文学,严格的生态文学是指具有明确现代生态文化意识的文学创作。② 所以生态文学本质上是哲学意味的文学创作或者干脆说是一种"问题"写作。在这个意义上,那些具有生态文化意识的传统文学作品才能被纳入广义生态文学作品的范围。

20世纪80年代以来,中国加快推进工业化步伐,造成了一系列严重的生态环境问题。受此刺激,也受到西方生态文化、生态文学作品的影响,中国作家开始了生态文学创作。尽管在此后的时间里发展相对迟缓,但时至今日也取得了重要成就。20世纪80年代算是中国生态文学创作的第一个阶段,以散文随笔和报告文学为主。20世纪90年代到21世纪初期是中国生态文学创作的第二个阶段,表现形式扩展到了诗歌、小说、戏剧影视等艺术方式。在30多年的发展过程中,涌现出了一些重要的生态文学作家,他们在创作中大胆反映、暴露中国社会面临的严峻生态问题,促使人们积极探寻造成问题的根源。这些创作已在社会上引起了不小的反响。

生态文学创作自然关联到一种新的文学批评方式——生态批评,也就是生态诗学。所以,言说生态文学的时候必须同时论及生态批评或生态诗学。20世纪80年代以来中国文坛的生态文学现象其实是由生态文学创作和生态批评两者共同造就的,且后者的声势事实上超越了前者。所以,面对生态文学现象时指向生态文学的批评范式更加符合中国的实际。在这个问题上,还必须强调,生态文学创作本来不同于一般生活体验式的文学创作,而是生态主义思想指导下具有强烈问题意识和使命担当的特殊文学形式。至于中国的生态文学创作,在相当程度上又直接受到西方生态文化、生态文学批评方式的影响。

有学者对生态批评下过这样的定义:"生态批评是在生态主义,特别是生态整体主义思想指导下探讨文学与自然之关系的文学批评。它要揭示文学作品所反映出来的生态危机之思想文化根源,同时也要探索文学的生态审美及其艺术表现。"③ 可见,生态批评的对象非常明确,就是自然环境与文学表现之间

---

① 王岳川:《生态文学与生态批评的当代价值》,《北京大学学报(哲学社会科学版)》2009年第2期。
② 王岳川:《生态文学与生态批评的当代价值》,《北京大学学报(哲学社会科学版)》2009年第2期。
③ 王诺:《生态批评:界定与任务》,《文学评论》2009年第1期。

的关系。生态批评是在人类和整个地球的生存危机这个大背景下产生的,是人类防止和减轻环境灾难的迫切需要在思想文化领域里的表现,是在具有社会和自然使命感的批评家对拯救地球生态的强烈责任性驱使下出现的。① 从思想渊源看,生态批评主要吸取的是生态学的基本思想,主要包括整体观、联系观与和谐观。更准确地讲,生态批评主要吸取的是生态哲学的思想。生态批评的主要任务,就是要通过文学来重审人类文化,进行文化批判,探索人类思想、文化、社会发展模式是如何影响甚至决定着人类对自然的态度和行为,又如何导致了环境的恶化与生态的危机。其目的就是要扭住文学乃至整个文化与自然的关系这个中心,"历史地揭示文化是如何影响地球生态的"②。

生态批评与地域文学、文学地理学之间的关系是怎样的呢?有学者对这一问题进行了探讨,认为生态批评中的"生态"是指"自然"生态。生态批评适当的限定就是"研究人与自然的关系问题"。这和文学地理学关注的对象明显不同。"文学的地理批评主要关注的不是文学作品中的生态问题,也不是文学作品中的环境问题,而是文学作品中的自然地理要素存在的形态与发挥的作用,是作家与他所生存的自然山水环境之间的必然联系与深刻关系。""生态是一种现实的问题,环境是一种表面的现象,而地理却决定着文学作品的本质,甚至总体格局。"③

指出生态批评与文学地理学之间的区别显然是必要的、有意义的。生态批评与文学地理学的区分在一定意义上是明确的,生态批评针对的是文学中的生态表现,这是由现实生态问题促成的;而地理问题对文学作品而言具有普遍的根的性质,确实具有决定文学总体格局的重要意义。但是,邹建军、周亚芬所写文章的区分似乎粗疏了些,而且过于强调它们之间的区别,以致忽略了它们之间的联系。邹建军、周亚芬所写文章并没有在逻辑上捋顺生态、环境与地理的关系,说到生态强调它是"一种现实的问题",说到环境又说它是"一种表面的现象",说到地理却强调的是它对文学的意义。显然,这不是同一性质的问题,应该是不可比的。实在来讲,不管是生态、环境,还是地理,对文学而言都可构成现实问题,都可成为表面现象,又都能对文学构成意义——当然作用的方式和程度并不完全相同。好在生态批评与文学地理学之间的区别是明显的,我们不必在这些细枝末节上纠缠。然而生态批评与文学地理学之间的联系却不容忽视。我们知道,文学地理学的研究对象是文学与地理环境之间的关

---

① 王诺:《生态批评:发展与渊源》,《文艺研究》2002年第3期。
② 王诺:《生态批评:发展与渊源》,《文艺研究》2002年第3期。
③ 邹建军、周亚芬:《文学地理学批评的十个关键词》,《安徽大学学报(哲学社会科学版)》2010年第2期。

系，这样必然会涉及文学作品所表现的生态环境问题。可见，生态批评与文学地理学在内容上有交叉的部分。生态批评和地域文学研究的关系也是这样，因为生态批评总是经常面对文学生态环境的地域书写，实际总是向地域发声的。事实上，说到生态批评与文学地理学的联系，最为根本的还在于两者秉持的共同思想原则。这一点，邹建军、周亚芬倒是注意到了。他们说："在文学的地理学批评与研究中，我们应当采取的是一种人与自然和谐共生的态度，以适应人类未来发展的需要。……处理好自然与人类的关系，是文学地理学研究的核心问题，是我们从事文学地理学研究的精神指向之一，也是文学地理学研究的实际目标之一。"[①] 这何尝不是生态批评的精神坐标呢？这决定了生态批评获得了和文学地理学一样的广泛性。既然注意到了这样一个关联的根本原则，文章为什么无视生态批评与文学地理学的密切联系呢？

生态批评与地域文学、文学地理学之间的联系还表现在，它们都是"跨学科"的研究范式。文学地理学跨越文学与地理学、历史学、文化学、人类学等，地域文学研究跨越文学、文化学、方志学、民俗学等，而生态批评明显也是跨学科的，它"从科学研究、人文地理、发展心理学、社会人类学、哲学（伦理学、认识论、现象学）、史学、宗教以及性别、种族研究中吸取阐释模型"[②]，这又从另一方面显示了三者的紧密联系。

意识形态也是三者比较和联系的一个视角。从意识形态角度看，生态批评具有强烈的思想文化批判性，表现出介入性的强烈实践精神，意识形态性最为浓厚。地域文学研究因为具有强烈的地域期待视野，也表现出明显的意识形态意味。文学地理学着眼于人地关系，虽然较前两者意识形态性相对淡化一些，但其意识形态特性本身是不容否认的。

然而从显而易见的一方面来讲，生态批评与地域文学、文学地理学之间的联系，笔者以为还在于它们都是面对了 20 世纪后半叶西方文化"自然转向""地球转向"的结果。[③]

生态文学与生态批评在中国已经得到了一定程度的发展。但是，就目前的状况而言，做得远远不够。这对中国学者而言是难以接受的。因为中国传统文化很早就建立了"天人合一"的文化系统，一直看重和追求人与自然的和谐，积累了极为丰厚的生态文化资源。生态批评"为中国学者提供了一个难得的

[①] 邹建军、周亚芬：《文学地理学批评的十个关键词》，《安徽大学学报（哲学社会科学版）》2010年第2期。
[②] 王岳川：《生态文学与生态批评的当代价值》，《北京大学学报（哲学社会科学版）》2009年第2期。
[③] 参见王岳川：《生态文学与生态批评的当代价值》，《北京大学学报（哲学社会科学版）》2009年第2期。

走向世界学术论坛的契机"①。所以，中国学者在生态文学创作和生态批评方面理应当仁不让，而且应该早日有所建树。这和中国学界在文学地理学建设方面面对的形势何其相似。

四、总　结

虽然不能抛开中国深厚的历史传统谈论问题，然而，从直接性上讲，文学地理学、地域文学研究与生态批评都是20世纪西方文化空间转向的结果。文学地理学是研究文学与地理环境关系的学科，文学地理空间是其关注的焦点。地域文学研究着重面对文学的地域文化特性，区域文学空间便成为它关注的中心。生态批评关注的是文学与自然生态环境的关系，实际也是在空间意义上展开的。这正应了福柯的话，福柯曾经断言，眼前的时代首先是一个空间时代。检视20世纪80年代以来在中国日益流行的三种重要文学研究范式，倒可以清晰把握当代中国文化的空间化趋向。

笔者以为，把握了文学地理学、地域文学研究和生态批评三者的空间性，就算抓住了这三种文学批评范式最根本的意义。约翰斯顿认为，文学是"对人们如何经历他们的世界的一种透视"②。文学地理学、地域文学研究和生态批评三者的空间实践就是对约翰斯顿所说的"世界"的回应。回应的最好方式当然是实地感受或者去做田野调查。这是文学地理学赋予文学研究的有效方式。而地域文学研究想要做得好，研究者也必须浸淫到地方中，对地域文化获得深切的感受，因为一个地方的个性"只有在实地才能经验和鉴别它"③。至于生态文学的创作和批评更必须实现对现实生态环境切肤的体认。这里最好引述一下卢梭和佩斯塔洛奇的格言："关于世界的知识是由步行和长途旅行中直接观察自然得到的。"④（这关系到文学知识的源泉问题）地理学大师李特尔反对"圈椅里的地理学"也是同样的意思⑤。这些都在提示人们，文学地理学、地域文学研究和生态批评都必须有一种可贵的科学精神。

在目前中国学术界，积极推动文学地理学学科建设，积极推动地域文学研

---

① 王诺：《生态批评：发展与渊源》，《文艺研究》2002年第3期。
② 转引自［英］R. J. 约翰斯顿：《哲学与人文地理学》，蔡运龙等译，商务印书馆2000年版，第128页。
③［英］R. J. 约翰斯顿：《哲学与人文地理学》，蔡运龙等译，商务印书馆2000年版，第16页。
④［美］理查德·哈特向：《地理学的性质：当前地理学思想述评》，叶光庭译，商务印书馆1996年版，第38页。
⑤［美］理查德·哈特向：《地理学的性质：当前地理学思想述评》，叶光庭译，商务印书馆1996年版，第43页。

究和生态批评都是非常必要的，这里没有一个谁主谁次的问题。但是，在相互之间的影响力上，笔者以为文学地理学显得似乎更为突出一些。前文已经提到，地域文学研究很大程度上是文学地理学的一个组成部分，大力建设文学地理学，可以为地域文学研究提供良好的理论支撑，有效克服地域文学研究方面的一些不足，而文学地理学的理论建设也可以从一个侧面对中国生态文学创作和生态诗学建设产生积极的影响。

中国文学地理学的理论建设早已被提上了议事日程。随着这门学科的日益成熟，它对于中国文学研究的意义将更加凸显。这将是中国文学研究日益切近它研究对象的"生命现场"，寻找到它的"生命依托"，开掘出它的"意义源泉"，创造真正的"大文学观"的重要契机。①

今天中国学界热火朝天建立文学地理学学科的劲头势必会引起国内外学者的关注。虽然"文学地理学"概念的提出及相应理论建构最早不是中国学者所为，但是，中国学界建设文学地理学学科的热情和雄心恐怕不是西方学者所能比的。陶礼天曾经考查过西方文学地理学的"过去"，指出："西方文学地理学的提出和研究，应该是间接受到中国古代有关这一方面的学说和理论文献的影响。因为孟德斯鸠的著作，实际上运用了中国这方面的丰富文献。……梁启超提出'文学地理'这个概念及其研究思路，当是受到孟德斯鸠《论法的精神》和当时日本译介西方人文地理学有关；而《论法的精神》又受到中国古代相关文献关于文化地理风俗记载和论述的影响。"② 可能是受到手头所掌握的研究资料的限制，陶先生在这里没有提及康德，这是立论的不足。但是，陶先生指出了西方文学地理学的提出和研究乃是间接受到中国古代相关学说和理论文献影响的结果，却是具有重要意义的。这其实从一个重要方面回答了当前中国学界为什么极为重视文学地理学学科建设，原因就在于中国有着雄厚的建设资源。其实，岂止是文学地理学，地域文学研究、生态批评也是这样。从资源来讲，这三种文学批评范式都在显示中国的优势所在，似乎在从学术层面迎接"中国时代"的到来。

（陈一军：陕西理工学院文学院副教授、文学博士、硕士生导师）

---

① 参见杨义：《文学地理学的渊源与视境》，《文学评论》2012年第4期。
② 陶礼天：《略论文学地理学的过去、现在和未来》，陶东风、周宪主编：《文化研究》（第12辑），社会科学文献出版社2012年版。

简论文学地理学对现有文学起源论的修正

邹建军 张三夕

文学地理学是从地理的角度来研究文学，不只是从地理的角度来研究文学作品的内容与形式，还可以研究文学的起源、文学的本质、文学的历史、文学的构成、文学的传播等问题。从前我们对于文学的研究，特别是对于文学史的研究以及对于作家作品的研究，往往是从时间的角度进行的，而从空间角度进行的研究，明显存在严重的不足。空间当然不等同于地理，但与人类所生存的地理环境及地理空间存在很大关系，因为我们每一个人都生活在特定的时空之中。在这个世界上，只有时间而没有空间是不可想象的，而所谓"空间"，主要就是由地理（文学地理学所谓的"地理"，本质上就是"天地之物"，即人在天地之间所能够看见的所有事物，东西南北、上下左右）所构成的，大地、天空、风云雷电、水文、气象、物候等，都是重要的地理因素。所以，空间对于人类的影响，在某种意义上可以说超过时间对人类的影响。时间一般不易把握，从物理学上来说是一种抽象的存在，从哲学上来说是一种具象的存在；而空间却是一种具体的存在，世界上没有一个人不生活在特定的空间之中，不论是穷人还是富人，是东方人还是西方人。因此，文学对于时间的把握往往可以体现出作家对于生命流逝的感受，而文学对于空间的认知，往往体现出作家对于生命存在形态的把握。我们从前的文学研究并不注重文学产生的地理环境、作家生活的地域环境、文学构成的空间形态和文学传播的区域优势，以致使中国文学研究存在严重的缺失，甚至影响文学理论中对文学来源、文学发生、文学产生问题的认识水平。

一

文学地理学研究自古就有，不论是中国还是西方文论史上，都有比较丰富的关于文学与地理关系的论述。但是文学地理学作为一门学科起步较晚，在西方大概有半个世纪的历史，在中国最近三十年才真正地丰富和发展起来，且取得了丰硕的成果，提出了一些重要的创见。其中，对于文学的起源、产生与来源问题，文学地理学者也有了一些新的发现。在西方，早在19世纪初叶，法国学者斯达尔夫人就把欧洲文学划分为南方文学和北方文学，认为南北文学之所以存在巨大的差别，其根源在于它们产生于完全不同的地理与气候区域，这些环境因素对南北作家的文学创作产生了有史以来至关重要的影响。虽然她并没有全面地论及文学的发生、起源与来源等理论问题，但从其主要的文学观点来看，她认为任何国家与民族文学的起源、发生与来源，都离不开特定的地理环境以及在此基础上产生的地域文化，文学产生的基础与前提就是各自不同的地理环境与地域文化。著名学者丹纳在他的《艺术哲学》里，也认为一个民族的文学的基本内容、基本情调和艺术风格，总是由特定的地理环境、气候与人种所决定的，这就是有名的"地理环境决定论"。在中国古代如《淮南子》《汉书·地理志》《风俗通义》《隋书·文学传序》等都有这方面的论述，只不过论述不太集中、学科意识不强，因此没有引起后世的特别关注。近代刘师培提出了著名的"南北文学不同论"，认为中国的南方文学和北方文学存在很大的不同，其原因在于中国南方和北方的地理环境与气候环境存在着很大差别，在此基础上形成的民族文化与民风民俗等也存在很大的区别，南方文学与北方文学也同样是如此。

当然，对于这个问题也有不同的见解，程千帆先生在《文论十笺·南北文学不同论》的总评中就曾经指出："吾国学术文艺，虽以山川形势、民情风俗，自古有南北之分，然文明日启，交通日繁，则其区别亦渐泯。东晋以来，南服已非荒徼；五代以后，中华更无割据。故学术文艺虽或有南北之分，然其细已甚，与先唐大殊。刘君此论，重在阐明南北之始即有异，而未暇陈说其终则渐同，古则异多同少，异中见同；今则同多异少，同中见异。此其今古之殊，亦论吾华文学发展之地理因素所不可忽者也。且地理区分，于文学之发展，固不失为重要之因素，然实非决定性之条件。刘君此论，于我国文学南北之殊，强调过甚，遂若舍此一端，即无以解释周、秦以次文运之变迁，此亦一往之见。"[①] 在这里，程先生认为中国文学发展的地理因素，是有一个发展演变过程的，可以唐为分界线，在先唐文学中南北差异较大，而在唐以后的文学中，南北差异越来越小。程先生批评刘师培在论文学与地理关系时对南北差别强调过甚。我们觉得程先生的这个观点，说明地理与文学有密切关系，但不宜把地理看作是推动文学发展的唯一"决定性之条件"，是符合中国文学史发展的基本事实的。程先生的观点，同样是中国历史上关于文学与地理关系的重要论述之一。当代学者曾大兴教授认为，中国自古以来的文学，东、西方的差别其实比南、北方的差别还要大，而之所以存在这样的差别，也是由于地理环境与气候环境的不同，这种不同的地理环境对于人的影响，特别是对于诗人、作家的影响是十分显著的，而学术界还少有人认识到这个问题的重要性。

从以上学术界提出的观点可以看出，文学的发生、起源与来源，与特定的地理形态与地域文化存在密切的关系。文学产生的主体自然是人，而不同地区

---

① 莫砺锋编：《程千帆选集》（上），辽宁古籍出版社1996年版，第487–488页。

的人之所以可以创作出不同的文学，是因为不同的地理环境与地域文化对人所产生的影响不同，不同的文学作品的创作是通过地理环境对人的影响，也就是对作家的影响而实现的。因此，在文学的起源与发生的过程中，地理或地域显然是最重要的因素之一，比起所谓的"社会生活"来更加重要，有时候还可以起到一种决定性的作用。而现有的文学理论教材中对于文学起源、发生与来源的论述，则完全忽略了这一点。这是一个至关重要甚至重大的问题，因为文学产生的主体是人而不是社会，作家也不完全是由社会所决定的，"社会生活"也不可能是文学的唯一来源，文学也不可能只是产生于劳动，更不只是产生于游戏。相反，文学产生于地理环境与地域文化，离开了地理环境与地域文化的支撑，民族的文学与地方的文学就不可能产生，而没有各民族的文学与各地方的文学，就没有所谓人类的文学存在。

二

在中国现有的文学理论体系中，关于文学起源的观点是基本一致的，那就是文学起源于人类的劳动，来源于人类的社会生活。这样的观点集中体现在几本有影响力的文学理论教材里。

首先，我们来看一看20世纪80年代初期一批文艺理论家的相关论述。以群主编的《文学的基本原理》第一章讨论了文学与社会生活的关系。在其第一节中，集中讨论了文学的起源问题。在列举了古人多种关于文学起源的观点之后，编者明确指出："上述的事例说明，最初的一切文学艺术，都是来源于原始人的劳动生活和生产斗争。它们或者是直接产生于劳动生产的过程中，成为原始人组织劳动、鼓舞劳动的一种手段；或者是模仿和再现劳动生活的情景，以娱乐和教育本部落成员；或者是以幻想的形式来表现原始人战胜自然、争取丰收的理想和愿望。"[①] 这里用的"来源于"一词，表明是针对文学的内容而言的，也就是说编者认为人类最初文学的内容是来源于原始人的"劳动生活"和"生产斗争"，并讨论了这种来源的三种情况或三个方面。是不是原始人类社会的所有文学作品都是来源于"劳动生活"，可能需要进行辩证，因为所谓"劳动生活"的内涵比较稳定或固定，那就是：原始人为了生存而进行的活动。原始人类的文学都是来源于"劳动"或"劳动生活"？这个结论显然是存在问题的。同时，所谓"生产斗争"，则是一种阶级斗争年代的特有表述。编者同时还强调指出："文学艺术起源于劳动，原始社会的文学，来源于原始人的劳动生活和生产斗争，与当时的社会生活有着极明显的直接联系。到

[①] 以群主编：《文学的基本原理》，上海文艺出版社1964年第2版，第61页。

了阶级社会形成以后,随着社会生活的发展和阶级的分化,文学与社会生活的联系,特别是与人们的生产活动的联系,就不像原始时代那样表现得直接和简单,而是呈现出复杂曲折的情况。"① 在阶级社会里文学是呈现出了如何"复杂曲折"的情况,编者没有更多的论述,而只是说明在人类进入阶级社会以后,文学与劳动生活的关系有了很大的发展与变化。但是,这里开宗明义地提出"文学艺术起源于劳动",与刚才说的"文学艺术来源于社会生活"显然是不一样的表述。文学是不是起源于"劳动",下文再做详细的论述;人类早期的文学是不是都来源于"社会生活",也是一个值得关注与讨论的问题。关于这个问题,该书编者还明确地指出:"社会生活是一切文学艺术创作的唯一源泉,这是为全部文学艺术发展的历史所证明了的一个客观真理。"② 后面编者还引述了毛泽东同志《在延安文艺座谈会上的讲话》中的一长段话进行证明。"社会生活"是指因为人与人之间的关系而形成的生活形态,而"一切"与"唯一"这两个词,则对此进行了严格的限定,具有一种不容讨论的气势,它们的含义都是没有例外而全部在此,不需要任何讨论。人类早期的文学是否来源于社会生活,这是一个存在疑问的命题,因为在那样一个时期,所谓的"社会生活"是一个什么样子的?在原始阶段是不是存在"社会"也还是一个问题。并且,那个时期的文学作品,许多主题、题材都与自然相关,反而与所谓的"社会"关系不大,比如说中国最早的神话与传说,有哪些是社会生活的表现呢?无论是"后羿射日"还是"嫦娥奔月",无论是"大禹治水"还是"夸父逐日",反映的都是人与自然的关系,表达的都是人对自然环境的认识。然而,在这本重要的文学理论教材里,关于文学的起源也好、发生也好,文学的来源也好、内容也好,都没有涉及自然与地理的问题,似乎文学只与所谓的"社会"相关,而与人所生活的自然、地理、环境、气候等没有任何关系,似乎也没有强调文学与人、自我与他者之间的关系,完全脱离了人所生长与生存的重要基础与基本条件。显然,这样的关于文学起源与来源的论述,是存在严重问题的。

中国另外一本流行的《文学理论》(刘安海、孙文宪主编)教材与上一本文学理论教材关于文学起源、发生与来源的认识有所不同,似乎表明中国当代学者对于文学的认识发展到了一个新阶段。他们认为文学与生活之间的关系是一种特殊的关系,而不是一种一般的关系。编者这样认识文学和生活之间的特殊性:"这种特殊性体现为:文学既源于生活又高于生活;文学既是反映生活

---

① 以群主编:《文学的基本原理》,上海文艺出版社 1964 年第 2 版,第 62 页。
② 以群主编:《文学的基本原理》,上海文艺出版社 1964 年第 2 版,第 65 页。

的产物,又是超越生活的创造。"① 这样的表述从表面上看来是没有问题的,并且还很辩证、很科学。然而,还是没有脱离所谓的"生活"是文学来源的论调,只是强调"文学"还"高于"生活,并不等同于"生活"本身。所以,编者认为要认识文学和生活的关系,可以从两个角度来进行思考:"第一个是发生学的角度,思考文学从何而来的问题。从这个角度看,文学作为精神活动的产物,它的发生和发展都离不开社会生活,所以人们常说生活是文学的源泉。第二个思考的角度是价值论的角度,讨论人类为什么需要文学,或者说,文学对于人生究竟有什么意义。从这个角度看,文学是为满足人类审美的精神需求而存在和发展的,生成于主体对人生的审美把握,它要求必须以想象而不是摹写或复制的方式把握社会生活,因此文学又往往高于生活。"② 第一,编者把以前学者所说的"社会生活"简化为"生活",让文学所"源于"的对象更加宽泛,这样人们对其的理解也可能更加准确与科学;第二,编者认为文学的"发生与发展"都"离不开"社会生活,但并没有说"一切"与"唯一",相比之下显然是有所进步了;第三,文学"生成于"主体对人生的"审美把握",首次点明了在文学发生的过程中,"人"作为创作主体的价值与意义;第四,文学必须以"想象"的方式而不是以"摹写或复制"的方式反映"生活",所以文学又"高于生活",指出了文学与生活之间的真实关系。显然,出版于20世纪末的这本文学理论教材,比起此前出版的那本文学理论教材,在文学起源与来源问题的认识上有了巨大的进步,因为这种论述在文学起源与发生问题的认识上,为人们提供了更加广阔的空间,从而也有了更为准确、科学与更为辩证的认识。然而,它仍然没有涉及文学产生的重要因素——地理环境,似乎文学只与人、人的生活、人类社会和主体对于人生的审美把握有关,而与人类所生存的自然环境、气候环境、地理空间、地域文化没有任何关系。显然,这不仅不符合文学史的事实,也不符合文学产生的实际根源与文学发生的真实动因。没有地理环境就没有人类的起源,更不会有人类的发展,文学是由人所创造的,没有人类也就不会有文学,所以地理作为根源与基础对于文学所产生的影响,也是通过人来实现的。具体来说是通过作为个体的诗人与作家而实现的,并且许多文学作品也产生于人对于自然地理的感知与认识,特别是在人类的早期,所谓文学或与文学相关的文体,首先是产生于人对自然的感知与对地理的认识,古希腊的神话以及其他各大洲的原始神话,都一再地说明了这样一点,从人类的发展历史来看,基本上找不出反证。对于人类其他成员的认识和自我的认识,都放在了后面,甚至是无足轻重的地位。而我们的

---

① 刘安海、孙文宪主编:《文学理论》,华中师范大学出版社1999年版,第16页。
② 刘安海、孙文宪主编:《文学理论》,华中师范大学出版社1999年版,第16-17页。

许多文学理论教材却一再忽略了这样一个最基本的事实。

在一本2009年出版的《文学理论》教材中,对于文学的起源则有这样的论述:"文学的发生,客观上需要一定的物质基础和生理条件,主观上需要一定的心理条件。劳动为人的生存、发展提供了物质基础,为文学发生创造了客观条件。同时,人类自身的审美意识也首先萌发于劳动,并随着实践的发展而发展。"① 前面关于劳动与人的关系的论述都没有什么大的问题,只是有的观点需要辩证:"劳动"为人的生存和发展提供了物质基础,然而在这个世界上不是所有的物质基础都是"劳动"提供的;"劳动"为文学发生创造了客观条件,但文学发生的客观条件并不都是"劳动"所创造的。同时,人类自身的"审美意识"也"首先萌发于劳动",人类在"劳动"中可以有审美活动,但不在"劳动"的时候也许存在更多的审美活动,所谓的"游戏"与"娱乐"中的审美活动与审美内容,也许更加集中与丰富。在随后的"劳动与原始艺术的发生"这一部分,编者从以下四个方面解读了"劳动是原始艺术发生的根本动因"这个重要的理论问题:第一,劳动为原始艺术的发生准备了生产主体;第二,劳动为原始艺术的发生准备了生产工具;第三,劳动为原始艺术的发生提供了主体需要;第四,劳动为原始艺术创造了形式与内容的早期范型。② 编者在这里说的是"艺术"而不是"文学",显然转移了人们所关注的对象,以"艺术"代替了"文学"。文学是文学,艺术是艺术,虽然是相关的与相近的领域,但毕竟不是一回事。根据西方学者的研究成果,"艺术"早于"文学"发生是客观的历史事实。当然,"劳动是原始艺术发生的根本动因"这个观点大体上是可以成立的,但对于"劳动"要有专门的定义,因为并不是所有的人类活动都是"劳动"。所谓"根本",也就是说还可能有其他方面的、非根本的动因存在。在该书中,编者同时也认为,"劳动推动了原始艺术的发生,但劳动本身毕竟与专门的文学形态尚有一定的距离。正是在劳动中产生和发展了语言和审美意识,才为文学的发生提供了更为直接的推动力量"③。从"艺术"推及"文学",承认"文学"并不等同于"劳动",但在"劳动"中产生的"语言"和"审美意识",为文学的发生提供了直接的"推动力量",这样的论述虽然不十分准确,但相比于以前的论述,已经有了很大的改进,说明我们对于文学的认识和对于艺术的认识有了分别,同时也说明对于文学与劳动的关系、文学与生活的关系、文学与人的关系的认识更加符合历史的事实,也符合文学艺术产生的实际。然而,在这本文学理论教材里,也没有提

---

①本书编写组:《文学理论》,高等教育出版社、人民出版社2009年版,第255页。
②本书编写组:《文学理论》,高等教育出版社、人民出版社2009年版,第258-259页。
③本书编写组:《文学理论》,高等教育出版社、人民出版社2009年版,第259页。

到文学的地方性与文学的地域性，似乎文学只与劳动相关，只与社会生活相关，只与语言和审美意识相关，而与人类的生存环境、人类生活的场景、人类的母亲自然及其地理基础没有任何关系，这样的认识从严格意义上来说，显然也是存在问题的。首先，人类在哪里"劳动"？原始人类可以在真空中"劳动"吗？他们的生理与心理可以独立产生与成熟吗？他们审美意识的对象就是所谓的"劳动"本身吗？如果他们不"劳动"，他们只是散步与睡觉，人类的文学是不是就不会产生呢？作家首先关注的还是自然地理与自然环境，而不是人类自身与人类的劳动，劳动只是他们生存的一种方式和途径，而不是他们生活的全部，自然与地理显然是他们生存的首要因素，因此他们不得不关注与探讨大地天空、风云雷电、风花雪月等，不得不使其成为人类早期文学的重要对象与主要内容。

童庆炳主编的文学理论教材《文学理论教程》第二编第三章第三节《文学活动的发生与发展》，专门讨论了文学活动的原始发生问题。相比于以前的文学理论教材，这部教材的编者比较客观地认识了文学的发生与起源问题，在一一回顾了文学原始发生的几种学说，诸如巫术仪式发生说、宗教发生说、游戏发生说之后，还是认为"文学活动在发生学上的根本原因还是人类最为基本的活动——劳动。劳动是文学发生的起点"[①]，并且从以下四个方面进行了论证：第一，劳动提供了文学活动的前提条件；第二，劳动产生了文学活动的需要；第三，劳动构成了文学描写的主要内容；第四，劳动制约了早期文学的形式。该书着重指出，"将文学活动发生的劳动说与前已提及的诸说比较，劳动说包含了更多真理性成分"，"劳动说不仅是文学发生学诸说中的一种，并且还能合理说明其他诸说，因此'劳动'说应受到更高度的重视"[②]。也就是说，该书的编者在比较了文学发生的巫术仪式发生说、宗教发生说、游戏发生说之后，还是相对肯定了马克思主义的"劳动说"更具有合理性与真理性，而部分地否定了前面的三种旧说。这正好也从一个方面说明我们怀疑从前关于文学起源论的正当性与合理性。因此，我们在此只需要辩证文学是不是发生于"劳动"就可以了，并不需要再去重复地辩驳其他的文学起源论。劳动是不是提供了"文学活动的前提条件"？如果我们把人类的一切活动都称为"劳动"，那么从哲学上来说这个观点是可以成立的。然而"劳动"是不是包括人类的一切形式的活动呢？显然并不是这样。吃喝拉撒显然不是"劳动"，谈情说爱显然也不是"劳动"，所以对于这一论断还是大可怀疑的。"劳动产生了文学活动的需要"，似乎是说只有在"劳动"之后人们才有了文学活动的需求，如

[①]童庆炳主编：《文学理论教程》（修订版），高等教育出版社1998年版，第60页。
[②]童庆炳主编：《文学理论教程》（修订版），高等教育出版社1998年版，第62页。

果没有"劳动"则没有文学活动的需要。显然无论是在人类的早期还是现在，许多文学活动恰好是在没有"劳动"的时候发生的，与劳动本身没有什么关系。无论是在人类的早期还是现在，文学描写的主要内容也许不是"劳动"，在早期主要是对于自然的观察，在后来主要是人类的内心世界与社会生活，因此说"劳动构成了文学描写的主要内容"，似乎也没有确切的统计数据。"劳动制约了早期文学的形式"，早期文学的形式比较简单，并且总是一种综合性的形态，主要是由于人类的思维水平与当时的生产条件受到限制，并不完全是由于"劳动"所制约的。所以，从这本有很大影响力的文学理论教材中，我们可以看到它的进步性与客观性，然而该教材仍然坚持文学活动发生于"劳动"的观点，从来没有认识到人所生活的环境对于文学所产生的影响。不过，该书编者在这里提出"文学活动"的概念，不再像从前的文学理论教材里只是谈"文学"的发生与起源，也许显得更加客观与综合。

三

文学地理学研究成果表明，文学的产生与原始人类对自然环境的认识有着十分重要的关系。自人类在地球上出现时开始，他们首先不是对自我的认识，而是对自然的认识，对于天地风云的感知占据其一生的重要地位。从中国最早的诗集《诗经》中可以看出，表现自然的诗篇占了很大的比重，虽然表现人与人之间关系、表现人与自然之间关系的诗作也不少，但相比之下，表现自然本身的诗作更多。也就是说，"社会生活"是文学的"来源"或"唯一来源"的观点是需要认真辨析的。什么是"社会生活"？社会生活即人与人发生关系以后，在人类群体之间所形成的社会网络结构。这个概念和自然与自然之间、人与自然之间的命题，似乎没有什么直接关系。比如我们说"中国社会"，显然与中国的自然山水没有什么直接关系，也不涉及中国人与自然之间的直接联系。"社会"一词虽然可能包含着时间与空间，然而如果说"社会"与"自然地理"有着什么联系，则不合时俗。因为在我们的"社会"概念中，只是就人类而言，指人与人之间所形成的关系结构，这是十分清楚的。那么，"社会生活是文学艺术的来源"的观点就是存在问题的，说"社会生活是文学艺术的唯一来源"的观点，则存在更大的、更为严重的问题。这里，我们还只是说"来源"的问题，而不是"起源"的问题。"来源"与"起源"显然不是一个问题，一个是说文学的内容与形式是从何而来的；一个是说人类的文学是如何起源，即如何发生的。前者是一个文学对象的问题，是一个关于文学本质存在的问题；后者是一个文学发生的问题，即最初的文学是如何起源的，是一个文学起源的历史问题。

我们在此要对相关的两个权威观点提出不同的甚至是反对的意见。首先，就文学的发生来说，文学不可能起源于"劳动"；其次，就文学的起源来说，文学也不可能发生于"游戏"。在古代，有一部分文学作品可能是反映劳动生活的，如被认为是中国最早诗歌之一的《弹歌》，就是写劳动人民狩猎生活的，然而也有许多文学作品与劳动生活无关，如《诗经》的开篇《关雎》就是写爱情的，与"劳动"没有什么关系。屈原的《离骚》是写诗人自我被流放的悲惨命运的，似乎与"劳动"也没有什么关系。不能说"劳动"即身体为生存而进行的运动，为人类的直立行走提供了机会，"劳动"也促使了语言文字的产生，似乎文学就起源于"劳动"，因为"劳动"只是人类生活的一个方面，不是所有的内容与方式，"劳动"也不是文学本身，甚至与文学还有相当的距离。因此说文学起源于"劳动"的观点是站不住脚的。"劳动"在人类的历史发展过程中发挥了重要作用，但这个作用的发挥是一个相当漫长的过程，它为人类文学的产生创造了必要的手与脑的条件，也创造了必要的心理条件，但文学并不就是因此而"起源"了，而"发生"了。同时，文学也不可能就发生于"游戏"，因为那个时候的人类总是为了生存而奔波，恐怕也没有条件进行什么"游戏"，既没有这样的闲心，也没有这样的手段。根据现存人类最早的一批文学作品来看，也很难看出有多少文学作品是产生于"游戏"的。一些文学作品有可能产生于宗教仪式，但因为信仰而产生的宗教仪式，显然不是所谓的"游戏"。所以，"文学产生于劳动"与"文学产生于游戏"这两种长期以来被认为是权威的观点，只是揭示了部分文学作品产生的事实，而不可能揭示所有文学的起源。屈原的《离骚》是产生于劳动吗？是产生于他个人的劳动还是集体的劳动呢？《荷马史诗》是产生于劳动吗？是产生于荷马个人的劳动还是集体的劳动呢？显然，不是用一个"劳动"这样的词语就能够说明与概括所有文学产生的形态，揭示所有的文学艺术的本质。人类早期社会文学的发生与起源问题，比我们想象的要复杂得多、曲折得多。

其实，最初的文学产生于人类对于自然的认识、对于人的认识以及对于自我的认识，而首先是对于自然的认识。在对自然的认识里，最主要的就是对于天地之物的认识，在此基础上才有对于自我的探索。而所有的历史表明，早期人类这样的种种认识，与"劳动""游戏"没有必然的联系，也少有直接的关系。在这个漫长的历史过程中，人类对于自然的认识是第一位的，对于人类其他成员的认识是第二位的，对于自我的认识是第三位的。特别是在人类的早期即所谓的原始社会里，文学作品更多的是表现人与自然的关系，而不是表现所谓的社会意识形态。在那样一个交通不便、通信不便的时代，整个人类处于部落时代，所谓"社会"也只是一个很小的范围，社会的"边界"也是相当清楚的，在这种情况下，"社会"对于文学的影响是相当有限的。相反，作为个体的人对于自然的感受则特别敏感，对于他者的认识只是限于自我的群体，而没有现在所谓的包罗万象的社会形态与社会存在。即使是到了封建社会最繁荣的唐宋时期，山水诗、田园诗、隐逸诗也还相当发达，在中国诗歌史上占有很大的比重；山水游记作品也发展起来，并且受到了人们的高度重视。如果我们认为《山海经》《淮南子》《水经注》这样的作品，或者说是西汉以前的文学作品以及与文学相关的作品，都是文学作品或文学的早期形态，那就可以更加有力地证明文学的起源与人类对自然的关注存在更为重要的关系，从而在一定程度上否定文学产生于"劳动"、文学起源于"游戏"的观点。当然我们所说的"早期"，也并不就是说中国社会的原始时期，而是指中国文学历史上所谓文学之所以成为文学的时期，即"文学的自觉时代"到来之前。因为这个时期所产生的作品并不发生于"劳动"，也并不发生于"游戏"，而是产生于人类对自然的观察与记录，产生于人类对地理的考察与探索。显然，它们也是中国文学史上最早的作品之一，虽经后世学者编注与阐释，但基本的形态保存了人类对于自然与地理的观察与思考，成为中国历史上十分宝贵的文学与地理文献之一。我们如何能够说它们起源于"劳动"呢？我们如何能够说它们起源于"游戏"呢？

四

其实就文学发生而言，在中国古代文论史上有名的关于诗歌（广义的文学）发生的三种主张，即"诗言志""诗缘情"和"感物说"中，陆机提出的"感物说"最值得引起我们的关注。"诗言志"是指诗歌（也就是"文学"）产生于诗人（作家）的胸中之意与心中之志，是诗人（作家）自我情感与思想的表达；"诗缘情"其实与此相似，强调的是诗人（作家）自我的情感与情意，也包括了诗人（作家）的思想与观念。然而，所谓"志""情"是从何而来的呢？从人类早期文学作品的内容而言，它们与诗人（作家）的自我之间存在直接的关系，即它们所表现的自然是诗人（作家）自我心中的"情"与"志"；而每一个作家心中的"志"与"情"之所以产生，则来源于自然、作为他者的人类成员、诗人（作家）的自我三个方面。而在这三个方面中，对于自然的感兴与认识则是诗歌（文学）作品最基本的内容与最直接的途径。"感物说"之所以有重要的价值，原因在此。我们在这里不是要讨论文学与社会之间的关系，而只是讨论在文学产生的过程中，作家的自我与自然地理之间的关系，即文学产生时的三种形态。"感物说"揭示了作家对于自然的观察及其结果，是许多中国古代文学作品产生的重要途径与方式，而所谓的"言志"与"缘情"之说，并没有揭示"志"与"情"的来源，而从中国古代文学产生的事实而言，作家对于以自然山水为主体的天地之物的观察，是十分重要的、独特的方式。

陆机在《文赋》中指出："遵四时以叹逝，瞻万物而思纷。悲落叶于劲秋，喜柔条于芳春。心懔懔以怀霜，志渺渺而临云。"这就是"感物说"的最直接表达，表明中国最伟大的文学理论家之一对于文学产生的最直观的认识，同时也是具有真理性的认识。中国古代另一位伟大的文学理论家刘勰在《文心雕龙》中也有相关的论述，如说诗人"登山则情满于山，观海则意溢于海"，与陆机的主张是相通甚至是相似的。占中国古代诗歌重要地位的山水田园诗，也一再地说明了文学在很大的程度上起源于诗人（作家）对自然万物的感觉与体认，而不是起源于所谓的"劳动"。李白与王维的诗作足以说明这一点，李白的山水诗与天地等齐，王维的田园诗与日月齐光，更不用说陶渊明与苏东坡了。之所以出现这样的情况，是因为古人认识到了自然在人类生活中的地位与价值。在世界各民族文学发展史上，人类对于自然、自我与社会的认识程度，有一个漫长的历史发展过程。一个人生下来，最早见到的可能是母亲，也许还有家庭的其他成员，这就是诗人（作家）对人的认识；然而，在一个民族的最古老的文学作品里，直接表现父母与家庭成员的作品似乎不多。人类早期文学中对于自我的表现，存在种种不同的情况，在中国则是以屈原为代表的"楚辞"，而被鲁迅称为"文学的自觉时代"则是到了魏晋时代了。然而，人类各民族文学中对于自然万物的表现，则是文学中最为古老的主题；就是在表现人类自身命运的作品中，自然与地理也占据了重要的地位。这就是"感物"作为人类早期文学起源的重要根据之一。

陆机本人的诗作，足以说明他的"感物说"来自他自己的创作实践，我们来看一看《赴洛道中作（其二）》："远游越山川，山川修且广。振策陟崇丘，案辔遵平莽。夕息抱影寐，朝徂衔思往。顿辔倚嵩岩，侧听悲风响。清露坠素辉，明月一何朗。抚枕不能寐，振衣独长想。"这样优美而深厚的诗篇如何可能来源于"劳动"？又如何可能来源于"游戏"呢？它纯粹就是诗人陆机在赴洛阳的途中所见、所感、所悟、所思，与当代中国学者所重视的社会意识形态，也没有发生任何的联系。

五

文学究竟是如何发生的？这是文学理论中的一个根本问题。人类历史上迄今规模最大的《世界文学史》，对于人类各部分早期文学形态有所描述。《世界文学史》指出："语言艺术的产生大概晚于其他一些艺术形式，因为它的材料、它的第一要素是语言，是言语。当然，一切艺术只有在人们掌握了清晰的言语以后才能产生，但是语言艺术的产生要求语言的交际功能达到高度发展的水平，要求语言具备相当复杂的语法词汇形式。最早出现的大概是造型艺术。"① 该书编者在此指出了文学产生的条件之一是语言，并且是比较成熟的、具有表现力量的语言，显然语言是不可能凭空产生的。世界上并不是每一个民族都有自己的语言，然而每一个有语言的民族往往都生存于特定的地理环境之中，他们的语言与特定的地理环境存在最直接的关系。文字的发明也同样如此，世界上存在的几大语系之所以如此，并且总是以地域来命名，并不是没有原因的。在该书中，编者并没有直接指出世界上最古老的文学是如何产生的，可是在下面的篇幅中分别重点分析了人类各地区、各部落的舞蹈、戏剧、歌谣、史诗、原始抒情诗、神话、童话等是如何产生的，以此说明不同地区、不同环境中不同文体产生的不同情况。也就是说，编者也认为文学与艺术的产生与不同地理环境及其所提供的条件有重要关系。

在第一编中，编者认为世界上最古老的文学发生在亚洲和非洲："这些'舞台'是三个文化—历史区域：欧—非—亚地区及其三个中心——尼罗河河谷、底格里斯河和幼发拉底河的河间地带、克里特岛和伯罗奔尼撒半岛；南亚地区及其中心印度河流域；东亚地区及其中心黄河中游流域。这些区域的民族在历史上开始活跃的时间各不相同。第一个区域开始形成文化—历史生活为时最早，在公元前4000年；第二个区域稍迟，在公元前4000年至前3000年之交；第三个区域更迟，在公元前2000年。"② 虽然这样的论述对于我们中国是不利的，因为它认为在三个重要的地区中，黄河中游地区的历史与文化是最迟的。但是，我们也相信这样的文学史叙述是有历史依据的，因此我们可以作为证据证明文学的起源、发生与特定的地理区域是有重要关系的。其一，该书的编者认为艺术的起源比语言文学要早，因为文学的发生需要在语言和文字产生以后，因为文学是语言的艺术，而语言则需要文字记载下来，所以没有语言的时代不可能产生文学，但可以产生艺术；没有文字的时代不可能产生文学，但可以产生艺术。所以原始艺术比原始文学产生要早的论断是能够成立的。也许有的人认为原始社会肯定有口头文学的存在，但因为没有文字记载下来，文字产生以前的文学发生情况，我们也难以认识其真实形态。同时，所谓"口头文学"，在很大程度上不是一种文学形态，而只是一种文化形态。其二，从世界范围来讲，文学的起源是不可能同步的，各种体式也存在不同的起源方式，

---

① [俄] 高尔基世界文学研究所编撰：《世界文学史》（第1卷），陈雪莲等译，上海文艺出版社2013年版，第26页。
② [俄] 高尔基世界文学研究所编撰：《世界文学史》（第1卷），陈雪莲等译，上海文艺出版社2013年版，第73—74页。

编者对此进行了详细的论述，并且是根据不同地区所能够提供的物质条件与地理信息而论述的。其三，人类最早的文学发生在三个不同的地区，不仅有时间上的前后，也有内容上的区别。欧、非、亚的三个不同河谷地区所产生的文学是不一样的，在内容与形式上都存在大的区别。这就是不同的地理环境与地域文化所带来的结果。由此可说明《世界文学史》第一卷的编者拥有文学地理学的相关观念，并有对世界古代文学史进行区域划分的思想，所以该书的论述就有了合理的逻辑结构与科学的叙述方式，从而保证了著作的学术质量与科学品质。

文学的发生、起源与来源是一个重要的学术问题，也是一个重要的历史问题，对于我们理解文学本质、认识文学发展以及理解文学构成形态都会产生至关重要的影响。文学产生于"劳动"被认为是马克思主义的观点，文学发生于"游戏"被认为是古希腊思想家的观点，长期以来国内很少有人提出不同的意见，甚至也少有人怀疑过它们的正确性与科学性。然而，我们在研习文学史的过程中，在从事文学地理学研究的过程中，却发现许多文学作品特别是世界上最古老的文学作品，如神话与传说、散文与诗歌，与人类的"劳动""游戏"没有什么联系。正因为如此，我们才提出文学的发生、起源与来源，与人类早期所生活的地理环境与地域文化有着重要关联的观点，认为文学发生于特定的自然地理环境与人文地理环境，由此而形成各不相同的地方文学与民族文学，由各地方的文学与民族的文学而形成了所谓世界的文学。本文只是进行了初步论述，许多问题还没有展开，也需要更多的历史文献作为支撑，期待各位的批评与指正。

（邹建军：华中师范大学文学院教授；张三夕：华中师范大学文学院教授）

地理意象研究刍议

杜华平

文学研究界在发展转型的内在驱动下，自20世纪80年代末以来就出现了文学地域、文学地理的研究视角，近十年来发展尤其迅猛。这其中，受到历史地理学界的影响，地理意象的研究逐渐起步。2007年出现了白振奎《陆游文学世界中的地理意象与空间想象》一文，该文作者将地理意象分解为地名意象、地形意象和地图意象三方面，对陆游作品做了令人耳目一新的解读。[①] 近五年来，地理意象批评的成果日渐增多，邹建军团队尤其引人注目，陆续有谭咪咪、周钢山、程亚丽、杜雪琴、钟秀、袁循等多人发表了相关论文，与郭萌、庄文泉、胡媛、张起、马吉照、张赢、王建国等人的有关研究桴鼓相应。可以预计，地理意象研究将是文学地理学研究下一个重要生长点。

笔者在近两年提交给中国文学地理学会年会的论文中指出：文学地理空间的书写，要真正实现其文学意义，最终要落到地理意象的营造。[②] 而考虑到目前为止的地理意象研究基本上属于地理意象批评，还非常缺乏地理意象的理论探讨，这无论是对于文学地理学的学科建构还是对于地理意象的具体研究，都是很大的制约。为此，本文试图对此做一较全面的思考。

一、地理意象的双学科来源

早在20世纪80年代，袁行霈先生论古典诗歌意象时，将意象分为五大类，在自然意象这类之下就列有地理意象。[③] 但是袁先生并未对该意象做具体讨论。此后20年，从意象研究文学几乎成为最普遍的研究思路，但基本看不到涉及地理意象的。近些年开始的地理意象研究，概念一般直接援用袁先生当年的意象论观点。袁先生研究意象，严格划分了"物象"和"意象"，强调意象所具有的"诗人主观的色彩"，以及"诗人审美经验的淘洗与筛选""诗人

---

① 白振奎：《陆游文学世界中的地理意象与空间想象》，《文史知识》2007年第12期。此文经修改后，又以《陆游·地理·空间》为题刊发于《中国韵文学刊》2008年第3期。
② 参见杜华平：《论文学地理空间的拓展与深进》，《文学地理学：中国文学地理学会第三届年会论文集》，中山大学出版社2014年版，第13页。
③ 袁行霈：《中国古典诗歌的意象》，《文学遗产》1983年第4期。此文亦收入《中国诗歌艺术研究》，北京大学出版社1987年版。

思想感情的化合与点染"等方面的积极加工。① 地理意象作为意象的子概念，理所当然应突出"地理客体"（地理事物、地理实体）和"地理意象"之间的差异，强调文学家对地理对象所做的艺术加工。最近一些年文学界对地理意象的研究，基本就是按此理解来做的。

与文学研究界相映成趣的是，中国地理学界不是从意象的概念辨析开始，而是从城市意象这一特定的地理意象的实证调研入手的。徐放《居民感应地理研究的一个实例——对赣州市的调查分析》一文发表于1983年，可能是最早的运用实例。② 其研究实际上是直接援用美国地理学家凯文·林奇（1918—1984）的城市意象理论来讨论中国的城市意象。为此，我们需要对凯文·林奇的城市意象理论做必要的了解。在凯文·林奇的理论中，城市意象属于环境意象，它是市民对城市环境的印象："这种意象是个体头脑对外部环境归纳出的图像，是直接感觉与过去经验记忆的共同产物。"它可分析和归纳为三个组成部分，即"个性、结构和意蕴"。从城市规划和建设的角度看，应强调的是城市环境的三点：①"可读性"，即"视觉品质"；②"结构与个性"；③"可意象性"，即"对于任何观察者都很有可能唤起强烈意象的特性"。③ 这一认识在张伟然的有关研究中得到了明确的呼应，他在《中古文学的地理意象》一书中用一句话概括了他的定义："地理意象就是对地理客体的主观感知。"又具体说明道："地理学者不强调意象是否经过某种'加工'，因为人类的环境感知必然要受到其价值取向、文化背景的制约。就是说，凡进入主观世界的客观物象其实都经过了主观的选择。"④ 凯文·林奇和张伟然等人的观点可概括如下：人们对地理客体的感知印象，只要具有清晰可感性（或图像性），都可称为地理意象。地理意象不一定以文学作品的形式表现，而由于一切文学作品所写的都是文学家心中之意、心中之象，所以，所有文学作品中描写的地理客体都可称为地理意象。

根据以上梳理可知，两个学科对地理意象的理解确有相当的差异。最大的差异首先在于地理学界的意象概念超出了文学的范围，落实在了普通人的日常感觉中。其次，在文学界对意象的经典认识中，意象既可说是文学家意中之象，又可分解为"意"和"象"两个部分；而地理学界认识中的"意象"却是不可分解的一个词，其英语形式是 image，即可清晰感知的印象。具体而言，

---

① 袁行霈：《中国诗歌艺术研究》，北京大学出版社1987年版，第54页。另有陈植锷的观点近似而有细化，见《诗歌意象论》，中国社会科学出版社1990年版。
② 徐放：《居民感应地理研究的一个实例——对赣州市的调查分析》，《地理科学》1983年第2期。
③ 以上引文见［美］凯文·林奇：《城市意象》，方益萍、何晓军译，华夏出版社2001年版，第2、3、5、7页。该书英文原版于1960年出版。
④ 张伟然：《中古文学的地理意象》，中华书局2014年版，第13–14页。

其差异还有两个方面：①文学界论意象时，"象"指形象，意象研究的是文学元素中形象性强（通常评为"形象鲜明、生动"）的对象，形象性弱或无形象性的则不在关注范围内。而地理学界并不在乎其形象性、图像性有多强，一切人们能记忆到、感知到的都纳入关注范围。这就意味着文学界和地理学界所关注的意象面一窄一宽。②文学界对意象的研究，重点在文学家的审美把握和艺术表现，即探寻"鲜明、生动的形象"背后的作家之精神、情感和审美。地理学界对意象的研究，重点在梳理存在于人们主观感知和印象中的地理客体的面貌、特点及规律。也就是说由于两个学科各自关切的根本目标不同，在使用同一个"地理意象"概念时，其关注的重点存在较大的差异。

二、地理意象的分层界定

文学地理学应以文学为本位。地理意象的营造，作为文学创造的一个重要组成部分，必然要以作家的精神、情感和审美为中心。那么，强调在地理意象中包含着文学家的"艺术加工"这一根本原则也就是必需的。但是，文学研究界无论是发展到了泛滥程度的一般意象的研究，还是近年来新出现的地理意象研究，从内涵上看都明显存在着两大偏向：一是对"意"即作家思想情感的一般化、泛化解读，二是对"象"包括地理对象的自身特征的有意悬置。两种偏向的任一方面都使意象研究变得空泛而没有实际意义。

文学地理学是文学与地理学的交叉学科，文学研究的困境或许在与地理学的交流中能得到解决。我们注意到：传统地理学是不太关注地理客体之外的人，人的感觉、情绪、思想、精神等，都不曾纳入传统地理学的研究范围。但随着人文地理学的崛起，人与地理之间的关系，人类主观世界譬如地理知觉、地理记忆开始进入地理学的视野。21世纪初中国地理学界尤其是历史地理学界引入西方人文地理学的观念之后，开始对人的地理感知、地理观念等予以关注。于是，以"感觉文化区""意象地理"或"地理意象"为名的研究不断出现，如张伟然（2000）、左鹏（2003）、李智君（2004）、李刚（2005）、马强（2006）等的研究都有相当的深度。文学与地理学两个学科，在这点上正好有了重合。当然，地理学界使用意象地理（或地理意象）、感觉文化区等概念后，实际上就是把人类的感觉、印象等主观世界的东西，拿来研究地理问题，这样就使传统地理学增加了一个人文（主要是人的感觉、心性、文化）的维度，从而使地理学出现了一个重大变化。那么，从文学地理学建立之后，地理的内容进入文学视野，或许不能对文学产生同样具有革命意义的变化，但当作家的心灵之光照射到地理客体之后，是否使文学也增添了新的内容呢？按照现有的意象研究思路，地理意象与其他一般意象一样，意是统帅，象不过是处于被支配地位的载体，地理意象与花草意象等众多物名意象差不多，没有特别之处，不需要什么特殊的观照。

这里的关键是在确认"意象"中"意"为统帅的同时，也应该承认"象"具有相对独立的价值和地位。在研究任何一种意象的时候，都不应忽略或漠视外象的存在和意义。在地理意象中，地理客体的可辨识性应成为研究的基础内容。而在这点上，中国地理学尤其是历史地理学以人文地理学眼光所做的地理意象类研究，无疑至少应在方法论上对文学研究有重要的启发或借鉴。例如，人文地理学把普通人的地理经验、地理记忆，以及一般文献中所记载的地理印象都作为地理意象来看待。这从文学立场上看，固然对地理意象的概念外延有所扩大，但是反过来说，文学界向来并未考虑到普通人的地理印象、一般文献所描述的地理，其实也是经由了人的主观过滤这一基本事实。况且，一般的地理印象或地理记忆显然是文学家地理意象营造的参照与基本前提，两者之间有差异，这种差异不正是地理意象研究可以有为的空间吗？这样的研究就避免了现有意象研究过于架空立论的偏颇，从而有更多的征实性。从宏观的文学史视野来看，如果把各种文学文本中那些形象描写并不着力、形象感不强的地理印象，也都纳入考察的范围中，系统表明各类地理意象的空间分布，建构起各类地理意象的数据库，并借助这些数据库对历史的空间结构、人地关系做出更为清晰的描述，在此基础上反观文学家的情感、理念等对意象的烛照，必定对现有的有关研究起到重要的推进作用。

如此看来，借鉴地理学界的观点，对地理意象做出以下界定也就有一定的道理了：地理意象是文学文本中一切对地理客体所做的描述、指称、隐喻。

这一新界定有以下两点值得注意：第一，确定以"文学文本"为范围，这是坚持文学本位，强调文学边界的观点，与地理学界的泛意象观显示出重要的区别；第二，地理意象的单位不再必须像通常理解的那样是"一个具有形象性的事物"，而可以是一个名词、一段有一定独立性的文本，只要它能构成一种地理描述、指称或隐喻即可。这个新界定弥合了"意象"的英语形式 image 或 icon 与其汉语形式的缝隙，但又并不违背中国传统意象理论的精神。

以上是从地理视角对地理意象理论所做的一种思考，把这种认识与经典的意象理论加以对照，可以发现前述新界定有两个问题：一是以"描述、指称、隐喻"替代了作家的"意"，这无形中就把作家的情感参与、生命感通、精神创造给搁置了；二是地理意象的"象"即形象性也被弱化与忽视了。而这两者恰恰是衡量意象品质的重要方面。为了解决这个问题，我认为应该对地理意象做分层界定：一是基础层：文学文本中一切对地理客体所做的描述、指称、隐喻。二是创造层：文学家所创造的地理形象。

前一层界定具有较大的包容性，可与地理学直接对接。研究这一层次的地理意象有助于我们厘清文学中的地理事物，使地理意象研究保持实在的地理特性，避免架空与玄虚。后一层界定既以"地理形象"的表述提示了地理意象的地理属性，譬如不落实到地理的空间印象就不属于地理形象，那么作品中这种空间印象写得再好，也不应该视为地理意象。另一方面这个界定还突出了文学家的"创造"性，揭示了地理意象作为文学创造的本质属性。基础层的地理意象研究，在研究方法上除了要以文学感悟与分析的方法读懂作品外，应凸显基于地理现象加以归纳的描述模式，而创造层的地理意象研究，现象归纳的描述模式只有参考价值，艺术分析模式仍然是主要研究方式。这是因为按照文学眼光看，地理意象有品质的差异，高品质的地理意象有清晰的感性特征、审美特征，能给读者以丰富的艺术感染。文学家的艺术水平、艺术能力、情感特质、精神高度影响着其所创造的地理意象的品质，因而艺术分析仍然是基本的研究方式。

梳理了地理意象的内涵之后，下面第三至第五部分从地理的视角提出几种常用的地理意象类型加以具体讨论，再在第六部分中以文学的视角对虚拟性、象征性的地理意象做一粗略的把握，最后一部分从地理意象的研究角度提出几点看法。

三、区域意象及其构成

按照区域地理学的观点，"区域的概念是涉及地理学整个领域的基础，所有地理学分支学科所研究的对象，都要在区域概念的基础上进行"[1]。文学地理学视域中的地理意象，显然应以区域意象为其中重要的一类。历史地理学者张伟然在《文学中的地理意象》[2]一文和《中古文学的地理意象》[3]一书中就将区域意象作为他研究的首要方面。

区域意象即人们对于地理区域的印象。这种印象与一般普通意象差别比较大，按照文学界以往的"意象"界定，区域意象往往很难指认。因为它不是以"一个具体的事物"的面目出现，通常都没有鲜明的形象性。区域意象往往都是在对一定规模、尺度的地理区域加以理性概括、综合之后形成，常常显得较为概念化，让人注意到的往往只是地名。或者可以说，区域意象的标志不过就是地名。

根据区域地理学的有关观点，可以将区域意象概括为三种，分别指涉自然

---

[1]张军涛、刘锋主编：《区域地理学》，青岛出版社2000年版，第2页。
[2]张伟然：《文学中的地理意象》，《读书》2014年第10期。
[3]张伟然：《中古文学的地理意象》，中华书局2014年版。

分区、行政分区和社会、经济、文化分区。下面举古代文学的用例加以说明。

先看自然分区意象，主要是由自然山川分割造成的区域，譬如江左（或称江东）、江右（或称江西）即指长江下游的东部区域和西部区域，河朔指黄河以北的区域，陇右（陇西）指陇山以西地区，岭南指五岭以南地区。如清初方文《庐山诗·白鹿洞》："文公益兴学，风声树江右。"《三国志·魏书·袁绍传》称袁绍"振一郡之卒，撮冀州之众，威震河朔，名重天下"。王建《赠李愬仆射》："独破淮西功业大，新除陇右世家雄。"司空曙《送人游岭南》："万里南游客，交州见柳条。"这种意象文本在诗文中触目即是，是区域意象中使用最多的一种。不过，自然分区意象还有分割线不具体、切分较为模糊的更大概念。如在《礼记·中庸》一段很有文学意味的文本中，孔子对子路讲述强者时这样说：

子路问强。子曰："南方之强与？北方之强与？抑而强与？宽柔以教，不报无道，南方之强也，君子居之。衽金革，死而不厌，北方之强也，而强者居之。故君子和而不流，强哉矫！中立而不倚，强哉矫！国有道，不变塞焉，强哉矫！国无道，至死不变，强哉矫！"

这里所描述的南方，朱熹《四书章句集注》阐释道："南方风气柔弱，故以含忍之力胜人为强，君子之道也。"孔子、朱熹对南方、北方都做了特性的认定，但都没有具体说明南方、北方的分界线。这种用法却为此后关于中国文化的南、北分殊讨论奠定了基础，长期为人们所使用，如刘长卿贬播州南巴尉时途经饶州余干县时作有《初闻贬谪，续喜量移，登干越亭赠郑校书》，云："越鸟岂知南国远，江花独向北人愁。"韦庄避乱到湖南时写有《湘中作》，其中有两句："楚地不知秦地乱，南人空怪北人多。"南国、南人、北人，都与《中庸》中孔子之语一样，是模糊的自然分区意象。类似的还有西北、东南，它们有时只是普通的方位词，有时则明显是模糊的区域意象，如辛弃疾在滁州所作《声声慢》"凭栏望，有东南佳气、西北神州"，汪元量在宋亡之际所作《水龙吟》"目断东南半壁、怅长淮、已非吾土"，都是以西北代指中原大地，东南代指南宋实际控制的东南一隅。而北宋韩琦在知定州时所作《再答（陕府春卿资政）》曰："一从西北困边尘，瀛馆仙游更莫亲。只惯弯弧挥太白，几曾横槊赋青春。"所言"西北"则指宋与西夏、契丹相接的边地，包括定州在内。论规模、尺度和内涵，都与南宋辛弃疾、汪元量等人不可同日而语，但都属于较为模糊的区域意象。

相比较而言，行政分区意象较为具体，但是行政区划历代有分合的变化，名称也常有改变。譬如秦汉时期的琅琊郡，曾辖五十一县，涵盖今山东东南，西起临沂，东至青岛的大片地区，后来在不断调整中改称沂州，治临沂等若干县。而历代文人往往爱用古称，故直到清代桂馥在《沂州》诗中还写道："茫茫大道接琅琊，齐鲁遗风纪世家。"故只有熟悉行政分区的历史沿革，才能确切地解读古人所用到的行政分区意象。再如孟浩然《夜登孔伯昭南楼时沈太清、朱升在座》有名句曰："山水会稽郡，诗书孔氏门。"而实际上，会稽郡在隋唐时已改为越州，孟浩然却仍以古名称之。南宋以后越州改为绍兴府，明清因之，但清末上虞人许传霈在《高香亭由东阳寄何氏兰亭本，诗以谢之》诗中仍有"天许还会稽，婺在会稽域"之句，所说的"会稽域"除指管辖上虞的绍兴府外，还指辖古婺（曾名东阳郡，即今金华）之地的会稽郡，这却是远在秦汉时候的事了。行政分区名还有很多使用雅称、别名的情况，如八闽、三湘、三巴、三秦、两浙、两广、两河，如果把这些情况仔细梳理、归类，会显得相当壮观而有趣。

社会、经济与文化分区，多以合称的形式来表现，如邹鲁洙泗即为以曲阜、兖州为中心的一片地区，向来作为儒家文化的圣地。历代文人一提及，往往都与"儒""学""诗书""文献"等词语相连。稍事检读，即可得到一大串用例，不妨摘取若干以见大概：

客舍有儒生，昂藏出邹鲁。读书三十年，腰间无尺组。（王维《偶然作六首（其五）》）
地扇邹鲁学，诗腾颜谢名。（李白《留别金陵诸公》）
曾习邹鲁学，亦陪驾鹭翔。（韦应物《始建射侯》）
邹鲁诗书国，应无鼙鼓喧。（郎士元《送裴补阙入河南幕》）
邹鲁盛文献，燕赵多雄姿。（文天祥《远游》）
一门邹鲁斯文地，三世羲皇太古人。（方逢辰《挽有宋周府君袁夫人》）
岳忠武王炎兴中，才跨光世俊世忠。人见百战百胜功，孰知洙泗储心胸。（方回《送岳德裕如大都》）

再如三河（河内、河东、河西），《史记·货殖列传》说"昔唐人都河内，殷人都河东，周人都河南。夫三河在天下之中，若鼎足，王者所更居也，建国各数百千岁"，说明了其社会、文化地位。魏征《暮秋言怀》："首夏别京辅，杪秋滞三河。"其中的"三河"与"京辅"相对互文，都是表现其政治文化中心地位。又如陈子昂《送魏大从军》："怅别三河道，言追六郡雄。"其对法与魏征不同，对"三河"的认识却一致。作为"天下之中"的"三河"与定襄、云中、五原、朔方、上郡、北地六郡相对，前者是"人气旺"，后者是

"民风勇武",陈子昂分得很清楚。但到了宋代,司马光《御沟观试骑射》有"三河侠少儿"、陆游《感愤》有"精兵连六郡,要地控三河"之句,透过与陈子昂近似的语句之表层,却可见二人把"六郡"与"三河"混而为一了,这正是宋代社会、文化中心南移的一个直接表征。

如上所言,由于区域意象一般都是以地名词的形式表现,没有很清晰的形象性,所以在引入地理意象概念之前,文学界按照以往的"意象"界定,一般不会关注这类文本的意象。这里试举一例稍作分析。杜甫在梓州写有《送元二适江左》,云:

> 乱后今相见,秋深复远行。风尘为客日,江海送君情。晋室丹阳尹,公孙白帝城。经过自爱惜,取次莫论兵。

此诗按一般艺术分析方法,会抓住"秋深""风尘""江海"这几个词,因为它们才似常规的意象,才与送别之情关联紧密。对前六句,有专家这样译:"乱离之后今日得以相逢,却在深秋之际你又将远行。在这风尘中作客的日子里,我的心中翻涌着如江似海的别情。一路上你将经过公孙速据险称王的白帝城,以及晋代王敦作乱的丹阳京。"[①] 其感受不可谓不细腻,但是解读者对于常规意象显然阐释过度,而对于地理意象却明显忽略了。实际上,此诗真正的骨干恰恰是地理意象。"丹阳"用具体的行政区域名代指;"江海"则以模糊的区域意象指代"江左"(江东地区);"白帝城"是路途要经过之地;"梓州"为送行之地,也即是此行的出发点,却并未明写。知道了这些,就能把其中所写的这几个诗化色彩的时代、季节、气象、地理特点的意象统括到地理空间之下,体会到诗人所建构的地理空间感。这样的意象分析才是更为切合实际的。

区域意象的分析与研究应以区域地理学为重要的理论基础。按照区域地理学的观点,"区域是地球表面各组成要素构成的物质实体——地域综合体"[②]。据此理念审视上面所考察的三种区域意象可知:三者并无严格界限,每种区域名都承载着自然、政治、军事、经济、人文等众多的内容。譬如行政分区多由自然分区而来,自然分区和行政分区往往也是社会、文化分区。故李寅《书邺侯传》"但清河朔风尘易,欲扫宫庭枳棘难"中的河朔,不应只单纯视为黄河以北地区,更应视为军事地理意象,应理解为充满战争气氛的边境之地。又,《隋书·文学传序》说:"江左宫商发越,贵于清绮;河朔词义贞刚,重

---

① (唐)杜甫著,韩成武、张志民译释:《杜甫诗全译》,河北人民出版社1997年版,第535页。
② 张军涛、刘锋主编:《区域地理学》,青岛出版社2000年版,第2页。

乎气质。"这里的江左、河朔都不仅是自然地域名,更主要的应将其视为南朝文化与北朝文化的代称意象。不仅如此,区域地理学中的区位理论、空间结构理论也应成为地理意象研究的有益借鉴,建立在这种跨学科视野下的意象研究,当能有新的作为。

目前,区域意象的研究已有了较好的开端,其中包括张伟然从感觉文化区的角度所做的研究,左鹏以"社会空间的文化意象"为视角对唐诗的江南意象所做的研究,李智君从"诗性空间"的感觉特征出发从"意象地理"的角度对西北边塞诗所做的研究、从区域政治地理环境的角度对河陇形胜所做的社会空间格局的研究,李刚对中古乐府诗中的地理意象所做的研究,马强从唐宋时期中国西部地理认识的角度切入对黔中诗、巴蜀诗的地理意象等的研究,王永莉对西北边塞"绝域"意象的研究,马海龙对唐代咏青海诗的研究,范武杰对西北边疆山川意象的研究,这些研究都取得了一定的进展。[①]

四、环境意象及其分析要点

自凯文·林奇1960年出版《城市意象》,提出环境意象以后,地理学界对环境意象的关注趋热。但主要集中运用于城市规划与设计领域,注重文本归纳与分析的还较有限。近年倒是有历史地理学者张伟然(2014)从禽言诗角度切入所做的环境意象研究,与文学研究较为接近,足资借鉴。受张先生影响,又在广泛参考了现代环境科学、环境地理学的知识框架之后,笔者下文从文学中的环境意象分布角度做一些梳理。

人的生存环境有大有小,一般人感受最明显的是自然小环境,首先是居所环境,包括居室、院落和小区,向外扩大是村落或城市,以及园林、景观、名胜,再往外是山、河、湖、海,包括森林、草原、沙漠、冰川、海洋、湖泊、河流、山地、平原等多种类型。以上介绍到的环境要素,属于一般人知识经验中有的,进入文学家笔下成为环境意象后,是比较容易辨识的。譬如唐宋诗词

[①] 张伟然:《中古文学的地理意象》,中华书局2014年版,第1-136页。左鹏:《社会空间的文化意象》,《中国历史地理论丛》2003年第4期。左鹏:《论唐诗中的江南意象》,《江汉论坛》2004年第3期。李智君:《诗性空间:唐代西北边塞诗意象地理研究》,《宁夏社会科学》2004年第6期。李智君:《河陇形胜的分层结构与社会空间格局》,《清史研究》2007年第4期。李刚:《中古乐府诗中的地理意象》,复旦大学硕士学位论文,2005年。马强:《唐宋时期中国西部地理认识研究》,四川大学博士学位论文,2006年。马强:《唐宋诗歌中的"巴蜀"地理意象及文化内涵》,2008年中国历史地理国际学术研讨会论文。马强:《论唐宋黔中诗的历史地理意象及其意义》,《长江师范学院学报》2013年第2期。王永莉:《唐代边塞诗"绝域"意象的历史地理学考察》,《人文杂志》2014年第10期。马海龙:《唐代咏青海诗研究》,陕西师范大学博士学位论文,2014年。范武杰:《唐代西北边塞诗山川意象研究》,西北民族大学硕士学位论文,2014年。

中就有大量以女子居住环境为背景写怀人、念远的，如从温庭筠笔下的女子在闺中弄妆梳洗，到晏殊的亭台听歌、香径徘徊，人物活动的环境虽从闺中转移到了院落，但意态、格调却一脉相承。到柳永则多了关河、江天和长亭帐饮、津渡执手，再读苏轼、辛弃疾的词，意象的范围就更大了，其境界也因之有了更大的提高。从环境范围的角度辨识环境意象，进一步把握文学的内涵、境界，并非难事。

当然，了解环境意象最好有现代环境科学、环境地理学的知识背景。以这些专业眼光看，人类环境是"人类赖以生存和发展的所有因素（物质和能量）和条件（地质地貌、大气、水、土壤、生物）的综合"①。可见，在人之外的一切与人的生存、活动相关的东西都是我们身处的环境系统中的因素。它可以分成自然环境系统和人工环境系统两大类。自然环境中，草木、花鸟、虫鱼等各种生命物质，地形地貌、水、空气等资源条件，都与我们的存在息息相关。它们与环境范围的大小关系不大，但与环境质量联系较紧密，并可以直接影响人的生存状况，所以也是文学作品中要重点写到的。这里不妨以马致远著名的散曲《天净沙·秋思》为例来说明。一方面，此曲中的"小桥流水"是作为"人家"的恬静、舒适的生活环境而描写的，它们组合起来构成"小桥流水人家"的完整意象，又成为天涯漂泊者的背景环境，且以对比的形式说明它与漂泊者的疏离。另一方面，秋风落日中的"枯藤老树昏鸦"和"古道西风瘦马"才构成天涯流落的直接环境。"小桥流水人家"为优质的环境，而后者则属于恶劣的环境。从马致远的环境感知中，我们能看到古代农业社会中人们所向往的和谐、宁静的生活图景，这在当时是有几分真实感的。同时，我们也能看到那种社会中普通士子的人生侧影，表现了在淳朴、自由的诗意人生的对照下，仕途奔竞、风尘碌碌的无谓、无奈。本曲是意象创造非常成功的典型之作。

人们感知中的环境，除了自然环境，人工、人际环境也非常重要，如人伦关系、政治关系、经济关系、学缘关系等今天称为"人脉"的，也属于人的生存环境中重要的构成部分。环境地理学一般不以此为重点，但在文学家的环境感知中，人际环境却相当重要，且往往与外在自然环境互相联系。周邦彦的名篇《兰陵王·柳》很能说明问题，不妨做一解读：

柳阴直，烟里丝丝弄碧。隋堤上，曾见几番，拂水飘绵送行色。登临望故国，谁识京华倦客？长亭路，年去岁来，应折柔条过千尺。　闲寻旧踪迹，又酒趁哀弦，灯照离席。梨花榆火催寒食。愁一箭风快，半篙波

---

① 朱颜明、何岩等编著：《环境地理学导论》，科学出版社2002年版，第1页。

暖。回头迢递便数驿,望人在天北。　凄恻,恨堆积。渐别浦萦回,津堠岑寂,斜阳冉冉春无极。念月榭携手,露桥闻笛。沉思前事,似梦里,泪暗滴。

从文学地理的角度看,在这首写离情而融入"京华倦客"之感的名作中,作者将几年的京华生活聚焦到"隋堤",又转化为丝丝弄碧的直直柳荫路的意象,马上又叠加以"年去岁来"的多少次离别场景,以及"月榭携手,露桥闻笛"的生活画面。这样,历史背景、社会关系、人际情感都与"隋堤上"紧密关合,主人公对自然环境、人际环境的感知饱含感情。朋从相知,春花秋月,赏心乐事,每一件都有对京华的恋惜,但是,不得不别离以及风尘荏苒、仕途冷暖,构成繁盛的京城社会环境的另一面。词中第三叠斜阳残春中的别浦、津堠显得异常凄凉,其环境感知的情感意蕴,绝非常人环境经验可比。

文学中分析环境意象有两个要点:一是从环境、地理的视角,从作品中提炼环境要素、地理要素,观察其环境特点(包括环境质量的特点),如果需要,再参读其他相关人的文本,比照他们的环境感知,提取其中的共性;二是分析作者个人与环境的关系,关注其个性化的感知,剖析其环境感知背后的因素。这里试以白居易在忠州时期所作《庭槐》为例做一分析:

南方饶竹树,唯有青槐稀。十种七八死,纵活亦支离。何此郡庭下,一株独华滋。蒙蒙碧烟叶,袅袅黄花枝。我家渭水上,此树荫前墀。忽向天涯见,忆在故园时。人生有情感,遇物牵所思。树木犹复尔,况见旧亲知。

根据一般地理知识可知:北方多槐,南方多竹。这只是不同地区物种群落有差别,与环境质量无关。忠州郡庭中的槐树,对于一般人,尤其距离该地不太远的人来说,未必会引起特别的注意,或者说可能会没有感知。白居易元和十四年由江州司马升任忠州刺史,官居中的这株槐树,不仅引起他的注意,让他感觉格外亲切,还进一步引出了他一系列的心理活动,并写下了这首诗。其实,家乡槐树遍布于门前屋后的感觉,过去很熟悉,槐树早已成为生活环境的基本配置。南方生活环境中缺少它,最初他可能只觉得异样,不习惯,日子久了只能慢慢接受这种异乡的环境感知。如今突然见到的庭槐,再次把他对故乡环境的记忆唤醒,让他更加意识到此刻身处异乡。如此看来,白居易这里对忠州郡庭槐的感知超越了一般环境地理学的意义,而从文学的角度审视,则必然要分析诗人对故乡的依恋,以及受政治打击之后外放南方的处境,几个学科综合起来才能对其地理感知做出正确的解读。

五、地名意象与地理典事

地理意象除了可以分为区域意象和环境意象两类外，还可以从其他角度提出一些名称和类别，譬如历史地理学者往往比较关注地名意象。在上文第三部分讨论区域意象时，已指出区域意象常常是以地名的形式出现，所以，也可称为地名意象。不过，地名意象并不是区域意象的别称，这是因为区域着眼的是有较大面积的大范围，而地名却可以包括具体、细小的地点，譬如一个城市、古镇乃至一个街区、关隘、渡口。按照上一部分的观点，这些都属于人的生活环境，但也能以地名来叫，也可称为地名意象。可从区域意象角度来看的地名意象，第三部分已有例析，下面专门从唐宋诗中抄录题中涉及小地点的数例于下。

蓬莱镇
骆宾王
旅客春心断，边城夜望高。野楼疑海气，白鹭似江涛。结绶疲三入，承冠泣二毛。将飞怜弱羽，欲济乏轻舠。赖有阳春曲，穷愁且代劳。

宿蒲关东店忆杜陵别业
岑参
关门锁归客，一夜梦还家。月落河上晓，遥闻秦树鸦。长安二月归正好，杜陵树边纯是花。

过百牢关贻舟中者
于武陵
蜀国少平地，方思京洛间。远为千里客，来度百牢关。帆影清江水，铃声碧草山。不因名与利，尔我各应闲。

题许市施水坊
王之道
梦断蓬窗特地愁，卧闻溪水啮船头。夜航又逐东风去，重叹因人此滞留。

作品中的地名是考证作者生平足迹的重要线索，是编写作家年谱必须重点关注和特别留意的信息。这种单纯的地名,从意象的角度单个做研究,应无多大可能。地名意象的研究,张伟然从空间逻辑的角度对《柳毅传》中的"洞庭"、杜诗中的"江汉"以及李白《上安州裴长史》中包括"江汉"在内的几个地名的确切诂解,从历史地理学的角度做出了较为切实的讨论。[1] 马吉照等从政治军事地理的角度对唐诗冀东地理意象卢龙、碣石、榆关等的考释,[2] 属于近似的思路。这无疑是一个很有启示意义的研究思路。地名意象目前研究的热点在于捕捉那些积淀厚重的部分地名,如兰书臣《唐萧关诗探》探讨的是唐代边塞诗语境下的萧关意象,主要讨论了作者队伍、创作缘由、题材内容、特点及现实意义。[3] 各个地名意象中,最热门的数终南山意象,仅从知网博硕论文数据库中,即得到 6 篇硕士论文和 45 篇学术期刊论文;陇山、陇头意象也是近年西北地理意象中热门的一个,有阎福玲、龙建国、和晔、魏景波、刘洁等人的研究;[4] 曲江意象有魏景波、李丹、吴小永、陶成涛、郭书攀等人的研究,[5] 也构成相对较热门的一个点。这些研究有的着眼文化意蕴,有的属于文史考据,聚焦于地理意象且有意识地从地理与意象的视角所做的研究还很欠缺,这显然是有待提升的一个研究方向。

与地名意象相关的有一种用典很特别,需要专门做讨论。先看两个诗例,一是清初诗人钱谦益《高邮道中简顾所建》诗句:"负耒我今归谷口,惊弓君莫问壶头。"上句的谷口,王维《归辋川作》也用过,王琦注引《雍录》:"谷口在云阳县西四十里,郑子真隐于此。"其地或以为在陕西淳化县西北,或以为在陕西泾阳县王桥镇,与题中的高邮相距千里之遥。壶头,在湖南西北部沅陵县境,也与高邮风马牛不相及。实际上,钱氏此处模仿王安石诗,王安石《次韵酬朱昌叔五首(其五)》有:"名誉子真矜谷口,事功新息困壶头。"据叶梦得《石林诗话》载,王安石又改此二句为:"岂爱京师传谷口,但知乡

---

[1] 张伟然:《中古文学中的地理意象》,中华书局 2014 年版,第 137-192 页。
[2] 马吉照、杨湘江:《唐诗中的冀东地理意象考释》,《河北科技师范学院学报(社会科学版)》2014 年第 1 期。
[3] 兰书臣:《唐萧关诗探》,《宁夏师范学院学报》2013 年第 4 期。
[4] 阎福玲:《如何幽咽水,并欲断人肠?——乐府横吹曲〈陇头水〉源流及创作范式考论》,《南京师范大学文学院学报》2004 年第 2 期。龙建国:《"陇头"文学元素解析》,曾大兴、夏汉宁主编:《文学地理学》,人民出版社 2012 年版,第 171-178 页。和晔:《唐代陇头诗研究》,内蒙古大学硕士学位论文,2012 年。魏景波:《陇头悲歌与边塞想象——唐诗中的陇山书写》,《陕西师大学学报(哲学社会科学版)》2013 年第 4 期。刘洁:《陇山陇关陇头水——文学地理学视野下的"陇头"诗刍议》,《世界文学评论》2014 年第 3 期。
[5] 魏景波:《唐代长安与文学》,复旦大学博士学位论文,2003 年。李丹:《唐代曲江诗的文化意义》,西北大学硕士学位论文,2008 年。吴小永:《唐曲江园林文化活动述略》,西北大学硕士学位论文,2009 年。陶成涛:《唐代曲江诗研究》,中山大学硕士学位论文,2010 年。郭书攀:《曲江与唐文人心态研究》,青海师范大学硕士学位论文,2012 年。

里胜壶头。"叶梦得评云:"以谷口对壶头,其精切如此。"原来这两个地名都是典故,谷口出自扬雄《法言·问神》:"谷口郑子真,不屈其志而耕乎岩石之下,名震于京师。"壶头出自《后汉书·马援列传》,谓晚年马援征讨武陵五溪蛮夷,因选择道路错误,病死于壶头山。王安石和钱谦益都是借地名词为典事,不了解典源,仅从字面是无法读通诗意的。

二是北朝齐诗人裴让之《公馆宴酬南使徐陵诗》:"方期饮河朔,翻属卧漳滨。"上句的河朔前文已提及,指黄河以北地区,下句的漳滨指今河北临漳县,考虑到作者的地域,从空间逻辑上讲,这是可通的,但是实际上这两句都是用典。"饮河朔"出自曹丕《典论》,意指夏日避暑酣饮。"卧漳滨"出自刘桢《赠五官中郎将诗四首(其二)》:"余婴沉痼疾,窜身清漳滨。"意即卧病。只有弄明白了出典,原诗之意才能完全了然。像裴让之所用的这两个典故古人常用,如韦庄《婺州屏居蒙右省王拾遗车枉降访病中延候不得因成寄谢》:"三年流落卧漳滨,王粲思家拭泪频。"白居易《病免后喜除宾客》:"卧在漳滨满十旬,起为商皓伴三人。从今且莫嫌身病,不病何由索得身。"刘克庄《闻居厚得祠复次韵二首(其一)》:"诸贤谈稷下,孤士卧漳滨。"用的是后一典故,漳滨都不能根据字面解为河北临漳县。王勃《夏日宴张二林亭序》:"香杯浊醴,是河朔之平生;雄笔清词,得高阳之意气。"清孙枝蔚《宴集李嗣远东园分韵得幢字侵字》:"高会追河朔,凉风满北窗。"这两例用的是前一个典故,因为省略了"饮"字,辨识更为不易,需要更细心才不致理解错。

六、虚拟性与象征性的地理意象

上文所讨论的地理意象都是现实的地理意象,是地理学者也有兴趣研究的对象,但文学中还存在一种虚拟性或象征性的地理意象。虚拟性指其全由作家虚构,在现实中无法考索;象征性指其由场景转变为具有象征意蕴,能提示小说主题、作家内心世界的文本。对于这种意象,地理学者不会也无须关注,但在文学地理学视域中却得给予重视。这种意象主要在小说等叙事性文体中出现。

小说最必不可少的要素是人物和故事,意象并非小说所必需。然而,有些小说家笔下的意象却给人留下深刻印象,美国19世纪小说家埃德加·爱伦·坡(1809—1849)就是这样一位作家。作为现代心理小说的开拓者、现代科幻小说的先驱,爱伦·坡的短篇小说有时用纪实的笔调,更多的时候则用梦幻感的奇异色彩设置一个中心意象。航海科幻小说《卷进大漩涡》属于前者,爱伦·坡用几个确切的海上地名将故事的主场景定了位,小说似乎具有了写实性，但很快就用奇幻的手笔描写了莫斯柯厄大漩涡。这既是故事的主场景，更是小说的中心意象。意象的底层显然是作者对各种经济结构快速运行、纵横交织的美国资本主义社会的不适应与难以理解。带有医学科幻小说色彩的《荒凉山的传说》照例是简单的故事框架，除了催眠疗法、神经质的病人，以及看似偶然其实怪异的死亡等几个看点之外，具有象征色彩的荒凉山浓雾，是篇中颇为关键的意象。起初贝德洛伊只觉得"这怡人的雾那么浓密"，他继续在雾中走了几小时之后，雾变得更加浓厚，完全没有能见度，在摸索前行的时候，"一种神经质的犹豫和颤抖攫住了"他。此后在活跃的幻觉心理作用下，经过很复杂的过程，他觉得自己来到了山脚下，辽阔平原上的路把他带入了一个城市。荒凉山的浓雾意象，透出来的是作者对社会、对生命的迷惘感。而《厄谢府邸的倒塌》更是爱伦·坡小说地理意象描写的最成功之作。这座有着"哥特式拱门"的宅邸，"天花板上的雕刻，墙壁上的浅黑色挂毯，乌黑的地板，和那些幻影似的盾徽纪念品"，都提示着主人的非凡出身。但是，此刻它却在残败、朽烂中透出阴郁、凄冷，"阴惨的、呈苍青色的山间小湖"逼近它。这样的景象猛然出现在读者眼前，不免让人毛骨悚然，可是小说还不止于此，最终还以"那深深的、潮湿的小湖，阴沉地、静静地淹没了'厄谢府邸'的碎瓦残垣"结束。在小说中，爱伦·坡孤傲、不甘于底层命运的心理，在虚拟的地理空间中，以意象形式转化为哥特式建筑的厄谢府邸。然而，坎坷、沉沦的人生，疲惫、阴冷的内心，最终毁灭了他，就如同这座府邸的崩塌、沉入湖心。总而言之，爱伦·坡是以营造意象见长的小说家，他小说的众多意象中，虚拟的地理意象基本都具有象征意蕴，是其主题所在，即是各篇的中心意象。

根据蒲安迪的观点，"中国文学传统极重'空间性'的布局"[①]，中国古典小说、戏曲往往都是在网状结构中表现"事体""事情"和"事理"[②]，因此，意象营造往往是它们的拿手好戏。《三国演义》意象性不突出，但也有局部的意象，如写诸葛亮临死前巡视军营的"秋风五丈原"一段，有"自觉秋风吹面，彻骨生凉"几句，显然已非普通的景物描写，而是环境意象，对人物心理有一定的隐喻作用。《红楼梦》则为中国古典小说意象创造的巅峰之作，当贾宝玉"切肤地感受着时代的沉沉暮气""弥漫的男子们的浊臭逼人"，作家就把眼光转到另一个方向，于是有了大观园意象，有了大观园及这里的女

[①] [美] 蒲安迪：《谈中国长篇小说的结构问题》，李达三、罗钢主编：《中外比较文学的里程碑》，人民文学出版社1997年版，第337页。
[②] 张洪波：《〈红楼梦〉的现代阐释——以"事体情理"观为核心》，中华书局2008年版。

儿们，也就"有了一园青春、活跳、诗意的生命"。① 此外，《红楼梦》还有两个意象：一是兼具神话意象与梦幻意象的太虚幻境，处于离恨天之上，灌愁海之中，放春山遣香洞里，警幻仙姑以"司人间之风情月债，掌尘世之女怨男痴"为职责，又有四位仙女名痴梦仙姑、钟情大士、引愁金女、度恨菩提，显然表现了作者对人间情、欲、命等的困惑与企图解脱的深衷，表达了立于情色而本于空幻的哲学观。二是作为神话意象的大荒山无稽崖青埂峰的石头意象，按王蒙的说法，它的设置"为作者也为读者建立了一个超越的与遥远的观察'哨位'"②。这一意象为全书的价值思考拉开了审视的距离，以太虚生万象又归于空的宇宙生成观念，确立了蒲安迪所说的"把世态物色编造成虚构空相"③的创作姿态。总而言之，红楼故事正如王蒙所说"时间是模糊的，是一团烟雾"，"事件不仅是相连的一条线，而且是散开的一个平面"④，所以，它最适合从空间叙事的角度加以玩味⑤。从其中具有地理意义的意象看，它与西方小说一样也具有整体的象征意蕴。

  中国小说，包括一部分现代小说有另一种地理意象兼具写实性和写意性，沈从文可能是这类小说的开山者。在他的笔下，湘西的山城、吊脚楼的背景意象，总能引发人们对湘西的神往，作者很好地拿捏了与湘西土地、湘西文化的适度距离。深受沈从文濡染的汪曾祺也是如此，李陀把他与阿城、韩少功、贾平凹、莫言等后劲作家联系在一起，认为以他们为线索的一拨人引领了"一种以营造意象为美学特色的文学潮流"，他们"意象的营造，是在现代小说的水平上恢复意象这样一种传统的美学意识"⑥。而仔细分辨可知，沈从文、汪曾祺及以下诸人小说的意象，多是以带有诗性精神的方式，提取出有浓郁乡土气息的意象来表达自己的价值。他们笔下出现的是被人们称为有"中国作风和中国气派"的意象，譬如《大淖记事》，以"这地方的地名很奇怪，叫做大淖。全县没有几个人认得这个淖字"开头，然后对大淖做了细致地描写：大淖在春夏水盛时，颇为浩渺。淖中央有一条狭长的长满茅草、芦荻、蒌蒿的沙洲，沙洲边上分布着几家鸡鸭炕房，养着松花黄色的小鸡小鸭。还有一座浆坊，几家买卖荸荠、茨菇、菱角、鲜藕的鲜货行以及鱼行和草行。这个背景为

---

① 罗书华：《诗与真：大观园里的女儿们》，《红楼梦学刊》1999年第2期。此文又收入《正说红楼梦》，团结出版社2007年版。
② 王蒙：《红楼启示录》，生活·读书·新知三联书店2005年版，第262页。
③ ［美］蒲安迪：《中国叙事学》，北京大学出版社1996年版，第188页。
④ 王蒙：《红楼启示录》，生活·读书·新知三联书店2005年版，第262页。
⑤ 张世君：《〈红楼梦〉的空间叙事》，中国社会科学出版社1999年版。此书设置有几节讨论《红楼梦》的场景意象、嗅觉意象、梦幻意象。
⑥ 李陀：《意象的激流》，《文艺研究》1986年第3期。

全篇故事的展开营造了气氛。但是据考证，此大淖及附近的景象并非汪曾祺向壁虚构，而是他小时候最熟悉的高邮城边风物的写实。人们读来，却只觉得很写意。汪曾祺的名作《受戒》对庵赵庄荸荠庵的描写也是典型的汪氏风格："荸荠庵的地势很好，在一片高地上。这一带就数这片地势高，当初建庵的人很会选地方。门前是一条河。门外是一片很大的打谷场。三面都是高大的柳树。山门里是一个穿堂。迎门供着弥勒佛。"其实这也是汪曾祺1938年随祖父躲避战火之处，离高邮城十多里地。据有人实地考察，庄、庵都仍然还在，庄还叫庵赵庄，庵则叫慧园庵。可见也是兼得写实性和写意性的。不过，小说女主人公小英子家的描写则更令人感到特别写意："小英子的家像一个小岛，三面都是河，西面有一条小路通到荸荠庵。独门独户，岛上只有这一家。岛上有六棵大桑树，夏天都结大桑椹，三棵结白的，三棵结紫的……房檐下一边种着一棵石榴树，一边种着一棵栀子花，……一红一白，好看得很。栀子花香得冲鼻子。顶风的时候，在荸荠庵都闻得见……"有研究者对这段意象性文字赞道："岛、河、桑椹、石榴、栀子，声音、色彩、气味……都是小英子的一部分，它们构成一种美的'气氛'，在你心头造成那少女美的印象。"[①]

回顾本部分的实例，对照以上各部分的阐述，不难发现小说与诗歌，尤其是短篇诗词的意象，其形式有别：诗词中的地理意象往往就是一个词、一个名物，或一个单句或一个对仗句；小说（包括一些西方长篇叙事抒情诗）却往往不是这样，它是一段文本，有时甚至散布于全篇多处，多处描写共同组构为一个完整的意象。地理意象更是如此，往往先有一段集中的描写，后来再随着故事的发展而不断回应，有时继续追加新的描写，使最初集中描写的意象更加完整和立体化。

七、地理意象研究的问题、路径和前提

文学中意象研究的选题，每年都在巨量增长。大量的研究论文、论著将过去未为人关注的一些名物的来源、在中国历史文化中的地位与意义，以及在艺术审美方面的价值等，做了细致的归纳、清理、阐释和总结，总的成果应予肯定。但是，大量的意象研究中，也有很多缺乏问题意识。譬如最常见的是随便选取一个作家的任意一种意象便闷头做分类、分析，解剖之后，只得到千篇一律的结论：这个作家写某意象很多，内容丰富，形式多样。这类研究未能解答的问题至少有两点：①此意象中有哪些信息或特征被该作家表现出来了，何种信息或特征是他独到（或较罕见）的感知与发现。②该作家为何关注此意象，

[①] 张家恕：《汪曾祺小说的意象美》，《重庆师院大学学报（哲学社会科学版）》1988年第1期。

或者说此意象与作家生命之间具有怎样的内在关联。

意象研究另一种不良倾向是：对意象本身缺乏必要的研究，却泛泛地讨论与此意象相关的文化现象，或者一般性分析艺术特点，结果所研究的意象最后仍模模糊糊，所涉及的文化或艺术特点与此意象的内在关系也不了了之。这类论文乃当前以发表论文数量为中心的评价体系所产生的恶果。当然，不否认还有些研究者对意象的本质、作家意象创造的一般规律尚未理解或认识模糊，看了他人的几句结论未加消化就匆忙上阵，草率成文。

地理意象研究主要有四个方面：地理意象的分类、实体地理意象的分布、地理意象特点与文学家地理感知的关系、地理意象的艺术特征。由于相关的研究起步较晚，这里有必要讨论几个重要问题。

（1）地理意象和其他所有一般意象一样，首要的是把握好它的可辨识性，认清意象的个性差异，或者把握好这种意象所应有的边界。创造层的地理意象尤其要从这个角度加以认识。笔者在《关于文学地理学概念体系的构想》中论及地理意象时，举了李白喜欢把山峰比作盛开的莲花两例，一是写九华山的《望九华赠青阳韦仲堪》："昔在九江上，遥望九华峰。天河挂绿水，秀出九芙蓉。我欲一挥手，谁人可相从。君为东道主，于此卧云松。"二是《庐山五老峰》："庐山东南五老峰，青天削出金芙蓉。九江秀色可揽结，吾将此地巢云松。"在该文中，笔者指出：两个诗例都将中国具有圣洁感的莲花赋予了山峰，从而使地理形胜具有了引发人们遐思、激发情感参与的意义。可见，地理意象的意义乃是使外在于人的地理事物与人的精神性活动沟通起来，提升了地理的审美意义。这正是文学生产的重要意义所在。如果再把李白每到一地所写的诗篇、所营造的地理意象与其他一般作家的作品放在一起对比着读，就更加可以明白伟大诗人地理意象的创造能力（可称为"意象化能力"），以及他对一个地方自然、人文的强大影响力。现在，还可以在原来的基础上进一步指出：李白写九华山以"天河挂绿水"的高空瀑布相映衬，写庐山五老峰则以俯视的"九江秀色可揽结"（"秀色"是概括性词语，"揽结"却很形象）加以点化，两个意象的个性化差异就呈现出来了。两首诗便是两座名山的专用标识。从理论上看，现实的地理客体一进入文学作品，往往都有文学家情感、审美经验、文学观念乃至整个精神生命的投射，因此一个文学家所创造的诸多地理意象都具有这个文学家的"基因"，是他的子女。另一方面，文学家在以自我生命走入一定地理空间的时候，总是带着当下特定的情感体验，他与此刻的空间地理发生神奇的生命感通，从而创造出一定的地理意象，这个地理意象必然与他在别的时候、别的地理空间所创造的地理意象有这样那样的差异。研究地理意象应立足于文学家的精神创造，从地理意象的各个不同层面的特征观照文学家的思想情感和精神世界。

（2）研究地理意象还有两个重要前提，前提之一是要辨析清楚地理和空间、地理意象和空间意象的差异。空间是与时间并列的两大哲学概念，地理是从空间概念衍生出来的知识系统。因此，空间较虚，而地理很实。凡是与地理实体无关的、虚泛性的空间感，可以形成空间意象，但不能称为地理意象。地理空间从哲学层面上突出人所依存、寄托的外在世界的意义，它是一个哲学术语，而地理意象则是从文学、心理学领域产生，用于文学、地理学领域的术语，专指地理实体作用于人的心理、精神之后产生的印象。分析作品的地理空间，其实就是在理解人物所生存的客观世界（自然与文化）及其对人的意义，分析作品的地理意象主要目的是为了理解作品中的地理客体所投射的作家情感、思想、精神个性。当前从事地理意象批评的同仁，误用这几个概念的情况是存在的，应引起必要的注意。

前提之二是历史文献记载中的地理意象与文学家创造的地理意象，尽管有较大差别，从地理的角度看，前者较为可靠，后者有一定的虚构性，但是研究表明，文学家创造的地理意象总是在虚拟和征实之间把握一个平衡，想象、虚拟的同时，无法彻底摆脱"空间逻辑"。譬如《红楼梦》中的荣、宁二府究竟在哪，曹雪芹故意写得模棱两可，让人不好坐实。但是，荣、宁二府以及大观园内各景点之间的方位关系却是基本清楚的，作者没有也不会随意打乱读者的方位感。书中所写到的地理环境，也给人完整、统一的地理印象，可见作者基本遵循了"空间逻辑"来构拟其中的地理空间与地理意象。研究地理意象时，不可不注意到这一基本限制。

（3）常规的意象批评以意象分析或阐释为主要方向，地理意象研究当然也可以走这样的路径。但是，当我们把地理意象分为基础层和创造层之后，二者在研究路径上就应有所区别。前者适合从地理的视角来做归纳、描述和综合。首先从地理记载的角度关注其地理信息量，从地理意象的分类、分布的角度做出梳理，然后从地理感知的角度研究文学家对地理的感觉，看这种感觉带有哪些主观性、感情性的印迹，从人文地理学的高度对该意象做出解读、阐释。这样的研究是以地理为本位，但又充分考虑到文学家的感知因素，与文学视角的研究仍有相通。目前中国历史地理学界以文学材料为对象的研究多与地理意象有关，由于问题意识较明确，他们所梳理的一些地理意象，往往都很有新意，启人新思。这是一条值得继续走下去的较为宽广的道路。创造层地理意象则更适合从文学的视角来分析和解读，也即立足于文学家的地理感知，从他的精神世界出发，探寻其在地理实体中关注了什么部分，突出了地理实体的什么特征，相应地淡化、忽略、无视了什么部分或什么特征，进而由对该地理意象的解读，触及一部作品的意蕴。与此同时，地理意象的研究还可以从地理意象的分类入手，分清实体性的地理意象和虚拟性的地理意象，把握意象的地理性和精神性双重属性，分析这两种意象所包含的不同心理因素，从而进入地理意象的艺术分析层面。

（杜华平：江西师范大学文学院教授）

中国文学地理学中的微观与宏观研究

戴伟华

在一段时间内,由于承担国家社会科学基金课题"地域文化与唐代诗歌研究"和"强、弱势文化形态与唐诗创作关系研究"①,笔者比较多地去关注中国文学地理问题。本文主要对近十年笔者的个人研究进行回顾,并在研究方法上进行归纳和思考。

一、微观:个案研究

中国文学研究是重视文献资料考订的,形成了优良的学术传统。通常所说的文史结合的研究方法,也是源自研究对象本身的需要。"考据学不仅有着光荣的历史,也承载着推进现代学术的责任。"微观的研究,个案的关注,并非是琐碎饾饤。"现代考据学与传统考据学有一定差异。在旧学时代,由于经学占统治地位,考据学很容易产生皓首穷经、支零琐碎的弊端,而现代考据学有了学科意识,而且讲究用不同学科的知识、成果和方法去完善传统考据学。"②有意义的个案考订分析在整体研究中具有重要价值。

(一)利用出土文献

《楚辞》是中国古代文学研究的重要对象,也是文学地理学长期关注的对象。宋人黄伯思《东观余论》云,《楚辞》"书楚语,作楚声,纪楚地,名楚物",揭示了《楚辞》浓重的地理特征:它的地域性文学特征主要表现在音乐性的歌辞和方言吟诵的方式。阜阳汉简中有《楚辞》的两个残片,计十个字,提供了进一步认识古代歌辞演唱状态的信息:

> 阜阳汉简《楚辞》仅存有两片。一片是屈原《离骚》第四句"惟庚寅吾以降"中的"寅吾以降"四字,简纵裂,存右边字的三分之二,残长3.5;宽处0.5厘米。另一片是屈原《九章·涉江》"船容与而不进兮,淹回水而凝滞"两句中"不进猗奄回水"六字,"水"字仅存一残笔,

---

①国家社会科学基金项目"地域文化与唐代诗歌研究"(项目编号:02BZW027)、"强、弱势文化形态与唐诗创作关系研究"(项目编号:08BZW034)。
②戴伟华:《重谈考据学》,《粤海风》2013年第6期。

"不"字完整,其他四字存左边的四分之三。简残长4.2;宽处0.4厘米。简文淹作"奄",兮作"旖",与今本不同。①

这是至今传世文献和出土文献中《楚辞》不同版本的记录,其意义有待探讨。可以看到,今本楚辞中以"兮"记音表意的地方,阜阳《楚辞》简中作"旖"(应为"猗")。作品由口头传唱到书面记录,用"旖"作语助也是恰当的。可见,古人通过不同的语助词记音,今本楚辞作"兮",是因某一次或几次对歌辞进行记录时均采用,相对稳定后被确定下来的。如果阜阳简"旖"的书面记录在传播中遇到机缘,今本楚辞中所载先秦语助词会是"旖"而不是"兮",后之楚辞作品也会用"旖"的。记音语助词书面记录的差异,印证了屈原楚辞是"行吟"的艺术。

阜阳简"旖"字出现,启示之一:这类语气助词是摹音的结果,通可记音,可以记为"兮",也可记为"旖"。启示之二:同一文本中贯穿首尾的语气助词,如"兮",阜阳简中"旖",不同摹音字的出现,可能是由于摹音者通过听觉判断,并寻找与自己或自己生活区发音相近的字来表音;而同一文本中以不同的摹音助词来区分段落层次,应是为了区别不同的表演形态的结果。例如,《招魂》的语言可通过语气助词区分为两部分,即有语气助词的部分和没有语气助词的部分;而带有语气助词的部分,又可分为用"兮"和用"些"的两类。

《招魂》的结构有三个层,起首是序辞,中间是招辞,结束是乱辞。《招魂》中没有语气助词部分就是旁白,是说而不唱的,其余为吟唱之辞。"兮"和"些"的功能是在区别角色。从摹音的角度看,"兮""些"在发音上近似,由于装扮者不同,发音有些差别,由文字记录时,用不同的语气词来区分。而招辞中带"兮"的句子还是由序辞和乱辞的角色来吟唱,在招辞中显得特别而有所强调。没有语气助词的句子:"帝告巫阳曰:'有人在下,我欲辅之。魂魄离散,汝筮予之。'巫阳对曰:'掌梦!上帝其难从;若必筮予之,恐后之谢,不能复用。'"这有如歌剧中的旁白,对答之间,说明人物之间(朕、帝、巫阳)的关系,交代招魂缘由。这是不复入歌的内容。《招魂》的角色扮演,同样说明它具有仪式功能。

这一研究成果还有助于人们对于戏剧起源于古歌舞剧的重新认识,②《招魂》就是《楚辞》中最有古歌舞剧特征的作品。因有这部作品的结构解读和

---

① 阜阳汉简整理组:《阜阳汉简〈楚辞〉》,《中国韵文学刊》1987年(总第1期),第78页。
② 张庚、郭汉城主编:《中国戏曲通史》,中国戏剧出版社2006年版,第3页。开篇首句即云"中国戏曲的起源可以上溯到原始时代的歌舞"。

角色分析,人们找到了古歌舞剧存在的有力证据和描述方式。在此基础上,有关《九歌》的歌舞剧的"悬解"才得到落实。可惜在《楚辞》中这一种文本太少了,故《招魂》弥足珍贵。①

利用出土文献要有机遇,但关注出土文献新动态,应成为研究者的自觉行为。

(二) 利用传世文献

研究文学地理学,从材料角度看,历代舆地书最为重要。唐代以前人们在地理学方面已经取得许多重要成果,而唐代地理学方面成果更多:总志类有《括地志》《元和郡县图志》《古今郡国县道四夷述》《十道志》《唐十道图》《贞元十道录》;都城类有《东都记》《西京新记》;大都市类有《成都记》《邺城新记》《太原事迹杂记》《渚宫故事》;州郡类有《戎州记》《襄沔记》《零陵录》《闽中记》;河道类有《吐蕃黄河录》;名山类有《嵩山志》《庐山杂记》《九嵕山志》;交通类有《皇华四达记》《诸道行程血脉图》《燕吴行役记》;物产类有《南方异志》《岭南异物志》《岭表录异》;风土类有《桂林风土记》《北户杂录》《华阳风俗录》;边陲和域外类有《四夷朝贡录》《诸蕃记》《西域国志》《中天竺国行记》《新罗国记》《渤海国记》《北荒君长录》《黠戛斯朝贡图传》《海南诸蕃行记》《云南记》《云南别录》《云南行记》《蛮书》《南诏录》。尽管以上著录之书所佚者多,所存者少,但从存佚的数量以及存书所载录内容看,都反映了唐人地理知识的丰富和对地理学的关注。这一类古籍已受到充分关注,如果要从这类书籍中挖掘出新的信息,非常困难。

如何从这样的传世文献中解读出隐藏的信息?这里以《离骚》中身份颇具争议的"女媭"形象为例进行剖析。

《水经注》卷三十四"又东过秭归县之南",注曰:"县故归乡。《地理志》曰:归子国也。乐纬曰:昔归典叶声律。宋忠曰:归即夔,归乡盖夔乡矣。古楚之嫡嗣有熊挚者,以废疾不立而居于夔,为楚附庸,后王命为夔子,《春秋·僖公二十六年》楚以其不祀灭之者也。袁山松曰:屈原有贤姊,闻原放逐,亦来归,喻令自宽全。乡人冀其见从,因名曰秭归。即《离骚》所谓'女媭婵媛以詈余'也。县城东北依山即坂,周回二里,高一丈五尺,南临大江,古老相传,谓之刘备城,盖备征吴所筑也。县东北数十里有屈原旧田宅,虽畦堰漫漫,犹保屈田之称也。县北一百六十里有屈原故宅,累石为室基,名其地曰乐平里。宅之东北六十里有女媭庙,捣衣石犹存。故《宜都记》曰秭

---

① 参见戴伟华:《楚辞音乐性文体特征及其相关问题——从阜阳出土楚辞汉简说起》,《华南师范大学学报(社会科学版)》2014年第5期。

归,盖楚子熊绎之始国,而屈原之乡里也。原田宅于今具。"熊会贞按:"《类聚》六、《御览》一百八十并引庾仲雍《荆州记》,秭归县有屈原宅、女须庙,捣衣石犹存,则此又本庾说也。"① 这一段文字为人熟知,但"宅之东北六十里有女嬃庙,捣衣石犹存"之"捣衣石犹存"尚未为人所利用而阐释。

《离骚》中的人物性质争议最多的是"女嬃"。最早给"女嬃"作解的是王逸,其《楚辞章句》释"女嬃之婵媛兮,申申其詈予"云:"女嬃,屈原姊也。婵媛,犹牵引也。申申,重也。言女嬃见己施行不与众合,以见放流,故来牵引数怒,重詈我也。"② 王逸,东汉安帝时为校书郎,其距屈原作《离骚》有300多年。王逸虽然说得很肯定,直指女嬃为屈原姊。但依据何在,不得而知。因此,后世对"女嬃"的解释有了分歧,不足为怪。但后世承王逸说者,往往加以附会以证成其说。

《水经注》的材料需要重新细读。首先,这一段记载存在矛盾。在秭归境内无屈原庙(祠)而有女嬃庙,如依王逸"女嬃为屈姊"说,则于理难通。秭归,据《水经注》有屈原旧田宅、故宅,有女嬃庙,但无屈原庙。而据《水经注》,屈原庙在汨罗境内。《水经注》卷三十八:"汨水又西为屈潭,即汨罗渊也。屈原怀沙自沉于此,故渊潭以屈为名。昔贾谊、史迁皆尝径此,弭楫江波,投吊于渊。渊北有屈原庙,庙前有碑。又有汉南太守程坚碑寄在原庙。"③ 假设屈原和女嬃是特殊的姐弟关系,屈原值得立庙尚有理由,屈原无庙而女嬃有庙,实无道理。

其次,女嬃庙与"捣衣"有关。《水经注》云:"宅之东北六十里有女嬃庙,捣衣石犹存。"④ 捣衣石这一重要遗存,一定能表明女嬃身份。换言之,捣衣石应该是女嬃属性的标志物。捣衣是否为屈姊属性的必然标志物?显然不是。从《离骚》中"女嬃"角色看,捣衣的功能可有可无,同样捣衣也不能成为贱妾说的依据,捣衣也不是贱妾属性的标志物。那么,捣衣和什么人或事最为密切呢?捣衣石是女嬃何种属性的标志物?按常识物理,捣衣石应和女子织布关系最为密切。在女子织布的过程中,其他工具难以保存,捣衣石因其材料坚硬可以保存并流传下来。所谓女嬃庙"捣衣石犹存",说明女嬃庙尚有与

---

① (北魏) 郦道元注,杨守敬、熊会贞疏,段熙仲点校,陈桥驿复校:《水经注疏》卷三十四,江苏古籍出版社1989年版,第2835—2837页。同卷第2840页载:"袁山松曰:父老传言,屈原流放,忽然暂归,乡人喜悦,因名曰归乡。"
② 游国恩主编,金开诚补辑:《离骚纂义》,中华书局1980年版,第183页。
③ (北魏) 郦道元注,杨守敬、熊会贞疏,段熙仲点校,陈桥驿复校:《水经注疏》,江苏古籍出版社1989年版,第3155页。
④ (北魏) 郦道元注,杨守敬、熊会贞疏,段熙仲点校,陈桥驿复校:《水经注疏》,江苏古籍出版社1989年版,第2837页。

织布相关的工具，如木制的捣衣杵等，这类木制工具会朽烂，故言"捣衣石犹存"。可以断言，女嬃庙之女嬃和织布相关，或者说女嬃以织布名。

秭归女嬃庙、捣衣石的文化遗存，应该是纪念"嬃女"星的。《水经注》及其引用的袁山松之说称秭归女嬃庙之主人是《离骚》中的"女嬃"，看来也是误会，也可以说是附会。有可能秭归之女嬃庙本名就是嬃女庙，和捣衣相联系，因记载而误称女嬃庙。

女嬃，即嬃女（亦作婺女）。在有关历法中，嬃女星和织女星分指两组星，但在人们的认识中，常混二为一，而且由来已久。《史记·天官书》载："婺女，其北织女。织女，天女孙也。"张守节《正义》云："织女三星，在河北天纪东，天女也，主果蓏丝帛珍宝。"①《史记》区分清楚，婺女的北面是织女，织女是天女之孙。而《正义》却将织女解释为天女，天女和天女之孙是不同的。《后汉书·天文志》云："织女，天之真女。"②这和《史记》所载相合。《五礼通考》卷一九三"女宿四星"："《星经》：须女四星主布帛为珍宝。一名婺女。天女四星去北辰一百六度。《晋书·天文志》：须女四星，天少府也。须，贱妾之称，妇职之卑者也，主布帛裁制嫁娶。"③这里须女四星，也可称为天女四星，又混同了织女和婺女的差异。《开元占经》卷六十一："巫咸曰：须女，天女也。"天文专家也没有严格区分二者。

无论是织女星，还是婺女星，其功能是一致的，都是主布帛。这也是二者可通的原因。《隋书》卷二十："须女四星，天之少府也。须，贱妾之称，妇职之卑者也，主布帛裁制嫁娶。"④《文献通考》卷二七九亦云："主妇女之位，其星如妇功之式，主布帛裁制嫁娶。"⑤

女嬃为嬃女说，在汉代文献中找不到直接材料来证明。而《水经注》又是南北朝时北魏郦道元所著，意味着上距战国甚为遥远，距东汉也有400年左右历史，显然材料的可信度会受到影响。但在没有汉代材料来证明时，南北朝文献的价值如何评判，又如何使用，值得注意。大致上来说，史料应包含史实叙述、史实评判和历史遗迹载录等内容，而历史遗迹的载录最为可靠，尽管遗迹会有递修的可能。按照《水经注》的说法，东晋后期袁山松肯定了"女嬃婵媛以詈余"与女嬃庙的关联性，云"宅之东北六十里有女嬃庙，捣衣石犹存"。明显看出和女嬃庙相关的最初史迹载录与屈原之"女嬃"无关，经过袁

---

① （汉）司马迁：《史记》，中华书局1959年版，第1311页。
② （南朝宋）范晔撰，（唐）李贤等注：《后汉书》，中华书局1965年版，第3230页。
③ （清）秦蕙田：《五礼通考》，《影印文渊阁四库全书》（第139册），上海古籍出版社1987年版，第678页。
④ （唐）魏征等：《隋书》，中华书局1982年版，第545页。
⑤ （元）马端临：《文献通考》，中华书局1986年版，第2214页。

山松解释，"女嬃"与"嬃女庙"才有了联系。这一段史迹载录可以做如下剥离分析：①最初史迹载录是屈原故里秭归有"女嬃庙"，而屈原庙在汨罗境内。按，这一载录时间最晚在袁山松之前，而这一史迹的出现应更早，当出现在汉代。如果视女嬃庙与《离骚》之"女嬃"关联，则秭归当先有屈原庙，其后才有立女嬃庙的可能。假定女嬃庙为嬃女庙之误，则嬃女庙当为纪念女星而立。两说比较，"嬃女庙"说优于"女嬃庙"说，而嬃女庙表达了当地人的女星崇拜观念。②经袁山松附会阶段。嬃女庙被附会为女嬃庙，这一错误解读一直延续到今天。但袁山松无意间保留了女嬃庙"捣衣石犹存"的珍贵记载，成了今天探讨"女嬃庙"（嬃女庙）性质的唯一记载。①

（三）据可信材料做常识判断

文献不足征是研究者的最大困难。在材料处理上，应具有严肃的灵活性。陈寅恪在《唐代政治史述论稿》写有这样一段话："颇疑李唐先世本为赵郡李氏柏仁一支之子孙，或者虽不与赵郡李氏之居柏仁者同族，但以同姓一姓同居一地之故，遂因缘攀附，自托于赵郡之高门，衡以南北朝庶姓冒称士族之惯例，殊为可能之事。总而言之，据可信之材料，依常识之判断，李唐先世若非赵郡李氏之'破落户'，即是赵郡李氏之'假冒牌'。"②"据可信之材料，依常识之判断"一句，可简化为有据有理的判断，所谓依常识，就是合情合理。在当今的研究中，材料的有限使用大致做完，比如说甲就是丁；而材料的无限使用还有可拓展空间，比如说甲、乙、丙三种材料并无联系，但经过分析可以看出甲、乙、丙三种材料同时指向丁，于此可能揭示出一个尘封已久的事实，这一方法使用难度较大。甲是丁为材料的发现，而甲、乙、丙指向丁是材料的有效开发。

《丹阳集》的编纂者殷璠留下来的材料很少，但他与储光羲的关系容易钩稽。第一步去寻找可信之材料。① 殷璠，丹阳人，编有《丹阳集》《河岳英灵集》《荆杨挺秀集》三集。唐代丹阳，隶润州。润州，今为江苏镇江。《新唐书·艺文志四》："《包融诗》一卷，润州延陵人。历大理司直……融与储光羲皆延陵人；曲阿有余杭尉丁仙芝、缑氏主簿蔡隐丘、监察御史蔡希周、渭南尉蔡希寂、处士张彦雄、张潮、校书郎张晕、吏部常选周瑀、长洲尉谈戬，句容有忠王府仓曹参军殷遥、硖石主簿樊光、横阳主簿沈如筠、江宁有右拾遗孙处玄、处士徐延寿，丹徒有江都主簿马挺、武进尉申堂构，十八人皆有诗名。殷璠汇次其诗，为《丹杨集》者。"可知《丹阳集》（《丹杨集》）是润州籍诗

---

① 戴伟华：《〈离骚〉"女嬃"为女星宿名的文化诠释》，《中山大学学报（社会科学版）》2015年第1期。
② 陈寅恪：《唐代政治史述论稿》，上海古籍出版社1982年版，第11页。

人的选集。②储光羲与《丹阳集》所入选诗人有交往,全貌无从得见,储光羲现存诗中有与丁仙芝等五人的诗。分别为赠丁仙芝之《贻丁主簿仙芝别》、送周瑀之《送周十一》、和殷遥相关之《新丰作贻殷四校书》及《同王十三维哭殷遥》、赠余延寿之《贻余处士》、赠马挺之《秋庭贻马九》。③殷璠编《丹阳集》《河岳英灵集》《荆杨挺秀集》三集,皆选入储光羲诗,而且润州籍诗人之《丹阳集》十八人唯有储光羲一人入选《河岳英灵集》。

第二步依常识之判断。①殷璠与储光羲同乡必相识。②在现存诗歌中,有储光羲写给五位入选《丹阳集》同乡的诗。结合①②两点:殷璠—(同乡)—《丹阳集》—(同乡)—储光羲。殷璠和储光羲是同乡,从储光羲与《丹阳集》五人的关系可知,殷璠编《丹阳集》应得到储光羲的支持。③由上述材料依常识之判断,殷璠敬重储光羲,故出现《丹阳集》十八人中也只有储光羲一人被选入《河岳英灵集》的结果。

可以说,由于同乡储光羲的支持,殷璠编《丹阳集》和《河岳英灵集》等材料的可信度会受到影响,特别是《丹阳集》,为地方诗人诗歌选集,在中国文学地理学研究中具有重要价值。《吟窗杂录》卷四十一录殷璠《丹阳集序》残文:"李都尉没后九百余载,其间词人,不可胜数。建安末,气骨弥高。大(按,当作太)康中,体调尤峻。元嘉筋骨仍在,永明规矩已失,梁、陈、周、隋,厥道全丧。盖时迁推变,俗异风革,信乎大文,化成天下。"①虽是残文,于此亦可见《丹阳集序》的理念和缺陷。《丹阳集》编纂注重在"时迁推变,俗异风革"中阐释文学的演变②,注重在文学演变大势中审视地方文学现象,也就是说有宏观的视野。其缺点在《丹阳集》的编纂中已露端倪:乡土情结太重,主观情绪太明,对一地方文学的估价偏高,事实上入选《丹阳集》的诗人和诗作在当时文坛并不十分重要。也就是说以《丹阳集序》残文的宏观概述为起点评价《丹阳集》诗人和诗作未免有头重脚轻之弊。

(四)诗歌中地名解释应以诗体为基础

严耕望《杜工部和严武军城早秋诗笺证》认为杜甫《奉和严公军城早秋》表面看来甚易了解③,"秋风袅袅动高旌,玉帐分弓射房营,已收滴博云间戍,欲夺蓬婆雪外城",如依旧解也大致可以读懂此诗,《杜诗详注》对三、四两句都做了解释,"滴博岭"解:"《困学纪闻》:的博岭在维州。《韦皋传》:出

---

① (宋)陈应行编:《吟窗杂录》,中华书局1997年版,第1107页。
② 傅璇琮编撰:《唐人选唐诗新编》,陕西人民教育出版社1996年版,第81页。
③ 严耕望:《严耕望史学论文选集》(上),中华书局2006年版,第272–280页。文末注云:"1994年初稿,刊《华冈学报》第八期《钱穆先生八十岁祝寿论文集》。1984年再稿,刊《唐代交通图考》第4卷(附篇四)。1988年6月增订。"

西山灵关，破峨和通鹤定廉城，逾的博岭，遂围维州，搏鸡栖，攻下羊溪等三城，取剑山屯，焚之。""蓬婆"解："鹤曰：蓬婆，乃吐蕃城名。《元和郡县志》：柘州城，四面险阻，易于固守，有安戎江、蓬婆水，在州南三十里。大雪山，一名蓬婆山，在柘县西北一百里。胡夏客曰：《唐书·吐蕃传》：开元二十六年，剑南节度使王昱攻安戎城，于城左右筑两城，以为攻拒之所，顿兵蓬婆岭下，运资粮守之。吐蕃来攻安成，官军大败，两城并陷，将士数万及军粮甲仗俱没。此云'欲夺蓬婆雪外城'，望其为中夏雪耻也。"① 按，注文"安成"或误，当为"安戎"。严耕望认为若深问穷究，读懂古人的诗并不简单，就这一首诗而言，"然试问滴博、蓬婆各在何处？云间戍、雪外城何所指？严武何以要收滴博云间戍？已收此戍，何以欲进一步夺取蓬婆雪外城？杜翁歌颂严武何以特用此两句？乃至云雪是否只是普通名词，用以状城戍之高寒？"一连六问，层层深入，求为甚解。严耕望以为："欲追究此一连串问题，当从历史与地理背景作进一步了解，而历史背景又以地理背景为基础。"在这里，严耕望提出"历史背景又以地理背景为基础"的研究原则。

严文以杨谭《兵部奏剑南节度使破西山贼露布》与《通典》《旧唐书》《元和郡县图志》联系，经考证结论如下：滴博岭、蓬婆岭乃唐代岷江以西地区通吐蕃之两道口。而滴博岭与维州相近，蓬婆岭与平戎城相近。维州与平戎城，既为岷江以西地区、唐蕃间南北两军之要冲，则滴博岭、蓬婆岭为唐蕃间南北两军之冲。严武为西川节度使，即在恢复松维等州，以牵制吐蕃，消解其对于长安西翼的压力，则其战略计划自当先取维州，然后次第北上取平戎城与松州。及其已收滴博云间戍（维州地区），自然欲夺蓬婆雪外城（平戎地区）。故杜诗云"已收滴博云间戍，欲夺蓬婆雪外城"。

明地理不仅可以准确理解诗歌中的事实，而且可以进一步体悟诗歌的艺术表现手法。《杜诗详注》引黄生曰："诗中用地名，必取其佳者，方能助色，如凤林、鱼海、乌蛮、白帝、鱼龙、鸟鼠是也。滴博、蓬婆，地名本粗硬，用云间、雪外字以调适之，读来便觉风秀，运用之妙如此。"严耕望从地理背景角度思考，认为黄生之说可进一步补充，以求得对此诗艺术的透彻解读。他认为："按此论甚是，亦代表一般解释，以为'云''雪'二字乃普通名词，以状城戍也。但细推之，此'云''雪'实亦为两地名，借地名化为普通名词以状城戍耳。何者？先论'蓬婆雪外城'。前引《旧唐书·吐蕃传》，开元二十六年，王昱'率剑南兵募攻其安戎城。先于安戎城左右筑两城以为攻拒之所，顿兵于蓬婆岭下，运剑南道资粮以守之'。则蓬婆岭似无城，雪外城者正当指安戎城即平戎城而言。前引《元和志》，蓬婆山一名大雪山，则此句当解作蓬

---

① (唐)杜甫著，(清)仇兆鳌辑注：《杜诗详注》，中华书局1979年版，第1170页。

婆雪山外之平戎城，故此雪字非泛泛名词，而用地名转化为普通名词也。至于'滴博云间戍'，前论维州西境定廉县，天宝间为云山郡，其后郡治西移，更名天保郡，而云山故地仍置云山守捉，维州西至云山一百三十里，滴博岭居其间，则岭去云山不为远，疑'云间'亦借'云山'地名转化为普通名词耳。《元和志》维州定廉县本戍名，'云间戍'得非即指云山戍欤？用'云间''雪外'以调适滴博、蓬婆，固觉风秀，而云雪二字，又自地理专名转化而来，更见杜翁运用之妙矣。"严考甚为细密，有助于诗歌的艺术鉴赏。

至于何以"云间"借"云山"地名转化为普通名词，尚可申说，"已收滴博云间戍，欲夺蓬婆雪外城"这一绝句的三、四两句完全对仗。如用原地名"云山"，和"雪外"不对仗，它们只是平仄调协，但词性不对；而用"云间"和"雪外"相对，在平仄和对偶上完全符合格律。这应当是诗中用"云间"而不用"云山"的真正原因。严耕望认为了解诗歌的历史背景又以地理背景为基础，但还要补充一句，了解诗歌的历史背景和地理背景必须以诗歌体裁的形式为基础。

二、宏观：理论探讨

中国文学地理学理论应以实证研究为基础加以总结。理论又称为学说、学理，在具体学科的应用中，又会有不同的尺度、参照标准。在中国文学研究领域，由于各自研究的学科领域不同也会对理论有不同的理解，比如很容易把理论和文献对立起来，重文献者和重理论者各操其矛以攻对方之盾。理论和文献俱善者，实为难得。还有，何者为理论，也有不同理解。中国学术体系中，重视对事物的分类。分类是研究的开始，这意味着必须对相关文献资料和现有成果两方面进行收集、分析、归纳，以求完成符合研究目标、延伸研究课题的学术分类。分类似乎是技术问题，但其实是理论问题。分类应该是研究者由现象进入本质的认识。做好中国文学地理学研究的分类，是一项重要工作。笔者的《地域文化与唐代诗歌》把对唐代文学研究中地域文化与文学成果的分类作为进行研究的新起点，现在看仍然有其合理性和前瞻性：①以本贯、占籍为切入点的地域文化与文学的研究；②以隶属阶层为切入点的地域文化与文学的研究；③以南北划分为切入点的地域文化与文学研究；④以文人的移动路线（交通）为切入点的地域文化与文学的研究；⑤以诗人群和流派为切入点的地域文化与文学研究；⑥以文化景观为切入点的地域文化与文学研究。[①] 以上分类中，所涉及的成果只是举其要者，相关成果还有不少，如地方作家研究、地

[①] 参见戴伟华：《地域文化与唐代诗歌》，中华书局2006年版，第20-22页。

方文学现象与文化关联的研究自在地域文化与诗歌研究的范围之内。

（一）静态与动态

在文学地理学研究中，人、地关系被视为基本要素。而通常人们比较关注人、地关系的静态研究。《地域文化与唐代诗歌》首先对文人静态分布做了探讨。

其一，以陈尚君《唐诗人占籍考》为基础讨论这一分布状况与文学的关系。第一，诗人占籍可以帮助人们理解文化现象和内在规律，但要尊重实际，也要有相当的灵活性。第二，家族是一种文化和文学传递的形式，家族承担某种文化或文学传播责任并发挥其作用，应该研究作家的家庭文化背景和家学渊源。第三，僧诗通俗化与僧人阶层的出身以及他们的文化修养相关，诗僧中绝大多数出生在文化落后的地区，出身贫寒之家，没有多少的文化知识，只是靠自己的经验和冥思用韵语记录下对佛教思想的阐释和理解，他们始终在自己的宗教文化圈子里活动，他们发表诗作也是缘于宣扬佛教，故通俗易懂。

其二，以《唐五代文人籍贯分布表》数据库为基础，分析不同时段文人分布的状况，指出：中晚唐文化呈南移的趋势，但陕西和河南的作家绝对值仍大致始终处于其他地区的前面，或者是前列地区之一。同一区域中，作家分布往往呈现出一个或数个密集点，由这一个或数个密集点左右着这一区域的作家分布密度。即使是作家出现不多的区域，也有一个或几个作家分布的密集点。

其三，唐人的籍贯意识是很强的，但将籍贯和文学创作联系起来的观念却比较淡薄，《唐人选唐诗新编》中，《丹阳集》是唯一以籍贯为单位编选的一种唐选集。从地域文学角度来看，《丹阳集》的编纂意义在于：以籍贯为单位关注文学现象在此得到确认；其选诗标准和评诗导向暗示了区域作家的创作趋同；地方文人选集，保留了地方性的小作家的作品。

其四，以籍贯为单位的文人集团称谓的出现有明显的地域色彩，"吴中四士"的含意在于有意识地将一区域作家并称，企图揭示他们的共同点；一组吴越之士因文辞俊秀而名扬上京，隐含着北方文人势力的强盛，而南方文人势力弱小这一事实，"吴越之士"的崛起只能视为贺朝等人代表南方文士活跃于京师，而不是说当时诗坛是以他们为代表。[1]

静态研究只能解决人、地关系的部分问题，而动态的人、地关系才是更为重要的。所谓动态，是指诗人离开本籍而流动进入其他地区的运动状态。诗歌创作地点并不由诗人占籍所决定，而是随诗人的活动来确定的。这种研究在描述事物运行中的状态，相对于文人籍贯分布的描述，它是动态的描述。

---

[1] 参见戴伟华：《地域文化与唐代诗歌》，中华书局2006年版，第41—42页。

《地域文化与唐代诗歌》以《唐诗创作地点考》数据库为基础,分析唐诗创作的空间分布。地点是以今之省区划分为单位,这样和当代人所修之省区文学史一致;唐诗创作地点分布格局,在时间上体现在唐诗创作地点表的分期上,将其分为九个时段,可以兼顾一些过渡期的创作,将原本一段的创作细分为更多层次,以求对事物的属性认识更为深刻。

诗歌创作地点的变化,其特征是记录了文人空间移动形成的运动轨迹,即移入场和移出场的转换。文人活动地点的变换不仅改变描述的对象,其风格也随之发生变化。京都为创作最集中的地点,这是诗歌创作地点呈现的普遍性原则。全国的政治中心应该成为诗歌最繁盛的地区,陕西、河南占绝对优势,在国力上升时期尤其如此。初盛唐大量的宫廷应制诗以绝对优势称霸诗坛,而且诗坛领袖也在他们中间产生。其基本形式分别为以文馆为中心的创作、以帝王为中心的创作和以朝臣为中心的创作。中晚唐时期,虽然二京所在之地诗歌创作数量的绝对值还是高于地方,但地方诗歌的快速增长也是事实,其增速已高于二京所在的陕西和河南。

地方诗歌数量的增长有其特殊性。某一时段创作多的地区,取决于一个或几个作家的创作,个人创作数量决定了诗人活动区创作数量的增长。文人的流向是由于:一为国家政治的威力产生的影响,如文人贬谪带来地方诗歌创作数量激增。二为制度的影响。由于唐代的方镇制度,盛唐时期的岑参进入今天的新疆地区,该地一度出现创作高潮;中晚唐时期,全国各地方镇幕僚在不同的区域进行创作,促进了各区域诗歌的增长。三为时势的影响。安史之乱后,文人流亡南方,大历年浙东文士唱和及浙西文士唱和皆与安史之乱后文人逃亡有关。

诗歌编集多缘于创作地点,这和唐人诗歌传播方式相关,常常为因一具体事情而在同一地点创作诗歌的编集。文人一起饮宴赋诗是唐代文人生活的一大景观,之后赋诗成集,其中一人作序,这样的宴集序文告诉我们,唐人有大量以创作地点结集的诗集,研究唐诗创作地点的分布格局应该关注这一现象。[①]

当时按唐诗创作地点的分析,将唐诗创作分为九个时段,但很多工作并未能深入展开。唐诗创作地点分布格局,在时间上体现在唐诗创作地点表的分期上。笔者将唐诗创作分为九个时段,即初唐:第一部分(时段),《全唐诗》卷三十至卷一一六。盛唐:第二部分,卷一一七至卷二一五。盛中唐过渡:第三部分,卷二一六至卷卷二九六。中唐:第四部分,卷二九七至卷三八九;第五部分,卷三九〇至卷四九二。晚唐:第六部分,卷四九三至卷五五六;第七部分,卷五五七至卷六三七;第八部分,卷六三八至卷七五〇(部分五代诗

---

①参见戴伟华:《地域文化与唐代诗歌》,中华书局2006年版,第64-65页。

作)。五代：第九部分，卷七五一至卷七八二。

  时段的划分颇费思考，可以按传统的方法，划分为五个时段，即初、盛、中、晚唐和五代，这样划分比较接近大家对唐诗发展认识的习惯。这里想做另一种努力，即将五个时段改为九个时段，一可以兼顾到一些过渡期的创作，二可以将原本一段的创作细分为更多层次，如中唐有前、后之分，晚唐有前、中、后之分。我们认为对具体文学现象进行研究，层次越是丰富，对事物的属性认识就越深刻。例如，五、六时段，其中陕西五时段438首、六时段398首。这两个阶段，前后落差比较大，浙江走势较平稳。五时段浙江有李绅、张又新、元稹、白居易，其中元稹的越州作品、白居易杭州作品比重较大；四川有元稹通州诗、白居易忠州诗；江西有白居易江州诗，数量很大，徐凝也有一定数量的江州诗；江苏有鲍溶、李德裕、白居易、李绅等；湖南有元稹；湖北有元稹、白居易，元稹江陵诗数量较大；河南白居易诗数量蔚为大观。六时段浙江有张祜、赵嘏、施肩吾、杜牧、许浑、姚合；四川有李商隐、薛逢、章孝标；山西有李商隐、张祜；江西有张祜、章孝标；江苏有许浑、张祜、赵嘏、杜牧；湖北有李商隐、杜牧；安徽有赵嘏、杜牧、许浑、张祜，其中，杜牧、许浑的创作数量集中；广西的增加是由于李商隐的进入；河南洛阳集中了一批诗人。①

  这里提到几个问题，一是数量的绝对与相对性，二是数量的升降，三是数量变化背后的原因。更为重要的是，显示了两个有价值的数据：第一，陕西、河南走低，和文化中心向南移动是一致的，但绝对数仍然较高。第二，政治地位不高（有些人做过地方刺史）的作家流动性较大，带来诗歌创作地点分布的丰富性，如李商隐、杜牧、张祜、赵嘏、许浑、章孝标。这些人基本上是活跃在晚唐的诗人，具有代表性。单个人看，他们大多数人都生活在地方；作为群体看，他们具有共同的特征，构成了诗歌创作地点的丰富性。

  当时虽以实证研究为主要手段，多数地方仍然是宏观描述。实际上在宏观描述中可以不断深化细部的研究，这样对宏观描述和理论探讨才有推进的作用。如在地域文化中去思考陈子昂在唐代的影响和接受的问题。从材料出发，也许可以得出一个结论，即以李商隐、杜牧、许浑、温庭筠等为代表的晚唐诗人基本没有提及陈子昂，这一结论大致正确。但如果有更好的论证思路，使结论坐实而不空泛飘浮，从文学地理学角度去思考，应是最佳选择。

  李商隐大中九年前曾任东川节度判官②，节度使治所在梓州，梓州是初唐诗人陈子昂的家乡。李商隐在梓州留下不少诗作，如《夜雨寄北》："君问归

---

①参见戴伟华：《地域文化与唐代诗歌》，中华书局2006年版，第51页。
②戴伟华：《唐方镇文职僚佐考》（修订本），广西师范大学出版社2007年版，第393页。

期未有期,巴山夜雨涨秋池。何当共剪西窗烛,却话巴山夜雨时。"① 有在诗题中出现"梓州"的作品,如《梓州罢吟寄同舍》:"不拣花朝与雪朝,五年从事霍嫖姚。君缘接座交珠履,我为分行近翠翘。楚雨含情皆有托,漳滨卧病竟无憀。长吟远下燕台去,惟有衣香染未销。"② 李商隐并非短暂停留,他是在东川幕做幕僚的。在这一特定的地理空间,李商隐理应有悼念陈子昂的诗,或与陈子昂相关的诗作,可是没有发现。当然,不排除李商隐有相关诗作,可能亡佚,这一设想虽然比较智慧和缜密,但文学史研究通常面对的是既存文献,否则无法展开研究。

正好安史之乱后诗人杜甫也在梓州生活过一段时间,可以做比较。有共同生活空间的比较更具有价值,结论更为可靠。杜甫曾至东川梓州,作诗多首,其有《九日登梓州城》,《杜诗详注》注:"鹤注:宝应元年及广德元年,公皆在梓州。"③ 他在绵州时,送李某赴任梓州刺史时自然想到陈子昂。其《送梓州李使君之任》诗题原注云:"故陈拾遗,射洪人也。篇末有云。"《杜诗详注》注云:"鹤注:李梓州赴任,在宝应元年之夏,故诗云:'火云挥汗日,山驿醒心泉。'尔时公在绵州也。广德元年,有《陪李梓州泛江》《陪李梓州使君登惠义寺》诗,乃次年事。《唐书》:梓州梓潼郡,属剑南道。乾元后,蜀分东、西川,梓州恒为东川节度使治所。按:梓州,今四川潼川州是也,地在绵州之南。"④ 诗云:"遇害陈公殒,于今蜀道怜。君行射洪县,为我一潸然。"表达了对陈子昂的景仰和哀悼之情。而到了梓州后,他瞻仰了陈子昂故宅,作有《陈拾遗故宅》诗,《杜诗详注》注云:"杨德周曰:陈拾遗故宅,在射洪县东武山下,去县北里许。本集云:子昂四世祖陈方庆,好道,隐于此。有唐朝道观址,而真谛寺在其左。《碑目》云:陈拾遗故宅,有赵彦昭、郭元振题壁。"诗云:"拾遗平昔居,大屋尚修椽。悠扬荒山日,惨澹故园烟。位下曷足伤,所贵者圣贤。有才继骚雅,哲匠不比肩。公生扬马后,名与日月悬。同游英俊人,多秉辅佐权。彦昭超玉价,郭振起通泉。到今素壁滑,洒翰银钩连。盛事会一时,此堂岂千年。终古立忠义,感遇有遗编。"⑤ 表达出对陈子昂人格、诗作的赞美。

梓州有陈子昂读书处,杜甫参观其遗迹,作《冬到金华山观因得故拾遗陈公学堂遗迹》诗,《杜诗详注》注云:"鹤曰:宝应元年秋,公自梓归成都迎家,再至梓州。十一月,往射洪,乃是时作。广德元年,虽亦在梓,而冬已

---

①刘学锴、余恕诚:《李商隐诗歌集解》,中华书局1998年版,第1230页。
②刘学锴、余恕诚:《李商隐诗歌集解》,中华书局1998年版,第1309页。
③(唐)杜甫著,(清)仇兆鳌注:《杜诗详注》,中华书局1979年版,第933页。
④(唐)杜甫著,(清)仇兆鳌注:《杜诗详注》,中华书局1979年版,第917页。
⑤(唐)杜甫著,(清)仇兆鳌注:《杜诗详注》,中华书局1979年版,第947–949页。

往阆州矣。《舆地纪胜》：陈拾遗书堂，在射洪县北金华山。大历中，东川节度使李叔明，为立旌德碑于金华山读书堂，今在玉京观之后。地志：金华山，上拂云霄，下瞰涪江。有玉京观在本山上。东晋陈勋学道山中，白日仙去。梁天监中建观。《唐书》：陈子昂，字伯玉，梓州射洪人，常读书于金华山。"诗云："陈公读书堂，石柱仄青苔。悲风为我起，激烈伤雄才。"① 称扬陈子昂为"雄才"，并作深深哀悼。

如果提出晚唐人不关心陈子昂，这是一般的文学概念；如果以李商隐为例分析，就成了文学地理学的问题。也可以说，因为有了文学地理学的观念，也才能发现别人没有注意到的这个问题。

（二）强、弱文化形态

在中国文学地理研究中，有一类题材和地理学关系密切，这就是边塞诗，其所指空间是确定的，即使外延在不断扩大，但总是以边地为核心的。

边塞诗作为文学史上的一个概念，有一个不断被归纳的过程。周勋初《当代治学方法的进步——以归纳法、假设法为重点所进行的探讨》中指出："清代学者最常用的方法之一是形式逻辑中的归纳法。他们广泛搜集材料，进行排比，经过分析，然后归纳出结论。因为他们的态度比较客观，操作的程序比较科学，得出的结论也就比较可信。清代学术超过前人，是与研究工作中广泛运用归纳法分不开的。"②

很显然，边塞诗的概念形成是归纳而成的。最初，人们面对的是边塞诗的一个个单个作品，如王维《使至塞上》、高适《燕歌行》、岑参《白雪歌》等作品；然后，发现这一类诗歌具有共同的特点可以归纳为一类，命名为边塞诗。接着去找出所有这一类作品，根据诗人创作相关作品的数量和质量，给诗人定性，即所谓边塞诗人，甚至还会把这一批诗人及其作品归纳为边塞诗派。由此又生发出很多相关的研究课题，如边塞诗的起源、兴盛原因、范围的讨论，去讨论与边塞关联的战争性质。可以看出，归纳法使研究对象的性质呈现不断清晰，特别在理论方面由于归纳的不断递进和提升而具有观念形成和确立的学术价值。

如果从空间或地域文化理论角度去考察，尝试用归纳法去做进一步研究，有无提升的空间呢？当对这一批有关边塞诗资料进行重新梳理时，其性质又可以做进一步的归纳。

（1）边塞诗的作者常常是外来作家，而且多来自京城，是京城的官僚。因

---

① （唐）杜甫著，（清）仇兆鳌注：《杜诗详注》，中华书局1979年版，第946－947页。
② 周勋初：《当代学术研究思辨》，南京大学出版社1993年版，第101－102页。

此他们是以外来者的眼光审视环境的,从写作心理来看,他们更乐于展现跟以往经历和经验不同的部分,而省略相同的部分。

(2)文士的移入带来某一时期的创作高峰。因其依赖外来文士的进入,表现为创作中孤峰独立的现象,它的前后基本上是空白地带。

(3)文士视觉反差给创作带来新奇的格调。边地处于边远地带,有特殊的地理特点和风土习俗,故对于外来文士来说有新鲜感。文士生活在这里,和原来已认同的文化存在进行比较,并写出其明显的差异性。移入场与移出场的文化差异构成了诗歌的奇特景观,成为某一时期最富个性而又最有特色的诗歌,这是一条规律。

(4)诗风的调适在这里是指诗人进入新的创作环境,由于受到外部事物的影响,逐渐调整原来的创作模式,适应新环境,从而形成另一种和自己原来诗风不同的诗歌创作特点和形态。诗风的维持是指新诗风由于环境的需要得到保持,并会持续到创作主体从这一生活场中移出。从个人诗风发展上看,这一类诗人的创作,不仅摆脱了个人习惯的诗歌写作套路,也远离了文化中心,远离了中心所形成的公众写作模式,或在内容上,或在表现内容的方法上。在这类诗歌写作过程中,没有干扰源,相对一个时期能保持独特的创作风格。①

这样找到一个理论概念——强、弱势文化来考察边塞诗的写作过程及其价值,将原来用题材概念概括的边塞诗提升到文化层面来考察,让我们看到更多以前没有发现的问题。原来以文学作品题材归纳的边塞诗,现在被置放在文化层面来研究,这也许就是我们期待的文化诗学方法的具体实践。同样,贬谪诗也是如此。贬谪诗和文学地理学关系密切,贬谪有特定的地域指向,如唐代岭南地区就是士人贬谪之地。如果用强、弱势文化重新研究贬谪诗,事实上也关系到士人空间位移,从京城移入边远落后地区。从物理空间看,士人是由强势区移入弱势区;从文化素质看,士人以强势的文化素质进入落后的文化弱势区;从士人身份看,由强势的京城官僚变为惩罚的对象。认识到这种强、弱关系的改变,必然会使研究深入一层,更好地去阐释贬谪士人的思想、行为及其创作。

在中国文学地理学研究中,微观当与宏观并重,相辅相成。微观研究,通常可以理解为文献的考辨、文本细读,而宏观研究则重视宏大叙事、理论探讨。所谓微观与宏观的区分也是相对的,它是以研究对象的单位而确定的。例如,做中国文学理论史的探讨,某一朝代的文学思潮研究则是微观,作家研究更是微观了;做一个作家的研究,如李白研究是宏观,那么关注李白诗中的酒具就是微观的研究。其实,做微观研究的人,也是有宏观意识的;做宏观研究

---

① 参见戴伟华:《地域文化与唐代诗歌》,中华书局2006年版,第191-192页。

的人，也会以微观为立论的基础。本文所谓微观研究侧重个案分析，利用出土文献，充分挖掘传世文献的材料价值，并可以在材料可信的前提下进行合情理的推断，在名物考订中必须以文体为基础。宏观理论探讨，要在对立统一中求新求变，利用归纳法不断深化，以求得更包容的概念，提升理论思考层次，从本质上说明事物的性质。

（戴伟华：华南师范大学文学院教授）

文学地理学学术史研究

文学地理学学术史略[①]

曾大兴

一、文学地理学在中国的三个发展阶段

文学地理学研究在中国已有 2560 年的历史。这 2560 年可分为三个阶段：第一是片断言说阶段，第二是系统研究阶段，第三是学科建设阶段。这三个阶段的划分以文学地理学史上的三个标志性事件为依据：一是公元前 544 年的季札观乐，二是 1905 年刘师培发表《南北文学不同论》一文，三是 2011 年"中国文学地理学会"的成立。

（一）片断言说阶段（前 544—1905）

中国的文学地理学研究，最早可追溯到第一部诗歌总集《诗三百》搜集整理的年代。《诗三百》就是后来的《诗经》，在汉代以前称《诗三百》，或称《诗》。"全书主要收集了周初至春秋中叶五百多年间的作品。最后编定成书，大约在公元前 6 世纪。产生的地域，约相当于今陕西、山西、河南、河北、山东及湖北北部一带。作者包括了从贵族到平民的社会各个阶层人士，绝大部分已不可考。时代如此之长，地域如此之广，作者如此复杂，显然是经过有目的的搜集整理才成书的。"[②]《诗三百》的来源主要有三个：一是公卿列士所献之诗；二是周王朝的乐官保存下来的宗教和宴飨中的乐歌；三是采集于各地的民歌，也就是"十五国风"。"十五国风"的地理分布情况如表 1 所示：

[①] 本文成文于 2015 年 8 月，结集出版前略有修改。
[②] 袁行霈主编：《中国文学史》（第 1 卷），高等教育出版社 1999 年版，第 60 页。

表1 《诗三百》"十五国风"的地理分布简列

名　称	来　源　地
《齐风》	今山东中部和北部
《曹风》	今山东西南部
《陈风》	今河南东南部和安徽北部
《郑风》《桧风》	今河南中部
《卫风》《邶风》《鄘风》	今河南北部和河北南部
《王风》	今河南洛阳
《周南》	今河南洛阳至湖北北部
《召南》	今陕西南部至湖北西北部
《秦风》《豳风》	今甘肃南部和陕西中部
《唐风》《魏风》	今山西中部、南部

很显然，这些民歌是按照周朝的不同王国或地区来搜集的，搜集拢后又是按照不同王国和地区来整理和编选的。这就说明，那个时候的人们已经意识到文学是有地方感和地域之别的，并且能够将这种意识自觉地贯穿于文学作品的搜集、整理和编选之中，这种意识就是文学地理学的意识。因此可以说，《诗三百》"十五国风"的搜集、整理和编选工作，就是最早的文学地理学实践。

值得注意的是，那个时候的人们不仅有了最早的文学地理学实践，更有了最早的文学地理学批评。《左传·襄公二十九年》载：

> 吴公子札来聘……请观于周乐。使工为之歌《周南》《召南》，曰："美哉！始基之矣，犹未也。然勤而不怨矣。"为之歌《邶》《鄘》《卫》，曰："美哉，渊乎！忧而不困者也。吾闻卫康叔、武公之德如是，是其《卫风》乎？"为之歌《王》，曰："美哉！思而不惧，其周之东乎？"为之歌《郑》，曰："美哉！其细已甚，民弗堪也，是其先亡乎！"为之歌《齐》，曰："美哉！泱泱乎！大风也哉！表东海者，其大公乎！国未可量也。"为之歌《豳》，曰："美哉！荡乎！乐而不淫，其周公之东乎？"为之歌《秦》，曰："此之谓夏声。夫能夏则大，大之至也，其周之旧乎？"为之歌《魏》，曰："美哉！沨沨乎！大而婉，险而易行，以德辅此，则明主也。"为之歌《唐》，曰："思深哉！其有陶唐氏之遗民乎？不然，何忧之远也？非令德之后，谁能若是？"为之歌《陈》，曰："国无主，其能

久乎?"自《郐》以下无讥焉。①

吴公子札,又称季札,是春秋时期吴王寿梦的小儿子。他应邀出访鲁国时,鲁国请他欣赏周乐。因为周朝的诸侯国中只有鲁国才有资格保存周天子礼乐。上面这一段话就是他对《周南》《召南》《邶风》《鄘风》《卫风》《王风》《郑风》《齐风》《豳风》《秦风》《魏风》《唐风》和《陈风》十三"国风"的评价。先秦时期,诗、乐一体,文学与音乐是密不可分的,音乐的内容、风格,与文学是相吻合的。因此季札观周乐时的这一番评价,既是最早的音乐地理学批评,也是最早的文学地理学批评。季札把十三"国风"的风格与当地的人文地理环境(民风、民俗、历史文化传统等)联系起来,逐一予以评价,他所使用的方法,就是后世所广泛使用的"区域研究法"。襄公二十九年即周景王元年(前544),此时孔子(前551—前479)才7岁。也就是说,早在2560年前,中国就有了文学地理学的批评。

《左传》是中国先秦时期的一部非常重要的历史典籍,它为我们留下了极为珍贵的文学地理学史料。《左传》之外,在先秦时期的其他典籍如《礼记》《国语》《战国策》《荀子》《管子》《吕氏春秋》《山海经》中,也有一些与文学地理学有关的珍贵史料,值得深入地挖掘、梳理和研究。

两汉时期,中国的文学地理学无论是在实践方面还是在批评方面都得到进一步的发展。这个时期有两个代表性的人物:一个是司马迁(前145或前135—?),一个是班固(32—92)。

司马迁在《史记·货殖列传》里讲到南楚(衡山、九江、江南、豫章、长沙)的风俗时,即曾指出"南楚好辞"这一特点。②辞就是辞赋。在《史记·屈原贾生列传》里,司马迁详细介绍了楚辞代表作家屈原的生平,同时还简要介绍了一个师承屈原的楚辞作家群:"屈原既死之后,楚有宋玉、唐勒、景差之徒者,皆好辞而以赋见称。然皆祖屈原之从容辞令,终莫敢直谏。"③篇幅虽不长,但是把一个地域性的作家群概括得很准确,可以说是一段文学地理学的精彩评论。司马迁在《报任少卿书》里还讲过这样三句话:"究天人之际,通古今之变,成一家之言。"④这三句话本是他写作《史记》的初衷,但是在我们看来,可以说是为一切学问提供了方法论。所谓"究天人之际",就是要考察人和自然之关系;所谓"通古今之变",就是要考察古

---

① 《左传》,(清)阮元校刻:《十三经注疏》,中华书局2009年版,第4355–4358页。
② (汉)司马迁:《史记·货殖列传》,浙江古籍出版社2000年版,第984页。
③ (汉)司马迁:《史记·屈原贾生列传》,浙江古籍出版社2000年版,第755–756页。
④ (汉)司马迁:《报任少卿书》,严可均辑,陈延嘉等校点主编:《全上古三代秦汉三国六朝文》(第1册),河北教育出版社1997年版,第503页。

今演变之迹。前一句讲空间维度，后一句讲时间维度。真正的学问，应该具备这样两个维度。文学地理学的本质，就是考察文学与地理空间之关系，因此司马迁的这三句话，也可以说是为文学地理学奠定了理论基础。

班固是东汉著名的文学家和史学家，他对文学地理学的贡献是多方面的。一是如实地记载了汉代的文学地理学实践，即乐府的采诗活动。其《汉书·礼乐志》云：

> 至武帝定郊祀之礼，……乃立乐府，采诗夜诵。有赵、代、秦、楚之讴。以李延年为协律都尉，多举司马相如等数十人造为诗赋，略论律吕，以合八音之调，作十九章之歌。①

《汉书·艺文志》又云：

> 自孝武立乐府而采歌谣，于是有代赵之讴，秦楚之风，皆感于哀乐，缘事而发，亦可以观风俗，知薄厚云。②

这两条记载告诉我们，乐府乃是朝廷设立的音乐机构，其职责有二：一是采诗，一是制音度曲。乐府所采之诗有两种：一是各地的民间歌谣，一是文人所作诗赋。需要补充说明的是，乐府的正式设立是在汉武帝时期，但是早在汉高祖时期，西汉王朝就有了从民间采诗的活动。据《后汉书·南蛮西南夷列传》载："阆中有渝水，其人多居水左右，天性劲勇，……俗喜歌舞，高祖观之，曰：'此武王伐纣之歌也。'乃命乐人习之，所谓《巴渝舞》也。"③ 西汉时期乐府机构采集民间歌谣，是先秦采诗活动的一个继续和发展，也是文学地理学实践的一个继续和发展。

班固对西汉采诗活动的如实记载，加深了他对民间歌谣的认识和理解。因此班固对于文学地理学的第二个贡献，就是在他写作《汉书·地理志》时，随时注意把当地的风俗和民间歌谣结合起来进行比较。《汉书·地理志》的"总论"部分用了很多篇幅介绍秦、魏、周、韩、赵、燕、齐、鲁、宋、卫、楚、吴、粤十三地的分野、范围、沿革、环境、物产与风俗，在讲到有关地区的风俗时，有七处联系到"国风"中的民歌。例如：

---

①（汉）班固：《汉书·礼乐志》，浙江古籍出版社2000年版，第414页。
②（汉）班固：《汉书·艺文志》，浙江古籍出版社2000年版，第596页。
③（南朝宋）范晔：《后汉书·南蛮西南夷列传》，浙江古籍出版社2000年版，第828页。

> 秦地于《禹贡》时，跨雍、梁二州，《诗·风》兼秦、豳两国。……其民有先王遗风，好稼穑，务本业，故《豳诗》言农桑衣食之本甚备。……
>
> 天水、陇西，山多林木，民以板为室屋。及安定、北地、上郡、西河，皆迫近戎狄，修习战备，高上气力，以射猎为先，故《秦诗》曰："在其板屋。"又曰："王于兴师，修我甲兵，与子偕行。"及《车辚》《四载》《小戎》之篇，皆言车马田狩之事。①

班固是第一个对风俗这个概念加以界定的人。他指出："凡民函五常之性，而其刚柔缓急，音声不同，系水土之风气，故谓之风；好恶取舍，动静亡常，随君上之情欲，故谓之俗。"②所谓"水土"，就是指水文和地貌等自然地理条件；所谓"君上之情欲"，就是指政治教化。"水土之风气"与"君上之情欲"相互作用，便形成一个地方的风俗，风俗再对文学构成影响。班固的记载告诉我们：单纯的自然地理条件或政治教化，均不能对文学构成直接的影响，只有二者相互作用，形成一地之风俗，才能对文学构成影响。就文学作品的生成来讲，风俗是一个前提条件。因为"其民有先王遗风，好稼穑，务本业"，才有《豳风·七月》的"言农桑衣食之本甚备"；因为有"高上气力，以射猎为先"这样的风俗，才有《无衣》《车辚》《四载》《小戎》这样的"皆言车马田狩之事"的诗歌。就文学人才的成长来讲，也是这个道理。该志又云：

> 巴、蜀、广汉本南夷，秦并以为郡，土地肥美，有江水沃野，山林竹木疏食果实之饶。南贾滇、僰僮，西近邛、莋马旄牛。民食稻鱼，亡凶年忧，俗不愁苦，而轻易淫泆，柔弱褊阸。景、武间，文翁为蜀守，教民读书法令，未能笃信道德，反以好文刺讥，贵慕权势。及司马相如游宦京师诸侯，以文辞显于世，乡党慕循其迹。后有王褒、严遵、扬雄之徒，文章冠天下，繇文翁倡其教，相如为之师。③

巴、蜀、广汉这一带，土壤、水利、物产等自然地理条件都很优越，人民

---

① (汉) 班固：《汉书·地理志》，周振鹤编著：《汉书地理志汇释》，安徽教育出版社2006年版，第495–496页。
② (汉) 班固：《汉书·地理志》，周振鹤编著：《汉书地理志汇释》，安徽教育出版社2006年版，第493页。
③ (汉) 班固：《汉书·地理志》，周振鹤编著：《汉书地理志汇释》，安徽教育出版社2006年版，第497–498页。

衣食无忧，但是民风并不好，所谓"材质不强，而心怯狭"（颜师古注）。在这种情况下，要想移风易俗，仅靠单一的政治教化是难以奏效的，所谓"文翁为蜀守，教民读书法令，未能笃信道德，反以好文刺讥"，就是这个道理。只有等到司马相如在文学上获得巨大成功，"以文辞显于世，乡党慕循其迹"，良好的风俗才得以形成。① 这种风俗形成之后，才有"王褒、严遵、扬雄之徒，文章冠天下"。

因此我们认为，班固对于文学地理学的第三个贡献，就是客观地、不自觉地揭示了人文地理环境影响文学的途径问题。人文地理环境对文学的影响是毋庸置疑的，但这种影响并非是直接的，它必须有一定的途径。这个途径，用班固的术语来讲就是风俗；用我们今天的话来讲，就是相应的人文气候；用法国19世纪著名批评家丹纳的话来讲，就是"精神上的气候"。②

班固的文学地理学批评体现了史学家的"实录"精神，开启了文学地理学的"徵实"方法。这个方法对后世有着深远的影响。例如，托名皇甫谧的《〈三都赋〉序》云左思作《三都赋》："其物土所出，可得披图而校，体国经制，可得案记而验，岂诬也哉！"③ 作者的用意很明确，就是通过对左思《三都赋》的赞许来倡导文学作品的地理书写必须遵循"实录"的精神。作者对《三都赋》的研究本身所体现的，则是一种"徵实"的方法。而颜之推（约531—约590）的观点则似乎不容置疑："文章地理，必须惬当。"④ 颜氏所说的文章包含了所有的文体，文学是其中之一。他认为文学作品的地理书写应该客观、准确、切当，不得夸饰或虚构，不得走样。这种对文学作品的地理书写的评价，也就是强调文学地理学的批评也必须遵循"徵实"的方法。我们认为，"徵实"的方法对地理学研究来讲是完全正确的，对文学地理学研究来讲，则有其正确的一面，也有其不正确的一面。关于这个问题，我们在下文还会进一步加以分析。

魏晋南北朝时期是中国古代文学批评的一个高峰期。这个时期的文学地理学批评无论是在思想上还是在方法上都有新的突破，其中最值得注意的是陆机（261—303）的《文赋》、刘勰（约465—520）的《文心雕龙》和钟嵘的《诗品》，其贡献主要体现在以下三个方面。

---

① 据陈寿《三国志·秦宓传》（浙江古籍出版社2000年版，第602页）："蜀本无学士，文翁遣相如东授七经，还教吏民，于是蜀学比于齐、鲁。"
② 参见曾大兴：《气候、物候与文学——以文学家生命意识为路径》，商务印书馆2016年版，第39－45页。
③ （西晋）皇甫谧：《〈三都赋〉序》，严可均辑，陈延嘉等校点主编：《全上古三代秦汉三国六朝文》（第4册），河北教育出版社1997年版，第748页。
④ （北齐）颜之推撰，王利器集解：《颜氏家训集解》，中华书局1980年版，第271页。

一是把文学与空间的关系提升到了一个哲学的高度。《文心雕龙》开篇即云：

> 文之为德也大矣，与天地并生者何哉？……日月叠璧，以垂丽天之象；山川焕绮，以铺理地之形：此盖道之文也。仰观吐曜，俯察含章，高卑定位，故两仪既生矣。惟人参之，性灵所钟，是谓三才；为五行之秀，实天地之心。心生而言立，言立而文明，自然之道也。①

"天地"即空间，文（含文学）既"与天地并生"，可见它的空间性是与生俱来的，所谓"自然之道也"。因此我们研究文学，就不能不重视它的空间性。刘勰这段话可与司马迁的"究天人之际，通古今之变，成一家之言"这三句话联系起来看，都可以说是为文学地理学奠定了哲学基础。

二是揭示了文学与自然环境之关系，进而提出了"江山之助"这一重要命题。陆机《文赋》开篇即云：

> 伫中区以玄览，颐情志于典坟。遵四时以叹逝，瞻万物而思纷；悲落叶于劲秋，喜柔条于芳春。心懔懔以怀霜，志眇眇而临云。咏世德之骏烈，诵先人之清芬。游文章之林府，嘉丽藻之彬彬。慨投篇而援笔，聊宣之乎斯文。②

这段话的意思是说，文学灵感的产生，一在人文环境的培育，一在自然环境的触发。所谓"颐情志于典坟""游文章之林府，嘉丽藻之彬彬"，就是讲前人经典著作的熏陶；所谓"咏世德之骏烈，诵先人之清芬"，就是讲良好家风的影响。这两点正是灵感所赖以形成的人文环境的两个要素。所谓"伫中区以玄览""心懔懔以怀霜，志眇眇而临云"，则是讲对灵感的期待。期待中的灵感之所以最终能够到来，除了人文环境的前期培育，还需要自然环境的适时触发。③ 所谓"遵四时以叹逝，瞻万物而思纷；悲落叶于劲秋，喜柔条于芳春"，就是讲春秋两季的物候变化对文学灵感的触发作用，也就是讲自然环境对文学创作的影响。

《文心雕龙·物色》亦云：

---

① （南朝梁）刘勰：《文心雕龙·原道》，范文澜：《文心雕龙注》，人民文学出版社1958年版，第1页。
② （晋）陆机：《文赋》，郭绍虞主编：《中国历代文论选》（第1册），上海古籍出版社1979年版，第170页。
③ 参见曾大兴：《气候、物候与文学——以文学家生命意识为路径》，商务印书馆2016年版，第116 - 117页。

> 春秋代序，阴阳惨舒，物色之动，心亦摇焉。盖阳气萌而玄驹步，阴律凝而丹鸟羞，微虫犹或入感，四时之动物深矣。若夫珪璋挺其惠心，英华秀其清气，物色相召，人谁获安？是以献岁发春，悦豫之情畅；滔滔孟夏，郁陶之心凝；天高气清，阴沉之志远；霰雪无垠，矜肃之虑深。岁有其物，物有其容；情以物迁，辞以情发。一叶且或迎意，虫声有足引心。况清风与明月同夜，白日与春林共朝哉！①

所谓"春秋代序"，即指"四时"之更替；所谓"阳气""阴律"，即指气候；所谓"物色"，即指物候。刘勰这段话，其实就是在讲四时气候、物候与文学的关系，即四时气候的变化（春秋代序，阴阳惨舒）引起物候的变化（岁有其物，物有其容），物候的变化触发文学家的生命意识（物色之动，心亦摇焉），文学家的生命意识被触发之后，就有了文学作品的产生（情以物迁，辞以情发）。这几句话可以说是揭示了文学创作的一个基本机制。②

陆机、刘勰的上述思想，在钟嵘这里得到更精辟的概括。其《诗品·序》开篇即云：

> 气之动物，物之感人，故摇荡性情，形诸舞咏。

钟嵘这里所讲的"气"也是指气候。郭绍虞主编的《中国历代文论选》对这四句话的解释是："气，气候。这四句说：气候使景物发生变化，景物又感动着人，所以被激动的感情，便表现在舞咏之中。这是讲诗歌产生的原因。"③ 这个解释是没有争议的。需要说明的是，"物"在这里不是指一般的景物，而是指随气候的变化而变化的景物，也就是物候，即该序所讲的"春风春鸟，秋月秋蝉，夏云暑雨，冬月祁寒"等"四时"物候。

因此，气候影响物候，物候影响文学，可以说是刘勰与钟嵘的一个共识。值得注意的是，刘勰在讲过气候、物候对文学的影响之后，又讲到了地貌、水文和生物对文学的影响。他说：

> 若乃山林皋壤，实文思之奥府……然屈平所以能洞监《风》《骚》之

---

① （南朝梁）刘勰：《文心雕龙·物色》，范文澜：《文心雕龙注》，人民文学出版社1958年版，第693页。
② 参见曾大兴：《气候、物候与文学——以文学家生命意识为路径》，商务印书馆2016年版，第6–7页。
③ 郭绍虞主编：《中国历代文论选》（第1册），上海古籍出版社1979年版，第312页。

情者，抑亦江山之助乎？①

所谓"山林皋壤"，实际上包含了山脉、土壤、植物这三个要素，它们和气候、物候一样，都属于自然地理的范畴。所谓"奥府"，本是指物产聚藏之所，这里比喻文思或灵感之渊源。刘勰认为，正是"山林皋壤"这一类的自然地理环境，激发了文学家的文思或灵感，从而催生了相关的文学作品。刘勰这段话与上面那段话一样，都是讲自然地理环境对文学作品的催生作用，他将这种作用称为"江山之助"。

三是运用"区域比较法"开展文学地理学的批评。《文心雕龙·时序》云：

> 春秋以后，角战英雄，六经泥蟠，百家飙骇。方是时也，韩魏力政，燕赵任权；五蠹六虱，严于秦令；唯齐楚两国，颇有文学。齐开庄衢之第，楚广兰台之宫。孟轲宾馆，荀卿宰邑；故稷下扇其清风，兰陵郁其茂俗。邹子以谈天飞誉，驺奭以雕龙驰响；屈平联藻于日月，宋玉交彩于风云。观其艳说，则笼罩风雅。故知炜烨之奇意，出乎纵横之诡俗也。②

又《文心雕龙·辨骚》云：

> 自风雅寝声，莫或抽绪，奇文郁起，其《离骚》哉！固已轩翥诗人之后，奋飞辞家之前。岂去圣之未远，而楚人之多才乎！昔汉武爱骚，而淮南作传，以为国风好色而不淫，小雅怨诽而不乱。若《离骚》者，可谓兼之。蝉蜕秽浊之中，浮游尘埃之外，皭然涅而不缁，虽与日月争光可也。③

这两段评论可以称为典型的文学地理学批评，其所使用的方法，即可称为"区域比较法"，也就是把不同区域的文学进行比较。刘勰在《文心雕龙·时序》里拿战国时的韩、魏、燕、赵、秦五国与齐、楚两国进行比较，在《文心雕龙·辨骚》里则拿《诗经》的"国风""小雅"与《离骚》进行比较。

---

① (南朝梁) 刘勰：《文心雕龙·物色》，范文澜：《文心雕龙注》，人民文学出版社1958年版，第694-695页。
② (南朝梁) 刘勰：《文心雕龙·时序》，范文澜：《文心雕龙注》，人民文学出版社1958年版，第671-672页。
③ (南朝梁) 刘勰：《文心雕龙·辨骚》，范文澜：《文心雕龙注》，人民文学出版社1958年版，第45-46页。

这种"区域比较法"与季札和班固等人的"区域研究法"相比，可以说是一个新的进步。因为后者只是分区域进行评论，并没有进行比较，而前者则有了比较。只有进行比较，文学的区域特性与区域差异才能看得更清楚。因此刘勰的这个"区域比较法"对后世有着深远的影响，可以说是一直沿用到今天。

唐宋时期的文学地理学批评在思想上似乎没有超过先秦、两汉和魏晋南北朝时期的水平，但是在方法上更成熟一些，在实践上也更系统一些。这个时段也有三个人值得注意，即魏征、朱熹和祝穆。

魏征（580—643）的《隋书·文学传序》是文学地理学的一篇经典性文献。这篇序对魏晋南北朝时期的文学做了一个历时性的叙述，又对这一时期的南方文学和北方文学做了一个共时性的比较：

> 自汉、魏以来，迄乎晋、宋，其体屡变，前哲论之详矣。暨永明、天监之际，太和、天保之间，洛阳、江左，文雅尤盛。于时作者，济阳江淹、吴郡沈约、乐安任昉、济阴温子昇、河间邢子才、巨鹿魏伯起等，并学穷书圃，思极人文，缛彩郁于云霞，逸响振于金石。英华秀发，波澜浩荡，笔有余力，词无竭源。方诸张、蔡、曹、王，亦各一时之选也。闻其风者，声驰景慕。然彼此好尚，互有异同。江左宫商发越，贵于清绮。河朔词义贞刚，重乎气质。气质则理胜其词，清绮则文过其意。理深者便于时用，文华者宜于咏歌。此其南北词人得失之大较也。若能摭彼清音，简兹累句，各去所短，合其两长，则文质斌斌，尽善尽美矣。①

江左代表南方，洛阳、河朔代表北方。魏征把南北两地的文学做了一个比较，指出了它们各自的优长和局限，其概括是有道理的，所以一直以来被人们广泛引用。魏征所使用的批评方法，也就是刘勰在《文心雕龙·时序》和《文心雕龙·辨骚》中所使用的"区域比较法"。

自从刘勰、魏征成功地运用"区域比较法"评论中国的南北文学之后，中国南北文学的比较就成了人们津津乐道的一个话题。例如，唐代李延寿的《北史·文苑传序》②，金代元好问的《论诗绝句》③，明代王世贞的《曲藻》④、王

---

① （唐）魏征等：《隋书·文学传序》，中华书局1973年版，第1163页。
② （唐）李延寿：《北史》，中华书局1974年版。
③ （金）元好问：《论诗三十首》《自题〈中州集〉后五首》，羊春秋等选注：《历代论诗绝句选》，湖南人民出版社1981年版，第188、195、200页。
④ （明）王世贞：《曲藻》，中国戏曲研究院编：《中国古典戏曲论著集成》（第4册），中国戏剧出版社1959年版，第25、27页。

骥德的《曲律》①、李东阳的《麓堂诗话》②，清代厉鹗的《张今涪红螺词序》③、王僴的《瓣香笔记》④，近代刘师培的《南北文学不同论》⑤、王国维的《屈子文学之精神》⑥、况周颐的《蕙风词话》⑦等，都有这一方面的言论。这种言论和批评方法对人们的影响很大，以至于许多人一讲到中国文学的地域差异，就会拿南北文学做比较。

朱熹（1130—1200）对于文学地理学的贡献，主要体现在对《诗经》的解读上。朱熹反对汉儒对《诗经》牵强附会的解释，反对汉儒所作《诗序》，他指出："《诗序》多是后人妄意推想诗人之美刺，非古人之所作也。"⑧他主张看《诗》，"须是看他诗人意思好处是如何，不好处是如何。看他风土，看他风俗，又看他人情、物态"⑨。所谓"看他风土，看他风俗，又看他人情、物态"，就是文学地理学的方法。正是由于使用了文学地理学的方法，朱熹看到了"国风"的本来面目。他说："国者，诸侯所封之域；而风者，民俗歌谣之诗也。"⑩"凡《诗》之所谓《风》者，多出于里巷歌谣之作，所谓男女相与咏歌，各言其情者也。"⑪我们且看他对《秦风·无衣》的解释：

> 秦人之俗，大抵尚气概，先勇力，忘生轻死，故其见于诗如此。然本其初而论之，岐丰之地，文王用之以兴二南之化，如彼其忠且厚也。秦人用之，未几而一变其俗，至于如此，则已悍然有招八州而朝同列之气矣。何哉？雍州土厚水深，其民厚重质直，无郑卫骄惰浮靡之习。以善导之，则易以兴起而笃于仁义；以猛驱之，则其强毅果敢之资，亦足以强兵力农

---

① （明）王骥德：《曲律》，中国戏曲研究院编：《中国古典戏曲论著集成》（第4册），中国戏剧出版社1959年版，第147页。
② （明）李东阳：《麓堂诗话》，丁福保辑：《历代诗话续编》（下册），中华书局1983年版，第1377页。
③ （清）厉鹗：《张今涪红螺词序》，郭绍虞主编：《中国历代文论选》（第3册），上海古籍出版社1980年版，第392页。
④ （清）王僴：《瓣香笔记》，道光十四年刊本。
⑤ 刘师培：《南北文学不同论》，劳舒编：《刘师培学术论著》，浙江人民出版社1998年版，第161-167页。
⑥ 王国维：《屈子文学之精神》，郭绍虞主编：《中国历代文论选》（第4册），上海古籍出版社1980年版，第382-385页。
⑦ 况周颐：《蕙风词话》，王幼安校订：《蕙风词话·人间词话》，人民文学出版社1960年版，第57页。
⑧ （宋）朱熹：《诗说》，朱杰人、严佐之、刘永翔主编：《朱子全书》（第17册），上海古籍出版社、安徽教育出版社2002年版，第2749页。
⑨ （宋）朱熹：《诗说》，朱杰人、严佐之、刘永翔主编：《朱子全书》（第17册），上海古籍出版社、安徽教育出版社2002年版，第2755页。
⑩ （宋）朱熹集注：《诗集传》，上海古籍出版社1980年版，第1页。
⑪ （宋）朱熹集注：《诗集传序》，《诗集传》，上海古籍出版社1980年版，第2页。

而成富强之业，非山东诸国可及也。①

这个解释不仅超越了汉儒郑玄的"刺用兵"之说，而且比班固《汉书·地理志》的说法要全面。朱熹认为，秦地在《禹贡》雍州之域，雍州土厚水深，其民厚重质直。秦地的民风显然具有两面性，关键在统治者如何引导。如果"以善导之，则易以兴起而笃于仁义"；如果"以猛驱之，则其强毅果敢之资，亦足以强兵力农而成富强之业"。班固只看到了其"迫近戎狄""高上气力"的一面，没有看到其"土厚水深""笃于仁义"的一面，因此朱熹的解释就比班固要周密一些，也深刻一些。

正是由于使用了文学地理学的方法，朱熹对"十五国风"中的不少作品都有自己新颖而独到的解释，其见解大大地超过了前人。明代学者杨士奇指出："自汉以下言《诗》莫深于朱子。"（《胡延平诗序》）为什么朱熹言诗比前人要深刻？我们认为，"看他风土，看他风俗，又看他人情、物态"的方法，也就是文学地理学的方法，当是重要原因之一。

祝穆，福建崇安人。他是朱熹的学生，以儒学知名，也能作诗填词。他对于文学地理学的贡献，就是在他的地理学著作《方舆胜览》七十卷里，记载了大量的文学景观，收录了大量的文学作品。该书的体例在古今地理书中可以说是最为独特的，即略于地理而详于文学。诚如四库馆臣所云："书中体例，大抵于建置沿革、疆域道里、田赋户口、关塞险要，他志乘所详者皆在所略，惟于名胜古迹多所胪列，而诗赋序记所载独备，盖为登临题咏而设，不为考证而设。"② 书中多所胪列的名胜古迹，有许多都是因文学而知名的自然和人文景观，也就是文学地理学所讲的文学景观；书中所载独备的诗赋序记，也就是描写这些自然和人文景观因而使之成为文学景观的文学作品。

祝穆撰此书的意图有两个：一是通过地志的编写和传布，激起人们对北宋王朝时期江山一统的思念，从而达到收复失地、恢复故疆的目的；二是为文人学士的地理书写提供方便。盖"各州风物见于古今诗歌记序之佳者，率全篇登入；其事实有可拈出者，则纂辑为俪语，附于各州之末"，诚所谓"学士大夫端坐窗几而欲周知天下，操弄翰墨而欲得助江山，当览此书，毋庸他及"③。由于怀有第二个意图，所以客观上就为我们今天研究中国南方各地的文学景观与文学地理提供了极为珍贵的史料。

---

① （宋）朱熹集注：《诗集传》，上海古籍出版社1980年版，第79页。
② 《四库全书方舆胜览提要》，（宋）祝穆撰，（宋）祝洙增订：《方舆胜览》，中华书局2003年版，第1239页。
③ （宋）吕午：《方舆胜览·序》，（宋）祝穆撰，（宋）祝洙增订：《方舆胜览》，中华书局2003年版，第1页。

明清时期，中国的文学地理学在实践和批评两个方面都有新的发展，其中有以下几个现象特别值得注意。

一是以地域命名的文学流派和文学社团开始大量出现。唐宋时期虽然也有若干个以地域命名的文学流派和文学社团，如竹溪六逸、花间词派、江西诗派、江湖诗派、永嘉四灵、月泉吟社等，但远不及明清时期的多，如明代有吴诗派、越诗派、闽诗派、岭南诗派、江右诗派、茶陵派、公安派、竟陵派、吴江派、临川派、云间词派，清代有阳羡词派、浙西词派、常州词派、临桂词派、桐城派、阳湖派、河朔诗派、高密诗派、虞山派、西泠十子、岭南三大家、南园后五子、江西四才子、湘中五子等，可以说是不胜枚举。有学者指出："清代的文坛基本上是以星罗棋布的地域文学集团为单位构成的，……地域文学群体和流派的强大实力，已改变了传统的以思潮和时尚为主的文坛格局，出现了以地域性为主导的文坛格局。"①

二是以地域命名的文学总集大量涌现。唐宋时期，以地域命名的文学总集也有若干种，如《丹阳集》（殷璠辑）、《会稽掇英总集》（孔延之辑）、《吴都文粹》（郑虎臣辑）、《成都文类》（程遇孙辑）、《严陵集》（董棻辑）等，但远不及明清时期的多，尤其是清代，真可以说是林林总总，蔚为大观。蒋寅指出："《中国丛书综录》汇编类列于郡邑一门的丛书有75种，内含大量当地作家的诗文集，而集部总集类列于郡邑一门的丛书有77种，更是地方文学作品的荟萃。仅中国社会科学院文学所就藏有地域诗文总集约四百种，清人总共编纂了多少这类总集，目前还难以估计。松村昂《清诗总集131种解题》中即含有郡邑诗集68种，可见比例之高。"②

三是在理论上对本地文学传统有了一种自觉与自审意识。在以地域命名的文学总集大量涌现的同时，地方诗话、词话、文话的写作也很引人注目，如明代郭子章的《豫章诗话》、清代张泰来的《江西诗社宗派图录》、郑方坤的《全闽诗话》、梁章钜的《南浦诗话》、潘飞声的《粤雅》等，其中尤以诗话为多。有人统计，清代的地方诗话有30多种。③ 至于那些带有地方性质的诗序、词序、文序等，更是不可胜数。通过这些诗话、词话、文话和诗序、词序、文序，可以看出明清时期的学者对地域文学传统既有一种高度的自觉意识，又有一种难得的自审意识。请看下面这两篇诗序、文序：

---

① 蒋寅：《清代文学与地域文化》，傅璇琮、蒋寅总主编：《中国古代文学通论》（清代卷），辽宁人民出版社2005年版，第293页。
② 蒋寅：《清代文学与地域文化》，傅璇琮、蒋寅总主编：《中国古代文学通论》（清代卷），辽宁人民出版社2005年版，第301页。
③ 参见蒋寅：《清代郡邑诗话叙录》，《古典文献研究》1993、1994年合刊，南京大学出版社1995年版。

> 诗自河梁下逮建安苏李曹刘诸钜公，大抵皆北产。独至二陆，奋起云间，狎主中原坛坫。自是以后，大雅之材萃于东南，遂至伧荒河北。然则云间固南国之诗祖也。
>
> ——黄定文《国朝松江诗钞序》①
>
> 吾郡无为古文者。异时乡先正陈黄门、夏考功父子、李舍人、徐孝廉、周太学树帜艺连，海内宗仰，才则丽矣，学则博矣，然其为文沿六朝之绮靡，撷唐季之芳艳。毗陵、昆山钜公传绪，近在襟带，而流风余波独不能沾被吾里，坐使后进之士，数十年中务华弃实，不复知有古文，伊谁之过哉？
>
> ——王原《瞿济川文集序》②

这两篇诗文序都是在讲松江府（今上海市）的文学。前一条讲自西晋二陆（陆机、陆云）以来形成的松江府的诗歌传统，讲其在南方诗歌史上的地位，言语之中未免有些自夸之嫌。后一条批评松江府的文章沿袭了六朝、晚唐的绮靡之习，未能受到邻近的常州、昆山的古文名家之影响，因此显得华而不实。

四是对地域文学特征的认识更加深刻。明代著名诗歌批评家胡应麟在《诗薮》"续编卷一"中把明初诗坛分为吴诗派、越诗派、闽诗派、岭南诗派和江右诗派，即体现出明确的地域文学意识。③ 至清代，许多学者开始对不同的地域文学进行更细致、更深入的考察，其认识也比前人要深细得多。如曹溶《海日堂集序》：

> 明之盛时，学士大夫无不力学好古，能诗者盖十人而九。吴越之诗矜风华而尚才分，河朔之诗苍莽任质，锐逸自喜；五岭之士处其间，无河朔之疆立，而亦不为江左之修靡，可谓偏方之擅胜者也。④

又如郑方坤评价黄任的诗：

> 闽人户能为诗，彬彬风雅，顾习于晋安一带，磨砺沙荡，以声律圆稳

---

① （清）黄定文：《国朝松江诗钞序》，《东井文钞》卷一，清刊本。
② （清）王原：《瞿济川文集序》，《西亭文钞》卷三，光绪十七年不复远斋刊本。
③ （明）胡应麟：《诗薮》，上海古籍出版社1979年版，第342页。
④ （清）曹溶：《海日堂集序》，（清）程可则：《海日堂集》，道光五年金山县署重刊本。

为宗，守林膳部、高典籍之论若金科玉律，凛不敢犯，几于"团扇家家画放翁"矣。莘田逸出其间，聪明净冰雪，欲语羞雷同，可称豪杰之士。①

前一条指出岭南诗歌能够在吴越、河朔之外别树一帜，后一条在肯定黄任诗歌的某些独创性的同时，也指出了一个事实，即闽地的诗歌在林鸿、高棅等人的长期影响下，因袭者多，能自树立者少。他们的这些见解在今天看来也是很有价值的。

文学地理学研究发展到晚清时期，又出现一个新的特点，这就是对西方近代人文地理学的引进与借鉴。晚清以前，中国的地理学研究一直是传统的沿革地理占统治地位，极少有人文地理。现代意义上的人文地理学是从西方引进的。梁启超"堪为中国地理学史上最早介绍西方近代地理学思想第一人"②。梁启超所介绍的西方近代地理学即人文地理学，主要包括"人地关系论""地理环境决定论"等，其《中国地理大势论》（1902）一文云：

> 燕赵多慷慨悲歌之士，吴楚多放诞纤丽之文，自古然矣。自唐以前，于诗于文于赋，皆南北各为家数。长城饮马，河梁携手，北人之气概也。江南草长，洞庭始波，南人之情怀也。散文之长江大河一泻千里者，北人为优；骈文之镂云刻月善移我情者，南人为优。盖文章根于性灵，其受四围社会之影响特甚焉。自后世交通益盛，文人墨客，大率足迹走天下，其界亦浸微矣。③

> 大抵自唐以前，南北之界最甚，唐后则渐微。盖"文学地理"常随"政治地理"为转移，自纵流之运河既通，两流域之形势，日相接近，天下益日趋于统一，而唐代君臣上下，复努力以联贯之……文家之韩柳，诗家之李杜，皆生江河两域之间，思起八代之衰，成一家之言……盖调和南北之功，以唐为最矣。由此言之，天行之力虽伟，而人治恒足以相胜。今日轮船铁路之力，且将使东西五洲合一炉而共冶之矣，而更何区区南北之足云也。④

---

① （清）郑方坤：《国朝名家诗钞小传》卷四，龙威秘书本。
② 许桂灵、司徒尚纪：《试论梁启超对西方近代地理学在中国传播的贡献》，《北京大学学报（自然科学版）》2006年第4期。
③ 梁启超：《中国地理大势论》，《饮冰室文集》之十，中华书局1989年版，第86页。
④ 梁启超：《中国地理大势论》，《饮冰室文集》之十，中华书局1989年版，第87页。

这两段话，叙述了地理环境影响文学风格的一个基本事实，无疑是正确的；但是在讲到"政治地理"与"文学地理"的关系时则未免简单化。事实上，"文学地理"既有随"政治地理"转移的一面，也有不随其转移的一面，这是由文化与文学的特殊性（即相对稳定性与相对独立性）造成的。如李白和杜甫，一个生长在南方，一个生长在北方，虽然都生活在政治统一、交通相对发达的唐代，且足迹几遍天下，但是他们的诗风却大不一样。这是众所周知的事情。由此可见，即便是在唐代，文学的地域差异也是很明显的，并未因南北的统一而"浸微"。今天的中国在政治上是高度统一的，并且处在一个对外开放、全球经济一体化的时代，但是中国当代文学的地域差异反而比以往任何一个时代都要突出，何曾因政治统一、经济开放，以及"铁路轮船之力"而"浸微"过？

当然，我们没有必要苛求前辈。我们所要注意的是，梁启超在中国第一次使用了"文学地理"这个概念，虽然他并没有对这个概念的内涵和外延进行任何界定。

顺便说明一下，在梁启超之前，德国著名哲学家康德曾经在他的《自然地理学》一书中提到过"文学地理学"这个概念，有学者因此认为，"他（梁启超）所提出的'文学地理'的概念极有可能就是康德《自然地理学》中的'文学地理学'概念"①。我们对此有些怀疑。第一，梁启超虽曾著有《近世第一大哲康德之学说》一文，在文中也曾提到过康德在大学里讲授过"伦理学""人理学""地理学"等课程，但是并没有确切的证据表明梁启超一定读过康德的《地理学》（又名《自然地理学》或《自然地理学讲义》）。第二，康德并没有对"文学地理学"的具体内容和研究对象做出任何说明。就其《自然地理学》全书来看，他所讲的"文学地理学"虽然包含了文学，但远远不止于文学，而是包含了科学、艺术、哲学、政治等诸多方面，实际上相当于后来的人文地理学，而梁启超所讲的"文学地理"则是纯粹的"文学地理"，它是与"政治地理"并举的。第三，梁启超是一个善于提出新概念的极富创新性的思想家，他一生提出的新概念有很多。他既然能别出心裁地提出"兵事地理""军事地理学"这一类的概念，那么在他讨论文学与地理环境之关系的时候，提出一个"文学地理"概念又有何难呢？

更重要的是，梁启超对于文学地理学的贡献，并不只是首先提出或者使用了"文学地理"这个概念，而是引进和借鉴西方近代人文地理学的理论和方法，开启了现代意义上的文学地理学研究。也正是在这个背景之下，中国的文学地理学研究才进入到一个新的阶段，即系统研究阶段。

---

①钟士伦：《概念、学科与方法：文学地理学略论》，《文学评论》2014年第4期。

（二）系统研究阶段（1905—2011）

1905年，著名学者刘师培（1884—1919）发表了他的《南北文学不同论》一文，这篇文章是他的《南北学派不同论》这一组文章（一共五篇）中的一篇。刘氏在这组文章的第一篇《南北诸子学不同论》开头即云：

> 东周以降，学术日昌，然南北学者，立术各殊（南方学派起于长江附近者也，北方学派则起于黄河附近者也）。以江河为界划，而学术所被复以山国泽国为区分（山国泽国四字见《周礼·掌节》）。山国之地，地土墝瘠，阻于交通，故民之生其间者崇尚实际，修身力行，有坚忍不拔之风。泽国之地，土壤膏腴，便于交通，故民之生其间者崇尚虚无，活泼进取，有遗世特立之风（此说本之那特硁《政治学》诸书）。①

这里，刘师培明确表示他的这个观点乃是受了德国学者那特硁《政治学》诸书的影响。在《南北文学不同论》一文里，刘师培又重申了类似观点：

> 大抵北方之地，土厚水深，民生其间，多尚实际；南方之地，水势浩洋，民生其间，多尚虚无。民尚实际，故所著之文不外记事、析理二端；民尚虚无，故所作之文或为言志、抒情之体。……大抵北人之文，猥琐铺叙以为平通，故朴而不文；南人之文，诘屈雕琢以为奇丽，故华而不实。②

刘师培的《南北文学不同论》是文学地理学学术史上第一篇系统的论文。在他之前，包括梁启超的文学地理学批评，都属于片断言说。刘师培从上古记事、析理之文开始，直到清代言志、抒情之体，历述中国各代南北文学之不同，可以说是相当宏观而富有条理的。

刘师培认为，南北文学之别源于南北声音之殊，而南北声音之殊又源于南北地理之异。盖"南声之始起于淮汉之间，北声之始起于河渭之间"，"地愈北则音愈重，地愈南则音亦愈轻"。夫"声能成章者谓之言，言能成章者谓之文"，"声音既殊，故南方之文亦与北方迥别"。刘师培从语音的角度考察中国

---

① 刘师培：《南北诸子学不同论》，劳舒编：《刘师培学术论著》，浙江人民出版社1998年版，第135页。
② 刘师培：《南北文学不同论》，劳舒编：《刘师培学术论著》，浙江人民出版社1998年版，第162-167页。

南北文学不同之由，可以说是一个很好的视角。虽然他的某些观点未免有地理环境决定论之嫌，但也表明，这正是西学初入中国时，给文学地理学研究所带来的影响。

刘师培发表《南北文学不同论》一文之后三年，著名学者王国维（1877—1927）发表了《屈子文学之精神》（1908）一文。这篇文章也受到某些西学的影响，如引用德国大诗人希尔列尔关于诗歌的定义，指出《庄子》中的不少寓言与"古代印度及希腊之壮丽之神话"皆"想象之产物"，等等。作者认为，屈原具有综合先秦时期中国南北文化与文学之长的优势，而他人则无。为了证明这个观点，作者深入分析并总结了中国南北文化与文学各自的特点和局限。例如：

> 我国春秋以前，道德政治上之思想，可分之为二派：一帝王派，一非帝王派。前者称道尧、舜、禹、汤、文、武，后者则称其学出于上古之隐君子，如庄周所称广成子之类。……前者大成于孔子、墨子，而后者大成于老子。故前者北方派，后者南方派也。此二派者，其主义常相反对，而不能相调和。……
>
> 夫然，故吾国之文学，亦不外发表二种之思想。然南方学派则仅有散文的文学，如老子、庄、列是已。至诗歌的文学，则为北方学派之所专有。……且北方之人，不为离世绝俗之举，而日周旋于君臣父子夫妇之间，此等在在畀以诗歌之题目，与以作诗之动机。此诗歌的文学，所以独产于北方学派中，而无与于南方学派者也。然南方文学中，又非无诗歌的原质也。南人想象力之伟大丰富，胜于北人远甚。……
>
> 由此观之，北方人之感情，诗歌的也，以不得想象之助，故其所作遂止于小篇。南方人之想象，亦诗歌的也，以无深邃之感情之后援，故其想象亦散漫而无所丽，是以无纯粹之诗歌。而大诗歌之出，必须俟北方人之感情与南方人之想象合而为一，即必通南北之骑驿而后可，斯即屈子其人也。①

如上所述，比较中国南北文学之短长，是中国文学地理学批评的一大特点。但是王国维关于南北文学的比较超过了以往所有的相关言论。王国维的比较从南北思想入手，他的角度是最新的，他的认识也是最深刻的。

王国维之后，最值得注意的学者应是著名历史地理学家和民俗学家顾颉刚

---

① 王国维：《屈子文学之精神》，郭绍虞主编：《中国历代文论选》（第4册），上海古籍出版社1980年版，第382－384页。

（1893—1980），他在孟姜女故事研究方面的成果可视为 20 世纪初期中国文学地理学研究的一个典范。顾颉刚是中国第一位对孟姜女故事进行精细考证与系统研究的学者，早在 1924 年，他就在《歌谣》周刊上发表了《孟姜女故事的转变》一文，惊动了中外学术界，一时应者蜂起。1927 年，他又在《现代评论》上发表了《孟姜女故事研究》一文。他广泛地收集记载于各种古籍和流传于当时口头的有关材料，逐一进行分析研判，对孟姜女故事的产生、传播及变异情况进行系统的考证，旨在对这个故事起源的时间、地点和情节变化及其与历史和地域的关系做出尽可能科学的阐释。《孟姜女故事研究》一文从纵横两方面提出了故事的历史系统和地理系统，更加全面地体现了他的卓越见解。长期以来，人们只是重视顾颉刚的孟姜女故事研究的历史价值，认为他这两篇文章是将其"层累地造成的古史"的观点运用到孟姜女故事研究中的经典之作，他对孟姜女故事之历史系统的见解一直成为定论，他所遵循的"演变法则"也一直为人们所沿用。但是人们似乎忽略了他对孟姜女故事的地域系统的研究，忽略了他这项研究的文化地理学与文学地理学价值。事实上，顾颉刚在这一方面似乎更为用心。他指出："如能把各处的材料都收集到，必可借了这一个故事，帮助我们把各地交通的路径，文化迁流的系统，宗教的势力，民众的艺术，……得到一个清楚的了解。这比了读呆板的历史，不知道可以得益到多少倍。"我们且看他的五个结论中的一个：

> 第一，就历史的文化中心上看这件故事的迁流的地域。春秋战国间，齐、鲁的文化最高，所以这件故事起在齐都，它的生命日渐广大。西汉以后，历代宅京以长安为最久，因此这件故事流到了西部时，又会发生崩梁山和崩长城的异说。从此沿了长城而发展：长城西到临洮，故敦煌小曲有孟姜寻夫之说；长城东至辽左，故《同贤记》有杞梁为燕人之说。北宋建都河南，西部的传说移到了中部，故有杞县的范郎庙。湖南受陕西的影响，合了本地的舜妃的信仰，故有澧州的孟姜山。广西、广东一方面承受北面传来的故事，一方面又往东推到福建、浙江，更由浙江传至江苏。江浙是南宋以来文化最盛的地方，所以那地的传说虽最后起，但在三百年中竟有支配全国的力量。北京自辽以来建都了近一千年，成为北方的文化中心，使得它附近的山海关成为孟姜女故事的最有势力的根据地。江浙与山海关的传说联结了起来，遂形成了这件故事的坚确不拔的基础，以前的根据地完全失掉了势力。除非文化中心移动时，这件故事的方式是不会改变的了。

顾先生总结说："从以上诸条看来，我们可以知道一件故事虽是微小，但一样地随顺了文化中心而迁流，承受了各时各地的时势和风俗而改变，凭借了民众的情感和想象而发展。"①顾先生的这些结论和他所使用的研究方法，实际上为文学作品的地域（空间）传播研究提供了一个经典的范例，直到今天仍然值得我们学习借鉴。

顾颉刚发表《孟姜女故事研究》七年之后，汪辟疆（1887—1966）发表了《近代诗派与地域》（1934）这篇长达三万余字的论文。汪辟疆是一位传统的学者，他在方法上深受班固《汉书·地理志》的影响，在诗派划分上深受胡应麟《诗薮》的影响，而其诗学思想则深受江西诗派的影响，因此他这篇论文可以说是一篇深具中国特色的文学地理学论文。汪辟疆从诗歌风格与地理环境的关系入手，把近代诗坛分为湖湘派、闽赣派、河北派、江左派、岭南派和西蜀派，然后对各派的作家作品进行分析评价。既是对近代诗歌史研究的一个重要贡献，也是对诗歌地理研究的一个重要贡献。

汪辟疆超越前人的地方有四点：一是选题具有独特性。例如，王国维的《屈子文学之精神》只讲到战国的文学，刘师培的《南北文学不同论》只讲到清代中叶的文学，汪辟疆则往下延伸，专讲道咸同光四朝五十年的诗歌，也就是近代诗歌。二是篇幅最长。全文三万余字，是先秦以来篇幅最长的文学地理学批评。三是由群体而个体，考察比较细致。四是结论大体平实，虽不无偏颇，但也不乏新见。例如，他讲湖湘派：

> 荆楚地势，在古为南服，在今为中枢。其地襟江带湖，五溪盘亘，洞庭云梦，荡漾其间。兼以俗尚鬼神，沙岸丛祠，遍于州郡；人富幽渺之思，文有绵远之韵，非惟宅处是邦者，蔚为高文，即异地侨居，亦多与其山川相发越；观于贾傅之赋鹏鸟，吊湘累，即其证也。李商隐诗云："湘泪浅深滋竹色，楚歌重叠怨兰丛。"又陈师道诗云："九十九冈风俗厚，人人已握灵蛇珠。"细玩此诗，江汉英灵，岂其远而？
>
> 荆楚文学，远肇二南，屈宋承风，光照寰宇，楚声流播，至炎汉而弗衰。下逮宋齐，西声歌曲，谱入清商，极少年行乐之情，写水乡离别之苦，远绍风骚，近开唐体，渊源一脉，灼然可寻。故向来湖湘诗人，即以善叙欢情，精晓音律见长，卓然复古，不肯与世推移，有一唱三叹之音，具竟体芳馨之致，即近代湘楚诗人，举莫能外也。②

汪辟疆对于荆楚地区的自然环境与民情风俗的描述，以及对荆楚文学的地

---

① 顾颉刚：《孟姜女故事研究》，《现代评论》第二周年增刊，1927年2月。
② 汪辟疆：《汪辟疆说近代诗》，上海古籍出版社2001年版，第20-21页。

域特征的概括，大体祖述前人，结论平实。他认为，无论是荆楚本地作家还是"异地乔居"的外地作家，均受到荆楚自然环境和民情风俗的影响，因而在创作上体现出某些共同的地域特征，这是很有见地的。但是他在荆楚与湖湘的地理认知方面也存在某些偏颇。所谓荆楚地区，实际上包括两个地理板块，一是北部的江汉，二是南部的湖湘。把荆楚文学认作湖湘文学之源，这是正确的；把荆楚文学等同于湖湘文学，则是不恰当的。因为荆楚文学实际上还包括江汉文学这一部分。江汉文学是富有创新精神的，无论是屈原、宋玉的辞赋，还是孟浩然、岑参的诗歌；无论是南朝的民歌《西曲歌》，还是明朝公安派、竟陵派的诗文，都极富创新品质，这是众所周知的事实。而所谓"卓然复古，不肯与世推移"，只能说是晚清时期湖湘文学的一个特点，这个特点是不能代表所有的荆楚文学的。

然而不可否认，汪辟疆的《近代诗派与地域》、刘师培的《南北文学不同论》、王国维的《屈子文学之精神》，以及顾颉刚的《孟姜女故事研究》，堪称中国最早的四篇具有系统性的文学地理学论文，虽然他们并没有使用文学地理学这个概念，更没有文学地理学的学科意识，甚至在地理认知上还出现某些偏颇，但是他们的研究本身实际上开启了20世纪文学地理学研究之先河。如果他们能够继续从事这一方面的研究，如果他们能够像林传甲、谢无量等人写作《中国文学史》那样，写作一部《中国文学地理》或者《文学地理学概论》，那么文学地理学这个学科是有可能在他们这一代人的手上建立起来的。可惜没有，他们都是浅尝辄止。这是一件有些令人遗憾的事情。

在20世纪前半叶，也有许多文学家和文学批评家发表过文学地理学方面的言论，如鲁迅、郁达夫、林语堂、冰心等，不过多是只言片语，并非完整而有系统的论文。鲁迅在《致陈烟桥》这封信里说："木刻还未大发展，所以我的意见，现在首先是在引起一般读书界的注意，看重，于是得到赏鉴，采用，就是将那条路开拓起来，路开拓了，那活动力也就增大……现在的文学也一样，有地方色彩的，倒容易成为世界的，即为别国所注意。打出世界上去，即于中国之活动有利。"[①] 鲁迅这段话虽然是只言片语，但意义深远。他实际上是在讲文学艺术的地域性与世界性的关系问题。全球一体化的进程不断加快的今天，为什么中国当代文学的地域色彩反而比以往任何一个时代都要强烈？鲁迅的话给了我们一个答案。因为全球一体化的速度越是加快，文学越是要强烈表现自己的地域个性，从而避免同质化的可能。

令人遗憾的是，1949年以后，由于受苏联的影响，人文地理学被当作资

---

① 鲁迅：《致陈烟桥》（1934年4月19日），《鲁迅全集》（第13卷），人民文学出版社2005年版，第81页。

产阶级学术而遭到批判，除了边疆地理之外，包括文学地理学在内的人文地理学的其他研究全被打入冷宫。在中国的人文社会科学领域，"地理环境""地域性"这一类的概念，都成了非常敏感的字眼，谁要是提这些东西，谁就有可能被扣上"地理环境决定论"的帽子而遭到批判。这种状况一直延续到20世纪80年代初期。

20世纪80年代中期以后，随着国内学术界"文化热"和"方法热"的兴起，文学地理学的研究被重新拾起，金克木、余恕诚、章培恒、曾大兴等人开始发表这一方面的文章。尤其是金克木的《文艺的地域学研究设想》一文，可以说是起到了重新启蒙的作用。

20世纪90年代以后，文学地理学的研究进入佳境，甚至成为文学研究领域的一个热门。据统计，从1905年至1989年这85年间，在中国大陆发表的文学地理学论文只有38篇，从1990年至2010年这20年间，在中国大陆发表的文学地理学论文竟多达931篇；从1932年至1989年这58年间，在中国大陆和台湾地区出版的文学地理学著作只有23种，从1990年至2010年这20年间，在中国大陆和台湾地区出版的文学地理学著作竟多达215种。①

综观1990年至2010年这20年的文学地理学研究著作，主要包含如下几个方面的内容：

一是文学家的地理分布之研究，如曾大兴的《中国历代文学家之地理分布》（1995）、胡阿祥的《魏晋本土文学地理研究》（2001）、梅新林的《中国古代文学地理形态与演变》（2006）等。

二是文学作品的地域特征与地域差异之研究，如张仁福的《中国南北文化的反差——韩欧文风的文化透视》（1992）、刘春城的《台湾文学的两个世界》（1992）、陶礼天的《北"风"与南"骚"》（1997）、周庆华的《台湾文学与"台湾文学"》（1997）、曾大兴的《英雄崇拜与美人崇拜——流行歌曲的文化魅力》（1999）、曹道衡的《南朝文学与北朝文学研究》（1999）、张继华的《北京地域文学语言研究》（1999）、戴伟华的《地域文化与唐代诗歌》（2006）、范铭如的《文学地理：台湾小说的空间阅读》（2008）等。

三是文学与地域文化之关系研究，如陈建华的《中国江浙地区十四至十七世纪社会意识与文学》（1992）、张丽妩的《北京文学的地域文化魅力》（1994）、李怡的《现代四川文学的巴蜀文化阐释》（1995）、逄增玉的《黑土地文化与东北作家群》（1995）、朱晓进的《"山药蛋派"与三晋文化》（1995）、费振钟的《江南士风与江苏文学》（1995）、魏建和贾振勇的《齐鲁

---

①参见李伟煌、曾大兴：《文学地理学论著目录索引》，曾大兴、夏汉宁主编：《文学地理学》，人民出版社2012年版，第342-433页。

文化与山东新文学》（1995）、李继凯的《秦地小说与三秦文化》（1997）、刘洪涛的《湖南乡土文学与湘楚文化》（1997）、樊星的《当代文学与地域文化》（1997）、郑择魁的《吴越文化与中国现代文学》（1998）、马丽华的《雪域文化与西藏文学》（1998）、田中阳的《湖湘文化精神与二十世纪湖南文学》（2000）、阎琦的《古都西安——唐诗与长安》（2003）、汤涒的《敦煌曲子词地域文化研究》（2004）、景遐东的《江南文化与唐代文学研究》（2005）、杨剑龙的《上海文化与上海文学》（2007）、王嘉良的《地域视阈的文学话语》（2007）、朱双一的《台湾文学与中华地域文化》（2008）、周晓琳和刘玉平的《空间与审美——从文化地理角度看中国古代文学》（2009）等。

四是地域性文学流派、文学群体之研究，如邢富君的《从荒原走向世界——东北文学论》（1992）、曹虹的《阳湖文派研究》（1996）、吴福辉的《京海晚眺》（1997）、杨镰的《元西域诗人群体研究》（1998）、许道明的《海派文学论》（1999）、崔海正的《宋代齐鲁词人概观》（2000）、李今的《海派小说与现代都市文化》（2000）、李浩的《唐代三大地域文学士族研究》（2002）和《唐代关中士族与文学》（2003）、杨义的《京派海派综论》（2003）、陈庆元的《文学：地域的观照》（2003）、沙先一的《清代吴中词派研究》（2004）、伍晓蔓的《江西宗派研究》（2005）、徐永明的《元代至明初婺州作家群研究》（2005）、韩培根的《明代徽州文学研究》（2006）、周建军的《唐代荆楚本土诗歌与流寓诗歌研究》（2006）、邵文实的《敦煌边塞文学研究》（2007）等。

五是其他相关问题之研究，如戴伟华的《唐代幕府与文学》（1990）、李炳海的《部族文化与先秦文学》（1995）、杜晓勤的《初盛唐诗歌的文化阐释》（1997）、李德辉的《唐代交通与文学》（2003）、杨义的《重绘中国文学地图》（2003）、罗时进的《地域·家族·文学——清代江南诗文研究》（2010）、周薇的《运河城市与市民文学》（2010）等。

以上这些著作，虽然多数没有使用文学地理学这个概念，更没有文学地理学的学科意识，但是就其研究对象和研究方法来讲，都属于文学地理学的研究。这些成果与20世纪前期刘师培、王国维、汪辟疆等前辈学者的相关成果相比，可以说在实证研究方面做了更多、更系统、更扎实的工作。无论是对文学家的地理分布之考察，还是对文学作品的地域特征与地域差异之分析，或是对文学与地域文化的关系之探讨，以及对地域性的文学流派、文学群体之研究等，多以具体的考证、统计和文本细读为基础，不仅为传统的文学研究提供了全新的视角和方法，解决了传统的文学研究所不能解决的诸多问题，丰富和深化了人们对文学家、文学作品和各种文学现象的认识和理解，展示了文学地理学研究的诱人前景，也为人文地理学、文化地理学、历史地理学等相关学科的发展提供了新的素材和思路。因此这种研究得到了学术界的充分肯定和广泛认可。有学者认为，1992年以后，"中国文学地理学研究已渐成显学"①。这个说法是有依据的。

这个时期还有一个现象值得注意，就是与文学地理学研究有关的硕士、博士论文相当多。据统计，从1990年到2010年这20年间，在中国大陆发表的文学地理学论文共931篇，其中的硕士、博士论文竟多达283篇，占总数的30%。② 一个硕士生或博士生选择什么样的题目作为自己的学位论文，这对于他今后的学术走向、学术前景来讲是至关重要的。这就表明，文学地理学研究在他们看来，无疑是最有创新价值、最有发展前景的研究。

当然，也有一个问题需要注意。这就是自刘师培发表《南北文学不同论》之后的100余年里，中国的文学地理学研究绝大多数都属于实证研究，真正的理论研究是很少的。由于实证研究的成果占了绝大多数，实证研究当中所遇到的一些问题也被提了出来，例如，文学地理学究竟是什么，应该如何从事文学地理学的研究，等等。可以说，正是在这样的背景之下，中国的文学地理学研究开始了富有创造性的理论探讨。

（三）学科建设阶段（2011—）

文学地理学究竟是什么？是一种研究视野，还是一种研究方法，抑或一个学科？应该说，在文学地理学的性质与定位问题上，中国学术界曾经有过不同意见：一是把文学地理学视为文化地理学的一个分支，如文化地理学界的学者就普遍持有这一观点，文学研究界的陶礼天教授也持有这一观点。③ 二是把它视为文学史研究的一个补充，如梅新林教授就持有这一观点。④ 三是把它视为文学研究的一种视野和方法，如杨义教授就持有这一观点。⑤ 四是把它视为文学的一个分支学科，笔者本人即持这一观点。⑥ 中国文学地理学会的多数学者也持这一观点。

2011年4月19日，笔者应《中国社会科学报》"文学版"编辑王兆胜、李琳之约，在该报发表《建设与"文学史学"双峰并峙的"文学地理学"》

---

① 陶礼天：《文学与地理：中国文学地理学略说》，《中国文论研究丛稿》，学苑出版社2011年版，第116页。
② 参见李伟煌、曾大兴：《文学地理学论著目录索引》，曾大兴、夏汉宁主编：《文学地理学》，人民出版社2012年版，第342-433页。
③ 参见陶礼天：《北"风"与南"骚"》，华文出版社1997年版，第5页。
④ 参见梅新林：《中国古代文学地理形态与演变》，复旦大学出版社2006年版，第2页。
⑤ 参见杨义：《文学地理学会通》，中国社会科学出版社2013年版，第1、55页。
⑥ 参见曾大兴：《建设与"文学史学"双峰并峙的"文学地理学"》，《中国社会科学报》2011年4月19日。

一文。该文对文学地理学研究的历史和现状做了一个简要的总结,对文学地理学的研究对象、学科性质、研究任务和发展目标等,做了一个初步的界定。文章指出:

> 文学地理学这个学科的任务,就是通过文学家(包括文学家族、文学流派、文学社团、文学中心)的地理分布及其变迁,考察不同的自然地理环境和人文地理环境对文学家的气质、心理、知识结构、文化底蕴、价值观念、审美倾向、艺术感知、文学选择等构成的影响,以及通过文学家这个中介,对文学作品的体裁、形式、语言、主题、题材、人物、原型、意象、景观等构成的影响;还要考察文学家(以及由文学家所组成的文学家族、文学流派、文学社团、文学中心等)完成的文学积累(文学作品、文学胜迹等)、所形成的文学传统、营造的文学风气等,对当地的人文环境构成的影响。文学与地理环境的关系是一个互动关系。文学地理学必须对地理环境(自然环境和人文环境)与文学要素(文学家、文学作品、文学读者)之间的各个层面的互动关系进行系统的梳理,找出它们之间的内在联系及其特点,并予以合理的解释。
>
> 文学地理学研究的目标之一,就是建立一门与文学史学双峰并峙的文学地理学。[1]

这篇文章发表之后,受到学术界的重视。李仲凡博士认为,笔者的上述意见,"实际上是一份非常简明的文学地理学原理说明。学术界可以在此基础上进一步细化、完善,充实成为一部真正的文学地理学原理"[2]。

为了就文学地理学的学科建设问题展开更广泛、更深入的讨论,2011年11月11日至13日,由笔者与夏汉宁等人发起,江西省社会科学院文学研究所和广州大学中文系联合主办的"中国首届文学地理学暨宋代文学地理研讨会"[3] 在江西南昌举行,来自全国各社会科学院文学研究所和高等学校中文系的60多位专家学者就文学地理学的历史、现状、发展前景、研究对象、意义、方法等宏观问题,以及诸多微观问题,进行了热烈的讨论,产生了许多重要的思想成果。会议期间,与会专家一致联名倡议建立"中国文学地理学会",并按照有关程序选举产生了"中国文学地理学会"的组织机构。《中国社会科学

---

[1] 曾大兴:《建设与"文学史学"双峰并峙的"文学地理学"》,《中国社会科学报》2011年4月19日。
[2] 李仲凡:《文学地理学的学科属性》,《中国文学地理学会第二届年会暨岭南文学地理研讨会论文集》,2012年。
[3] 这次会议后来被学术界称为"中国文学地理学会第一届年会"。

报》《南昌晚报》《江西晨报》《信息日报》《江南都市报》和《鄱阳湖学刊》等中央和地方报刊，均对这次会议进行了热情洋溢的报道。《南昌晚报》和《江西晨报》还分别对笔者和夏汉宁进行了专访。《江西社会科学》杂志则在会后开辟了一个"文学地理学"专栏，刊发了笔者的《建设与文学史学科双峰并峙的文学地理学科——文学地理学的昨天、今天和明天》、夏汉宁的《宋代江西文学家的地理分布》以及刘双琴的《文学地理学研究的重要收获与突破——首届中国文学地理学暨宋代文学地理研讨会综述》三篇长文。[①]

"中国首届文学地理学暨宋代文学地理研讨会"的成功举行，以及"中国文学地理学会"的成立，是文学地理学学术史上的一个重要事件。它标志着经过老、中、青三代学者多年的研究和探索，文学地理学终于得到学术界的正式认可，并从此进入一个新的、更为自觉的发展阶段，即文学地理学学科建设阶段。

这次会议闭幕之后不久，由笔者和夏汉宁主编的中国文学地理学会年刊——《文学地理学》由人民出版社出版。年刊设置了"文学地理学学科建设""文学家之地理分布""文学与地理环境之关系""作家作品的文学地理学研究"和"学术档案"五个栏目。"文学地理学学科建设"作为年刊的第一个栏目，刊发了汪玉奇、刘扬忠、许怀林、曾大兴、李仲凡、徐玉如和蒋凡七位学者的八篇论文。在"学术档案"这个栏目，则刊发了由李伟煌、曾大兴辑录整理的《文学地理学论著目录索引》，这也是文学地理学方面的第一个目录索引。

2012年12月11日至13日，由广州大学和江西省社会科学院联合主办的中国文学地理学会第二届年会在广州举行。这次会议更具代表性。在100多位与会学者中，除了中国内地和香港、澳门地区的学者外，还有来自日本和韩国的学者。这次会议的主题更集中，就是文学地理学的学科建设。会后出版了《文学地理学》年刊第二辑，新增了"文学地理学宏观研究""燕赵文学地理""齐鲁文学地理""巴蜀文学地理""江西文学地理""吴越文学地理""岭南文学地理""国际视野"和"学科建设动态"等十个栏目。"文学地理学学科建设"作为重点栏目，刊发了汪玉奇、屈哨兵、杨义、罗宏、曾大兴、李仲凡、刘庆华等学者的七篇文章。在"国际视野"这个栏目，则刊发了日本学者海村惟一、韩国学者金贤珠等五位外国学者的四篇论文。

2013年11月29日至12月1日，由江西科技师范大学、江西省社会科学院和广州大学联合主办的中国文学地理学会第三届年会再次在南昌召开。这次会议有一个新的亮点，就是改变了前两届年会的与会学者以中国古代文学学者

---

① 三篇文章刊登在《江西社会科学》2012年第1期。

为主的格局,有不少从事比较文学与世界文学、文艺学、现当代文学研究的学者与会,还有古典文献学、文化地理学的学者与会。不同学术背景的学者汇聚一堂共同讨论文学地理学的学科建设问题,学术视野更为开阔,认识也更为深入。会后出版的《文学地理学》年刊第三辑增加了"中原文学地理"和"文学地理学应用研究"这两个栏目。在"文学地理学学科建设"这个重点栏目中,收录了杜华平教授的重要文章《论文学地理空间的拓展与深进》。在"文学地理学应用研究"栏目,则收录了中国地理学会文化地理专业委员会主任委员、北京师范大学地理学与遥感科学学院周尚意教授和她的两位弟子合写的论文《浅析现代文学在社区景观设计中的作用》,同时收录了首都师范大学中国传统文化数字化研究中心高级工程师周文业的《以地理信息系统 GIS 构建中国文学地理学信息平台》这篇文章。与会学者表示,文学地理学学科的建设,必须借鉴地理学和文化地理学等相邻学科的最新成果与研究方法。

2014年7月9日至12日,由西北民族大学、广州大学和江西省社会科学院联合主办的中国文学地理学会第四届年会在甘肃兰州召开。出席这次会议的学者达200余人,其中来自韩国、日本的学者多达11人。这次会议有两个新的亮点:一是许多从事民族文学、民族语言学研究的学者出席了会议。与会专家认为,中国境内各少数民族的分布都具有地域性,因此这些少数民族文学也都具有地域性。文学地理学的研究应该注意吸收民族学、民族文学与民族语言学的研究成果。二是强调文学地理学的应用研究。会议指出,文学地理学与文化地理学有一种天然的联系。中国境内许多著名的文化景观,往往是因为文学而著名的,这些景观也就是文学地理学所讲的文学景观。笔者在会议开幕式上提出了"丝绸之路文学景观带"这一概念,指出在丝绸之路的东段和中段有许多著名的文学景观如阳关、玉门关等。文学地理学关于文学景观的研究,可以为"一带一路"的开发,为国家和地方的文化建设提供智力支持。在会后出版的《文学地理学》年刊第四辑里,即新设了"文学景观研究"这个栏目,另外还新设了"文学地理学基本理论研究""竹枝词研究""北方文学地理""荆楚文学地理"四个栏目。

中国文学地理学会第一、第二、第三、第四届年会的召开,以及《文学地理学》年刊第一、第二、第三、第四辑的出版,有力地推动了文学地理学的学科建设,也进一步扩大了文学地理学的影响。《中国社会科学报》等重要报刊每年都有多篇文章介绍中国文学地理学会的活动与文学地理学学科建设的进展。2013年8月,《学术研究》编辑部委托李仲凡博士对笔者进行专访,这篇访谈文章详细介绍了文学地理学的历史和现状、文学地理学的学科定位和知识体系,以及文学地理学学科在中国建成的条件。文章指出,文学地理学的知识体系应该包括五个板块:文学地理学学术史、文学地理学原理、文学地理学研究方法、文学地理学批评、各种类型的文学地理。文章发表后，被学术界称为"为文学地理学的学科建设完成了一个顶层设计"①。2014年1月3日，《中国社会科学报》开辟"新年新气象，新风新研究"专栏，介绍国内有重要影响的六个学科的发展趋势，其中之一即为文学地理学，并发表《文学景观有望成为文学地理学研究新热点——访中国文学地理学会会长、广州大学教授曾大兴》一文。

2011年以来，文学地理学的学术论文与学术专著大量涌现。2012年3月，笔者在商务印书馆出版了《文学地理学研究》一书；2013年1月，杨义在中国社会科学出版社出版了《文学地理学会通》一书；2014年9月，邹建军在中央编译出版社出版了《江山之助——邹建军教授讲授文学地理学》。这三本书有一个共同的特点，就是理论色彩大为增强。笔者主张把文学地理学作为文学的一个分支学科来建设，因此著作的重点，是对文学地理学的研究对象、学科定位和基本任务做了明确的界定，同时对与文学地理学学科建设有关的诸多理论问题（如文学地理学学术体系的建构原则、文学的时代性与地域性、全球一体化背景下文学的地域性、国家统一背景下文学的地域性、中国文学的南北之别与东西之别、文学与地理环境的互动关系、文学家的静态分布与动态分布、文学士族与文学庶族之关系、文学与气候之关系和文学景观的定义、类型与价值，以及中国南北民歌的本质特征、中国古代歌谣理论的价值重估、中国文学家的分布特点与分布规律等）做了一个初步的也是具有原创性的探讨。②杨义认为"文学地理学是一个值得深度开发的文学研究的重要视野和方法"。在研究方法上，他提倡各学科之间的会通。杨义指出："文学地理学在本质上，乃是会通之学。它不仅要会通自身的区域类型、文化层析、族群分合、文化流动四大领域，而且要会通文学与地理学、人类文化学以及民族、民俗、制度、历史、考古诸多学科。"又指出："综合的会通研究有三条思路：整体性思路、互动性思路，以及交融性思路。"他把这四大领域和三条思路，简化为区、文、群、动、整、互、融七个字，这七个字就像北斗七星，前四个字讲的是文学地理学的内容，后三个字讲的是方法论。③邹建军研究的重点是文学地理学批评。他提出了文学地理学批评的十个关键词：文学的地理基础、文学的地理性、文学的地理批评、文学作品中的自然意象与人文意象、文学的地理空间、文学的宇宙空间、文学的环境批评、文学的时间性与空间性、文学地理空

---

①曾大兴、李仲凡：《文学地理学的学科建设——曾大兴教授访谈录》，《学术研究》2013年第8期。
②参见耿淑艳：《学科价值与理论意义——读曾大兴〈文学地理学研究〉》，《世界文学评论（高教版）》2014年第2期。
③杨义：《文学地理学会通》，中国社会科学出版社2013年版，第38、39、55页。

间的限定域与扩展域、文学地理批评的人类中心与自然中心。他强调:"这十个关键词是建立文学地理学批评理论体系的基础。"① 虽然"这些关键词有些似乎与文学的美学批评或文学的历史批评的区分度不够明显,例如'文学作品中的自然意象和人文意象',从而导致他所说的文学地理学的特定研究对象'文学中的地理空间问题'有泛化的倾向,或者说,没有标明学科之间的'区别的抽象'"②,但是,邹建军主张文学地理批评的对象是"文学中的地理空间问题"则是很明确的。

总之,2011年以来的文学地理学研究的总体表现是:把学科建设作为重点,同时就文学地理学的基本理论和研究方法等问题进行了较为深入的探讨。文学地理学研究的理论色彩比过去要强一些。

需要指出的是,文学地理学学科还在建设之中,还有许多不完善之处。由于这个学科是在中国本土产生的,因此它的学术体系、概念体系、话语体系等既带有鲜明的中国特色,也不可避免地具有某些中国局限。因此文学地理学的学科建设必须走出去,广泛听取国际学术界的意见,认真吸收国际学术界的相关成果。2015年8月26日至29日,由日本福冈国际大学、广州大学和江西省社会科学院联合主办的文学地理学国际学术研讨会暨中国文学地理学会第五届年会在日本福冈召开。这是文学地理学学科建设走向世界的一个尝试。它的效果将会在此后的日子里陆续显现。

一个学科的成立,一般需要具备三个条件:一是学科的研究对象,二是学科的基础理论,三是专业人才的培养。前两个条件是学术层面的,笔者的《文学地理学概论》即致力于解决这两个问题。后一个条件是实践层面的。笔者自2004年起,即在广州大学为研究生讲授"中国文学地理"这门课程,2012—2013年,"超星学术视频"来广州大学随堂拍摄了这门课程,一共72个课时,读者现在即可在超星学术网上看到。自2016年上半年起,笔者又给本科生开设了"文学地理学概论"这门课程。与此同时,杨义、梅新林、邹建军等人也在培养文学地理学方向的博士生和硕士生。笔者相信,通过大家的共同努力,这个学科的建成是不需要太长时间的。正如钟仕伦教授所说:"我们有理由预见,在不久的将来,无论是作为一门新兴学科还是作为一种新的批评方法,文学地理学都将随着地理学、美学和社会经济文化的发展而走向成熟与完善。"③

---

① 邹建军:《江山之助——邹建军教授讲文学地理学》,中央编译出版社2014年版,第42-43页。
② 钟仕伦:《概念、学科与方法:文学地理学略论》,《文学评论》2014年第4期。
③ 钟仕伦:《概念、学科与方法:文学地理学略论》,《文学评论》2014年第4期。

二、文学地理学在国外的三个主要板块

国外的文学地理学研究起步很晚，成果也不算多，就笔者所掌握的材料来看，似乎只有西欧、北美和东亚的少数几个国家有这一方面的研究。为了叙述和阅读的方便，现将其分为三个板块来介绍：一是西欧（法国、德国、英国），二是北美（美国、加拿大），三是东亚（日本、韩国）。

（一）西欧板块（法国、德国、英国）

关于西欧文学地理学的起源问题，学术界有三种意见：第一种意见认为起源于古希腊。事实上，古希腊思想家只讲过人的性格和智慧在很大程度上受气候的影响，似未讲过文学也受气候的影响。不过古希腊思想家的这个观点可能启发了后来的法国学者孟德斯鸠和斯达尔夫人等人。第二种意见认为西欧文学地理学的源头在意大利，谓意大利18世纪的哲学家维柯（1668—1744）在《新科学》一书中有过文学地理学方面的言论。实际上这一点并不明显。该书第二卷第十一部分确有"诗性地理"这一章，但维柯在这里并未讲文学，而是讲希腊人迁徙到外国或远地去时，常常用他们本土的一些老名字（包括《荷马史诗》中的一些地名）来称呼新发现的城市、山、河、丘陵、海峡、岛屿和半岛。这显然属于文化地理方面的问题，而非文学地理方面的问题。① 第三种意见认为，西欧最早的文学地理学言论源自法国学者迪博（1670—1742）的《关于诗与画的批评意见》（1719）一书，该书对诗歌、绘画、音乐做了比较性的论述，把天才比作植物的生命，认为"其果实的质与量在很大程度上取决于所接受的文化影响"②。这里面确实包含了某些文学地理学的思想萌芽，但也不是很明显。

笔者认为，西欧最早的文学地理学言论，应是来自法国18世纪的启蒙思想家孟德斯鸠（1689—1755）的《论法的精神》（1748）这本书。孟德斯鸠在这本书里用了很多篇幅来探讨气候对法律的影响，指出人的精神气质和情感因气候的不同而有很大的差异，处于不同气候带的国家其法律因此也有很大的差别。他也讲到了气候对文学艺术的影响：

> 气候是用纬度加以区别的，所以我们多少也可以用人们感受性的程度

---

① [意] 维柯：《新科学》，朱光潜译，人民文学出版社1986年版，第389-399页。
② [美] 雷纳·韦勒克：《近代文学批评史》（第1卷），杨岂深、杨自伍译，上海译文出版社1987年版，第30页注①。

加以区别。我曾经在英国和意大利观看一些歌剧；剧本相同，演员也相同，但是同样的音乐在两个国家却产生了极不同的效果：一个国家的观众是冷冷淡淡的，一个国家的观众则非常激动，令人不可思议。①

孟德斯鸠这段话所涉及的实际上就是文学艺术的接受和传播地理。同样的剧本（文学）、演员和音乐在两个国家产生了不同的效果，他觉得"不可思议"。不过在中国人看来，这个问题乃是一个常识性的问题。中国有一句妇孺皆知的话："在什么山上唱什么歌。"文学艺术作品的接受效果与接受主体所处的地理环境是有密切关系的，文学艺术的传播者必须充分考虑到这一点。如果在"客家山歌"流行的地区（江西南部、广东北部和福建西部一带）唱"花儿"（流传在西北地区的民歌），或是在"花儿"流行的地区（宁夏南部、甘肃中部和青海东部一带）唱"客家山歌"，当地人是肯定听不懂的。事实上，早在春秋时期，齐国宰相晏婴（？—前500）出使楚国时，就讲过这样一段名言："橘生淮南则为橘，生于淮北则为枳。叶徒相似，其实味不同。所以然者何？水土异也。"② 晏子所云"水土"，包含了气候、水文、地貌、土壤等主要地理要素。他的本意是说，人和植物一样，都受地理环境（风土）的影响。同样的人，同样的植物，在不同的地理环境中往往会有不同的面貌和表现。而战国时期的荀况（约前313—前238）则讲过"越人安越，楚人安楚，君子安雅"③，还讲过"居楚而楚，居越而越，居夏而夏"④。"雅"就是"夏"，"古代所谓'雅言'即是'夏言'，主要指不同于东西南北各个少数民族语言中的中原华夏民族的语言"⑤。一个人到了某个地方，就应该逐步适应这个地方的自然和人文地理环境，就应该"入乡随俗"。这对中国人来讲，从来就是一个常识，不存在"不可思议"的问题。不过孟德斯鸠的这段话也值得注意，表明西欧人开始注意到审美的地域差异这一现象。

西方的文学地理学言论最早出现在西欧，西欧的文学地理学言论最早出自孟德斯鸠的《论法的精神》这本书。如果把这本书的出版时间（1748）作为西方文学地理学言论出现的标志，把《左传·襄公二十九年》（前544）所载季札观乐时发表的那一番议论作为中国文学地理学言论出现的标志，那么西方的文学地理学研究比中国至少晚2292年。

陶礼大教授指出："西方文学地理学的提出和研究，应该是间接受到中国

---

① [法] 孟德斯鸠：《论法的精神》（上册），张雁深译，商务印书馆1995年版，第229页。
② 陈涛译注：《晏子春秋·内篇》，中华书局2007年版，第299页。
③ 方勇、李波译注：《荀子·荣辱》，中华书局2011年版，第44页。
④ 方勇、李波译注：《荀子·儒效》，中华书局2011年版，第111页。
⑤ 李恕豪：《扬雄〈方言〉与方言地理学研究》，巴蜀书社2003年版，第6页。

古代有关这一方面的学说和理论文献的影响。因为孟德斯鸠的著作，实际上运用了中国方面的丰富文献。"他又说："梁启超提出'文学地理'这个概念及其研究理路，当是受到孟德斯鸠《论法的精神》和当时日本译介的西方人文地理学的影响；而《论法的精神》又受到中国古代相关文献关于文化地理风俗记载和论述的影响。"① 陶礼天的这个观点应该是可以成立的。

孟德斯鸠之后，法国另一位涉及文学地理学的批评家就是玛蒙台尔。1787年，玛蒙台尔出版了他的《文学要素》一书。这本书中包含了某些文学地理学的思想。美国著名批评家雷纳·韦勒克评价说："（玛蒙台尔）想把科学方法运用于文学史。他很想'将诗视为一种植物，并且去发现为什么在一定的气候条件下它会自然而然地开花结果；为什么在另外一些气候条件下它只有经过人工培育才能生长；为什么在其他气候条件下虽然费尽全力它仍然不会发芽吐蕾；而在相同的自然条件下，为什么植物有时开花结果，有时却枯萎凋零。'他喜欢对艺术革新作出社会的和物理的解释。……遗憾的是他的历史知识十分浅薄，见地极其含混，因此他无法根据自然环境和社会背景写出一部成功的文学史。尽管如此，他毕竟是斯塔尔夫人的先驱，后者在这个课题上的成就不过略胜一筹而已。"②

在西欧的文学批评史上，真正第一个较多地涉及文学地理学研究的人，是法国19世纪的著名文学批评家斯达尔夫人（1766—1817）。她在《从文学与社会制度的关系论文学》（以下简称《论文学》）（1800）和《论德国》（1813）这两本书中，比较西欧南方文学与北方文学的地域差异，提出了不少有价值的见解。她认为西欧存在两种完全不同的文学：一种是以荷马为鼻祖的南方文学，包括希腊文学、拉丁文学、意大利文学、西班牙文学和路易十四时代的法兰西文学；一种是以莪相为渊源的北方文学，包括英国文学、德国文学、丹麦文学和瑞典的某些作品。她不仅分析了这两种文学各自不同的特征，还从地理环境的角度考察了这些不同的特征所形成的原因。她指出：

> 北方人喜爱的形象和南方人乐于追忆的形象之间存在着差别。气候当然是产生这些差别的主要原因之一。……南方的诗人不断把清新的空气、繁茂的树林、清澈的溪流这样一些形象和人的情操结合起来。甚至在追忆心之欢乐的时候，他们也总要把使他们免于受烈日照射的仁慈的阴影搀和

---

① 陶礼天：《试论文学地理学的过去、现在和未来》，《中国文论研究丛稿》，学苑出版社2011年版，第146、148页。
② [美] 雷纳·韦勒克：《近代文学批评史》（第1卷），杨岂深、杨自伍译，上海译文出版社1987年版，第89—90页。

进去。他们周围如此生动活泼的自然界在他们身上所激起的情绪超过在他们心中所引起的感想。我觉得，不应该说南方人的激情比北方人强烈。在南方，人们的兴趣更广，而思想的强烈程度却较逊；然而产生激情和意志的奇迹的，却正是对同一思想的专注。

北方各民族萦怀于心的不是逸乐而是痛苦，他们的想象却因而更加丰富。大自然的景象在他们身上起着强烈的作用。这个大自然，跟它在天气方面所表现的那样，总是阴霾而暗淡。当然，其他种种生活条件也可以使这种趋于忧郁的气质产生种种变化；然而只有这种气质带有民族精神的印记。①

斯达尔夫人的文学批评确实受到孟德斯鸠等人的影响，②但她似乎并未夸大气候等自然因素对文学的作用。除了气候等自然因素，斯达尔夫人还找到了形成北方文学之特征的另一个重要因素，即宗教（基督教）。她在《论文学》一书的"序言"中说，她的任务，就是"考察宗教、风俗和法律对文学的影响，反过来，也考察后者对前者的影响"。这表明在她那里，地理环境既包括了气候、生物、水文等自然因素，也包括了宗教、风俗、法律等人文因素，地理环境本身就是"多因"的。而地理环境既能影响文学，文学反过来也能影响地理环境，它们之间的关系是互动的，不存在谁单方面地决定谁的问题。

斯达尔夫人之后，法国另一位涉及文学地理学研究的人就是文学社会学的开先河者丹纳（1828—1893）。丹纳在他的《英国文学史》（1864—1869）一书的序言中指出，文学创作和它的发展取决于种族、环境、时代三种力量。他的这个观点遭到西方某些学者的严厉批评，不过雷纳·韦勒克对此有一个相对客观的评价，可以供我们参考。雷纳·韦勒克指出："泰纳所指的'种族'未可厚非：种族不是一成不变的整体，一个玄奥的生物因素；泰纳并未鼓吹哪个种族纯洁或优越。毋宁说，这是一个灵活的用语，时而是指主要的人类种族，不过更多的是指日耳曼民族与拉丁民族的差异，最为通常指的是主要欧洲民族的民族特征：英国，法国，德国。泰纳所谓的种族，不外是古老的民族精神，一个民族的特质。""时代这个概念……大多指的是年代，时代精神。……时代表示的是一个时期的统一精神，或一种文艺传统的压力。时代的主要作用在

---

① [法] 斯达尔夫人：《论文学》，徐继曾译，人民文学出版社1986年版，第146-147页。
② 雷纳·韦勒克说："斯塔尔夫人从迪博和布莱尔学说里，抽绎出南北文学对照的思想，并且明确声明同情北方文学。孟德斯鸠和迪博以来，有关气候影响的理论不一而足，所以她可以用'多雾气候下的居民那种激昂的悲伤气质'的说法，描叙北方文学，并对南北文学加以对照。据她描测，南方文学充满着'新鲜的形象，清澈的小溪，遮盖烈日炎炎而保护我们的浓荫'。"参见 [美] 雷纳·韦勒克：《近代文学批评史》（中文修订版·第2卷），杨自伍译，上海译文出版社2009年版，第289页。

于借以提醒人们,历史属于动态,而环境属于静态。""环境是包罗万象的名词,泛指文学的外部条件:包括范围,不仅有自然环境(如土壤、气候),而且还有政治和社会条件。环境乃是一种凝聚力,凡是相去千里而可以和文学挂钩的东西,都可以聚集起来。"雷纳·韦勒克强调说,"根据环境,尤其是气候和社会状况去阐说文学","这个思想由来已久",环境"这个字眼可以上溯到古代和文艺复兴时期,而在十八世纪,大家更是竞相为用,代表者有迪博,玛蒙台尔,赫尔德,以及斯塔尔夫人的早期著作《论文学》(1800)。在许多方面,斯塔尔夫人的工作,泰纳可谓薪尽火传。……泰纳著作里的环境理论,标榜具有科学性:旨在完全用决定论阐说文学(和一切精神生活)。泰纳一贯强调,自己是地地道道的决定论者,他经常重申自己的学说是,'艺术作品取决于精神风气和周围风俗的总和'"。①

丹纳的《艺术哲学》一书,就是结合意大利文艺复兴时期的绘画、尼德兰的绘画、希腊的雕刻等来论证他的上述观点。他写道:

> 我想做一个比较,使风俗和时代精神对美术的作用更明显。假定你们从南方向北方出发,可以发觉进到某一地带就有某种特殊的种植,特殊的植物。先是芦荟和桔树,往后是橄榄树或葡萄藤,往后是橡树和燕麦,再过去是松树,最后是藓苔。每个地域有它特殊的作物和草木,两者跟着地域一同开始,一同告终;植物与地域相连。地域是某些作物与草木存在的条件,地域的存在与否,决定某些植物的出现与否。而所谓地域不过是某种温度,湿度,某些主要形势,相当于我们在另一方面所说的时代精神与风俗概况。自然界有它的气候,气候的变化决定这种那种植物的出现;精神方面也有它的气候,它的变化决定这种那种艺术的出现。我们研究自然界的气候,以便了解某种植物的出现,了解玉蜀黍或燕麦,芦荟或松树;同样我们应当研究精神上的气候,以便了解某种艺术的出现,了解异教的雕塑或写实派的绘画,充满神秘气息的建筑或古典派的文学,柔媚的音乐或理想派的诗歌。精神文明的产生和动植物界的产物一样,只能用各自的环境来解释。②

丹纳所谓"精神上的气候",是与"自然界的气候"相对而言的,也就是"时代精神与风俗概况",它们属于影响文学艺术作品产生的人文地理环境。

---

① [美]雷纳·韦勒克:《近代文学批评史》(中文修订版·第4卷),杨自伍译,上海译文出版社2009年版,第40-46页。
② [法]丹纳:《艺术哲学》,傅雷译,人民文学出版社1963年版,第8-9页。

人文地理环境包含了政治、经济、军事、宗教、教育、风俗、民族、语言等众多因素，并非"单因"。也就是说，丹纳强调环境的决定性作用，虽有其偏颇的一面，但是我们也要注意到，他所讲的环境是"多因"的，既包括了自然环境，也包括了人文环境，并非所谓的"单因论"。①

丹纳在《艺术哲学》一书里不仅提出了若干有价值的观点，还提供了一种在今天看来仍然值得借鉴的研究方法。他说："我的方法的出发点是在于认定一件艺术品不是孤立的，在于找出艺术品所从属的，并且能解释艺术品的总体。"他把这个方法分为三个步骤。第一步，是在考察某一件艺术时，要联系作者的全部作品。他指出："一件艺术品，无论是一幅画，一出悲剧，一座雕像，显而易见属于一个总体，就是说属于作者的全部作品。"第二步，是在考察某个艺术家时，要联系这个艺术家所属的艺术宗派或艺术家家族。他说："艺术家本身，连同他所产生的全部作品，也不是孤立的。有一个包括艺术家在内的总体，比艺术家更广大，就是他所隶属的同时同地的艺术宗派或艺术家家族。"第三步，是在考察某个艺术宗派或艺术家家族时，要联系他们周围的社会。他说："这个艺术家庭本身还包括在一个更广大的总体之内，就是在它周围而趣味和它一致的社会。因为风俗习惯与时代精神对于群众和对于艺术家是相同的；艺术家不是孤立的人。我们隔了几世纪只听到艺术家的声音；但在传到我们耳边来的响亮的声音之下，还能辨别出群众的复杂而无穷无尽的歌声，像一大片低沉的嗡嗡声一样，在艺术家周围齐声合唱。只因为有了这一片和声，艺术家才成其为伟大。"丹纳总结说："由此我们可以定下一条规则：要了解一件艺术品，一个艺术家，一群艺术家，必须正确地设想他们所属的时代的精神和风俗概况。这是艺术品最后的解释，也是决定一切的基本原因。"②

丹纳之后，还有一位名叫阿尔贝·蒂博岱（1874—1936）的法国学者值得注意。雷纳·韦勒克指出："批评变成文学地理，不仅是从这层比喻意义而言，而且确实如此，因为蒂博岱具有一个强烈的地域意识，即法国作家从何而来，或者他们在何处生活和写作。"蒂博岱在其所著《克吕尼》一书中指出："法国文学中存在着'布列塔尼花坛'，由夏多布里昂，拉梅内和勒南所组成。共有两处勃艮第，北方一处和南方一处。北方勃艮第造就的是'雄健，善辩和阳刚的圣贝尔纳德群体，博叙埃之辈，吕德之辈'，而南方则为拉马丁，基内，普吕东，格勒兹的故土，他们的气质比较阴柔。"③ 这种研究显然属于文

---

① 参见滕守尧：《艺术社会学描述》，南京出版社2006年版，第32—40页。
② [法] 丹纳：《艺术哲学》，傅雷译，人民文学出版社1963年版，第4—7页。
③ [美] 雷纳·韦勒克：《近代文学批评史》（中文修订版·第8卷），杨自伍译，上海译文出版社2009年版，第92页。

学地理学的研究，其所运用的方法正是中国学者熟悉的文学地理学的区域分异法和区域比较法。

西欧的文学地理学研究起源于法国，其成果也以法国居多。据法国学者罗贝尔·埃斯卡皮（1918—2000）所著《文学社会学》（1958）一书的一个注释介绍：法国学者A·迪布依出版过《法国文学地理学》（1942）一书，另一位法国学者A·费雷则出版过《文学地理学》（1946）一书。① 这两本书迄今尚无任何版本传到中国，它们有些什么内容，包括笔者在内的中国学者并不知道。2009年10月20日，北京师范大学邀请法国巴黎第三大学的著名文学教授和诗人歇乐·科洛（Michel Collot）来华讲学，讲题就是《文学地理学》。通过他的演讲，我们可以了解到近几十年来法国文学地理学研究的一个大概情形。

歇乐·科洛在他的演讲中，提到了斯达尔夫人和丹纳这两位前辈学者，也提到了当代的安德烈·费雷（也就是罗贝尔·埃斯卡皮提到的A·费雷）。据他介绍，安德烈·费雷除了著有《文学地理学》一书，还著有《普鲁斯特的地理学》一书，后者是他的博士论文。还提到了米歇尔的《库里昂的风景》和《风景的书页》、索希尔的《空间的走向》和巴尔特的《空间与结构主义》，同时也提到了他自己的研究成果《诗歌与法语国家》《诗歌的结构与空间视域下的结构间的关系》《风景诗歌》等。歇乐·科洛还提到了法国的若干博士论文，指出这些博士论文所研究的问题主要是两个方面：一是对文学产生的地理分布的研究，二是对文本中的空间表象进行研究。

歇乐·科洛综合西方的有关研究成果，认为文学地理学有三个层面：①文学地理学层面：研究文学作品所产生的空间背景。②地理批评层面：分析文本中的空间表象及文学主题。这一分析是从文本中获得，而不是从背景中获得。地理批评有两种：一种是以地理为中心的批评，重在地理研究；一种是以自我为中心的批评，重在作家研究。③地理诗学：研究空间与文学的形式、类别之间的关系。

歇乐·科洛本人把文学地理学所讲的文学空间称为"风景"或"文学风景"，他解释说：

> 我把"文学的空间"叫作"风景"。这个"风景"不是指一个地方，是指一个地方的形象，它由作者个人眼光构成。让·皮埃尔强调"风景"。米歇尔的《库里昂的风景》《风景的书页》这两本书对我的写作非常重要。我对"文学风景"的定义是："风景"并不是指作家描写的地

---

① [法] 罗贝尔·埃斯卡皮著，于沛选编：《文学社会学》，浙江人民出版社1987年版，第26页。

方,而是世界的形象,它与作家的风格、感受联系在一起。也就是说,不是指对地方的一种索隐,而是整体的风格、形式以及意义。如夏得布里昂的风景,就不能还原为沙漠。它是一种更为复杂的形象,是对夏得布里昂可能去过的所有地方的形象的一种想象式的组合。对于米歇尔来说,"风景"既是对世界形象的一种眼光,也是对自我的一种形象,两者相互关系而构建出来的东西。在"文学风景"中,不仅要看到地方的形象,而且要看到空间的形象,同时要看到作品与世界的形式。①

可见文学地理学者所讲的文学空间是有特殊含义的,它以客观存在的地理空间为基础,但是又包括了作家的感受和想象。也就是说,它是客观与主观的统一。

需要补充的是,在法国还有一位在歇乐·科洛的演讲中没有提到的文学地理学学者,这就是波确德·维斯特伏。此人著有《地理批评:真实与虚构的空间》一书。他通过对"空时性""越界性"和"指涉性"这三个基本概念的阐释,试图建构地理批评的理论基础。他指出:地理批评的研究对象是文学文本如何对地理空间进行想象与建构,探讨文学虚构空间如何对真实空间进行重构、再现和超越,揭示这一过程对认知和改造世界所带来的启示和意义。地理批评是地理学与哲学在时空领域的整一,对具体地方的分析必须包含时间的深度、历史的眼光,这样才能发现地方的多重身份和多重意义。在这种视角中,对地方的认识不应是孤立封闭的,一个地方的特征相对于另一个地方而存在,是在人与地方、地方与地方之间相互关系中形成的,是一个内容随着时间而变化的过程。在此过程中边界的划分就显得至关重要,这使得诸如身体、越界、去地域化等术语得到普遍使用。在建构理论的基础上,波确德·维斯特伏进一步提出了地理批评实践的四大路径:第一,多点聚集化。在进入对文本空间解读的过程中不应固定一个视角,立体化的多重性视角是对传统强调小说因果型线性叙事手法的一种修订。第二,多重感觉化。进入文本后,依据知觉现象学方法,借助于想象、同情的力量,对文本描述空间进行全方位的感知,不仅是视觉上的,还应当是嗅觉、听觉等多重感觉的共同作用达到对地方的体验认知。第三,对考察对象的本质还原。考察文本主题意蕴时要关注地方意义在多重层面上的"去地域化"和"再地域化"过程中的形成,意义的生成不仅是时间性和空间性的统一,而且还与不同的阶层、不同的话语有关。第四,对所有的文本空间的理解都要在与其他空间,不论是虚构的文学空间或者是真实

---

① 据歇乐·科洛《关于文学地理学的演讲》翻译整理,http://video.chaoxing.com/serie_ 400001067. shtml。

的物理空间进行互文性对照。青年学者颜红菲指出:"维斯特伏的理论可以看到现象学的研究进路。其中的第一步和第二步涉及审美感知,是对文本地理语言或地理叙事的感性体验;第三步是对审美感知的本质还原,最终实现审美价值判断的过程,这两个过程必须由文本细读产生;最后的互文性考量,主要强调文本的社会学价值和意识形态上的意义。在这样的视野下,地理批评包容对地方解读的各种视界和方法而不拘泥于传统的学科概念。"①

就歇乐·科洛的演讲和波确德·维斯特伏的《地理批评:真实与虚构的空间》这本书来看,法国的文学地理学研究在文本研究这一方面,已经达到一个较高的理论水准。

2008年,法国学者帕斯卡尔·卡萨诺瓦出版了她的《文学世界共和国》一书。作者在这本书里,把"世界文学"看成是一个整一的、在时间中流变发展着的文学空间,拥有自己的"首都"与"边疆"、"中心"与"边缘"。这些"中心"与"边缘"并不总是与世界政治版图吻合。"文学世界"犹如一个以其自身体制与机制在运作的"共和国"。在"文学共和国"中存在着复杂的统治与被统治关系,从而激起文学自身的斗争、反抗和竞争。"文学世界共和国"像一块波斯地毯,看似纷乱,但若找到正确视角,便可看出图案色彩之间相互依存、相互作用的"共和"关系(即整体关系),进而理解每个图形。中国学者周启超、罗国祥把这本书理解为一本文学地理学的书(见该书中译本"总序"和"译者序")。然而这本书并未涉及文学与地理环境的关系问题,也未涉及地理批评,它实际上是一本讨论文学的跨文化传播的书。②

在德国,最早提到文学地理学的应是著名哲学家康德(1724—1804),其《自然地理学》一书中有这样一段话:

> 历史和地理学在时间和空间方面扩展着我们的知识。历史涉及就时间而言前后相继地发生的事件。地理学则涉及就空间而言同时发生的现象。后者按照研究的不同对象,又获得不同的名称。据此,它时而叫做自然地理学、数学地理学、政治地理学,时而又叫做道德地理学、神学地理学、文学地理学或者商业地理学。③

---

①颜红菲:《开辟文学理论研究的新空间——西方文学地理学研究述评》,《武汉大学学报(人文科学版)》2014年第6期。
②参见[法]帕斯卡尔·卡萨诺瓦:《文学世界共和国》,罗国祥等译,北京大学出版社2015年版。
③[德]康德:《自然地理学》,李秋零主编:《康德著作全集》(第9卷),中国人民大学出版社2010年版,第162页。

康德应该是中西方最早使用"文学地理学"这个概念的人，但是如上所述，他并没有对"文学地理学"这个概念的内涵做任何说明。就其《自然地理学》全书来看，他所讲的"文学地理学"虽然包含了文学，但远不止于文学，而是包含了科学、艺术、哲学、政治等诸多方面，实际上相当于后来的人文地理学。

在笔者看来，康德对于文学地理学的贡献主要有两点：一是从人文地理学的意义上最早使用了"文学地理学"这个概念；二是对18世纪世界许多国家和地区的审美趣味做了一个考察（虽然有些还不能称为考察而只能称为道听途说），提出了"鉴赏的偏离"这一概念：

> 我在这里把鉴赏理解为对普遍使感官满意的东西的判断。触及我们的感官的东西的完美或不完美。人们将从人的鉴赏的偏离看出，在我们这里极其多的东西都基于成见。①

所谓"对普遍使感官满意的东西的判断"，就是指审美判断；所谓"鉴赏的偏离"，就是指审美的地域差异，或者更准确地说，是指地域偏见。康德在讲到"听觉的判断"时说："如果把欧洲人的音乐与土耳其人、中国人、非洲人的音乐进行比较，则差异非常引人注目。中国人尽管在音乐上花费很多力气，却毕竟不喜欢我们的音乐。"②康德的这些言说同孟德斯鸠的上述言说一样，所涉及的都属于艺术接受地理。这些言说在西方来讲有其创新价值，可是如果和中国古代的季札、晏子、荀子、班固、刘勰、魏征、朱熹等人的有关言说相比，其创新价值就要打折扣了。

康德之后，德国另一位涉及文学地理学的重要人物应该是赫尔德（1744—1803）。据雷纳·韦勒克介绍，赫尔德在《关于人道主义的传播通讯》（1796）中讨论了文学研究的方法问题。"他反对根据体裁来分类，认为把作品分成'主观的'和'客观的'（像席勒那样）这样的类型是含混的，无益的。正确的方法是那种'自然的方法，每朵花原来长在哪里就听其自然，根据时令和花的种类去凝神观照，从花根一直看到花冠。最卑谦的天才也讨厌品第比较。他宁为一村之首，不愿屈居凯撒之下。不论是地衣、青苔、羊齿，还是芬芳馥郁的鲜花：在造物主的安排之下，它们都各得其所，争妍斗胜'。自

---

① [德] 康德：《自然地理学》，李秋零主编：《康德著作全集》（第9卷），中国人民大学出版社2010年版，第318页。
② [德] 康德：《自然地理学》，李秋零主编：《康德著作全集》（第9卷），中国人民大学出版社2010年版，第318页。

然的方法是赫尔德本人的方法，即历史主义的方法。它把每部作品都视为其社会环境的组成部分。"雷纳·韦勒克评价说："就其强调背景而论，他已被视为是泰纳的先驱。赫尔德多处论及气候（热带，冷带，温带）风暴，种族（不同的民族），习俗，甚至诸如雅典民主政体这类政治条件与文学的关系。"①笔者认为，赫尔德的"自然的方法"并非雷纳·韦勒克所谓的"历史主义的方法"，而是地理学的方法，他实际上是在用地理学的方法观照文学。

比赫尔德年纪稍小的德国另一位著名学者黑格尔（1770—1831），在他的《历史哲学》一书中对地理环境与人类社会发展的关系做了较深入的探讨，其中也涉及文学地理：

> 我们不应该把自然界估量得太高或太低：爱奥尼亚的明媚的天空固然大大地有助于荷马诗的优美，但是这个明媚的天空决不能单独产生荷马。而且事实上，它也并没有继续产生其他的荷马。在土耳其统治下，就没有出过诗人了。②

这段话经常被人们所引用。他的意思是说，自然环境（如"爱奥尼亚的明媚的天空"）对文学的影响是不可忽视的，但是也不要夸大这种影响，更不要把这种影响看成是唯一的影响。因为事实上，影响文学作品的产生及其风格形成的地理环境，除了自然环境之外，还有人文环境。如果人文环境变了（如"在土耳其统治下"），即便自然环境没变，也不可能继续产生同一重量级的作家和作品。很显然，黑格尔关于地理环境的认识及其与文学之关系的表述是完整的。有学者把自然环境等同于地理环境，把"自然"与"地理"并列，忽略地理环境中还有人文环境这一基本事实，把黑格尔讲的"我们不应该把自然界估量得太高或太低"理解为"地理对于文学的影响'不能低估也不能高估'"。③ 这是一种误解。

在英国，也有学者的研究涉及文学地理学。例如，在英国当代学者迈克·克朗所著《文化地理学》一书里就有"文学地理景观"这一章。迈克·克朗是一位文化地理学家，他所讲的文学地理景观是以地理为本位，不是以文学为本位。不过他的有些观点是很有价值的。他介绍说："在过去的20年中，地理学者们对各种文学形式的兴趣不断增加，他们把这些形式看作是研究地理景

---

① [美] 雷纳·韦勒克：《近代文学批评史》（第1卷），杨岂深、杨自伍译，上海译文出版社1987年版，第245、260页。
② [德] 黑格尔：《历史哲学》，王造时译，生活·读书·新知三联书店1956年版，第139页。
③ 王水照：《学科意识的自觉与学科建立的条件》，《光明日报》2006年6月19日。

观意义的途径。文学中充满了对空间现象进行描写的诗歌、小说、故事和传奇,它们体现了对空间现象进行理解和解释的努力。"他引用了达比关于哈代笔下的西撒克斯的评论:"作为一种文学形式,小说具有内在的地理学属性。小说的世界由位置和背景、场所与边界、视野与地平线组成。小说里的角色、叙述者以及朗读时的听众占据着不同的地点和空间。任何一部小说均可能提供形式不同,甚至很有价值的地理知识,从对一个地区的感性认识到对某一地区和某一国家的地理知识的客观了解。"这段评论代表了文化地理学者对文学作品的一般性认识,即在他们看来,文学作品的地理书写,可以成为他们了解一个地区或者一个国家之地理知识的一个途径。迈克·克朗的认识显然要比达比深刻得多。他指出:

> 尽管如此,有一点是很清楚的,即文学作品不能简单地视为是对某些地区和地点的描述,许多时候是文学作品帮助创造了这些地方。……多数人对西撒克斯的了解是通过哈代的小说而非亲身经历。文学与其他新的媒体一起深刻影响着人们对地理的理解。……文学作品不仅描述了地理,而且作品自身的结构对社会结构的形成也做了阐释。①

文学作品不仅描写了某个地方,而且还帮助创造了这些地方。迈克·克朗的这段话,可以说是对文学与地理环境的互动关系做了一个很精辟的解释。

(二) 北美板块(美国、加拿大)

北美的文学地理学研究集中在美国和加拿大。美国的文学地理学研究起步更晚,可以看出在很大程度上是受了法国文学地理学理论的影响。这里有四位学者值得注意。

一位是德克萨斯州立大学的教授罗伯特·泰利(Robert Tally)。他的文学地理学著作有《空间性》《麦尔维尔、绘图与全球化:美国巴洛克作家的文学制图》《全球化时代的乌托邦:空间、再现与世界体系》,编辑有《地理批评探索:空间、地方以及绘制文学文化研究地图》,论文有《地理批评与经典美国文学》《地理批评:绘制文学空间地图》《文学制图:空间、再现与叙事》,另外他还翻译了法国学者波确德·维斯特伏的《地理批评:真实与虚构的空间》一书。罗伯特·泰利从20世纪90年代初开始使用"地理批评"这一概念,不过他承认,他只是明确地使用了这个概念,而之前的一些学者、批评家

---

① [英] 迈克·克朗:《文化地理学》(修订版),杨淑华、宋慧敏译,南京大学出版社2005年版,第40页。

和理论家们已经出版或发表了不少关于地理批评的著述。罗伯特·泰利借用詹姆逊的"认知地图"理论，认为作家的创作是"绘制地图"，地理批评就是关注文本是如何进行想象性的空间再现，结合真实地域和历史因素探讨文本中作家、人物对文本地方的"认知地图"。他在《地理批评与经典美国文学》一文中，还使用了"文学制图"这一概念来解释作家的创作过程。作家在文学作品中通过绘制空间地图来表达对世界的理解，而"地理批评"则是一种阅读方法，对应于作家的"文学制图"。批评家要绘制出一幅文本的"认知地图"，用来检阅或解码作家最为基本的制图策略。[①]

　　罗伯特·泰利编辑的《地理批评探索：空间、地方以及绘制文学文化研究地图》一书共三章，收录美国当代文学地理学批评和实践的最新成果13篇，其中专门讨论文学地理学批评的论文有两篇，一篇是艾瑞克·普瑞托的《地理批评、地理诗学、地理哲学及其他》，另一篇是斯坦·帕兹·莫斯兰德的《文学中的地方呈现：通往体现地理诗学的阅读形式》。

　　艾瑞克·普瑞托在《地理批评、地理诗学、地理哲学及其他》这篇文章里，梳理了当代地理批评的主要研究范围，特别强调地方研究在文学地理批评中的重要地位。文章批评当代的空间哲学为了达到一种客观整体化效果往往侧重于对空间表象的符号化研究，忽视地方的主观性经验。事实上，从现象学的角度来说，主观意识是地方概念形成的基础，文学地理批评要突出地方的人文性和主观性维度如何表现地方意识，内在地反映出地方体验的丰富性和多样性，这是和文学的本质属性相联系的。可以说，艾瑞克·普瑞托的研究进一步扩大了波确德·维斯特伏的地方概念。

　　斯坦·帕兹·莫斯兰德的《文学中的地方呈现：通往体现地理诗学的阅读形式》一文从读者接受的角度进一步发展了艾瑞克·普瑞托的地方主观经验说，在方法上强调波确德·维斯特伏的"多重感觉性"，提倡对文本进行身体阅读，通过地方、语言、身体感受之间的相互联系，试图建构一种地理诗学阅读模式。[②]

　　还有一位学者就是弗朗蒂。据法国巴黎第三大学的歇乐·科洛教授介绍，弗朗蒂著有《欧洲小说的地图》一书，他提出了"文学的地理学"（歇乐·科洛注：不是"文学地理学"）这一概念。该书包括两个部分。第一部分：文学地理学是研究文学中的空间和空间中的文学；第二部分：文学作品的传播、出

[①] 参见颜红菲：《开辟文学理论研究的新空间——西方文学地理学研究述评》，《武汉大学学报（人文科学版）》2014年第6期。

[②] 参见颜红菲：《开辟文学理论研究的新空间——西方文学地理学研究述评》，《武汉大学学报（人文科学版）》2014年第6期。

版和接受史。两个部分都指出了文学是如何与地方相联系的。歇乐·科洛认为,此书第二部分更多的属于文学社会学,有很多调查统计的数据;第一部分更接近地理批评学和地理诗学。他是通过对文学本身的阅读来做研究的。他还使用了地图,如欧洲的文学地图,使用了很多高科技手段,用地图来还原欧洲文学所描写的空间。歇乐·科洛指出,这种方法也值得商榷,因为它展示了文学的表象,但减少了文学中的想象的研究。歇乐·科洛借此机会重申了他的观点:文学的表象应该是"风景",而不应该是"地图"。①

在美国,还有一个人必须提及,虽然他并非文学地理学学者。这个人就是约瑟夫·弗兰克。此人在1945年发表了《现代小说中的空间形式》,指出现代主义的文学作品(包括 T. S. 艾略特、庞德、乔伊斯和普鲁斯特等人的作品)是"空间的",它们用"同在性"取代"顺序"。现代主义的作家试图让读者在时间上的一瞬间从空间上而不是从顺序上理解他们的作品。他们通过"并置"这种手段来打破叙事时间顺序,使文学作品取得空间艺术效果。② 这篇论文在批评界引发了很长时间的争议,但也引起了人们对文学作品空间形式的关注。这篇论文是不是文学地理学的论文呢?显然不是。因为它所侧重的是文本的空间形式,而不是文本的地理空间。文学地理学固然强调对作品的空间分析,但是这个空间是文学地理空间,它包括三个层面:一是作为原型的客观存在的自然或人文地理空间,可以称为"第一空间";二是文学家通过自己的地理感知和地理想象在文学作品中所建构的审美空间,这个空间以第一空间为依据,但是包含了作家的想象、联想和虚构,是主观与客观相结合的产物,可以称为"第二空间";三是文学读者在阅读文学作品时,结合自己的地理感知和地理想象所再创造的联想空间,这个空间不是第二空间的简单映像,而是第一空间、第二空间与读者自己的想象、联想相结合的产物,可以称为"第三空间"。这三个空间都离不开地理,都是文学地理空间,而约瑟夫·弗兰克所讲的空间则是作品的结构空间,这个空间是抽象的、符号化的,与地理没有关系。20世纪下半叶,亨利·列斐伏尔、米歇尔·福柯和爱德华·索雅等人的著作,如《空间的生产》《规训与惩罚》《第三空间》等在西方学术界产生广泛的影响。西方的文学批评和文学理论也出现了"空间转向",这一方面的著作和论文由此增多,如巴赫金的《小说的时间形式和时空体形式》、巴什拉的《空间诗学》、梅洛·庞蒂的《知觉现象学》、西摩·查特曼的《故事与话语》、米克·巴尔的《叙事学》、莫里斯·布朗肖的《空间诗学》、加布里埃

---

① [法] 歇乐·科洛:《关于文学地理学的演讲》,http://video.chaoxing.com/serie_400001067.shtml。
② 参见 [美] 约瑟夫·弗兰克等:《现代小说中的空间形式》,秦林芳编译,北京大学出版社1991年版。

尔·佐伦的《走向叙事空间理论》等，几乎让人眼花缭乱。但是这些著作和论文所讨论的空间与约瑟夫·弗兰克的《现代小说中的空间形式》所讨论的空间是一样的，都是指文本的空间形式或结构空间，与文学地理学所讨论的文学作品的地理空间不是一回事。

笔者认为，20世纪后期以来，西方文学界有两种空间批评：一种是文学地理学的空间批评，一种是现代主义和后现代主义的空间批评。前者所指的空间是具体的、接地气的空间，后者所指的空间是抽象的、符号化的空间，二者的区别是很明显的，不可混为一谈。当然，文学地理学的空间批评也包含对文本的空间形式的分析，但是这种分析是与文本内外的自然和人文地理空间相联系的，不是就形式谈形式。中国有个别学者认为"当代西方的文学地理学是在空间转向和后现代语境下产生和发展的"，这是一种误解和误判。一是忽视了西方文学地理学自身已有的200多年的历史和传统。如上所述，西方真正意义上的文学地理批评始于斯达尔夫人的《论文学》（1800）和《论德国》（1813），而西方后现代主义的空间批评则始于约瑟夫·弗兰克的《现代小说中的空间形式》（1945），至于西方文学批评的"空间转向"则始于20世纪后期。二是把文学地理学的空间批评与后现代主义的空间批评这两种不同性质的空间批评混为一谈。三是把两个起源于不同历史时期的文学批评现象前后倒置。由于这种误判容易误导一些人，因此有必要在此加以澄清。

讲到美国的文学地理学研究，不得不提近年来比较活跃的"文学地域主义研究"。关于"文学地域主义"的定义，美国学术界还没有达成共识，有的称之为"地域文学"，有的称之为"地方色彩小说"，还有的称之为"乡土文学"。笔者认为，将其称为"地域文学"是比较恰当的。"地域文学"是指体现某一地域特色的文学，如描绘某一地域的自然风貌、人文环境、民俗、语言等方面的文学。"地域文学"这个概念比"地方色彩小说"和"乡土文学"这两个概念的内涵都要丰富，它除了包含以乡村和乡镇为题材的文学即乡土文学外，还包含以城市为题材的文学。

"文学地域主义"在美国出现过两次高峰。第一次是在19世纪后期，第二次是20世纪二三十年代。"美国文学地域主义研究学术成果的大量涌现始于20世纪90年代，不仅相关论文多达数百篇，出版的文选和研究专著也相当丰富。"

"美国文学地域主义研究基本分为两大阵营：一者探讨地域对文学创作的影响，一者考察地域文学的政治和文化功能。换言之，一是强调地域对文学的作用，一是强调文学对地域和社会的反作用。"[①] 美国"文学地域主义研究"

---

① 刘英：《文学地域主义》，《外国文学》2010年第4期。

的代表性学术成果之一有卢特瓦克（Leonard Lutwack）的著作 The Role of Place in Literature，作者在该书第五章讨论了美国文学的三个"风景原型"：花园、荒原和游乐园。他指出："人与地方的关系是三个因素互动的结果。这三个因素是：环境的基本物理特质、居民对其环境的概念预设、人对环境所做的改变。"[1] 还有朱蒂斯·菲里特与马乔里·普拉斯（Judith Fetterley and Marjorie Pryse）合著的《地域写作：地域主义、女性、美国文学文化》一书，"该书着重分析了女性与文学地域主义的密切联系，展示了文学地域主义对民族主义、殖民主义、性别主义和种族主义的挑战，显示出文学地域主义研究多层面的意义追求"[2]。其他引起关注的论著还有罗伯特·戴诺特（Roberto Dainotto）的《文学中的地方：地域、文化与群体》(2000)、汤姆·鲁兹（Tom Lutz）的《国际视野：美国地域主义和文学价值》(2004)、罗伯特·杰克逊（Roberto Jackson）的《寻找美国文学和文化中的地域：现代性、异议与创新》(2005)、雷·安·达克（Leigh Anne Duck）的《国家的地域：南方现代主义、种族隔离与美国民族主义》(2006) 等。[3]

需要指出的是，"文学地域主义"在美国只是一种文学类型，"文学地域主义研究"也只是美国当代文化研究的一个重要领域，或者说，地域与性别、阶级、种族一样，都只是美国文学研究中的一个"元素"。美国学者并没有把"文学地域主义研究"作为一个学科来对待。

加拿大的文学地理学研究也主要体现在"地域主义文学"研究上。加拿大的"地域主义文学"与美国的"文学地域主义"是一个意思。从20世纪40年代开始，在加拿大文学批评界就出现了"民族主义文学"与"地域主义文学"之争，前者过分强调加拿大文学形象的统一性和文学表达的中心化，抹杀了加拿大地域文学的多样性与丰富性；后者则把加拿大文学作为由五彩缤纷的地域文学文本组成的整体来进行研究，因而进一步关注少数民族文学、东西部文学和来自都市边缘的地域文学。丁林棚指出："如果说60年代的民族主义思潮是一个席卷全国的文化运动的话，那么，70年代后对地域文化的广泛关注则标志着加拿大地域主义作为一种批评思潮的形成。而在20世纪80年代后期，这种批评思潮逐渐形成规模，成为加拿大文学批评一种非常重要的批评模式。"[4]

丁林棚把加拿大地域主义文学分为三类，即形式主义、功能主义和神秘主

---

[1] Leonard Lutwack. *The Role of Place in Literature*. Syracuse：Syracuse UP, 1984：142.
[2] 刘英：《文学地域主义》，《外国文学》2010年第4期。
[3] 刘英：《全球化时代的美国文学地域主义研究》，《国外文学》2010年第2期。
[4] 丁林棚：《加拿大地域主义文学批评的历史、形式与视角》，《东华大学学报（社会科学版）》2010年第3期。

义。通过他的分类和描述，我们可以了解加拿大地域主义文学批评的一些基本观点。

形式主义的特点，就是主张对地理、气候等自然景观进行拍照式的描写。加拿大西部著名作家和评论家埃德伍德·麦克考特强调，作家就是一名"画画的艺术家"。作家亨利·克莱塞尔则提出一个著名的论断："所有关于加拿大西部文学的讨论必须从风景对人的精神影响开始。"但是形式主义也有明显的缺陷，就是把地域看成静态的、一成不变的现实存在，忽视了人对自然景观的作用。因此，许多批评家提出一种更观为动态的地域观，即功能主义。

功能主义把地域看成"历史关系的结果"，注重对地域的文化内涵表达，强调作家不再是土地展现自我的媒介，而是运用自己的想象力，积极参与地域文化的塑造。迪克·哈里森在《未名国度》中指出地域并不只是地理上的具体存在，更是"想象的作品，是人的精神的一个内在疆界，需要我们探索和理解"。功能主义对作家创造力的进一步强调，就产生了神秘主义。

神秘主义赋予作家至上的权力，认为地域不只是地理空间，而是人脑建构的作品。因此更加强调作家本人对地域的再创造过程，从而使文学中的地域具有某种神秘光环。正如曼德尔所言，地域是"一个大脑构建品，是人类思想的地域"。神秘主义文学的一个重要特征，就是其文学作品具有神秘或魔幻主义色彩。神秘主义的局限，就是"忽略了确定地域的各种现实元素，从而使地域的概念变得不可捉摸，这样显然颠倒了地域与写作的因果关系，不能充分地解释地域对文学的作用和影响"①。

从形式主义到功能主义再到神秘主义，可以看到地域主义文学在加拿大正在发生重大变化，也可以看到地域主义文学批评模式在该国发生了重大变化。

"地域主义文学批评"在加拿大也只是一种批评模式，而不是一个学科。

（三）东亚板块（日本、韩国）

日本的文学地理学研究起步也比较晚。据日本学者小田匡保介绍，久松潜一在其所著《日本文学的风土与思想》（1968）一文里，明确提出了"文学地理学"的构想。"他站在日本文学研究的立场上提出了形成论，其中他认为'文学地理学'就是'对作为文学形成基础的地理与风土的研究'，而不是'对文学中出现的地理'的一种研究。"②也就是说，久松潜一所界定的文学地理学只研究文学作品所产生的空间背景，而不研究文学作品的内部空间，也不

---

① 丁林棚：《加拿大地域主义文学批评的历史、形式与视角》，《东华大学学报（社会科学版）》2010年第3期。
② ［日］小田匡保：《日本文学地理学的发展趋势》，卡苏米译，《世界文学评论》2012年第2期。

研究文学作品的接受与传播空间。由此可见，他所界定的文学地理学只涉及文学地理学的一个方面，还不是完全意义上的文学地理学。

根据小田匡保文章所提供的信息来判断，日本的文学地理学研究成果实际上包含两种类型，一是"涉及文学作品的地理学论著"，如杉浦芳夫所著《文学中的地理空间》（1992）、杉浦芳夫"召集一群对文学很感兴趣的年轻的地理学研究人员编辑而成的论文集"《文学·人·地域——越境的地理学》（1995）等；二是"从空间或风土等地理学的视点出发研究文学"的论著，如前田爱的《都市空间里的文学》（1982）、日本风土文学会编的《风土于文学》（1984）等。前者是地理学家的文学地理学研究，这种研究是以文学为材料来解决地理学的某些问题，可以称为"以地理为本位的文学地理学"；后者是文学批评家的文学地理学研究，这种研究是从地理的角度来解决文学的某些问题，可以称为"以文学为本位的文学地理学"。

小田匡保的文学地理学研究是以地理为本位的。他的《〈山里人家集〉中山岳圣域大峰的结构》（1987）是一篇以文学为材料来解决地理学的某个问题的论文。据他介绍，西行的《山里人家集》中有一些西行在大峰修行时咏过的歌，作者"将其中出现的地名和现址进行比较后，推定出西行的登峰路线；根据西行在各景点咏唱的和歌揣摩他的感知环境和心境，并据此将大峰分为四个区域"。

小田匡保的《日本文学地理学的发展趋势》一文"在文学地理学如何运用文学作品这一点上，有以下五至六个方向性的推断"："第一，以文学作品为资料来考察与某一特定地域、空间相关的地理事象……第二，以文学作品为资料来考察人们对某一特定地域、空间、场所的认识或印象……第三，以文学作品为资料来考察一般的空间认识或空间行动、场所的经验、环境观等……第四，以考证文学作品中的地理侧面（空间、场所）为目的而涉及文学作品……第五，以考证作家的地理侧面（空间认识、空间行动）为目的而涉及文学作品。"在我们看来，第一、第二、第三点是把文学作品作为研究的材料，无疑属于"以地理为本位的文学地理学研究"，第四、第五点是以文学作品自身作为研究对象，大体属于"以文学为本位的文学地理学研究"。小田匡保本人似乎也意识到了这一点，他说："如果第四个方向是作品论的话，那么这个方向（第五个）就属于作家论。"

从第四、第五点来看，日本的"以文学为本位的文学地理学研究"开始突破久松潜一的局限，即开始由"对作为文学形成基础的地理与风土的研究"，转向"对文学中出现的地理"的研究。2012年以来，日本福冈国际大学的海村惟一教授和他的女儿海村佳惟博士每年都来中国出席中国文学地理学会的年会,并提交论文,发表演讲。就他们父女俩所提交的两篇论文①来看,这种转变是颇有成效的。他们的研究既包含文学作品所产生的空间背景,也包含文学作品的内部空间,更包含文学作品的接受与传播空间。也就是说,他们的研究属于完全意义上的"以文学为本位的文学地理学研究"。2015年8月,"文学地理学国际学术研讨会暨中国文学地理学会第五届年会"在日本福冈举行,海村惟一、海村佳惟父女又提交了《岛国山川自然交汇融合大陆半岛文学——以九州岛为时空轴心》一文。文章认为,以"中国文学的空间延伸"论、"域外汉学"论来研究日本的真名文学(汉学)和假名文学(国学),即日本文学的话,都很难把握日本文学的本质;若从"汉字文化圈文学地理学"的理论来研究的话,也许有可能揭示日本文学的本质,同时也能廓清九州岛文学(文化)西来东传、温故创新的文学精神:大陆、半岛的汉字、汉籍传入列岛,东海绝岛特有山川自然模仿、融化、再创形成了列岛文学,即日本文学;列岛文学以汉纳欧,而白话文小说又反馈半岛大陆。海村父女以自己的实证研究,突破了久松潜一的局限,推动了日本文学地理学研究的进一步发展。

韩国的文学地理学研究同日本一样,起步也比较晚。据韩国学者朴南用和郑元大的《许世旭先生的文学地理学初探》一文介绍,韩国外国语大学的许世旭教授是韩国最早从事这一方面研究的学者。1999年,许世旭写过一篇文章《中国文学地理学序说》②。他指出:"文学者,虽以自我作为主体,但却以环境作为客体。而环境者,应以自然地理与人文地理作为主要内容,尤其人文地理者,就是以行政、经济、交通、社会、教育、艺术、风俗等诸多原因所形成的结果。我所谓'文学地理学'者,究明文学的背景与盛因于自然地理与人文地理之间,当然包括文学作品之体裁、风格、思想等。"③ 许世旭研究文学地理的方法之一,就是"从各种文学史、各地地方志、各种文学家辞典,调查历代文人之地理分布之后……加以整理每个地区的人文环境,并以每个地区的地形、地质、气候等自然环境,探究文人的成长背景与素质"。他的《中国文学地理学序说》一文,"参考了曾大兴的《中国历代文学家之地理分布》(1995年)一书的统计结果。首先,从王朝区别来把握文人的数量,再划分文人的分布地域。因而得到这样的结论:'名胜古迹,已代表当地的文化积累。

---

① [日] 海村惟一:《日本古代文学地理学研究——以五山禅林抄物〈潇湘八景钞〉(江户前期写本)为例》,[日] 海村佳惟:《汉字文化圈现代东亚文学地理学的研究——以〈1Q84〉的韩译本、台译本、大译本为例》,曾大兴、夏汉宁主编:《文学地理学》(二),世界图书出版广东有限公司2013年版。
② [韩] 许世旭:《中国文学地理学序说》,《许世旭的中国文学论》,法文社1999年版,第265-275页。
③ [韩] 许世旭:《中国文学地理学序说》,《许世旭的中国文学论》,法文社1999年版,第265页。

汉唐时期，曾是北方在辉煌；而宋明清，却是南方在兴隆。''中国文人的分布重心，随着政治、行政之转移，先从中原东渐，等到南宋时，才由北移南，等其工商之扩大，由东扩及西部。''上述之政治、经济、交通、文化，是究明文人分布原因之四大人为要素。除此以外，该加上一条自然地理。如果五个要素全部具备的话，是产生文学家的最充分条件。如果具备两个以上的条件，就是适宜于培养文人，或者蕴蓄文学之处。'"①

许世旭的文学地理学研究比较重视地理环境对文学的影响。他指出："文学的体裁与风格也因地而生，如古诗、乐府、律诗、杂剧、笔记、传奇等大多重现实重权威性，又富侠义而古朴短简的文学，较适于北方。宋词、南戏、散曲、小说、诗话、民歌（吴声、西曲）等大多重个性重理性，又富幻想而柔美漫长的文学，较适于南方。尤其词、曲、通俗小说等，概由江南才子能所发挥的体裁。江浙地区的文人，自从南宋始，随着经济之富庶，趋向繁荣。但如明朝之高明、袁宗道、袁中道等人，均以自我意识，追求文学的个性化、世俗化，一时造成性灵解放的气流。结果，南方各地，却以文学体裁的同好与文学风格之共同趋向，自然形成很多流派，如：公安派、竟陵派、常州派、桐城派、南社、春柳社等出现。"② 许世旭在这篇论文的"结论"中说："自然环境对文人的气质品性，必有影响。自然环境与人才数量，却是无关。人文环境的影响，却比自然环境重要。"③ 应该说，这些意见都是平实恰当的。

据朴南用、郑元大的文章介绍，2004 年，韩国学者赵东一发表了《为文学地理学的出发线上的讨论》一文，提出文学地理学是与文学史学对照的一个概念。④ 他指出："文学史学以时间为主轴，文学地理学以空间为主轴。文学地理学可分为地方文学（乡下文学、山川文学、寺院楼亭文学等）和旅行文学（国内旅行文学、韩国人外国旅行文学、外国人韩国旅行文学等）两个文学类型。这样的文学地理学类型区分是按照空间的移动程度分为静和动两个次元。"⑤ 2006 年，韩国学者张锡周出版了《场所的诞生——韩国诗的文学地理学》一书。他在这本书里把文学地理学的性质做了一个界定。他指出："文学地理学把特定地域的文学的资产与对自然地理的关系联结，包括其地理的位

---

① [韩] 朴南用、郑元大：《许世旭先生的文学地理学初探》，曾大兴、夏汉宁、高人雄主编：《文学地理学：中国文学地理学会第四届年会论文集》，中山大学出版社 2015 年版，第 395－396 页。
② [韩] 许世旭：《中国文学地理学序说》，《许世旭的中国文学论》，法文社 1999 年版，第 274 页。
③ [韩] 许世旭：《中国文学地理学序说》，《许世旭的中国文学论》，法文社 1999 年版，第 275 页。
④ [韩] 赵东一：《为文学地理学的出发线上的讨论》，东国大学韩国文学研究所编：《韩国文学研究》第 27 辑（2004 年第 12 辑），第 157－161 页。
⑤ [韩] 朴南用、郑元大：《许世旭先生的文学地理学初探》，曾大兴、夏汉宁、高人雄主编：《文学地理学：中国文学地理学会第四届年会论文集》，中山大学出版社 2015 年版，第 394 页。

置、地形、人心、风俗、人物、气候、生态、历史、地域的方言分化、共同体文化体验等，是它们提供文学的营养，从美学的观点分析的。"①

许世旭教授生前所在的韩国外国语大学可以说是文学地理学研究的一个中心。从 2012 年起，这所大学的金贤珠教授就带领她的硕士和博士研究生来华出席中国文学地理学会的年会，并提交论文，发表演讲。2014 年，在中国兰州举行的中国文学地理学会第四届年会上，有以金贤珠教授为代表的九位韩国外国语大学的学者与会，其中就包括朴南用、郑元大师徒。就他们所提交的四篇论文来看，其研究对象既包含韩国文学地理，也包含中国文学地理；既有实证研究，也有理论研究和应用研究。②

日本和韩国的文学地理学研究深受中国的影响，与中国实属于一个板块。

国外的文学地理学研究成果应该还有一些，其研究格局除了上述三个主要板块，应该还有其他次要板块。但由于笔者见闻有限，只能暂时介绍到这里。希望今后再来补充，也希望海内外博学之士予以补正。

三、文学地理学学科在中国

这一部分集中讨论三个问题：一是中国文学地理学研究的特点，二是中国文学地理学研究的不足之处，三是文学地理学学科在中国诞生的原因。

（一）中国文学地理学研究的特点

通过对中外文学地理学学术源流的初步梳理，我们发现，中国的文学地理学研究具有以下几个特点。

第一，中国的文学地理学研究在世界上是最早的。《左传·襄公二十九年》所载季札观乐时对"国风"的评价，可以说是中国最早的文学地理学言论。襄公二十九年即公元前 544 年，那一年孔子才 7 岁，离今天则有 2560 年。西方最早的文学地理学言论出自法国学者孟德斯鸠《论法的精神》（1748）这本书。如果把季札观乐时发表的那一番议论作为中国文学地理学言论出现的标志，把孟德斯鸠《论法的精神》这本书的出版时间作为西方文学地理学言论出现的标志，那么中国的文学地理学研究比西方要早 2292 年。

---

① [韩] 张锡周：《场所的诞生——韩国诗的文学地理学》，作者精神 2006 年版，第 28 - 29 页。
② 参见 [韩] 金贤珠、金银珍：《唐代敦煌边塞词之边塞形象考察》；[韩] 金瑛美：《高丽诗人金九容的中国流放诗考察》，曾大兴、夏汉宁主编《文学地理学》（二），世界图书出版广东有限公司 2013 年版。[韩] 朴南用、郑元大：《许世旭先生的文学地理学初探》；[韩] 李永求、姜小罗：《运用文学旅行 content 的韩中出版文化交流研究》，曾大兴、夏汉宁、高人雄主编：《文学地理学：中国文学地理学会第四届年会论文集》，中山大学出版社 2015 年版。

第二，中国的文学地理学研究成果在世界上是最多的。前几年，笔者和门下研究生李伟煌合作完成过一个《文学地理学论著目录索引》，根据我们的统计，从1905到2011年，仅仅是在中国大陆的学术刊物上发表的与文学地理学有关的论文就有1126篇。后来笔者发现，我们这个统计有遗漏。今天（2016年8月29日）早上，笔者打开百度学术，输入"文学地理"这个主题进行查找，竟发现有6422条结果。外国有多少文学地理学研究成果，我们现在无法统计，但如果我们说中国学者的文学地理学研究成果在世界上是最多的，相信不会有争议。

第三，中国学者的文学地理学研究注重实证研究。中国学术有一个由来已久的"徵实"传统，也就是讲求实证。中国较早从事文学地理学研究的学者，多数是研究古代文学出身的。古代文学研究深受乾嘉考据学派的影响，因此中国学者的文学地理学研究带有很浓厚的实证色彩。实证研究就是讲求证据，就是"拿证据来"，一切靠证据说话，不是从一个观点推导出另一个观点，不是用演绎法，而是用归纳法。所有的观点都是通过大量的实证研究归纳出来的。这是中国文学地理学研究的一个最鲜明的特点。

中国学者的文学地理学研究，不仅是对作家、作品、地名、地理环境、地理景观、地理意象、地理空间等的研究带有浓厚的实证色彩，即便是对理论问题的探讨也带有不少实证研究的色彩。也就是说，中国学者的理论研究多是通过大量的实证研究得出一个结论，再根据大量的结论提炼出一个观点、概念或者理论，因此这个观点、概念或者理论一般是经得起实证检验的。中国学者的理论文章较少用演绎法，更多的是用归纳法。中国学者的理论文章不像西方学者的那样带有浓厚的思辨色彩。读惯了西方文论的人再来读中国文论，可能会觉得中国学者的理论水平不够高。实际上，读中国学者的理论文章，需要了解中国人的思维方式和表达方式。许多时候，中国学者的理论观点是用很平实的语言说出来的。

第四，中国的文学地理学研究已经形成多学科参与的格局。20世纪80年代中后期以来的文学地理学研究是由古代文学学者发起的，当时的文学地理学研究队伍是以古代文学学者为主体，但是从20世纪90年代中期开始，这个格局开始有所改变。今天的文学地理学研究队伍中，除了古代文学学者，还有相当多的现当代文学学者、比较文学与世界文学学者，还有一些文艺学学者、美学学者和古代文论学者，以及文化地理学学者。也就是说，当今中国的文学地理学研究已经形成多学科参与的格局。

第五，青年学者成为文学地理学研究的主力军。在中国从事文学地理学研究的学者中，青年学者占了一半。如前所述，从1990年到2010年这20年间在中国大陆发表的文学地理学论文中，硕士和博士学位论文占了30%，如果再加上他们的非学位论文，以及其他青年学者的论文，那么至少有一半的论文是青年学者写的。这个事实足以表明：文学地理学研究赢得了广大青年学者的青睐，文学地理学这个学科在中国有一个可以预见的光明前景。

（二）中国文学地理学研究的不足之处

文学地理学的思想和言论在中国虽然源远流长，但是稍有条理的文学地理学研究论文在20世纪80年代中期以前实际上寥寥无几，真正较有系统性的文学地理学研究论著是在20世纪80年代中期以后才出现的。也就是说，真正具有系统性的文学地理学研究在中国只有30多年的历史，所以文学地理学在中国还是一个新兴学科。作为一个新兴学科，它有自己的新锐之气，但是也存在一些不足之处。主要表现在以下几个方面。

（1）理论研究比较欠缺。中国现有的文学地理学研究在文学家的地理分布研究、文学作品的空间性与地域性研究、文学与地理环境之关系研究、地域性的文学流派以及文学群体研究等方面，拥有很丰富的实证研究成果，但理论方面的研究成果比较少，尤其是对文学地理学的基本理论、基本概念问题，还缺乏足够的探讨。即便是那种以归纳为主要方法的思辨色彩不甚强的理论文章也不多。出现这个问题的主要原因之一，是中国的文学地理学学者多数是研究中国古代文学史出身的，这些人对中国古代文论是比较熟悉的，但是对西方文论则不太熟悉；还有一部分学者是研究中国现当代文学和外国文学出身的，这些人对西方文论是比较熟悉的，但是对中国古代文论则不太熟悉。知识结构上的某些缺陷，使得一些学者不能通过中西互观来发现问题。参照少，则问题少；问题少，理论方面的思考和研究就少。令人欣慰的是，现在大家都意识到了文学地理学的理论研究比较欠缺这一事实，也意识到了自己在理论上的某些局限，正在努力完善自己的知识结构，正在互相学习，互相取资，扩大见闻，深入思考。例如，中国文学地理学会已经召开的五届年会，每一届都邀请具有不同学科背景的学者参加，目的就是为了让大家能够面对面地学习交流。相信不需要太长的时间，文学地理学的理论成果就会多起来。

（2）专业水平不够高。文学地理学是文学的一个二级学科，也是文学与地理学之间的一个交叉学科，它要求从事这一方面研究的人既要懂文学，又要懂地理学。中国从事文学地理学研究的学者有两批人：一批是文学学者，一批是文化地理学学者。当然，在国外也是如此。文化地理学学者从事文学地理学的研究，是借用文学的材料来解决地理学方面的问题，他们是以地理为本位的，他们对文学的熟悉程度自然不如文学学者。尤其是在文学文本的分析方面，他们还不够深入，不够细致，不够到位，不是那么得心应手。文学学者从事文学地理学的研究，是用地理学的理论、方法和视角来解决文学的问题，他们是以文学为本位的。由于他们不是学地理出身的，他们对地理学的熟悉程度肯定不如文化地理学学者，尤其是在地理技术方面，如地理测量、地理制图、地理模型设计等，他们的局限就很明显。由于各有局限，文学地理学研究的专业水平总体来讲还不够高，还没达到理想的境界。当然，在国外也存在这个问题。好在国内这两批学者都意识到了自己的局限，正在努力弥补自己的不足，进行互相学习。例如，中国文学地理学会召开年会，都会邀请文化地理学学者出席并发表演讲；中国地理学会文化地理专业委员会召开年会，也会邀请文学学者出席并发表演讲。

（3）地理意识不够强。中国从事文学地理学研究的学者中，非地理专业出身的学者占了绝大多数；而在这些人中，从事文学史研究出身的学者又占了绝大多数。这两个绝大多数，使得中国的文学地理学研究成果从总体上看，是地理意识还不够强。不少研究者不仅缺乏地理学的专业训练，还在思维上受到文学史的惯性思维的影响。有些研究课题，如文学家族研究、地域性文学群体研究，本来属于文学地理学的研究对象，但是最后的成果都像文学史，缺乏地域感和空间感。当然，关于文学家族和地域性文学群体的研究，也需要梳理它们的发展脉络，也需要有历史的眼光，但是更需要考察他们与地理环境之间的关系，更需要做空间分析。文学家族有两个特点，一是血缘性，一是地域性。考察他们的血缘关系，需要用历史的方法；而考察他们的地域性，则非得用文学地理学的方法不可。地域性的文学群体也有两个特点，一是传承性，一是地域性。考察前者需要用文学史的方法，考察后者则必须用文学地理学的方法。但是我们发现，这两类成果都没有较好地使用文学地理学的方法，给人的感觉就是历史意识比较强而地理意识比较弱。

（4）地方本位主义的某些干扰。文学地理学的研究与地理学、文化地理学的研究一样，都要有地方意识和地方感，但是不能有地方本位主义。地方本位主义的实质，就是从本地现实利益出发，把学术研究变成一种现实功利行为，不尊重客观事实，缺乏国家意识，缺乏大局观念，既功利，又狭隘。文学地理学研究有一个很重要的内容，就是地域文学。什么是地域文学？按照我们的界定，就是在某个地域产生的，受到某个地域的自然和人文环境的影响，具有某个地域的自然和人文特点的文学。地域文学是由本地作家和流寓本地的外地作家共同完成的。也就是说，地域文学的作者既有本地作家，也有籍贯在外地但是由于某种原因客居本地的作家。作家的流动性是比较大的，因此许多人往往要参与多种地域文学的创作。例如，杜甫是河南巩义人，他在河南创作了很多作品，所以《河南文学史》自然要写到他。但是他一生还到过其他很多地方，今天的山东、陕西、甘肃、四川、湖北、湖南等地，他都去过，都留下了不少好作品，所以上述各地的文学史也都会写到他，这是很自然的。一个作家能不能进入某种地方性的文学史,取决于两个条件,一是他的籍贯,一是他作品的产生地。但是我们发现,有的地方在编纂地方性文学史时,或者在评选当地历史文化名人时,往往把一些只在本地短暂逗留过,但是并没有在本地留下作品的外地作家也算进来,以此证明本地人才济济,文化底蕴浓厚,文化资源丰富。还有一种情况,就是在奖励当代作家的时候,往往只奖励本地作家,不奖励那些虽然籍贯在外地,但是客居在本地,且在本地留下了优秀作品的外地作家。以上两种情况的出现,是因为不了解地域文学的真正含义,还是有意曲解地域文学?如果是后者,那就是地方本位主义在作怪。2014年9月,《中国社会科学报》记者采访笔者的时候,笔者就曾提出过这个问题。① 因此我们要正确理解"地域文学"这个概念,既要增强文学地理学研究的地方感,又要排除地方本位主义的干扰。

(5) 应用研究比较滞后。中国的文学地理学研究,实证研究的成果比较多,理论研究的成果比较少,应用研究的成果更少。当然国外的文学地理学应用研究成果也很少。笔者所讲的应用研究,是指运用文学地理学的理论和方法,研究和解决现实中的一些实际问题,或者说是把文学地理学的理论研究和实证研究成果应用到社会实践中去,参与和支持地方的文化建设,为社会服务。在这一方面,经济地理学是做得比较好的,文化地理学也做得比较好。文学地理学滞后一点,但也可以大有作为。例如,在中国文学地理学会第三届年会上,中国地理学会文化地理专业委员会主任委员、北京师范大学的周尚意教授就提交了一篇应用研究的论文《浅析现代文学在社区景观设计中的作用》。这篇文章选择北京天坛街道的金鱼池小区,分析老舍的《龙须沟》对其景观设计的影响。老舍的话剧《龙须沟》是以真实的地点为背景创作的作品,周尚意教授和她的团队应邀为这个地点所在的金鱼池小区做景观设计时,就较好地利用了老舍话剧中的文学元素。这就是一种很有价值、很有意义的应用研究。文学地理学还有一个很重要的内容,就是文学景观研究。这种研究既是一种基础研究,也是一种应用研究。据统计,中国现存的较有影响的自然和人文景观达6885处,其中与古代文学作品有关联的景观也就是文学地理学所讲的文学景观占54%。② 文学景观的研究可以为文化资源的保护与开发服务,文学地理学的应用研究前景也是很广阔的。

(三) 文学地理学学科在中国诞生的原因

中国的文学地理学研究虽然还存在一些有待解决的问题,但是它所取得的

---

① 参见朱羽、黄珊:《文学地理学:追寻文学存在的根脉》,《中国社会科学报》2014年9月12日。
② 参见俞明:《历史名胜与中国古代文学》,南京师范大学博士学位论文,2003年,第25页。

成绩是有目共睹的，它在中国文学界和地理学界大受青睐的事实也是有目共睹的。陶礼天教授指出："就当前中国文学地理学的研究现状而言，用一句话概括：已成显学。涌现出大量研究成果，提出了文学地理学学科建构框架，确立了文学与地理尤其是与文化地理关系的新的研究视角，'人地关系'（Man-land relationship）已经被认可为文学地理学研究的科学基础和立论前提，各种文化地理学与传统的文学研究法得以新的综合运用和考量，从而产生出一套新的研究方法、研究路径，相关研究的各种'称谓'已趋向于统一到'文学地理学'的名下。"① 青年学者颜红菲也指出："仅从论文和著作来看，文学地理学在国内已经成为一门显学了。"②

国外的文学地理学研究虽然也取得了一些成绩，但是这些成绩并未受到应有的重视。陶礼天指出："尽管法国学界提出'文学地理学'并出版了专著，但西方主流文学理论批评界，并没有认可'文学地理学'。"③ 早在1958年，法国著名文学社会学学者罗贝尔·埃斯卡皮就曾这样讲："几年来，流行着文学地理学。也许不应该对它提出过高的要求：强调地理学，会迅速滑向地方主义，而从地方主义，又会滑到种族主义。"④ 半个多世纪过去了，文学地理学在法国的地位仍然没有得到提高。2009年10月，法国巴黎第三大学的文学地理学者歇乐·科洛来北京师范大学讲学时指出："文学地理学可能成为文学史的补充，也可能是竞争。现在文学史在法国大学仍是统治性的学科。"⑤ 这说明文学地理学在法国仍然是"妾身未分明"，仍然不是一个独立学科。

客观地讲，西方的文学地理学研究在地理批评这一块是比较先进的。例如，法国学者波确德·维斯特伏在他的《地理批评：真实与虚构的空间》一书中，就比较系统地阐释了地理批评的三个基本概念（空时性、越界性、指涉性），从而建构了地理批评的理论基础。在这个理论基础之上，他又提出了地理批评实践的四大路径（多点聚焦化、多重感觉化、本质还原、互文对照）。这是很难得的，可以说是代表了当代西方地理批评的最高水平。如果西方学者能够以地理批评为基点，往前移至作家研究（作家与地理环境之关系），往后延至读者研究（文学的接受、传播与地理环境之关系），全面而深

---

① 陶礼天：《试论文学地理学的过去、现在和未来》，《中国文论研究丛稿》，学苑出版社2011年版，第148－149页。
② 颜红菲：《开辟文学理论研究的新空间——西方文学地理学研究述评》，《武汉大学学报（人文科学版）》2014年第6期。
③ 陶礼天：《试论文学地理学的过去、现在和未来》，《中国文论研究丛稿》，学苑出版社2011年版，第145页。
④ ［法］罗贝尔·埃斯卡皮著，于沛选编：《文学社会学》，浙江人民出版社1987年版，第26页。
⑤ 据歇乐·科洛《关于文学地理学的演讲》翻译整理，http://video.chaoxing.com/serie_400001067.shtml。

入地探讨文学地理学的其他理论和实践问题,那么文学地理学学科在西方建成也不是不可能的。遗憾的是,当代西方的文学地理学研究基本上就停留在地理批评这一块,也就是停留在文本分析这一块。这是有些狭窄的。文本分析虽然重要,但也只是文学地理学研究的一部分,或者说,只是文学地理学知识体系的一部分。完整的文学地理学研究格局和知识体系远远不只是地理批评,它的内容非常丰富。

在今天的中国,文学地理学正作为一个独立学科在建设,虽然还没有最后建成,但其发展势头良好,它所涉及的问题包含了文学与地理之相互作用的方方面面。陶礼天指出:"尽管在20世纪80年代,许多学者谈论的是文学地理学的话题,但并没有使用'文学地理学'这个名号,甚至也没有'学科意识',也没有能够自觉地对文学地理学的研究对象、范围、方法等一系列问题作出探讨。"然而,"自21世纪的10多年来,学术界逐步统一到'文学地理学'这个名称下,并召开了多次的专题研讨会,相关论著与日俱增","可以说在今天,文学地理学这一'学科'的初步规范已经得以建立,这是非常令人欣慰的"。①

为什么文学地理学在国外不受重视,不能成为一个独立学科,而在中国却能得到广泛的认可,并且正在成为一个独立学科呢?笔者认为,有以下几个方面的原因。

其一,中国是一个疆域广大的国家,国土面积在世界上居第三位。中国不仅疆域广大,其地理环境也非常复杂而多样。地理学家讲,世界上没有哪一个国家像中国这样具有如此复杂多样的地理环境。正是在这块疆域广大而地理环境又复杂多样的国土上,产生了具有3000多年历史的有文字记载的文学。中国文学的历史之久远,内容之丰富与形式、风格之多样,在世界上也是首屈一指的。这个背景告诉我们,文学地理学这个学科在中国诞生,早就具备了地理的条件和文学的条件。

其二,文学地理学学科在中国诞生,有一个博大深邃的思想背景。中国汉代著名学者司马迁在他的《报任少卿书》一文中讲过这样几句话:"究天人之际,通古今之变,成一家之言。"所谓"究天人之际",就是讲做学问要考究天人关系,要阐明人与自然、人与环境的关系,要有广阔的空间意识。所谓"通古今之变",就是讲做学问要贯通古今,要把握历史的变化规律,要有深邃的时间意识。只有达到天人合一、时空交融、上下五千年、纵横八万里的境界,这个学问才有可能"成一家之言"。司马迁这几句话一直为中国学者所广

---

① 陶礼天:《略论文学地理学的过去、现在和未来》,陶东风、周宪主编:《文化研究》(第12辑),社会科学文献出版社2012年版,第258-260页。

泛认同,所以中国的学术或者学科,一般都有时间、空间两个维度。文学地理学学科的诞生,就是为了从空间这个维度来研究文学,从而与从时间这个维度来研究文学的文学史相映衬,进而使文学这个学科真正达到"究天人之际,通古今之变"的境界。这就是文学地理学学科在中国诞生的思想背景。这个思想背景在世界许多国家是不具备的,至少是没有那么早就具备的。

有人讲,20世纪80年代中后期文学地理学研究在中国的兴起,是得益于西方学术的"空间转向"。这个说法不符合事实。20世纪80年代中后期中国最早从事文学地理学研究的学者如萧兵、金克木、余恕诚、章培恒、袁行霈、曾大兴等,多是从事古代文学研究的学者,这些人开始从事文学地理学的研究时,西方20世纪后期的空间理论还没有传播到中国来。即如笔者本人,在1995年出版《中国历代文学家之地理分布》这本书之前,根本就不知晓西方的空间理论。在这一批学者中,金克木先生是从事比较文学与比较文化研究的,他对西方理论是相当熟悉的,可是在他的那篇随笔《文艺的地域学研究设想》中,也没有提到西方的空间理论。与其说中国20世纪80年代中后期这批最早从事文学地理学研究的学者是受了西方空间理论的影响,不如说是受了中国传统的时空交融、天人合一思想的影响,是中国传统的文学地理学思想和方法启发了这批学者。

其三,中国学术既追求一种天人合一、时空交融的境界,又具有一种强烈的实践理性精神,讲求经世致用。文学地理学这个学科与文学的其他二级学科相比,其实践品质更为突出。文学地理学研究文学与地理环境的关系,研究文学的地域性和空间感,不仅可以更新人们对文学的认识,增添人们对文学的兴趣,还可以作用于人们所生活的环境,作用于人们的情感,培养人们的地方感或地方认同。例如,文学地理学研究文学与自然环境的关系,可以恢复人们对于大自然的记忆,帮助人们重建与大自然的联系,培养人们对于大自然的亲和感,进而达到保护大自然的目的;文学地理学研究文学与人文环境的关系,可以启发人们对于现实人文环境的思考,唤起人们改善现实人文环境、优化现实人文环境的热情;文学地理学研究文学地理景观,则可以为历史文化资源的开发利用提供重要的参考,甚至直接参与地方文化的建构。文学地理学的这一实践品质,使得它受到社会的广泛欢迎。这是这个学科可以在中国诞生的社会基础。

其四,在中国,尤其是20世纪90年代以后,有一大批具有创新精神的学者在从事文学地理学的研究。有老一辈学者,有中年学者,更有大量的青年学者。如上所述,20世纪90年代以后在中国产生的文学地理学论文中,青年学者的论文已占一半。这个现象非常值得注意。这就表明这个学科在中国赢得了青年学者的青睐。而青年学者对这个学科所表现出的高度热情与实干精神,则显示了文学地理学学科建设在中国的光明前景。这是文学地理学学科在中国诞生的人才优势。

其五，是中西方不同的文学创作观念与文学批评观念所致。关于这一点，青年学者陈一军博士在他的一篇论文中做过探讨。他指出：

> 19世纪，西方在斯达尔夫人、丹纳等人的努力下，也由于现实主义、自然主义文学创作的兴盛以及围绕这些创作所展开的文学批评的活跃，空前凸显了地理环境在文艺批评中的意义。但是，这一势头并没有持久保持下去，随着自然主义文学创作和批评的消歇，文学与地理环境的关系就不那么引人注目了。20世纪初期，形式主义批评在西方兴起，西方文艺评论界开始着重关注文学的内在形式问题，到了英美新批评流行的阶段，则明确主张文学批评要把文本的内部世界和外在环境区分开来。而结构主义批评一心着力于发掘文学文本的内部结构。西方批评界之所以这样做，是因为西方文化中一直强调文学的虚构性，强调文学的"游戏"性质①和表现心灵世界的自由创造功能。20世纪上半叶，当现代主义文学让西方文学更多承担起思考人类命运的哲学重任时，西方文学愈加显示出"抽象思辨"的特点，可谓"玄而又玄"。这样的文学实践和与此相关的评论显然与斯达尔夫人、丹纳等人的文学批评渐行渐远。所以，西方人面对着与中国人颇为不同的文学传承，而在西方的大文化传统中，从古希腊开始的注重哲理思辨的特质就一直是其文化的轴心。当20世纪西方文学与现代哲学愈益合流的情况下，指望在西方的文学批评实践中产生文学地理学这样的学科显然是不切实际的。②

这一段话，是在回答"西方人为什么没能建立文学地理学学科"这个问题时讲的。需要补充和强调的是，虽然20世纪后期以来的西方学术开始了"空间转向"，但是这个"空间转向"就文学批评来讲，主要是转向文本的空间形式的分析，这种分析的结果是让人们从哲学意义上来认识文学，而不是转向文本的地理批评。如上所述，即便是西方学术开始"空间转向"的今天，即便是某些学者的地理批评也受了这个"空间转向"的影响，但文学地理学研究在西方，仍然没有被西方主流文学批评所认可。因为地理批评的特点在"徵实"，它是在用地理学的方法研究文学，而地理学则是一门实学，它没有

---

① 原注：古希腊柏拉图的文艺思想有"游戏说"的成分；近代的康德、席勒，现代的维特根斯坦、伽达默尔等人都强调文艺的"游戏"性质。参见洪琼：《西方"游戏说"的演变历程》，《江海学刊》2009年第4期。

② 陈一军：《文学地理学学科创建的原因、意义及关键问题》，曾大兴、夏汉宁、高人雄主编：《文学地理学：中国文学地理学会第四届年会论文集》，中山大学出版社2015年版，第11–12页。

半点的虚构。而西方主流文学批评所强调的是文学的虚构性与抽象性，是一种"玄而又玄"的境界。所以西方学术的"空间转向"并不能促成文学地理学学科在西方诞生。

陈一军进一步指出：

> 中国文化是以传统儒家文化为中心的。儒家文化奉行的是"实用理性"原则，"这种理性具有极端重视现实实用的特点"，不去探求、讨论、争辩抽象思辨的哲学问题。① 换句话说，这种思维兼具实用主义的有用性和实证主义的靠近现实实际的特点。这种思维方式在中国古代的文学批评中得到了充分表现。比如，东汉的班固在《汉书·地理志》中就"以诗证地"，援引《诗经》中的某些篇章和诗句来佐证"故秦地"的自然人文环境，而南宋朱熹则在《诗集传》里大量使用"以地证诗"的方法②。这些做法都在有意无意把文学作品往现实实存的层面靠拢。这事实上在中国古代文学批评史上形成一个强大的传统。因此，单从注重文学与地理环境关系的角度考察，中国古代文学批评史上实践的人物就数不胜数，除了前面提到的两位，突出的还有南朝的刘勰、唐朝的魏征、明朝的胡应麟、清朝的沈德潜，等等。到了中国近现代，梁启超、刘师培、王国维、汪辟疆、王瑶等人也在继承这一传统……所以，近些年中国学术界热衷于建构文学地理学学科，表层与继承和发展中国传统的治学方式存在紧密关系，深层却受到中国传统文化中的实用理性暗暗起作用的影响。③

陈一军的观点是很有见地的，可以启发我们做进一步的思考。

笔者认为，建学科犹如海上行船，首先必须要有一个准确的定位。定位不准确，就不可能到达我们所希望的彼岸。在上述条件具备的情况下，如果我们能够给予文学地理学一个准确的定位，再根据这个定位，做好它的顶层设计，然后根据顶层设计的要求，一步一步地去做，一步一步地努力前行，那么这个学科在中国建成，就不是一件遥不可及的事。

（曾大兴：广州大学广府文化研究中心常务副主任、教授，中国文学地理学会会长）

---

① 原注：李泽厚：《中国思想史论》，安徽文艺出版社1999年版，第34—35页。
② 原注：曾大兴：《建设与文学史学科双峰并峙的文学地理学科——文学地理学的昨天、今天和明天》，《江西社会科学》2012年第1期。
③ 陈一军：《文学地理学学科创建的原因、意义及关键问题》，曾大兴、夏汉宁、高人雄主编：《文学地理学：中国文学地理学会第四届年会论文集》，中山大学出版社2015年版，第11页。

陶礼天点评：

仔细拜读曾大兴教授的《文学地理学学术史略》，受教良多。对于这次大会组织者邀请我作为特约讨论人，我感到十分荣幸，在此表示深切感谢。讨论、点评谈不上，这里也受制于三分钟这一苛刻的时间限制，谈三点感想，并以此就教于诸位在座的专家学者尤其是曾大兴教授。三点感想可以归结为三句话，即科学态度和客观公允的立场、成竹在胸和大气磅礴的规划、一家之言与及时有益的总结。

一是科学态度和客观公允的立场。学术研究是科学研究，文学地理学研究无疑属于人文科学研究，是人文的学术，更是科学的探讨，必须坚持在学术史的研究基础和前提下"再出发"，态度要客观公允，以文论文，不要以人废文，也不要以人重文。同时学术史的研究也是一种历史研究，对历史的研究和总结，要从历史出发，将义理和考据相结合。曾大兴教授该文无论是对中国古代文学地理思想的探讨、总结，还是对欧美、日韩及当代中国的有关文学地理学的研究成果的评论分析，都能做到科学、客观、公允、理性而冷静。他的三个阶段的划分，是较为宏观的，也是较为合理的；立论是平实的，可以成立的。

二是成竹在胸和大气磅礴的规划。曾大兴教授在多篇论著和本文中，一再表明他对文学地理学的界定，反复申说了他对文学地理学研究的规划，可谓成竹在胸、大气磅礴。正是因为他对文学地理学有他自己的理解和研究规划，这就使得他研究、总结文学地理学学术史有了明确的方向感和界域线，从而保证了这篇论文的立论和总结的科学性。曾大兴教授有关文学地理学的基本理解，我是基本赞同的，许多基本论点我们是完全一致的。

三是一家之言与及时有益的总结。学术史要随着研究的深入予以不断地总结，曾大兴教授的这篇论文是他的一家之言，但代表的不仅是他现在的总结，同时其实也反映了目前我们对文学地理学认识和中国文学地理学研究的一般水平，这种总结是及时有益的。

拜读并受教于曾大兴教授的这篇宏论，使我也有了许多感想，我想在此也说一说，请各位批评指教。

第一，中国在20世纪以前就具有丰富而深刻的文学地理思想，如果从学科之"学"的现代意义来讲，可以称之为"前文学地理学"，其潜在的理论体系和系列而丰富的、具有深刻理论内涵的批评概念都需要进一步去研究，这将有效地推动文学地理学和中国文学地理学的理论建构和批评实践。第二，从目前我们能够了解到的世界文学理论批评史和批评文献看，文学地理思想主要发端于中国。注重文学地理的批评，是中国文学批评史的重要文学传统和民族特点,这首先突出表现在《诗经》学和《楚辞》学的历代研究文献和批评实践中。"风"与"骚",一北方一南方,是中国文学长河的发源地。在许多批评文献中,几乎都呈现出这样一种客观事实,即对"风"与"骚"的批评就是一种文学地理的研究和批评实践,对此要突出予以强调和重视。第三,关于西方文学地理学的发端,要特别重视孟德斯鸠《论法的精神》等著作及其对中国文献的吸取、对中国学界讨论文学地理思想的反哺。第四,文学地理学的研究和学科建设是在文学研究的前提和基础上得以成立的,这是无可争论的,要重视文化研究与当代文学地理学的研究关系和意义。第五,要坚持开放的、发展的态度。

尽管文学地理思想是无比古老的,但文学地理学仍然是一门崭新的跨学科,她是年轻的,充满朝气的;她是有多种发展可能的;她是传统的新生,又是新生的传统;她永远是开放的。

《管子·水地》篇与先秦文学地理思想考论

陶礼天

一、引 言

中国古代虽然没有能够产生专门总结文学地理的理论与批评著作，但从中国文学批评史的历史长河和大量的理论批评著作的内容看，其文学地理思想是非常丰富的，主要体现在两个方面：一是有关文学地理学原理的基本理论命题是较为丰富而全面的（指涉及的理论内容），二是有关文学地理的批评实践也是非常丰富、深刻而多样的。这样丰富的文学地理思想发端并奠基于先秦时期，它最初或许仅仅体现为一种有关人地关系的人文地理思想，然而正是这种人文地理思想成为中国文学地理思想的基础。本文对《管子·水地》篇（以下简称"《水地》篇"）与先秦文学地理思想进行考论，目的就在于通过科学的研究说明这一点。

展开讨论之前，首先有必要对本文论题的目的和讨论的前提做扼要说明。班固《汉书·地理志》在其最后一部分，直接继承了司马迁《史记·货殖列传》有关文化地域的划分和文化地域的观念，进一步明确指出："凡民函五常之性，而其刚柔缓急，音声不同，系水土之风气，故谓之风；好恶取舍，动静亡常，随君上之情欲，故谓之俗。孔子曰：'移风易俗，莫善于乐。'言圣王在上，统理人伦，必移其本，而易其末，此混同天下一之虖中和，然后王教成也。汉承百王之末。国土变改，民人迁徙，成帝时刘向略言其地分，丞相张禹使属颍川朱赣条其风俗，犹未宣究，故辑而论之，终其本末著于篇。"他明确把人之性情风俗与"水土之风气"联系起来。接着他是如何在前人的基础上进行"辑而论之"的呢？例如，首先论述"秦地"说："秦地，于天官东井、舆鬼之分野也。……故秦地于《禹贡》时跨雍、梁二州，《诗·风》兼秦、豳两国。……其民有先王遗风，好稼穑，务本业，故《豳诗》言农桑衣食之本甚备。"又如后文分析说："天水、陇西，山多林木，民以板为室屋。及安定、北地、上郡、西河，皆迫近戎狄，修习战备，高上气力，以射猎为先。故《秦诗》曰'在其板屋'；又曰'王于兴师，修我甲兵，与子偕行'。及《车辚》《四载》《小戎》之篇，皆言车马田狩之事。汉兴，六郡良家子选给羽林、期门，以材力为官，名将多出焉。孔子曰：'君子有勇而亡谊则为乱，小人有勇而亡谊则为盗。'故此数郡，民俗质木，不耻寇盗。"① 这种分析实际就属于我们今天说的文学地理的批评。当然班固的本意是说，他通过以地证《诗》，目的还是在于以《诗》证地。《秦风》之所以具有这样一种独特的思想内容和风格特点，从而形成秦风之为秦风的地域文学个性，就是与秦地的自然地理环境，与这个地域只能具有的"农桑衣食之本"的自然经济条件、政治治理和人文教化传统等相关的，其中丰富的内容在此暂置不论，但与本文论题相关者要说明一下：一是地理条件所形成的一种生产方式和生存状态等，二是这样特定的地域逐渐形成的民俗民情等，这二者之间就是具有因果关系的。这就叫作"凡民函五常之性，而其刚柔缓急，音声不同，系水土之风气"。所谓"民函五常之性"，这是人之共性；而不同地域的人又具有性情上的"刚柔缓急"和"音声不同"即所谓"民性"不同，是与"水土之风气"直接相关的。在此，不是要分析《汉书·地理志》所包蕴的文学地理思想和成就，而是想由此指出班固的这种文学地理思想，是来自先秦时期，其中就包括《水地》篇的思想。

《管子·禁藏》篇说："夫民之所生，衣与食也，食之所生，水与土也。"②《水地》篇之"水地"就是"水与土也"的意思，实际上中心内容就是讨论"民函五常之性"与"水地"即"水与土也"的关系问题。这种人地关系乃是先秦文学地理思想的基本问题，也是其后中国古代文学地理思想及其批评实践的理论基础。如刘勰的《文心雕龙》就具有丰富的文学地理思想，其《物色》篇说："……若乃山林皋壤，实文思之奥府，略语则阙，详说则繁。然屈平所以能洞监《风》《骚》之情者，抑亦江山之助乎？"③范文澜注云："《水经注·江水》篇'江水又东径归乡县故城北'。袁山松曰：'父老传言原（按：屈原）既流放，忽然暂归，乡人喜悦，因名曰归乡。抑其山秀水清，故出俊异，地险流疾，故其性亦隘。《诗》曰：惟岳降神，生甫及申。信与。'余谓山松此言，可谓因事而立证，恐非名县之本旨矣。黄宗羲《景州诗集序》云：'诗人萃天地之清气，以月露风云花鸟为其性情，其景与意不可分也。月露风云花鸟之在天地间俄顷灭没，而诗人能结之不散；常人未尝不有月

---

① （汉）班固撰，（唐）颜师古注：《汉书》，中华书局2000年版，第1310-1312页。
② 黎翔凤撰，梁运华整理：《管子校注》，中华书局2004年版，第1025页。《水地》篇见该书第813-817页。下文凡无特别需要说明之处，直接于书中引用该版本《管子》原文，仅在文中注明篇名。同时参考郭沫若等《管子集校》，《郭沫若全集》之《历史编》第6卷至第8卷，人民文学出版社1984年版，《水地》篇校文，见该书第6卷第474-509页。
③ 范文澜：《文心雕龙注》，人民文学出版社1958年版，第694-695页。按：引文增加了有关标点符号。本文征引文献，凡类此重新增加标点符号者，不再注明。

露风云花鸟之咏，非其性情，极雕绘而不能亲也。'"① 这里所引用的批评文献实际上论述了两个问题：一是所谓"山秀水清，故出俊异，地险流疾，故其性亦隘"的问题（尽管归乡县之名称，如范文澜先生所论当与此无关）；但这种把"山秀水清"与"故出俊异"联系起来，把"地险流疾"与"故其性亦隘"结合起来，正是一种渊源有自的文学地理思想和批评实践，其思想渊源无疑可以追溯到上述《水地》篇的观点，其论述与《水地》篇所谓"地者，万物之本原，诸生之根菀也，美恶贤不肖愚俊之所生也"的观点及其逻辑何其相似，是无须赘谈的。二是黄宗羲所谓"诗人萃天地之清气，以月露风云花鸟为其性情，其景与意不可分也"的问题，这也是文学地理学要研究的重要论题，涉及作家及其作品的情景表现与地理环境（大自然）的关系问题，理论上与前者不完全属于一个问题，但也是与第一个问题的延展密切相关。上述两个方面，在中国古代文学批评史的长河中，是经常可以见到的为中国古代文论家所常言者，而这些思想的发端，我们不能不追溯其先秦时期文学地理、人文地理思想的渊源。上述论析，足以说明本文论题之研究的前提和理论意义。

其次，由于《管子》一书的复杂性，有必要对研究的方法做出说明。我们认为，研究《管子》既要注意联系全书，又要注意区别分类，因为《管子》各篇写作时代和作者不属于一人一时之故。《管子》可能很早就有编辑成书的本子②，但先秦时期很多著作都是单篇流传的。《管子》现在的传本，是汉代刘向所编定的，八十六篇已亡佚十篇。《管子》研究自从近代以来，日益繁盛。③《管子》不是管仲所著，也非一人一时所著，大体写作于战国中前期，主要是齐国稷下学宫的学士们所作，其基本思想涉及儒、道、法、农、兵、阴阳家等，但以道、法二家为主，其《问》篇说："《制地君》曰：理国之道，地德为首。君臣之礼，父子之亲，覆育万人。官府之藏，强兵保国，城郭之险，外应四极，具取之地。而市者，天地之财具也，而万人之所和而利也，正是道也。"所谓"理国之道"，就是管子这位著名政治家之道，也是《管子》一书所主要论述的道，这就是《管子》编辑成书的最主要的中心主旨。就《水地》篇而言，在其写作时间问题上，我们赞同学界这样的观点：因为其中只有五行学说的内容，而没有把阴阳学说与五行学说结合起来，④再根据《水

---

① 范文澜：《文心雕龙注》，人民文学出版社1958年版，第697页。
② 《史记·管晏列传》云："太史公曰：吾读管氏《牧民》《山高》《乘马》《轻重》《九府》，及《晏子春秋》，详哉其言之也。"参见（汉）司马迁：《史记》，中华书局2000年版，第1698页。
③ 参见李霞：《本世纪以来〈管子〉研究简介》，《哲学动态》1994年第3期。
④ 参见白奚《中国古代阴阳与五行说的合流——〈管子〉阴阳五行思想新探》一文有关论述，《中国社会科学》1997年第5期。

地》篇"齐之水"一段论述，结合战国时期列国兴衰历史等，大体可以确定其成文（篇）时间在战国稷下学宫兴盛的中期或稍早；① 在具体一些观点的分析上，可以与《管子》全书有关的篇章联系起来进行研究。

根据上述研究目的、意义和方法，本文试对《管子·水地》篇所包蕴的丰富而深刻之人地关系论的人文地理思想加以讨论，并就其与先秦文学地理思想的重要关联予以分析。

二、《管子·水地》篇主旨新诠

《水地》篇是《管子》中一篇非常重要、具有广泛影响，但又历来聚讼纷纭的哲学论文。李约瑟在《中国科学技术史》之《科学思想史》卷中，认为《管子·水地》"这一篇的主要内容是说，水是万物的原始元素和变化的根基；换句话说，它是一种类似于第一个前苏格拉底的自然哲学家、米利都的泰勒斯（Thales of Miletus，鼎盛于公元前585年）的观点的学说"②。李约瑟认为这是中西方不谋而合的观点，并不是谁受到谁的影响。黎翔凤注释《水地》篇"是以水者，万物之准也，诸生之淡也"这几句，引郭嵩焘语："准以明水之用，质以著水之体，淡者水之本原也，故曰'天一生水'，五味之始，以淡为本。"又加按语说："希腊泰勒斯以水为万物之源，印度亦有水地论师，其哲学思想中外相同。《老子》：'道之出口，淡兮其无味。'近代哲学家书言道不及《管子》，可怪也。"③ 最近十多年来，学术界已经认识到《水地》篇所谓"地者，万物之本原，诸生之根菀也"和"水者何也？万物之本原，诸生之宗室也"的论述中，其"本原"的含义与泰勒斯的"本原"概念有所差别。如乐爱国、戴吾三《李约瑟的〈管子〉思想研究》一文说："泰勒斯的'本原'，如亚里士多德所说：'万物都由它构成，开始由它产生，最后又化为它。'……而'水地'中所谓水是万物的本原更多的是指万物离不开水，水是万物不可缺少的主要成分。"④ 还有一些学者也指出了其间的重要不同，如张连伟《〈管子·水地〉与古代水文化》和李志超《中国最早的生命科学假说——"水土说"——〈管子·水地〉不是水本原论》等论文就是持批评和

---

①参见黄钊：《浅论〈管子·水地〉篇成文的时限》，赵宗正、王德敏编：《管子研究》（第1辑），山东人民出版社1987年版；黄钊《〈管子·水地〉篇考论》，陈鼓应主编：《道家文化研究》（第2辑），上海古籍出版社1992年版，第336—347页。
②[英] 李约瑟：《中国科学技术史》（第2卷），科学出版社、上海古籍出版社1990年版，第44—45页。
③黎翔凤撰，梁运华整理：《管子校注》，中华书局2004年版，第819页。
④乐爱国、戴吾三：《李约瑟的〈管子〉思想研究》，《自然辩证法研究》1997年第12期。

反对意见的。① 德国大哲学家黑格尔在《哲学史讲演录》中，指出"'水是原则'这句话，是泰利士（按：即泰勒斯）的全部哲学"，详细讨论评述了泰勒斯"水是万物的根本"这一观点。② 结合黑格尔的分析，笔者认为泰勒斯的"本原"（或者译为"根本"）和《水地》篇的"本原"，虽然有类似之处，但确实是不可以混同的。有的学者仍然坚持认为《水地》篇与泰勒斯的"水为万物之本原"的思想是较为一致的，主要原因在于二者表面看来确实有类似性。③ 泰勒斯的"本原"应该是带有"本体"论意义的，而《水地》篇的"本原"是"生成"论意义上的，主要内涵是最重要的生成条件或要素，含有"本根""源初""基本"的意思，这也是不少学者把它与泰勒斯联系进行比较的依据之所在，但这与《老子》的"道"本体论还是不同的，因为哲学概念或术语的诠释，不能仅仅着眼于文字的原意，而要放在具体文本语境中去分析其观念内涵。现在地下出土文献郭店楚墓竹简残文《太一生水》，也可以说明这个问题。

除了视《水地》篇主旨为"水本原论"外，一些学者在阐释其思想时，对文本本身的诠释也存在严重问题。如李志超《中国最早的生命科学假说——"水土说"——〈管子·水地〉不是水本原论》一文，其论题即其研究得出的主旨，不能说没有一点依据，但论文从"物"字在先秦时期主要指动物，也包括生物的含义，不包括无生物，又通过文章的结构分析，认为《水地》篇中间一大段论玉德等属于衍文，进行《水地》篇文本诠释时就直接删去。这种态度是不严肃的，而且也不符合原意。"物"本义指牛之类的动物以及延展为生物的历史阶段恐怕很早，而《水地》篇应该为战国时期所作，其文本中认为金石亦含水，这明显是证明所谓"万物"应该包括一切事物。

为了便于理解，这里不妨先对全篇的文本内容做一简要分析，然后讨论有关问题，并力图对其主旨做出符合文本内容且迄今为止尚未见到有如此理解的论析，故说是"主旨新诠"。《水地》篇的内容，笔者以为可以分为三个部分，第一部分就是提出论文的主旨的前提性论点：

　　地者，万物之本原，诸生之根菀也，美恶贤不肖愚俊之所生也。水

---

① 张连伟：《〈管子·水地〉与古代水文化》，《殷都学刊》2005 年第 3 期；李志超：《中国最早的生命科学假说——"水土说"——〈管子·水地〉不是水本原论》，《雁北师范学院学报》2002 年第 5 期。

② [德] 黑格尔：《哲学史讲演录》（第 1 卷），贺麟、王太庆译，商务印书馆 1978 年版，第 182、186 页。

③ 参见李云锋：《试论〈管子·水地〉中水本原思想及其历史地位》，《武汉水利电力大学学报（哲学社会科学版）》2000 年第 3 期。

者，地之血气，如筋脉之通流者也。故曰：水，具材也。

许多研究者把这段论述作为全文主旨来看待，笔者以为不妥。"根菀"就是根柢之意，"具材"就是为万物所共有的而不可缺少的根本。这段论述尤为重要却易被忽略而造成全篇误解的地方就在于：地和水，本就是一体的，也就是"水土"之意。"水土"这个词在先秦更为常用，《管子》中也有使用，如其《七法》篇说："则、象、法、化、决塞、心术、计数，根天地之气，寒暑之和，水土之性，人民鸟兽草木之生，物虽甚多，皆均有焉，而未尝变也，谓之则。"而且作者明确地说："水者，地之血气，如筋脉之通流者也。"故后文才又说："具者，水是也，故曰：水者何也？万物之本原也，诸生之宗室也，美恶贤不肖愚俊之所产也。"有人认为这种论述矛盾，其实并不矛盾，因为水土是一个整体，意思是说水土是万物的"本原"，所谓美恶、贤不肖、愚俊这样不同的民性（人性）都是因为水土之性不同而产生的，当然水和土又是两样不同的东西，但即使在下文作者突出谈论的是水，那这个水也是"地之血气，如筋脉之通流者也"。如是诠释，本段论点显豁矣，通篇也就容易分析明白了。

第二部分就是来论证上文这样重要的前提性论点，从"何以知其然也"到"故人皆服之，而管子则之。人皆有之，而管子以之"这几句话结束，结构清楚，层次分明。上述这个论证的前提性论点，即水土是万物之本原的观点，是通过三大层次之内容的论证来完成的。

第一层，从水德本身来论证。这又包括两个方面，一是分析出水具有仁、精、正、义、卑这五种品性："何以知其然也？曰：夫水淖弱以清，而好洒人之恶，仁也；视之黑而白，精也；量之不可使概，至满而止，正也；唯无不流，至平而止，义也；人皆赴高，己独赴下，卑也。卑也者，道之室，王者之器也，而水以为都居。"二是进一步突出强调水具有素淡而能存在于万物之中的品性，犹如庄子所谓"朴素以为美，而天下莫能与之争"，这确实具有老子之"道"的特性："准也者，五量之宗也；素也者，五色之质也；淡也者，五味之中也。是以水者，万物之准也，诸生之淡也，违非得失之质也，是以无不满，无不居也。集于天地而藏于万物，产于金石，集于诸生，故曰水神。集于草木，根得其度，华得其数，实得其量，鸟兽得之，形体肥大，羽毛丰茂，文理明著。万物莫不尽其几，反其常者，水之内度适也。"

第二层，既然水为具材，存在万物之中，为万物不可离，是一切生命之要素，故神妙难以言之，所以是"水神"，它"集于天地而藏于万物"，最重要的是能够做到"适度"。因此在前文论述的基础上，列举玉、人、龟、龙、蠣、庆忌这六种（可以分为三类）主要是有生命的人和物，说明作为"地之血气"的水为万物之"本原"的观点。一类是玉和人，论述了蕴水之美玉具有九德，即仁、知、义、行、洁、勇、精、容、辞；又论述了人的生命孕育于水，所谓"人，水也。男女精气合而水流形。……五月而成，十月而生。生而目视，耳听，心虑"云云；并总结说："是以水集于玉而九德出焉。凝蹇而为人，而九窍五虑出焉。此乃其精粗浊蹇能存而不能亡者也。"一类是"龟生于水""龙生于水"，所谓"龟与龙，伏暗能存而能亡者也"。一类是"或世见或世不见者，生蟡与庆忌"，颇有小说家言的意味，庆忌乃"涸泽之精也"，蟡乃"涸川水之精也"。

第三层，总结上述内容，并过渡到管子就是能够根据上述分析的水（水土）的道理来"则之""以之"，这就全文最后的立意结合呼应起来。文章写得甚是精彩："是以水之精粗浊蹇，能存而不能亡者，生人与玉。伏暗能存而能亡者，蓍龟与龙。或世见或不见者，蟡与庆忌。故人皆服之，而管子则之。人皆有之，而管子以之。"

第三部分，回到开头所论述的前提性观点——水土为万物之"本原"的观点，通过上文的论析，这个观点至少在作者看来已经论证成立，现在要完成本文的主旨论述，即所谓"夫齐之水道躁而复，故其民贪粗而好勇……"这段著名的论断，论析不同邦国地域的水土之性，是造成不同邦国地域民性的重要客观原因。值得注意的是，我们不一定非要认为作者这里就是把水土之性视为造成民之性的唯一原因。《水地》篇最后这段论述如下：

> 是故具者何也？水是也。万物莫不以生，唯知其托者能为之正。具者，水是也。故曰：水者何也？万物之本原也，诸生之宗室也，美恶贤不肖愚俊之所产也。何以知其然也？夫齐之水道躁而复，故其民贪粗而好勇；楚之水淖弱而清，故其民轻果而贼；越之水浊重而洎，故其民愚疾而垢；秦之水泔冣而稽，淤滞而杂，故其民贪戾，罔而好事；齐晋之水枯旱而运①，淤滞而杂，故其民谄谀葆诈，巧佞而好利；燕之水萃下而弱，沉滞而杂，故其民愚戆而好贞，轻疾而易死；宋之水轻劲而清，故其民闲易而好正。是以圣人之化世也，其解在水。故水一则人心正，水清则民心易。一则欲不污，民心易则行无邪。是以圣人之治于世也，不人告也，不户说也，其枢在水。

---

① 该句"齐晋"二字，学术界有多种校正与解释之论，此处不赘。黄钊以为应为"三晋"，此说较胜。参见黄钊：《〈管子·水地〉篇考论》，陈鼓应主编：《道家文化研究》（第2辑），上海古籍出版社1992年版，第336—347页。

这段论述"是故具者何也"呼应开端论述，接着通过基本是重复的表达，强化了作者提出的上述前提性观点，然后再用"何以知其然也"过渡，在论述"夫齐之水……"论断之后，自然就得出全文主旨进一步要表达的内涵：既然"水之性"或者说"水土之性"具有决定意义或者说是民之"美恶贤不肖愚俊之所产"的最为重要的客观原因，那么"圣人"化世、治世，"其解在水""其枢在水"，就是要"则之""以之"这种"水土之性"，如果能使"水土之性"清正，则民心民性也就清正了，所以说"故水一则人心正，水清则民心易。一则欲不污，民心易则行无邪"。根据最后这几句话，可以说明《水地》篇说的"齐之水""楚之水"等，其全文的内在逻辑的外延，还包括人因所依赖不同的"水土之性"而导致具有地区差异的不同社会环境、风俗习惯等——这是古人的一种行文习惯，即常常缺少中间环节的论析，但通过上下文语境可以加以补充说明。故前文笔者说，我们研读《水地》篇，不能简单地认为《水地》篇作者只是把水土之性视为造成民之性的唯一原因。而上述这种不同的、有差异的自然空间和社会空间所形成的"风气"，又共同作用于民心民性，形成各自不同的、有差异的"水土之风气"，只是作者隐而未言。这也就是说《水地》篇的"水之性"，应该包括"土"，就是"水土之性"，而这种"水土之性"，实际上内在的包含有具有社会环境内涵，如班固所说"水土之风气"的意思①。当然还需要赘言一句：《水地》篇在"水土之性"方面更强调突出水的作用，那是无疑的。以上所说，就是《水地》篇的主旨。

《水地》篇可以跟《管子》之《地员》和《禁藏》等篇有关论述结合起来看。《水地》篇更多的是强调水（水土）之性与民之性的内在关联，虽然从全文看，作者论述的是水土（水地）是万物的"本原"，但是并没有突出说明土（地）之性与民之性的关系。而《地员》篇却做出了说明：

> 夫管仲之匡天下也，其施七尺。渎田悉徙，五种无不宜，其立后而手实。其木宜蚖菕与杜松，其草宜楚棘。见是土也，命之曰五施，五七三十五尺而至于泉。呼音中角。其水仓，其民强。

这就不是专讲水之性对人的影响，上文所说的"其民强"，包括土之性以及不同土壤所产出的物产，人们所饮、所食的不同，其体质气性就会不同，进而"风气"就不同。《管子·禁藏》篇说：

---

① 《管子·度地》篇说："水之性，行至曲必留退，满则后推前，地下则平行，地高即控，杜曲则搗毁。杜曲激则跃，跃则倚，倚则环，环则中，中则涵，涵则塞，塞则移，移则控，控则水妄行；水妄行则伤人，伤人则困，困则轻法，轻法则难治，难治则不孝，不孝则不臣矣。"

凡人之情：得所欲则乐，逢所恶则忧，此贵贱之所同有也。近之不能勿欲，远之不能勿忘，人情皆然，而好恶不同，各行所欲，而安危异焉，然后贤不肖之形见也。夫物有多寡，而情不能等。事有成败，而意不能同。行有进退，而力不能两也。故立身于中，养有节；宫室足以避燥湿，食饮足以和血气，衣服足以适寒温，礼仪足以别贵贱，游虞足以发欢欣，棺椁足以朽骨，衣衾足以朽肉，坟墓足以道记（引按："道记"之"道"字，黎翔凤校注云：《广雅·释诂》四："道，国也。"国即域字）。不作无补之功，不为无益之事，故意定而不营气情。气情不营，则耳目谷，衣食足；耳目谷，衣食足，则侵争不生，怨怒无有，上下相亲，兵刃不用矣。

故适身行义，俭约恭敬，其唯无福，祸亦不来矣。骄傲侈泰，离度绝理，其唯无祸，福亦不至矣。是故君于上观绝理者以自恐也，下观不及者以自隐也。故曰：誉不虚出，而患不独生，福不择家，祸不索人，此之谓也。能以所闻瞻察，则事必明矣。……夫民之所生，衣与食也，食之所生，水与土也。

所谓"食饮足以和血气"，而"民之所生，衣与食也，食之所生，水与土也"，可见水土之性与民之性的内在联系，这种具有一定科学性的分析，很好地补充了《水地》篇的论述。《地员》篇接着上文所引，又说："赤垆，历强肥，五种无不宜。……其水白而甘，其民寿。"又说："九州之土，为九十物。每州有常，而物有次。群土之长，是唯五粟。……五臭所校，寡疾难老，士女皆好，其民工巧，其泉黄白，其人夷姤。……是谓粟土。"又说："粟土之次，曰五沃。……其泉白青，其人坚劲，……是谓沃土。"又说："沃土之次，曰五位。……其泉青黑，其人轻直，省事少食。……是谓位土。"《管子》全书相关论述还有不少。这是一种土壤和植物分类的学问，是具有科学性的，尽管《地员》篇总结分析得不一定符合事实，但土壤和物产的分类是存在的，而且由此论述到不同地区人民体质气性的差异是有道理的，今天仍然存在这样的事实。

经过如上分析，现在我们可以再做一个简要总结：《管子·水地》篇的主旨在于说明水土之性乃是形成不同邦国地区具有地域共性之民性的客观原因，乃是一种人地关系论。如果结合《管子》有关篇章做进一步延展性分析，那么《水地》篇的人地关系论，其内涵实际上说明了地域文化个性（民风民情、风俗习惯等）乃是发端于依赖自然地理条件而自然形成的生产方式，作为统治者应该充分认识这一点并能够因势利导，加以教化管理。这里所说的生产方式，简要地说，就是指当时人们谋求物质资料以生存下去的生活与劳动方式，它自然应该包括在生活与劳动过程中形成的人与自然的关系和人与人的关系。

三、《水地》篇与先秦文学地理思想之有关分析

上文的分析研究,说明《水地》篇实际上讨论的就是人地关系问题,这是一种人文地理思想。这种人地关系论也是文学地理思想的发端,同时也是文学地理思想的理论基础,本文引言部分已经做了论述和分析。本部分拟讨论这样几个问题:一是《水地》篇人地关系思想派别和哲学基础及其源头问题,这也是中国古代文学地理思想的基本问题;二是《水地》篇关于人地关系的讨论,具体是落实在水土之性与民心民性的关系问题上,这在先秦其他论著中还有什么相关与扩展的论述,从而以充分说明这种人地关系论实际上是文学地理思想的理论基础;三是《水地》篇这种人地关系论、文化地域论,先秦文学地理思想是否还有具体相关性观点;四是由《水地》篇成文时代的讨论,进一步分析其人地关系论之思想源头和"诗性智慧"问题。

(1)《水地》篇人地关系思想派别和哲学基础问题,这也是中国古代文学地理思想的基本问题。从先秦开始,中国古人重视天人关系,至春秋战国时代,既出现天人相合的思想,也产生天人相分的观念。天有常道,自然具有自在自为的运行规律,这日益为人们所认识。道家的天人关系论更为重视人与自然的和谐关系,而儒家的天人关系论更多体现为人与社会现实的关系,这在各自的"道"论中体现得最为清楚。而至《易传》的产生,儒道乃至阴阳等思想就交融汇通在一起,《管子》一书也有这种倾向。《水地》篇具有明显的阴阳思想和五行思想,只是还没有如《幼官》《轻重己》等篇那样比伍合流而已。《水地》篇论人之诞生说:"人,水也。男女精气合而水流形。三月如咀。咀者何?曰五味。五味者何?曰五藏。酸主脾,咸主肺,辛主肾,苦主肝,甘主心。五藏已具,而后生肉。脾生隔,肺生骨,肾生脑,肝生革,心生肉。五内已具,而后发为九窍。脾发为鼻,肝发为目,肾发为耳,肺发为窍。五月而成,十月而生。"所谓"男女精气合而水流形",实际上就是阴阳化生的思想,这在《周易》中有最为明确的论述;而五味、五藏的配合等,就是五行学说。这是中国独有的力图解释宇宙万物规律的理论。

李约瑟先生《中国科学技术史》之第一卷《导论》第七章在论述"中国和欧洲之间科学思想与技术的传播情况"中,特别标揭"中国文化的独创性"这一论题,驳斥了许多不正确的研究结论,认为:"……毫无疑问,中国在旧大陆的古代文明中是与别处最隔绝的,因此它所特有的文化模式的独创性较大。……我们最后的结论大概是这样:中国和它的西方邻国以及南方邻国之间的交往和反应,要比一向所认为的多得多,尽管如此,中国的思想和文化模式

的基本格调,却保持着明显的、持续的自发性。这是中国'与世隔绝'的真正涵义。过去,中国是和外界有接触的,但是,这种接触从来没有多到足以影响它的文明和科学的特有风格。"① 李约瑟驳斥了有关中国古代阴阳五行论外来说,如有学者认为中国思想中的阴阳二元论是从波斯传入的,这是不正确的观点。因为中国古代的阴阳概念,"是事物存在的既独立而又相辅相成的两个方面";又有学者认为五行说来自希腊四元素说,这也是不正确的观点,因为"事实上,中国五行说的基本概念是论相生相胜的过程,而静止的四元素说却只是内在性的或衍生性的"②。有不少人批评中国古代的阴阳五行学说,认为其充满着非科学的迷信思想云云,这是不正确的观点。在《管子·四时》篇中说:"管子曰:令有时。……不知四时,乃失国之基。……是故阴阳者,天地之大理也。四时者,阴阳之大经也。刑德者,四时之合也。刑德合于时则生福,诡则生祸。"其《五行》篇说:"天道以九制,地理以八制,人道以六制。以天为父,以地为母,以开乎万物,以总一统。……故通乎阳气,所以事天也,经纬日月,用之于民。通乎阴气,所以事地也,经纬星历,以视其离。"该篇又说:

> 昔黄帝以其缓急作五声,以政五钟。……五声既调,然后作立五行以正天时,五官以正人位。人与天调,然后天地之美生。

所谓"人与天调,然后天地之美生",这就是主张一种天地人三者和谐共生的关系,是一种天人合一的思想,《管子》"人与天调"的思想实际是儒、道、法、阴阳诸家有关思想的统一。

《水地》篇对水的五种德性即仁、精、正、义、卑的概括,实际明显包含有儒家和道家的精神。郭沫若先生认为《水地》篇:

> 盛赞水德,以水为万汇之根源,天地万物金石诸生均赖水以维持其存在,竟称水为"神"。文末分析齐、楚、越、秦、晋、燕、宋等地之水而及于民性。对齐、越、秦、晋、燕等地之水均有微辞,因而谓此等地域之民亦不纯正而多恶德。然于楚水则赞其"淖约而清",于楚民则称其"轻果而敢"(敢误为贼……);于宋水则赞其"轻劲而清",于宋民则称其"简易而好正"。赞楚兼及宋人,最为可异。考战国时文献对于宋人每加鄙视。"宋人"往往用为愚人之代辞。……此缘宋乃亡殷之后,所谓"天

---

① [英] 李约瑟:《中国科学技术史》(第1卷),科学出版社、上海古籍出版社1990年版,第160页。
② [英] 李约瑟:《中国科学技术史》(第1卷),科学出版社、上海古籍出版社1990年版,第157页。

之弃商久矣",故久为周人所鄙弃也。此篇独赞楚而美宋者,不能无故。余以为此乃西楚霸王都彭城时作品。项羽乃下相人,下相与彭城均古宋地,而楚则项羽之故国而有天下之号也。①

黎翔凤先生不赞同郭沫若之说,认为:"楚、宋为殷文化,与邹、鲁之周文化对立,……《管子》亦为殷文化,与楚同派。《幼官》篇之玄宫,以北方为主。"而北方为水,其帝为颛顼,"楚为颛顼之后,颂楚水、楚民,原因在此。郭沫若以为西楚霸王时所作,失之远矣"②。这主要是批评郭沫若把《水地》篇视为西楚霸王时所作。

上引郭沫若先生很长的一段论述,目的还在于说明《水地》篇的主旨。如果按照郭沫若先生的分析,那就是作者为了迎合项羽代火德之周而兴水德之楚,是为了项羽能够统一天下才宣传水德的,而且其后文论述还说:

其赞水德者,自战国以来有此议论。《吕氏春秋·应同篇》言周以火德王,"代火者必将水,天且先见水气胜。水气胜故其气尚黑,其事则水,水气至而不知备,数将徙于土"。其后秦并天下,即采用此说而见诸实施。周秦诸子多颂水,汉初学者亦犹是。《荀子·宥坐篇》有称述水德一节,《贾子·修政》《淮南·原道》、董仲舒《山川颂》,均极赞水德。秦亡之后,楚汉继之,政朔服色,均未及改,故此篇仍赞水为神,称水为"具材"也。或谓恐当作于宋君偃称王之时,然于称颂楚水与楚民,则无法可解。③

这段话包含有这样的内涵:战国以来诸子等才盛赞水德,因为火德之周已经衰微,必将由水德所取代,故荀子等才多颂水。这个观点也失之武断,至少证据不够充分。

其实,孔子观水以及孟子、荀子对孔子观水的记载和论述,都是为了说明他们对"道"的理解,是对美德的赞歌。"子在川上曰:逝者如斯夫!"孔子喜欢观水并发表深刻的论说,当是符合事实的。《论语·雍也第六》记载:"子曰:'知者乐水,仁者乐山;知者动,仁者静;知者乐,仁者寿。"这段著名的言论,历来被视为儒家最著名的"比德"说,影响深远。《孟子》载:

---

① 郭沫若:《管子集校》,《郭沫若全集·历史编》(第6卷),人民文学出版社1984年版,第474页。
② 黎翔凤撰,梁运华整理:《管子校注》,中华书局2004年版,第813页。
③ 郭沫若:《管子集校》,《郭沫若全集·历史编》(第6卷),人民文学出版社1984年版,第474-475页。

徐子曰："仲尼亟称于水曰：'水哉！水哉！'何取于水也？"孟子曰："原泉混混，不舍昼夜，盈科而后进，放乎四海；有本者如是，是之取尔。苟为无本，七八月之间雨集，沟浍皆盈；其涸也，可立而待也。故声闻过情，君子耻之。"（《离娄章句下》）

孟子曰："孔子登东山而小鲁，登泰山而小天下。故观于海者难为水，游于圣人之门者难为言。观水有术，必观其澜。日月有明，容光必照焉。流水之为物也，不盈科不行；君子之志于道也，不成章不达。"（《尽心章句上》）

《荀子·宥坐》载：

孔子观于东流之水，子贡问于孔子曰："君子之所以见大水必观焉者，是何？"孔子曰："夫水大，遍与诸生而无为也，似德；其流也埤下，裾拘必循其理，似义；其洸洸乎不淈尽，似道；若有决行之，其应佚若声响，其赴百仞之谷不惧，似勇；主量必平，似法；盈不求概，似正；淖约微达，似察；以出以入，以就鲜洁，似善化；其万折也必东，似志。是故君子见大水必观焉。"

《老子》一书多处涉及水德之义，其中第八章和第七十八章明确论到水德：

上善若水。水善利万物而不争，处众人之所恶，故几于道。居善地，心善渊，与善仁，言善信，政善治，事善能，动善时。夫唯不争，故无尤。（第八章）
天下莫柔弱于水，而功坚强者莫之能胜，以其无以易之。弱之胜强，柔之胜刚，天下莫不知，莫能行。是以圣人云："受国之垢，是谓社稷主；受国不祥，是谓天下王。"正言若反。（七十八章）

我们把上述的论述与《水地》篇论水德相比，不难发现《水地》篇的思想既有儒也有道。在《水地》篇中，根据我们上文的解读，水并不是具有本体意义的水，其所谓地为万物之本原、水为万物本原的"本原"论，实际有与《郭店楚墓竹简》之《太一生水》的思想雷同处。郭沂据荆门市博物馆编《郭店楚墓竹简》之《太一生水释文注释》，作《〈太一生水〉考释》，将全文校补为"今文"，其第一章说：

太一生水，水反辅太一，是以成天。天反辅太一，是以成地。天地（复相辅）也，是以成神明。神明复相辅也，是以成阴阳。阴阳复相辅也，是以成四时。四时复相辅也，是以成沧热。沧热复相辅也，是以成湿燥。湿燥复相辅也，成岁而止。

　　故岁者，湿燥之所生也。湿燥者，沧热之所生也。沧热者，（四时之所生也。）四时者，阴阳之所生（也）。阴阳者，神明之所生也。神明者，天地之所生也。天地者，太一之所生也。

　　是故太一藏于水，行于时。周而或（始，以己为）万物母；一缺一盈，以己为万物经。此天之所不能杀，地之所不能厘，阴阳之所不能成。君子知此之谓（圣人。□□□□）①

《郭店楚墓竹简》之《太一生水释文注释》原注说，据《庄子·天下》篇和《吕氏春秋·大乐》篇释"太一"为"道"。郭沂认为，"在本佚书中，'太一'为宇宙的终极创生者，但它未必就是道的代称"，据其"周而又始""一缺一盈"，"太一"的原型盖为月亮。又说："这是先秦哲学史上一套最完整、最精致、最独特的宇宙生成论。它所涉及到的因素非常全面、非常丰富。既有本体（太一），又有现象（水、天地等）；既有精神因素（神明），又有物质因素（水、天地等）；既有时间因素（四时、岁），又有空间因素（天地）；既有自然界的性质（阴阳），又有自然界的状态（沧热、湿燥）。"进而分析说："在这套宇宙生成论中，各种因素的地位并不是并等并列的，共包括十个层次。太一是宇宙之本体，是最高形上实体，是万物的终极创始者。这是第一个层次。第二个层次为水。一方面，水由太一直接创生：'太一生水'；另一方面，太一又存在于水之中：'太一藏于水'。……致使水不具有创生功能，……第三个层次为天，它是由水反过来辅助太一而产生的。……第五至十个层次分别为神明、阴阳、四时、沧热、湿燥、岁，其共同特征是与太一都没有直接关系。"又明确说："第三段与简本《老子》是血肉相连的。所不同的是，此处的主词为'太一'，《老子》的主词为'道'。"② 这种思想在《周易·说卦传》中也有较为相同的认识："神也者，妙万物而为言者也。动万物者莫疾乎雷，桡万物者莫疾乎风，燥万物者莫熯乎火，说万物者莫说乎泽，润万物者莫润乎水，终万物始万物者莫盛乎艮。故水火相逮，雷风不相悖，山泽通气，然后能变化，既成万物也。"我们也认为所谓"润万物者莫润乎水……

---

① 参见荆门市博物馆编：《郭店楚墓竹简》，文物出版社1998年版，第125页。引据郭沂：《郭店竹简与先秦学术思想》，上海教育出版社2001年版，第137-138页。
② 郭沂：《郭店竹简与先秦学术思想》，上海教育出版社2001年版，第138-140页。

既成万物也",与《水地》篇的"水地本原论"的内涵是较为接近的。

(2)《水地》篇关于人地关系的讨论,具体是落实在水土之性与民心民性的关系问题上,这在先秦其他论著中还有一些相关的论述,说明这种人地关系论实际上是先秦文学地理思想发端的理论基础。

任继愈先生1981年发表过《中国古代哲学发展的地区性》一文,影响很大。该文引用《管子·水地》篇中著名的"夫齐之水"这段话,认为"这里讲的都是各国的社会风气,作者企图用各地水质的不同来说明习俗的差别,其评论带有严重的地域偏见,如'贪粗而好勇''轻剽而贼''愚疾而妒'……这种直接用地理条件来解释人们的精神面貌和不加分析一律贬斥的说法,不是科学态度,唯独对宋国有好评,此文作者或为宋国人。其可取之处,是他提出了地区之间在文化、民情风习上有差别,这一点标志着认识上的进步"①。任继愈先生这篇论文的重点是强调中国古代哲学、文化的发展具有地区差异,概要分析了这种哲学发展地区性的具体区域划分和不同文化区域的具体特点。《晏子春秋·内篇杂下》记载"楚王欲辱晏子,指盗者为齐人,晏子对以橘"的故事,晏婴是晚于管子一个多世纪的齐国贤相,他反驳无礼的楚王说:

婴闻之,橘生淮南则为橘,生于淮北则为枳,叶徒相似,其实味不同,所以然者何?水土异也。今民生长于齐不盗,入楚则盗,得无楚之水土,使民善盗耶?②

晏婴说的"水土异也",正是《水地》篇的主要思想。相关的观点,还有如《礼记·王制》篇云:

凡居民材,必因天地寒暖燥湿,广谷大川异制,民生其间者异俗,刚柔、轻重、迟速异齐。五味异和,器械异制,衣服异宜。修其教,不易其俗;齐其政,不易其宜。中国戎夷,五方之民,皆有其性也,不可推移。

在中国文学批评史上,论述作品的风格特色常常联系作家的性情和气质个性,并认为这种个性与其成长的具体地域环境有关。如最为熟知的文学批评案例,就是曹丕《典论·论文》所谓"徐干时有齐气"之论,一般解释"齐气"为徐干出生地齐国人所具有的舒缓阔达好议论的个性。上引《礼记·王

---

①任继愈:《中国古代哲学发展的地区性》,中华书局编辑部编:《中华学术论文集》,中华书局1981年版,第461-472页。
②张纯一撰,梁运华点校:《晏子春秋校注》卷六《内篇杂下》,中华书局2014年版,第289页。

制》这段论述，唐代孔颖达有大段的疏文，非常重要，引述如下：

> 正义曰：此一节论中国及四夷居处、言语、衣服、饮食不同之事……"凡居民材，必因天地寒暖燥湿"者，材谓气性材艺，言五方之人，其能各殊。五者居处，各须顺其性气材艺，使堪其地气，故卢植云"能寒者使居寒，能暑者使居暑"，即其义也。……正义曰：性谓禀性自然，故《孝经说》云"性者，生之质。若木性则仁，金性则义，火性则礼，水性则信，土性则知"，《中庸》云"天命之谓性"，是赋命自然。情者，既有识知，心有好恶，当逐物而迁，故有喜怒哀乐好恶。此经云"刚柔轻重迟速"，天生自然，是性也。而连言情者，情是性之小别，因性连言情者耳。若指而言之，则上文"异俗"是情也。故注云"谓其所好恶"。今经有"刚柔轻重迟速"六事，而注惟云缓急者，细别则有六，大总惟二。刚轻速，总是急也。柔重迟，总是缓也。此大略而言。人性不同，亦有柔而躁者，刚而迟者，故《尚书》云"皋陶行有九德"是也。①

所谓"五者居处，各须顺其性气材艺，使堪其地气"，而"刚柔轻重迟速"的人性，是禀性自然，受到五方不同环境的影响。

还有两条先秦文献的有关论述，对后世的影响也是重大的，一是《礼记·中庸》记载"子路问强"，一是《大戴礼记·易本命》论述"水土之性"与民之性的关系。《礼记·中庸》云：

> 子路问强。子曰："南方之强与？北方之强与？抑而强与？宽柔以教，不报无道，南方之强也，君子居之。衽金革，死而不厌，北方之强也，而强者居之。故君子和而不流，强哉矫！中立而不倚，强哉矫！国有道，不变塞焉，强哉矫！国无道，至死不变，强哉矫！"

按：郑玄注"南方以舒缓为强"，"北方以刚猛为强"。又注："流，犹移也。塞，犹实也。国有道，不变以趋时。国无道，不变以辟害。有道、无道一也。矫，强貌。塞或为色。"孔颖达疏说："南方，谓荆阳之南，其地多阳。阳气舒散，人情宽缓和柔，假令人有无道加己，己亦不报，和柔为君子之道，故'君子居之'。"又说："北方沙漠之地，其地多阴，阴气坚（或作'褊'）急，故人性刚猛，恒好斗争，故以甲铠为席，寝宿于中，至死不厌，非君子所

---

① （汉）郑玄注，（唐）孔颖达疏：《礼记正义》卷十一至十三《王制》，李学勤主编：《十三经注疏》，北京大学出版社2000年版，第466－468页。

处，而强梁者居之。然唯云南北，不云东西者，郑冲云：'是必南北互举，盖与东西俗同，故不言也。'"又说："'故君子和而不流，强哉矫'，此以下，皆述中国之强也。……不为南北之强，故性行和合而不流移，心行强哉，形貌矫然。"① 西晋初年的大儒郑冲所谓"是必南北互举，盖与东西俗同，故不言也"，这句话很重要，中国历代谈艺好言南北之别，盖东西差异也在其间矣。《大戴礼记·易本命》如下这段论述，影响也较大：

> 凡地东西为纬，南北为经。山为积德，川为积刑。高者为生，下者为死。丘陵为牡，溪谷为牝。蚌蛤龟珠，与月盛虚。是故坚土之人肥，虚土之人大，沙土之人细，息土之人美，耗土之人丑。是故食水者善游能寒，食土者无心而不息，食木者多力而拂，食草者善走而愚，食桑者有丝而蛾，食肉者勇敢而捍，食谷者智惠而巧，食气者神明而寿，不食者不死而神。②

其间的道理与我们前文对《水地》篇的分析是一样的。相同或几乎相同的论述还见于《淮南子·地形训》③和王肃注《孔子家语·执辔》篇④，此不备述。

（3）上述《水地》篇之人地关系论、文化地域论，与先秦文学地理思想的具体有关观点也有相关性。这主要见于两段论述：一是《礼记·乐记》记载："魏文侯问于子夏曰：……文侯曰：'敢问溺音何从出也？'子夏对曰：'郑音好滥淫志，宋音燕女溺志，卫音趋数烦志，齐音敖辟乔志；此四者皆淫于色而害于德，是以祭祀弗用也。'"孔颖达疏：

> 此一节，子夏为文侯明溺音所出也。……言郑国乐音好滥相偷窃，是淫邪之志也。……言宋音所安，唯女子，所以使人意志没矣，即前"溺而不止"是也。……言卫音既促且速，所以使人意志烦劳也。……言齐

---

①（汉）郑玄注，（唐）孔颖达疏：《礼记正义》卷五十二至五十三《中庸》，李学勤主编：《十三经注疏》，北京大学出版社2000年版，第1667–1668页。
②（清）王聘珍撰，王文锦点校：《大戴礼记解诂》，中华书局1983年版，第258–259页。
③《淮南子》云："土地各以其类生人。是故山气多男，泽气多女，障气多喑，风气多聋，林气多癃，木气多伛，岸下气多肿，石气多力，险阻气多瘿，暑气多夭，寒气多寿，谷气多痹，邱气多狂，衍气多仁，陵气多贪，轻土多利，重土多迟，清水音小，浊水音大，湍水人轻，迟水人重。中土多圣人：皆象其气，皆应其类。……是故坚土人刚，弱土人肥，垆土人大，沙土人细，息土人美，耗土人丑。"参见何宁：《淮南子集释》，中华书局1998年版，第338–343页。
④《孔子家语》卷六《执辔第二十五》记载孔子与学生的对话，其中子夏有云："……是故坚土之人刚，弱土之人柔，墟土之人大，沙土之人细，息土之人美……"参见（三国）王肃注：《孔子家语》，上海古籍出版社1990年版，第69页。

音既敖狠辟越，所以使人意志骄逸也。……正义曰……上云"郑、卫之音"，则郑、卫亦淫声也。又此云"四者皆淫于色"，是卫与齐皆有淫声也。而经唯云"卫音趋数烦志，齐音敖辟乔志"，都不云"女色"者，按《诗》有桑中、淇上，是淫佚可知，则淫佚之外，更有促速敖辟。推此而言，齐诗有哀公荒淫怠慢，襄公淫于妹，亦女色之外，加以傲辟骄志也，故总谓之"溺音"也。①

还有一段著名论述，就是《春秋左传注疏》"襄公二十九年"：

> 吴公子札来聘……请观于周乐。使工为之歌《周南》《召南》。曰："美哉！始基之矣，犹未也，然勤而不怨矣。"为之歌《邶》《鄘》《卫》。曰："美哉，渊乎！忧而不困者也。吾闻卫康叔、武公之德如是，是其《卫风》乎！"为之歌《王》。曰："美哉！思而不惧，其周之东乎！"为之歌《郑》。曰："美哉！其细已甚，民弗堪也。是其先亡乎！"为之歌《齐》。曰："美哉！泱泱乎，大风也哉！表东海者，其大公乎！国未可量也。"为之歌《豳》。曰："美哉，荡乎！乐而不淫，其周公之东乎！"为之歌《秦》。曰："此之谓夏声。夫能夏则大，大之至也，其周之旧乎！"为之歌《魏》。曰："美哉，沨沨乎！大而婉，险而易行，以德辅此，则明主也。"为之歌《唐》。曰："思深哉！其有陶唐氏之遗民乎！不然，何其忧之远也？非令德之后，谁能若是？"为之歌《陈》。曰："国无主，其能久乎！"自《郐》以下无讥焉。②

《礼记·乐记》所记载的子夏这段论述，无疑与季札观乐的论述在论理的逻辑上是相同的。季札的这段著名论述，可以说是中国文学批评史上最早的"文学史论"，也可以说是最早具有邦国地域意识的文学地理之批评。应该说，在先秦时期，具体的中国文学地理学意义上的理论与批评都是与《诗经》的评论和论述有关的。限于篇幅和问题的复杂性，在此不能详加论析，只是想特别说明的是：季札的这段著名的论述，包含了这样的内涵——《诗经》之国风的地域性特征与所属邦国的地域政治文化、民性民风等具有密切的相关性，二者具有一定的因果关联意义。因而，这也就与《水地》篇的"夫齐之水"

---

① （汉）郑玄注，（唐）孔颖达疏：《礼记正义》，李学勤主编：《十三经注疏》，北京大学出版社2000年版，第1311页。
② （晋）杜预注，（唐）孔颖达正义：《春秋左传注疏》，李学勤主编：《十三经注疏》，北京大学出版社2000年版，第1258-1264页。

一段著名的论述至少在论理的逻辑上具有相同的观念。其实不仅仅是一个逻辑的相关性问题，从春秋时代的季札观乐到战国时代《水地》篇作者的论述来看，在春秋到战国这样一个很长的历史发展时期中，人们对邦国诗歌文学（十五国风）的地域性差异已经加以关注，对不同地域"民性"与不同地域"水土之性"的密切相关性也有了自觉的认识。十五国风确实具有不同邦国地域的风土民情与精神风貌，此后有关这方面的讨论绵延不绝，愈加深入，延续至今。此外，季札的这段论述，也客观蕴涵了区域诗歌文学（十五国风）的比较意义。论及于此，这就又回到本文的开篇关于班固《汉书·地理志》的分析，前已论之。

（4）由《水地》篇成文时代的讨论，进一步分析其人地关系论之思想源头问题。或问：本文既然讨论先秦文学地理思想之发端与《水地》篇之中心主旨即人地关系论问题，那么此种思想当然并非是《水地》篇成文之时才"忽然"发生的，其思想源头究属何时？其与《老子》《太一生水》中相关思想孰先孰后呢？这个问题是非常复杂的，但又是不可回避的，故于此略述学术界有关讨论并兼做初步探析。

老子究属何人与《老子》究竟成书于何时？这是迄今尚无定论的问题。例如，钱穆先生《先秦诸子系年》卷一第七十二节《老子杂辨》，详细考论了老子其人和《老子》其书的成书时代问题。关于老子其人，钱穆先生否定司马迁《史记·老子韩非列传》为信史，结论以为司马迁《史记》实际上是把老莱子、太史儋和詹何三人的传说，"混而归之一人"；又认为《老子》的作者盖可归之为詹何所作，以为这是较为近于史实的，主要结论认为：《老子》一书"据其书思想议论，及其文体风格，盖断在孔子后，当自庄周之学既盛，乃始有之，汪氏以为太史儋之书（引按：指清代汪中《老子考异》），亦非也。纵有太史儋，其人乃在庄周先，此书尤当稍晚，不能出儋手"。宋陈师道《后山集·理究》曾作简要考证说："世间谓孔老同时，非也。……其关杨之后，孟荀之间乎？"钱穆先生在篇末（作为注释）引证之说："此疑老子身世最先，而定老子身世亦最的。"① 与钱穆先生不同，学界多以为老子之生平还是当以《史记》为依据，《老子》反映的是周守藏室之史李耳（字聃）这一个老子的思想。这是由于司马迁《史记·老子韩非列传》对老子以及庄子的记载，仍然是最早的较为可靠的历史传记。《史记》在记载历史人物时，对其传主的事迹的真实性记载是有明确倾向性的，但对于其无法证伪的历史传闻也常常在同传或他传中加以记载，这正是司马迁所具有的信史态度。尽管《史记·老子韩非列传》中，记载老子时有这样一段话："或曰：老莱子亦楚人也，著书十

---

① 钱穆：《先秦诸子系年（外一种）》，河北教育出版社2002年版，第234－260页。

五篇，言道家之用，与孔子同时云。盖老子百有六十余岁，或言二百余岁，以其修道而养寿也。自孔子死之后百二十九年，而史记周太史儋见秦献公曰：'始秦与周合，合五百岁而离，离七十岁而霸王者出焉。'或曰儋即老子，或曰非也，世莫知其然否。老子，隐君子也。"但通览全传，以开篇所记载的老子为司马迁所主要采信的史实，即所谓"老子者，楚苦县厉乡曲仁里人也，姓李氏，名耳，字聃（聃），周守藏室之史也。孔子适周，将问礼于老子"云云。接着作庄子传说："庄子者，蒙人也，名周。周尝为蒙漆园吏，与梁惠王、齐宣王同时。其学无所不窥，然其要本归于老子之言。"最后说："太史公曰：老子所贵道，虚无，因应变化于无为，故著书辞称微妙难识。庄子散道德，放论，要亦归之自然。"① 这三处所言老子是同一人，即开篇所说的李耳，其行文是前后一贯的。至于《老子》一书，即使成书于战国时期，但其中思想当有承继李耳者，故老子及其"自然之道"论当与孔子同时代而稍早的。我们还是认为《水地》篇的有关思想观念与《老子》有相同之处，是《水地》渊源于老子，而非相反。

1998年郭店楚简被整理出版，学术界对其中的《太一生水》一文做了多方面的研究，主要研究观点，可以参考谭宝刚2007年发表的《近十年来国内郭店楚简〈太一生水〉研究述评》一文。谭宝刚《再论〈太一生水〉乃老聃遗著》说："我们知道《太一生水》并未将水视为万物的本原，而《水地》则明确提出'万物的本原、万物之准'，……《管子·水地》的作者可能是受《太一生水》的影响而提出这一观念的。……《太一生水》的制作时间应早于《管子·水地》的制作时间，如果说《管子·水地》成书约在战国中早期，则《太一生水》应出现于春秋战国之交，即老聃准备归隐之时。"又通过其考论得出结论说："楚简《太一生水》是出自即将归隐之时的道家始祖老聃之手，而不是太史儋或关尹之手；再衡之以各种相关出土和传世文献，可以推知太一学说是按照老聃→文子→列子→太史儋→关尹这一谱系传承的。"② 这可谓一家之言。

关于《管子·水地》篇成文时间，黄钊1987年发表《浅论〈管子·水地〉篇成文的时限》一文③，考定其时限为公元前376年至公元前355年间（战国中期），又于1992年发表《〈管子·水地〉篇考论》④，对其结论做了进

---

① （汉）司马迁：《史记》，中华书局2000年版，第1701-1713页。
② 谭宝刚：《再论〈太一生水〉乃老聃遗著》，《徐州师范大学学报（哲学社会科学版）》2004年第4期。
③ 黄钊：《浅论〈管子·水地〉篇成文的时限》，赵宗正、王德敏编：《管子研究》（第1辑），山东人民出版社1987年版。
④ 黄钊：《〈管子·水地〉篇考论》，陈鼓应主编：《道家文化研究》（第2辑），上海古籍出版社1992年版，第336-347页。

一步论证，其中还认为《水地》篇"齐晋之水"的"齐晋"应为"三晋"，《水地》篇"夫齐之水"一段中的齐、楚、越、秦、"三晋"（即韩、赵、魏）、燕及宋都是指邦国（邦国的地域）。又认为《水地》篇对《老子》一书有所因袭，因为赞美水之卑下的特性与《老子》"天下莫柔弱于水"等论说较为一致。《水地》篇论"玉之九德"有所谓"廉而不刿，行也"，这"廉而不刿"一句，见于《老子》第五十八章，所谓"是以圣人方而不割，廉而不刿，直而不肆，光而不耀"。这说明《水地》篇不仅在思想上而且在语句上有因袭《老子》之处，认为《老子》成书于战国前期。也有学者提出反对意见，如白奚《〈太一生水〉的"水"与万物之生成——兼论〈太一生水〉的成文年代》一文①，指出黄钊考订《水地》篇成文时间乃不足为据，因为"宋国于公元前286年为齐国所灭，此年晚于越灭吴七十年"，而黄钊并没有以齐灭宋之年为《水地》篇的成文下限；不过白奚也仍然得出《水地》篇成文时间在战国中期，认为《水地》篇"齐之水""楚之水""越之水"等都是指地域而"并非一定要对应"所说的邦国；又通过论证认为郭店楚简《太一生水》的成文年代略晚于《水地》篇云云。

陈鼓应先生《〈太一生水〉与〈性自命出〉发微》一文认为："《管子·水地》篇为稷下道家作品之一，其成书约在战国中早期。《水地》将老子的水提升而为最高的哲学范畴，成为万物之本原。《水地》篇与精气说也有关联，但它只提出'水为万物之本原、万物之准'，而并未发展出万物生成论的一套思想，所以《太一生水》可能晚于《水地》。"②王博《〈管子·水地〉篇思想探源》③一文观点独具见地，认为《水地》篇开篇就指出"地者，万物之本原，诸生之根菀也，美恶贤不肖愚俊之所生也"，开宗明义，"突出的是以地为世界万物本原的观念"。《管子·问》篇说："理国之道，地德为首。君臣之礼，父子之亲，覆育万人。官府之藏，强兵保国，城郭之险，外应四极，具取之地。"这两篇就此所表达的意义是一致的。《水地》篇认为"水者，地之血气，如筋脉之通流者也"，所以其"言水即等于言地"，又认为《水地》篇与《老子》论水的思想有同有异，"《老子》并不是《水地》篇思想的主要来源"，提出"《水地》以地和水为万物本原的看法主要地当与《坤乾》易有关"。我们知道，据《周礼·春官·大卜》记载，有"三易"；又据郑玄所论，就是指夏易《连山》（卦序以艮为首故名）、殷易《归藏》（卦序首坤次乾故

---

①白奚：《〈太一生水〉的"水"与万物之生成——兼论〈太一生水〉的成文年代》，《中国哲学史》2012年第3期。
②陈鼓应：《〈太一生水〉与〈性自命出〉发微》，《东方文化》1999年第5期。
③王博：《〈管子·水地〉篇思想探源》，《管子学刊》1991年第3期。

又名《坤乾》）和《周易》（卦序首乾次坤）。周灭殷后，封殷人后裔于宋，是为宋国，而《水地》篇作者独美宋水，如任继愈先生所说"此文作者或为宋人"。《水地》篇作者是否出自宋人尚待讨论，但把《水地》篇中的水地作为整体看待，是为万物之本原，是符合文义的解读的，但《周易·坤卦·彖》辞所谓"万物资生，乃顺承天。坤厚载物，德合无疆"，及其《象》辞所谓"地势坤。君子以厚德载物"的思想观念的发生，应该甚早，追溯至殷商时代，可谓有据。王博先生上述考论，是言之有据、盖可成立的。

我们认为上述学界研究，其中有一些观点是可以采信的：盖《水地》篇当与《太一生水》篇的思想具有内在联系，与老子的思想具有一定渊源和承继关系，而且其中所反映的人地关系的观念可能发生很早，当是先民从原始社会逐步发展到农业文明社会的过程中产生的。同时，我们还应该看到，《周易·坤卦·彖》辞所谓"万物资生，乃顺承天"这句话，其实也就含纳了《周易·乾卦·彖》辞所谓"大哉乾元，万物资始，乃统天，云行雨施，品物流形"的意义，①首坤次乾或首乾次坤，在思想观念的发生上都是密切联系的。由此而言，这种思想观念发生更可以上溯至夏代，虽然这种观念发展到系统化，进而形成具体理论文本是很晚的事情。如上所考述，《水地》篇是成文于战国中期的。黎翔凤先生《管子校注》在《水地》篇加按语，也认为："楚、宋为殷文化，与邹、鲁之周文化对立，……《管子》亦为殷文化，与楚同派。"②这也是认为《水地》篇思想可以追溯到殷商时期。当然，《水地》篇的思想能否追溯至殷商乃至夏商文化的源头，还需要做进一步深入研究。

四、结论与余论

上述对《水地》篇与先秦文学思想这一研究论题的初步研究说明，从人地关系这一科学的基本理论出发进行考查，先秦时期可谓是中国文学地理思想创发和理论奠基时期。《管子》之《水地》篇及其他有关诸篇中的人地关系论和前文所论述及的先秦其他文献中的有关观念，主要包括三大方面的相关内容：一是认识到"地"（水土之性）之不同并做了较为深入的研究和思考；二是认识到"地"之不同是导致"人"及"人文"不同的重要的客观原因；三是认识到建设人地和谐关系的重要性，把天、地、人三者一统化，主张天时、地利与人和的统一，提出并运用阴阳五行学说建构一套系统的四时教令和治国理政的思想方针。这其中就包含了深刻的文学地理思想，极大地影响了先秦时

---

①引《周易》语，参见周振甫：《周易译注》，中华书局1991年版，第2、13页。
②黎翔凤撰，梁运华整理：《管子校注》，中华书局2004年版，第813页。

期尤其是秦汉以后中国文学批评史上有关文学地理的批评和实践。

文学地理学与人文地理学一样，是以人地关系为其科学研究之基础的，应该从这一角度出发去考查分析先秦文学地理思想的发生问题。本论文结合学术界现有研究成果和《管子》全书如《地员》《禁藏》等有关篇章，对《管子·水地》篇的文本内容和中心思想进行了新的诠释，对长期以来存在的一些误解予以辨析。主要结论：《管子·水地》篇的主旨在于说明水土之性乃是形成不同邦国地区的具有地域共性之民性的客观原因，如由此进一步做合理性的延伸分析的话，其内涵实际上说明了地域文化个性（民风民情、风俗习惯等）乃是发端于依赖自然地理条件而自然形成的生产方式，作为统治者应该充分认识这一点并能够因势利导，加以教化管理。《管子·水地》篇提出"地者""水者"为"万物之本原"等观点，本文联系先秦或可能为先秦时期而在秦汉间有所增益之文献中的有关论述，如《郭店楚墓竹简》之《太一生水》和《荀子·宥坐》《礼记·乐记》《礼记·王制》《礼记·中庸》《大戴礼记·易本命》以及《春秋左传》等，对先秦文学地理思想做了考述论析。通过《管子·水地》篇的研究，说明中国文学地理思想观念的发端盖可追溯到夏商时期，是原始社会向农业文明时代发展过程中先民们逐步形成的观念，尽管《管子·水地》篇这一理论文本的成文时间是在战国时期，如上所析。进而站在文化人类学的立场和方法论角度看，《管子·水地》篇所谓"夫齐之水道躁而复，故其民贪粗而好勇……"云云，也具有一定的合理性和科学性，同时也具有"诗性智慧"的特征，用意大利维柯的话来说，具有"一种粗糙的玄学""一种感觉到的想象出的玄学"的意味，这也是应该加以特别指出的。

维柯《新科学》说："亚里士多德《论灵魂》关于个别的人所说的话也适用整个人类：'凡是不先进入感官的就不能进入理智。'这就是说，人心除非它光有一种感官印象就不能理解任何东西（我们近代玄学家们把这种感官印象叫做'机缘'）。人心在从它感觉到的某种事物中见出某种不属于感官的事物，这就是拉丁文动词 intelligere（理解）的意义。"又说："……一切事物在起源时一定都是粗糙的，因为这一切理由，我们就必须把诗性智慧的起源追溯到一种粗糙的玄学。从这种粗糙的玄学，就像从一个躯干派生出肢体一样，从一肢派生出逻辑学、伦理学、经济学和政治学，全是诗性的；从另一肢派生出物理学，这是宇宙学和天文学的母亲，天文学又向它的两个女儿，即时历学和地理学，提供确凿可凭的证据——这一切也全是诗性的。"维柯所谓的诗性智慧，其内核就是指原始人类的具象类比以及以想象为主要思维特点的能力。维柯说："诗性的智慧，这种异教世界的最初的智慧，一开始就要用的玄学就不是现在学者们所用的那种理性的抽象的玄学，而是一种感觉到的想象出的玄学，像这些原始人所用的。这些原始人没有推理的能力，却浑身是强旺的感觉力和生动的想象力。这种玄学就是他们的诗……"①《管子·水地》篇把齐之水的"道躁而复"与其民"贪粗而好勇"直接联系起来，把楚之水"淖弱而清"与其民"轻果而贼"直接联系起来，把越之水"浊重而洎"与其民"愚疾而垢"直接联系起来，把秦之水"泔冣而稽，淤滞而杂"与其民"贪戾，罔而好事"直接联系起来，把齐晋之水"枯旱而运，淤滞而杂"与故其"民谄谀葆诈，巧佞而好利"直接联系起来，把燕之水"萃下而弱，沉滞而杂"与其民"愚戆而好贞，轻疾而易死"直接联系起来，把宋之水"轻劲而清"与其民"闲易而好正"直接联系起来，又由此得出"水一则人心正，水清则民心易"等治国理民的道理，是把一个地域的自然条件（水土之性）与人民的生产方式进而是生活方式和风俗习性视为一种因果关系。本文已经予以分析说明这是具有一定道理的，因为"地杰而人灵"的思想在中国（也不仅在中国）迄今仍然是一种流行而被采信的观念，一种被认可的"人文精神"，成为中国文学批评自古以来就沿用不绝的理论观点和批评根据，从而也是一种重要的基础性命题性的文学地理学观点。正是因为这种思想观念具有上述合理性和人文精神，才得以成立。但另一方面，《管子·水地》篇把上述的这种"水性"的特点与该地域的"人性"的特点直接联系起来，其论述有谬误不周处，这也自然不用多说。譬如从逻辑和事实上说，齐之水"道躁而复"这一地域之人，也完全可能出现楚之水这一地域的人"轻果而贼"的情况，反之亦然。当然，《管子·水地》篇更是着重一种整体倾向性的分析，不过其理论的"粗糙的玄学"特点无疑是存在的，是具有从具象类比思维和想象力的角度出发思考问题的特征的，因而也是一种"感觉到的想象出的玄学"。尽管《管子》之《水地》及有关篇章，观察自然是很细致的，也是在生活和生产实践中才能总结出来一种思想，而不是全部凭借类比思维和想象的能力而向壁虚构出来的。然而，这种带有"感觉到的想象出的玄学"意味的人地关系的观念，正是后代许多科学的合理的文学地理思想、人文地理思想的发端。

以上所述，就是本篇论文研究的基本结论。最后还想谈一个问题，作为余论。

我们认为文学地理学的研究和理论建设，应该积极开展"地理文学"的研究，从中总结归纳出一定的理论。文学地理学未来的一个中心和重心，就是要深入研究景观、景观美学和文学景观，从创作主体来说，要深入研究"观看方式"问题，② 这也与"地理文学"有关。什么是"地理文学"呢？我初

---

① [意] 维柯：《新科学》，朱光潜译，人民文学出版社 2009 年版，第 150、153、158 页。
② 参见陶礼天：《略论文学地理学的过去、现在和未来》，陶东风、周宪主编：《文化研究》（第 12 辑），社会科学文献出版社 2012 年版。

步思考以为，地理文学作品至少可以包括如下几大类别：①既有思想性又有描写乃至故事性的作品，如《水地》篇描写各国的水。我们不妨再温习一下："夫齐之水道躁而复……楚之水淖弱而清……越之水浊重而洎……秦之水泔冣而稽，淤滞而杂……齐晋之水枯旱而运，淤滞而杂……燕之水萃下而弱，沉滞而杂……宋之水轻劲而清……"还有描写蟡与庆忌，令人马上想到阅读《山海经》的感觉，而忘记是在读一篇哲学文章。这是因为《水地》篇是写得非常好的一篇论理文："故涸泽数百岁，谷之不徙，水之不绝者，生庆忌。庆忌者，其状若人，其长四寸，衣黄衣，冠黄冠，戴黄盖，乘小马，好疾驰，以其名呼之，可使千里外一日反报，此涸泽之精也。涸川之精者，生于蟡。蟡者，一头而两身，其形若蛇，其长八尺，以其名呼之，可以取鱼鳖。此涸川水之精也。"中国古代这样的论理文章尚多。当然，《水地》篇作为地理文学来看待还不典型，本文的研究也不是从地理文学的角度进行的。②历来被视为具有想象性、充满神话故事的地理著作，如《山海经》这类特别的作品等。在我们看来，《山海经》也是对我国古代文学地理思想具有重要理论价值的著作。③所谓地理学著作等。这类今天看来纯属地理学的著作，因为书写优美而早就被人们作为文学作品来喜好的，如《水经注》等，再如《礼记·月令》也可以归入这一类。④游记，即我们今天所谓旅游文学，如《徐霞客游记》等。⑤地方志著作。⑥具有自然地理书写倾向的各种体裁和题材的文学作品，如中国古代山水文学等。美国有"自然文学"及其研究，其实中国自古以来就产生了大量的"自然文学"作品。

或质疑说，这里所谓的"地理文学"是文学吗？英国特雷·伊格尔顿《二十世纪西方文学理论》提出反本质主义的观点，认为纯文学的概念乃是建构出来的，"根本就没有'纯'文学批评判断或解释这么一回事"[①]。从文化研究的立场看，任何一个文化传统中所认为的"文学"作品就是所谓"文学"[②]，任何文体的作品都可能是"文学"，也可能不是，这其中也与读者的主观立场有关。关于"文学"和作为人们认可的"文学"本身之关系，仅仅是一种在特定的文化传统中约定俗成的关系。中国古代杰出的文论著作《文心雕龙》，就把一切文体的文章都称为"文"或"文学"。——可不可以这样说：所谓地理文学主要就是通过以书写特定地理空间的"风景"来表现情志或特定的主题，从而能够表现一定的景观美学意义的作品。把这种地理文学的

[①] [英] 特雷·伊格尔顿：《二十世纪西方文学理论》，伍晓明译，北京大学出版社2007年版，第14页。
[②] [美] 乔纳森·卡勒：《文学理论入门》，李平译，译林出版社2008年版，第23页。乔纳森·卡勒认为："文学就是一个特定的社会认为是文学的任何作品，也就是由文化权威们认定可以算作文学作品的任何文本。"

创作、地理文学的书写理论与批评等纳入文学地理学的研究，是具有重要理论意义的，应作为文学地理学理论建构的基本内容。

  为什么要把地理文学作为文学地理学的研究内容来研究呢？因为这些作品换个角度看，也包蕴了丰富的文学地理思想。我们不要希望有现成的文学地理学理论，文学地理学的理论建构和批评实践，实际上就应该从文学作品的研究中进行归纳总结。因此，直接研究地理文学的理论意义不是非常直接而又重要吗？当然上述的六大类所谓地理文学，学术界早已经在研究，但我说的是还可以进一步自觉地从文学地理学的理论与批评方面去研究。

  本篇论文只是关于先秦文学地理思想的一个初步的研究成果，还有不少研究与思考没有写出来，还有一些文献史料没有纳入本篇论文之中，而已经加以征引的一些文献史料还应当做进一步的分析阐述等。以上种种不足，只能有待于将来。同时，论文中可能存在不少问题和错误，敬请读者批评指正。

（陶礼天：首都师范大学文学院教授、博士生导师）

文学景观研究

世界文学之都比较研究及对中国文学景观建设启示①

戴俊骋

文学景观是文学地理学的一项重要研究内容。文学景观是指那些与文学密切相关的景观。文学景观可以分为虚拟性文学景观和实体性文学景观，实体性文学景观是指文学家在现实生活中留下的景观，曾大兴给出了判断一个景观是不是实体性文学景观的"六大标准"：第一，是否经过著名文学家的书写，包括诗、词、文、赋、联、题字，等等；第二，是否留下一件以上脍炙人口的文学作品，或者至少一个流传久远的文学掌故；第三，是否具有一定的文化内涵或普世价值；第四，是否具有一定的观赏性，具有一定的审美或艺术价值；第五，是否在古今游人或读者中拥有比较广泛的影响；第六，在遭到自然或人为的损毁之后，是否还具有重建的必要。② 如果根据以上标准，中国许多城市无疑都蕴含了丰富的文学景观资源。但由于文学作品更多出现在人们的日常口头实践和人际交往当中，学术界对社会生活中众多实体性文学景观的重视程度不够，从有形的和景观的视角对文学景观开展的研究成果甚少。③

从实践层面上看，全球化带来的地方消弭，使得包括文学作品在内的各种地方要素一方面成为重塑地方性的重要手段，另一方面其自身就能构成重要的地方景观。④ 文学景观除了文学自身带来的审美价值之外，还有巨大的经济社会价值。在现代商业社会或市场经济时代，文学景观的经济价值被高度彰显，

---

① 本文为国家自然科学基金青年基金项目（编号41501149）、中国博士后科学基金特别资助项目（编号2015T80053）的部分成果。
② 参见曾大兴：《文学景观研究》，《广东技术师范学院学报》2011年第4期。
③ 参见徐茗、卢松：《城市语言景观研究进展及展望》，《人文地理》2015年第1期。
④ 参见戴俊骋：《中国文学地理学的研究范式与学科融合趋势》，《地理科学进展》2015年第4期。

被一再放大，有时甚至到了不可理喻的程度。① 改革开放以来，在我国境内发生的景观之争，其实有许多就是文学景观之争，如碣石之争、隆中之争、赤壁之争、桃花源之争、花木兰故里之争、李白故里之争等，无一不与文学名著有关。②

因此如何开发文学景观，甚至通过城市文化景观的整体经营成为"文学之城"，成为一个重要的现实议题。"它山之石，可以攻玉"，本文通过研究文学景观建设的重要标杆——UNESCO创意城市网络文学之都，以期为中国文学景观建设提供有益经验。

一、UNESCO创意城市网络

为了在经济和技术全球化的时代背景下倡导和维护文化多样性，联合国教科文组织（UNESCO）于2004年10月的第170届执行理事会上，根据教科文组织文化多样性全球联盟的倡议，通过成立创意城市网络的决议，从而对成员城市促进地方文化发展的经验进行认可和交流，通过创意城市网络发挥全球创意产业对经济和社会的推动作用，这标志着创意城市开始在全球范围内的兴起。③

根据联合国教科文组织对创意城市网络的定义，创意城市网络指的是富有创造性的城市组成网络，通过合作实现促进文化多样性和城市可持续发展的共同使命。创意城市网络旨在促进城市间的国际合作，鼓励城市在联合国教科文组织关于优先进行"文化和发展"与"可持续发展"的全球战略框架下，建立共同发展的伙伴关系。创意城市网络主要探讨位于其文化和遗产地城市社区的生态平衡和社会特性保护方面所面临的挑战，同时推动城市走在创意、创新和城市可持续发展的前列。④ 为此，创意城市网络力求使作为积极合作伙伴的会员城市最大限度地为实现预期目标做出贡献，为所有成员城市提供相关资源与经验，从而推动当地创意产业的发展，并在城市可持续发展领域加强国际合作。

创意城市网络的成员城市主要的特点包括：第一，"创意中心"通过发展创意产业促进发达国家和发展中国家的社会经济发展以及文化发展；第二，"社会文化集群"通过连接不同的社会文化社区以打造健康的城市环境。加入创意城市网络之后，成员城市可以利用这个国际平台与其他城市分享经验、创

---

①参见曾大兴：《论文学景观》，《陕西理工学院学报（社会科学版）》2014年第2期。
②参见李永杰：《文学景观有望成为文学地理学研究新热点——访中国文学地理学会会长、广州大学教授曾大兴》，《中国社会科学报》2014年1月3日。
③参见刘光宇：《正确认识联合国教科文组织"创意城市网络"》，《科技智囊》2013年第11期。
④参见刘容：《从创意城市到创意城市网络——创意城市研究述评》，《开放导报》2012年第6期。

造机遇,尤其是开展与创意经济和创意旅游相关的活动。截至 2014 年 12 月,共有来自 32 个国家的 69 个城市加入该网络,联合国教科文组织将其分属于 7 个创意产业门类,分别是文学之都(Literature)、电影之都(Cinema)、音乐之都(Music)、民间手工艺与艺术之都(Craft and Folk Arts)、设计之都(Design)、媒体艺术之都(Media Arts)和美食之都(Gastronomy)。截至目前,我国加入创意城市网络的成员达到 8 个,是该网络中成员最多的国家,分别是设计之都的北京、上海、深圳,美食之都的成都、顺德,以及民间工艺之都的杭州、苏州、景德镇市,但尚未有城市入围文学之都。

二、UNESCO 文学之都

文学之都,是指联合国教科文组织官方认定的以文学创作作为推动城市文化、生活、经济、社会发展驱动力量的创意城市。文学之都首先是作为创意城市而存在于 UNESCO 全球创意城市网络框架下的,是经认定的创意城市类型之一。在全球创意城市网络联盟框架下的文学之都,将文学作为城市现代生活与经济发展中的创意源泉,将文学审美的个体维度提升至社会生活、公共文化、城市环境等公共维度,使得文学成为城市发展战略的有机组成部分,对现代城市的可持续发展起到了无可替代的重要作用。截至 2014 年 12 月,包括爱丁堡、墨尔本、爱荷华、都柏林、雷克雅未克、诺里奇、克拉科夫、但尼丁、格拉纳达、海德堡、布拉格在内的 11 个城市被认定为 UNESCO 的文学之都①(见图 1)。以下根据 UNESCO 认定的时间由前到后做一个简要的梳理。

图 1 UNESCO 创意城市网络"文学之都"全球布局示意(本文笔者制图)

① 具体内容参见联合国教科文组织官方网站"文学"栏目。

(一) 英国爱丁堡 (Edinburgh)

2004年10月,爱丁堡成为联合国教科文组织命名的第一个文学之都。爱丁堡之所以被提名是由于发生在苏格兰的众多文学活动和著名事件,如布克文学奖 (the International Man Booker Prize for Literature) 等。爱丁堡通过这一荣誉,为苏格兰文学提供了包括文学和出版业在内诸多方面的实际利益。爱丁堡拥有丰富的城市文化资本,既有丰富的文学资本,又有丰富的艺术资本。作为苏格兰的政治、文化中心,爱丁堡始终用文化营造一个最优雅的城市。爱丁堡的文化资本在原始积累时期就打下了雄厚的基础,从《大不列颠百科全书》在此地诞生到《福尔摩斯探案集》,从《艾凡赫》到《金银岛》,从《迷》到《哈利·波特》,从诗人彭斯到哈利·波特之母凯瑟琳·罗琳,都极大地提升了爱丁堡的文学氛围。爱丁堡国际艺术节、爱丁堡边缘艺术节、爱丁堡军乐节、爱丁堡国际图书节、爱丁堡电影节、爱丁堡国际爵士乐节和爱丁堡多元文化节等,几乎囊括了所有的艺术形式。爱丁堡向联合国教科文组织申请"文学之都"这一命名时是这样说的:爱丁堡是一座建立在文学上的城市。

(二) 澳大利亚墨尔本 (Melbourne)

2008年8月,澳大利亚的墨尔本被联合国教科文组织命名为"文学之都"。墨尔本是澳大利亚文学的摇篮,其发展历程充分证明了文学对于一座城市发展的重要作用。对于墨尔本的成功申请,联合国教科文组织评价道:"墨尔本体现了文学在整个城市发展中的重要作用。从多语言编辑的首创,到相关行业的蓬勃发展,再到面向不同群体的高质量教育方案及公共活动,无不展现出当地社区的文化多样性。"这一殊荣肯定了墨尔本丰富的文学文化、历史积淀与创作才能。墨尔本孕育了澳大利亚三分之一的作家,同时也是澳大利亚出版业的发源地。墨尔本国际喜剧节是全世界最重要的喜剧节之一,每年都会吸引超过36万人参加。

(三) 美国爱荷华 (Iowa City)

爱荷华在2008年11月19日被联合国教科文组织命名为"文学之都",正式跻身于联合国教科文组织"全球创意城市联盟"的行列。爱荷华是一个人口不到6万的极其典型的美国中西部小镇,其中绝大部分是爱荷华大学的师生员工,是一个地地道道的大学城。联合国教科文组织的官方网站上公布了专家评审组对爱荷华的评价:"作为一个小型的大学城,爱荷华城与文学有着惊人的渊源。它的独一无二之处在于,经过漫长的积累,它已成为一个原创性写作和文学阅读的中心。爱荷华城为促成文学氛围、激励文学写作与交流等而启动的一些战略性机制，譬如爱荷华国际写作计划与作家工作坊、爱荷华之夏写作节，等等，非常值得全球其他小型城市借鉴。它可以被看作规划社区文化生态结构的一个绝佳范例，在通过文化创意产业推动小城市经济与文化、社会发展方面具有高度的代表性。"每年8月底到11月底，来自世界各地的30多位作家来到爱荷华写作交流，爱荷华每天都有丰富多彩的文化活动。

（四）爱尔兰都柏林（Dublin）

都柏林2010年7月27日被联合国教科文组织授予"文学之都"称号。它拥有丰富的文学遗产，因诞生了多位世界著名的文学家而闻名于世。有至少四位诺贝尔文学奖得主与这座城市紧密相连，如萧伯纳、叶芝，还有奥斯卡·王尔德、乔纳森·斯威夫特这样声名显赫的大作家也来自这里。而近年来都柏林作家仍不断在小说、戏剧和诗歌方面赢得赞誉，有多位作家获得过"布克奖"。2009年，科勒姆·麦凯恩凭借长篇小说《让伟大世界转动》荣获第60届美国国家图书奖。"布克奖"获得者小说家安妮·恩莱特曾说过："在别的地方，聪明人会出门赚钱。而在都柏林，聪明人则回家写书。"都柏林的当代文学创作活跃，氛围浓厚，并在政府和个人的支持下开展了一系列优质的文学教育和文学推广项目。都柏林还通过大量优秀的文学作品及其多样的文化性活动大力推进跨文化交流，是世界上评选范围最广的文学奖项"国际IMPAC都柏林文学奖"的所在地。

（五）冰岛雷克雅未克（Reykjavik）

2011年8月2日，雷克雅未克被联合国教科文组织授予"文学之都"称号。这座城市有着悠久的文化历史，珍藏了丰富的中世纪文学遗产，并孕育了其独特的文学。文学在诗歌方面最为重要的形式为"埃达诗歌"和"萨迦诗歌"。雷克雅未克有悠久的文化传统，古代雷克雅未克文学——"萨迦"在世界文学中占有重要的地位。文化受诗体"萨迦"的影响很深，文学作品的体裁长期以来以诗歌为主，民族特色浓郁。雷克雅未克特别注重文学的教育、保护和传播方面的工作，在发扬文学在现代城市景观、现代社会和居民生活中所起的作用方面做出了杰出的贡献。在政府的支持下，雷克雅未克市正在积极推动有关语言和翻译以及国际文学交流的创意开发计划。

（六）英国诺里奇（Norwich）

2012年5月，诺里奇被联合国教科文组织授予"文学之都"的称号。诺里奇是英格兰最古老的城镇之一，拥有丰厚的历史文化遗产，而其中最宝贵的是那里深厚的文学积淀。诺里奇有两项世界第一：世界上已知第一部女性撰写的英语书籍在诺里奇出版，第一份地方报纸也在诺里奇出版发行。除了文学领域的历史积淀深厚，诺里奇的文学传统也得到很好的保留和发扬，例如，诺里奇的东英吉利大学每年举办两次国际文学节，而该校的创意写作中心是世界上同类机构中最著名的机构之一。诺里奇的东英吉利大学还有"写作硕士"学位，这是英国高等教育院校里首个以文学创作和创造性写作为研究对象的文科硕士学位。作家伊恩·麦克艾文（Ian McEwan）就曾在东英吉利大学获得创意写作硕士学位（MA Creative Writing）。

（七）波兰克拉科夫（Cracow）

2013年12月，波兰古都克拉科夫被联合国教科文组织正式命名为"文学之都"。作为中欧最古老的城市之一，克拉科夫历来是波兰学术的主要中心之一、文化和艺术生活中心之一，是波兰最重要的经济中心之一，被认为是欧洲最美丽的城市之一。克拉科夫一直以浓厚的文学气息著称，拥有大量的文学活动和相关设施，包括两个年度国际文学节、一个大型书展，以及众多的诗歌朗诵会、书市、书店、俱乐部、出版社等，旨在推动波兰文学发展的公共组织波兰图书学会也位于该市。在克拉科夫，"生活和呼吸的都是文学"，进入任何一家街边的咖啡馆或酒吧，都可能看到有人在用笔记本电脑写诗或者小说。每逢节日，整个城市充盈着诗歌和音乐。这种氛围吸引了大批国内外的知名文学家、作家，包括诺贝尔文学奖得主米沃什和辛波斯卡，科幻作家和剧作家斯拉沃米尔等都在该市居住。

（八）新西兰但尼丁（Dunedin）

2014年12月，但尼丁被联合国教科文组织正式命名为"文学之都"。但尼丁整个城市建筑为典型的苏格兰风格，被喻为"苏格兰以外最像苏格兰"的外国城市，与苏格兰有着千丝万缕的联系，每年都相当认真地定期举行Haggis节，特别是用但尼丁的威士忌酒来庆祝。每年3月所举行的苏格兰周，全市充满苏格兰情调。奥塔哥大学，是新西兰的第一所大学，它增强了这个城市的特色。自早期欧洲移民定居在此以来，但尼丁一直是知识、艺术与文化的中心，造就了许多伟大的新西兰诗人、作家、艺术家和音乐家。女作家珍妮特·弗赖姆、诗人詹姆斯·K.巴克斯特、作家A.H.里德、诗人托马斯·布雷肯、剧作家罗杰·荷尔仅仅是但尼丁孕育的文学巨匠中的几个。

（九）西班牙格拉纳达（Granada）

2014年12月，格拉纳达被联合国教科文组织正式命名为"文学之都"。在历史上，格拉纳达市是西欧地区伊斯兰国家的最后一个堡垒，如今依然肃穆伫立着的阿尔罕布拉宫（红堡）就是这一卓越文明的见证。但让格拉纳达在文学史上占据一席之地的是美国文学大家华盛顿·欧文撰写的《征服格拉纳达编年史》（简称《征服格拉纳达》）。书中叙述了15世纪末伊斯兰摩尔人经过与基督徒长达十余年的战争，退出他们在西班牙的最后王国格拉纳达统治的详细经过。在《征服格拉纳达》出版几年后，欧文又根据所见所闻，围绕摩尔人在西班牙的最后王国格拉纳达的辉煌宫殿——阿尔汗伯拉，撰写出版了叙述民间淬和历史上发生过的摩尔人福州与传说故事的游记散文《阿尔汗伯拉》。这两部作品，对世界了解摩尔人在西班牙时期的历史、文化、文学产生了深远影响。

（十）德国海德堡（Heidelberg）

2014年12月，海德堡被联合国教科文组织正式命名为"文学之都"。在许多人的心目中，海德堡是浪漫德国的缩影。历史上有无数的诗人、作家和艺术家前去朝拜、定居，并像歌德一样"将心遗忘在海德堡"。19世纪德国浪漫主义在海德堡发源和发展，海德堡成了德国浪漫主义的象征地和精神圣地。1805年左右，一批作家聚集在海德堡，创办文艺刊物《隐士报》，发表评论文章和文学作品，形成新的文学社团，史称"海德堡派"，代表人物有阿尔尼姆、作家格林兄弟、布伦塔诺等。该派重视民间文学，大量采集民歌和童话，整理文化遗产，期望以此复兴"德国民族精神"，对德国知识界产生重大影响。格林童话就体现了当时德国民间文学的最高成就。海德堡是一个充满活力的传统和现代混合体。过去它曾是科学和艺术的中心，如今的海德堡延续传统，在城市内和城市附近建有许多研究中心。

（十一）捷克布拉格（Prague）

2014年12月，布拉格被联合国教科文组织正式命名为"文学之都"。布拉格是一座著名的旅游城市，号称欧洲最美丽的城市之一，也是全球第一个整座城市被指定为世界文化遗产的城市。布拉格也是欧洲的文化重镇之一，历史上曾有音乐、文学等诸多领域的众多杰出人物，如作曲家莫扎特、斯美塔那、德沃夏克，作家弗兰兹·卡夫卡、哈维尔、米兰·昆德拉等人在这座城市进行创作活动，今天该市仍保持了浓郁的文化气氛，拥有众多的歌剧院、音乐厅、博物馆、美术馆、图书馆、电影院等文化机构，以及层出不穷的年度文化活动。

总之，11个"文学之都"，各具特色，异彩纷呈。表1从城市的代表性文学家（文化名人）、代表性文学作品、代表性文化活动（节庆）、大学（文学培训班）以及其他文学要素进行了归纳总结。

表1　UNESCO文学之都比较

城市	认定时间	代表性文学家（文化名人）	代表性文学作品	代表性文化活动（节庆）	大学（文学培训班）	其他文学要素
爱丁堡（英国）	2004年10月	罗伯特·彭斯、沃尔特·司各特、罗伯特·斯蒂文森、阿瑟·柯南道尔、托马斯·卡莱尔、凯瑟琳·罗琳	《大不列颠百科全书》《福尔摩斯探案集》《艾凡赫》《金银岛》《迷》《哈利·波特》	爱丁堡国际艺术节、爱丁堡边缘艺术节、爱丁堡军乐节、爱丁堡国际图书节、爱丁堡电影节、爱丁堡国际爵士乐节和爱丁堡多元文化节	爱丁堡大学	为表彰苏格兰文学而设立的布克文学奖
墨尔本（澳大利亚）	2008年8月	亨利·汉德尔·理查森、罗夫·博德伍德、弗格斯·休姆	《麦昂尼的命运》《墨尔本回忆录》《麦达斯夫人》《早期墨尔本散文集》	墨尔本国际喜剧节	墨尔本大学、莫纳什大学、墨尔本皇家理工大学	—
爱荷华（美国）	2008年11月	保罗·安格尔	《破损的地球》诗集	爱荷华国际写作计划	爱荷华大学	爱荷华大学作家讲习所
都柏林（爱尔兰）	2010年7月	塞缪尔·贝克特、奥利弗·哥尔德斯密斯、詹姆斯·乔伊斯、肖恩·奥凯西、乔治·伯纳·肖（萧伯纳）、约翰·米尔林顿·辛格、乔纳森·斯威夫特、奥斯卡·王尔德、威廉·巴特勒·叶芝、詹姆斯·乔伊斯	《尤利西斯》《都柏林人》《格列佛游记》《让伟大世界转动》	圣帕特里克节、布鲁姆日	都柏林大学、圣三一学院、都柏林城市大学	国际IMPAC都柏林文学奖
雷克雅未克（冰岛）	2011年8月	赫尔多尔·奇里扬·拉克斯内斯	《渔家女》	雷克雅未克艺术节	雷克雅未克大学	"埃达"和"萨迦"等诗歌形式

续上表

城市	认定时间	代表性文学家（文化名人）	代表性文学作品	代表性文化活动（节庆）	大学（文学培训班）	其他文学要素
诺里奇（英国）	2012年5月	西蒙·斯格罗、安德鲁·米勒、古莉·查夏、伊恩·麦克尤恩、马尔科姆·布拉德伯、特蕾西·舍瓦利耶、石黑一雄、安妮·恩莱特	—	国际文学节	东英吉利大学	世界上已知第一部由女性撰写的英语书籍和第一份地方报纸诞生地
克拉科夫（波兰）	2013年12月	弗拉迪斯拉夫·莱蒙特、切斯拉夫·米沃什、维斯瓦娃·辛波斯卡、伊沃·安德里奇、史坦尼斯劳·莱姆	《农民》	国际文学节、康拉德节、米洛什节	雅盖隆大学	—
但尼丁（新西兰）	2014年12月	珍妮特·弗赖姆、托马斯·布雷肯、詹姆斯·巴克斯特、罗杰·荷尔	—	Haggis节	奥塔哥大学	—
格拉纳达（西班牙）	2014年12月	华盛顿·欧文	《征服格拉纳达》	塞尔温芭蕾舞节	格拉纳达大学	—
海德堡（德国）	2014年12月	阿尔尼姆、格林兄弟、布伦塔诺、卡尔·德莱斯、伽达默尔、哈贝马斯、卡尔-奥托·阿佩尔、艾兴多夫	《儿童的奇异号角》《儿童与家庭童话集》	海德堡城堡节	海德堡大学	19世纪德国浪漫主义在海德堡发源和发展，德国浪漫主义的象征地和精神圣地

续上表

城市	认定时间	代表性文学家（文化名人）	代表性文学作品	代表性文化活动（节庆）	大学（文学培训班）	其他文学要素
布拉格（捷克）	2014年12月	莱纳·玛利亚·里尔克、弗兰兹·卡夫卡、米兰·昆德拉、瓦茨拉夫·哈维尔、莫扎特、斯美塔那、德沃夏克	《布拉格手记》《生命中不能承受之轻》	"布拉格之春"国际音乐节	布拉格大学	"世界音乐之都"与"世界文学之都"齐名

三、对中国文学景观建设的启示

从上述的分析可以发现，11个城市大多属英语国家，多集中在欧美地区。因此有批评家认为，评定工作"缺乏世界眼光"，甚至"难逃文化歧视之嫌"。①亚非拉地区同样拥有古老而灿烂的文化传统，有不少足以与现有"文学之都"媲美的城市，尚待今后挖掘。中国的许多城市都具有丰富的亟待开发的文学景观，这些城市尽管没有获得 UNESCO 授予的"文学之都"之名，却有"文学之都"之实。通过研究已有文学之都的建设经验，其目的不在于申都本身，而在于为中国文学景观建设与城市文学资源开发利用提供重要参考。

（一）从 UNESCO 文学之都认定看文学之都建设标准

根据 UNESCO 官方释义，文学之都一般具有以下七个特点：①城市里有大量的、高质量、多元化的编辑出版项目以及出版机构；②从初等教育到中等、高等院校，需要有多数的、高质量的国内或国外文学教育项目；③有允许文学、诗歌、戏剧等艺术在发挥其整合作用的城市环境；④具有主办各种文学活动和文学节的丰富经验，促进国内外文学的发展与交流；⑤有图书馆、书店，以及公共的或个人的文化机构推动国内外文学的保护、发展与传播；⑥在翻译和出版多种语言或外国文学方面有一定的成果；⑦有效运用媒体、新媒体

---

①高秋福：《异彩纷呈的世界"文学之都"》，《中华读书报》2014年10月15日。

来推动文学发展，并扩大文学作品的市场。① 上述七个特点是 UNESCO 认定文学之都的基本要求。从这些要求中可以看到文学之都的建设已经不仅仅局限于对文学资源的开发，更多的是在文学资源基础上，通过出版、传媒、教育等形式来推广传承这些文学资源，让更多的人认识到文学景观的重要意义，并且将文学与其他艺术创意形式相结合，从而发挥更大的效益。

（二）"由点及面"的文学景观整合开发形式

从表1中可以发现，入选的城市都具有属于自己城市的代表作家或者代表文学作品。从爱丁堡的罗伯特·彭斯、凯瑟琳·罗琳，墨尔本的亨利·汉德尔·理查森，爱荷华的保罗·安格尔，都柏林的萧伯纳、詹姆斯·乔伊斯，雷克雅未克的赫尔多尔·拉克斯内斯斯，诺里奇的西蒙·斯格罗、安德鲁·米勒，克拉科夫的切斯拉夫·米沃什、维斯瓦娃·辛波斯卡，但尼丁的珍妮特·弗赖姆、罗杰·荷尔等，到海德堡的格林兄弟以及布拉格的卡夫卡和米兰·昆德拉，每个城市的代表人物要么是诺贝尔文学奖获得者，要么拥有具有世界影响力的作品。但仅仅就文学人物或作品来进行文学景观的建设显然是不够的，基于某个文学资源与其他资源的整合开发形式在国外相对普遍。有学者也做了相关的研究，认为一种有开发价值的文学景观产生是由于某些作家或者他们的作品变得流行，使得与他们相关的地方（如出生地、居住地等）或者他们作品中出现的场景得到关注②，而开发的具体形式上则可以包括但不限于以下几个方面：瞻仰一些实际文学事件发生地；在小说作品中有代表性的地方进行场景实践；凭借地方对文学或者其他作家有吸引力，来增强地方的感召力；依托广泛流行的文学作品进行地方营销，使得地方凭借自身特色变成旅游目的地；建设写作中心；将文学与电影产业相结合，构成具有复合业态的影视文学旅游。③ 而以第一个文学之都爱丁堡的运作为例，该城市既注重对文学和艺术内容的传承与设计，也注重文学与艺术等多种形式的整合，并进行有效的商业运作。据初步评估，其文学产业每年能为爱丁堡创造逾220万英镑的经济价值。④

---

① 据联合国教科文组织官方网站"文学"栏目。
② Hoppen A, Brown L, Fyall A. Literary Tourism: Opportunities and Challenges for the Marketing and Branding of Destinations?. *Journal of Destination Marketing & Management*, 2014, 3（1）: 37 – 47.
③ Busby G, Klug J. Movie-induced Tourism: The Challenge of Measurement and Other Issues, *Journal of Vacation Marketing*, 2001, 7（4）: 316 – 332.
④ 花建：《"文学之都"的产业化开发》，《解放日报》2014年5月12日。

(三)"新瓶旧酒"的文化科技融合开发形式

文学景观资源很多时候要通过与科技的融合形式,来获得一定的规模或视觉效应。文化科技融合成功的主要原因和经验,主要体现在重视对新媒体技术与文学创造的整合,进一步推动文学创意活动与城市生活的融合。① 最具代表性的是墨尔本,在"创意澳大利亚"的大背景感召下,该城市通过规划好完整的文学体系框架,明确城市文学服务体系的宗旨、目标和服务对象,有针对性地利用数字技术、信息技术、互联网技术等手段,吸引更多的人从事文学活动,促进文学资源与城市经济的协同发展。在这个过程中,信息技术手段不仅提高原有文学创作者的创作兴趣与效率,还通过新媒体技术促进传统文学组织的转型,形成以文学为内核,以科技呈现形式为手段的城市文学创作途径,最终达到 UNESCO 要求的让"文学能够在城市中扮演整合的角色"。

(四)"自下而上"的写作教育氛围营造

与其他获得认定的城市相比,爱荷华在参评过程中曾经受到较大的争议,原因在于其文学资源本身相对匮乏。但是它的作家工坊却另辟蹊径,给了我们城市文学景观建设的新视角。既有的文学景观往往是已经固化的资源,而一个具有浓厚写作教育氛围的城市则是孕育一系列新文学景观的源头,可以看成是流动的文学景观。爱荷华依托作家工坊、创意写作学科等形式以及高级写作人才培养,为城市文学景观发展提供可持续原动力。② UNESCO 文学之都中的一些城市就依靠作家工坊闻名。如雷克雅未克从 2008 年开始提供创意写作教育,诺里奇的东英吉利大学创意写作学科是世界上最知名的创意写作学科之一。而最具代表性的是爱荷华大学,作为全美第一个创意写作艺术硕士项目的创建地,该校早在 1934 年就开设了有关项目,现在拥有世界知名度最高的作家工坊——爱荷华作家工坊(Iowa Writers' Workshop),以及享誉世界的国际作家项目(International Writing Program)。通过这些写作项目或者工坊的形式,城市的创作氛围得以营造,对培养具有创新意识的文学创作创意人才具有十分深远的意义。

---

① 葛红兵、刘卫东:《世界文学之都的启示——上海文化原创力培育与公共文化发展》,《探索与争鸣》2014 年第 12 期。
② 葛红兵、刘卫东:《世界文学之都的启示——上海文化原创力培育与公共文化发展》,《探索与争鸣》2014 年第 12 期。

以上文学之都的成功经验启发我们，只有重视文学景观的重要影响力，加强对文学景观的整合开发，通过新媒体等新科技手段进行开发，并加强城市自身的写作教育氛围培育，充分发挥文学在城市公共文化建设中的重要作用，依托现有丰富的城市文化景观资源，才能打造好属于中国自己的"文学之都"。

（戴俊骋：中央财经大学文化经济研究院讲师，北京师范大学文学院博士后、地理学博士）

唐诗中的玉关书写

王忠禄

一、玉门关：地理名称与文化符号

玉门关，又叫玉关、玉塞，是甘肃西北部的一个重要关隘和通往西域各地的主要门户，地理位置非常重要，既是关西锁钥，又是控扼羌番的一个主要屏障。自汉代设关之后，有关玉塞的文人书写代不绝笔，并因之积淀了丰富的历史文化内涵。玉关被历代文人所景仰、所歌咏，成为文学长河中富有象征意义的重要地理景观之一。

据《山海经·大荒西经》记载："大荒之中有山，名曰丰沮玉门，日月所入。"① 这是对玉门的最早记载。这里大荒即大漠，丰沮即大沼，丰沮玉门的地貌形胜与嘉峪山石关十分吻合。嘉峪山古名玉石山，石关是出入玉山之门，故名玉门。关于玉关的置关时间、位置迁徙及在中国古代政治、军事、文化上的意义，古代的史书、地志、笔记，如西汉司马迁《史记》、东汉班固《汉书》、隋裴炬《西域图记》、唐释道宣《释家方志》、两唐书《地理志》、李吉甫《元和郡县图志》、五代高举海《使于阗记》、宋曾公亮《武经总要》、宋乐史《太平寰宇记》、乾隆本《大清一统志》、清顾祖禹《读史方舆纪要》及清《玉门县志》等都有记载，而且各书的记载互有不同。玉关的置关时间及关址位置，正史无明确记载。据《史记·大宛列传》载："是岁汉遣骠骑破匈奴西域数万人，至祁连山。其明年，浑邪王率其民降汉，而金城、河西西并南山至盐泽空无匈奴。"② 此应是玉关设置时间的上限。元鼎二年（前115），霍去病破匈奴后，张骞第二次出使西域，西北国初通于汉。这是设置玉关可能性最大的一个时间点。由此还可以推测出，其关址应在酒泉附近。元封三年（前108），西汉进兵西域，"击姑师，破奴与轻骑七百余先至，虏楼兰王，遂破姑师"，西域道从此畅通无阻，"于是酒泉列亭鄣至玉门矣"③。这是《史记》，也是正史第一次出现"玉门"一词。玉关关址随着中西交通的发展及其路线的变化而有过几次改徙。西汉最早设置的玉关，位于今甘肃省嘉峪关市石

---

① 《山海经》，中华书局2009年版，第247页。
② （汉）司马迁：《史记》，中华书局2006年版，第716页。
③ （汉）司马迁：《史记》，中华书局2006年版，第718页。

关峡。至太初三四年间，李广利二次伐大宛之际，随着汉王室西方战略的需要，遂将玉关西迁至敦煌郡西北。东汉明帝永平十七年（74），玉关从敦煌西北故址东迁。唐代玉关与汉代的不同。唐李吉甫的《元和郡县图志》卷四十"瓜州晋昌县"条记："玉门关，在县东二十步。"① 据李并成考证，它位于瓠泸河（今疏勒河）南岸遍设烽燧的山嶂间，距隋唐晋昌城不远，且在敦煌以东三四天行程处，即今甘肃省瓜州县双塔堡一带。② 五代宋初，在新关址设立使用的同时，敦煌西北的故址并未废弃，仍在中西交通中发挥着重要作用，新旧关址并用不替。③ 其中石关峡所设玉门关，为敦煌归义军与甘州回鹘政权之间的分疆处和东西交通要口。宋仁宗景祐三年（1036），西夏占领河西后，玉门关就从史籍上销声匿迹了。玉关不仅具有重要的政治、交通意义，还具有重要的军事意义，《汉书·地理志》说它与另一重要关隘——阳关皆为都尉治所，是重要的屯兵之地。

玉关是中原与西域的分界，玉关两侧，地形气候各有特征。因不同的地理气候及民族等条件，形成了玉关两侧风俗、习惯亦各有所异。玉关东侧的河西走廊，是在中原文化影响下形成的游牧与农耕结合的文化类型区，受华夏传统文化的影响大。玉关西侧，则是典型的西域文化。西域文化是一种以绿洲农耕文化、草原游牧文化与屯垦文化并存，多种宗教文化辉映的多源发生、多元并存、多维发展的复合型文化。所以，玉关不仅是自然地理的分界线，是隔断中原与西域的主要屏障，在文化心理意义上，也是一道颇为分明的分隔线，是中原文化与西域文化的分界处。西域"北风卷地白草折，胡天八月即飞雪"（岑参《白雪歌送武判官归京》）的特有气候和"走马川，雪海边，平沙莽莽黄入天"（岑参《走马川行奉送出师西征》）的苍凉之境，给初到这里的中原诗人以心理上的震撼。他们遥望玉关油然而生的好奇情结和远涉塞外的恐惧心理，一定程度上就来自这种八月飞雪的胡天异地和黄沙遮天的塞外之境。对于那些远走塞外的行人而言，玉关的雄伟、塞外的荒寒，承载着他们太多的悲凉与无奈。他们离开朝雨轻尘的中原大地，去到那春风吹不到的玉门关外，对故土家园的留恋和对亲朋好友的难舍是可以想见的。羌笛杨柳的哀婉，寄托着他们无尽的思绪与悲愁，那些来自烟柳繁华地的江南诗人，边地莽莽的黄天令他们触目惊心。向玉关进发，意味着背井离乡、身赴绝域。玉关之于他们，仿佛就是人生的绝境和尽头。自南北朝以来，有关玉关的感触汇成历久不衰的歌吟，飘荡在古老的河陇大地和塞外胡天。

---

① （唐）李吉甫：《元和郡县图志》，中华书局2008年版，第104页。
② 参见李并成：《唐玉门关究竟在哪里》，《西北师大学报（社会科学版）》2001年第4期。
③ 参见李并成：《东汉中期至宋初新旧玉门关并用考》，《西北师大学报（社会科学版）》2003年第4期。

二、生入国门与建功边塞：唐前的玉关书写

在玉关诗歌的发展史上，汉代的两个历史故事的影响至为重要。一个是："太初元年，以广利为贰师将军，发属国六千骑及郡国恶少年数万人以往，期至贰师城取善马，……往来二岁，至敦煌，士不过什一二。使使上书言：'道远，多乏食，且士卒不患战而患饥。人少，不足以拔宛。愿且罢兵，益发而复往。'天子闻之，大怒，使使遮玉门关，曰：'军有敢入，斩之。'"① 另一个是：班超"自以久在绝域，年老思土。十二年，上疏曰：'……臣超犬马齿歼，常恐年衰，奄忽僵仆，孤魂弃捐。昔苏武留匈奴中尚十九年，今臣幸得奉节带金银护西域，如自以寿终屯部，诚无所恨，然恐后世或名臣为没西域。臣不敢望到酒泉郡，但愿生入玉门关"②。两个不同的历史故事，赋予玉关意象两种不同的情感意蕴。前一条记载，将玉关看作中国与西域相隔离的地理标志，是国门的象征。跨过玉关，征战异域他乡，意味着生死未卜，有家难回。后一条记载表现了班超为国戍边、建功边疆的赤胆热心和英勇气概，将玉关意象与功名事业联系起来，并给玉关意象打上了久戍不归、生入中土的情感烙印。从汉至唐，玉关关址几经迁徙，但这并没有影响人们对这座名关的热情歌咏。历史、文化、心理及情感等诸多方面的因素，使得这座塞上雄关成了具有丰富文化内涵的诗歌意象。

按理来说，随着玉关的设置使用玉关诗歌就应产生，但是现在能够见到的最早的玉关诗歌，并不是汉代人的作品，而是南朝鲍照的《建除诗》。玉关作为诗歌独立审美对象，进入诗人的创作视野并成为他们歌咏的对象，就是从此开始的。李广利、班超等征戍思归、建功边塞的历史故事，为六朝的玉关壮歌奠定了基调。鲍诗以汉王朝征讨西域少数部族为背景，歌颂了将士们开疆拓土、维护国家统一的功业。诗中写道："破灭西零国，生房郅支王。危乱悉平荡，万里置关梁。成军入玉关，士女献壶浆。收功在一时，历世荷余光。"这里的玉关，是国门的标志，也是边塞的象征。成军入玉关的雄壮气势，体现了诗人对建功立业的向往之情。出身寒门的鲍照，在门阀世族统治、门第观念极为严重的南朝史不立传，但他怀有宏图大志，具有强烈的建功思想。据载："（照）欲贡诗言志，人止之曰：'卿位尚卑，不可轻忤大王。'照勃然曰：'千载上有英才异士沉没而不闻者，安可数哉！大丈夫岂可遂蕴智能，使兰艾

---

① (汉) 班固:《汉书》，中华书局2007年版，第611页。
② (南朝宋) 范晔:《后汉书》，中华书局2007年版，第464页。

不辨,终日碌碌与燕雀相随乎!'"①《建除诗》虽是游戏体裁,但内容丰富,构思精巧,在边塞诗创作中,首次将玉关与建功联系起来。此后有关建功边塞的玉关诗篇,均肇于此。

南北朝时期,东晋偏安江东,与玉关相去甚远,诗人多未到过这里,然而关于玉关的诗篇却屡见不鲜,这些诗歌大多借玉关意象抒发渴望建功的远大理想。虞羲的《咏霍将军北伐诗》,以简练的笔墨,描写了历史名将霍去病的赫赫战绩,并借以抒发自己的抱负。霍将军曾六次率兵抗击匈奴,所向披靡,屡建奇功。他那"匈奴未灭,无以家为"的抱负和胸襟,更为后人所称颂。从诗中"玉门罢斥堠,甲第始修营。位登万庾积,功立百行成"等描写可以看出,虞羲对这位功勋卓著的战将充满由衷倾慕和对功成名就的热切向往。玉关在这里再次成了诗人书写怀抱、表达理想的诗歌意象。这首诗上继鲍照,下开吴均,不论题材还是风格都具有特色,故胡应麟说"虞子阳《北伐》,大有建安风骨"。

家世寒微的吴均,少年时代曾仗气行侠,以功业自许。他的边塞诗一气呵成,豪放遒劲,透着一股齐梁之际少见的牢骚不平之气。六首《和萧洗马子显古意》,都写得章法井然、流宕多致。其中第六首写道:"匈奴数欲尽,仆在玉门关。莲花穿剑锷,秋月掩刀环。春机思窈窕,夏鸟鸣绵蛮。中人坐相望,狂夫终未还。"诗中玉关意象的运用,对营造抒情气氛,表达征夫对闺妇的深切思念之情起了很好的作用。游侠边塞题材,在唐以前的诗歌中多以乐府形式出现,其中五言诗多标以"拟古""古意"这样的诗题,诗中用事和涉及的地名也多与南朝了不相干。吴均的这一类诗歌并没有完全抛弃这一传统,但他能突破拟古的套子,即事名篇,这意味着他的边塞诗歌已经具有纪实的成分。这种情形,无疑是和吴均的门第、经历分不开的。像他这样才秀人微的南朝诗人,是不可能凭门第、循资历获得上升的,唯一的仕途通道是在功业上有所建树。吴均是南朝唯一有过边塞生活和战争体验的诗人,是我国文学史上最早的边塞诗人之一,因而他的玉关诗歌更值得珍视。

被称为"狎客"的陈后期著名文人江总,居官不理政务,常与后主、陈暄和孔范等在后庭纵酒赋诗,但他的五言诗中有不少清爽朴素的作品。这些诗作大抵是离乱或亡国后所作。《陇头水》二首通过对陇上景物及征人生涯的描述,抒发诗人对人生困惑的感受。其中第二首描写了连年征战给人们精神上造成的巨大痛苦。诗中写道:"无期从此别,更度几年幽。遥闻玉关道,望入杳悠悠。"诗人通过悠悠的白云和遥远的玉关等意象,将思妇对征夫的思念之情淋漓尽致地表达出来。诗风清劲,悲而不壮,一洗宫廷的脂粉气。耽于诗酒的

---

① (唐) 李延寿:《南史》,中华书局1975年版,第360页。

陈叔宝,除了历来被人批评的乐府《玉树后庭花》之外,《陇头水》二首亦值得一读。这两首诗均描写征夫登山四顾的思乡之情,具有悠然不尽的情韵。第二首对陇坂边关一带的特异风光的生动描写,更能衬托出征人思乡的悲怨之情。最后两句"回头不见望,流水玉门东",景中生情,情随境迁,将远在玉塞边关、久戍不归的征客的痛苦灵魂生动形象地刻画了出来。

南北朝时期,除南朝诗人创作玉关诗歌,有关玉关意象的诗作,在北朝诗人笔下也有出现。只不过,他们的玉关诗歌少了些玉关意象既有的建功立业色彩,多了几分征戍远行的乐观和身处异国的乡思,大大丰富了这一意象的表现功能。代表诗歌是温子昇的《凉州乐歌》二首。这两首诗歌中,后一首更具新意:"路出玉门关,城接龙城坂。但事弦歌乐,谁道山川远!"描写征戍远行的诗歌,多有悲愁凄苦之音,但是温子昇这首诗却以之为乐事,独标一格。迭经忧患、身居北国的庾信,后期诗歌寄托乡关之思,情调慷慨,风格高古,他的《寄王琳》云:"玉关道路远,金陵信使疏。独下千行泪,开君万里书。"将玉关道远、金陵音疏的感叹和万里书至、热泪盈眶的激动,在短短二十字里表现了出来。此诗描写朋友之情,直抒胸臆,不事用典,风致已近唐人五绝,这是对玉关意象的新开拓。总之,在南北朝玉关诗歌中,玉关描写既有表达征戍之怨、抒写建功立业思想的传统主题,又有怀乡恋亲、念友思朋的新题材。经过这些诗人的不懈努力,玉关意象逐渐积淀并形成了丰富深厚的文化内涵,从而成为后代边塞诗中最常见的诗歌意象之一。

三、多元化情感意蕴:唐代的玉关书写

唐代诗人在继承前人有关玉关书写的基础上,扩大了其文化意蕴,开拓了题材范围,超出了此前对玉关描写的想象成分,代之以实地见闻和亲身感受。他们将这座关口作为描写的热点,并赋以多元化的情感内涵,有关篇章数量相当可观。他们对玉关的相关描写,呈现出丰富多彩的特征,是玉关诗歌的历史沉淀、唐代河陇军政现状及唐人对西塞边关的认知等几方面因素影响的结果。那么,玉关在唐诗中到底得到了怎样的呈现?为什么一座关口与一代文学会有如此紧密的联系?

河陇一带东连中原、西通西域,是古代东西方交通的咽喉。历史上,河陇地区是多民族聚居区,各种势力不断斗争,此消彼长。同时,这里也是以关中为根据地的封建王朝的肘腋之地。褚遂良在上疏李世民时曾说:"河西者,中国之心腹。"[1] 唐王朝建立后,先后平定了割据金城、武威的薛举、李轨两个

---

[1](宋)司马光编著:《资治通鉴》,中华书局2007年版,第2375页。

政权，还改善了与唐一度对立的吐谷浑、突厥、吐蕃等民族政权的关系。并针对隋末以来的弊端，兴利除弊，在这里建立了严密的军政统治体系，推行了一系列发展农业、畜牧业的政策。这些措施的实施，促进了河陇地区人口的迅速增加、经济的快速增长、民族关系的融合和社会其他事业的发展，由此奠定了河陇社会发展、经济繁荣、丝路商贸昌盛的基础。为了应对来自北面的突厥、南面的吐蕃等潜在边患的不虞之测，唐朝还在河陇屯驻重兵。据载，开元天宝时期，共设立十个节度使，其中安西、北庭驻扎西域，河西、陇右分驻凉州和鄯善，以隔断羌胡。李唐承袭宇文泰"关中本位政策"①，全国重心本在西北一隅。作为全国的战略重心，唐朝对河陇的长期经营开发，使这一地区在盛唐时期十分富庶，"是时中国强盛，自安远门西尽唐境万二千里，闾阎相望，桑麻翳野，天下称富庶者无如陇右"②。作为丝绸路上的重要关隘和边塞要地，玉关不仅是唐代诗人前往西域的必经之地，也是胸怀大志、渴望建立功勋的士人抒发情怀的诗歌意象。如初唐李世民的《饮马长城窟行》，以玉塞为背景，描写边塞战事的紧急、军队出征的急迫以及凯旋的情景，颇具气势。从"胡尘清玉塞，羌笛韵金钲。绝漠干戈戢，车徒振原隰。都尉反龙堆，将军旋马邑"等诗句，可以看出诗人对国家、民族所怀有的自信和自豪。此诗中所表现的慷慨立功之意，在此后的陈子昂、高适、王昌龄、李白等人的边塞诗中也屡有表现，多有阐发。因而，此诗堪称唐代玉塞诗的滥觞之作。

唐代前期日渐强大的国力，为士人们展开了一条宽阔的人生道路。入仕的多途径，为许多寒门士人提供了更多的机会。许多诗人把西出玉关的边塞经历，作为他们人生中引以为豪的重要部分。他们或边游，或入幕，或出使，频繁来往玉关，关于玉关的书写也因之增多。这些诗篇将边关行役、边地漫游的感想，积极向上的情怀和建立功业的思想融入其中，玉关成了他们书写远大胸怀、表达建功思想的惯常意象之一。曾从军边塞的骆宾王，在《从军中行路难二首》第二首中写道："君不见玉关尘色暗边庭，铜鞮杂虏寇长城。天子按剑征余勇，将军受脤事横行。"以玉关荒凉的景色，衬托战争的艰苦和战地的广阔，抒发慷慨临戎的决心。"四杰"之一的卢照邻，其边塞诗颇富豪壮气概。《关山月》描写了征人思念闺妇的迫切心情，情感真挚："影移金岫北，光断玉门前。寄言闺中妇，时看鸿雁天。"遥远的玉关，南飞的大雁，曾引起人们多少感想。与"四杰"同时的初唐诗人员半千，也写有玉关诗篇。《陇头水》描写了一场激烈悲壮的边塞战争，诗中"路出金河道，山连玉塞门。旌旗云里度，杨柳曲中宣。喋血多壮胆，裹革无怯魂"等句子，颇见气势。诗

---

① 陈寅恪：《隋唐制度渊源略论稿　唐代政治史述论稿》，商务印书馆2011年版，第199页。
② (宋) 司马光编著：《资治通鉴》，中华书局2007年版，第6178页。

人以雄伟的玉塞、招展的旌旗，描写壮胆喋血的献身精神和裹革前行的英雄气概，表现了初唐士人崇尚武功、乐观进取的时代风尚。

盛唐时期国力强盛，经济繁荣，涌现出一批禀受山川英灵之气而天赋极高、希望投笔从戎、立功边塞的诗人。被誉为唐代绝句压卷之作的王之涣《凉州词》，在离别之悲中，不失渴望建功边塞的壮美。其中"羌笛何须怨杨柳，春风不度玉门关"，既描写了塞外严寒、征人怀乡的现实，又表达了不畏艰险、好胜斗奇的坚强决心和盛唐知识分子高昂、明朗、达观、热烈的情感。曾离家远行、漫游四方，向西到过边塞的王昌龄，也不乏对玉关雪山的歌咏。《从军行七首》第四首以"雪山""玉关"等典型景物烘托西塞战场广阔的地域和苍凉的氛围，表达征戍者的思归之心。诗曰："青海长云暗雪山，孤城遥望玉门关。黄沙百战穿金甲，不破楼兰终不还。"然而，他们思归却不欲归。誓死不还的决心、雄壮有力的节奏以及悲壮高昂的基调，反映了盛唐人积极进取、一往无前的精神面貌。李昂的《从军行》也写得豪迈有力，从"塞下长驱汗血马，云中恒闭玉门关。阴山瀚海千万里，此日桑河冻流水"可以看出，诗人所具有的报国立功的豪情意气和积极献身的英雄气概。

盛唐时期的玉塞诗歌，除了叙写建功思想和进取精神之外，也有对不义战争的谴责和对穷兵黩武的批判。随着唐政权的巩固、经济的繁荣和国防的强大，唐王朝在对外政策上，也由初期的消极防御转变为积极的开边扩张。据《资治通鉴》记载，仅唐玄宗在位的40余年间，较大的战争就有六七十次，而且双方都遭到惨重的损失。频繁的战争，惨重的死亡，百姓负担沉重不堪，反战声此起彼伏。非战思想在当时有着广泛的社会基础与群众基础，士大夫中某些有识之士深感忧虑，而那些亲受扩边战争祸害的广大人民，反战情绪更为强烈。这种开边扩张战争，西塞边地当然是最主要的征战地之一。多少征人抛家离乡，来到这里。有的人则永远地留在了这里，如李颀在《古从军行》中所写的那样："闻道玉门犹被遮，应将性命逐轻车。年年战骨埋荒外，空见蒲桃入汉家。"此诗大约写于天宝年间，意在讽刺唐玄宗在西北边境的长期用兵。恶劣的边塞环境和艰苦的从军生活，引起征人强烈的反战情绪和深深的思归之情。连唐玄宗自己都承认当时士兵"多历年所，远辞亲爱。壮龄应募，华首未归"①。然而，统治者已将退路斩断，士兵们只有做朝廷穷兵黩武的牺牲品了。可悲的是，用无数征夫戍卒生命换来的，只不过是供统治者享乐的蒲桃之类的物品。这样的讽刺真是一针见血，入木三分，正如沈德潜所说："以人命换塞外之物，失策甚矣。为开边者垂戒，故作此诗。"② 可谓一语中的。

---

① （清）董诰等编：《全唐文》，中华书局1983年版，第27页。
② （清）沈德潜选注：《唐诗别裁集》，上海古籍出版社2008年版，第5页。

还如李白的《关山月》，也借玉关意象表达征人厌战思归之情。诗中写道："明月出天山，苍茫云海间。长风几万里，吹度玉门关。"那凄清柔白的月光，引发征人多少思乡意绪。"由来征战地，不见有人还"，这种历代就没有停息过的边塞战争，使得千千万万的征人很难归还故乡。李白仿旧乐府而创作的《子夜吴歌·秋歌》也反映了这种思想："长安一片月，万户捣衣声。秋风吹不尽，总是玉关情。"响亮的捣衣声和凄厉的秋风，传送的是思妇对戍边亲人的深切思念。不尽的玉关情思，反映了当时人们普遍的厌战心理。如柳中庸的《征人怨》、李贺的《摩多楼子》等，都借玉关意象表达了对朝廷穷兵黩武的反对，抒发了诗人强烈的厌战思归之情。

  安史之乱是唐朝由盛向衰的标志，它像一股凛冽的寒风，把人们刮进了万木萧瑟的秋季。在此之前生活在和平环境中的士人，存有强烈的由文事立致卿相的愿望。而战争的爆发，使武将有了用武之地，广大文士则被排挤到社会边缘，热切的仕进欲望为消极避世的隐逸情怀所取代。此时的玉关诗歌，颇多无奈的叹息、冷寂的情调和对于边事的担忧和焦虑。许多富有爱国心和民族感情的诗人大声疾呼，要求当权者采取有力措施恢复疆土，拯救百姓。如戎昱的《塞下曲》，诗云："汉将归来虏塞空，旌旗初下玉关东。高蹄战马三千匹，落日平原秋草中。"诗人通过玉关旌旗、汉将战马等意象，表达了对战争的必胜信心。有长期边庭生活经历的李益写有多首玉塞诗，表达对边患后果的切身体验、对和平的热切期待。《边思》中所塑造的那位锦带吴钩、走马玉塞的将家子形象，正是诗人尚武任侠精神和驰骋疆场、建功立业志向的写照。《塞下曲（其二）》表达了他裹尸还乡的愿望和不生入玉关、立志为国的坚定决心，体现了诗人以身许国的豪迈气概，具有雄壮高昂的情调，直承王昌龄之风，回荡着盛唐之音的余响。戴叔伦《塞上曲（其二）》中"愿得此身长报国""何须生入玉门关"等诗句，更是中晚唐人以身许国情怀的生动写照。一旦这种热情遭到冷遇，则又化为满腔忧愤倾泻出来，如张仲素在《天马辞二首（其一）》中写的"不知玉塞沙中路""苜蓿残花几处开"，就是对软弱无能的当权者的极大讽刺。据《史记·大宛列传》："（大宛）俗嗜酒，马嗜苜蓿。汉使取其实来，于是天子始种苜蓿、蒲陶肥饶地。及天马多，外国使来众，则离宫别观旁尽种葡萄、苜蓿极望。"① 这里飘香的葡萄、盛开的苜蓿花是国家强盛、天下太平的写照。安史之乱后，当年为天马输送苜蓿的西北要道，则因战争烽烟而残花处处、萧败不堪。诗人借古讽今，咏物抒怀，充满了对盛世的怀念和对衰世的叹息。朱庆馀的《自萧关望临洮》，借玉塞的荒凉，深沉感慨晚唐国势的衰微，透着一股凄凉、悲哀之气。此诗真实地反映了唐朝因国力衰落、边

---

① （汉）司马迁：《史记》，中华书局2006年版，第718页。

疆虚弱而造成的领土丧失,边民落为异族奴隶的社会现实,尖锐地抨击了朝政的昏聩,在中晚唐玉关诗歌中颇具代表性。

  从南北朝至唐再到清代,吟唱玉关成为边塞诗中不衰的主要诗题之一。玉关远在西部边塞,距离中原腹地遥遥几千里,大部分人,尤其从未到过西部边塞的中原士人,对玉关的认识和感知主要来自前代的有关典籍和诗歌。严酷的自然环境、生入国门的历史典实,强烈冲击着他们的心理。他们对玉塞所形成的固有的概念,使他们所创作的玉塞诗歌,带有强烈的主观色彩,想象多于纪实。这些诗歌借玉关书写建功理想,抒发征夫之怨和怀乡思亲等感情。唐代因国力的强盛、经济的繁荣、文化的发达以及盛世所赋予士人的积极进取、建功边塞的精神气质,使得唐人笔下的玉关诗篇更具特点。这些诗歌在思想内容、情感意蕴上,经历了由初盛唐的尚武进取、建功边塞、非战厌战到中晚唐的讽刺王政、怀念故国、痛心失地的过程。汉代李广利、班超等征战西域、建功边塞的历史典故,深深影响着唐人的创作心理。在这些诗歌里,玉关不再是国门的标志和通往域外的关口,也不再是中华与西域的分界线和隔开华夷的关口,而是一个象征边塞的文化符号,是文化风俗与心理的分界口,具有鲜明的主观色彩。在唐代,相当一部分诗人曾亲历西塞、到过边关,因而玉关在这些诗人的心中,也不再是一个虚设的边塞背景,他们笔下的玉关,不再是虚幻、想象中的边塞关口,而是一个具体的、实在的西部要塞,是一个充满诗意的意象符号、激发他们诗情的媒介和无意识的诗性空间。他们对人生和历史的深入思考、深沉喟叹,就是通过玉关这一诗歌意象体现出来的。他们的玉塞诗包含着丰富的历史沉淀,又有深刻的现实体验,所以,更能震撼人们的心灵。报国立功、建功边塞、征夫思亲和思妇念夫等思想内容,均在这种边关背景下得到了激发和强化。总之,唐诗中的玉关诗篇是唐代边塞诗中的一道亮丽风景,值得进一步研究。

(王忠禄:兰州城市学院文学院副教授,文学博士)

区域文学地理研究

"泗水捞鼎"图像在不同地区的变异与发展[①]

王 青

一、文献中秦始皇"泗水捞鼎"的有关记载及其象征意义

一方面是金属矿石的采集与冶炼不易,再加上大型青铜器的铸造技术很难掌握,因此,在上古社会中,巨型青铜器是非常罕见的,只有拥有巨大财富的人才有可能获得;而在上古社会,巨额财富的获得往往依仗于巨大的权力。青铜器的铸造既是高度组织化的社会秩序的产物,也是维持这种秩序的象征与力量。因此,大型的青铜祭器——鼎——很早就被视为是权力尤其是国家权力的象征物。[②] 据说铸于夏朝的成组祭器九鼎,就是统治天下的正当性与合法性的象征物;它是天命的显现,其存在就意味着拥有者得到天意的认可。一旦天命转移,九鼎的主人也将发生改变。据《左传》记载,宣公三年(前606),楚子伐陆浑之戎,来到洛阳,在周境内陈兵耀武。周定王派遣王孙满慰劳楚君。楚子问鼎之大小轻重。王孙满严肃地回答道:

> 在德不在鼎。昔夏之方有德也,远方图物,贡金九牧,铸鼎象物,百物而为之备,使民知神奸。故民入川泽山林,不逢不若,螭魅罔两,莫能逢之。用能协于上下以承天休。桀有昏德,鼎迁于商,载祀六百。商纣暴虐,鼎迁于周。德之休明,虽小,重也;其奸回昏乱,虽大,轻也。天祚明德,有所底止。成王定鼎于郏鄏,卜世三十,卜年七百,天所命也。周

[①] 此文为国家社会科学基金项目"中国神话的图像学研究"(项目编号:12BZW062)的阶段性成果。
[②] 关于青铜时代青铜器铸造与政治权力的密切关系,张光直有专门的论述,见《中国青铜时代》,生活·读书·新知三联书店1999年版,第22–24页。

德虽衰，天命未改。鼎之轻重，未可问也。

作为天命的象征物，当朝代更替、天命转移时，九鼎即自动转换主人，类似的传说在《墨子·耕柱》中也有相关的记载，其云：

> 昔者夏后开使蜚廉折金于山川，而陶铸之于昆吾；是使翁难雉乙卜于白若之龟，曰："鼎成三足而方，不炊而自烹，不举而自臧，不迁而自行，以祭于昆吾之虚，上乡！"乙又言兆之由曰："飨矣！逢逢白云，一南一北，一西一东，九鼎既成，迁于三国。"夏后氏失之，殷人受之；殷人失之，周人受之。夏后、殷、周之相受也。数百岁矣。

张光直说，这两段传说显示出中国古代社会政治、宗教和艺术密切结合的方式。第一，青铜彝器上的动物形花纹，乃是各地特殊的通天动物，将它们画成图像铸于鼎上，以供王朝的服役，意味着王朝不仅掌握着最多、最有力的兵器，也掌握着各地方国的通天工具。第二，九鼎不仅是通天权力的象征，而且是制作通天工具的原料和技术独占的象征。第三，王权的政治权力来自对九鼎的象征性的独占，也就是来自对中国古代艺术的独占。① 这以后，人们坚信在周王朝统治的年代，在洛邑一直保存着夏朝铸造的九鼎。据说在周王室的统治发生重大危机时，九鼎往往会有所反映。例如，威烈王二十三年（前403）命韩、魏、赵为诸侯，此年九鼎震。

周亡之后，关于九鼎的下落，史书上说法不一。司马迁在《史记·秦本纪》中说，秦昭襄王五十二年（前255），此年周赧王死，周民东亡，其器九鼎入秦。而在《史记·封禅书》中说："宋太丘社亡，而鼎没于泗水彭城下。"② 张守节《正义》则云："禹贡金九牧，铸鼎于荆山之下，各象九州之物，故言九鼎。历殷至周赧王（五）十九年（前256），秦昭王取九鼎，其一飞入泗水，余八入于秦中。"

不过，从秦始皇后来的举动分析，这组宝器并没有入秦，至少没有全部入秦。因此，在秦始皇东巡而还时，"过彭城，斋戒祷祠，欲出周鼎泗水。使千人没水求之，弗得"。此一事件在《水经注·泗水》中记述甚为详细：

---

① 张光直：《夏商周三代都制与三代文化异同》，《中国青铜时代》，生活·读书·新知三联书店1999年版，第60–61页。
②《太平御览》卷七五六引《史记》云："周末有九鼎徙秦氏，[或] 曰：(宋) 太丘社亡而鼎没于泗水彭城下。其后百一十五年而秦兼天下。始皇二十八年，过彭城，斋戒祷祀，欲出周鼎，使千人没水求之，不得。"

> 周显王四十二年，九鼎沦没泗渊，秦始皇时而鼎见于斯水。始皇自以德合三代，大喜，使数千人没水求之，不得，所谓"鼎伏"也；亦云系而行之，未出，龙齿啮断其系，故语曰："称乐大早绝鼎系。"当是孟浪之传耳。

秦朝覆亡之后，九鼎并没有自动转入汉朝宫廷，依然不知下落，也就是说汉朝的统治尚无强有力的天意认可，这可能是汉朝统治者的一块心病，却为各类方士大做文章提供了极好的机会。《史记·封禅书》载，汉文帝十七年（前163），方士新垣平进言："周鼎亡在泗水中，今河溢通泗，臣望东北汾阴直有金宝气，意周鼎其出乎？兆见不迎则不至。"于是，文帝使治庙汾阴南，临河，欲通过祭祠使周鼎出水，但没有成功。元鼎元年（前116）夏六月，汾阴巫锦在为老百姓建祠堂时，在魏脽后土营旁挖出了一个与众不同的鼎，有文镂无款识。各级官员层层上报直到汉武帝处。汉武帝举行了盛大的祭祀仪式后将其迎至甘泉，荐见宗庙，并于此年改元。由于仅出一鼎，似乎与传说中的九鼎在数量上不合，因此，创造了新的圣君铸鼎的传说。据有司说，在夏铸鼎之前，泰帝铸神鼎一，黄帝铸鼎三。言外之意，单独一鼎乃是泰帝所铸。而齐国方士公孙卿更是声称，此时显示的祥瑞与黄帝时是一模一样的。黄帝时，也曾得宝鼎于宛朐，黄帝因此而封禅、修仙，最后骑龙升天。武帝听信了公孙卿的建议，正式决定去泰山封禅，并更加热衷于求仙问道。总之，围绕着魏脽出土的古鼎，激发了许多重要的宗教活动，掀起了汉朝宗教史上一个空前的热潮。

西汉时期，在天人感应观念空前强大的时候，却一直没有具有说服力的天意标志来证明政权的合法性与正当性，这使得以暴力获取天下的汉朝统治者在心理上未免有些虚怯，正是在这种背景下，魏脽古鼎扮演了一个特殊的角色，其出土成为极其重要的一个宗教政治事件，这使得一切有关宝鼎的神异传说深入人心。

二、山东地区的"泗水捞鼎"图像

综上所述，在汉代以前，围绕着巨鼎产生了丰富的神话与传说，也发生了数起重大的历史事件。但值得注意的是，与文献系统不同，在图像系统中，最常出现的情节既不是楚子问鼎，也不是汉武帝迎鼎，而是秦始皇泗水捞鼎。据鹤间和幸1994年发表的论文，他搜集到的汉代至魏晋的"泗水捞鼎"图像共21幅，其中山东16幅，河南4幅，四川1幅。[①] 而据武利华2004年出版的论

---

① [日] 鹤间和幸：《秦始皇帝诸伝説の成立と史実——泗水周引き上け失敗伝説と荆軻暗殺未遂伝説》，《茨城大学教養部紀要》26号（1994），第5页。

文,目前发现的"泗水捞鼎"图像共计发现37幅,其中木刻画1幅,画像砖6幅,画像石30幅,他较为详细地介绍了其中的18幅。① 黄琼仪认为其中有几幅并不属于"泗水捞鼎"图像,她搜集的数量为33幅;② 而据辛旭龙的统计,"泗水捞鼎"图像共有41幅。③ 统计数量上的差异一方面是由于此类图像还在不断发现的过程中,更重要的原因,还在于有些图像是否属于"泗水捞鼎",学者们有不同的看法;尤其是四川出土的数幅图像,表现的内容似乎与"泗水捞鼎"无关,应该不属于"泗水捞鼎",而是"泗水捞鼎"图像的变异与发展。我们罗列一下山东、江苏省"泗水捞鼎"图像,首先来看山东省的相关图像。

(1) 1976年微山县微山岛沟南村出土,西汉宣帝至元帝时期(前73—前33)。此图为线刻,物像施麻点。画面分为三格:左格,橦戏。地上竖三根高橦,其中两边橦顶上各有一人倒立,中间橦顶上一人长袖起舞,中间橦两边有斜索与两边橦相连,斜索上一人沿索上攀,一人倒立沿索下沿。三橦边站有保护人和观者。中格,楼房二层,楼上人物宴饮、六博、游仙,楼下仆人抬壶,进酒食,正欲沿楼梯上楼,楼外左边一人一马,右边二人拱手立。右格,升鼎。中间立两柱,左右皆有鱼;两排人物引绳升鼎,有二人伸手托鼎;楼房内有观升鼎者中间坐,两旁各一跪者;堂外一个躬身立;二人沿楼梯上。

(2) 1987年于山东省微山县微山岛调查所得,长方形石椁石板(现在小桥的下面)。画面分三格:左格刻画古戏橦末伎图。中格刻"泗水升鼎图",在拱形桥架的中部有一断口,两条绳索垂下系住鼎耳,桥架上面的两边各有五人,肩荷绳索,作拉索升鼎之势。桥下二人作潜泳姿态,右一人伸手托着即将出水的鼎身。另有二鱼和三水鸟在左边,有一长形物通至拱桥,此兽有爪,似龙,桥左下部站立三人,左上部一人端坐,双手横托一物,其右一人跪伏地上作拜谒状。桥右上部端坐一人。右格为建鼓舞。调查者判断刻画时间当在西汉晚期或东汉早期。

(3) 1987年于微山岛之沟南村调查所得,为双室石椁墓的中间石板,画面分为三格,左格为庖厨图,中格刻两层楼阁图,最右边是泗水捞鼎图像。画面中间似为两立柱,柱左右各一斜杆呈拱桥状,上面两边各有三人拉着由两立柱中间垂下的绳索,下拴一鼎,鼎中伸出一龙,口咬绳索,鼎下一人,似在水中。两立柱左右斜形杆的下面,各刻鱼五或六尾,鱼上有一水鸟,画面上部有

---

① 武利华:《汉画"泗水升鼎图"考评》,孙厚兴、郭海林主编:《两汉文化研究》(第3辑),文化艺术出版社2004年版,第298-302页。
② 黄琼仪:《汉画中的秦始皇形象》,台湾大学历史学研究所硕士学位论文,2006年。
③ 辛旭龙:《汉画中的"泗水捞鼎"图像》,南京艺术学院硕士学位论文,2012年。

三人，左边一人端坐，前置一夌。中间一人弯腰向水下看望。右边站立一人，前置一壶。调查者判断时间当在西汉晚期或东汉早期。

（4）1983年嘉祥县纸坊镇敬老院出土。此图为凹面线刻。画面分三层。上层，刻一厅堂，一人向左坐于矮榻之上，榜题"楚王"二字。堂外左右各有一持板施礼者。中层，泗水升鼎，桥上两立柱，柱左右各二人引索，中间鼎已升起，鼎内伸出龙头，咬断绳索。画像年代大致在东汉早期。

（5）1983年嘉祥县纸坊镇敬老院出土。此图为凹面线刻。画面分三层，上层，中间刻高禖，头戴"山"形冠，三角眼，阔嘴露齿，一手抱伏羲，一手抱女娲。中层，孔子见老子，二人头戴进贤冠，身着长袍，各拄一弯曲的拐杖，相对躬身而立。中间一矮者是项橐。下层，泗水升鼎，桥上立二柱，拉鼎的绳子通过立柱两端分别握在两边的人手中，柱两边各二人引索升鼎，鼎升至半空，鼎内伸出一龙头咬断右边绳索，故右边的人摔倒在地；右上方二人观看，前者头戴进贤冠，身材较高大，当是秦王。右边有一些方格纹饰，大约代表河岸边砖砌的平台。左上方空处刻两只向左飞的鸿燕。画像年代大致在东汉早期。

（6）早年嘉祥县刘村洪福院出土。此图为凹面线刻。画面分三层，上层残，左为二人物，右为伏羲、女娲。中层，左边一人物，圆脸大眼，双手握一长蛇，蛇头伸向右边一人物头部欲咬，右边人物亦圆脸大眼，头戴高冠，身佩长剑，左手握锤。下层，泗水升鼎。桥上立二柱，柱两旁各三人引索拉鼎，柱中央鼎已升出水面，鼎内一龙咬断绳索。上方六人观看，中间偏右一人身材魁梧，面向左跪坐，俯身朝下观看，头戴前面高出一块的斜顶冠。他身后二人面向左站立，手举至胸前。左方三人面向右跪坐，手举板至胸前。下部中央一水池，池中有鱼两尾，池上方一鼎，池旁立一架，两旁各三人手握绳子正把鼎拉起，绳一端拴在鼎耳上，鼎内伸出一龙头，咬断了右边的一根绳。画左上方有飞鸟两只，右上方有砖石垒砌的河岸，应代表泗水。画像时代大致为东汉早期。

（7）1981年嘉祥县东北五老洼出土。此图为凹面线刻。下层，泗水升鼎。桥上立有四根杆，两旁各有四人拉绳升鼎，鼎至半空，其内伸出龙头，咬断绳，桥旁坐观者当为秦王，其身后三跪者，面前四人执板躬身行礼，桥下一船，船上一人撑船，一人叉鱼。水中有鱼八条。空处刻一只飞鸟。画像年代大致为东汉早期。

（8）1981年嘉祥县东北五老洼出土。此图为凹面线刻。画面分四层，一层升鼎，桥上四柱，柱旁二列人物挽绳升鼎。鼎升出水，其内伸出龙头咬断系绳，鼎欲坠，一人欲托起，上有观看升鼎者数人，中间凭几而坐者为秦王，前有三人恭立，后有四人拱手端坐。水中有大鱼四条，左上方有砖砌的岸壁。二层，孔子见老子。三层周公见成王。四层中间二长者相对拱手交谈。画像年代大致为东汉早期。

（9）1981年嘉祥县东北五老洼出土。此图为凹面线刻。画面分三层，上层泗水升鼎，拱桥上立四竖杆，左右两列共五人引绳升鼎，绳系一鼎耳。桥下五游鱼，桥旁一人坐，身后一侍者，面前一跪者。右上方一人举弩射燕。中层，周公辅成王。下层，孔子见老子。画像年代大致为东汉早期。

（10）嘉祥县武氏祠左石室东壁下画像。原石编号"左石室三"。画像分左右两格。右格刻升鼎图：河上搭一架，架两侧共七人拽绳拉一鼎，鼎中昂起龙首啮断绳索；河中四人驾两舟，其中一人举竿托鼎；舟下有数鱼和捕鱼者及鸟啄鱼；舟上方有飞鸟，两岸有车骑及观者。画像当为秦王泗水捞鼎的故事。画像年代约东汉桓帝建和二年（148）。

（11）山东嘉祥武氏祠内"蔡题三石"取鼎图。此石为清光绪八年（1882）蔡绋秋（寿生）在嘉祥得后增入武氏祠。该石为三角隔梁石，应为祠堂的顶部，正面刻泗水捞鼎图，画面残泐较甚，构图方法和表现内容同武氏祠"左石室三"相同。画面分上下两层。第一层刻十六人，左边八人面向右，右边八人面向左，均头戴斜顶高冠，手上大多拿有竹简，为官员和其他随从。右方最后一人跪。跪者后面刻两只鸟，左方最后一人匍匐于地，第二人跪着。第二层中央刻捞鼎图。河岸上每边各四人，共拽一绳，河面上鼎已升出，鼎中伸出龙头，把绳咬断，有三只飞鸟在鼎旁飞翔。水面上有小船，上有二人，一人用篙顶住鼎，一人执桨仰首观鼎，一人用罩罩鱼。右方还有一人抬头观鼎。第二层左方刻一轺车，面向右，车上一御者，车后一人站立，戴斜顶高冠，车前剥落一片。右方也有一辆轺车，车后一人似正登车。车后一骼者，马伫立。驾轺车的马正在登一片斜坡，斜坡上二人，上面一人正向上爬，下面一人似正在迎接轺车。右方空处一飞鸟。画像时代为东汉中晚期。

（12）山东嘉祥的"泗水捞鼎"图像。原注录"城内高氏家藏一石"，画面已漫漶不清，但风格与刘村、纸坊镇、五老洼等地的"泗水捞鼎"图像相似。右上方是一台状物，上有四人在观看捞鼎活动。河的左边有四人奋力以绳拉鼎，右边残损已看不清。左边空白处站有两人在观看捞鼎活动。鼎已出水，并有一龙头伸出，一人托鼎，水面有一只船，船上有二人撑船，水中有数条游动的鱼。

（13）邹城市郭里镇卧虎山M2南石椁北椁板内侧。画面分为三格，右格中间为双阙，中格画面分为上下两层，上层为车马出行，下层为伯乐相马。右格画面也分为上下两层。上层是双层楼房，屋顶左右分立一凤一凰。楼内上层一人蹲踞，双臂伸展，室内周围瑞气缭绕。楼下六人，中间二人皆端坐，左右各二人跪坐拜谒。下层画像为泗水取鼎图，中为二立柱，上置滑轮，左右斜坡状桥面上各有四人用绳拉鼎，其中左侧一人倒匍后仰。中为巨鼎，内有一蛟龙伸头咬断绳索。桥下有一船，船内二人皆一手持桨，一手用力托鼎，其左右各有一鱼。发掘者推断此画像当在西汉晚期或东汉早期。

（14）1990年邹城市郭里乡高里村出土。此图为浅浮雕，画面正中一拱形桥，桥上立两根高杆，杆左右各一队男女凭桥栏而立，拉绳升鼎，鼎露出水面，鼎内一龙咬断鼎耳系绳。两杆之间站一人，桥左一高亭，亭旁四人端坐，桥右立二人，其中一人戴进贤冠，一人怒目吹须，当为卫卒。桥上空间凤鸟数只，有二长发翼人跪祠。画像年代当在东汉晚期。

（15）邹县高庄公社前营村出土。画面分四层，一层，二骑者。二层，九头人面兽。三层，人物。四层，升鼎。左边三人在桥上拉绳，桥下升起一鼎，鼎上一物似龙首，绳断。右边画像残。

（16）山东省汶上县孙家村画像，拓本纵114.5厘米、横92厘米。画分四格，第二格刻捞鼎图，画面构图是在拱桥上竖立两根支柱，柱子顶端有滑轮，两旁各有四人拉绳取鼎，鼎出河面，鼎内出一蛟龙，仰颈咬断左面的栓鼎绳索，鼎欲坠落，水面二人凫水托住鼎，拱桥上搭大型支架，支架上有官员观看取鼎的情况（傅惜华《汉代画像全集·二编》图87、88）。画像时代当在东汉早期。

（17）早年济宁城南鱼台出土，画面分两层，上层宴饮人物列坐。下层，左半建鼓竖中央，鸟首羽葆飘扬，二虎共首座上各骑一人击鼓；左侧有一人倒立，二人舞剑，右侧有一人弄丸，上方有抚琴、舞蹈及端坐观赏女子，羽葆上刻鹳数只。右半为泗水升鼎，拱形桥上置二竖杆，两侧各一列人物引绳升鼎，鼎升出水面，鼎内龙咬断引绳，二竖杆间有三人在接绳，竖杆上有凤鸟两只。画像年代当在东汉晚期。

（18）孝堂山石祠隔梁东面画像，出土于山东省长清县（现为济南市长清区）孝堂镇孝里铺村南孝堂山上。画像上下分为两组，上组，刻刺史刘道锡打捞南越尉陀鼎的故事。河两岸用石块叠涩成挑出的平台状，当中开口处竖两杆，顶装辘轳，两岸各四人拉拽一鼎，拉绳自辘轳上穿过，鼎耳脱落，拉绳松弛。河中二船，各乘二人，其中一人用竿支鼎。平台上五人观望，台左有人张弓射鸟，台右有连理树和奇禽怪兽。下组，刻一列车骑右向行，共有伍佰二，导从骑四，辎车三，主车盖系四维，右端一人执笏恭迎。画像年代约为东汉章帝时。

（19）1982年滕州市官桥镇后掌大出土，浅浮雕。画面分两层。上层，左半为力士，皆目瞪口张；自左而右，一人半跪半蹲式，手托一物，一人作骑马蹲裆式，一人手持一斧，一人手执鞭骑在虎身上，一人倒拔一树。右半为孔子见老子，中间二长者，左为老子，右为孔子，孔门弟子捧简而立，怒目擦掌者为子路。下层，左半又分上下两部分，上为人物一列，下为车骑出行，右半为泗水升鼎。阙下凭几而坐者为秦王，拱形桥桥上架滑轮，两旁各五人引绳升鼎，另一人举手指挥，桥下鼎升出水面，一龙由鼎内伸出头来，水中有鱼，一人立船上，画面外饰三角纹。画像年代约在东汉晚期。

（20）滕州画像石椁升鼎图。该图构图极简且模糊，此图未见著录，出土状况不清楚，只能大略判断此图可能是西汉晚期的作品。升鼎图位于画面下半部，上半部为一楼阁，楼阁左方依稀可见两三人，右方似有一人，楼阁下左右斜坡各有三人以绳拉鼎，鼎已倾斜，鼎中有一龙，张口咬断左边的绳子。斜坡下为一水面，水中尚有两三条鱼。

（21）平邑县皇圣卿东阙北面画像，1932年由山东省平邑县平邑镇八埠顶迁移至平邑镇小学内。画面分五层，第一层为周成辅成王；第二层为孔子见老子；第三层为车马出行图；第四层左面有一叠涩式出跳平台，上二人左向立，左一拱桥，漫漶，似一马驾车过桥；第五层为出行图。画像年代为东汉章帝元和元年（84）。

（22）平邑县功曹阙西面画像。画像分为四层，第四层刻升鼎图，左搭一架，二绳自架上穿入系一鼎，右二人拽绳作跌扑状，右上一叠涩的平台上有一人坐观。左下残漶。画像年代为东汉章帝元和元年（84）。

（23）兖州农机技校出土的"泗水升鼎"图。该图位于兖州农机技校出土画像右椁室的左侧板。画中一辘轳架着一鼎，绳系鼎耳，鼎左右各有三人奋力拉绳捞鼎，鼎中一物，看似龙头，左边的捞鼎者全向后摔倒。左上角两人，一人坐着，一侍持戟护卫。画面右方有一兽，上方有四个观者，鼎左上角有一榜题，杨爱国、武利华说是"秦王"[①]，张从军认为是"大王"，黄琼仪同意张从军的说法。[②]

（24）泰安市出土的一水起鼎图，画面由界栏分为四层。第一层为十字穿璧。第二层，河伯出行，河伯坐在由四条鱼拉的辎车上，前有二鱼引导。第三层，车马人物，上部二人二马相对而立。下部左边为二人对立，右边停一辆马车。第四层，泗水起鼎，四人桥上分列左右，拉绳起鼎。

（25）安丘汉墓中室南壁西侧方柱东面画像。1959年12月至1960年3月发掘于山东省安丘市董家庄。画像上下分为三层，下层刻升鼎故事：左右河岸备置一滑车架，三人拽绳共拉一鼎，左鼎耳脱落，左一拽者跌扑；下有一兽二

---

①参见蒋英炬、杨爱国：《汉代画像石与画像砖》，文物出版社2001年版，第61页；武利华：《汉画"泗水升鼎图"考评》，孙厚兴、郭海林主编：《两汉文化研究》（第3辑），文化艺术出版社2004年版，第303页。
②参见张从军：《黄河下游的汉画像石艺术》，齐鲁书社2004年版，第161页；黄琼仪：《汉画中的秦始皇形象》，台湾大学历史学研究所硕士学位论文，2006年，第75页。

凤鸟。画像年代为东汉晚期。

（26）出土地不详，采自傅惜华《汉代画像全集·初编》，图255。

综上所述，山东省的"泗水捞鼎"图像分布在微山、嘉祥、邹城、汶上、济宁、长清、滕州、平邑、兖州、泰安、安丘诸县市。其中微山县3幅，嘉祥县9幅，邹城市3幅，汶上县1幅，济宁市1幅，长清县1幅，滕州市2幅，平邑县2幅，兖州市1幅。泰安市1幅，安丘市1幅，另有一幅出土地不详，共计26幅。山东是此一图像出土最多的地区。

三、江苏地区的"泗水捞鼎"图像

接下来是江苏省的相关图像：

（1）江苏徐州铜山大庙泗水捞鼎图。徐州太庙晋汉画像石墓的前室为小祠堂形式，第一石为前室的东壁，其内侧图像分为三层，上层刻西王母，中层刻建筑人物，下层刻泗水捞鼎图。画面中间刻半圆形一拱桥，桥中间竖立两根柱子，伸入桥下，柱端拴有滑轮，二条绳索拴在柱的顶端，桥下有一巨鼎附耳被二条绳索系住，桥的左右两侧各有七人拉绳取鼎，鼎内探出一龙头咬断右面的绳索。拱桥中间站立一人，短衣露足，双手各拉一根绳索，桥下有两人，似作捞鼎的辅助。画面边框的右上部有铭刻"此□室中人马皆食太仓"。

（2）江苏徐州贾汪汴塘泗水捞鼎图。此幅画像为徐州汉画像石艺术馆1996年征集，该石原散存于徐州贾汪汴塘镇。长131厘米，宽90厘米，浅浮雕，属祠堂山墙石。画面分为四层，第一层刻西王母，第二层刻水榭人物、胡人射鹿，第三层刻泗水捞鼎图，第四层是尚未完工的鸟、鱼画面。第三层的画面中间刻一拱桥，桥中间竖立两根柱子，柱端拴有滑轮，桥的左右两侧各有五人拉绳捞鼎，鼎升出水面，鼎内探出一龙头咬断鼎之绳，此图刻画了龙咬断鼎绳时的紧张场面。拱桥中间端坐一人，应为秦始皇。

（3）江苏盱眙东阳汉墓木刻画。三块木刻画出土于盱眙东阳汉墓01号墓，原来是插嵌在脚箱与棺室相接地方的三根圆柱当中，其中一块画面上方为一座平桥，有马车和骑马人通过，桥下左右两面各有三人使劲拉绳索捞物，水中露出所捞的器物，是一大鼎，鼎内跃出一只动物。

江苏地区的泗水捞鼎画计有徐州市2幅，盱眙县1幅，共3幅。

根据文献材料我们可以知道，秦始皇"泗水捞鼎"的史实发生在江苏省的徐州，而泗水则主要流经山东西南部和江苏西北部，因此，以上图像的出土区域有的处于此一传说发生的中心区域，有的处于泗水流域的范围，有的则接近于泗水领域，应该是此一传说较为原始的图像表达。从这些较为原始的图像表达中我们可以看到，"泗水捞鼎"的核心图像应该是巨鼎、拉绳和拉鼎者，由这些核心图像表达"捞鼎"这一情节；由桥、支架、叠涩的河岸等主要图像表达水中捞鼎这一情节，而由观看者、巨龙咬绳等主要图像表达"秦皇捞鼎"这一特定内容。辅助图像则为滑轮、渔船、船上用竿支鼎者、凤鸟，等等。

四、泗水郡的反秦情绪与"泗水捞鼎"图像的兴盛

古泗水原为淮河下游最盛的支流，根据《水经·泗水注》的记载，它发源于山东省泗水县东陪尾山，西流经今泗水县、曲阜市、兖州市，然后折西南流经今鱼台县东南，穿今南阳湖而过，经丰县、沛县、徐州市，沿途有洙水、荷水、汴水、睢水、沂水、沭水等河流注入其中①。秦王嬴政二十三年（前224），王翦击楚，取陈以南至平舆，尽有楚国淮北之地。随后，秦国在此设置泗水郡，辖境约相当于今皖、苏两省淮河以北，临沂、枣庄以南，宿迁、泗洪以西，萧县、淮北市、涡阳、凤台以东地区；泗水南北纵贯全郡。郡领十六县：在今安徽境内有城父（今亳州城父集）、铚（今濉溪县临涣集）、蕲（今宿县南蕲县集）、符离（今宿州市东北灰古集）、竹邑（今宿州老符离集）、取虑（今灵璧县高楼乡潼郡村）、僮（今泗县东北骆庙乡僮城村）、萧（今萧县城西北）、相（今淮北市）九县，在今江苏境内有沛（今沛县）、留（今沛县东南五十里）、彭城（今徐州市）、下相（今宿迁市西南古城）、徐县（今江苏泗洪县南大徐台子）五县，在今山东境内有傅阳（今山东枣庄市旧峄县城南侯孟）、戚县（今山东临沂市西南）等县②。郡的治所设在相城③。汉初，刘邦为提高家乡地望，改泗水郡为沛郡。郡下辖县三十七，郡治仍设在相城。

泗水郡处于当时全国的中心地带，地理位置十分重要。清人顾祖禹说："盖彭城、邳、泗，北连青、齐，西道梁、宋，与中原形援相及，呼吸相闻，自古及今要会之处也。"④ 泗水郡在秦末特别引人注目，不仅因它重要的地理位置，更因为这里是反秦起义最早、最激烈的地区。关于泗水郡在秦汉鼎革时期的重要作用，程有为曾经有过详细的论述，在此，我们再简略地概括一下。

---

① 参见王丰会：《泗水河道变迁述略》。
② 据谭其骧主编：《中国历史地图集》（第2册），中国地图出版社1982年版，第9－10页。也有人认为徐县置于西汉，戚县属于东海郡。见史为乐主编：《中国历史地名大辞典》（下册），中国社会科学出版社2005年版，第2147、2329页。
③ 据谭其骧说，最初郡治当在沛，在泗水之滨，所以名泗水郡，至二世时已徙治相。见谭其骧：《长水集续编》，人民出版社1994年版，第466页。
④（清）顾祖禹：《读史方舆纪要·南直方舆纪要序》，中华书局2005年版，第869页。

第一，秦末反秦起义的三大主力要么首先从泗水郡起义，要么本身就是泗水郡人。据《史记·陈涉世家》记载：二世元年（前209）七月，发闾左适戍渔阳，九百人屯大泽乡。失期当斩，于是陈胜、吴广揭竿而起。"陈胜自立为将军，吴广为都尉。攻大泽乡，收而攻蕲。蕲下，乃令符离人葛婴将兵徇蕲以东。攻铚、酂、苦、柘、谯，皆下之。"据《集解》引徐广曰，大泽乡"在沛郡蕲县"。当时沛郡称泗水郡。陈胜起义后首攻的目标即是泗水郡南部诸县，然后西向进攻砀郡诸县。

反秦起义中的另一支主力刘邦乃沛丰邑（今江苏丰县）中阳里人，据《史记·高祖本纪》载：

> 秦二世元年秋，……诸郡县皆多杀其长吏以应陈涉。沛令恐，欲以沛应涉。掾、主吏萧何、曹参乃曰："君为秦吏，今欲背之率沛子弟，恐不听。愿君召诸亡在外者，可得数百人，因劫众，众不敢不听。"乃令樊哙召刘季，刘季之众已数十百人矣。……刘季乃书帛射城上，谓沛父老曰："天下苦秦久矣！今父老虽为沛令守，诸侯并起，今屠沛。沛今共诛令，择子弟可立者立之以应诸侯，则家室完。不然父子俱屠，无为也。"父老乃率子弟共杀沛令，开城门迎刘季……于是少年豪吏如萧、曹、樊哙等皆为收沛子弟二三千人，攻胡陵、方与，还守丰。

所以，泗水郡沛县乃刘邦首事之地。

第三支主力是项梁、项羽军。项梁、项羽是泗水郡下相县（今宿迁市）人，虽然避仇来到了吴地，但听说陈涉起事，马上在吴郡会稽（今江苏苏州）起兵，领八千人渡江而西，紧接着渡淮，进入东海郡，军下邳（今江苏睢宁县西北古邳镇东）。

第二，和第一点密切相关，那就是，这三支起义队伍中，泗水郡人通常都是骨干力量，泗水郡是他们反秦的根据地。陈胜的基本队伍，除了九百戍卒外，大多为泗水郡及其附近人。陈胜初立时，陵人秦嘉①、铚人董緤、符离人朱鸡石、取虑人郑布、徐人丁疾等皆特起，将兵围东海守庆于郯。符离人葛婴将兵徇蕲县以东，铚县人吴徐将兵居许。可见，陈胜起义得到了泗水郡民众的广泛响应。刘邦的文臣武将萧何、曹参、王陵、周勃、樊哙、夏侯婴、周昌都是沛县人，二三千丰、沛子弟是刘邦起事的基本力量。而项羽所建西楚定都彭城，将泗水郡作为自己的都畿之地。西楚九郡，其中心区域为梁、楚，即秦之砀郡与泗水郡。

---

① 《集解》引《地理志》曰："泗水国有陵县。"县治在今江苏泗阳县众兴镇凌城村。

第三，由于泗水郡是项羽、刘邦军队的根据地，因此围绕此一地区，曾与秦朝军队有过激烈的争夺，最终是起义军巩固了自己的根据地。秦二世二年（前208），秦泗川监平将兵围攻丰邑，二日，刘邦出与战，破之。命雍齿守丰，引兵之薛。泗川守壮败于薛，走至戚，沛公左司马得泗川守壮，杀之。沛公还军亢父，至方与，周市来攻方与，未战。雍齿叛，反为魏守丰。沛公引兵攻丰，不能取。沛公怨雍齿与丰子弟叛之，闻东阳宁君、秦嘉，立景驹为假王，在留，乃往从之，欲请兵以攻丰。是时秦将章邯等人将兵北定楚地，屠相，至砀。东阳宁君、沛公引兵西，与战萧西，不利。还收兵聚留，引兵攻砀，三日乃取砀。因收砀兵，得五六千人。攻下邑，拔之。还军丰。闻项梁在薛，从骑百余往见之。项梁益沛公卒五千人，五大夫将十人。沛公还，引兵攻丰，拔之，雍齿奔魏。（《史记·高祖本纪》）丰邑再次回到刘邦手中。

秦二世三年（前207），项、刘军队分别遭遇挫折，项梁在定陶被秦将章邯击败，死于非命。沛公攻陈留不克。项羽闻讯，从陈留东归，吕臣军彭城东，项羽军彭城西，沛公军砀。这时楚怀王从盱台（今江苏盱眙县东北盱眙山麓）之彭城，并项羽、吕臣军自将之。在稳定了军心之后，才慢慢西进至安阳。由此，可看出彭城地区在项、刘军队中的重要作用。

以上三点都说明，泗水郡有很浓厚的反秦思想，有很强烈的反秦力量，反秦的义旗一举，往往一呼百应，因此，成为秦末反秦斗争的根据地。

第四，也许是巧合，泗水郡是陈胜与项羽的败亡之地。秦二世元年（前209）腊月，陈胜之汝阴，还至下城父（今安徽涡阳西北），其御者庄贾杀以降秦。陈胜在泗水郡起事，也死在泗水郡。汉五年（前202），汉军及诸侯从固陵一路追击，将项羽围于垓下，在此地将其彻底击溃。垓下之所在学术界尚有争议，部分学者认为地在今河南，这又可分为陈下说与苦县说两种意见；大部分学者主张地在今安徽，细分又有灵璧说与固镇濠城集北说两种不同的主张。在此笔者赞同安徽说，无论是在灵璧还是在固镇，都不出泗水郡的范围。

总之，在秦汉之交的反秦起义中，泗水郡有着不可替代的重要作用。

五、"泗水捞鼎"图像在南阳地区的变异

以下三幅石像石出土于河南省南阳市，南阳离泗水捞鼎的发生地徐州市将近千里之遥，已经远离了泗水流域，我们来看看此一传说在这一地区的图像表达是否有什么变化。

（1）出土于新野樊集，编号为M24的泗水捞鼎图。图中间是一座木制拱桥，桥下有两柱支撑，柱端有斗拱，桥上有栏杆，两端各树一表木，在桥周围有四组画面：一，泗水捞鼎，桥上的人用力拽鼎，鼎已出水，一龙跃起，将索

咬断，水中两舟乘四人，各拿环状物，似为升鼎用。二，车骑出行，主车驾两马，导车和两导骑已下桥，桥左一从车正过阙。三，鼓舞，两人手执鼓桴，且鼓且舞，建鼓之右两乐人，一手持排箫吹奏一手摇鼗。四，狩猎，一人用毕网兔。

（2）新野安乐寨，画中一拱桥，桥下两舟，各乘一人，跪姿，手举圆形物，面向出水之鼎。桥两端各有三力士，身体后倾，双手握索，用力拽鼎。桥上为车骑出行的场面：主车乘二人，驾驷马，前有两骑吏，掮棒前导，后有一从车，三从骑，从车乘二人，驾二马。桥左端上方置一建鼓、兽簴，两人执桴边鼓边舞，桥右端上方，有狡犬逐兔。

（3）新野樊集 M36、新野樊集 M39，平索戏车，图左有飞驰的两戏车，车上各树一橦，前车橦端蹲一伎，右手拉软索，左手拽一伎之足，此伎身体悬空，几乎与软索保持水平，橦杆中段，一伎双手握橦平撑，后车顶端与软索相连，一伎缘橦软索中间，一伎人双脚倒挂。右有拱桥，桥下一人荡舟，鱼、龟在游动，桥上是车马出行图，主导两马骈驾，驻手执辔，主人端坐，前有导车和导骑，导车一马，一驭手，一乘者，骑吏掮棒，桥右二小吏曲身恭迎。车骑出行上方，一人持杖追逐两兽，右上方两人持剑打斗。

由此我们可以看到，河南南阳的泗水捞鼎图像虽然保持了河流、绳索、捞鼎者、大桥、巨龙啮绳等核心图像，甚至也保留了渔船、游鱼等辅助图像，但此一地区尤其是新野图像所产生的一个重要变化是观看者变成了过桥的车队以及表演艺人，支架、滑轮、叠涩的河岸等泗水流域非常重视并很常见的图像消失了。这一图像所传达的意义慢慢从秦始皇泗水捞鼎转化为桥上捞鼎。河南图像极其强调大桥的核心地位，泗水捞鼎的图像到南阳后和南阳本地工匠特别喜爱的桥上车马出行和桥旁娱乐图像尤其是平索戏车图像相结合，而形成了全新的图像表达。

六、四川省的升鼎图像及其意义

"泗水捞鼎"图像传播到四川之后就发生了越加明显的变异。尽管四川省的捞鼎图像与山东、江苏以及河南有着明显的不同，但依然有迹象表明，四川省的捞鼎图像是从泗水流域的秦皇捞鼎图像发展演变而来的。

我们这样说的第一个依据是江安县黄龙乡桂花村 1 号石室墓的石棺画像，此墓于 1985 年发现清理，时间大致在魏晋时期。画像位于 1 号石棺左边。画像左侧一人着长袍戴冠，手持一长竿，竿端下垂，置于双耳圈器皿上方，右侧一龙口衔竿而作奔腾状，尾部有一鱼，鱼首的方向与龙首方向一致。这一幅图像虽然拉鼎者从一队变成了一个，但在江安县发现的石棺画像上巨龙啮断绳索仍然是中心图像，甚至也保持了游鱼这一辅助图像，基本的情节如水中捞鼎、巨龙啮绳等核心内容尚未发生变化。

另一幅图像据说来自于泸州的崖墓或石棺，由 Richard Edwards 在 The Cave Reliefs at Ma Hao 一文中首先提及，但他并不知道这幅图像的出土位置，只是说："这一拓本据称来自于泸州（一个四川城镇，在岷江和扬子江汇合处的下游）附近地区发现的（与麻浩墓）同一时期的砂岩箱或棺木。从这一拓本重现的细部来看，一个粗糙的怪物面具看起来正在接收一个鼎或祭器，而此鼎正被精致的滑轮之类的装置吊起来献给它。"麻浩一号崖墓的时间当在东汉中晚期，那么，这幅拓本的刻画时间大致也在此一时段。在这一幅图像中，从鼎中跃出的巨龙变成了一个巨大的怪兽，但依然是在啮咬绳索；而横梁代替了原图中的桥梁。显然，图像的内容发生了我们所不知道的变异。尽管与原始的泗水捞鼎图像有了巨大的不同，但从巨鼎、拉绳者、滑轮，尤其是正在咬啮绳索的怪兽等要素来看，我们依然可以知道，这幅图像是从泗水捞鼎图像演变而来的。

同是泸州市出土的另一幅图像依然保持了巨鼎、拉鼎者、滑轮等核心图像，但随着桥梁这一核心图像的消失，图像再也不是水中捞鼎，而是地上升鼎。这是泸州十一号石棺中的一幅图像。泸州十一号石棺于1987年出土于四川省泸州市长江边的一座砖室墓中，棺身左侧的中间为一幅升鼎图，有两人椎髻，裸上身，着裤，正在用力拉绳升鼎，鼎的上方有三颗圆珠，应为不死药。在这幅图像中，正如吴雪杉所指出的，鼎的意味发生了根本性的变化，从作为祥瑞的神鼎变成了有助于得道成仙的丹鼎。

现由新都县（现为新都区）文管所所藏的一幅图像，图上有一大鼎，付耳蹄足，上有云纹和垂角纹，两旁有二人，左边一人头戴高冠，身着宽袖长袍，右边一人手握一绳，绳系于鼎。

"泗水捞鼎"图像在四川产生继续变异是拉鼎者消失而变成了重要的祥瑞动物青龙与白虎，至此，泗水捞鼎的核心图像中除了巨鼎和绳索还保留着，令我们联想到原始图像之外，其图像表达与象征意义均已经发生了根本性的变化，连通过丹鼎炼药从而得道成仙这一意义也已经消失，成为单纯的形式化的祥瑞图案。如泸州四号石棺出土的白虎丹鼎图和泸州九号石棺上双雀衔璧与丹鼎图。尽管在这两幅石棺画像中还保存了鼎这一核心图像，但是，将它们称为"泗水捞鼎"图像显然是不合适了。而在出土于宜宾石棺上的龙虎图中，尽管龙虎啮绳这一动作能让我们依稀看到泗水捞鼎图像的原始痕迹，而图中的怪兽面部似乎也表明与 Richard Edwards 提及的那幅泸州石棺升鼎图有某种联系，但是，整幅图像中连鼎都消失了。至此，我们可以说，这是"泗水捞鼎"图的最后阶段了。

七、总结与讨论

（1）鼎在中国传统文化观念上是权力的象征，拥有九鼎意味着权力天授，是权力合法性的保证。而在汉朝以后，巨鼎又成为天下太平、政治清明的祥瑞标志。

（2）秦始皇泗水捞鼎原是一个真实的历史事件，它发生于反秦情绪最为激烈、反秦活动最为活跃的泗水流域。当秦亡之后，此一事件成为秦朝不得天命最有说服力的证据，长久地流传于此一地区，成为泗水流域普通百姓的集体记忆，这是画工将其图像化表达的最初的政治动力。因此，泗水流域及其附近地区的泗水捞鼎图像强调的是龙啮绳索、众工倒地等捞鼎失败的场景，而且有观看捞鼎的秦始皇等重要人物，这是泗水捞鼎的原始图像。

（3）当这一图像流播于数百里之外的南阳时，其意义开始发生变化。河南图像极其强调大桥的核心地位，并开始与其他典型图像如桥上车马出行、桥头建鼓、舞蹈、平索戏车及其他百戏场景混合在一起，支架、滑轮、叠涩的河岸等泗水流域非常重视并很常见的图像消失了。由此，政治性意味消退而演变为娱乐性事件，从而形成了全新的图像表达。

（4）此一图像流播到四川之后，它所发生的第二次变异是从鼎中跃出的巨龙变成了一个巨大的怪兽，但依然是在啮咬绳索；而横梁代替了原图中的桥梁。显然，图像的内容发生了我们所不知道的变异。但以后相关图像的意义则清晰可见，最重要的变化是鼎的意义的变化，从表示权力、祥瑞的神鼎变化为炼药的丹鼎，图像内容转化为修炼不死之药。从这里，我们再一次可以看到，仙道思想对四川图像系统的影响。而到最后，连通过丹鼎炼药从而得道成仙这一意义也已经消失，成为单纯的形式化的祥瑞图案。丹鼎重新成为祥瑞标志。

（王青：南京师范大学文学院教授）

汴京与燕京：
南宋使金文人笔下的"双城记"①

王 昊

南宋（1127—1279）与金（1115—1234）对峙的时期，事实构成中国历史上的第二个"南北朝"。②其间彼此和平相处的年代实际远远超过了双方战争时期。汴京本是北宋的旧国都，而收复燕、云，也本是当初北宋和勃兴之金订立"海上之盟"的主要动机和基本内容，其后双方亦因交割燕京之事而生衅盟解，并终致金人南侵而北宋覆亡。燕京之重要，于此亦可见一斑。完颜亮时期，营治的新燕京——"中都"开始成为金朝的国都。

南宋和金"绍兴和议"后，南宋奉臣表，称"下国"，奉金为"上国"，双方以君臣之礼确立了两国间的交聘制度。规定：每年正旦（农历正月初一）和皇帝生辰、新皇帝即位等，双方都须互相遣使祝贺。直至金末交聘形式和内容基本未变。③南宋使节出使的终点站即金朝的国都新燕京，而往往在行程上要先取道和经过北宋旧都汴京即金朝的"南京"。金中叶以降，因受漠北蒙古势力的压迫，金宣宗"贞祐南渡"（贞祐二年，南宋宁宗嘉定七年，1214），复迁都于开封。可见，就金人而言，汴京与燕京，不啻是其政治力量时代盛衰的直接"指示针"。而对南宋的使节而言，尽管处于双方的和平时期，尽管每次出使的具体目的、任务不同，但南宋处于"下国"的基本情势却有趋同的一面。换言之，使节的类型、具体人选虽各有不同，但其主体身份、地位却是相同的。南宋朝廷规定，出使人员回朝后，需将出使情况和闻见，笔录上奏。而正、副使节一般分由文臣和武将担任，充当正使的文臣中也不乏诗人（词

---

① 本文为国家社会科学基金一般项目"金代文学史"（项目编号：14BZW178）的阶段性成果。
② 参见李治安：《两个南北朝与中古以来的历史发展线索》，《文史哲》2009年第6期。著名金史专家张博泉先生认为："辽、金继北朝之后，把原来南北对等的关系发展为不对等的关系，确立了北朝的受贡国与南朝贡国的关系，南朝向北朝称臣，北朝成为南北两朝的宗主。由对等的北朝发展为不对等的宗主，是北朝在中华民族的发展中地位的进一步提高。"见张博泉：《中华一体的历史轨迹》，辽宁人民出版社1995年版，第377页。
③ 除受国书礼外，金宋双方礼制对等。金完颜亮"伐宋"和南宋韩侂胄"开禧北伐"都曾一度破坏了双方的交聘制度。"隆兴和议"后金宋由君臣之国变为叔侄之国，"嘉定和议"后金宋为伯侄之国，然上述"绍兴和议"后确定的和平时期双方主要的交聘形式和内容，直至金末（宣宗兴定二年，1218）并无变化。

人),故除出使"语录"① 而外,也多有使金诗词的创作。

北宋故都汴京和金新都新燕京的升降变迁,在南宋使金文人笔下是如何被记录、描绘,如何被强调或弱化的?又是如何聚焦于旧"废都"与新"帝都"之不同的"城像"——"城市映像"的?家国盛衰之感的个人书写和"华夷之辨"心态下的历史记忆,在不同的南宋使金文人那里,又是怎样遵循着相同或相似的书写策略,有着怎样的强化或遮蔽的机制?本文即试图回答这些问题。

一、新国都"中都"和新"南京"开封

燕京在辽朝是其"南京",乃其陪都,府名又曰"析津"。辽太宗据有燕蓟后,"置南京。城北有市,百物山偫"②。北宋徽宗宣和五年(1123,金太宗天会元年),金人攻下燕京,根据宋金联合攻辽的协议,燕京收复后交还给北宋。后因郭药师之叛,燕京不久复又落入金人之手,并导致了金人的南侵和北宋王朝的覆亡。北宋末的燕山府已经是拥有三十万人口的燕南名都大邑。北宋徽宗宣和七年(1125,金太宗天会三年)许亢宗作为贺金太宗即位信史,燕京是其行程中的第四站。据其记述:"户口安堵,人物繁庶,大康广陌,皆有条理。州宅用契丹旧内,壮丽复绝。城北有三市,陆海百货,萃于其中。僧居佛宇,冠于北方。锦绣组绮,精绝天下。……癸卯年春(引按,即宣和五年)归我版图,更府名曰燕山,军额曰永清。城周围二十七里,楼壁共四十丈,楼计九百一十座,地堑三重,城开八门。"③

随着金廷政治中心的南移,新燕京——中都成为金朝的新国都。天德三年(1151),完颜亮决定迁都燕京,"始图上燕城宫室制度,三月,命张浩等增广燕城"④。随后"役民夫八十万,军匠四十万"(《揽辔录》),经过一年多增广城池、修建宫室的大规模扩建,于贞元元年(1153)正式迁都,宣布改燕京为中都,府曰大兴;同时改开封为南京。

---

① 又名"行程录""奉使录""使北录"等,其中"语录"之名应用时间最长、影响最广。参见傅乐焕《宋人使辽语录行程考》,原载《国学季刊》5卷4号,1936年9月;又载《辽史丛考》,中华书局1984年版。
② (元) 脱脱等:《辽史》卷六十《食货志下》,中华书局1974年版,第929页。
③ (宋) 许亢宗:《〈许亢宗行程录〉疏证稿》,贾敬颜:《五代宋金元人边疆行记十三种疏证稿》,中华书局2004年版,第222-223页。
④ (元) 脱脱等:《金史》卷二十四《地理志上》,中华书局1975年版,第572页。

金新国都中都是依照北宋都城汴京的城邑和宫室制度①，在原辽燕京城的基础上扩建而成的。其建制由外而内分别是外城（大城）、内城（皇城）和宫城。外城的北墙仍原燕京城之旧不动，东、西、南三面向外扩展成新墙。外城共有十三门，北城垣有四门，从西向东依次是会城门、通玄门、崇志门和光泰门；东城墙有三门：由北向南依次是施仁门、宣曜门和阳春门；南城垣有三门：由东向西依次是景风门、丰宜门和端礼门；西城墙有三门，由南向北依次是丽泽门、颢华门和彰义门。② 据考古勘察测量，外城的周长约有18690米。③

　　内城（皇城）在外城的中心，周围九里余。④ 东西南北方向各有一门，依次是宣华门、玉华门、宣阳门和拱辰门。接待出使金朝的外国使节居住的会同馆、来宁馆在皇城的南部。

　　宫城复在皇城之内。应天门十一楹，左右有楼，门内有左右翔龙门及日华门、月华门。宫城中的宫殿主要有：正殿大安殿，是朝廷举行重要仪式、庆典的地方，在前殿位置。便殿仁政殿，是常朝之所，位置在大安殿之后，有宣明门相通。大安殿东北方是太子所居的东宫，太后所居的寿康宫在大安殿的正北方；尚书省在集禧门外。还有常武殿和广武殿，是击球、习射的地方。宫城外东西各有回廊，道路两旁植有柳树，廊脊覆盖碧瓦，各宫阙和殿门都纯用碧瓦。⑤ 金中都的规模和繁华，于金章宗所作《宫中绝句》亦可见一斑："五云金碧拱朝霞，楼阁峥嵘帝子家。三十六宫帘尽卷，东风无处不扬花。"⑥

　　而就在南宋高宗宣布杭州为临时驻跸之地、改称"临安"之后⑦，北方金朝的完颜亮也为"耸南人之视听"而大兴土木于故宋旧都开封。出于"南伐"南宋、统一全中国的目的，完颜亮的总体战略分缓急、先后两步走：先从东北上京会宁迁都于燕京（中都），再拟迁都于开封。故早在天德四年（1152）还在扩建燕京之际便同时经营开封以为预备南侵之基地。不料贞元元年（1153）宫室尽毁于一场大火，不得不暂时停工。至正隆三年（1158）七月完颜亮终

---

① 北宋都城东京开封的建筑规制、城图参孟元老《东京梦华录》和陈元靓《事林广记》甲集十一卷"东京城"条。简言之，东京城分外城（又名罗城、新城，周围四十里）、里城（又称阙城、旧城，周围二十里）和宫城（周围五里）。宫城内的各建筑的名称、分布和功用，《东京梦华录》均有详细记述。

② （元）脱脱等：《金史》卷二十四《地理志上》，中华书局1975年版，第572页。

③ 侯仁之主编：《北京历史地图集》，北京出版社1988年版。北京市文物研究所编：《北京考古四十年》，北京燕山出版社1990年版，第160页。金中都城的周长，《金史·地理志》不载。《大金国志》载金中都城周围七十五里，学者认为"七"或乃"三"之讹。

④ （宋）宇文懋昭撰，崔文印校证：《大金国志校证》卷三十三《燕京制度》，中华书局1986年版，第470页。

⑤ （元）脱脱等：《金史》卷二十四《地理志上》，中华书局1975年版，第572—573页。

⑥ 薛瑞兆、郭明志编：《全金诗》（第3册），南开大学出版社1995年版，第49页。

⑦ 绍兴八年（1138）南宋高宗赵构宣布以临安府为"行在所"，正式定都杭州。

于决定再迁都于开封,正隆四年(1159)三月再下诏书着手重修原北宋都城、被金人称作"南京"的开封,由左丞相张浩和参知政事敬嗣晖主持,营建南京开封宫室所耗人力、物力、财力远远超过了增广旧燕京的工程。① 营建工程以华丽堂皇为尚,"将旧日宫室台榭,虽尺柱之不传,片瓦之不留,更而新之。至于丹楹刻桷,雕墙峻宇,壁泥以金,柱石以玉,华丽之极,不可胜记"②。完颜亮多次委派其心腹宦官梁珫去察看、监督工程进展,梁珫认为未达标准的宫殿,虽靡费巨万,也即尽行拆毁重建。正隆六年(1161)二月营缮工作告竣。是年四月完颜亮诏尚书省、枢密院、大宗正府、劝农司、太府、少府等机构百官迁赴开封治事,完成了"南伐"前事实上的迁都准备。完颜亮"南伐"失败、金世宗在中都重建金政权后,开封仍为金四陪都之一的"南京"。

二、"城像"书写及其书写策略

南宋使节使金有固定的交通路线和走法。一般从南宋盱眙渡过淮河,由泗州入金界,进入金境后先到南京(开封)再最后至金京中都。所谓"三许之地":开封、真定、中都,金人都有"赐宴"。③ 而限于行旅条件,如为贺正旦,头年的秋季就得出发,才能赶在冬、春之际前到达金京中都。金世宗完颜雍的生辰"万春节"是三月一日,南宋贺使需在头年十一、十二月即已动身;金章宗完颜璟的生辰"天寿节"在八月三十一日,当年三四月即需出发。

汴京开封是金人"三许赐宴"之地的第一站。对于北宋覆亡后才成长起来的南宋使节而言,大多是平生第一次到故都,时代越往后越是如此。而"故都"最自然地联系着北宋覆亡、神州陆沉的历史记忆,因此"故都之残破"——黍离之悲,是南宋使金文人笔下共同书写的汴京"城市映像"。自然,这里需要说明的是,"语录"与诗词不同,不同文体间目的、功用不同,自有着显性与隐性书写之别,而且对其"阅读期待"也不同:前者需上奏朝

---

① 参见《金史》卷五《海陵纪》和卷八十三《张浩传》等;并参见李心传《建炎以来系年要录》卷一八一《绍兴二十九年三月甲申》:"是月……金主亮再修汴京,命尚书左丞张浩、参知政事敬嗣晖董其役,集诸路夫匠,大兴宫室,极其侈靡,将徙居焉。"影印文渊阁四库全书本,台湾商务印书馆股份有限公司2008年版,第327册,第564页。张棣《正隆事迹》:"己卯春三月,遭左相张浩、右参政嗣晖起天下军民,夫匠……统计二百万。运天下林木花石,营都于汴。"傅朗云编注:《金史辑佚》,吉林文史出版社1990年版,第225页。
② (宋)张棣《正隆事迹》,傅朗云编注:《金史辑佚》,吉林文史出版社1990年版,第225页。
③ (宋)周煇《北辕录》:"自起程至三许折车,盖常先一两程。"原注:"三许,真定、汴京、燕山也。"(宋)李心传:《建炎以来朝野杂记》乙集卷十二:"南使入北境……至开封,乃赐御宴。真定又赐之。"中华书局2000年版,第699-700页。

廷，存档以备咨询；诗词则朋友间传播互阅，如丘崈曾赠给杨万里自己所作"使北诗"（见杨万里《诚斋集》卷二十《跋丘宗卿侍郎见赠使北诗一轴》）。当然，即便是"语录"，也会因视角的不同有文体内部的显性与隐性书写之别。

如果说对于像朱敦儒（1081—1159）这样亲历了北宋覆亡而再无故地重历可能的"南渡词人"而言，"故都"只能是其痛苦的回忆和无望的遥想的话："无酒可销忧。但说皇州。天家宫阙酒家楼。今夜只应清汴水，呜咽东流。"① 那么，对于曹勋（1098—1174）这样既经历了北宋的覆亡，又有着多次出使金廷经历的词人，当其中秋佳节出使途中留次在北宋旧都汴京、金人的"南京"开封时，面对彼时南北对峙、"中原隔绝"，也只能发出一连串"请缨无路"的无奈长叹："……虎旅横江，胡尘眯眼，恨有中原隔。宫城缺处，望来消尽金碧。　征辔暂款神州，期宽北顾，且驰驱朝夕。皓彩流天宁忍见，双阙笼秋月色。欲饮无憀，还成长叹，清泪空横臆。请缨无路，异时林下犹忆。"② 词人以南宋使臣的身份重回故土、故都，"虎旅横江，胡尘眯眼"致使神州陆沉、中原沦陷的历史记忆，就铭刻在那宫城残垣处，历历在目，触目而惊心。故都城墙上的一轮旧月，更是彼时身在汴京城的词人不忍再看到的。"分明认得是老家里，现在自己倒变成外客"③ 的深哀剧痛，这种"异乡/国人"的特殊心理体验，只化作满腔空洒的清泪。

而对于北宋覆亡后才成长起来的楼钥（1137—1213）来说，其对旧都汴京开封的"目击"和"体验"，也是以"痛苦"为基调。他在乾道五年（1169）以"书状官"的身份随正、副使汪大猷、曾觌出使金国庆贺元旦，根据其《北行日录》记载，开封是行程中的第十七站，乾道五年（1169）十二月底到达，并留次三天；回程途中的翌年一月十八日（1170年2月5日）再次经过开封，并入城休息。开封的"城市映像"，在《北行日录》中有外视角下的"显性书写"：

> 入东京城，改日南京。新宋门旧日"朝阳"，今日"弘仁"。城楼雄伟，楼橹壕堑壮且整，夹壕植柳，如引绳然。先入瓮城，上设敌楼。次一瓮城，有楼三间。次方入大城。下列三门，冠以大楼。由南门以入，内城相去尚远。……入旧宋门，旧日"丽景"，今日"宾曜"。亦列三门，由

---

①（宋）朱敦儒：《浪淘沙·中秋阴雨，同显忠、椿年、谅之坐寺门作》下片，唐圭璋编：《全宋词》，中华书局1965年版，第850页。
②（宋）曹勋：《念奴娇·持节道京城中秋日》，唐圭璋编：《全宋词》，中华书局1965年版，第1226页。
③钱钟书选注：《宋诗选注》，人民文学出版社1989年版，第141页。

北门入,尤壮丽华好。门外有庙曰"灵护",两门里之左右皆有阙亭。门之南即汴河也……相国寺如故,每月亦以三、八日开寺。两塔相对,相轮上铜珠尖,左暗右明。横过大内前。逆亮时大内以遗火殆尽,新造一如旧制,而基址并州桥稍移向东。大约宣德楼下有五门,两旁朵楼尤奇。御廊不知几间,二楼特起,其中浮屋,买卖者甚众。①

但在这种"显性书写"的背后,还有一种"隐性书写"——传统"春秋笔法"的移用。如上引省略号后的文字:

城外人物极稀疏,有粉壁曰"信陵坊",盖无忌之遗迹。城内亦凋残,街南有圣仓屋甚多。望见婆台寺塔,云城破之所。街北望见景德、开宝寺二塔,并七宝阁寺、上清储祥宫,颓毁已甚,金榜犹在。……又有栾将军庙,颓垣满目,皆大家遗址。②

显性、隐性书写的文字实际正是交错展开的。虽然在外视角的"显性书写"下,金人营治的开封"新造一如旧制",但在内视角的"隐性书写"中,旧都往昔的繁华早已不再;由外视角转移到内视角,"城像"外观"壮丽华好"的"显性书写"已经被"凋残""颓毁"的"隐性书写"颠覆了。

前引"瓮城"一段中,所谓"瓮城"乃北宋徽宗时为御敌所建城上堡垒,其形如瓮而得名。而因北宋朝野听信"兵痞"郭京"六甲神兵"之谰言,都城汴京城未战而破即沦于金人之手,"瓮城"实际未发挥其作用。③ 这其实也是"隐性书写"。"语录"或者通过追叙地名府治命名建置的历史沿革的方式来表达"今昔之感"。如楼钥《北行日录》:"又六十里宿拱州。本襄邑县,属开封,崇宁四年建,名辅州,以为东辅,又改拱州。治襄邑,本宋承匡襄陵乡也,襄公所葬,故曰襄陵。金曰濉洲。"④ 再如年代更晚一些、成书于淳熙年间的周煇(1127—?)《北辕录》载云:"至东京,今改曰南京。……按东京,春秋卫、陈、郑三国之境,古大梁城也。""燕古冀州地,武王封尧后于蓟,

---

① (宋)楼钥:《北行日录》,顾宏义、李文整理标校:《宋代日记丛编》(三),上海书店出版社2013年版,第1192-1193页。个别文字、标点并参赵永春编注:《奉使辽金行程录》,吉林文史出版社1995年版。
② 同上注。
③《宋史》载:"(靖康元年闰十一月)丙辰,妖人郭京用六甲法,尽令守御人下城,大启宣化门出攻金人,兵大败。京托言下城作法,引余兵遁去。金兵登城,众皆披靡。……京城陷。"参见(元)脱脱等:《宋史》卷二十三《钦宗本纪》,中华书局1985年版,第434页。
④ (宋)楼钥:《北行日录》,顾宏义、李文整理标校:《宋代日记丛编》(三),上海书店出版社2013年版,第1192页。个别标点并参赵永春编注:《奉使辽金行程录》,吉林文史出版社1995年版。

即蓟县也。隋立涿郡，唐为幽州，天宝间曰范阳郡，升为卢龙军。辽曰燕京，名析津府。皇朝改曰燕山府，金曰大兴府。"①

如果说"语录"受其文体所限，不得不借"春秋笔法"来完成"隐性书写"，那么诗词之吟咏就无须如此"周章"，尽可直接描绘面对北宋故都、金人的"南京"时的"城市映像"——"黍离之悲慨"特定心态的投射和"城像"的特定折射。楼钥在《灵璧道中》说："古汴微流绝，余民尚孑遗。……膏腴满荆棘，伤甚黍离离。"②看吧，诗人还没有到达汴京，走在故国土地上已经犹如"周大夫行役宗周"，满怀悲慨。

在乾道五年（1169）贺金正旦的使团中，曾觌（1109—1180）是副使。回国途中，曾觌、楼钥他们于翌年（庚寅，1170）正月早春时节，又经过旧都开封。巧的是，曾觌的里籍就是开封，可谓生于斯长于斯，北宋覆亡时他尚不及弱冠之龄。如今故地重游，家国之恨一齐涌上心头，于是写下了这首《金人捧露盘·庚寅岁春奉使过京师感怀》：

记神京，繁华地，旧游踪。正御沟、春水溶溶。平康巷陌，绣鞍金勒跃青骢。解衣沽酒醉弦管，柳绿花红。　　到如今、余霜鬓，嗟前事、梦魂中。但寒烟、满目飞蓬。雕阑玉砌，空锁三十六离宫。塞笳惊起暮天雁，寂寞东风。③

《金人捧露盘》这一词调为曾觌"创调"，在曾觌今存百余首词中，也仅此一见。此调又名《铜人捧露盘》，盖取调名于汉武帝在长安铸神明台置铜仙人承露，至魏明帝欲迁置洛阳而铜人泪下的传说，可谓极富历史沧桑之感。词中通过汴京城像的今昔对比，表达了作者深深的盛衰之叹、黍离之悲。词的上片，以"记神京"开篇，化实为虚，追忆当年故都"柳绿花红"的繁华景象和自己青年时代裘马轻狂、"解衣沽酒"的洒脱、浪漫的生活。下片"到如今"回到当下，并由虚入实，书写汴京沦陷以后只剩"满目飞蓬"的衰败以及自己年华的无可挽留；而"雕阑玉砌，空锁三十六离宫"也正是现实中汴京"城像"的典型写照，所谓"离宫"本指皇帝正宫以外临时居住的宫室，这里泛指旧都汴京的皇宫。而结拍"塞笳惊起暮天雁，寂寞东风"，情以景结的画面、音响中的"塞笳""晚雁""东风"诸意象，皆富有象征意涵，尤其

---

① (宋)周煇：《北辕录》，顾宏义、李文整理标校：《宋代日记丛编》（三），上海书店出版社2013年版，第1134、1138页。
② 傅璇琮等主编：《全宋诗》卷二五四一，北京大学出版社1998年版，第29411-29412页。
③ 唐圭璋编：《全宋词》，中华书局1965年版，第1314页。

以"塞笳"声起象征昔日故都如今已经胡化、边鄙化了——有似于庞右甫《使金过汴京》诗的"月照九衢平似水,胡儿吹笛内门前"(杨万里《诚斋诗话》引)。

曾觌为何不在此番出使初到开封时创作此词,而是在回程再到开封时有此感慨?这只能说,对曾觌而言,属于他的一种"筛选性"写作。从感物的创作动因看,春风吹开了冰冻的"御沟(汴京御街两旁的水沟)水""春水溶溶"的联想,应是其创作的触媒,一如该词词题所示。

对北宋覆亡后长大的南宋文人而言,对故都汴京的"记忆"实际是一种"文化记忆"。此种"记忆"虽并无体验性的实际内容,却具有明确的政治和文化的符号化的象征意义。据《宋史·孝宗本纪》和《金史·交聘表》载,乾道八年(1172)十二月,南宋遣试礼部尚书韩元吉(1118—1187)、利州观察使郑兴裔为正、副使臣,赴金新燕京中都祝贺金主完颜雍生辰万春节(三月一日)。次年初春,他们行至汴京,金人如例设宴奏乐款待。成长于北宋覆亡后时年55岁的老词人韩元吉对酒闻乐,触景生悲,感慨不已,于是当筵写了这首《好事近·汴京赐宴闻教坊乐有感》:"凝碧旧池头,一听管弦凄切。多少梨园声在,总不堪华发。　杏花无处避春愁,也傍野烟发。惟有御沟声断,似知人呜咽。"① 上片即席抒感,以安禄山的僭伪拟喻金人之入主中原,用唐代安史之乱时发生在长安教坊中的一段不屈伶人的悲剧故事,表达"汉使作客胡作主"(陆游《得韩无咎书寄使虏时宴东都驿中所作小阕》)的沉痛心情。下片借景言情,以汴京城中杏花生愁和御沟呜咽的城像,反衬词人的极度悲哀。

阎苍舒《水龙吟》:"少年闻说京华,上元景色烘晴昼。朱轮画毂,雕鞍玉勒,九衢争骤。春满鳌山,夜沉陆海,一天星斗。正红球过了,鸣鞘声断,回鸾驭、钧天奏。　谁料此生亲到,十五年、都城如旧。而今但有,伤心烟雾,紫愁杨柳。宝篆宫前,绛霄楼下,不堪回首。愿皇图早复,端门灯火,照人还又。"② 阎苍舒生卒年不详,王炎宣抚四川时,与陆游同入王炎征西(宣威)幕府。据《宋史·孝宗本纪二》和《金史·交聘表》,他于孝宗淳熙四年(金世宗大定十七年,1177)正月,以试吏部尚书使金贺正旦。此词为其回程路过汴京时所作。上片极写汴京当年上自皇帝下至士庶一同欢度元宵佳节的"盛况"。作者其实不曾亲临其境,只是少年时代从前辈们的口耳相传中了解到一些情况,但字里行间仿佛目睹耳闻一样,流露出对故都所承载的昔日祥和城像的无限向往和怀念之情。下片转写北宋覆亡五十年后的今日亲到"京

---

① 唐圭璋编:《全宋词》,中华书局1965年版,第1402页。
② 唐圭璋编:《全宋词》,中华书局1965年版,第1724页。

华",只见"都城如旧",而人事已经全非。作者于淳熙年间使金,当在汴京沦陷后五十余年,"十五年"当为"五十年"之误。昔日"金翠耀目,罗绮飘香"的繁华景象已荡然无存,下片这里所提及的"宝箓宫""绛霄楼"和"端门",都是汴京皇宫与元夕赏灯等狂欢活动有关的场所:宝箓宫在汴京宫城皇宫的东南角,前为景龙门,十二月预赏元夕灯火于此;绛霄楼在汴京皇宫内;端门即汴京皇宫正门宣德楼的中门。词人最后祈愿"皇图早复",希望宣德楼前的灯火依旧像从前那样灿烂,照映着人们度过欢乐的节日。

宣德楼是北宋宫廷举行各种"与民同乐"的重大活动的"地标性"场所,金人营治开封后改称作"承天门"。以此为触媒,范成大(1126—1193)的《宣德楼》诗不仅有悲慨,更有激愤:"峣阙丛霄旧玉京,御床忽有犬羊鸣。他年若作清宫使,不挽天河洗不清!"①原诗注云:"庑加崇葺,伪改曰'承天门'。"女真入主中原,将北宋都城汴京宫城的正门楼"宣德楼"改称作"承天门",而在作者看来,无论金人怎样在外观上"加以崇葺",甚或以"奉天承运"相标榜,昔日北宋都城"玉京"已被野蛮地"玷污"了,并誓言"他年若作清宫使,不挽天河洗不清"!乾道六年(1170)范成大以"祈请国信使"身份出使金朝,出使目的是求还河南陵寝地和请更改受国书礼。范成大使金组诗共计72首,命曰《北征集》。孔凡礼《范成大年谱》"乾道六年"条综括组诗题旨:"遗民之涕泪,金人之奴役,中原之壮丽,故都之残破,英烈之表彰,权奸之误国,及恢复之信心,完节之决心,纷形笔下,实为范氏爱国思想之集中体现。"②如书写"故都之残破"的《市街》:"梳行讹杂马行残,药市萧骚土市寒。惆怅软红佳丽地,黄沙如雨扑征鞍。"原注:"京师诸市皆荒索,仅有人居。"③《相国寺》:"倾檐缺吻护奎文,金碧浮图暗古尘。闻说今朝恰开市,羊裘狼帽趁时新。"原注:"寺榜犹祐陵御书(引按,指宋徽宗书法)。寺中杂货皆胡俗所需而已。"④《宜春苑》:"狐冢獾蹊满路隅,行人犹作御园呼。连昌尚有花临砌,肠断宜春寸草无!"原注:"在旧宋门外,俗名'东御园'。"⑤不胜今昔盛衰之叹。所谓"旧宋门",乃汴京内城东面一门的俗称,正名"丽景门",金人营治南京后改称"宾曜门"。范成大《壶春堂》诗更直咏宋徽宗:"松漠丹成去不归,龙髯无复有攀时。芳园留得觚棱在,长与都人作泪垂。"原注:"徽庙称道君时所居在撷芳园中,俗呼为'八滴水

---

① 傅璇琮等主编:《全宋诗》卷二二五三,北京大学出版社1998年版,第25849页。
② 孔凡礼:《范成大年谱》,齐鲁书社1987年版,第190页。
③ 傅璇琮等主编:《全宋诗》卷二二五三,北京大学出版社1998年版,第25849页。
④ 傅璇琮等主编:《全宋诗》卷二二五三,北京大学出版社1998年版,第25848页。
⑤ 傅璇琮等主编:《全宋诗》卷二二五三,北京大学出版社1998年版,第25848页。

阁'者。"①

　　黍离之悲自然引发诗人历史兴亡的诘问："中原陆沉久，任责岂无人？"②"大梁襟带洪河险，谁遣神州陆地沉？"③　"白头浪说关中事，邓禹当年已笑人！"④"今古战场谁胜负，华夷险要岂山川？"⑤反思的结论是：人事之谋胜于都城之坚固："倚天栉栉万楼棚，圣代规模若化成。如许金汤尚资盗，古来李勣胜长城。"⑥

　　事实上，南宋使金文人笔下书写的汴京城像，从始至终一直都定格于"故都之残破、萧条"。直到开禧元年（1205）七月，史达祖随李壁使金前夕，吟社词友高观国等为之置酒送行并赋词，仍高唱云"过离宫禾黍，故垒烟尘，有泪应弹"（高观国《雨中花》）。史达祖本人的《满江红·九月二十一日出京怀古》一词作于其出使归途再经过北宋故都城汴京时："缓辔西风，叹三宿、迟迟行客。桑梓外、锄耰渐入，柳坊花陌。双阙远腾龙凤影，九门空锁鸳鸯翼。更无人、撅笛傍宫墙，苔花碧。"⑦史达祖原籍汴京，这是他平生唯一一次回到故乡。词开篇以留次三天后不忍启程离开入题，眼见昔日繁华的"柳坊花陌"如今已变成耕种之地。"双阙远腾龙凤影，九门空锁鸳鸯翼"直接书写汴京城像的物是人非，旧都的楼观和皇宫都处于萧索中。古代天子所居有九门，这里以"九门"代指皇宫。据孟元老《东京梦华录》卷一"大内"条载，北宋汴京皇宫正门宣德楼上"镌镂龙凤飞云之状"，"下列两阙亭相对"。⑧上片结拍"更无人、撅笛傍宫墙，苔花碧"反向化用元稹《连昌宫词》"李谟撅笛傍宫墙，偷得新翻数般曲"，用以凸显当下故宫的冷落难堪。

　　但南宋使金文人笔下的"故都之残破、萧条"，却不尽是实情。正如本文开篇所说，他们的笔触聚焦在北宋故都汴京城像的今昔变迁，本是有所强化、有所遮蔽策略下的书写——强化了故都汴京昔日的民繁物阜和今日残破萧条的

---

①傅璇琮等主编：《全宋诗》卷二二五三，北京大学出版社1998年版，第25849页。

②（宋）楼钥：《泗州道中》，傅璇琮等主编：《全宋诗》卷二五四一，北京大学出版社1998年版，第29411页。

③（宋）范成大：《双庙》，傅璇琮等主编：《全宋诗》卷二二五三，北京大学出版社1998年版，第25847页。

④（宋）韩元吉：《汉光武庙》，傅璇琮等主编：《全宋诗》卷二〇九八，北京大学出版社1998年版，第23692页。

⑤（宋）杨万里：《舟过杨子桥望远》，傅璇琮等主编：《全宋诗》卷二三〇一，北京大学出版社1998年版，第26437页。

⑥（宋）范成大：《京城》，傅璇琮等主编：《全宋诗》卷二二五三，北京大学出版社1998年版，第25848页。

⑦（宋）史达祖：《满江红·九月二十一日出京怀古》，唐圭璋编：《全宋词》，中华书局1965年版，第2343页。

⑧（宋）孟元老著，姜汉椿译注：《东京梦华录全译》，贵州人民出版社2009年版，第8页。

盛衰对比，同时也遮蔽了金人对开封的营治和治迹。① 另一方面，南宋使金词中无一首是直接描绘金人国都新燕京"中都"的，而即便有诗词写到了金人的新国都"中都"，也大都以"燕京"为题。

绍兴二十九年（1159）周麟之（1118—1164）以哀谢使（告宋帝母韦氏哀）出使金廷。《中原民谣·燕京小》②是其所谓《中原民谣》中的第一首，诗题指为"燕京"，实乃南宋使金诗中唯一有意识地将北宋故都开封与金朝新都燕京（中都）对比而书写者。

诗中对于金朝重新营建开封之举："汴都我宋兴王宅，二百年来立宗祐。一朝飞瓦下云端，尽毁前模变新饰"，乃表示"故老恸哭壮士谨，吾宁忍死不忍观"；更期盼和诅咒"只恐金碧涂未干，死胡溅血川原丹"。故而诗题中"燕京小"之"小"者，藐视也③，尽管新燕京城宫阙壮丽，"展辟城池数倍宽，帝居占尽民居少。通天百寻殿十重，金爵觚棱在半空"，但歌舞繁华掩盖不了民生之凋敝："万户千门歌舞窄，不如九市人声寂。"不但城中民生凋敝，在周麟之眼中金人新燕京中都的"城市映像"更是杀气重重："时时日暗盲风来，杀气冥濛胡舞塞。"对于金廷迁都意图乃论定："旧来寝处穹庐中，今乃燕坐阿房宫。犹嫌北方地寒苦，又欲南向观华风。"不仅有故都沦没之痛，更有"光复"的幻想和期待："群儿拍手歌相和，此地宁容犬羊涴。旄头夜落五云开，还与吾皇泰微坐。"

范成大的 72 首使金组诗，各诗篇间实际也构成了对比，尤其在有关北宋故都汴京和有关金朝新都中都的各篇间，这种张力十分明显。就前者而言，在诗人眼中，不但汴京的建筑被金人玷污，就连看到断流的汴河，想到的也是恢复和还京之念："指顾枯河五十年，龙舟早晚定疏川！还京却要东南运，酸枣棠梨莫蓊然。"④ 看到清浅的护城河水，也希望河神能追随南宋在"东南国"的"真龙天子"，使其断流："新郭门前见客舟，清涟浅浅抱城楼。六龙行在

---

① 如范成大《揽辔录》所言："旧京自城破后，创痍不复。炀王亮徙居燕山，始以为南都，独崇饰宫阙，比旧加壮丽，民间荒残自苦。新城内大抵皆墟，至有犁为田处。旧城内粗有市肆，皆苟活而已。"即多贬斥语。参见顾宏义、李文整理标校：《宋代日记丛编》（三），上海书店出版社 2013 年版，第 797 页。个别文字并参赵永春编注：《奉使辽金行程录》，吉林文史出版社 1995 年版。此可对读金末刘祁《归潜志》卷七"南京同乐园"条："南京同乐园，故宋龙德宫，徽宗所修。其间楼观花石甚盛，每春三月花发，及五六月荷花开，官纵百姓观。虽未尝再增葺，然景物如旧。"中华书局 1983 年版，第 69 页。
② 傅璇琮等主编：《全宋诗》卷二〇八九，北京大学出版社 1998 年版，第 23559 页。
③ 还有一层乃是"盛陈符谶，以'燕京小'为'康王坐'之兆"，见（清）永瑢、纪昀等：《四库全书总目》卷一五九《海陵外集提要》，海南出版社 1999 年版，第 823 页。
④（宋）范成大：《汴河》，傅璇琮等主编：《全宋诗》卷二二五三，北京大学出版社 1998 年版，第 25847 页。

东南国，河若能神合断流。"① 而就后者有关中都的诗篇而言，当诗人身处金朝的中都，站在中都的"龙津桥"上，其所见所感乃是："燕石扶栏玉作堆，柳塘南北抱城廻。西山剩放龙津水，留待官军饮马来。"原注云："在燕山宣阳门外，以玉石为之，引西山水灌其下。"②

"龙津桥"是金朝国都新燕京中都的地标性建筑之一，在皇城南门外。据范成大《揽辔录》记载："……燕山城，逆亮始营都于此。……自泗州至燕山总二千五十八里。……至燕山城外燕宾馆。……从左边过桥入丰宜门，即外城门也。……过玉石桥，燕石色如玉。桥上分三道，皆以栏楯隔之，雕刻极工。中为御路，亦栏以杈子。桥四旁皆有玉石柱，甚高，两旁有小亭，中有碑曰：龙津桥。"③ 中国古代有引水贯穿都城以象征天汉之说。郦道元《水经注》云："蓟南有大湖，其源二，俱出县西北平地。湖东西二里，南北三里，燕旧池也。东流为洗马沟。"洗马沟即今北京广安门外之莲花河，其水自莲花池（古西湖）东流，注入燕京城西城壕，复侧城南门东注于凉水（今北京凉水河）。完颜亮营建中都城时，将洗马沟原注入西城壕的一段括入城内为金水河，该河自龙津桥向东南流，在中都城东南隅经水关穿城而出，成河水流贯都城的天汉之象；在皇城南门外架龙津桥又成牵牛之象，从而更加突出了皇帝贵为天子的神权地位。以故上引范成大《龙津桥》诗与其《揽辔录》之间，也因文体功能和书写的内、外视角之异，彼此间也构成书写的张力。范成大《燕宫》一诗也大书特书对金人的"警告"："金盆濯足段文昌，乞索家风饱便忘。他日楚人能一炬，又从焦土说阿房。"原注："宏侈过汴京，炀王亮所作。"④ 诗人出使的当年九月重阳节是在金中都度过的，当日曾赋词《水调歌头·燕山九日作》：

万里汉家使，双节照清秋。旧京行遍中夜，呼禹济黄流。寥落桑榆西北，无限太行紫翠，相伴过芦沟。岁晚客多病，风露冷貂裘。　对重九，须烂醉，莫牢愁。黄花为我一笑，不管鬓霜羞。袖里天书咫尺，眼底关河百二，歌罢此生浮。惟有平安信，随雁到南州。⑤

---

① (宋) 范成大：《护龙河》，傅璇琮等主编：《全宋诗》卷二二五三，北京大学出版社1998年版，第25848页。
② (宋) 范成大：《龙津桥》，傅璇琮等主编：《全宋诗》卷二二五三，北京大学出版社1998年版，第25855页。
③ (宋) 范成大：《揽辔录》，赵永春编注：《奉使辽金行程录》，吉林文史出版社1995年版，第279－280页；并参顾宏义、李文整理标校《宋代日记丛编》（三），上海书店出版社2013年版。
④ (宋) 范成大：《燕宫》，傅璇琮等主编：《全宋诗》卷二二五三，北京大学出版社1998年版，第25855页。
⑤ 唐圭璋编：《全宋词》，中华书局1965年版，第1614页。个别句读重点。

这首词写重阳佳节引动词人的家国乡情，更增强不负使命"完节之决心"。"浮沤"之喻，又见其《会同馆》诗："万里孤臣致命秋，此身何止一浮沤。"上片中"风露冷貂裘"则强调了"燕京城像"的甫九月已"荒寒"的特征。这一城像特征也即如葛立方《朝中措·回至汴京喜而成长短句》开篇所云："暂时莫荡出燕然。冰柱冻层檐。"①

综上可知，南宋使金文人笔下的"双城记"，都在"内视角"的隐性书写和"外视角"下的显性书写间移动、转换。再稍做细分的话，可以看出对于城像的显性或隐性书写也对应着不同的时空感和书写心态：隐性书写是在现实中看过去，同时也在过去体验现在，历史性的创伤记忆浮现为当下的"不平"，个人心态、情感特征凸显——"汴京城像"折射的是痛苦、悲慨、激愤、无奈、希冀乃至诅咒等种种复杂情感；"燕京城像"则投射了南宋使金文人的藐视、诋诮、警告等情感特征。相较而言，"语录"对城像书写固以显性书写为主，时空虽不限于当下，但需关注、聚焦于当下，同时又是通过借用"春秋笔法"的隐性书写或者通过追叙府治建置历史沿革的方式才得以表达"今昔之感"和"不平之心"的。如果再从文体角度看，显然词隐诗显。在上述书写策略下，"双城叙事"自然呈现筛选性和导向性，有强化也有所遮蔽——"汴京城像"的书写强化了故都汴京如今的残破萧条，"燕京城像"的书写强化了其作为北方"荒寒、苦寒之地"的基本特征，同时也都遮蔽了金人对汴京开封和燕京实际的营治和治迹。这样，在不同语境的南宋使金文人那里，实际遵循着相同或相似的书写策略，有着相同或相似的强化或遮蔽的机制。

三、结论：差异的意义

南宋使金文人笔下"汴京与燕京"双城城像书写的内涵落差，具有文化象征意义。实际就是"华夷之辨"的正统论为内核的"文化差等主义"。② 宋金往来公文中自然已经不能出现"华夷之辨"的歧视性字眼儿和语汇，甚至

---

① 唐圭璋编：《全宋词》，中华书局1965年版，第1347页。在宋人使金词中最早表现"北方苦寒"的，大概是绍兴三年（1133）使金的胡松年《石州引》："歌阕阳关，肠断短亭，惟有离别。画船送我薰风，瘦马迎人飞雪。平生幽梦，岂知塞北江南，而今真叹河山阔。屈指数分携，早许多时节。 愁绝。雁行点点云垂，木叶霏霏霜滑。正是荒城落日，空山残月。一尊谁念我，苦憔悴天涯，陡觉生华发。赖有紫枢人，共扬鞭丹阙。"参见唐圭璋编：《全宋词》，中华书局1965年版，第1276页。上片"瘦马迎人飞雪"云云，"飞雪"尚是行前想象，下片"木叶霏霏霜滑""荒城落日"诸意象中已然包含着感受性的心理内容了。
② 参见饶宗颐：《中国史学上之正统论》"宋之正统论"和"金、元及明初之正统论"，上海远东出版社1996年版，第35-56页。

在南宋使节回朝后上报朝廷"语录"的奏言中，也都尊称对方为"大金"。钱钟书先生曾指出："靖康之变以后，南宋跟金不像北宋跟辽那样，不是'兄弟'，而是'父子''叔侄'——老实说，竟是主仆了；……金人给整个宋朝的奇耻大辱以及给各个宋人的深创巨痛，这些使者都记得牢牢切切。"① 对于北宋使辽文人的诸种复杂心态及其在使辽诗中的投射，王水照先生也曾有专文论述。② 世易时移，南宋使金文人对于金人奄有中原、建都中都的事实，既不愿正视，又多感无奈。使金文人中只有籍籍无名的陈三聘和"开禧北伐"前的史达祖两人笔下曾出语"豪迈"。③ 范成大《揽辔录》有评论金国都新燕京中都之语："遥望前后殿屋，崛起处甚多，制度不经，工巧无遗力，所谓穷奢极侈者。……虏既蹂躏中原，国之制度强效华风，往往不遗余力，而终不近似。今虏主既端坐得国，其徒益治文，为以眩饰之。"④ 可为上述"文化差等主义"做一注脚。

结果，南宋使金文人所追求的诗性正义与历史事实不免相背离，其修辞亦落入伦理价值的"符号化"，一如四库馆臣对周麟之《中原民谣》的批评："夸宋诋金，与事实绝不相应。"⑤ 而其实质乃是：历史创伤难以平复，"平等"交流乃是奢望。表面友好的接、伴、送的全套礼制仪式，难以掩盖其背后的双方使节心理、心态上的疏离和隔膜。

（王昊：吉林大学文学院、吉林大学中国文化研究所、吉林大学民族研究所教授）

高人雄点评：

王昊教授《汴京与燕京：南宋使金文人笔下的"双城记"》一文，专题考察与探讨了南宋文人对金朝统治下的汴京、燕京两座故都描绘、表述的诸多不

---

①钱钟书选注：《宋诗选注》，人民文学出版社1989年版，第141页。
②王水照：《论北宋使辽诗的两个问题》，《王水照自选集》，上海教育出版社2000年版，第244-252页。
③（宋）陈三聘：《水调歌头·燕山九日作》上片："男儿未老，衔命如虏亦风流。决定平戎方略，恢复旧燕封壤，安用割鸿沟！"下片复"我何人，怀壮节，但凝愁。平生未逢知己，哙伍实堪羞。金马文章何在？玉鼎勋庸何有？一笑等云浮。"唐圭璋编：《全宋词》，中华书局1965年版，第2024页。陈三聘，字梦弼，生平事迹未详，大约是南宋前期人。史达祖《满江红·九月二十一日出京怀古》下片云："天相汉，民怀国。天厌虏，臣神德。趁建瓴一举，并收鳌极。老子岂无经世术，诗人不预平戎策。办一襟、风月看升平，吟春色。"唐圭璋编：《全宋词》，中华书局1965年版，第2343页。
④（宋）范成大：《揽辔录》，赵永春编注：《奉使辽金行程录》，吉林文史出版社1995年版，第280-281页；并参顾宏义、李文整理标校：《宋代日记丛编》，上海书店出版社2013年版。
⑤（清）永瑢、纪昀等：《四库全书总目》卷一五九《海陵外集提要》，海南出版社1999年版，第823页。

同，以及产生这些不同的种种原因和作者的用意。文章引征资料翔实，论证有力，提出了对文人笔下呈现的地域描述如何予以客观认知的问题。这里兼及文学与地理的双重关系问题，这问题的提出对文学地理学研究视角、研究方法有诸多启示。

论文揭示了南宋使金文人在语录（实录）和诗词中对汴京、燕京书写的许多不同，在语录中两都的书写真实性较多，而在诗词之中则更多的渗透了文人（宋人）的文化心理因素。这种文化心理主要体现在"华夷之辨"与"正统非正统之争"。论者指出，南宋使金文人在表述手法上采取惯用的"遮蔽"书写策略，表现共同的黍离之悲、家国之恨，但又同中有异：年老者故地重游怀有浓烈的家国之思，与新一代概念化的家国表述有一定差异。论证了文学反映出的地理与地理的真实之间存有差异，形成差异的原因有社会政治因素，也有思想观念的因素。

此文对宋金时期文人华夷、正统之辨的意识，以及民族文化的隔阂及沟通进程做了有益的探讨，同时也有力拓展了宋金诗词研究的领域。论文辨析十分细致，显示了作者严谨的治学态度与深厚的学术底蕴。

关陇文化生态与先秦文学精神论纲①

王渭清

  文化生态学是 20 世纪后半叶由美国人类学界兴起的一种理论方法，其主要借助生态科学的概念和方法研究文化现象，对文化人类学研究文化的生成与变迁提供了强大的概念工具。文化生态学的创始人、美国人类学家 J. H. 斯图尔德在 1955 年出版的《文化变迁理论》一书中阐述了文化生态学的基本概念，他"把说明了赋予不同地区以特征的特殊的文化特性和文化类型之起源的领域规范为文化生态学……他所关心的问题，是审定人类社会为适应环境的行为方式是固定不变，还是具有某种程度的可塑性。在这里，与生计活动以及经济组织有着密切关系的一群特性，叫做核心文化"②。斯图尔德在强调环境适应的基础上认为，"文化的核心性质将是由长期文化历史的复杂技术和生产安排决定的"。进而，他提出文化生态学的三个基本程序，亦即审定核心文化对环境适应的三个要素：一是生产技术与环境的相互关系，二是生产方式，三是生产方式对文化的其他方面所施加影响的程度。虽然，斯图尔德的文化生态学中把经济生产因素提到核心的高度，未必完全恰当，但是他强调特定文化形成与其生态环境相互依存关系的理念，对研究特定地域集团文化形态及其发展无疑是一个重要思路。

  今天，把文学地理学建设为研究文学和地理相互关系的，与文学史"双峰并峙"的文学学科之下的二级学科，已成为文学地理学学术界同仁的基本共识。这也意味着，文学地理学不应仅仅被看作是研究文学史范畴下文学发展与地理空间关系的一个学术领域，也不仅仅是研究地域文化与文学的互动关系的学术课题，而应该看作是研究文学与人的生产方式和生活方式关系的、有着独立内涵和功能的交叉学科。在中国文学地理学会第二届年会上，江西社会科学院院长汪玉奇研究员在《文学地理学与生态文明建设》一文中曾指出："不同的生产方式、生活方式总是与不同的地理环境相关联的。正是不同的地理环境，决定了人们各自不同的独特生产方式和生活方式，而不同的生产方式和生活方式又必然制约和影响不同的文化现象和文化成果。所以我想，研究文学与

---

①本文为教育部青年基金项目"先秦两汉时期关陇区域文化生态与文学研究"（项目编号：10YJC7510901）、陕西省 2014 年社会科学基金项目"关陇文化生态与先秦文学精神生成研究"（项目编号：2014I01）的成果之一。

②[日]绫部恒雄编：《文化人类学的十五种理论》，国际文化出版公司 1988 年版，第 147–148 页。

地理的关系，实际上是研究在不同的地理环境中文学与人们不同的生产方式和生活方式之间的关系。"① 这句话也就意味着，文学地理学不单单是文学的分支，也是文化学的分支，它最终的价值归宿不光是研究文学的发展规律，也是研究人类文化的发展规律。

而前述文化生态学的理论方法，正好给我们文学地理学研究提供了颇有参考价值的研究思路。尤其在区域文学地理研究上，文化生态学理论方法可以使我们走出传统的地域文化与文学影响关系的单线思维模式，着眼特定区域文化发展的总体情形，从以人的生产生活方式为核心的自然和社会环境诸结构要素关系入手，审视文学中所体现的文化精神的生成规律。

一、先秦时期关陇文化生态述略

本文所论的"关陇"是"关中"和"陇右"的合称，概指关中和陇山东西，今在行政区划上分别属于陕西关中及甘肃省东部地区，也属于《尚书·禹贡》所划分的雍州范围。这一地区处于黄土高原的西部，黄河最大的支流——渭河河谷横贯其中，特殊的地理结构使其成为中华农耕文化的发祥地之一，孕育了以伏羲、炎黄文化为代表的史前文明和灿烂辉煌的周秦汉唐文明。在悠久的历史文化积淀下，这一区域内的文化生态具有许多相似性，在我国区域文化中具有独特风貌。

（一）关陇地区是华夏农业文明的摇篮

从史前考古发现来看，早在旧石器时代，关陇地区出现了诸如蓝田人、大荔人的早期直立人活动遗迹。到了新石器时代，甘肃秦安大地湾文化、陕西华县老官台文化是前仰韶时代文化的代表类型，二者共同孕育了以西安半坡遗址为代表的仰韶文化。其中大地湾文化遗址显示，先民已能在狩猎和采集之外，种植粟和黍，过着定居生活，形成了若干家族村落，制作较为精细的陶器和磨制的石质、骨质等生产工具，大地湾一期灰坑中采集到已碳化的黍，是中国同类作物中时代最早的发现。半坡遗址进一步显示，居民的经济生活农业与渔猎并重，制造的农具有斧、锄、铲、刀、磨盘、磨棒等，渔猎工具有镞、矛、网坠、鱼钩等。从秦安大地湾文化和西安半坡文化的文明发展水平来看，正好与文献记载和历史传说中的伏羲、姜炎时代的文化特征相符合。尤其是在仰韶文化中晚期的宝鸡关桃园文化和北首岭遗址充分显示了秦安大地湾文化向半坡文化过渡的痕迹，特别是关桃园遗址发现的骨耜，与炎帝制耒耜的传说直接相

---

①曾大兴、夏汉宁主编：《文学地理学》（二），世界图书出版广东有限公司2013年版，第4页。

关。耒耜是远古时候的一种生产工具，被当作农业起源的标志性工具，关桃园遗址发现的骨耜数量之多、时代之早，是黄河流域史前考古中罕见的。而处于关陇腹地、渭河中游的宝鸡，正是姜炎族繁衍生息之地。宝鸡与天水交界的陇山东西两侧，均曾发现过大量的仰韶时代各种遗存，就与炎帝部族息息相关。征之文献，《国语·晋语》亦有载："昔少典娶于有蟜氏，生黄帝、炎帝。黄帝以姬水成，炎帝以姜水成。成而异德，故黄帝为姬，炎帝为姜。二帝用师以相济也，异德之故也。"

《竹书纪年》载，炎帝"育于姜水，故以姜为姓"。而关于姜水，北魏郦道元《水经·渭水注》称："岐水又东迳姜氏城南为姜水。"此姜水即为今宝鸡渭水流域的一条支流。炎帝作为神农氏部落的首领称谓，以善于稼穑著称。姜炎族经过数千年从母系氏族向父系氏族社会的漫长过渡，沿着渭水流域不断向东发展，后与从北方鄂尔多斯高原下来的带有半游牧性质的黄帝北狄集团冲突融合，形成仰韶文化晚期庙底沟型，成为陕西龙山文化的渊薮。后来的善于稼穑的姬姓周人正是姬姜联盟，在文化融合的庙底沟二期文化基础上形成了先周文化。《诗经·大雅·生民》中姜嫄生姬姓后稷的故事，正是农业文明从姜炎时代向姬周时代发展的神话叙事。而后来在关陇泾渭流域发展起来的周文化以善于农耕立国，不断发展壮大，最终以蕞尔小邦战胜了大邑商。周人立国后创井田之制，推行农耕政道，从生产方式上为先秦关陇文化生态奠定了核心和基础。

（二）崛起于关陇的周人在部落农村公社基础上衍生了家族血缘宗法制的社会组织方式，进而发展为礼乐文化

在继承姜炎农业文明基础上，来自北狄的姬黄集团的后人——周人，在泾渭流域肥沃的土地上辛勤经营农业，集体灌溉集体协作生产的需要，使得他们在生产组织形式上仍然保持着家族公社的形式。殷周之际，当历史的风云际会把地处西北一隅的周人推向统一历史前台的时候，周人在政治制度上不可避免地仍然沿用和推广以血缘为纽带的家族宗法制度，由此发展为一套系统的血缘宗法政治制度。王国维有一段著名的论断常被学者们称道："周人制度之大异于商者，一曰立子立嫡之制，由是而生宗法及丧服之制，并由是而有封建子弟之制、君天子臣诸侯之制；二曰庙数之制；三曰同姓不婚之制。此数者，皆周之所以纲纪天下，其旨则在纳上下于道德，而合天子诸侯卿大夫士庶民以成一道德之团体。周公制作本意，实在于此。"[1] 然而根据历史唯物主义原理，却不得不承认，这一血缘宗法为中心的上层建筑还是建立在农业氏族公社残余的

---

[1] 王国维：《殷周制度论》，《观堂集林》卷十，中华书局1961年版，第451页。

基础上的。先秦史专家赵世超先生考察了西周的国人和野人的基本状况之后指出：周人在社会组织上存在着政治关系、血缘关系与地缘关系并存的情况，过去独霸中国史坛的马克思主义史学家所认为的西周史奴隶制的说法其实是站不住脚的，从文献中所见的西周土地制度来看，当时的私有制发展并不完备，"周王既是政治上的共主，又是天下的大宗。而他的前身，则不过是以周族为主体的部落联盟酋长。依照部落制的旧规，氏族占有的土地只能归氏族全体，不属于任何氏族成员个人所有，即使显赫的首领也不例外……周人脱离原始社会未久，自然不能不在许多方面都守其故常。他们施行分封的原则是'亲亲'，这分明就是在本氏族内部分配战利品的一种延续。主持分封的周王，在很大程度上仍是氏族共同体的最高代表人，而不是严格意义的土地私有者，因此，他所能够颁赐的只是对氏族公有土地的部分占有权，而不是他自己的土地所有权"①。

所以，周初的分封，其实正是在部落残余农村公社土地公有的基础上，通过族内庶子分封和族外联姻，形成一个多民族的国家政治实体，最终通过了血缘关系的"亲亲"实现了政治关系的"尊尊"。

借"亲亲"实现"尊尊"，使得政治团体始终与道德团体相绾合的关键人物就是周公，周公有意识地对宗教礼仪中的祭礼及其所伴乐舞进行了系统归纳、整理，严格区分了等级，使之成为体现和加强宗法关系的有力的象征表现形式，将礼乐从祭祀仪式习惯中提升出来，增加了人们日常活动、交往的多种典礼、仪式，包括冠礼、昏礼、丧葬礼、宴飨礼、乡饮酒礼和外事交际的仪式，也随之将助祭之乐扩大为典礼之乐，他们共同服务于宗法政治的需要。"从西周初年周公的制礼作乐始直至西周中期的礼乐文化建设，最终形成了诗与礼乐相辅相成的一种集政治、道德、审美为一体的周代礼乐文化的综合形态。"②

与礼乐文化相应的，周人的手工业非常发达，以西周青铜器铸造技术为代表的器物文化和礼乐文化具有相辅相成的关系。百年来，在关中西部的周原一带出土了大量精美的成套成组的西周青铜礼器，近十多年来，也先后在关中的扶风、岐山一带发现了多处较大规模的青铜器作坊，这些都是周人礼乐文化鼎盛的明证。

---

① 赵世超：《周代国野制度研究》，陕西人民出版社1991年版，第99页。
② 王渭清：《审美与道德的交响——〈诗经〉的伦理品格及其文化意蕴透视》，《社会科学家》2012年第8期。

（三）关陇地处农耕与游牧生产方式的交界地带，不断发生的民族冲突与融合促成了秦文化的功利主义特色

关陇地区是秦人崛起和壮大之地。"伴随着秦人在天水地区的兴起建国和关中地区的崛起强大与一统华夏，关陇地域文化以秦文化的兴起为标志形成了。"[1] 秦人出自东夷，为皋陶、伯益之后，皋陶佐舜、伯益佐禹，均有勋业，获姓嬴氏。夏初时伯益与启争权失利被杀，秦人从此受到挤压。夏朝末年，秦人追随商人重新崛起。到商末时又因此被周人镇压被迫迁徙西陲。在秦人千余年的发展史上，与夏、商各族及中原各个部落不断的冲突与融合，促进了其自身文明的发展和进步。在生产方面，秦人不但善于驯化鸟兽，而且善于御马，其畜牧业取得长足发展。在农业方面，秦人依托水草肥美的天水地区，披荆斩棘开荒垦殖。在社会组织方面，一方面积极学习周人的礼乐制度；另一方面通过与戎狄的马背较量，吸收西戎游牧民族的剽悍与务实精神。尤其在平王东迁之后，以"空头支票"的方式封秦襄公"以岐西之地"，但关中大地戎狄遍布，使得秦人席不暇安，遂将功利进取作为生存之道。这样的地理环境及与周边民族矛盾斗争的现实造就了秦人的尚武精神。故班固《汉书·艺文志》言："天水、陇西山多林木，民以板为室屋，及安定、北地、上郡、西河，皆迫近戎狄，修习战备，高上气力，以射猎为先。"战国中后期，秦人大量引进外来人才，兴修水利，推广农业技术；在制度层面任用商鞅变法，全面推行什伍制度、军功授爵制、郡县制等一系列制度。秦人开始对外发动战争，逐步向外展示了"虎狼之国"的凶猛与野心。但我们要注意的是，秦人虽久处西陲，但并非野蛮落后，秦人有尚武粗犷的一面，也有积极学习中原礼乐文化的一面。甘肃礼县大堡子山和甘谷毛家坪秦墓出土的大量精美礼器也证明了这一点。然而在礼乐的运用方面，秦人对礼乐的运用不同于中原国家重在礼乐的仪式性和娱乐性，而更多的是强调礼乐的军事政治效用。

二、关陇文化生态孕育了先秦文学精神

从文学史发展而言，关陇地区曾诞生了伏羲与炎黄神话传说，这一地区出土的大量周秦铜器铭文为中国早期散文史研究提供了实证资料，《尚书》的《周书》中多篇周公的训诰之词也是关陇地区散文文学发展史研究的重要资料；横贯关陇的渭河流域作为周秦文化的发祥地诞生了周代礼乐文化，同时也

---

[1] 雍际春、张根东、赵世明等：《关中—天水经济区人地关系与生态文明研究》，中国社会科学出版社2015年版，第46页。

是石鼓文和《诗经》的发祥地（《诗经》305篇中，《周颂》、二雅的绝大部分、二南及《豳风》等是西周时期的作品。其中大多又是今关陇地域的诗歌，再加上后来续编的《秦风》，其总数达162篇）。这些出自关陇地区的文学作品都是先秦文学的代表作，其中所蕴含的文化精神深深植根于关陇地区的文化生态环境之中。另一方面，由于关陇地区是炎黄文明和周秦文化的发祥地，随着炎黄文化和周秦文化走出关陇向东方扩展，先秦时期的关陇地域文学又成为那个时代全国性的文学，对中国后世文学的精神品格产生了深远的影响，具体表现在如下几个方面。

（一）和谐的审美理想

关陇地区作为周文化的发祥地，也是《诗经》的发祥地，《诗经》作为流传至今的周代礼乐文化的物质载体之一，它生动地见证了周文化以和谐为指归的人文理想。这种和谐的理想追求既表现在人与自然之间，也表现在人性自我内部的情理之间。前者人与自然的和谐互动，如《豳风·七月》，其前半部分重在写"衣"，后半部分重在写"食"，在一年四季的时令推移中展示人为衣食所安而进行的一系列活动。在这首诗中，没有对神灵的感恩，有的只是人们在与大自然生命节律合拍的生产活动中努力开辟生命的希望。在一系列农事活动的叙述中，固然也伴随着阶级压迫与剥削，但它的哲学特质更在于体现一种农事活动中人与自然的和谐，展现了农事稼穑中人与自然界的物质交换，即人尊奉天时进行合规律性的劳作，天则赐予人衣食，使人得以生生不息。而它的本质正是农业文明国家中固有的一种天人之间的互动与和谐。后者人性自我的和谐，如《诗经》开篇之《周南·关雎》，更是反映周人婚姻生活中以礼节情观念的典范，汉宋以来多认为诗中"君子"指周文王，"淑女"指文王的妻子太姒，诗的主题是歌颂所谓"后妃之德"。现代学者多认为是一首单纯的周代贵族青年的恋歌，至于其中的政治道德含义是汉儒附会的。笔者认为，其实从上海博物馆收藏的战国楚竹书《孔子诗论》第十简"《关雎》以色喻于礼"的观点看来，在先秦，人们就把这首诗当作婚姻道德的一个典范文本。从诗中涉及的起兴意象"雎鸠""荇菜"，以及琴瑟、钟鼓等词来看，这首诗其实涉及上古的一个贵族婚礼习俗，即"娶妇三月成妇礼"。诗中男青年娶来妻子并未马上得到洞房花烛的快乐，而要在即将到来的幸福时刻伴随可见而不可得的煎熬。但诗中男青年没有因为不能马上得到意中人表现出失魂落魄，而是焦急等待并且对未来幸福充满憧憬。此诗之所以被后世作为婚礼奏乐的保留篇目，主要是因为它体现了周代礼乐文化制度下人的自然情欲与道德理性之间的和谐问题。

（二）主体的道德价值追求

在周人宗法制度背景下，作为关陇周人故地出现的诗篇反映了我们民族早期的孝道意识。如《大雅·既醉》："孝子不匮，永锡尔类。"《周颂·雝》："假哉皇考，绥予孝子。"《大雅·下武》："永言孝思，孝思维则。"《周颂·闵予小子》："于乎皇考，永世克孝。"如此等等，充分展现了周人对待父母祖先慎终追远和孝顺恭敬的态度，具有明显的道德教化意味。又如"忠"，在《诗经》中主要表现为对血缘宗法制国家的忧患意识和保家卫国的民族意识。前者如《小雅·黍离》，表现了对周王室出于忠心的忧郁痛伤。后者的例子较多，如《秦风·无衣》表现了忠于祖国的爱国精神，《大雅·常武》赞美周宣王及其大臣平定徐夷叛乱，歌颂王师之英勇善战，渲染了士卒之高昂情绪，字里行间洋溢着保卫宗国的自豪感和献身精神。产生于关陇地区的《雅》《颂》篇章曾被作为贵族教育的教科书使用，更多地表现了对主体道德风范的歌颂和要求。如《诗经·大雅》中的《文王》《大明》《思齐》《文王有声》等篇通过对周文王的赞颂，塑造了后世圣君的理想人格；另外，《抑》《板》《崧高》《江汉》《烝民》等篇分别塑造了卫武公、凡伯、申伯、召伯、仲山甫等诸侯大臣的道德人格，他们或耿直忠谏，或为国分忧，他们均善美谦恭，以身作则，敬慎而有威仪。这些人格形象系列对后世儒家道德人格理想的形成具有重要的典范作用。

（三）浓厚的忧患意识和深切的批判精神

周人作为一个农业立国的民族，历代先公先王率领部族克服生存环境的险恶和戎狄的侵扰，自邰迁豳，自豳至岐，坚韧不拔地寻找适合生存的乐土，从"流窜夷狄"到"实始翦商"，其创业可谓"艰难困苦，玉汝于成"。长期农业劳动的艰苦和预防外部势力的侵扰，锻炼和培养了他们的忧患意识。《周易·系辞下》所云"作《易》者，其有忧患乎"，正是周初统治者心态的流露。《尚书》中的《周书》部分，可以说是周公的一部政治忧患之书。如周公还政成王后作于宗周的《无逸》和《多方》，前者是告诫成王不要纵酒淫乐、嬉戏田猎，要"知稼穑之艰难"，要经常汲取历史教训，严于律己。在《诗经》的大雅和周颂部分，也有不少作于宗周的诗篇表达了强烈的忧患意识。如《周颂·敬之》："敬之敬之，天维显思，命不易哉。无曰高高在上，陟降厥士，日监在兹。维予小子，不聪敬止？日就月将，学有缉熙于光明。佛时仔肩，示我显德行。"诗中表现了一种敬慎天命、勤恳努力的心态，今人李山考证为穆王即位时所作，正是《诗经》中的关陇诗歌忧患意识的代表。当西周后期，幽王、厉王统治昏聩，民不聊生时，《诗经·大雅》中的《民劳》《桑柔》《瞻卬》《召旻》便是直面社会、批判现实之作。其中《瞻卬》第二章"人有土田，女反有之。人有民人，女覆夺之。此宜无罪，女反收之。彼宜有罪，女覆说之"，斥责周王颠倒是非。第三章"哲夫成城，哲妇倾城。懿厥哲妇，为枭为鸱。妇有长舌，维厉之阶。乱匪降自天，生自妇人。匪教匪诲，时维妇寺"，大胆批判幽王所宠爱的褒姒为祸乱之源。这些诗篇反映了西周晚期一些贵族中的有识之士对国事的忧患。诸如这些在《诗经》学史上被称为"变雅"之作，为后世批判现实主义文学之滥觞。

（四）功利进取与尚武精神

秦人久居西陲，在平王东迁后戎狄遍地的关中开疆拓土，其成功就来源于秦文化的功利进取和尚武精神。这一特点在《诗经·秦风》中多有表现。秦人惯于杀伐，故而与其他国家和地区乐歌相较而言，《秦风》最鲜明的特色就是多有车马的描写，十首诗中，就有四首提到了车，即便是表现闺中思妇思念丈夫的情感，也都是通过想象丈夫作战的车马兵器来间接表现，如《秦风·小戎》第一章写战车："小戎俴收，五楘梁辀。游环胁驱，阴靷鋈续。文茵畅毂，驾我骐馵。言念君子，温其如玉。在其板屋，乱我心曲。"第二章写战马："四牡孔阜，六辔在手。骐骝是中，騧骊是骖。龙盾之合，鋈以觼軜。言念君子，温其在邑。方何为期？胡然我念之。"第三章写兵器："俴驷孔群，厹矛鋈錞。蒙伐有苑，虎韔镂膺。交韔二弓，竹闭绲縢。言念君子，载寝载兴。厌厌良人，秩秩德音。"通篇洋溢着秦人对自己车马武器的自豪和战斗力的自信。尤其是《诗经·秦风·无衣》："岂曰无衣？与子同袍。王于兴师，修我戈矛，与子同仇！ 岂曰无衣？与子同泽。王于兴师，修我矛戟，与子偕作！ 岂曰无衣？与子同裳。王于兴师，修我甲兵，与子偕行！"充分表现了秦人在战场上团结协作、同仇敌忾的爱国主义精神，折射出秦文化的慷慨质直的精神气质。班固在《汉书·赵充国辛庆忌传赞》言："故秦诗曰：'王于兴诗，修我甲兵，与子偕行。'其风声气俗自古而然，今之歌谣慷慨风流犹存焉。"其实，秦人这一精神不仅传承到汉代，直到今天，甚至都在关陇地域文化人格留下了深深的烙印。

（王渭清：宝鸡文理学院关陇方言与民俗中心副教授）

王忠禄点评：

20世纪后半叶，美国人类学界兴起了一种理论方法，即文化生态学。这种文化生态学理论方法，给我们做文学地理学研究提供了颇有参考价值的思路。

王渭清先生的《关陇文化生态与先秦文学精神论纲》，以此理论为基础，研究了关陇文化生态与先秦文学精神的关系问题。他指出，秦人虽久处西陲，但并非野蛮落后，秦人有尚武粗犷的一面，也有积极学中原礼乐文化的一面。然而在礼乐的运用方面，秦人对礼乐的运用不同于中原国家重在礼乐的仪式性和娱乐性，而更多的是在强调礼乐的军事政治效用。

关陇文化生态孕育了先秦文学精神。从文学史发展而言，关陇地区曾诞生了伏羲与炎黄神话传说，《尚书》中《周书》多篇周公的训诰之词也是关陇地区散文文学发展史研究的重要资料；横贯关陇的渭河流域作为周秦文化的发祥地诞生了周代礼乐文化，同时也是石鼓文和《诗经》的发祥地。这些出自关陇地区的文学作品都是先秦文学的代表作，其中所蕴含的文化精神深深植根于关陇地区的文化生态环境之中。先秦时期的关陇地域文学，对中国后世文学的精神品格产生了深远的影响，具体表现在：和谐的审美理想、主体的道德价值追求、浓厚的忧患意识和深切的批判精神、功利进取和尚武精神。

王先生的论文，从文化生态的角度研究中国古代文学精神，视角新颖，证据充分，论述有力，颇具学术价值和研究意义。

民族地域文化制约下的北周乐府①

高人雄　唐星

　　北周乐府具有多重文化元素。以宇文泰为首的北周建立者，力图从儒家经典中探求治国方略，北周的礼仪制度主要效法周礼进行建置。但随着时代的变迁，已不可能恢复周礼制度。宇文泰集团审时度势，一方面提倡儒学，一方面大力推行有别于东魏和南朝萧梁的关陇本位文化政策。关陇一带自古多是胡汉杂居之地，河陇一带自汉武置河西四郡，也多有儒学世家。经汉末魏晋十六国数百年的民族迁徙、政权更迭、宗教文化的传播，关陇地域已形成了自己的文化特色。与礼仪制度密切相关的北周乐府建制及乐府文化特色，也不可能完全承袭周礼，所以北周的礼仪制度无法全部模仿周礼，其结果不但没有将传统五礼全部恢复，而且在礼仪建设中不得不自创改造，以适应时代文化的需求。所以建立起来的礼仪制度实际上属于多民族文化交流特色的乐府体系，即汉礼为主杂以胡风的礼仪制度。音乐体制方面依托南朝雅乐融入胡声、旧曲，建立起宫廷音乐，并仿效周制，以乐配礼，同时沿袭魏制建立了乐署乐官。为礼乐制度服务，乐府诗多宫廷诗，尤其多郊庙歌辞，少文人言志诗，缺乏乐府民歌。礼乐制度建设带动了文人乐府诗创作。由于民族交流频繁促进了各地域、各民族音乐的传播和相互融合。北周统一北方期间，北狄乐、西域音乐、外国音乐、中原旧乐、南朝音乐、鼓吹曲、杂曲音乐等实现了初步融合，为隋代七部乐的建立奠定了基础。

一、关陇地域文化特色的音乐体制

　　在中国古代，音乐与礼仪往往是配套而行、共同服务于政治统治的，因此"王者功成作乐，治定制礼，其功大者其乐备，其治辩者其礼具"②。西魏北周建立以后，宇文泰一方面着手礼制建设，另一方面也加强了乐制建设，如《北史》卷八十一《儒林传上》载："周文受命，雅重经典……长孙绍远才称洽闻，正六乐之坏。"③

---

①本文为教育部项目"关陇多民族文化背景下的北周文学研究"（项目编号：10XJA751003）的部分成果。
②（清）孙希旦：《礼记集解》卷三十七《乐记》第十九，中华书局1989年版，第991页。
③（唐）李延寿：《北史》，中华书局1974年版，第2706页。

仿周礼设立乐署和乐官。北周乐署建设，以《周礼·春官宗伯》为本。将宫廷乐署一改分立设置的做法而实行内部统属级制，采用大司乐来管理礼仪所需之音乐，后将大司乐改为乐部。如《通典》卷二十五载："后周有大司乐，掌成均之法。后改为乐部。"①《周书》卷五《武帝纪上》曰：周武帝保定四年（564）五月，"改大司乐为乐部"②。乐官的设立，西魏初期主要承袭北魏的乐官系统，后期太师宇文泰实施关陇文化本位政策，"以汉魏官繁，命苏绰及尚书令卢辩依《周礼》更定六官"③，建立起效仿周代大司乐系统的乐官制度。但是北周稽古复礼的改革运动所制定的乐官制度沿用时间并不长，"创制未久，子孙已不能奉行"④，至隋代被完全废弃。

北周在乐官的等级与分工方面，以大司乐（后称乐部）作为专门管理音乐的部门，设立乐官，并将其划分为五个等级，分司不同职责，以中大夫（后称上士）为最高音乐职官。如《通典》卷三十九载："正五命春官大司乐中大夫，正四命春官小司乐下大夫。正三命春官小司乐上士。正二命春官乐师、乐胥、司歌、司钟磬、司鼓、司吹、司舞、龠章、掌散乐、典夷乐、典庸器中士。正一命春官乐胥、司歌、司钟磬、司鼓、司吹、司舞、龠章、掌散乐、典夷乐、典庸器下士。"⑤另据《周书》载，周太祖建六官后，长孙绍远、斛斯征曾任司乐中大夫，周武帝改革后，唐令曾任乐部上士。

寻旧音制雅乐。周太祖迎魏武帝入关之时，朝廷雅乐废缺，"群臣请功成之乐，式遵周旧"⑥，到西魏废帝元年（552）周太祖摄政，方诏令"尚书苏绰，详正音律。绰时得宋尺，以定诸管，草创未就。会闵帝受禅，政由冢宰，方有齐寇，事竟不行"⑦。后来明帝继位，朝廷雅乐虽然革除了"魏氏之乐"，却依然"未臻雅正"⑧。一直到武帝时期，任命"兼解音律"的斛斯徵"博采遗逸，稽诸典故，创新改旧"，朝廷雅乐"方始备焉"⑨，同时北周雅乐对南朝雅乐进行了借鉴吸收，《隋书》载："（北周武帝）以梁鼓吹熊罴十二案，每元正大会，列于悬间，与正乐合奏。"⑩具体而言，北周雅乐为"六代乐"，即《皇夏》《肆夏》《鹜夏》《纳夏》《族夏》和《深夏》，并伴以"六代舞"，即

---

① （唐）杜佑：《通典》，岳麓书社1995年版，第359页。
② （唐）令狐德棻等：《周书》，中华书局1971年版，第70页。
③ （宋）司马光编撰，（元）胡三省音注：《资治通鉴》，中华书局1956年版，第5140页。
④ 陈寅恪著，万绳楠整理：《陈寅恪魏晋南北朝史讲演录》，黄山书社1987年版，第316-317页。
⑤ （清）永瑢等修撰：《历代职官表》卷十，中华书局1985年版，第266页。
⑥ （唐）魏征等：《隋书》卷十三，中华书局1973年版，第287页。
⑦ （唐）魏征等：《隋书》卷十六，中华书局1973年版，第391页。
⑧ （唐）魏征等：《隋书》卷十四，中华书局1973年版，第332页。
⑨ （唐）令狐德棻等：《周书》卷二十六《斛斯徵传》，中华书局1971年版，第433页。
⑩ （唐）魏征等：《隋书》卷十四，中华书局1973年版，第342页。

《大夏》《大护》《大武》《正德》《武德》《山云》之舞。如《隋书》卷十四《音乐志中》载:"建德二年十月甲辰,六代乐成,奏于崇信殿。群臣咸观。其宫悬,依梁三十六架。朝会则皇帝出入,奏《皇夏》。皇太子出入,奏《肆夏》。王公出入,奏《骜夏》。五等诸侯正日献玉帛,奏《纳夏》。宴族人,奏《族夏》。大会至尊执爵,奏登歌十八曲。食举,奏《深夏》,舞六代《大夏》《大护》《大武》《正德》《武德》《山云》之舞。于是正定雅音,为郊庙乐。创造钟律,颇得其宜。宣帝嗣位,郊庙皆循用之,无所改作。"①

胡汉结合的乐器奏演。北周乐器的奏演至少有歌伴乐奏演、舞伴乐奏演两种情况。在其奏演过程中,所使用的乐器主要呈现不同类乐器组合的特点,常见的是吹奏类乐器与拨弦类乐器的组合,吹奏类乐器占据较多的数量;从乐器来源来看,又呈现出汉、胡乐器混合编制,同地同时或同地不同时奏演的特点。如《敦煌石窟全集·音乐画卷》载,敦煌莫高窟290窟北周壁画佛传故事释迦"成道"画中"纳妃"一段,绘有马车与房屋,在马车两旁有伎乐人弹琵琶、箜篌、吹笛,房屋左边有两个伎乐人,一人吹排箫,一人弹箜篌,右边一人弹琵琶,一人似在歌唱。又陕西兴平出土的一件北朝时期佛坐石刻,上面有一幅乐舞图。图中有乐队八人,乐器有横笛、排箫、竖箜篌、曲项琵琶等,前两种是中原乐器,而后两种则是由西域带来的。舞蹈是一男一女,男子为西域人,双臂高举,吸腿而立,含胸出胯,属龟兹舞姿。女子为中原汉人形象,正舞摆长袖。

由此可知北周的音乐制度建设在效法周礼的基础上,又承继关陇地域文化传统,结合当时治国需求,音乐制度有所创新,形成了颇具特色而又影响深远的音乐体制模式。

二、多民族的音乐成分

北周音乐成分较多,状况复杂,大致来说可分为汉民族音乐、少数民族音乐和外国音乐。汉民族音乐包括中原旧曲和清商新曲,少数民族音乐包括北狄音乐和西域音乐,外国音乐则有天竺音乐、高丽音乐、百济音乐等。

(一)中原旧乐

中原旧乐以相和歌为代表,沈约《宋书·乐志》曰:"相和,汉旧曲也,丝竹更相和,执节者歌。本一部,魏明帝分为二,更递夜宿。本十七曲,朱

---

①(唐)魏征等:《隋书》卷十四,中华书局1973年版,第332-333页。

生、宋识、列和等复合之为十三曲。"① 相和大曲则是最能代表相和歌的艺术形式，《宋书·乐志》共载有相和大曲15首，曲名为：《东门》《西山》《罗敷》《西门》《默默》《园桃》《白鹄》《碣石》《何尝》《置酒》《为乐》《夏门》《王者布大化》《洛阳行》《白头吟》，其乐器据郭茂倩《乐府诗集》转引释智匠《古今乐录》载："凡相和，其器有笙、笛、节歌、琴、瑟、琵琶、筝七种。"②

（二）清商新曲

清商新曲主要由"清商三调"、汉魏旧曲和吴声、西曲组成。

（1）"清商三调"。"清商三调"又称"相和三调"，即相和歌中的"清、平、瑟"三调，郭茂倩《乐府诗集》转引《古今乐录》称"王僧虔《技录》，清调有六曲：一，《苦寒行》；二，《豫章行》；三，《董逃行》；四，《相逢狭路间行》；五，《塘上行》；六，《秋胡行》"，"其器有笙、笛（下声弄、高弄、游弄）、篪、节、琴、瑟、筝、琵琶八种"③；"平调有七曲：一曰《长歌行》，二曰《短歌行》，三曰《猛虎行》，四曰《君子行》，五曰《燕歌行》，六曰《从军行》，七曰《鞠歌行》"，"其器有笙、笛、筑、瑟、琴、筝、琵琶七种"④；"瑟调曲有《善哉行》《陇西行》《折杨柳行》《西门行》《东门行》《东西门行》《却东西门行》《顺东西门行》《饮马行》《上留田行》《新成安乐宫行》《妇病行》《孤子生行》《放歌行》《大墙上蒿行》《野田黄爵行》《钓竿行》《临高台行》《长安城西行》《武舍之中行》《雁门太守行》《艳歌何尝行》《艳歌福钟行》《艳歌双鸿行》《煌煌京洛行》《帝王所居行》《门有车马客行》《墙上难用趋行》《日重光行》《蜀道难行》《櫂歌行》《有所思行》《蒲坂行》《采梨橘行》《白杨行》《胡无人行》《青龙行》《公无渡河行》"，"其器有笙、笛、节、琴、瑟、筝、琵琶七种"⑤。

（2）汉魏旧曲。汉魏旧曲主要有《明君》《圣主》《公莫》《白鸠》等。

（3）吴歌与西曲。吴歌与西曲均属于南方民歌，《乐府诗集》转引《古今乐录》载：吴歌"曲有《命啸》吴声游曲半折、六变、八解，《命啸》十解，存者有《乌噪林》《浮云驱》《雁归湖》《马让》，余皆不传。吴声十曲：一曰《子夜》，二曰《上柱》，三曰《凤将雏》，四曰《上声》，五曰《欢闻》，六曰《欢闻变》，七曰《前溪》，八曰《阿子》，九曰《丁督护》，十曰《团扇郎》，

---

① (南朝梁) 沈约：《宋书》卷二十一，中华书局1974年版，第603页。
② (宋) 郭茂倩编撰：《乐府诗集》卷二十六，上海古籍出版社1998年版，第310页。
③ (宋) 郭茂倩编撰：《乐府诗集》卷三十三，上海古籍出版社1998年版，第393页。
④ (宋) 郭茂倩编撰：《乐府诗集》卷三十，上海古籍出版社1998年版，第356页。
⑤ (宋) 郭茂倩编撰：《乐府诗集》卷三十六，上海古籍出版社1998年版，第421页。

并梁所用曲","吴声歌,旧器有箎、箜篌、琵琶,今有笙、筝";① 西曲歌"出于荆、郢、樊、邓之间,而其声节送和,与吴歌亦异,故□其方俗而谓之西曲云","有《石城乐》《乌夜啼》《莫愁乐》《估客乐》《襄阳乐》《三洲》《襄阳蹋铜蹄》《采桑度》《江陵乐》《青阳度》《青骢白马》《共戏乐》《安东平》《女儿子》《来罗》《那呵滩》《孟珠》《翳乐》《夜度娘》《长松标》《双行缠》《黄督》《黄缨》《平西乐》《攀杨枝》《寻阳乐》《白附鸠》《拔蒲》《寿阳乐》《作蚕丝》《杨叛儿》《西乌夜飞》《月节折杨柳歌》三十四曲"②。

(三) 北狄音乐

"北狄乐"是汉唐时期北方鲜卑、匈奴、羌、氐、羯等各民族音乐的通称。在北周时期,存在胡语歌辞和华语歌辞两个系统,所配音乐少数民族特点突出,所用乐器以北方少数民族乐器为主,又融入了中原乐器和西域乐器。其流传广泛,既进入宫廷又流入下层,并被不断汉化,在唐时基本融入了华乐,丰富了华乐内容,改变了华乐性质,促进了华乐发展。《旧唐书·音乐志二》载:"后魏乐府始有北歌,即《魏史》所谓《真人代歌》是也。"③ 在周太祖时期,朝廷雅乐多杂有"北狄乐",即《隋书·音乐志》中所载的"登歌之奏,协鲜卑之音",后进一步发展,"北狄乐"在北周中后期多与西凉乐杂奏。

(四) 西域音乐

西域音乐在北周时主要包括高昌乐、龟兹乐、西凉乐、康国乐、安国乐、疏勒乐。北周武帝时期是西音东流非常活跃的时期。北周武帝娶突厥王之女为后,使得北周与西域各国的交往频繁起来,当时西域各国的音乐纷纷涌入长安,一些乐人也来到长安,教习西域新声,使得西域音乐真正传入北周宫廷。在这期间,北周本土音乐不仅对西域音乐进行吸收,而且还依照《周礼》用汉族雅乐的金石乐器,演奏西域音乐,使得胡乐雅化,促进了汉、胡音乐之间的相互融合,直接为隋朝九部乐的设立奠定了基础。

(1) 高昌乐。高昌乐在北周太祖时期传入,是北周传入最早的西域音乐,《隋书》卷十四《音乐志中》曰:"太祖辅魏之时,高昌款附,乃得其伎,教习以备飨宴之礼。"④ 可以看出北周早期甚至将其用作朝廷飨宴雅乐。到北周武帝时期,将高昌乐与康国、龟兹等音乐混杂起来,而且大司乐以此为基础创

---

① (宋) 郭茂倩编撰:《乐府诗集》卷四十四,上海古籍出版社1998年版,第500-501页。
② (宋) 郭茂倩编撰:《乐府诗集》卷四十七,上海古籍出版社1998年版,第533-534页。
③ (后晋) 刘昫等:《旧唐书》卷二十九,中华书局1975年版,第1071-1072页。
④ (唐) 魏征等:《隋书》卷十四,中华书局1973年版,第342页。

作出一种新的音乐,并将其被于钟石,渐渐发展成为北周的新雅乐。

(2)龟兹乐。龟兹乐在北周存在两种,一种是土龟兹,一种是新龟兹。土龟兹据《隋书·音乐志》载,"起自吕光灭龟兹",后来"吕氏亡,其乐分散,后魏平中原,复获之",当北周取代后魏之后这种音乐便传入北周。新龟兹据《旧唐书》卷二十九《音乐志二》载:"周武帝聘虏女为后,西域诸国来媵,于是龟兹、疏勒、安国、康国之乐,大聚长安。"①《隋书·音乐志》又言龟兹音乐家苏祗婆等约300人的庞大西域歌舞团一同随突厥木杆可汗之女阿史那入北周,这样使得本已东传的龟兹乐得到了扩充和发展,同时,康国乐、疏勒乐、安国乐也大量东传,五弦琵琶、竖箜篌、筚篥、羯鼓等乐器也被带到了中原。

(3)疏勒乐、安国乐。疏勒乐、安国乐,《隋书》卷十五《音乐志下》曰:"《疏勒》《安国》……并起自后魏平冯氏及通西域,因得其伎。后渐繁会其声,以别于太乐。"②

(4)西凉乐。西凉乐以《隋书·音乐志》记载:"起苻氏之末,吕光、沮渠蒙逊等,据有凉州,变龟兹声为之,号为秦汉伎。魏太武既平河西得之,谓之《西凉乐》。"③"尚药典御祖珽……上书曰:'至太武帝平河西,得沮渠蒙逊之伎,宾嘉大礼,皆杂用焉。此声所兴,盖苻坚之末,吕光出平西域,得胡戎之乐,因又改变,杂以秦声,所谓秦汉乐也。'"④又《魏书·略阳氏吕光传》曰:"坚以光为骁骑将军,率众七千讨西域……降者三十余国。光以驼两千余头,致外国珍宝及奇伎、异戏……"⑤可见这种音乐是由以龟兹乐为主的西域音乐、苻坚秦氏羌族音乐、中原汉族音乐、西凉沮渠匈奴音乐(即"部落稽")和鲜卑族音乐交融而成的一部大型伎乐。据《隋书》"其歌曲有《永世乐》,解曲有《万世丰》,舞曲有《于阗佛曲》。其乐器有钟、磬、弹筝、搊筝、卧箜篌、竖箜篌、琵琶、五弦、笙、箫、大筚篥、长笛、小筚篥、横笛、腰鼓、齐鼓、担鼓、铜拔、贝等十九种,为一部。工二十七人"⑥,按《校勘记》长笛《隋书》原作竖笛、《旧唐书·音乐志》作笛、《通典》作长笛。

(5)康国乐。据《隋书》卷十五《音乐志下》载:康国乐"起自周武帝娉北狄女为后,得其所获西戎伎,因其声。歌曲有《戢殿农和正》,舞曲有《贺兰钵鼻始》《末奚波地》《农惠钵鼻始》《前拔地惠地》等四曲。乐器有

---

①(后晋)刘昫等:《旧唐书》卷二十九,中华书局1975年版,第1069页。
②(唐)魏征等:《隋书》卷十五,中华书局1973年版,第380页。
③(唐)魏征等:《隋书》卷十五,中华书局1973年版,第378页。
④(唐)魏征等:《隋书》卷十四,中华书局1973年版,第313页。
⑤(北齐)魏收:《魏书》卷九五,中华书局1974年版,第2085页。
⑥(唐)魏征等:《隋书》卷十五,中华书局1973年版,第378页。

笛、正鼓、加鼓、铜拔等四种，为一部。工七人"①。《隋书·西域列传》又言其有大小鼓、琵琶、五弦、箜篌、笛。

（五）外国音乐

（1）天竺乐。天竺乐分两次传入中国，据《旧唐书》卷二十九《音乐志二》载："张重华时，天竺重译贡乐伎，后其国王子为沙门来游，又传其方音。"② 其乐器有角、画角、贝、铍、羯鼓、腰鼓、都昙鼓、毛员鼓、五弦直项琵琶、凤首箜篌、答腊鼓等，这些乐器不但影响了中原、西域音乐的创作，而且对隋唐的音乐也产生了深远的影响。

（2）高丽乐和百济乐。据《旧唐书》卷二十九《音乐志二》记载，高丽乐、百济乐在南朝宋时便传入，后魏平冯跋时将这两部乐传入北方，到北周时成为旧乐，后"周师灭齐，二国献其乐"，这次传来的音乐便成为新乐，据《隋书》载：高丽乐的乐器有"弹筝、卧箜篌、竖箜篌、琵琶、五弦、笛、笙、箫、小筚篥、桃皮筚篥、腰鼓、齐鼓、担鼓、贝等十四种，为一部。工十八人"③，《文献通考》则在此基础上增至18种乐器，《隋书》原来的14种中除将笛变成义嘴笛、去掉贝之外，其他悉数保留，同时又加入搊筝、凤首箜篌、葫芦笙、龟头鼓、大筚篥。

三、文人化的乐府诗特点

（一）礼仪制度影响下的宫廷乐府诗

宫廷乐府诗专为履行礼乐制度而配置，北周宫廷乐府诗据《乐府诗集》载，仅郊庙歌辞和燕射歌辞两种。其中郊庙歌辞有《祀圜丘歌》12首、《祀方泽歌》4首、《祀五帝歌》12首、《宗庙歌》12首、《大袷歌》2首，共42首；燕射歌辞仅《五声调曲》一种24首。皆庾信所作。

（1）郊庙歌辞。北周郊庙歌辞有《周祀圜丘歌》《周祀方泽歌》《周祀五帝歌》《周宗庙歌》《周大袷歌》。北周郊庙歌辞就其文学特点而言，语言以四言为主，杂以三、五、六、七言。总体而言句式整齐，语辞典丽考究，风格恢宏凝重，手法以叙述和描写为主，内容多歌功颂德。

（2）燕射歌辞。北周燕射歌辞有《五声调曲》一种，据《乐府诗集》

---

①（唐）魏征等：《隋书》卷十五，中华书局1973年版，第375页。
②（后晋）刘昫等：《旧唐书》卷二十九，中华书局1975年版，第1070页。
③（唐）魏征等：《隋书》卷十五，中华书局1973年版，第380页。

载，曲序曰："元正飨会大礼，宾至食举，称觞荐玉。六律既从，八风斯畅。以歌大业，以舞成功。"① 有《宫调曲》5 首、《变宫调曲》2 首、《商调曲》4 首、《角调曲》2 首、《徵调曲》6 首、《羽调曲》5 首。歌词如：

  气离清浊割，元开天地分。三才初辨正，六位始成文。继天爰立长，安民乃树君。其明广如日，其泽厚如云。惟昔我文祖，拨乱拒讴歌。三分未抚远，八百不陵河。礼敷天下信，乐正神人和。风尘行息警，江海欲无波。(《宫调曲》第一首)②

  叙说天地开元，追述礼乐社稷，将天地神灵与祖宗并列，把神灵开天辟地的伟业与祖先的文治武功并提，在讴歌文祖功业的同时，名言制礼作乐的目的，极言礼乐的功能。其后的《变宫调曲》倪璠在作注时说"时周宣帝传位于太子衍，自号天元皇帝"，"二帝并存"，此《变宫调曲》歌颂其事。这是庾信将当时历史的变故艺术化的作品，是为了适应北周统治者的需要。

  就燕射歌辞的文学特点而言，语言按通篇五言、四五言杂言、四八言杂言、通篇七言、三六言交杂的顺序排列，句式或整齐划一或长短错落，语辞典丽考究，风格恢宏凝重，手法以叙述和描写为主，内容多歌功颂德。

(二) 礼仪制度影响下的文人乐府诗

  经初步考证，创作于北周时期并北周境内的文人乐府诗有相和歌辞 11 首、横吹曲辞 1 首、琴曲歌辞 1 首、杂曲歌辞 13 首，共 26 首。

  相和歌辞中仅有"平调曲""清调曲""瑟调曲"三调歌词。"平调曲"有庾信《燕歌行》1 首、《从军行》1 首，王褒《从军行（其二）》1 首、《远征人》1 首，赵王宇文招《从军行》1 首，北周徐谦《短歌行》1 首，共 6 首；"清调曲"仅李德林《相逢狭路间》1 首；"瑟调曲"有王褒《饮马长城窟行》1 首、《墙上难为趋》1 首，萧岑《棹歌行》1 首，尚法师《饮马长城窟行》1 首，共 4 首。

  横吹曲辞仅"汉横吹曲"一种，只有王褒《出塞》1 首；琴曲歌辞也只有辛德源《成连》1 首；杂曲歌辞有庾信《舞媚娘》1 首、《步虚词》10 首，王褒《陵云台》1 首、《高句丽》1 首，共 13 首。

  其中，北周本土文人创作乐府诗并留存下来的仅见赵王宇文招、尚法师和徐谦 3 人。赵王宇文招有《从军行》1 首，徐谦有《短歌行》1 首，尚法师有

---

①（宋）郭茂倩编撰：《乐府诗集》卷十五，上海古籍出版社 1998 年版，第 185 页。
②（宋）郭茂倩编撰：《乐府诗集》卷十五，上海古籍出版社 1998 年版，第 185 页。

《饮马长城窟行》1首，共3首。北周由南入北文人中乐府诗歌留存的有庾信、王褒和萧㧑3人，然而入北以后继续创作乐府诗的只有庾信和王褒。入北后，庾信有《燕歌行》1首、《从军行》1首、《舞媚娘》1首、《步虚词》10首，共13首；王褒有《从军行（其二）》1首、《远征人》1首、《饮马长城窟行》1首、《墙上难为趋》1首、《出塞》1首、《陵云台》1首、《高句丽》1首，共7首。历仕齐、周、隋或周隋之间的文人中在北周创作乐府诗歌并留存下来的只有李德林、辛德源和萧岑3人。其中，李德林、辛德源历仕北齐、北周、隋朝，萧岑生活于周隋之间。李德林有《相逢狭路间》1首，辛德源有《成连》1首，萧岑有《棹歌行》1首，共3首作于北周。

北周恢复礼制的活动促进了与其相关的乐府诗的创作，不少模仿汉魏乐府旧题，尽管文人乐府诗在整个北周乐府诗坛并不占据主导地位，且言志作品较少，但毕竟影响不小，而且多个地位有别的本土文人参与到乐府诗创作中，形成北周文人乐府诗作者成分多元的特点，也恰好体现了北周礼制建设的影响。

（三）音乐文化背景下的北周乐府诗创作

（1）宫廷乐府诗韵调奏唱情况。这里主要以郊庙歌辞为例。如《周祀圜丘歌》第一首《昭夏》，七言八句，均押平声韵。《隋书·音乐志》曰"周祀圜丘乐：降神奏《昭夏》"，"紫微斜照影徘徊"，描绘降神迎神时的天地光影，增加神秘色彩，"神光来下风肃然"和"连珠合璧重光来，天策暂转钩陈开"直言神仙下来时神光乍现、光芒大射、四宇寂静的情状。从伴奏乐器上来说，"孤竹之管云和弦"一句则知《昭夏》降神曲既有管乐器又有弦乐器；从伴奏音乐上来说，则可能属丝、竹合奏乐或丝、竹协奏乐，就前者来说应该属于单音音乐，就后者来说应该使用"和弦"，不管怎样，至少可以知道北周祀圜丘所用的雅乐主要借鉴梁陈的"清商乐"；从歌辞演唱上来说，以多人合唱或一人主唱多人和声为主，前四句属主歌部分，五、六句属过渡句，后两句属副歌部分；从节奏上来说，共分为8小节，1句1小节，每小节7个字，前2小节每小节5拍，属于混合拍子，后6小节每小节4拍，属于复拍子。

《周祀方泽歌》第一首《昭夏》："报功阴泽，展礼玄郊。平琮镇瑞，方鼎升庖。调歌丝竹，缩酒江茅。声舒钟鼓，器质陶匏。列耀秀华，凝芳都荔。川泽茂祉，丘陵容卫。云饰山罍，兰浮泛齐。日至之礼，歆兹大祭。"① 四言十六句，前八句押平声韵，后八句押仄声韵，倒数第三、四句转押平声韵。从伴奏乐器上来说，"调歌丝竹"与"声舒钟鼓"两句可知其不但有拨弦乐器、吹奏乐器，还加入了打击乐器；从伴奏音乐上来说，丝、竹，则主要奏清商雅

---

①（宋）郭茂倩编撰：《乐府诗集》卷四，上海古籍出版社1998年版，第39页。

乐，而另外组合进去的钟、鼓，则有军乐之声，特别是鼓，并未言明其具体形制不排除胡鼓的可能，因此，可能还混入胡乐，不管怎样其音乐当为合奏雅乐；从乐曲形式上来说，当属 A+B（a+b）+A 的复三段式，前两句和后两句各为一个二句式乐段，中间一个乐段又可划分为两个六句式乐段；从歌辞演唱上来说，以多人合唱或一人主唱多人和声为主；从节奏上来说，共分为 16 小节，1 句 1 小节，每小节 2 拍。

《周宗庙歌》第一首《皇夏》："肃肃清庙，岩岩寝门。敬器防满，金人戒言。应棘悬鼓，崇牙树羽。阶变升歌，庭纷象舞。闲安象设，缉熙清奠。春鲔初登，新萍先荐。偃然入室，俨乎其位。悽怆履之，非寒之谓。"① 四言十六句，不押韵。从乐曲形式上来说，当属 A+B（a+b）+A 的复三段式，前四句和后四句各为一个四句式乐段，中间一个乐段有可划分为两个四句式乐段；从节奏上来说，共分为 16 小节，1 句 1 小节，每小节 2 拍。

《周大祫歌》第一首《昭夏》："律在夹钟，服居苍裘。杳杳清思，绵绵长远。就祭于合，班神于本。来庭有序，助祭有章。乐舞六代，宾歌二王。和铃以节，鞗革斯锵。齐宫馈玉，郁鬯浮金。洞庭钟鼓，龙门瑟琴。其乐已变，惟神是临。"② 四言十八句，前六句押仄声韵，后十二句押平声韵。从乐曲形式上来说，当属 A+B 的二段式，前八句为一个乐段，后八句为一个乐段；从伴奏乐器上来说，出现了中途变换的情况，第一个乐段主要以鸣钟为主，第二个乐段则融入铃、鼓、瑟、琴，构成了拨弦乐器与打击乐器的组合；从伴奏音乐上来说，第一个乐段主要是钟乐，其特点是舒缓悠长，第二个乐段乐音渐趋铿锵急促，金木合鸣，乐章主要奏演六代乐并配以六代舞；从歌辞演唱上来说，第一个乐段以一人主唱多人和声或无和声为主，第二个乐段以多人合唱为主；从节奏上来说，共分为 18 小节，1 句 1 小节，每小节 2 拍。

而《周祀五帝歌》则是一首大型歌舞乐曲，由 12 支曲组成，分为三大段：首段合第一首《皇夏》，是为序曲，无歌不舞；次段合第二首《皇夏》，是为中序，以歌为主；末段歌舞并作，侧重于舞，由《青帝云门舞》《配帝舞》《赤帝云门舞》《配帝舞》《皇帝云门舞》《配帝舞》《白帝云门舞》《配帝舞》《黑帝云门舞》《配帝舞》组成。所用乐器以诗中"管犹调于阴竹，声未入于春弦"可见，当主要是管弦乐器，有现代交响乐的特点。总的来看，又可称为唐大曲的雏形。

通过对这些诗歌分析，发现其主要运用四、五言体式，这显然受到《周礼》雅乐与南朝雅乐创作范式的影响；在常规四、五言体式之外，七言体式

---

① (宋) 郭茂倩编撰：《乐府诗集》卷九，上海古籍出版社 1998 年版，第 119－120 页。
② (宋) 郭茂倩编撰：《乐府诗集》卷九，上海古籍出版社 1998 年版，第 122 页。

出现的较为频繁，而且还有三言、六言、八言的杂言体，这些诗歌的创作显然受到了少数民族音乐的影响，即所言"周、齐杂胡戎之伎"①，"协鲜卑之音"②。

(2) 文人乐府诗韵调奏唱情况。如庾信的乐府诗"平调曲"《燕歌行》，共七言二十八句。从乐曲形式上来说，当属 A+B+A 的三段式，前六句为一个乐段，3 解，每两句为 1 解，后十句为一个乐段，2 解，前六句为 1 解，后四句为 1 解，中间十二句为一个乐段，5 解，前四句为 1 解，后八句每两句为 1 解；从歌辞演唱上来说，以女生部单人独唱为主，一唱三叹、乐调凄楚；从节奏上来说，全曲整体呈现慢—快—慢的节奏和弱—强—弱的力度，具体分为 28 小节，1 句 1 小节，每小节 4 拍，即强—弱—次强—弱的拍子特点，全曲由复拍子组成。其"杂曲歌辞"《舞媚娘》则是乐府古辞，原本为五言，庾信将其改为六言八句。因用六言四句诗歌配合的《回波乐》曲调首先在北朝创制，故这首六言八句诗明显受到《回波乐》等胡乐的影响。《舞媚娘》上继曹植乐府《妾薄命行》以六言诗写宫廷宴饮的歌舞场面的传统，下开唐代"六言歌辞尤大用于艳曲及酒筵著辞两面"的先声。

王褒的乐府诗，如其"平调曲"《从军行》第 2 首，五言十六句，押平声韵。从乐曲形式上来说，当属 A+B+A 的三段式，前四句为一个乐段，2 解，每两句为 1 解，中间八句为一个乐段，8 解，一句为 1 解，后四句为一个乐段，3 解，前两句一句 1 解，后两句为 1 解；从歌辞演唱上来说，以男声部合唱为主，乐调浑雄激扬；从节奏上来说，全曲整体呈现慢—快—慢的节奏，具体分为 16 小节，1 句 1 小节，每小节 3 拍，即强—弱—弱的拍子特点。其《远征人》为《从军行》第 2 首前四句，即"黄河流水急，驱马送征人。谷望河阳县，桥渡小平津"③，摘出来以后全曲节奏变缓，抒情性增强，有后世学堂乐歌的味道。"瑟调曲"《饮马长城窟行》五言十八句，除首句押仄声韵外，均押平声韵，曲调高远，音声凄凉。《墙上难为趋》前十句为五言，中四句七言，后六句五言，主要押平声韵。其"杂曲歌辞"《陵云台》五言十八句，主要押平声韵，《古曲》五言八句，主要押平声韵，《高句丽》六言六句，押平声韵，其"萧萧易水生波，燕赵佳人自多。倾杯覆碗灌灌，垂手奋袖娑娑。不惜黄金散尽，只畏白日蹉跎"④ 中叠字的运用和揭示人生哲理性的语句，再配上当时不多使用的六言句式，使歌词颇有民歌的味道。"横吹曲辞"中《出

---

① (宋) 郭茂倩编撰：《乐府诗集》卷一，上海古籍出版社 1998 年版，第 2 页。
② (唐) 魏征等：《隋书》卷十三，中华书局 1973 年版，第 287 页。
③ (宋) 郭茂倩编撰：《乐府诗集》卷三十三，上海古籍出版社 1998 年版，第 392 页。
④ (宋) 郭茂倩编撰：《乐府诗集》卷七十八，上海古籍出版社 1998 年版，第 824 页。

塞》五言八句，押平声韵，曲调高远，音声凄凉。

其他文人的乐府诗创作中，赵王宇文招的《从军行》七言四句，首句入韵，押平声韵，曲调急促，音声凄凉。徐谦的《短歌行》五言八句，前四句押平声韵，后四句转押仄声韵，乐曲舒缓，抒情性较强。李德林的《相逢狭路间》五言三十句，押平声韵，首四句"天衢号九经，冠盖恒纵横。忽逢怀刺客，相寻欲逐名"作为开场，从"我住河阳浦，开门望帝城。金台远犹出，玉观夜恒明"①四句开始进入主歌部分，整首乐曲结构严整，叙事性较强。尚法师的《饮马长城窟行》五言八句，押平声韵，乐调高亢，乐曲激扬。萧岑的《棹歌行》五言六句，押仄声韵，韵脚不固定，曲调舒缓，抒情性较强。辛德源的《成连》五言八句，押平声韵，属女声部独唱曲，以单件管乐器或弦乐器伴奏，以唱为主，音调凄婉，抒情性较强。

整体而言，北周文人在乐府诗歌创作方面用平声韵的比例大大增加，在接受胡乐以及创作近代曲辞方面做出了不小的贡献。北周乐府诗实现了文人化，乐府民歌已很少见。就礼乐建设而言，在北魏时期，乐府诗的音乐来源极为广泛，到北周时期，乐府诗创作一方面承袭北魏传统，一方面学习南朝经验，又受到礼乐制度建设的影响，与宫廷乐舞的关系变得更为密切。在语言、体式上都更加接近音乐表演形态。

四、结　语

在礼仪制度方面，北周宇文泰仿效周制，建立起了以传统汉礼为主杂以胡风的礼仪制度，并推行开来，尽管后来宇文氏子孙和北周大臣子弟们并未能完全恪守宇文泰旧制，但隋礼的建立还是借鉴了北周礼仪制度。

在音乐制度方面，北周依托南朝雅乐融入胡声、旧曲，建立起宫廷音乐，并仿效周制，以乐配礼，同时沿袭魏制，建立了乐署乐官。这一时期，由于征战、婚聘、迁徙、贸易等因素的影响，北周及周边地域民族交流频繁，促进了各地、各族、各种音乐的传播和相互融合，在北周短暂统一北方以后，北狄乐、西域音乐、外国音乐、中原旧乐、南朝音乐、吴歌、西曲、鼓吹曲、杂曲音乐等实现了初步融合，为隋代七部乐的建立奠定了基础。特别是这一时期的龟兹乐，在北周完成了新、旧乐的融合以后，到隋代发展为宫廷七部乐、九部乐中最重要的一部，一直延续到唐代十部乐；其乐律由最初八十五调经苏祗婆摘选为五旦二十八调，郑译又合以七音八十四调，之后不但演变为隋唐燕乐的二十八调，而且影响了宋教坊的十八调、北曲的十二宫调和南曲的十三宫调，

---

① (宋) 郭茂倩编撰：《乐府诗集》卷三十四，上海古籍出版社1998年版，第405页。

可以说对后世雅乐、俗乐和戏剧音乐均产生了深远影响。

北周乐府诗的创作摆脱不了乐府观、乐府传统、礼乐建设等带来的影响。就乐府观而言，北周君臣制礼作乐的举措，在提升其诗乐造诣的同时也影响了乐府观，增强了乐府诗的创作意识。就乐府传统而言，乐府诗从汉乐府呈现出文人化的趋势到魏乐府实现了从无主名到有主名的转化，发展到北周则几乎完全实现了文人化。乐府诗创作一方面承袭北魏、学习南朝经验，另一方面受到北周礼乐制度的影响，与宫廷乐舞的关系变得更为密切，更加接近音乐表演形态。

总的说来，胡乐通过正式制定礼乐制度的过程，很自然地融入华乐。又胡乐与南朝的清乐以及各种新兴的俗乐结合起来，到唐代形成燕乐，也导致隋唐"近代曲辞"的兴盛。

（高人雄：西北民族大学文学院教授、博士生导师；唐星：西北民族大学文学院古代文学专业研究生）

论秦文化与晋文化的异同[①]

延娟芹

晋国是春秋时期的大国，北方实际的霸主，在当时诸国事务中起着举足轻重的作用。秦国参与诸侯国事务较晋国晚一些。但是到了战国时期，秦国却一跃成为实力最强的国家，并且最终统一了全国。秦晋地域接壤，晋国是春秋时期秦国交往最多的国家。秦国和晋国在不同领域、不同时间做出了具有各自特点的成就，将两国的文化进行比较，有助于我们更进一步了解两国文化的特点，探寻文化发展的某些规律。

秦文化和晋文化都是历史的、动态的概念。以秦文化为例，就有秦族文化、秦国文化、秦朝文化等不同提法，这些概念之间既有联系，其所指时间、外延又互不相同。另外学者们也常常将文化分为物质文化、精神文化。这里所说的秦文化和晋文化，主要指秦、晋两国的精神文化。因战国时期韩、赵、魏三国文化同中有异，较为复杂，为眉目清晰，这里的晋文化主要指春秋时期的晋国文化。

一、文化来源的异同

（一）与周文化的关系

秦晋都程度不等地吸收了周文化，周文化成为两国共同的文化来源。晋国作为姬姓诸侯，无论是情感上还是行动上，都是周文化的自觉维护者。晋国虽然有曲沃代翼这样有悖于宗法制的事件发生，然而从对礼乐制度的实行来看，大体符合周礼。秦国由于特殊的经历，在立国后为了摆脱不利的处境，表现出对周文化的艳羡和自觉学习，秦穆公时，秦人对礼乐的熟悉程度已经与诸夏无异。但是从吸收程度看，晋国受周文化的影响要比秦国深得多。

对周文化接受程度的差异，源于两国封国缘由以及在诸侯国中地位的不同。西周初年的分封是件大事，武王虽然取得了伐纣的决定性胜利，但是当时形势并不稳定，周王室对全国的统治并不巩固，不久发生的武庚叛乱就反映了当时周王朝统治者所面临的危机。西周分封的重要意义，就是可以建立起从中

[①] 本文为国家社会科学基金项目"地域文化背景下的秦文学研究"（项目编号：10XZW007）的阶段性成果。

央到地方全面统治的政权，地方政权成为捍卫王室的有力屏障。齐国、晋国这些诸侯国的分封意义尤其重大。在现晋南一带，西周时还散居着许多戎狄部落，如条戎、奔戎等，这些部落对周王朝构成了一定的威胁。另外，一些被周人灭亡的小的方国，如唐、虞、芮、黎等国对周王朝并不完全臣服，时时有叛乱的可能。据清代学者孙诒让考证，古唐国就参加了武庚叛乱。《尚书》中有《西伯戡黎》一篇，记载的是周文王伐黎的史事。可见，在周初，这里的局势还动荡不安，晋国始封之君叔虞被封唐（唐后来改称晋）是经过周王慎重考虑的。

叔虞被封时举行了隆重的仪式。《左传·定公四年》载卫国大祝子鱼在皋鼬盟会前就蔡先于卫歃血一事与苌弘的谈话："昔武王克商，成王定之，选建明德，以藩屏周……分唐叔以大路、密须之鼓、阙巩、沽洗，怀姓九宗，职官五正。命以《唐诰》而封于夏虚，启以夏政，疆以戎索。"子鱼把唐叔与周公、康叔并提，称作"三者皆叔也"，表明叔虞被分封在当时意义非同一般，能够享受天子赐予的大路等战利品，这在西周初年只有极个别地位尊贵者才可以受此殊荣。

与晋国的分封相比，秦国的分封则显得不足称道。在护送平王有功的情况下，秦国才被分封，史书中对这次分封的具体过程、参加者等没有任何记载，这多少也说明当时的分封是十分简单而仓促的。尤其是所"封"的岐山以西土地当时还在戎狄手中，"戎无道，侵夺我岐、丰之地，秦能攻逐戎，即有其地"。经过了秦襄公、秦文公两代君主的艰辛努力，秦国才取得了当初所分封的土地。可见秦、晋两国立国基础完全不同。

立国以后，两国地位也明显有别。晋国频繁干预周王室以及其他小国事务，在诸侯国中时时以大国自居，尤其是到晋文公时，俨然是北方唯一的霸主，在诸侯会盟中常常以盟主的身份出现，许多周边小国都纷纷朝贡于晋。秦国在穆公时虽然也号称一霸，但势力始终局促在崤函以西的西北一带，地域的局限，大大影响了秦国在诸侯国中的地位。同时，秦国为异姓诸侯，又与西戎杂处，这种处境也造成了东方国家对秦国一定程度的轻视。秦国不但与盟主无缘，甚至连参加会盟的资格也没有。《左传》载秦国参加大型会盟只有四次，第一次参加是在穆公二十八年（前632），《春秋》中被列于最后。[①]

不同的经历，使得秦、晋两国对待周文化、周礼的动机截然不同。晋人多

---

① 秦国首次参加会盟是在秦穆公二十八年（前632），《左传》记载秦人列最后；第二次在秦穆公二十九年（前631），《左传》中秦依然位列最后；第三次在秦桓公十六年（前588），《春秋》中秦列第三，《左传》中列第五；最后一次在秦景公三十一年（前546），在这次会盟中因齐、秦国免于朝见楚、晋，故《春秋》中未记载秦国。

是自觉维护与遵守，秦人则更多地从实用的角度出发，带有很强的功利性。

（二）与戎狄文化的关系

秦、晋都与戎狄杂处，受戎狄文化影响，都具有民族融合性和兼容并蓄的开放性。

前引《左传·定公四年》晋国始封时除"启以夏政"外，另一重要国策就是"疆以戎索"，即疆理土地均依戎法。西周初年所封诸侯国中罕有将接受其他部落文化作为一项重要国策的。周文化的突出特点之一是严格的夷夏之辨。中原国家以文化上的强势自诩，对周边少数民族部落往往存有一定程度的轻视。《诗经·鲁颂·閟宫》明确记载："戎狄是膺，荆舒是惩，则莫我敢承。"战国时期，北方鲜虞部落建立的中山国成为当时重要的诸侯国之一，孟子依然有"吾闻用夏变夷者，未闻变于夷者也"的言论。[①] 成王为叔虞制定"疆以戎索"的国策，一方面是着眼于政局的稳定，体现他不凡的战略眼光；另一方面也可见当时这一地区戎狄势力之大，人数之多。对此，史籍多有记载，如《左传·昭公十五年》称"晋居深山，戎狄与之邻"，清人高士奇也说"晋四面皆狄"[②]。处理不好与诸多部落的关系，足以对刚建立的诸侯国产生颠覆性的破坏。

不但晋国周边聚居着大大小小的戎狄，在晋国内部就有数量不少的戎狄人。成王分给唐叔的怀姓九宗到底包括哪些部族？王国维云：

> 其可特举者，则宗周之末，尚有隗国，春秋诸狄皆为隗姓是也。《郑语》，史伯告郑桓公云："当成周者，西有虞、虢、晋、隗、霍、扬、魏、芮。"案他书不见有隗国。此隗国者，殆指晋之西北诸族，即唐叔所受之"怀姓九宗"。春秋隗姓，诸狄之祖也。[③]

《左传·僖公二十三年》载，重耳逃亡到狄，狄人伐廧咎如，获其二女，重耳娶了季隗，赵衰娶了叔隗。廧咎如是狄族的别种，其女为季隗、叔隗，隗则是廧咎如的姓。这是隗为狄人的有力证明。从当时的实际情况推测，既然晋国将安抚戎狄作为一项重要内容，那么，一定会有数量不少的戎狄人被晋国收归，王国维的考证很有见地。

除了立国时便有戎狄人加入外，之后晋国与戎狄的交往也非常密切。重耳

[①] 参见杨伯峻：《孟子译注》，中华书局1960年版，第125页。
[②] （清）高士奇：《左传纪事本末·晋并戎狄》，中华书局1979年版，第501页。
[③] 王国维：《观堂集林·鬼方昆夷玁狁考》，中华书局1961年版，第590页。

逃亡狄达十二年之久，后狐射姑受到赵氏排挤，也出奔赤狄潞氏。晋与戎狄结盟数次，《春秋》载鲁宣公十一年（前598）："晋侯会狄于欑函。"杜预注："晋侯往会之，故以狄为会主。"晋悼公时魏绛力陈和戎五利，悼公大悦，派魏绛盟诸戎，之后实行和戎政策数十年。晋国与戎狄的联姻在别国也很罕见。晋献公六位夫人中有四位就是戎女。《左传·庄公二十八年》，晋献公"娶二女于戎，大戎狐姬生重耳，小戎子生夷吾"。另外两个是导致晋国内乱的骊姬以及其娣。重耳不但自己为戎女所生，他也娶戎女为妻。古代贵族妇女出嫁时往往要带丰厚的嫁妆，先秦妇女嫁妆虽不可考，但从当时陪媵制度看，一定的生活用品、货物珍宝甚至能工巧匠作为嫁妆都有可能。晋国与戎狄的多次联姻无疑会加速二者之间的文化交流。许多戎人的后代、亲戚成为晋国政治中的重要力量，如狐姬的父亲狐突曾辅佐太子申生，兄弟狐偃跟随重耳流亡在外，后成为晋卿，为晋文公继位及建立霸业做出了巨大的贡献，狐氏也成为晋国大族之一。叔隗嫁给赵衰后生子赵盾，赵盾专晋国政权达二十年之久。可以说戎狄文化深深渗透到了晋国的上流社会，晋国君臣对戎狄文化的接受带有自觉的主观意识。从情感上来说，他们不但没有因为当时夷夏之辨的观念而轻视戎狄，反而由于与戎狄的特殊关系（如晋文公由戎人所生），对戎狄文化有些亲切和认同。

晋国与戎狄文化的互相影响也比较明显，晋惠公时曾将陆浑之戎和姜戎迁到晋国南部，悼公时魏绛和戎，使得这些戎人逐步脱离了漂泊不定的游牧生活而开始从事农耕生产。军事上，戎狄多居山间，晋国原有的车兵难以施展其优势。晋平公时，晋卿中行穆子率师同山戎无终部等戎狄联军战于大卤，因笨重的战车行动受阻，于是将领魏献子下令"毁车以为行"，以步战取代车战，结果大胜（《左传·昭公元年》）。晋国无论是政治、军事还是文化方面，与戎狄的交流在诸侯国中都很突出。

相形之下，秦国对戎狄文化的吸收就显得有些不自觉。秦国与西戎总体上处于对抗状态，秦国自封国后，与戎狄的斗争就从未间断。如秦宪公二年（前714），"遣兵伐荡社。三年，与亳战，亳王奔戎，遂灭荡社"。"武公元年，伐彭戏氏"。武公"十年，伐邽、冀戎，初县之"。穆公元年（前659），"自将伐茅津，胜之"。到穆公三十七年（前623），取得了霸西戎的决定性胜利。

对立中不乏戎狄有时也听命于秦，如穆公时与晋国一起迁陆浑之戎于伊川（《左传·僖公二十二年》）。秦桓公二十三年（前581），"秦人、白狄伐晋，诸侯贰故也"（《左传·成公九年》）。秦桓公二十四年（前580）秦与晋"夹河而盟，归而秦背盟，与翟合谋击晋"（《史记·秦本纪》）。史载最重要的一次秦与西戎的外交活动，是穆公时以女乐送戎王，诱由余。

秦人与西戎之间也有联姻。秦襄公即位后，曾将缪嬴嫁给西戎的一个首领丰王为妻。"襄公元年，以女弟缪嬴为丰王妻"（《史记·秦本纪》）①。秦与西戎联姻可能更多的是出于防御目的。

秦人与戎人长期的战争，迫使他们时时高度警惕，尽可能地提高自己的战斗力，形成了尚武好战的风气。秦人与戎人之间虽说也有外交与联姻活动，但在秦国历史中，戎狄文化没有像在晋国一样渗透到上层社会。

总之，秦、晋两国虽然都接受戎狄文化，但是程度不同，晋主动接受，上层社会与戎狄交往很多，秦的接受则有些被动。

（三）与其他文化的关系

今晋南一带是夏文化的发祥地，晋文化还接受了夏文化的因子。从晋国初封实施"启以夏政"的政策看，这一地区受夏文化影响很深。否则，不会有此国策。

夏政究竟如何，因史料缺乏，无从考之。但是夏虚文化渊源已久却是事实。《左传·昭公元年》载子产与叔向的一段话：

> 昔高辛氏有二子，伯曰阏伯，季曰实沈，居于旷林，不相能也，日寻干戈，以相征讨。后帝不臧，迁阏伯于商丘，主辰。商人是因，故辰为商星。迁实沈于大夏，主参，唐人是因，以服事夏、商。其季世曰唐叔虞。当武王邑姜方震大叔，梦帝谓己："余命而子曰虞，将与之唐，属诸参，而蕃育其子孙。"及生，有文在其手曰虞，遂以命之。及成王灭唐，而封大叔焉，故参为晋星。

高辛氏即传说中的帝喾，帝喾之子实沈就居住在夏虚，后来这里又建立唐国。考古发现也证明了这里历史的悠久，夏王朝建立之前，考古学意义上的陶寺文化就是居住在今晋西南的陶唐氏中的豢龙氏创造的。②叔虞始封时"启以夏政"是充分考虑到当地相沿已久的习俗，为保证政权的稳定做出的正确选择。

《大戴礼记》中保留有《夏小正》一篇，学界认为以建寅之月为岁首者为夏正。《商周彝器通考》中有晋军缶，铭文为"正月季春，元日乙丑"③。周

---

① 王蘧常谓："丰王盖戎王，荐居岐、丰之为号者。"见王蘧常：《秦史》，上海古籍出版社2000年版，第3页。
② 参见邱文山等：《齐文化与先秦地域文化》，齐鲁书社2003年版，第481页。
③ 杨伯峻编著：《春秋左传注》，中华书局1990年版，第1540页。

历季春三月，正是夏历之正月。《左传》中晋国用的就是夏正，僖公十五年的秦晋韩原之战，《春秋》记载为十一月，《左传》根据晋国史料则记为九月。直到现在，农历依然沿用夏历，可见夏历源远流长。从夏代历法的影响不难推知夏文化的成就。可以说，晋地是中国远古人类最早开发的区域之一，也是华夏文明起源的中心地区。

嬴秦氏族是秦人的祖先，最早活动于黄河下游，后逐渐西迁，直到定居于今甘肃天水一带。秦文化中保留了一些东夷文化以及殷商文化的成分。这主要表现在图腾崇拜和宗教信仰方面，如以鸟为图腾、喜好擅长游牧狩猎、对少昊神的崇拜等。

秦人以鸟为图腾。《史记·秦本纪》载"秦之先，帝颛顼之苗裔，孙曰女修。女修织，玄鸟陨卵，女修吞之，生子大业"。大业的后代大廉名曰鸟俗氏，大廉的玄孙孟戏、中衍，皆鸟身人言。秦人图腾崇拜在出土文物中也有反映，如在秦景公一号大墓中就发现彩绘木雕金凤鸟。

文化来源的不同，是秦晋文化呈现不同特点的重要原因，前人谈及两国文化，常常会提到兼容并包、开放、多民族文化融合等，由于所融合的各种文化成分的不同，导致了两国文化总体特点异大于同。

二、秦晋用人指导思想不同

人才关乎一个国家的兴衰存亡，在春秋战国诸侯纷争的时代，人才就显得尤为重要。在选择人才的原则方面，秦晋表现出不同的特点。

晋国的用人政策，大体还是沿袭以尊尊亲亲为主的尚贤尚功的原则，以执掌晋国军政大权的三军将帅来看，大体不出赵、韩、先、狐、胥、郤诸家。《国语·晋语四》载文公时对官员的任命："举善援能，官方定物，正名育类。昭旧族，爱亲戚，明贤良，尊贵宠，赏功劳，事耇老，礼宾旅，友故旧。胥、籍、狐、箕、栾、郤、柏、先、羊舌、董、韩，实掌近官。诸姬之良，掌其中官。异姓之能，掌其远官。"近官指朝廷之官，中官指宫廷内官，远官指地方官吏。虽然也提出举善援能、明贤良，但始终没有超越昭旧族、爱亲戚、尊贵宠、友故旧的传统用人模式。

以血缘关系为纽带的宗法观念在晋国较为淡薄。曲沃代翼，以小宗取代大宗，打破嫡长子继承的宗法制，对晋国统治者是沉痛的教训，这是晋国发展史上的重大转折点，从此，通过打击公室宗族势力来稳固国君地位成为晋国历代统治者的用人原则。之后献公灭桓庄之族，骊姬逐杀群公子引发内乱，对国内宗族势力造成了毁灭性的打击。与此同时，大力扶植异姓势力，重用异姓卿族成为传统。"惟晋,公子不为卿,故卿皆异姓。"①

既然可以挣脱血缘关系的纽带,任用异姓,选用人才就需要另一套新的标准,尚贤是理所当然的选择。晋国的军政大权主要掌握在少数卿大夫手中,在这些人中到底由谁掌握,却是优先选择有才能者,如里克、荀息因为灭虢、虞有功官居卿位,赵衰、赵盾、狐偃、先轸等人也是因才能得以重用,可以说晋国实行的是卿中选贤的用人原则。在卿大夫家族中,也是能者居之,韩厥的长子韩无忌有废疾,让其弟韩起为卿;赵盾并非赵衰长子,却位高权重,集家庭、国家权力于一身;赵无恤为赵鞅次子,被立为卿。

秦国与晋国最大的不同是没有世族,秦国人才的任用不受家族的影响,不分贵贱,只要有益于秦国,即可重用。秦国属于输入人才的国家,国内的许多有识之士大都来自他国。在秦穆公、秦孝公、秦惠文王、秦昭王、秦王政这几代国君在位时期表现最为突出。秦穆公时期的重臣由余、公孙枝、士会、丕豹、百里奚、蹇叔等,为穆公的霸业做出了无可估量的贡献。战国时期,秦国招揽的外来人才数量更多、作用更大,如法家商鞅、李斯,兵家尉缭,纵横家张仪,统兵将帅蒙恬、王贲等。

从用人思想来看,秦人较晋人用人更为灵活,更讲求现实效果,这是秦国能够最终灭六国统一全国的原因之一。

三、秦晋政治注重实用的程度不同

秦晋政治都注重实用,具有一定的变革性和功利性,但是程度不同。

晋国在文公时的强盛与当时的改革分不开。政治上,晋文公能做到弃怨任贤,赏罚分明。寺人披曾在重耳逃亡时试图追杀他,重耳继位后依然被重用。对于违背命令的有功之臣,如魏犨、舟之侨等,也坚决予以处罚。经济上,实行"作爰田""作州兵"的政策;军事上,将原来的二军扩充为三军。晋国重用异姓贵族,后来又产生法家思想,无不是重实用、重变革思想的体现。

秦人注重实用,国家政策能够依据现实需要及时做出调整,具有很强的现实性。秦文化的实用性体现在许多方面。最突出的表现是秦国对待其他文化的态度。诗书礼乐是自西周以来文化的重要内容,更是划分贵族和平民的重要标尺,东方诸国无不以此津津乐道。对这些先进的文化,秦国有意学习效仿,并且取得了明显成效。但是对于西周以来占绝对地位的宗法制度,秦国却并没有接受。当时周天子名存实亡,诸侯国内大族之间权力的争夺、倾轧,卿大夫家臣权力的日渐扩大,成为各国共同面对的棘手问题,鲁国、晋国、齐国等当时

---

①(清)高士奇:《左传纪事本末·晋卿族废兴》,中华书局1979年版,第431页。

有影响力的国家，问题尤为突出。这些社会矛盾，秦国国君自然清楚。因此秦在建国后并没有重用世家大族。纵观春秋战国，秦国没有出现如其他国家一样握有重权的世族。秦国在吸收东方文化时从实用的角度进行了扬弃。

秦国这种对其他文化中不同成分的取舍、吸收、扬弃，源于秦国一贯的指导思想，即讲求实用。从为周孝王在汧渭间养马的非子开始，面对现实、接受现实，从而根据现实情况脚踏实地地奋斗，就成为秦人的生存准则。秦国被周王以及其他诸侯国的逐步认可接受，建立邦交，乃至秦国领土的不断扩大，都来自秦人面对现实的不懈努力。

晋国的重变革、尚功利受到周礼中道德规范、礼义等的约束，多数晋人对周礼的遵守均出自内心的自我需要。秦人的遵礼则完全是现实利益的驱使，很难说秦人对周礼、周文化有很深的感情，在实用和礼义之间，秦人在实用的道路上走得更远。

文化本没有优劣之别，所谓优劣均是针对特定的时代而言的。任何文化内部都有其精髓供后人学习借鉴，一种文化不能适应当时社会发展的需要，并非说这种文化就变成了劣质文化，就应该将之彻底抛弃。

周礼、分封制、嫡长子继承制在西周初年对于巩固周王室政权曾经起了不可估量的作用。西周时的各诸侯国都程度不等地接受了这些文化。随着生产力的进一步发展，这些文化中渐渐生出不合时代要求的因子。春秋时期正处于社会大变革的时期，社会的发展要求文化领域也做出相应的变革。鉴于此，秦国、晋国都做出了反应，都进行了变革。但是，晋国的变革只是在旧有基础上的适应性调整，或者说是修补，并没有彻底动摇西周以来的制度和文化。这种修补产生了一定成效，但从长远观之，仍不免被历史淘汰，晋国的最后解体就是明证。与晋国相比，秦国的改革要彻底得多。秦国从建国初始，就没有对周文化全盘接受。在当时的诸侯国中，秦人的这种变革尤显魄力，秦文化较晋文化更加适应当时社会发展的需要。

（延娟芹：西北民族大学文学院教授，文学博士）

文学地理视野下的沂蒙民俗

徐玉如　高振

民俗是社会的窗口、时代的镜子，作为一种文化现象和观念形态，反映了一个民族对自然、社会以及人与人之间关系的一些共同观点和看法，表现了精神上的意愿和向往。民俗文化是一地地理环境、社会环境对人们的思想观念和行为规范长期影响与制约的结果，其产生、发展、传承有多方面的原因。《汉书·地理志》曰："凡民函五常之性，而其刚柔缓急，音声不同，系水土之风气，故谓之风；好恶取舍，动静亡常，随君上之情欲，故谓之俗。"①《礼记·王制》描述上古四方的风俗说："东方曰夷，被发纹身，有不火食者矣。南方曰蛮，雕题交趾，有不火食者矣。西方曰戎，被发衣皮，有不粒食者矣。北方曰狄，衣羽毛穴居。有不粒食者矣。"② 这说明了民俗的产生，是一地地理环境、社会环境相互作用的产物。地域文化因素作为人生活的外部环境，大体包括自然景观和人文景观两部分。自然景观如地理环境、气候、物产，人文景观如历史、文化古迹、文化传统等，这两种景观通过对人的影响而影响民俗，即地域文化因素、山川灵性之气共同作用，形成了地域人群特有的风俗习惯。民俗文化涉及经济基础与上层建筑的各个领域，内涵极为丰富，本文就沂蒙民俗中独特的现象，从文学地理的角度做以下解读。

一、沂蒙民俗的地理特色

"沂蒙"是一个区别于行政区划的地理名称，主要范围是指以沂蒙山区为中心，以今临沂市为主体，包括日照市、枣庄市以及淄博、潍坊、青岛三市的南部和济宁市东部、江苏省北部。沂蒙民俗有自己的独立性，居山、顺河、临海的地理环境，为沂蒙民俗提供了赖以产生、延续和发展的重要源地，600多名历史人物为沂蒙积淀了浓厚的文化底蕴，语言艺术、生活方式、民风习惯、宗教信仰等方面的认同感为沂蒙民俗提供了强大的支撑。沂蒙民俗有山的印记。蒙阴旧志曾记载："僻处丛山，四塞之崮，舟车不通，内货不出，外货不入。"③ 封闭式的社会环境影响了沂蒙人，其民俗带有鲜明的地域特色。

---

①（汉）班固：《汉书》，中华书局1962年版，第1640页。
②（清）阮元校刻：《十三经注疏》（上册），中华书局1980年版，第1338页。
③蒙阴县地方史志编纂委员会编：《蒙阴县清志汇编》，中国文史出版社2013年版。

（一）生活习俗

这主要指衣、食、住、用、行等方面体现出来的特点。

服饰是人类生活的重要物质资料，由于它的不可缺少的实用价值和日益增长的欣赏价值，使其成为民俗文化的重要载体。

衣，是伴随着人类进化而产生的，原始社会初期，纺织技术尚未发明，人类只好用狩猎所得的兽皮、羽毛来包裹身体。旧石器晚期，先民已发明缝制兽皮和佩带串饰品。父系社会中晚期，人类已开始用葛麻编织衣裳。《易·系辞》记载："黄帝尧舜垂衣裳而天下治。"《世本》说"伯余制衣裳""胡曹作衣"。《白虎通义》还记载："太古之时，衣皮韦，能覆前而不能覆后。"衣服的初起，多先于下体，后及上体，先知蔽前，后知蔽后，蔽其前者为袯，兼蔽其后为裳，裳幅前三后四，正裁。现在上身有衣下身有裳的衣裳制度，形成于5000多年前。

沂蒙山区服饰既有这种沿袭的过程，也有自己的特色，突现了沂蒙山区人的朴实。其服饰既不是长袖、款腰，肥大的藏袍、蒙古袍，也不是流行于城镇苗条俊美秀丽的旗袍；既不是黄土高原的老羊皮大衣、白羊肚毛巾，也不是苗族的苗绣服饰；而是典型的大襟袄（褂）。清末民初，乡绅富商等上层人士多穿左大襟长衫，外套马褂，戴红顶瓜皮小帽或毡帽、皮帽。普通大众多穿手工纺织、手坊自染的青、蓝粗布大襟袄（褂）。过去没有化工染料，蓝布都是由从蓝棵即蓼蓝中提取的颜料染成。战国时曾任兰陵令的荀子说，"青，取之于蓝而胜于蓝"，说的就是这种事。蓝棵春天播种，盛夏收获，和"麦熟一晌，蚕老一时"一样，蓝棵收获掌握时间也很重要，如农谚所说"烟足两三日，蓝熟一两天"。收获之后，要杀蓝打靛，把蓝棵放进大染缸，打烂提取蓝水，再放进生石灰，经过沉淀，然后提取纯净的靛蓝，蓝布就是靛蓝染成的。男的多穿白、蓝、黑，夏天是对襟的白汗褂，裤子多为抿腰大裆裤，中老年妇女则穿浅蓝的大襟褂，汪青的大裆裤，腿扎黑带子。衣服颜色大都是素重的黑、青、蓝，统称"老蓝布衫子"。"老蓝布衫子"几乎成了中老年妇女的代名词，有时丈夫也对外称内人是"老蓝布衫子"。妇女穿的大襟褂多镶花边，也叫沿条，年轻女子用红、绿色沿条，中老年多为蓝色沿条。冬天男女老少多穿黑或者深蓝的对襟袄或者大襟袄，正像电视剧《沂蒙》中于宝珍和李忠厚所穿的那样。大襟袄都是直领，整个前襟连在一起，开口多是男左女右，大襟袄的主要优点是利于保暖，前边的大襟可以护腹保胸，另外便于揣孩子，那时保暖条件差，孩子没处放，揣在怀里便于用大人身上的体温给孩子取暖。年轻妇女给孩子吃奶可以不解怀，一掀开衣襟孩子钻进去就可以吃奶，大襟的衣服肥大，有人形象地夸张说小孩甚至可从袖子里边钻进去吃奶。另外大襟袄（褂）还方便在怀中揣东西，吸烟人的烟袋、赶集的钱款、凭证之类的都可放在里边。总之，大襟袄（褂）的用途是多功能的。

现在，人们的衣着观念发生了很大的变化，在样式上，由中式向西式演变；在质料上，由棉麻丝向化纤毛料演变；成衣方法由手工演变为机器制作。服饰变化在总体上表现出趋同性，渐入"大同"，已无地方特色可言。

一地住房有一地的特色。如胶东独特的民居是在海边被称作"建筑活化石"的海草房，又称海苔房、海带草房，以胶东沿海所产的海草为主要材料粘盖屋顶而得名。沂蒙人的住房，既没有西北高原的窑洞，也没有南方少数民族的吊脚楼、竹楼，而多是石头砌墙到顶的起脊的草房，南部平原多是夯土、垒土坯等盖的草房，最典型的是有沂蒙特色的团瓢屋，这是佃户、长工讨饭的住所。先向地下挖1米左右深，然后在四角用木棒绑成四方形的框架，上面做成圆锥形，用高粱秸和草苫子缮到顶，把顶尖绑紧，这就是典型的团瓢屋。有民谣唱到"下方上尖，直插蓝天。似屋非屋，辈辈相传。夏不隔热，冬不防寒。虽能藏身，心却很酸"，道出了住房的艰辛。现在的住房，有了翻天覆地的变化，大都住上了楼房，有的住上了别墅。

饮食方面，放眼全国，有的地方以大米为主，有的地方以面食为主，吃馍馍、窝窝、卷子、饼子等，而沂蒙人一日三餐以煎饼为主食，这是区别其他地区饮食习惯的一个显著特点。煎饼的特点是：圆形，呈浮白（如大米、麦子煎饼）、淡黄（如小米、玉米、谷子煎饼）、浅棕（如地瓜干、高粱煎饼）色，营养丰富，松酥柔软，便于存放，易于携带。

煎饼是以石磨磨糊，用鏊子摊成，薄如纸，遇火则熟，色香味俱佳。主要做法是将原料用水浸泡，然后用石磨磨成糊子，茅柴烧鏊子，用勺子把糊子舀到烧热的鏊子上，然后用竹劈子均匀地摊开摊满，像牛皮纸一样厚薄，一般两三分钟就熟了，揭下来放在锅拍上，一张一张摞在一起。

煎饼的花样种类较多，从制作方法上分，有摊与滚两大类；从色泽上分，有白煎饼、红煎饼、黄煎饼、黑煎饼；从用粮主料上分麦子煎饼、高粱煎饼、玉米煎饼、瓜干煎饼、杂面煎饼；从口味上分咸煎饼、酸煎饼、芝麻煎饼、沓菜煎饼、煎饼卷等。麦子煎饼是煎饼中的上品，尤其是新麦子煎饼，香气浓郁，软硬适口，筋道耐嚼。红煎饼，即高粱煎饼。青菜煎饼，即在摊煎饼时，将时令鲜嫩的青菜，加上油、盐、葱花或其他辅料、调料，搅拌成馅，均匀地摊在烙熟未揭的新煎饼上，再覆盖一张煎饼，待馅熟后，再将两张煎饼折成10多厘米宽的长卷，然后在鏊子上切成菱形。一般农村多食以高粱为主，掺部分小米、黄豆制成的"三碰头"煎饼，或带糠的"囫囵谷子"煎饼、地瓜煎饼等。塌煎饼，是将鲜嫩的韭菜洗净，切成比饺子馅稍粗的沫，将鸡蛋打入锅内先炒，再切碎与韭菜馅合二为一，放盐、放油、放少许薄荷叶，拌匀。将刚刚烙好尚未折叠的煎饼，麻面朝上，在中间部分摊匀馅子，四边折，而后放在铁鏊上烙，看得见煎饼内有热气外泄，取下稍晾即可食用，香脆可口。

清代蒲松龄在其《煎饼赋》中写道："圆如银月，大如铜缸，薄如剡溪之纸，色如黄鹤之翎，此煎饼之定制也。"① 中央电视台专题片《舌尖上的中国2》专门介绍了临沂煎饼。煎饼因是用原粮制作，麸皮没有去掉，所以营养丰富，吃起来香酥松软，且便于存放和携带，是一种极富特色的地方食品。有人认为，食用煎饼需要较长时间的咀嚼，因而可生津健胃，促进食欲，促进面部神经运动，有益于保持视觉、听觉和嗅觉的健康，减缓衰老，不失为一种保健食品。

八宝豆豉简称"豆豉"，是临沂特产之一，迄今已有130多年的历史。因用当地产的大黑豆、茄子、鲜姜、杏仁、花椒、紫茄叶、香油和白酒八种原料发酵而成，故称"八宝"。以其营养丰富、醇厚清香、去腻爽口、食用方便而成为享誉中外的临沂地方名吃之一。

豆豉制作历史悠久，明代《本草纲目·谷部》中即有记载："豆豉，诸大豆皆可为之，以黑豆者可入药。有淡豉、咸豉，治病多用淡豉汁及咸者，当随方法。"② 临沂八宝豆豉含有丰富的蛋白质、维生素、谷氨酸、赖氨酸等营养成分，具有温中健脾、益气补肾、滋补润燥、舒筋活络等保健功能。

（二）信仰民俗

原始的先民们，面对恶劣的自然环境，对月亮、太阳、山川、各类动植物都加以神化，希望这些神灵给以恩赐与帮助，于是产生了带有浓厚的原始宗教色彩的崇拜。崇拜的神灵，既有来自天地万物人格化的自然神，也有凭空想象的神，如火神、灶神、海神、门神、财神等，这些方面沂蒙人与全国各地的信仰都大同小异，独特之处是祭祀山神。旧时，沂蒙山的狼很多，常有人畜被狼伤害，特别是春天狼繁殖的时候。为了人畜的安全，于是六月六山神爷爷生日的那天，就到山神庙里去祭祀。用面做成全羊、全牛、全猪，割肉、买菜、买纸香，把这些摆上供桌，烧上纸，供上香，放过鞭，祷告完，大家恭恭敬敬磕三个头，向前奠了酒菜，然后一起高高兴兴地大碗喝酒，大块吃肉，仿佛神灵已经答应了保佑。在旧时，一般山上都有一座小山神庙，为保安全，六月六祭祀一次，主持祭祀的还要对山神祈求："山神爷爷住山中，跪禀话儿请你听，管好狼虫和虎豹，年年敬你供三牲。"靠海的祭海，如沿海地区的渔民在出海时祈求神祇保佑，有隆重的祭海仪式；靠山的则祭祀山，祭祀山神是沂蒙特有

---

① （清）蒲松龄著，王无咎标点：《聊斋文集》，1935年东方书局印行、上海九州书局总发行，第40页。
② （明）李时珍：《本草纲目》，人民卫生出版社2004年版。

的地理风貌形成的一种信仰。

二、沂蒙民俗的文学地理色彩

　　民俗有较强的稳定性、传承性，沂蒙民俗靠一代一代人的口教手传延续下来。作为民俗的一部分，沂蒙一带的语言带有鲜明的文学地理色彩。沂蒙山区境内有大小山峰7000多座，峰峦起伏，地貌形态各异。艰苦恶劣的自然环境使沂蒙人民形成了山一样的品格，他们性格刚直、吃苦耐劳、坚强不屈、敢于抗争，有俗语说，"宁和苏州人吵架，不和山东人说话"，山东人性格直率，血气方刚，与江南人相比，正像黄酒之于白干。从社会环境看，沂蒙是沂源猿人的故乡、东夷文化的发祥地。临沂地区西有孔孟之乡曲阜、邹县，北有稷下之学临淄，受儒家思想影响很深。孔子曾拜见郯子，求教"以鸟名官"之事。兰陵县兰陵镇现有著名儒者荀子之墓，荀子生前曾在此著述、讲学。"孔门七十二贤"中的仲由、原宪、澹台灭明、曾参等都是沂蒙人，以孔孟思想为代表的儒家思想，在沂蒙打下了深深的烙印。周朝时期，临沂地处齐、鲁、楚交汇之地，齐文化崇尚开拓进取、足智多谋、重商重义，鲁文化多敦厚、纯朴、仁智、好礼，楚文化浪漫、瑰丽。齐、鲁、楚文化的碰撞、交融，儒家思想的影响，形成了沂蒙人重礼尚仁、忠厚正直、做事坦荡、豪侠、仗义、耿直，像山杠子（指憨厚、强壮、固执）一样的秉性，形成了外朴厚而内多智、质朴无华、吃苦耐劳、忠诚守信、勇敢坚韧、勤劳智慧的优秀品质。而这些，在民俗的载体——语言中，表现得淋漓尽致。其语言坦率，又运用谐音、双关、比喻等手法，体现了既仁且智的特点，用生动的语言表现了对美好生活的向往和祝福。

　　例如，沂蒙人热情、好客，与陌生人见面打招呼，一般都称"三哥"，因为民间有"大哥王八二哥贼，只有三哥是好人"之说。说媒提亲讲门当户对，男女般配，民谚云："好对好，赖对赖，弯刀对着瓢切菜。"定亲送聘礼忌讳送缎子，因为缎子谐音"断子"，不吉利。娶亲，这一天被称为"喜期""好日子"。结婚前一日，女方往男方送去嫁妆，又名俗称"抬喜盒""铺房"。铺房通常由女方送嫁妆来的人和男方家的人共同进行，也有男方独自进行的。旧时铺房时还要一问一答，唱着喜歌："炕上铺的是什么？是豆秸——养活儿子中秀才。炕上铺的是什么？是麦穰——一代一个状元郎。"这言语朴素的歌谣，反映了劳动人民对后代寄予的期望。有的地方铺房时在炕的四角放上红枣、花生和栗子，或者让小男孩在上面打个滚，以图吉利。婚嫁中迎亲接轿，轿夫边开门边唱："今天轿门两旁开，金银财宝一起来。新郎新娘入洞房，子子孙孙多秀才。"新嫁娘接轿时把栗子、枣、铜钱塞进轿里，同时念"一把栗子一把枣，大的领着小的跑；一把栗子一把钱，大的领着小的玩"。枣和栗子,是运用了谐音,即早立子,表现了对未来的寄托与祝福。在婚礼即将结束时,在院子里撒麦麸、栗子、枣之类,意思是祝愿早生贵子,为全家带来幸福。婚礼结束,新娘由人陪着到新房,迎亲婆便拿出早就准备好的丝线给新娘"开脸",表明从现在开始,新娘的姑娘生活结束了。开完脸后还要用染红的鸡蛋,在其脸上来回滚上几趟,一边滚一边说:"红鸡蛋,满脸窜,今年吃得喜馍馍,明年吃你的喜鸡蛋……"传说这不仅是为了祝愿新娘早生孩子,也有驱灾避邪的功效。

在育子风俗中,有给婴儿三日洗澡的习惯,即三日洗儿。这是家族为其进行第一次洗浴的仪式,也是婴儿出生后的重大礼仪之一。这一天,家人用艾叶、花椒等中草药熬成的水,为婴儿清洗,以此洗去出生后的污垢,并能驱灾免疫。洗时,可由儿女双全的妇人边洗边唱喜歌,譬如"长流水,水流长,聪明伶俐好儿郎""一搅二搅连三搅,哥哥领着弟弟跑""洗洗头,做王侯;洗洗腰,一辈要比一辈高;洗脸蛋,做知县;洗腚沟,做知州"之类。有的地方在洗时,用葱往小孩身上象征性地打三下,说"一打聪明,二打伶俐,三打孩子一身清白"。一般来讲,"洗三"包含保健、祝吉、祷神等几层含义。"洗三"谐音"喜三","葱"谐音"聪",添丁高兴喜欢,希望孩子长大聪明。

婴儿满月要进行祝贺,叫作"弥月之喜"。主家要举行庆典,下帖请亲朋好友,并设宴招待。赴宴者要送贺礼。有的地方婴儿满月时,要为婴儿举行铰头礼,也叫落胎发。落胎发仪式一般由婴儿姥姥主持。姥姥拿着剪子在孩子的头边象征性地作铰的动作并口诵祝词,如对男孩说"前三后四,识文解字",期望将来长大成人,知书达理;对女孩说"前七后八,描云插花",期望将来心灵手巧。铰完头后,再铰一点鸡毛,用四方红布包起来,缝成小鸡形,戴在婴儿的手腕上,用以避邪。有的地方则请三个年轻姑娘手拿剪刀在小孩头上比画三下,再让小孩的母亲去剪,先铰两边的胎毛,并口中念叨"一剪金,二剪银,三剪骡马一大群"。铰下的头发,用笋接着,再用红布包好,缝在小孩的枕头里边。有的把包好的胎毛,放在门枢下面,开门关门时,门枢转动能把胎毛碾碎,据说可保无灾无病。

孩子百日,姑姑送虎头帽,姨姨送猫头鞋。老虎是兽中王,可除百害。猫是虎的老师,善良讨人喜欢。给孩子穿戴时边穿边唱:"虎头帽上有个王,孩子戴着能逞强。妖魔狼虫都吓退,走遍天下无阻挡。""戴了虎头帽,穿了猫头鞋,小的跟着大的来。"为祝孩子成人,用各种碎布缝成的衣叫"百家衣"。有的红袄专门配个绿大襟,俗语说:"红袄绿大襟,留下娘的一条根。"语言通俗、坦率,与沂蒙人的性格一样。

这种求天求神保佑、企盼吉祥的美好心愿,在沂蒙民俗的各个方面都有体现,表现了沂蒙人的外朴厚而内多智。如春耕开始,为保春耕大吉,在地头要祭祀，祈求"神龙升天，黄牛下地，五谷丰登，诸事顺利"。养蚕的要敬蚕神："青桑变成金丝线，欲成天功求神仙。全家老少齐下跪，蚕姑送来丰收年。"小年祭祀灶王爷，除了摆其他祭品外，还要放一碗麸皮，一碗碎谷草，供灶王爷骑马上天用，歌谣唱道："一斗草，一升料，喂的神马呱呱叫。快驮灶王天上去，回来大事别忘了。多驮一些胖娃娃，孙子孙女俺都要。"元宵节点灯，有的主妇拿灯照孩子身上各部位，"照照耳朵听话清，照照眼睛看事明，照照鼻子闻香气，照照牙儿不牙疼，照照双手很灵巧，照照两脚万里行，照照额头添才分，照照全身不受穷"，用胡萝卜、萝卜做成灯，"辣萝卜灯，照毒虫，照得毒虫不敢行"。端午节插艾，一边插一边祝愿："五月里来五端阳，大麦小麦忙上场。家家户户都插艾，驱虫辟邪香满堂。"天旱了，要祈雨，跳送神舞，送旱魃天神："旱魃天神请你听，大战蚩尤你有功。此处农桑都种地，最怕干旱西北风。请抚黎民收旱意，好生之德垂汗青。送你金银请西去，昆仑山上度终生。"这些伴随着民俗流行的歌谣，质朴无华，带有强烈的企盼性，带有沂蒙浓郁的自然特色和人文特色的烙印，是沂蒙地理环境、社会环境相互作用的产物。

  沂蒙的家族民俗，很注重家教。以血缘关系为纽带的宗法制构成了独特的东方文化特色，家国一体，同构互通，在"家""国"合一的"家天下"政治体系中，为了保持宗族共同体的稳定和延续，特别注重对子孙后代的教育训诫，渴望家族人才辈出、兴旺发达。尤其在门阀世族社会，凭文化起家的世族深知文化传家的重要意义，为保全门户，纷纷重视对子孙的垂教，把处世之道和知识艺能传授给子孙后代，自觉进行家族文化建设。如诸葛亮的《诫子书》以儒家的伦理价值观念为依据，整合当时的社会价值观念，将道德品质教育贯融于之中，"静以修身，俭以养德，非澹泊无以明志，非宁静无以致远。夫学须静也，才须学也，非学无以广才，非志无以成学"[1]，表现了老一辈对晚辈的拳拳爱心和殷切期望，对后世产生了积极的影响。徐勉的《诫子崧书》，训导后辈见贤思齐，注重修身之德，不要贪于财货，"吾家世清廉，故常居贫素，至于产业之事，所未尝言，非直不经营而已。薄躬遭逢，遂至今日，尊官厚禄，可谓备之。每念叨窃若斯，岂由才致，仰藉先代风范及以福庆，故臻此耳。古人所谓'以清白遗子孙，不亦厚乎'。又云：'遗子黄金满籯，不如一经。'详求此言，信非徒语"[2]，文辞恳切，立意高远。以优良品德、清白家风和声名传给后代，其德操和超然的生活境界由此可见一斑。颜之推的《颜氏家训》，被誉为"古今家训，以此为祖"，以后历代的"家诫""家训"都难

---

[1]（三国）诸葛亮：《诸葛亮集》，中华书局2012年版，第27页。
[2]（唐）姚思廉：《梁书》，中华书局2000年版，第262–263页。

以超出它的规模和体制。其教育思想是《颜氏家训》中最为重要的内容，一直为人们所推重。颜之推认为，教育必须趁早进行。"怀子三月，出居别宫，目不邪视，耳不妄听，音声滋味，以礼节之"①。要注意教育方法，反对溺爱偏爱，做到威严和慈爱相结合："父子之严，不可以狎；骨肉之爱，不可以简。简则慈孝不接，狎则怠慢生焉。"②要注重环境对孩童的影响，近朱者赤，近墨者黑，人在幼小时，思想未定型，可塑性很强，所以要让孩子选择良好的朋友交往，受到潜移默化的熏陶。"人在少年，神情未定，所与款狎，熏渍陶染，言笑举动，无心于学，潜移暗化，自然似之；何况操履艺能，较明易习者也？是以与善人居，如入芝兰之室，久而自芳也；与恶人居，如入鲍鱼之肆，久而自臭也。"③颜之推强调，人必须勤于学习："自古明王圣帝，犹须勤学，况凡庶乎！"④作者举了大量例证，用事实教育后代："古人勤学，有握锥投斧，照雪聚萤，锄则带经，牧则编简，亦为勤笃。梁世彭城刘绮，交州刺史勃之孙，早孤家贫，灯烛难办，常买荻尺寸折之，然明夜读。……义阳朱詹，世居江陵，后出扬都，好学，家贫无资，累日不爨，乃时吞纸以实腹。寒无毡被，抱犬而卧。犬亦饥虚，起行盗食，呼之不至，哀声动邻，犹不废业，卒成学士。"⑤这些勤学的事例既生动感人，又富有教育意义。颜之推主张人应终身学习，强调在人生途中，即使遭遇坎坷而失去学习的最好年华，也不应自暴自弃，不求进取，他说："然人有坎壈，失于盛年，犹当晚学，不可自弃。"⑥颜之推还以生动形象的比喻说明在人生的各个阶段、各种境遇都要抓紧学习："幼而学者，如日出之光；老而学者，如秉烛夜行，犹贤乎瞑目而无见者也。"⑦人必须要有一技之长，才能自立于社会，颜之推语重心长地告诫子女："积财千万，不如薄伎在身。""人生在世，会当有业：农民则计量耕稼，商贾则讨论货贿，工巧则致精器用，伎艺则沈思法术，武夫则惯习弓马，文士则讲议经书。"⑧颜之推主张学以致用，反对那种食古不化，"空守章句，但诵师言，施之世务，殆无一可"的人，也反对那种"博士买驴，书券三纸，未有'驴'字"和讲《孝经》"'仲尼居'即须两纸疏义"的烦琐学风。近现代，莒南县的庄氏家族教育子孙也卓有成效，如"读书即生命，保身保家，承先

---

① (南北朝) 颜之推：《颜氏家训》卷上《教子篇第二》，文渊阁四库全书本。
② (南北朝) 颜之推：《颜氏家训》卷上《教子篇第二》，文渊阁四库全书本。
③ (南北朝) 颜之推：《颜氏家训》卷上《慕贤篇第七》，文渊阁四库全书本。
④ (南北朝) 颜之推：《颜氏家训》卷上《勉学篇第八》，文渊阁四库全书本。
⑤ (南北朝) 颜之推：《颜氏家训》卷上《勉学篇第八》，文渊阁四库全书本。
⑥ (南北朝) 颜之推：《颜氏家训》卷上《勉学篇第八》，文渊阁四库全书本。
⑦ (南北朝) 颜之推：《颜氏家训》卷上《勉学篇第八》，文渊阁四库全书本。
⑧ (南北朝) 颜之推：《颜氏家训》卷上《勉学篇第八》，文渊阁四库全书本。

待后，胥在于是""譬诸一身，财者肉也，地者骨也，而读书则气脉也；有骨肉而无气脉，人胡以生"，教诲后人重视德行修养，修身养性。人无德不立，国无德不兴。修身、齐家、治国、平天下，要讲究情操修养，这是我们中华民族的好传统。庄氏还重视对子孙砥砺品节的教育，如"教授宗旨，德行为先，文艺为末，因材施教""人当砥行砺名，期其远大，区区翰墨词章未足以概学问也""读好书，说好话，行好事，做好人""人生世上，孝友为先，耕读次之。存心忠厚，处世和平，乃不愧先世家风"。

长期注重家族文化建设，产生了深远的影响，"鲁南古城秀，琅琊名士多"。如明代的公鼐，"五世进士、父子翰林"，莒南的庄氏家族，科第蝉联，明清两代即有进士8人，举人23人，拔贡20人，岁贡、副贡、优贡34人。

沂蒙家族民俗中的崇学之风，是扎根沂蒙大地儒家积极入世思想影响的结果。有了好的家风、家教，还要看人的主观努力。梅花香自苦寒来，刀剑锋从磨砺出。沂蒙人用像山一样坚忍不拔的毅力，顽强地拼搏才获得了成功，结出丰硕的果实。今天，沂蒙人仍然重视学习，过去是"万般皆下品，惟有读书高"，今天的观念是知识就是力量，知识改变命运。沂蒙家教中依然还流传生动的格言，如"穿金戴银，不如知识超群""智在苦中求，艺在勤中练""活到老，学到老，八十多岁还学巧""井里无水四下淘，要多知识书中找"等，这些格言的教育作用是不言而喻的。

三、沂蒙民俗对社会生活的渗透与影响

八百里沂蒙，山川秀丽，错综复杂的地貌结构形态，久远丰厚的历史文化积淀，形成了地域性很强的风尚习俗。另一方面，民俗又对一地的政治、经济、文化等各个领域产生不可忽视的影响。回顾历史，如抗日战争时期，特定的政治大气候，群山纵横的复杂地貌，讲仁重义的民俗，自然的社会的诸多因素，使沂蒙成为著名的革命根据地。在党的领导下，沂蒙风尚习俗出现了质的飞跃和升华，有红嫂的义举，有毁家纾难、倾囊支前的壮烈，形成了以沂蒙精神为代表的新的民俗。今天我们从文学地理的角度研究沂蒙民俗文化，可以更好地认同与养护中华民族的文化之根，延续中华民族优秀的文化传统，弘扬中华民族精神，促进先进文化建设。这不仅是对中华民族历史文化传统的尊重，更重要的是通过研究、保护、开发，达到中华民族的文化认同，保持我们民族生存的血脉，增强民族自信心和民族自豪感，从而在培育和践行社会主义核心价值观中发挥民俗文化应有的作用。

（徐玉如：临沂大学文学院教授；高振：临沂市作家协会主席）

中晚唐士人的南方感知及其转型意义[①]

方丽萍

研究发现，唐宋文人的贬谪，"集中在南方三大地域，即岭南、西南和荆湘地区"[②]。

日本户崎哲彦先生对韩愈和柳宗元笔下的岭南山水风土进行研究发现，岭南山水在二人笔下，呈现出的是"惊异与恐怖"的面貌，如石山比作剑戟，将山林视为"牢狱"，与唐代以前山水文学的优美迥然不同。[③] 诚是！

韩柳如此，山水如此，岭南如此，别的作家、其他题材、其他地区，又如何呢？见微知著固然不错，但长镜头的纵览也许更利于文学景观的整体呈现。下面，我们将镜头拉开，看一下中唐以后，士人对整个南方区域的地理感知及其特征。

一、韩愈的荆楚——险、怪

韩愈两次贬谪以及遇赦均经过了湖南的郴州、衡州、潭州、岳州，曾为江陵府（湖北江陵）法曹参军。

南方在韩愈看来，首先是生命被威胁，"惧以遭死，且虞海山之波雾瘴毒为灾，以殒其命"[④]。他眼中的荆湘风物充满危险。洞庭湖的天空阴霾密布，湖面波涛怒吼，水下怪物丛伏，"雾雨晦争泄，波涛怒相投"（《洞庭湖阻风赠张十一署（时自阳山徙掾江陵）》），"春风洞庭浪，出没惊孤舟"（《赴江陵途中寄赠王二十补阙李十一拾遗李二十六员外翰林三学士》），"洞庭连天九疑高，蛟龙出没猩鼯号"（《八月十五夜赠张功曹》），"湘中"是"猿愁鱼踊水翻波"（《湘中》），衡山"火维地荒足妖怪"（《谒衡岳庙遂宿岳寺题门楼》）。南方物候充满了危险与恐怖：

[①] 本文为笔者主持国家社会科学基金西部项目"唐宋士风文风嬗变研究"（项目编号：XZW10015）的阶段性成果。

[②] 尚永亮：《迁客离忧楚地颜——略说贬谪文学与荆湘地域之关系及其特点》，《湛江海洋大学学报》2003年第2期。

[③] [日] 户崎哲彦：《惊恐的喻象——从韩愈、柳宗元笔下的岭南山水看其贬谪心态》，《东方丛刊》2007年第4期。

[④] （唐）韩愈：《祭湘君夫人文》，刘真伦、岳珍校注：《韩愈文集汇校笺注》，中华书局2010年版，第1404页。

> 有蛇类两首，有蛊群飞游。穷冬或摇扇，盛夏或重裘。
> 飓起最可畏，訇哮簸陵丘。雷霆助光怪，气象难比侔。
> 疠疫忽潜遘，十家无一瘳。猜嫌动置毒，对案辄怀愁。
> ——《赴江陵途中寄赠王二十补阙李十一拾遗李二十六员外翰林三学士》（节选）

韩愈笔下的南方人长相猥琐，语言怪诞，性情暴躁，"吏民似猿猴"，"皆鸟言夷面"（《送区册序》），"生狞多忿恨，辞舌纷嘲啁"（《赴江陵途中寄赠王二十补阙李十一拾遗李二十六员外翰林三学士》），"衣服言语，都不似人"①，"好则人，怒则兽"②。他们的食物也很怪异，鲎、蚝、蒲鱼、虾蟆、马甲柱等长得奇形怪状，根本就不应该在食谱内，"其余数十种，莫不可叹惊"。韩愈试图说服自己要融入当地生活，"我来御魑魅，自宜味南烹。调以咸与酸，荐以椒与橙。腥臊始发越，咀吞面汗骍"，但还是不敢吃蛇，"实惮口眼狞"（《初南食贻元十八协律》）。

韩愈不认同南方，尤其是风俗，"常惧染蛮夷，失平生好乐"（《答柳柳州食虾蟆》），害怕浸染其间而失去了"中州人"的高雅好尚。因此，当渐次远离这些"恶趣味"准备回京时，他兴高采烈，"行行指汉东，暂喜笑言同。雨雪离江上，蒹葭出梦中。面犹含瘴色，眼已见华风"（《自袁州还京行次安陆先寄随州周员外》）。北方是熟悉并且热爱的，当这熟悉的气息吹来，内心也跟着舒展开了。

也许可以说，韩愈笔下南方"惊异与恐怖"是他追求险怪风格的结果，与地理事实的关系究竟有多大不太好说。那么，我们再看一下不主险怪的其他士人的文字。

二、柳宗元的永州、柳州——险、美

永州地僻，"过洞庭，上湘江，非有罪左迁者罕至"③。柳宗元左迁永州十

---

① （唐）韩愈：《黄家贼事宜状》，刘真伦、岳珍校注：《韩愈文集汇校笺注》，中华书局2010年版，第2998–2999页。
② （唐）韩愈：《送郑权尚书序》，刘真伦、岳珍校注：《韩愈文集汇校笺注》，中华书局2010年版，第1205页。
③ （唐）柳宗元：《柳宗元集》卷二十三《送李渭赴京师序》，中华书局1979年版，第618页。

年。这十年成就了柳宗元,① 也成就了永州。② 永州山水的"奇伟怪癖""幽邃夷旷"是真实存在的地理事实,是柳宗元"自伤寥落"(张岱语)的载体。永州山水表达了柳宗元的"愤激""自矜与自嘲""自怜之念"(吴从先)等多重意绪。我们现在需要考虑的是,柳宗元是怎样认识这一片土地的?

柳宗元自己也说,"皇风不异于遐迩,圣泽无间于华夷"③,也认为地方官应当在南蛮之地"宣布天慈,奉扬神化"④。但当真正置身于南方时,"虽信美非吾土兮,曾何足以少留"的共鸣发生,"惜非吾乡土,得以荫菁茆"⑤,"信美非所安,羁心屡逡巡"⑥,"北望间亲爱,南瞻杂夷蛮"⑦,在永州的柳宗元是寂寞、悲伤的。

柳宗元也写永州的阴湿、炎热,充满危险:"今抱非常之罪,居夷獠之乡,卑湿昏雾,恐一日填委沟壑,旷坠先绪,以是悃然痛恨,心肠沸热。"⑧"永州于楚为最南,状与越相类。仆闷即出游,游复多恐。涉野则有蝮虺大蜂,仰空视地,寸步劳倦;近水即畏射工沙虱,含怒窃发,中人形影,动成疮痏。"⑨ 永州"尤病中州人"⑩。为了防患可能的伤害,柳宗元在院子里种上据说可以解蛊毒及"诸溪毒沙虫辈"的白蘘荷,渴望借此"托以全余身"⑪。但对南方凶险的表述,基本只出现在他写给长安亲故的书信中。如在给萧俛的信里,他说:

    居蛮夷中久,惯习炎毒,昏眊重胝,意以为常。忽遇北风晨起,薄寒中体,则肌革惨懔,毛发萧条,瞿然注视,怵惕以为异候,意绪殆非中国人。楚越间声音特异,鴂舌啅噪,今听之怡然不怪,已与为类矣。家生小童,皆自然哓哓,昼夜满耳,闻北人言,则啼呼走匿,虽病夫亦怛然

---

① 参见(明)茅坤:《茅鹿门先生文集》卷五《复王旸谷乞文书》:"古之善记山川,莫如柳子厚。"
② 参见(明)唐顺之:《荆川集》卷九《永州祭柳子厚文(代父作)》:"永之山水,天作地藏,经几何年,埋没于灌莽蛇豕之区,至公始大发其瑰伟而搜剔其荒翳。公之文章,开阳阖阴,固所自得。至于纵其幽邃诡谲之观,而邃其要眇沉郁之思,则江山不为无助。"
③(唐)柳宗元:《柳宗元集》卷三十八《谢除柳州刺史表》,中华书局1979年版,第1001页。
④(唐)柳宗元:《柳宗元集》卷三十八《代韦永州谢上表》,中华书局1979年版,第1000页。
⑤(唐)柳宗元:《柳宗元集》卷四十三《游朝阳岩遂登西亭二十韵》,中华书局1979年版,第1189页。
⑥(唐)柳宗元:《柳宗元集》卷四十三《登蒲洲石矶望横江口潭岛深迥斜对香零山》,中华书局1979年版,第1192页。
⑦(唐)柳宗元:《柳宗元集》卷四十三《构法华寺西亭》,中华书局1979年版,第1196页。
⑧(唐)柳宗元:《柳宗元集》卷三十《寄许京兆孟容书》,中华书局1979年版,第780-781页。
⑨(唐)柳宗元:《柳宗元集》卷三十《与李翰林建书》,中华书局1979年版,第801页。
⑩(唐)柳宗元:《柳宗元集》卷四十三《种白蘘荷》,中华书局1979年版,第1227-1228页。
⑪(唐)柳宗元:《柳宗元集》卷四十三《种白蘘荷》,中华书局1979年版,第1228页

骇之。①

以身体上的习惯及由习惯所警醒到的悲凉表达可能会越来越大、不知不觉地与王朝产生隔膜和陌生感。"中国人"的特质在南方文化的浸染下越来越少,这是柳宗元的真实处境,也可能是柳宗元认为能打动萧俛的一个因素。这段文字,非常曲折地透露出柳宗元对南方文化的"异质"定位。接受南方,意味着与中原文化的背离。因此,柳宗元心中是排斥南方的,"异服殊音不可亲","愁向公庭问重译,欲投章甫作文身"②。

至此,自然会产生一个疑问:既然不认同南方,为什么他笔下的永州是那样美丽?宋人邵博注意到这个矛盾:

> 柳子厚云:"北之晋,西适豳,东极吴,南至楚越之交,其间名山水而州者以百数,永最善。"以妙语起其可游者,读之令人倏然有出世外之意。然子厚别云:"永州于楚为最南,状与越相似。仆闷则出游,游复多恐。涉野则有蝮虺大蜂,仰空视地,寸步劳倦。近水则畏射工沙虱,含怒窃发,中人形影,动成疮痏。"子厚前所记黄溪、西山、钴鉧潭、袁家渴,果可乐乎?何言之不同也。③

柳宗元确实是一方面在说永州之险,一方面又写永州之美。"何言之不同也?"应当注意到的第一个问题是,柳宗元基本上只是在书信中强调凶险,为了唤起同情,得到援手。随着时间的消失,希望越来越渺茫,柳宗元的永州诗文就渐渐偏向了山水之美。第二个问题是,这里表现出的矛盾其实也是柳宗元思想上的一个矛盾。观念中,南方是异质;而现实里,南方确实有它的美丽之处,而这美丽又恰恰与柳宗元在永州的审美偏好契合。

还是让柳宗元自己来说吧:

> 邑之有观游,或者以为非政,是大不然。夫气愤则虑乱,视壅则志滞。君子必有游息之物,高明之具,使之清宁平夷,恒若有余,然后理达而事成。④

---

① (唐) 柳宗元:《柳宗元集》卷三十《与萧翰林俛书》,中华书局1979年版,第798页。
② (唐) 柳宗元:《柳宗元集》卷四十二《柳州峒氓》,中华书局1979年版,第1169–1170页。
③ (宋) 邵博撰,王根林校点:《邵氏闻见后录》,上海古籍出版社2012年版,第189页。
④ (唐) 柳宗元:《柳宗元集》卷二十七《零陵三亭记》,中华书局1979年版,第737页。

君子处世为官需要平和的心态，山水游观则是平复心情、发散郁结、实现心理平和的方式之一。人类情感需要宣泄，贬谪者更需要借此得到平静、安宁。纵使南方山水之间凶险无处不在，陶渊明与王维山水田园中那种人际的温暖已然不在，纵使南方"异服殊音不可亲"，但贬谪者心里的郁结是需要疏散，也是必须疏散的。而在偏远的南方，唯一的通道，只有山水。所以，尽管危险，但柳宗元不愿因此而放弃游观。

柳宗元有他的山水美标准：

> 游之适，大率有二：旷如也，奥如也，如斯而已。其地之凌阻峭，出幽郁，寥廓悠长，则于旷宜；抵丘垤，伏灌莽，迫遽回合，则于奥宜。因其旷，虽增以崇台延阁，回环日星，临瞰风雨，不可病其敞也；因其奥，虽增以茂树丛石，穹若洞谷，蓊若林麓，不可病其邃也。①

柳宗元认为，好的山水应具备两个条件，一是旷，空旷、开阔；二是奥，幽远、深邃。视野的"旷"可以带来心灵的开阔，而景物的"奥"则意味着思想的深度与脱俗。山水悟道，柳宗元从"旷"与"奥"的景致中体味到与自己生命相类的情味。柳宗元笔下永州城南的龙兴寺"旷"，"登高殿可以望南极，辟大门可以瞰湘流"，气象宏大，视野开阔，能舒畅心灵；而寺旁的东丘"俛入绿缛，幽荫荟蔚。步武错迕，不知所出。温风不烁，清气自至。水亭狭室，曲有奥趣"，是"奥"的典型，能隔绝人世，清幽静谧，暂时忘怀苦痛：

> 予观柳子厚记永之黄溪、柳之西山，皆清邃奇丽胜处。前乎子厚，未有能启其秘；后乎子厚，莫有嗣其赏音。宁不以荒遐僻陋去人境之远乎？子厚又与西山钴鉧潭、小丘、叹其久为弃地，且谓使致之沣镐鄠杜，则贵游之士争欲得之。②

永州山水的清幽、深邃、空旷、荒芜恰好对应的是柳宗元的被贬谪于荒陬，也与他本身的清介、寡合相似，是他人格与精神的外化与具化。

至此，我们可以说，在永州的柳宗元，一方面无法摆脱历史上形成的对南方的偏见与畏惧，在与外界的联系中，他多少在有意识地借助这些被广泛认同

---

① (唐) 柳宗元:《柳宗元集》卷二十八《永州龙兴寺东丘记》, 中华书局1979年版, 第748页。
② (元) 黄溍:《金华黄先生文集》卷十六《云门集后序》, 吴文治编:《柳宗元资料汇编》, 中华书局1964年版, 第198页。

的知识表现被"弃置"的哀怜酸楚。但随着在永州时间的增加,他发现了永州山水与他性情、经历的契合处,并在其间纾解愤懑、伤怀,借此表达自身品质的高洁出尘。因此,他笔下的永州不再是客观的山水,而有了他人格的投射。初贬的忧惧、愤懑过后,一切向外的求助都落空后,柳宗元不再挣扎,内心汹涌的波涛渐渐暗潜,心中的郁结也找到了山水这一出口,开始写荆湘的美了:

> 零陵城南,环以群山,延以林麓。其崖谷之委会,则泓然为池,湾然为溪。其上多枫楠竹箭、哀鸣之禽,其下多芡芰蒲菓、腾波之鱼,韬涵太虚,澹滟里闾,诚游观之佳丽者已。①

永州富庶、宁静、优美,是纾解烦闷的好去处,但这美好也很脆弱,"惧翦伐之及也,故书以祈后君子"(《永州龙兴寺东丘记》)。永州的美原始醇厚,与曲江、终南山有别,需要小心保护。假如排除政治、文化、地理距离等因素,单纯就自然山水角度而言,柳宗元不但喜爱南方山水,并且在其中得到了自我人格的认同。

荆湘风光,"前乎子厚,未有能启其秘者"是肯定的,"后乎子厚,莫有嗣其赏音"则有待辨析了。

三、李绅、元稹的山南西道——苦、恶

李绅出生于无锡,是中唐为数不多在南方长大的士人之一。25岁以前他一直在家乡,之后经历了十年在长安及江浙一带漫游的生活,35岁开始在长安为官。李绅53岁时被贬,十年期间一直在南方(长庆四年二月贬端州,次年七月量移江州,57岁时量移滁州,59岁转任寿州),62岁时为太子宾客分司东都回到北方。如他自己所言,"起梁溪,归谏署,升翰苑,承恩遇,歌帝京风物,遭逸邪,播历荆楚,涉湘沅,逾岭峤荒陬,止高安,移九江,泛五湖,过钟陵,溯荆江,守滁阳,转寿春,改宾客,留洛阳,廉会稽,过梅里,遭逸者,再为宾客,为分务,归东周,擢川守,镇大梁……"②。十年间,湖北、湖南、广东、江西、安徽都留下了他的足迹。

李绅长庆四年(824)贬端州(广东肇庆),沿途均有诗作留存,如《过荆门》《涉沉湘》《逾岭峤止荒陬抵高要》《至潭州闻猿》《江亭》《朱槿花》

---

①(唐)柳宗元:《柳宗元集》卷二十四《陪永州崔使君游宴南池序》,中华书局1979年版,第640页。
②(唐)李绅:《追昔游集序》,卢燕平校注:《李绅集校注》,中华书局2009年版,第275-276页。

《红蕉花》《忆汉月》《闻猿》《端州江亭得家书二首》等。端州贬谪是李绅此后念念不忘的痛苦经历，在后来的诗作中屡屡提及。

他似乎也比较在意荆湘的四时八节。荆湘炎热，物候变化很小，四时花红柳绿，终年不见霜雪，天空中始终笼罩着一层厚厚的"昏雾"。"天将南北分寒燠，北被羔裘南卉服。寒气凝为戎虏骄，炎蒸结作虫虺毒……云蒸地热无霜霰，桃李冬华匪时变"[1]，各地秉气各不相同，气温区别极大。北方的寒气造就了少数民族的骄横，而南方的炎热催生了各类虫豸的剧毒。对南方危险性的认识，李绅与韩柳并无二致，"瘴江昏雾连天合，欲作家书更断肠。今日病身悲状候，岂能埋骨向炎荒"[2]。

除气候条件外，荆楚地域本身文化中包含有失意、死亡等因素。娥皇、女英、屈原、贾谊、王粲等悲剧性的形象使得诗人们在"发思古之幽情"的时候，总带着一些惨恻、阴森、萧瑟甚至恐怖，于是，哀猿、蛟龙、凄风苦雨等意象便频繁出现在李绅笔下。《闻猿》《至潭州闻猿》等都是李绅借助猿啼表现被贬的荒寒之感，同时也是他心中的荆湘印象。《涉沅潇》比较突出这种荒寒与惊恐：

  蛟龙长怒虎长啸，山木翛翛波浪深。烟横日落惊鸿起，山映余霞森千里。
  鸿叫离离入暮天，霞消漠漠深云水。水灵江渚扬波涛，鼍鼉动荡风骚骚。
  ……
  波明水黑山隐见，汨罗之上遥昏昏。风帆候晓看五两，戍鼓鼞鼞远山响。
  潮满江津猿鸟啼，荆夫楚语飞蛮桨。潇湘岛浦无人居，风惊水暗惟蛟鱼。[3]

蛟龙、怒虎、惊鸿、水怪、鼍鼉、哀猿，荆湘四处一片幽暗，到处都充满危险。猿猴的哀鸣，城角的戍鼓，进一步强化了这种悲凉。荆湘整体上是晦暗的，天是灰的，水是灰的，一切都笼罩在灰暗中。偶尔会有艳丽的花朵，但这花朵给诗人的并不是温暖而是刺痛。

---

[1]（唐）李绅：《逾岭峤止荒陬抵高要》，卢燕平校注：《李绅集校注》，中华书局2009年版，第110页。
[2]（唐）李绅：《江亭》，卢燕平校注：《李绅集校注》，中华书局2009年版，第20页。
[3]（唐）李绅：《涉沅潇》，卢燕平校注：《李绅集校注》，中华书局2009年版，第14－15页。

红蕉花样炎方识,瘴水溪边色最深。叶满丛生殷似火,不唯烧眼更烧心。①

这花朵对李绅来说是一种十分新鲜的体验,但并没有给他带来惊喜。原因何在?不同的地理文化背景决定了人们不同的物候眼光,"楚客喜风水,秦人悲异乡"②,没见过的,与熟悉的文化不一样的,就不是好的。正如胡震亨所言:"追昔游,大是宦梦难醒。"因为"梦"在长安,在北方,荆湘是李绅的"异乡",因此荆湘与长安不同的景象、物候、风土,都提醒着李绅被贬谪的事实,都是被李绅排斥的,因此,在李绅的笔下很难找到对南方风景的欣赏。

与李绅相比,元稹在南方待的时间比较长:元和五年(810)至元和九年(814)在江陵,元和十年(815)又被贬为通州(四川通江)司马,至元和十三年(818)冬才离开赴虢州(河南灵宝)。九年间元稹是在属于山南西道的湖北、四川度过的。

元稹笔下的南方同样充满危险。有时候这危险是行旅途中的具体困难,如"雨滑危梁性命愁,差池一步一生休。黄泉便是通州郡,渐入深泥渐到州"③;有时候是对物候、风土中潜藏的生命威胁的恐惧:

江瘴气候恶,庭空田地芜。烦昏一日内,阴暗三四殊。巢燕污床席,苍蝇点肌肤。……夜来稍清晏,放体阶前呼。未饱风月思,已为蚊蚋图。我受簪组身,我生天地炉。炎蒸安敢倦,虫豸何时无。凌晨坐堂庑,努力泥中趋。官家事不了,尤悔亦可虞。门外竹桥折,马惊不敢逾。……良农尽蒲苇,厚地积潢污。三光不得照,万物何由苏。安得飞廉车,磔裂云将驱。又提精阳剑,蛟螭支节屠。阴渗皆电扫,幽妖亦雷驱。煌煌启阊阖,轧轧掉干枢。东西生日月,昼夜如转珠。百川朝巨海,六龙蹈亨衢。④

北方的晴空,温暖而干燥的气候、平夷的土地与道路与南方的阴湿多雨、泥污满地、沟渠纵横、出行困难等形成鲜明对照,在元稹看来都是"恶"的,令人心酸。

元稹最不堪忍受的是昆虫鸟兽的搅扰,初至荆州作有《江边四十韵》,其

---

① (唐)李绅:《红蕉花》,卢燕平校注:《李绅集校注》,中华书局2009年版,第21页。
② (唐)李绅:《移九江》,卢燕平校注:《李绅集校注》,中华书局2009年版,第118页。
③ (唐)元稹著,冀勤点校:《元稹集》卷二十《酬乐天雨后见忆》,中华书局2010年版,第265页。
④ (唐)元稹著,冀勤点校:《元稹集》卷二《苦雨》,中华书局2010年版,第20页。

后有《有鸟》二十章，到通州有《虫豸诗》七篇均有专门描述。"荆州树木洲渚处，昼夜常有翅羽百族闹，心不得闲静"①，"通之地，丛秽卑褊，烝瘴阴郁，焰为虫蛇，备有辛螫。蛇之毒百，而鼻塞者尤之。虫之辈亦百，而虻、蟆、浮尘、蜘蛛、蚁子、蛒蜂之类，最甚害人"②。南方的怪鹏、跳蛙、老虎、獭都令元稹恐惧、厌倦，没有篱笆墙的院落不能给人以安全感，室内也危机四伏："空仓鼠敌猫""土虚烦穴蚁""柱朽畏藏蛟""蛇虺吞檐雀""犬惊狂浩浩""鸡乱响嘐嘐"③。

除气候与自然环境的恶劣外，南方也是寂寞的："通之人莫可与言者"④"远地难逢侣"⑤。这里语言怪诞："夷音啼似笑，蛮语谜相呼"⑥；风俗奇特："病赛乌称鬼，巫占瓦代龟"（《酬翰林白学士代书一百韵》）、"楚俗不理居，居人尽茅舍"（《茅舍》）、"见说巴风俗，都无汉性情"⑦"荆俗欺王粲"（《送崔侍御之岭南二十韵》）。当崔侍御前往南方，元稹叮嘱他："南方物候饮食与北土异。其甚者，夷民喜聚蛊。"⑧因此，在南方需要特别注意生活细节，尤其需要注意食物是否有毒，元稹甚至告诉崔护蘑菇要吃虫蛀过的，果实要吃鸟啄过的才行，还要随身带一块银器随时对食物进行检验。

对南方竞舟习俗的描写比较典型地体现了元稹的南方治理思想：

楚俗不爱力，费力为竞舟。买舟俟一竞，竞敛贫者赇。……祭船如祭祖，习竞如习雠。连延数十日，作业不复忧。……建标明取舍，胜负死生求。一时欢呼罢，三月农事休。岳阳贤刺史，念此为俗疣。习俗难尽去，聊用去其尤。百船不留一，一竞不滞留。自为里中戏，我亦不寓游。吾闻管仲教，沐树惩堕游。节此淫竞俗，得为良政不。我来歌此事，非独歌此州。此事数州有，亦欲闻数州。⑨

---

① （唐）元稹著，冀勤点校：《元稹集》卷四《虫豸诗·序》，中华书局2010年版，第44页。
② （唐）元稹著，冀勤点校：《元稹集》卷四《虫豸诗·序》，中华书局2010年版，第44页。
③ （唐）元稹著，冀勤点校：《元稹集》卷十三《江边四十韵》，中华书局2010年版，第168页。
④ （唐）元稹著，冀勤点校：《元稹集》卷十二《酬乐天东南行诗一百韵》（并序），中华书局2010年版，第156-158页。
⑤ （唐）元稹著，冀勤点校：《元稹集》卷十五《独游》，中华书局2010年版，第191页。
⑥ （唐）元稹著，冀勤点校：《元稹集》卷十二《酬乐天东南行诗一百韵》（并序），中华书局2010年版，第156-158页。
⑦ （唐）元稹著，冀勤点校：《元稹集》卷十五《遣行十首（其九）》，中华书局2010年版，第198页。
⑧ （唐）元稹著，冀勤点校：《元稹集》卷十一《送崔侍御之岭南二十韵》（并序），中华书局2010年版，第144页。
⑨ （唐）元稹著，冀勤点校：《元稹集》卷三《竞舟》，中华书局2010年版，第34页。

南方人对于公益之事非常有热情，哪怕耽误农事，冒着性命危险也乐此不疲。元稹认为类似竞舟这样的活动是楚地劣习的最典型代表，所以应严格禁除，并且以身作则，不开展任何游赏活动。他认为只有这样才是"良政"，还觉得这个经验值得推广。

"废弃十年，分死沟渎"①，元稹心中的南方是危险、不友善、文化落后，需要改变的。

四、刘禹锡的巴山蜀水——富、美、趣

尽管是在苏州长大，但刘禹锡并不将苏州视作故乡，而自称是"江南客""越客"，"家本荥上，籍占洛阳"②，"祖先壤树在京、索间"③。出仕后刘禹锡又有23年"弃置"朗州（湖南常德）、连州（广东连州市）、夔州（重庆奉节）、和州（安徽和县）的经历，即他所言的"巴山蜀水凄凉地，二十三年弃置身"。但读《刘禹锡集》会发现，刘禹锡诗文中的"凄凉"很少，他的巴山蜀水，其实是"景物色彩明丽"的，他"描述当地的民俗风情，呈现出鲜明的地域色彩，充盈着浓郁的生活气息，真实地反映了当时、当地的劳动生产习俗、崇巫好祀风俗、喜好歌舞风情"④。为什么会悬隔如此？刘禹锡对南方的地理认知与同时代的其他士人有哪些差别？"凄凉地"所指何在？这些问题，可能是辨析士风变化的一个端口，值得深究。

陈允锋先生言刘禹锡"有浓厚的地理意识"⑤，但惜乎文章重在解决地理意识与诗学思想的关系，所以，并未展开论述。这里，我们尝试着对这一问题进行追索，也许能由此窥得刘禹锡地理意识的总体构架以及他对南方区域的认知。

刘禹锡没有很强烈的区域等级差异，认为四方各有其"利病"。因此他从不用贬斥或轻蔑的语言写南方，而是对地方的历史文化沿革进行梳理，对当地文化等予以肯定，如武陵：

> 按《天官书》，武陵当翼轸之分，其在春秋及战国时皆楚地。后为秦惠王所并，置黔中郡。汉兴，更名曰武陵，东徙于今治所。常林《义陵记》云："初项籍杀义帝于郴，武陵人曰：'天下怜楚而兴，今吾王何罪，

---

①（唐）元稹著，冀勤点校：《元稹集》卷三十三《同州刺史谢上表》，中华书局2010年版，第441页。
②（唐）刘禹锡：《汝州上后谢宰相状》，卞孝萱校订：《刘禹锡集》，中华书局1990年版，第206页。
③（唐）刘禹锡：《上杜司徒书》，卞孝萱校订：《刘禹锡集》，中华书局1990年版，第1120页。
④贺秀明：《刘禹锡与巴山楚水》，《厦门大学学报（哲学社会科学版）》2004年第1期。
⑤陈允锋：《论刘禹锡的地理意识及其诗学思想特点》，《宁夏社会科学》2004年第3期。

乃见杀？'郡民缟素，哭于招屈亭。高祖闻而义之，故亦曰义陵。"今郡城东南亭舍，其所也。晋、宋、齐、梁间皆以分王子弟，事存于其书。永贞元年，余始以尚书外郎出补连山守，道贬为是郡司马。至则以方志所载，而质诸其人民。顾山川风物，皆骚人所赋，乃具所闻见而成是诗，因自述其出处之所以然。①

他介绍南方文化，赞颂南方人优秀的品德，这些都与我们前面所举的绝大多数士人有了很大的差异。非但如此，刘禹锡从来不抱怨南方气候的炎热、卑湿、危险。他笔下的南方，物产丰富、山水秀美、民风淳朴，他觉得"山川远地由来好"②。和州如此：

田艺四谷，蓁全六扰。庐有旨酒，庖有腴鱼。神仙故事，在郊在薮。玄元有台，彭铿有洞。名山曰鸡笼，名坞曰濡须。异有血闻，祥有沸井。城高而坚，亚父所营。州师五百，环峙于东。南濒江，划中流为水疆，揭旗树艺，十有六戍。自孙权距陈，出入六代，常为宿兵之地，多以材能人处之。……究其所从来，生植有本。女工尚完坚，一经一纬，无文章交错之奇；男夫尚垦辟，功苦恋本，无即山近盐之逸；市无嗤眩，工无雕彤，无游人异物以迁其志。③

连州如此：

山秀而高，灵液渗漉，故石钟乳为天下甲，岁贡三百铢。原鲜而肥，卉物柔泽，故纻蕉为三服贵，岁贡十笥。林富桂桧，土宜陶旎，故侯居以壮闻。石侔琅玕，水孚金碧，故境物以丽闻。环峰密林，激清储阴，海风驱温，交战不胜，触石转柯，化为凉飔。城压赭冈，踞高负阳，土伯嘘湿，抵坚而散，袭山逗谷，化为鲜云。故罕雁呕泄之患，亟有华皓之齿，信荒服之善部，而炎裔之凉墟也。④

这里物产丰富，每年都会给朝廷进奉许多很好的特产；风景秀丽，气候宜人，人们的寿命都比较长，尽管远离朝廷但确实是个凉爽的好地方。山南西道

---

① (唐) 刘禹锡：《武陵书怀五十韵（并引）》，卞孝萱校订：《刘禹锡集》，中华书局1990年版，第277页。
② (唐) 刘禹锡：《送唐舍人出镇闽中》，卞孝萱校订：《刘禹锡集》，中华书局1990年版，第385页。
③ (唐) 刘禹锡：《和州刺史厅壁记》，卞孝萱校订：《刘禹锡集》，中华书局1990年版，第102-103页。
④ (唐) 刘禹锡：《连州刺史厅壁记》，卞孝萱校订：《刘禹锡集》，中华书局1990年版，第108页。

也是有诸多佳处，"羌夷砥平，旱麓发生。人无左言，乐有夏声。俗既富庶，居多闲暇"①。刘禹锡还曾称连州是"唯有千山画不如"②。这些都足以颠覆之前我们从韩愈等人的诗文中得到的南方印象。

"天下山水，无非美好。地偏人远，空乐鱼鸟。"③ 刘禹锡对南方风景的喜爱几乎表现在他与之相关的任何一首诗中。看这首《洞庭秋月行》：

洞庭秋月生湖心，曾波万顷如镕金。孤轮徐转光不定，游气蒙蒙隔寒镜。

是时白露三秋中，湖平月上天地空。岳阳城头暮角绝，荡漾已过君山东。

山城苍苍夜寂寂，水月逶迤绕城白。荡桨巴童歌竹枝，连樯估客吹羌笛。

势高夜久阴力全，金气肃肃开清矇。浮云野马归四裔，首冠星斗当中天。

天鸡相呼曙霞出，敛影含光让朝日。日出喧喧人不闲，夜夜清景非人间。④

秋天，月夜，远离家乡，偏居一隅，类似情境容易令人伤感。但在刘禹锡笔下，却气象宏大，光影、水汽荡漾在湖面上，美丽如仙境。白天，船上的孩子唱着竹枝词，来自遥远北方的商人吹着羌笛，人们笑语喧喧，一片繁盛景象。刘禹锡非但不写南方的荒蛮，反而大力描绘其地的美好、富庶，与中唐其他南贬士人对南方的理解截然不同。这主要在于他思想观念与他人的差异。

在刘禹锡的观念中，山水没有等差，处处美好，人也一样，"至人之生，无有种类。同人者形，出人者智。蠢蠢南裔，降生杰异"⑤。人生来都是平等的，谁也不比别人优越一点儿，南方同样可以产生优秀人才。他甚至还认为潇湘特殊的地理环境，更能养育出优秀的人才："潇湘间无土山，无浊水，民乘是气，往往清慧而文。"⑥ 也正因此，刘禹锡才不嫌弃、鄙视南方的人、物以

---

① (唐) 刘禹锡：《山南西道节度使厅壁记》，卞孝萱校订：《刘禹锡集》，中华书局1990年版，第104页。
② (唐) 刘禹锡：《送曹璩归越中旧隐》，卞孝萱校订：《刘禹锡集》，中华书局1990年版，第568页。
③ (唐) 刘禹锡：《吏隐亭述》，卞孝萱校订：《刘禹锡集》，中华书局1990年版，第586页。
④ (唐) 刘禹锡：《洞庭秋月行》，卞孝萱校订：《刘禹锡集》，中华书局1990年版，第344页。
⑤ (唐) 刘禹锡：《大唐曹溪第六组大鉴禅师第二碑》，卞孝萱校订：《刘禹锡集》，中华书局1990年版，第52页。
⑥ (唐) 刘禹锡：《海阳湖别浩初师》（并引），卞孝萱校订：《刘禹锡集》，中华书局1990年版，第397页。

及风俗。他始终是兴味盎然地观察着南方的一切，欣赏南方少数民族的文化，客观呈现他们的风俗习惯。看《蛮子歌》：

> 蛮语钩辀音，蛮衣斑斓布。熏狸掘沙鼠，时节祠盘瓠。
> 忽逢乘马客，怳若惊麏顾。腰斧上高山，意行无旧路。①

蛮人的语言、服饰、饮食、祭祀对象都与汉族不同，但刘禹锡只是展现不同而已，没有主观歧视的意味，"鸟言猿面"之类带侮辱性的词汇在刘禹锡的诗文中消失殆尽。这在普遍藐视南方的唐代是比较难能可贵的。

刘禹锡还专门指出当时有妖魔化南方的倾向：

> 黔之乡在秦、楚为争地，近世人多过言其幽荒以谈笑，闻者又从而张皇之，犹夫束蕴逐原燎，或近乎语妖。②

贵州这个地方很早以前就已经被纳入版图，成为历朝政府的必争之地，早已不再蛮荒。但"近代"人罔顾历史，夸大事实，以猎奇的心态，津津乐道其幽远与荒僻。更可笑的是还有一大批跟随者继续夸大传布，就好像拿着草追逐野火一样，使得事实与传言之间的距离越来越远。正是类似的"语妖"造成了人们对南方的误解，刘禹锡似乎在有意提醒人们要尊重事实。而他的很多文字，似乎也是要破这一"妖"。

刘禹锡从来不静态地描写一地，而喜欢突出表现地方的历史沿革及发展变化。前面所举的厅壁记中重地方的历史沿革及疆域变化外，他还特别强调人，尤其是人给地方带来的变化，"东阳本是佳山水，何况曾经沈隐侯。化得邦人解吟咏，如今县令亦风流"③，沈约的歌咏使得东阳有了名气，而元结、阳城、吕温使得道州"兹境贵于异日"④。有时候是官员，如"华阳黑水，昔称丑地。近者尝为王所，百态丕变，人风邑屋与山水，俱一都之会，目为善部矣"⑤。刘禹锡对后者比较重视，他写官员政绩的文字相对多一些。在《山南西道新修驿路记》中，他记述了开成四年（839）归融任梁州牧时趁着"军逸农隙，人思贾余"时修整了从贯穿山南西道、右扶风到剑阁间一千一百里的道路。他用一大段排比句写新修驿路后的喜悦：

---

① (唐) 刘禹锡：《蛮子歌》，卞孝萱校订：《刘禹锡集》，中华书局1990年版，第343页。
② (唐) 刘禹锡：《送义舟师却还黔南》，卞孝萱校订：《刘禹锡集》，中华书局1990年版，第401页。
③ (唐) 刘禹锡：《答东阳于令涵碧图诗》，卞孝萱校订：《刘禹锡集》，中华书局1990年版，第331页。
④ (唐) 刘禹锡：《含辉洞述》，卞孝萱校订：《刘禹锡集》，中华书局1990年版，第585页。
⑤ (唐) 刘禹锡：《山南西道新修驿路记》，卞孝萱校订：《刘禹锡集》，中华书局1990年版，第105页。

急宣之骑，宵夜不惑。郤曲棱层，一朝坦夷。兴役得时，国人不知。由是驶行者忘其劳，吉行者徐其驱，挈行者家以安，货行者肩不病，徒行者足不茧，乘行者蹄不刲。公谈私咏，溢于人听。伊彼金其牛而诱之以利，曷若我子其民而来之以义乎？①

刘禹锡有着封建士大夫的务实精深与责任感，他不是以文人的身份在猎奇；他关注地方的，不是虚无缥缈的山水游赏，也不以当地群众的蛮来衬托自己被贬的可怜，而是要"扬王休于天汉之域"，要"一麾出营阳，惠彼嗤嗤氓"②。

元和元年（806）的刘禹锡和其他的南贬文人区别不是很大，也有对南方的惊恐，"湘沅之滨，寒暑一候。阳雁才到，华言罕闻。猿哀鸟思，啁啾异响"③。但短暂的惊愕与乞怜之后，他转变身份，开始行使自己的职责，"子其民而来之以义"，"崇教本以厚民风"④。在《和州谢上表》中称言要"谨当奉宣皇恩，慰彼黎庶"⑤，要"使蛮夷生梗之风，慕臣子尽忠之道"⑥。因此，他参加当地的一些民间庆典，欣赏百姓的欢乐，《连州腊日观莫徭猎西山》《采菱行》《插田歌》《畲田作》，百姓日常劳动、娱乐进入刘禹锡的视野。农村、田园，在刘禹锡这里有了新的意义，不再是官场黑暗的对立面，不再是对现实的逃离和闲暇的田园梦想，而是活力四射的生产、创造的热情，是对简单、质朴农村生活本身的热爱，如《插田歌》：

冈头花草齐，燕子东西飞。田塍望如线，白水光参差。农妇白纻裙，农夫绿蓑衣。

齐唱田中歌，嘤伫如竹枝。但闻怨响音，不辨俚语词。时时一大笑，此必相嘲嗤。

水平苗漠漠，烟火生墟落。黄犬往复还，赤鸡鸣且啄。路旁谁家郎，乌帽衫袖长。

自言上计吏，年初离帝乡。田夫语计吏，君家侬定谙。一来长安罢，

---

① （唐）刘禹锡：《山南西道新修驿路记》，卞孝萱校订：《刘禹锡集》，中华书局1990年版，第105页。
② （唐）刘禹锡：《送李策秀才还湖南因寄幕中亲故兼简衡州吕八郎中》，卞孝萱校订：《刘禹锡集》，中华书局1990年版，第375页。
③ （唐）刘禹锡：《上杜司徒书》，卞孝萱校订：《刘禹锡集》，中华书局1990年版，第120页。
④ （唐）刘禹锡：《许州文宣王新庙碑》，卞孝萱校订：《刘禹锡集》，中华书局1990年版，第36页。
⑤ （唐）刘禹锡：《和州谢上表》，卞孝萱校订：《刘禹锡集》，中华书局1990年版，第177页。
⑥ （唐）刘禹锡：《为容州窦中丞谢上表》，卞孝萱校订：《刘禹锡集》，中华书局1990年版，第165－166页。

眼大不相参。

  计吏笑致辞，长安真大处。省门高轲峨，侬入无度数。昨来补卫士，唯用筒竹布。君看二三年，我作官人去。①

  春暖花开时节，农民开始在水田里插秧。田塍整整齐齐，他们唱着歌，时不时发出一阵畅快的大笑。傍晚时分，炊烟袅袅，村路上不时能看到鸡狗在悠闲踱步。路上突然走过来一位官人，原来是村里离家为宦的子弟回来了，村民们围上去，又是一片笑语喧哗，互相开着善意的玩笑。村庄在刘禹锡笔下，一派繁忙、快乐。

  刘禹锡也会参加当地百姓的一些祭祀活动，但他绝不会批判他们愚昧、不重实际之类，而是写出了类似民俗活动的快乐。看作于朗州的《阳山庙观赛神》：

  汉家都尉旧征蛮，血食如今配此山。曲盖幽深苍桧下，洞箫愁绝翠屏间。

  荆巫脉脉传神语，野老婆婆启醉颜。日落风生庙门外，几人连蹋竹歌还。②

  前两联简单交代了赛神缘起和赛神环境后，重点表现活动之后百姓的愉快。心见，眼才能见，南贬的刘禹锡心里的"凄凉"之感不多，所以才能看到诸多美丽景致以及快乐事、欢乐人。

  接下来，必然的问题出来了：同样的南贬，为什么在别人是愁苦不堪，而在刘禹锡却可以如此欢乐无比？"豪"是结果，原因是什么呢？刘禹锡生长于南方，对南方环境比较熟悉，他的个性气质比较乐观豪爽，他能俯下姿态深入民众，对百姓比较了解，因此也不容易产生畏惧感等均是原因，但最根本的，应该是他的思想观念与思维模式。如前所言，刘禹锡根本就不认为只有长安，只有北方的汉文化是最好的，他相信"天下山水，无非美好"，相信"至人之生，无有种类"，这样的认识基础就决定了刘禹锡不会歧视任何一处及其民众，也不会有文化的优越感而不认同别的文化。

  更重要的是，刘禹锡的思维方式有与同时期士人不太相同的地方，他能看得更深更透，能直击本质，而绝不流于表面的哀伤。如看到深秋残留枝头的红柿，他说"本因遗采掇，翻自保天年"（《咏树红柿子》），看到将要被送去屠

---

① （唐）刘禹锡：《插田歌》，卞孝萱校订：《刘禹锡集》，中华书局1990年版，第353页。
② （唐）刘禹锡：《阳山庙观赛神》，卞孝萱校订：《刘禹锡集》，中华书局1990年版，第301页。

宰的牛，他叹息"用尽身贱，功成祸归"① 的普遍规律。他认为生命的"宝与常，在所遇耳"②。一次乘船，前面认真紧张，平安无事，之后放松警惕遭遇危险，他由此总结出"畏之途果无常所哉！不生于所畏而生于所易也"③。正是因为有了这些深刻的人生感悟，刘禹锡才会不计较于处境、地域，而是更通达，更能随遇而安，因此也显得更超脱，更豪迈。所以，普通的庭院里的竹子在他看来就有了"依依似君子，无地不相宜"④ 的品性，而白居易"弦管常调客常满，但逢花处即开樽"⑤ 的率性生活也被称颂。

此外，可能还与刘禹锡与僧人交往，受佛教思想影响有关。

> 梵言沙门，犹华言去欲也。能离欲则方寸地虚，虚而万景入，入必有所泄，乃形乎词。词妙而深者，必依于声律。故自近古而降，释子以诗闻于世者相踵焉。因定而得境，故倏然以清。由慧而遣词，故粹然以丽。信禅林之花萼而诫河之珠玑耳。⑥

佛教主张摆脱欲望，欲望消除殆尽、心灵澄净时，便可对自然万象有单纯的欣赏，而欣赏心得需要与人分享，诗歌是最合宜的分享澄净心灵与欣赏心得的渠道。刘禹锡这里是解释寺僧文学发达的原因，但借此我们也可以了解他在南方写作时的心态，也就明白了他的巴山蜀水呈现出的整体面貌是富庶、美丽、趣味盎然的。"凄凉地"之说，也和柳宗元等一样，是因为预设了写作对象与写作目的罢了。而且，我们还可以说，这里的"凄凉"，不是地方、风景、南贬生活的凄凉，而更多地指向刘禹锡的政治理想被骤然叫停而产生的失落，绝非表面的区域描述。

五、白居易的江州、忠州——好、乐

元和十年（815）白居易贬谪江州（江西九江），元和十三年（818）量移忠州（四川忠县）。这段时间白居易基本完成了由积极入世向吏隐、追求闲适

---

① （唐）刘禹锡：《叹牛》，卞孝萱校订：《刘禹锡集》，中华书局1990年版，第80页。
② （唐）刘禹锡：《说骥》，卞孝萱校订：《刘禹锡集》，中华书局1990年版，第83页。
③ （唐）刘禹锡：《儆舟》，卞孝萱校订：《刘禹锡集》，中华书局1990年版，第80-81页。
④ （唐）刘禹锡：《庭竹》，卞孝萱校订：《刘禹锡集》，中华书局1990年版，第332页。
⑤ （唐）刘禹锡：《酬乐天请裴令公开春加宴》，卞孝萱校订：《刘禹锡集》，中华书局1990年版，第484页。
⑥ （唐）刘禹锡：《秋日过鸿举法师寺院便送归江陵》（并引），卞孝萱校订：《刘禹锡集》，中华书局1990年版，第394页。

人生的转变。南方给了白居易怎样的经验？他笔下的南方景观如何呢？

相比较于屈原、贾谊的洞庭，王粲的江陵，陶渊明的江州本就没有什么悲怆感，怡然自乐似乎是江州的一个文化标志。白居易似乎很受这种地域文化精神的影响，尽管是被贬谪，但他并不是十分悲愤，"湖山处处好"①，"匡庐奇秀甲天下"②。美景、美食令他快乐、适意，他时常在诗文中将江州、忠州山水静默的美记录下来：

> 江州左匡庐，右江湖，土高气清，富有佳境。……司马绰绰，可以从容于山水诗酒间。由是郡南楼山、北楼水、溢亭、百花亭、风篁、石岩、瀑布、庐宫、源潭洞、东西二林寺、泉石、松雪，司马尽有之矣。苟有志于吏隐者，舍此官何求焉？③

贬谪期间，白居易养花、种树、种竹、挖池塘、修水渠、建草堂，生活得惬意、安适，南方在白居易笔下几乎成了一片乐土。普通书生家清洁干净，"须臾进野饭，饭稻茹芹英；白瓯青竹箸，俭洁无膻腥"④。官舍宁静、明秀：

> 雨径绿芜合，霜园红叶多。萧条司马宅，门巷无人过。唯对大江水，秋风朝夕波。⑤

韩愈、李绅笔下惊恐、不安的风景到了白居易笔下变得安静平和。即使在初贬江行，也没有特别悲苦的风景描写，"江云暗悠悠，江风冷修修。夜雨滴船背，夜浪打船头"⑥，"云树霭苍苍，烟波澹悠悠"⑦。

白居易能从现实的困境中抽离出来，对南方耳闻目睹的现象进行哲学的思索，从而获得更通达的认识，如"鸟声信如一，分别在人情；不作天涯意，岂殊禁中听"⑧。南北方自然界中的事物区别其实不是很大，只是因为人心的区别而产生了区别。白居易认为贬谪提高了自己对世界的认识，"不穷视听

---

① (唐) 白居易撰，顾学颉点校：《白居易集》卷七《泛湓水》，中华书局1979年版，第129页。
② (唐) 白居易撰，顾学颉点校：《白居易集》卷四十三《草堂记》，中华书局1979年版，第933页。
③ (唐) 白居易撰，顾学颉点校：《白居易集》卷四十三《江州司马厅记》，中华书局1979年版，第933页。
④ (唐) 白居易撰，顾学颉点校：《白居易集》卷七《过李生》，中华书局1979年版，第135页。
⑤ (唐) 白居易撰，顾学颉点校：《白居易集》卷十《司马宅》，中华书局1979年版，第206页。
⑥ (唐) 白居易撰，顾学颉点校：《白居易集》卷十《舟中雨夜》，中华书局1979年版，第199页。
⑦ (唐) 白居易撰，顾学颉点校：《白居易集》卷九《将之饶州，江浦夜泊》，中华书局1979年版，第178页。
⑧ (唐) 白居易撰，顾学颉点校：《白居易集》卷七《闻早莺》，中华书局1979年版，第134页。

界，焉识宇宙广"①，而元稹所厌恶的南方的虫豸在白居易这里并不只是表面的困扰而是悟道的一个切入点：

巴徼炎毒早，三月蚊蟆生。咂肤拂不去，绕耳蘙蘙声。……幺虫何足道，潜喻儆人情。②

南方的夏季炎热，是南贬士人经常抱怨的内容。白居易也说："况吾北人性，不耐南方热。"③ 但他同样看到夏季给自然界带来的活力："孟夏百物滋，动植一时好。麋鹿乐深林，虫蛇喜丰草。翔禽爱密叶，游鳞悦新藻。……溢鱼贱如泥，烹炙无昏早。朝饭山下寺，暮醉湖中岛。何必归故乡？兹焉可终老！"④ 前举诗人所提到的南人的长相特征白居易也注意到了，但他说"巴人类猿狖，矍铄满山野"⑤，不带一点儿轻蔑。白居易也存在与当地人语言交流的障碍，但他不是认定南方方言粗野怪诞，而是说自身存在不足，不是一位合格的地方官，"安可施政教，尚不通语言"⑥。

白居易与其他中唐作家在南方书写上还有一个更大的区别是他没有表现出强烈的故园意识和北人的优越感，他更通达，更强调随遇而安，"知分心自足，委顺身常安；故虽穷退日，而无戚戚颜"⑦。他与庐山一见钟情，"见而爱之，若远行客过故乡，恋恋不能去"⑧。他喜欢江州，"见君五老峰，益悔居城市"⑨，愿意终老于此，"如获终老地，忽乎不知还"⑩，"归去诚可怜，天涯住亦得"⑪。

三峡凶险自古就是入峡者的共识，元稹等也是极力强调这一点。当白居易贬忠州过三峡时，也描写路途危险，也有对死亡的畏惧。但如此沉重的话题在白居易笔下分量却减了不少：

---

① (唐) 白居易撰，顾学颉点校：《白居易集》卷七《登香炉峰顶》，中华书局1979年版，第138页。
② (唐) 白居易撰，顾学颉点校：《白居易集》卷十一《蚊蟆》，中华书局1979年版，第219页。
③ (唐) 白居易撰，顾学颉点校：《白居易集》卷十一《桐花》，中华书局1979年版，第213页。
④ (唐) 白居易撰，顾学颉点校：《白居易集》卷十《首夏》，中华书局1979年版，第202页。
⑤ (唐) 白居易撰，顾学颉点校：《白居易集》卷十一《自江州至忠州》，中华书局1979年版，第209页。
⑥ (唐) 白居易撰，顾学颉点校：《白居易集》卷十一《征秋税毕，题郡南亭》，中华书局1979年版，第219页。
⑦ (唐) 白居易撰，顾学颉点校：《白居易集》卷七《咏怀》，中华书局1979年版，第145页。
⑧ (唐) 白居易撰，顾学颉点校：《白居易集》卷四十三《草堂记》，中华书局1979年版，第933页。
⑨ (唐) 白居易撰，顾学颉点校：《白居易集》卷七《题元十八溪亭》，中华书局1979年版，第136页。
⑩ (唐) 白居易撰，顾学颉点校：《白居易集》卷七《香炉峰下新置草堂，即事咏怀，题于石山》，中华书局1979年版，第137页。
⑪ (唐) 白居易撰，顾学颉点校：《白居易集》卷十一《委顺》，中华书局1979年版，第221页。

>　　上有万仞山，下有千丈水；苍苍两岸间，阔狭容一苇。瞿唐呀直泻，滟滪屹中峙。
>
>　　未夜黑岩昏，无风白浪起。大石如刀剑，小石如牙齿。一步不可行，况千三百里。
>
>　　苒蒻竹篾箨，欹危榜师趾；一跌无完舟，吾生系于此。常闻仗忠信，蛮貊可行矣。
>
>　　自古漂沉人，岂尽非君子？况吾时与命，蹇舛不足恃；常恐不才身，复作无名死！①

白居易知道危险，但他还相信，只要品德端方，目的正义，到任何地方都不要过度忧惧。但真实事例多少会有一些动摇他的认识，他还是有一些担心，但没有恐惧。到江州三年后，白居易提出了他人生的"三泰"，其中两项都与江州风物有关，一是对此地的评价："江州风候稍凉，地少瘴疠，乃至蛇虺蚊蚋，虽有甚稀。湓鱼颇肥，江酒极美，其余食物，多类北地。"二是写他在江州的游历之美："去年秋，始游庐山，到东西二林间、香炉峰下，见云水泉石，胜绝第一，爱不能舍，因置草堂。前有乔松十数株，修竹千余竿，青萝为墙援，白石为桥道，流水周于舍下，飞泉落于檐间；红榴白莲，罗生池砌，大抵若是，不能殚记。每一独往，动弥旬日。平生所好者，尽在其中。不唯忘归，可以终老。"②

江州在白居易看来，几乎就是乐园了。白居易笔下的南方不再阴冷潮湿，而是明丽、快乐。在"知分""委顺""安时顺命，用遣岁月"③思想主导下，出生于北方的白居易不再固执于长安，不再以北方风光为标准取舍其他地方的物候与风土，也不再恋恋于故乡或帝阙。白居易的文化坐标发生了一些细微的变化：长安不再是参照系。这在唐代士人中，是一全新的思想的萌芽。这芽的孕育有合适的土壤与气候，而它的生长，也得到了合宜的环境，很快就长成了大树。

六、吕温的江南道——"佳山水"

　　吕温（772—811），郡望东平（山东东平），籍贯河中（山西永济），生长于洛阳，入仕后在长安为官。元和三年（808）被贬均州（湖北均县），未至

---

① (唐) 白居易撰，顾学颉点校：《白居易集》卷十一《初入峡有感》，中华书局1979年版，第208页。
② (唐) 白居易撰，顾学颉点校：《白居易集》卷四十五《与微之书》，中华书局1979年版，第973页。
③ (唐) 白居易撰，顾学颉点校：《白居易集》卷四十四《与杨虞卿书》，中华书局1979年版，第949页。

而被再贬道州（湖南道县）。元和五年（810）转衡州（湖南衡阳），次年卒于衡州。

吕温"操履有恒，吏事精举，处繁简肃，折狱详明，尤于抚绥，实著效绩，今道州赋税毕集，流亡尽归，虔奉公程，日至清净，委心于理，古人不如"①。即使离任，他还期待继任者能爱护百姓，"布帛精粗任土宜，疲人识信每先期。明朝别后无他嘱，虽是蒲鞭也莫施"（《道州将赴衡州酬别江华毛令》）。身处患难依然敬职、爱民，不因来自京城、有相当高职位而自矜，也不藐视蛮荒之地的百姓及风景，这是吕温的卓绝处之一。

吕温诗文中对道州和衡州的风景颇多赞誉，"晴空交密叶，阴岸积苍苔。爽气中央满，清风四面来"（《道州夏日郡内北桥新亭书怀赠何元二处士》），"松窗宿翠含风薄，槿援朝花带露繁"（《道州夏日早访荀参军林园敬酬见赠》），也几乎没有什么恐怖、危险的气息。之前频频出现于南贬文人笔下的瘴疠、哀怨以及惊恐等在吕温诗文中基本消失了。吕温在南方游历、参与（或组织）宴集、接待朋友、送别友人、为官厅写点壁记、为当地编订律令摘要等。他的南贬生活，似乎与在长安的区别不是很大，还有书生专程去拜访他，向他问学。过去南贬文人共有的孤独、寂寞、冷清之类的感觉在他身上很少出现。

他喜爱南方的山水，看《道州途中即事》：

零桂佳山水，荥阳旧自同。经途看不暇，遇境说难穷。叠嶂青时合，澄湘漫处空。
舟移明镜里，路入画屏中。岩壑千家接，松萝一径通。渔烟生缥缈，犬吠隔笼葱。
戏鸟留余翠，幽花吝晚红。光翻沙濑日，香散橘园风。信美非吾土，分忧属贱躬。
守愚资地僻，恤隐望年丰。且保心能静，那求政必工。课终如免戾，归养洛城东。

贬谪在南方的"佳山水"中，吕温不焦躁、不哀怨，也不惶惑，而是悠然地欣赏着眼前的一切。唐人写南方气候常用的瘴疠、潮热、危险，写南方风俗喜用的蛮、俗、恶等在吕温笔下消失殆尽，取而代之的是风景如画，宁静祥和。他也说这里"信美非吾土"，但紧接着的是"分忧属贱躬"，来到这里，

---

① (唐) 吕温：《代李中丞荐道州刺史吕温状》（温自作），（清）董诰等编：《全唐文》卷六二七，中华书局1983年版，第7册，第6327页。

他要认真履职，为朝廷分忧。他还认为贬谪是暂时的，只要一考终了，没有舛误，他就可以回故乡了。南方同时满足吕温作为官僚与士大夫文人的两种趣味，南方不遥远，"政成兴足告即归，门前便是家山道"（《道州春游欧阳家林亭》）。在他的两篇关于国家疆域的序文中，吕温强调了"天下"这一概念，他指出，南方无论多么遥远、偏僻，都在"天下"，因此，他不以区别心看南方，南方自然"佳"了。

吕温为什么没有以往对南方的文化偏见？为什么不认为南方惊险恐怖？这和吕温的地理认识有关。他曾经写过两篇序文，一是《汉舆地图序》，一为时人"广陵李该"的《地志图》作。两篇文章有一个共同的思想基础，即天下是王朝的天下，任何有作为的皇帝都应该一统疆域，而天下的分崩离析则意味着混乱。"自古合天下于一者，必以拨乱之志为主"，因此，他赞颂汉光武帝的"一天下之志"及"之功"：

> 光武之志，以皇天全付所覆于我有汉，今乃瓜分幅裂，沦于盗贼，此子孙之责也。责之所在，虽有登天之难不敢辞，虽有暴虎之危不敢避，虽有蹈风火之厄不敢回，奋然直前，以偿吾祖宗之所付，必使吾祖宗之旧物，咸复其初，然后吾责始塞焉。①

而对于李该所作的《地志图》，吕温认为它"混一家之文轨，张大国之襟带，核人物之虚实，总山川之要会，表皇威之有截，明王道之无外"。在吕温看来，天下一统，四海一家，王道无外，南北亦无别，"见苍梧涂山，则思舜禹恤民之艰；睹穷边大漠，则悟秦汉劳师之弊；览齐墟晋壤，则见桓文勤王之霸；观洞庭荆门，则知苗蜀恃险之败"。不同地域给人们以王道的启示，一片土地，即使孤悬在王朝之外，依然在"天下"，在王朝的照拂下。吕温的地域认知不狭隘，不再是以北方、中原为参照，而是以"普天之下"的观念来认知所经历的区域。因此，他笔下的南方，才会有新的气息出现。

七、杜牧的江南道——轻倩秀丽

杜牧出生于长安，应举前出游陕西澄县、湖南浔阳县。26岁进士及第至50岁去世，除在京师为官外，他"三为幕府吏"，"四为刺史"，江西南昌，江苏扬州、镇江，湖北黄冈，安徽宣城、贵池，浙江建德、湖州等地都留下了

---

① (唐) 吕温：《汉舆地图序》，(清) 董诰等编：《全唐文》卷六二八，中华书局1983年版，第7册，第6335页。

他的足迹。杜牧在扬州、镇江、湖州,生活得安适、快乐,留下了大量脍炙人口的诗文。在相对偏远的黄冈、南昌、贵池等地,情况又如何呢?

"惟帝忧南纪,搜贤与大藩"①,杜牧对荆楚等地的地理认知与吕温十分相似。他也认为唐王朝治下的每一寸土地,无论它多么偏远落后,环境恶劣,都是王朝的国土,都是故乡,"南去南来尽乡国"②。在这片土地上生息的民众都是国家的百姓,官员都有去宣扬教化、实行仁政的义务,百姓都应当拥有幸福的生活。"四海一家"意识在杜牧笔下频频出现,"今者四海九州,同风共贯"③,南方不再被歧视,被畏惧,以致之前唐诗中送人南行时的忧苦气息在杜牧诗中基本消失了,取而代之是对风景的期待,是对治绩的渴望。即使远至广西荔浦,也是"真得诗人趣,烟霞处处谙"④。

杜牧也承认南方一些地方偏远落后,如黄州"荒郡"是"三千里僻守小郡",远离故乡,"不用凭栏苦回首,故乡七十五长亭"⑤。但因为有"四海一家"的认识,有官员的责任感和兼济天下的渴望,杜牧总是欣然前往,"输忠效用"。他出任黄州刺史,"上道之日,气色济济……都门带酒,笑别亲戚"⑥。他眼中的黄州一片古朴、祥和,"黄州在大江之侧,云梦泽南,古有夷风,今尽华俗,户不满二万,税钱才三万贯。风俗谨朴,法令明具,久无水旱疾疫,人业不耗,谨奉贡赋,不为罪恶"⑦。杜牧总能积极努力、尽职尽责管理一方:"臣于此际,为吏长人,敢不遵行国风,彰扬至化。小大之狱,必以情恕;孤独鳏寡,必躬问抚。庶使一州之人,知上有仁圣天子,所遣刺史,不为虚受。悉其和风,感其欢心,庶为瑞为祥,为歌为咏,以裨盛业,流乎无穷。"⑧

杜牧充分享受着南方山水登临的快乐,竹径、城楼、汀江、扁舟,在黄州、池州的杜牧与在扬州时没有大的差异,依然诗酒风流,依然山水游赏,大量"轻倩秀丽"的诗作在他笔下产生。他擅长用细腻的笔调,描画南方的水、花、竹、菱等物象。如:

菱透浮萍绿锦池,夏莺千啭弄蔷薇。尽日无人看微雨,鸳鸯相对浴

---

① (唐)杜牧:《奉送中丞姊夫俦自大理卿出镇江西叙事书怀因成十二韵》,吴在庆撰:《杜牧集系年校注》,中华书局2008年版,第1148页。
② (唐)杜牧:《将赴池州道中作》,吴在庆撰:《杜牧集系年校注》,中华书局2008年版,第1326页。
③ (唐)杜牧:《上李太尉论北边事启》,吴在庆撰:《杜牧集系年校注》,中华书局2008年版,第973页。
④ (唐)杜牧:《送荔浦蒋明府赴任》,吴在庆撰:《杜牧集系年校注》,中华书局2008年版,第1377页。
⑤ (唐)杜牧:《题齐安城楼》,吴在庆撰:《杜牧集系年校注》,中华书局2008年版,第382页。
⑥ (唐)杜牧:《上李中丞书》,吴在庆撰:《杜牧集系年校注》,中华书局2008年版,第860页。
⑦ (唐)杜牧:《黄州刺史谢上表》,吴在庆撰:《杜牧集系年校注》,中华书局2008年版,第931页。
⑧ (唐)杜牧:《黄州刺史谢上表》,吴在庆撰:《杜牧集系年校注》,中华书局2008年版,第932页。

红衣。①

宁静的夏日，空中飘着一些淡淡的雨丝。清澈的水面上飘散着碧绿的浮萍和菱叶，一对毛色艳丽的鸳鸯在水面上嬉戏。岸边，浓密的蔷薇花开满了枝干，浓荫深处传出黄莺的百啭歌唱。黄莺、鸳鸯、浮萍、菱、蔷薇、细雨，都各自沉浸在自己的世界里，只有诗人懂得并且能欣赏这圆满自足的世界。北方的杜牧喜爱南方的山水景物，离开后，还会写诗表达怀念，如黄州：

平生睡足处，云梦泽南州。一夜风欺竹，连江雨送秋。②

黄州生活是惬意的，州小，民淳，地方官非常轻松，有大量的时间可以挥霍，包括睡懒觉。秋天来了，夜晚能听到秋风吹过竹林的声音，秋雨也经常飘洒在江面上。杜牧的黄州充满着悠然与适意。当然，杜牧偶尔也有对南方险恶气候环境的认知，说"大江之南，夏候郁湿，易生百疾"。但他有自己的对付手段，并且作为经验告诉友人，他认为需要在饮食等方面注意，"慎防是晚多食，大醉继饮"。而更主要的是他认为生活在南地，"胸臆间不以惧忿是非贮之，邪气不能侵"③。对抗南方凶险的方法之一是保持心态的平和。这一点，也是杜牧首创。可能正是因为有了上述思想基础，杜牧才会在晚唐那衰飒的时代中呈现出他独有的清俊、雄姿英发的风貌。

八、结 论

文化地理学认为文化区有三种不同的性质，即形式文化区、功能文化区与感觉文化区，"感觉文化区……看起来似乎汗漫无归，但对于享有共同文化价值体系的感受者而言，却大体有相对较为稳定的感知理据。那份理据也许说不清道不明，却无论如何不会影响其对空间判读的结果"④。对于南方，唐人有着很多相似的感知，但也是在唐，这些感知因为文化价值体系及行迹的变化而发生比较显著的变化。"地理感知是一个不断对既有知识进行更新、颠覆、转化的过程"⑤，在分析了上述作家的具体描述后，我们现在可以尝试着对中唐后士人对于南方的感知理据及其转化过程进行简单总结。

---

① (唐) 杜牧：《齐安郡后池绝句》，吴在庆撰：《杜牧集系年校注》，中华书局 2008 年版，第 381 页。
② (唐) 杜牧：《忆齐安郡》，吴在庆撰：《杜牧集系年校注》，中华书局 2008 年版，第 390 页。
③ (唐) 杜牧：《上池州李使君书》，吴在庆撰：《杜牧集系年校注》，中华书局 2008 年版，第 877 页。
④ 张伟然：《中古文学的地理意象》，中华书局 2014 年版，第 5 页。
⑤ 张伟然：《中古文学的地理意象》，中华书局 2014 年版，"前言"第 17 页。

第一，唐人心目中的"中国"有具体的标准："其文：《诗》《书》《易》《春秋》；其法：礼、乐、刑、政；其民：士、农、工、贾；其位：君臣、父子、师友、宾主、昆弟、夫妇；其服：麻、丝；其居：宫室；其食：粟米、蔬果、鱼肉。"①"中国"文化就是指建立在农业文明基础上的儒家文化价值系统。以此体系为标准衡量广大的中国地域，各种"不合"在所难免。荆湘、巴蜀、岭南气候、地貌等与中原差异巨大，且未得到好的开发，儒家文化的影响微乎其微，百姓还处于比较原始的谋生阶段，饮食、居处等还是因地制宜，保存着祖辈的习惯，在节庆、祭祀等活动中，也还是沿用本民族的传统，不符合韩愈们概念中的"中国"而被称为蛮，被认为奇怪且不合礼法等是必然的。南方在士人笔下之所以呈现出"惊险与恐怖"，最主要的原因就是参照系的唯一性。而之所以南方在柳宗元、刘禹锡、杜牧等笔下发生了变化，最深层的原因还在于对文化的理解的变化，处于北方的中国儒家文化不再是唯一的参照标准，承认文化的多元以及肯定多元的意义才是最深层的原因。

第二，绝大多数的时候，唐人所持的还是一元文化标准，在他们心中存在着一个以长安为圆心的感觉文化区。长安代表着气候的适宜舒服、政治的荣宠成功以及生活的舒适便利，也代表着唯一正确的文化方向。长安是一切的参照，士人往往以此为标准来度量一切区域，凡与此不类则会引起隔绝与疏离感，荆湘—巴蜀—岭南，越向南，物候的区别越大，隔绝感与疏离感就越强烈。唐人将南方视为与中原文化异质的存在，"是政教不同之地"，南方的语言、风俗、人的相貌、潮湿、炎热的空气、特殊的物产以及饮食，士人们的隔绝乃至惊恐感都说明他们并未将这些地方视作"中华文化的分布范围"②。中唐一朝，士人在书写南方时，类似想法或多或少地都存在着。

第三，随着王朝200余年的积累，山南西道等南方落后地区有所发展，荆湘、巴楚、岭南等南方不发达地区不再仅仅是官员的贬谪地，还是游宦地、流寓地甚至栖居地，在南方，士人队伍不再如初盛唐那样单纯由南贬的北官构成。如在湖南，就有本土生长起来的李群玉，有长期居此的刘沧，有短暂停留的李商隐，有举家迁徙到那里的许浑，还有自称是长沙人的刘蜕。福建的皇甫湜，广西的曹邺，江西的刘驾、郑谷都使得唐代文学地图少了许多空白。士人活动范围的扩大、士人结构的多元致使人们对南方的陌生感降低，唐王朝的文学版图也随之渐渐向南方扩展开来，并最终在五代的一些地区形成了足以傲视北人的南方文化小中心。

第四，南方落后地区除了本身距离都城遥远、潮湿炎热、物产特殊等与北

---

①（唐）韩愈：《原道》，刘真伦、岳珍校注：《韩愈文集汇校笺注》，中华书局2010年版，第4页。
②张伟然：《中古文学的地理意象》，中华书局2014年版，第16页。

方文化有所区别而导致了南贬士人的"惊异与恐怖"外,更深层的原因在于南方其实是贬谪者心中所有负面情绪的载体与通道。作家借景写心,会以景物的凶险等强化自身处境的悲惨,期待得到援手。再则,也与他们在贬谪地停留时间长短有关。很快量移或被诏回,或遽然辞世的,如韩愈、李德裕等,他们文字中的凶险与惊恐就多一些;相反,像柳宗元那样在南方待的时间比较长,对南方的隔绝感就会不断减少,认同感会逐渐增加,南方山水之美就会被发现、被接受、被欣赏,南方山水成为自身人格的写照,他们在其间沉醉。而正是因为有了这种认同,中国文学的表现范围才大大扩大,山水文学清丽、幽静的美学风格才普遍确立。

第五,士人笔下南方面貌与其心态及其言说关系巨大。"宦梦难醒"时贬谪到南方,那里就是惊奇与恐惧。他们一旦认识到人生可以有多种呈现形态,在王朝中央仕进只是方式之一,即便在三千里外,生命依然可以绚烂展开时,他们便会心安,不再恋阙,便会觉得"湖山处处好","自到成都烧酒熟,不思身更入长安"①。在这个过程中,白居易的作用至关重要。他宣告了士人完全依附于王朝的时代的结束,预示着一种新型君臣关系、仕宦方式的到来。我们同时还需要注意的是,同一作家对同一地方的描述会有区别,如柳宗元、刘禹锡,他们在请求援引的书信中,会刻意强调地方的危险、偏远,而当写作不再掺杂这些现实目的时,南方山水在他们笔下呈现的面貌就迥然不同。因此,阅读这些,我们不能将所有的言说混为一谈,必须注意文体的差别。

第六,地理认知除了与士人个体对生命、对仕宦的态度有关外,还与他们的王朝观念、国家意识有关。是否将偏远的南方视作"天下",如何看待国家疆域、看待"蛮夷"就决定了地理感知的最终根基。作为中央王朝的管理者,吕温、杜牧等真正确立了"四海一家"的地域观念,他们不再将南方视为异质而歧视或畏惧,而是以中央王朝开阔与宏大的气势审视蛮荒,欣赏"家"中别样的风物与人情之美,认同、接纳南方的一切,并努力改变南方的面貌。而肇端于他们的这种思想在宋代广泛流行开来,不但是北方,甚至故乡的意义也发生了改变。"四海一家"发展到了"四海为家",士人不回故乡终老,不回祖茔安葬都显示了一种新的南方感知。

(方丽萍:青海师范大学人文学院教授)

---

① (唐)雍陶:《到蜀后记途中经历》,(清)彭定求等编:《全唐诗》卷五一八,中华书局2008年版,第15册,第5914页。

宋代江西文学家的诗创作
——以欧阳修、王安石、黄庭坚、杨万里为代表

夏汉宁　　黎　清

　　清代诗评家裘君弘在《西江诗话》卷三中曾感叹道："西江诗在宋朝抑何盛也！"确乎如此。这可从宋代江西诗人数量及诗创作总量等来加以说明。宋代江西有作品传世的诗人共900人，诗创作总量为49505首。而据统计，《全宋诗》共辑录两宋诗人9000余人，收录诗作184977首（一说184990首），若加上后来订补的诗作，总量应在20万首左右。从诗人数量来看，宋代江西诗人约占宋代诗人总数的10%；从作品数量看，宋代江西诗人作品约占宋诗总数的26.76%。在江西900位诗人中，人均创作55.01首诗（两宋诗人平均创作数约为22.22首），而其中超过平均创作数的诗人有99人，占江西诗人总数的11%。在这99位诗人中，超过300首作品的诗人有39人（约占江西诗人总数的4.33%），他们依次是：杨万里（4284首）、赵蕃（3739首）、黄庭坚（2212首）、惠洪（1816首）、王安石（1748首）、刘敞（1728首）、朱熹（1454首）、刘攽（1279首）、彭汝砺（1177首）、释印肃（1078首）、文天祥（977首）、欧阳修（957首）、曾丰（940首）、周必大（870首）、孔平仲（865首）、王炎（823首）、王庭珪（814首）、洪适（796首）、李彭（759首）、孔武仲（633首）、曾几（623首）、姚勉（510首）、曾巩（457首）、刘将孙（446首）、刘弇（439首）、朱松（425首）、萧立之（401首）、曹彦约（388首）、饶节（384首）、释绍嵩（377首）、刘过（373首）、徐瑞（362首）、吕南公（359首）、陈杰（353首）、汪藻（346首）、李觏（340首）、艾性夫（337首）、章甫（325首）、陈文蔚（309首）。以上这组数字，至少可以说明这样一个事实：无论是在诗人队伍，还是在诗作数量上，江西诗人都是宋诗创作中的一支生力军。

　　不仅如此，在宋代江西诗人队伍中还涌现出一批著名诗人活跃于宋代诗坛。其中，尤以欧阳修、王安石、黄庭坚、杨万里等最为突出，他们为探寻宋诗发展新路径做了积极探索，并做出了巨大贡献。

一

　　一般认为，宋初诗坛，师法唐人成为当时创作的主流，像徐铉、王禹偁等，主要以白居易为楷模。而在当时诗坛有巨大影响力的西昆派，其代表人物

杨亿、刘筠、钱惟演等，学的也是唐人李商隐的风格。直到宋仁宗和宋英宗时期，这种现象才得以扭转，从而形成了中国诗歌发展历史进程中的一个重要"拐点"。这一重要"拐点"的形成，就与江西文学家欧阳修有着密切的关系。

北宋中期，欧阳修领导了一场声势浩大的诗文革新运动，这一运动的主要目标之一，就是要扫除西昆派的浮艳诗风，使宋诗真正走上具有自己特色的发展道路。作为诗文革新的领袖，欧阳修与苏舜钦、梅尧臣在创作实践和诗歌观念上，都力求形成自己的特点，以摆脱笼罩在当时诗坛上的浮靡柔弱诗风。欧阳修就曾提出"诗穷而后工"的理论，他在《梅圣俞诗集序》中明确指出："予闻世谓诗人少达而多穷。夫岂然哉？盖世所传诗者，多出于古穷人之辞也。凡士之蕴其所有而不得施于世者，多喜自放于山巅水涯。外见虫鱼草木风云鸟兽之状类，往往探其奇怪。内有忧思感愤之郁积，其兴于怨刺，以道羁臣、寡妇之所叹，而写人情之难言，盖愈穷则愈工。然则非诗之能穷人，殆穷者而后工也。"[①] 欧阳修的这一观点被后代诗人及评论家所接受，如苏东坡就曾多次化用这一观点："非诗能穷人，穷者诗乃工。此语信不妄，吾闻诸醉翁。"(《僧惠勤初罢僧职》)"诗人例穷蹇，秀句出寒饿。"(《病中大雪数日未尝起观虢令赵荐以诗相属戏用其韵答之》)"秀语出寒饿，身穷诗乃亨。"(《次韵仲殊雪中游西湖二首（其一）》)宋人晁冲之在《和十二兄五首（其二）》中也说："但使身愈穷，未信名可朽。"当然，对于这一观点，也有人做了其他解释，如宋人张表臣就说："一日，谒内相朱子发，论文甚洽。……余奋然答曰：内翰之言误矣。夫'诗非能穷人，待穷者而后工耳'，此欧阳文忠公之语也。以不肖观之，犹为未当。……数君子者，顾不达而在上，功名富贵人乎？何诗能穷人？又何必待穷者而后工邪？汉唐以来，不暇多举。近时欧阳公、王荆公、苏东坡号能诗，三人者，亦不贫贱，又岂碌碌者所可追及？然则谓诗能穷人者，固非矣，谓待穷者而后工，亦未是也。"[②] 不管理解角度如何，欧阳修"诗穷而后工"的观点在当时及后世都产生了很大的影响。

欧阳修对宋诗发展的贡献，并非仅仅表现在理论上的建树，更多的还是在创作实践中。欧阳修现存诗作957首，无论是古诗、律诗，还是绝句等，都有上乘之作。如《庐山高赠同年刘凝之归南康》诗，是欧阳修较为得意的作品，这首诗亦为时人所赞赏："《王直方诗话》云：郭功父少时喜诵文忠公诗，一日过梅圣俞，曰：近得永叔书，方作《庐山高》诗送刘同年，自以为得意，恨未见此诗。功父为诵之，圣俞击节叹赏曰：使吾更作诗三十年，亦不能道其中一句。功父再诵，不觉心醉，遂置酒又再诵。酒数行，凡诵十数遍，不交一

---

① (宋) 欧阳修著，李逸安点校：《欧阳修全集》，中华书局2001年版，第612页。
② (宋) 张表臣：《珊瑚钩诗话》卷三，宋百川学海本。

谈而罢。""梅圣俞《赠郭功父诗》，其略曰：'一诵《庐山高》，万景不得藏。设今古画师，极意未能详。'"① 又如《雪中会客赋诗》，宋人叶梦得曾记载说："诗禁体物语，此学诗者类能言之。欧公守汝阴，与客赋雪诗于聚星堂，举此令，往往坐客皆阁笔，但非能者耳。若能者，则出入纵横，何可拘碍！"② 欧阳修又曾作《明妃曲》二首，乃和王安石《明妃曲》，也是其得意之作："前辈诗文，各有平生自得意处，不过数篇，然他人未必能尽知也。毗陵正素处士张子厚善书，余尝于其家，见欧阳文忠子棐以乌丝栏绢一轴，求子厚书文忠《明妃曲》两篇、《庐山高》一篇，略云：'先公平日未尝矜大所为文，一日被酒，语棐曰：吾诗《庐山高》，今人莫能为，惟李太白能之。《明妃曲》后篇，太白不能为，惟杜子美能之。至于前篇，则子美亦不能为，惟吾能之也。因欲别录此三篇也。'"③

欧阳修作诗，用词炼句，亦为人们所推崇，他的《会老堂口号》，便得论者好评："《会老堂口号》曰：'金马玉堂三学士，清风明月两闲人。'初谓'清风''明月'古通用语，后读《南史·谢谖传》曰：'入吾室者，但有清风；对吾饮者，惟当明月。'欧阳文忠公文章虽优，词亦精致如此。"④ 其《戏答元珍》，也是一首被人称道的诗。据载，欧阳修对这首诗有过这样的解释："《西清诗话》云：欧公语人曰，修在三峡赋诗云：'春风疑不到天涯，二月山城未见花。'若无下句，则上句不见佳处，并读之，便觉精神顿出。"⑤ 元人方回对此诗评价很高："此夷陵作，欧公自谓得意。盖'春风疑不到天涯'一句，未见其妙，若可惊异；第二句云'二月山城未见花'，即先后问答，明言其所谓也。以后句句有味。"⑥

欧阳修的诗创作不仅成就斐然，而且对当时的诗人产生了较大影响，如苏东坡就曾受其影响，此仅举二例说明。其一，欧阳修在颍州，曾写下一篇脍炙人口的《西湖》诗："绿芰红莲画舸浮，使君那复忆扬州。都将二十四桥月，换得西湖十顷秋。"此诗传播之后，影响到苏东坡："《侯鲭录》云：'欧公自扬州移汝阴，作此诗。后东坡复自汝移扬，作诗云：'二十四桥亦何有，换此十顷玻璃风。'用欧公语也。"⑦ 其二，欧阳修在颍州还写过一首题为《雪》的诗，有序云："时在颍州作，玉、月、梨、梅、练、絮、白、舞、鹅、鹤、

---

① （宋）蔡正孙：《诗林广记·后集》卷一，文渊阁四库全书本。
② （宋）叶梦得：《石林诗话》卷下，宋百川学海本。
③ （宋）叶梦得：《石林诗话》卷中，宋百川学海本。
④ （宋）许顗：《彦周诗话》，明津逮秘书本。
⑤ （宋）蔡正孙：《诗林广记·后集》卷一，文渊阁四库全书本。
⑥ （元）方回选评，李庆甲集评校点：《瀛奎律髓汇评》，上海古籍出版社1986年版，第119页。
⑦ （宋）蔡正孙：《诗林广记·后集》卷一，文渊阁四库全书本。

银等事,皆请勿用。"后来苏东坡也在颍州为官,一日祈雨得雪,大家会饮于"聚星堂",苏东坡想起欧阳修的《雪》诗,于是作《聚星堂雪》,其序云:"元祐六年十一月一日,祷雨张龙公,得小雪,与客会饮聚星堂。忽忆欧阳文忠公作守时,雪中约客赋诗,禁体物语,于艰难中特出奇丽,尔来四十余年莫有继者。仆以老门生继公后,虽不足追配先生,而宾客之美殆不减当时。"欧苏吟雪诗,成为诗坛热议的话题,且经久不衰。如"苕溪渔隐曰:六一居士守汝阴日,因雪会客赋诗,诗中玉、月、梨、梅、练、絮、白、舞、鹅、鹤、银等事,皆请勿用。……其后,东坡居士出守汝阴,……辄举前令各赋一篇。……自二公赋诗之后,未有继之者,岂非难措笔乎"①。明人倪谦《咏雪唱和诗序》亦云:"雪之为物,……往往见诸赋咏,以形容而颂美之。若宋之谢惠连,唐之韩昌黎,宋之欧阳永叔、苏子瞻、黄鲁直诸贤,皆有大篇,其他律绝尤多,而永叔守颍州约客赋诗,至禁体物语,以见其巧。子瞻继之,所谓'汝南先贤有故事,醉翁诗话谁续说?当时号令君听取,白战不许持寸铁'是也。"②

欧阳修对宋诗发展的贡献,毫无疑问主要表现在其创作实践及理论建树方面。然而,他的行政手段对改变宋诗发展的路径也起到了不容忽视的作用。据吴充为欧阳修所撰《行状》云:"嘉祐初,公知贡举,时举者为文以新奇相尚,文体大坏。公深革其弊,前以怪僻在高第者黜之几尽,务求平澹典要。士人初怨怒骂讥,中稍信服。已而文格遂变而复正者,公之力也。"③元人陈桱《通鉴续编》中亦载云:"是年(指嘉祐二年),翰林学士欧阳修知贡举,痛抑新体,仍严禁挟书者,凡为时所推誉善文者,皆被黜。榜出,浇薄之士候修晨朝,聚噪于马首,街司逻卒不能禁止。至为祭文投修家,求其主名,卒不能得。然自是场屋之习遂为之变,奇险之辞始革矣。"④科举文体,其实是当时文坛创作的风向标,欧阳修"痛抑"所谓的"新体",其实也从另一个侧面反映了他全力推进诗文革新运动的决心和勇气。

总而言之,作为一代文宗的欧阳修,其所倡导的诗文革新运动在梅尧臣、苏舜钦等人的大力推动下,不仅肃清了西昆体的影响,而且对宋调的形成起了至关重要的作用。对于这一点,宋人及后代论者都给予了充分的肯定。宋叶涛就说:"国朝接唐、五代末流,文章专以声病对偶为工,剽剥故事,雕刻破碎,甚者若俳优之辞。如杨亿、刘筠辈,其学博矣,然其文亦不能自拔于流

---

① (宋) 胡仔纂集,廖德明校点:《苕溪渔隐丛话·前集》,人民文学出版社1962年版,第202-203页。
② (明) 倪谦:《倪文僖集》卷二十一,清武林往哲遗著本。
③ (宋) 欧阳修著,李逸安点校:《欧阳修全集》,中华书局2001年版,第2696页。
④ (元) 陈桱:《通鉴续编》卷七,文渊阁四库全书本。

俗，反吹波扬澜，助其气势，一时慕效谓其文为昆体。……至修文一出，天下士皆向慕，为之唯恐不及，一时文字大变从古，庶几乎西汉之盛者，由修发之。"① 宋叶梦得认为："欧阳文忠公诗始矫'昆体'，专以气格为主，故其言多平易疏畅，律诗意所到处，虽语有不伦，亦不复问。"② 清人陈吁亦赞道："唐五代末流，文章专以声病对偶为工，剽剥故事，雕刻破碎，甚者若俳优之词。公起而振之，力追昌黎，然独自成家，不仍聱牙佶屈之习。古诗高秀，近体妍雅，真善学昌黎者。起衰复古，有功于斯道甚巨。"③ 当代学者钱钟书则直接指出："他（指欧阳修）是当时公认的文坛领袖，有宋以来第一个在散文、诗、词各方面都成就卓著的作家。……他深受李白和韩愈的影响，想一方面保存唐人定下来的形式，一方面使这些形式具有弹性，可以比较的畅所欲言而不致于削足适履似的牺牲了内容，希望诗歌不丧失整齐的体裁而能接近散文那样的流动潇洒的风格。在'以文为诗'这一点上，他为王安石、苏轼等人奠了基础，同时也替道学家像邵雍、徐积之流开了个端。"④

二

在欧阳修之后，王安石对于推动宋诗发展也起到重要作用，被认为是"苏、黄前导"。明胡应麟就说："介甫五七言绝，当代共推，特以工致胜耳，于唐自远。六言'水泠泠而北出'四语，超然玄诣，独出宋体之上，然殊不多见。五言'南浦随花去，回舟路已迷。暗香无处觅，日落画桥西'，颇近六朝。至七言诸绝，宋调叠出，实苏、黄前导也。"⑤

据统计，王安石现存诗作有1748首。这一千多首诗，如按题材分，有抒情诗、咏史诗、应酬诗、禅言诗、山水风景诗等；以诗体分，有古风、五七言律诗、五七言绝句等。宋人严羽曾将王安石诗称为"王荆公体"，在解释"王荆公体"时，严羽对王安石的绝句给予了很高评价："公绝句最高，其得意处高出苏、黄、陈之上，而与唐人尚隔一关。"⑥ 其实，"王荆公体"在严羽的心目中就是专指王安石绝句。对于王安石的绝句，不少人都有正面的评价，如杨万里说："五七字绝句最少，而最难工，虽作者亦难得四句全好者。晚唐人与

---

①（宋）欧阳修著，李逸安点校：《欧阳修全集》，中华书局2001年版，第2670页。
②（宋）叶梦得：《石林诗话》卷上，宋百川学海本。
③（清）陈吁：《宋十五家诗选·庐陵诗选》，清康熙刻本。
④钱钟书：《宋诗选注》，生活·读书·新知三联书店2002年版，第39页。
⑤（明）胡应麟：《诗薮》，上海古籍出版社1979年版，第227页。
⑥（宋）严羽著，郭绍虞校释：《沧浪诗话校释》，人民文学出版社1983年版，第59页。

介甫最工于此者。"① 元方回也认为："王半山备众体，精绝句，古五言或追陶谢。"②

一般认为，王安石诗创作分为前后两个时期，如宋叶梦得就说："王荆公少以意气自许，故诗语惟其所向，不复更为涵蓄。……皆直道其胸中事。后为群牧判官，从宋次道尽假唐人诗集，博观而约取，晚年始尽深婉不迫之趣。乃知文字虽工拙有定限，然亦必视初壮，虽此公，方其未至时，亦不能力强而遽至也。"③ 对于王安石后期的诗，叶梦得还说道："王荆公晚年，诗律尤精严，造语用字，间不容发，然意与言会，言随意遣，浑然天成，殆不见有牵率排比处。如'含风鸭绿粼粼起，弄日鹅黄袅袅垂'，读之初不觉有对偶，至'细数落花因坐久，缓寻芳草得归迟'，但见舒闲容与之态耳。而字字细考之，若经檃括权衡者，其用意亦深刻矣。尝与叶致远诸人和头字韵诗，往返数四，其末篇有云'名誉子真矜谷口，事功新息困壶头'，以'谷口'对'壶头'，其精切如此。后数月，复取本追改云'岂爱京师传谷口，但知乡里胜壶头'，今集中两本并存。"④ 对王安石晚年诗，评家都给予了较高评价，如《漫叟诗话》云："荆公定林后诗，精深华妙，非少作之比，尝作《岁晚》诗……自以比谢灵运，议者亦以为然。"⑤ 魏庆之引《后山诗话》云："荆公诗云：'力去陈言夸末俗，可怜无补费精神。'而公平生文体数变，暮年诗益工，用意益苦，故言不可不谨也。"⑥

另外，王安石的集句诗也颇有影响，这也是他晚年诗创作的一个特色，"王荆公暮年喜为集句"（陈师道《后山诗话》）。严羽也极为认可荆公集句："集句惟荆公最长，《胡笳十八拍》混然天成，绝无痕迹，如蔡文姬肺肝间流出。"⑦《邃斋闲览》亦云："荆公集句诗，虽累数十韵，皆顷刻而就，词意相属，如出诸己，他人极力效之，终不及也。如《老人行》云：'翻手为云覆手雨，当面输心背面笑。'前句老杜《贫交行》，后句老杜《莫相疑行》，合两句为一联，而对偶亲切如此。又《送吴显道》云：'欲往城南望城北，此心炯炯君应识。'《胡笳十八拍》云：'欲往城南望城北，三步回头五步坐。'此皆集老杜句也。"⑧

---

① (宋) 杨万里撰，辛更儒笺校：《杨万里集笺校》，中华书局2007年版，第4357页。
② (元) 刘埙：《隐居通议》卷六《方紫阳序诗》，文渊阁四库全书本。
③ (宋) 叶梦得：《石林诗话》卷中，宋百川学海本。
④ (宋) 叶梦得：《石林诗话》卷上，宋百川学海本。
⑤ (宋) 蔡正孙：《诗林广记·后集》卷二，文渊阁四库全书本。
⑥ (宋) 魏庆之著，王仲闻点校：《诗人玉屑》，中华书局2007年版，第540页。
⑦ (宋) 严羽著，郭绍虞校释：《沧浪诗话校释》，人民文学出版社1983年版，第189页。
⑧ (宋) 胡仔纂集，廖德明校点：《苕溪渔隐丛话·前集》，人民文学出版社1962年版，第238页。

由以上评语可见，王安石的诗，无论前期、后期，都有值得一提的佳作名篇，尤其是其晚年的绝句及集句诗，更为人们所称道。有人甚至认为他对宋诗的贡献超过了欧阳修，如宋人陈善就说："欧公诗犹有国初唐人风气，公能变国朝文格，而不能变诗格。及荆公、苏、黄辈出，然后诗格遂极于高古。"①明人胡应麟也有相近的认识："六一洗削西昆，然体尚平正，特不甚当行耳。推毂梅尧臣诗，亦自具眼。至介甫创撰新奇，唐人格调，始一大变。苏、黄继起，古法荡然。"② 从胡应麟的这段话中，还可看出王安石在宋诗发展过程中，即宋调的形成中，具有承上启下的重要作用。对此，清代诗评家裘君弘虽不满陈善对欧阳修诗的评价："庐陵诗天分既高，而又于古人无所不熟，故能具体百氏，自成一家。或曰学昌黎，或曰爱太白，或曰不甚喜杜，或又曰'犹有国初唐人风气，能变文格，而不能变诗格'，皆非深于知公诗者也。"③ 但他对王安石在宋诗发展中的贡献及重要作用，还是非常肯定的："是宋一代之诗，实倡于欧、王二公，不特起文章之衰，而并能振风雅之靡，谁谓公仅变文格而不能变诗格也哉？吁，欧、王风其前，山谷辟其派，西江诗在宋朝抑何盛也。"④

三

说起黄庭坚，自是宋诗研究者无法回避的话题。黄庭坚虽为"苏门四学士"之一，但由于其诗成就突出，出于苏门的他，却与苏轼齐名，并称为"苏黄"。黄庭坚现存诗2212首，主要以遣怀抒情、赠答唱和、写景咏物、题画论诗等题材为主。虽有反映社会现实的诗篇，如《流民叹》《虎号南山》等，但数量不多。在黄庭坚大量的诗作中，主要呈现出奇峭瘦硬的风格，这种风格的形成，与他在诗创作上敢于创新有着密切的联系，如他突破常规句法，大量创作拗体，以生新词语入诗，正是因为这种"标新立异"，使得他的诗在北宋诗坛别开生面，形成了自己的特色。一般认为，他所开创的山谷诗具有以下几个特点。

一是山谷诗谋篇结构具有严密的法度。山谷诗向来被认为散文化倾向比较明显，而这一倾向的重要标志之一，就是将散文谋篇结构的方法运用到诗歌创作中。宋人范温《潜溪诗眼》记载："山谷言，文章必谨布置，每见后学，多

---

① （宋）陈善：《扪虱新话》下集卷三，民国校刻儒学警悟本。
② （明）胡应麟：《诗薮》，上海古籍出版社1979年版，第211页。
③ （清）裘君弘：《西江诗话》卷二，清康熙刻本。
④ （清）裘君弘：《西江诗话》卷二，清康熙刻本。

告以《原道》命意曲折,后予以概考古人法度。"① 对文是如此,对诗也是如此,黄庭坚曾说:"作诗正如作杂剧,初时布置,临了须打诨,方是出场。"② 在《论作诗文》中又说:"但始学诗,要须每作一篇,辄须立一大意,长篇须曲折三致焉,乃为成章耳。"他是这样说的,在创作实践中也是这样做的。如他的五古诗《子瞻诗句妙一世,云效庭坚体,次韵道之》,七绝《六月十七日昼寝》《题郑防画夹五首(其一)》等,便体现了他对自己创作主张的践行。这些作品,谋篇严谨,巉岩曲折,陡起陡落,结构别开生面,出人意料,堪称此类作品的代表。

二是重视修辞造句。黄庭坚喜造拗句,这已成为山谷诗的特色之一。宋人吴沆认为,"拗体"在杜甫诗中就有不少,而对此体能够继承者,当为黄庭坚:"在杜诗中,……皆拗体也。盖其诗以律而差拗,于拗之中又有律焉。此体惟山谷能之。"③ 黄庭坚对自己的"拗体"诗也颇为得意。《王直方诗话》云:"山谷谓洪龟父云:'甥最爱老舅诗中何语?'龟父举'蜂房各自开户牖,蚁穴或梦封侯王''黄流不解涴明月,碧树为我生凉秋',以为深类工部。山谷云:'得之矣!'"④ 除重视造句外,黄庭坚也很重视炼字,在《跋高子勉诗》中,他赞扬:"高子勉作诗,以杜子美为标准,用一事如军中之令,置一字如关门之键,而充之以博学,行之以温恭。"其中"置一字如关门之键",便凸显了他对炼字的重视。他五言诗句中的第三个字和七言诗句中的第五个字,往往都能做到新警工稳,使得诗句骨骼俊俏,为全诗生色不少。

三是对律诗中的对偶,既继承了唐人的传统,更有进一步发扬。清人吴仰贤便说:"初盛唐七律,中二联皆对仗严整,写景而情寓其中。至老杜而体格大备,于走马流水对外有白描一格,如'旧来好事今能否,老去新诗谁与传'……叠用虚字,一气旋折,实为宋代诗派所从出。又有似对非对一格,如'伯仲之间见伊吕,指挥若定失萧曹'……宋人仿之,更扬其波,如……山谷云'舞阳去叶才百里,贱子与公皆少年'……"⑤ 像这种似对非对的诗句,在山谷诗中还有不少,如"清坐一番春雨歇,相思千里夕阳残"等,均属此类对偶句。这些类似散文的诗句,初读好像并不对仗,然而细加品味,才觉得对仗工整,别有一番韵味。

四是使事用典,化用前人诗意和诗句。黄庭坚关于诗创作有两个非常著名的观点:"自作语最难,老杜作诗,退之作文,无一字无来处,盖后人读书

---

① (宋) 胡仔纂集,廖德明校点:《苕溪渔隐丛话·前集》,人民文学出版社 1962 年版,第 63 页。
② (宋) 陈善:《扪虱新话》下集卷一,民国校刻儒学警悟本。
③ (宋) 吴沆:《环溪诗话》,中华书局 1985 年版,第 12 页。
④ (宋) 胡仔纂集,廖德明校点:《苕溪渔隐丛话·前集》,人民文学出版社 1962 年版,第 320 – 321 页。
⑤ (清) 吴仰贤:《小匏庵诗话》卷一,清光绪刻本。

少，故谓韩、杜自作此语耳。古之能为文章者，真能陶冶万物，虽取古人之陈言入于翰墨，如灵丹一粒，点铁成金也。"（《答洪驹父书三首（其三）》）"山谷云：'诗意无穷，而人之才有限；以有限之才，追无穷之意，虽渊明、少陵，不得工也。然不易其意而造其语，谓之换骨法；窥入其意而形容之，谓之夺胎法。'"① "无一字无来处""点铁成金""夺胎换骨"，这些观点的提出，既是黄庭坚对诗创作的体悟和总结，同时也深刻影响了其后中国古代诗歌发展的路径。② 在黄庭坚的诗创作中，对这些理论的实践也是很明显的。如其《题大云仓达观台》的末句"白鸟飞尽青天回"，就是从李白诗句"鸟飞不尽暮云碧"和"青天尽处没孤鸿""换骨"而来。又如，杨万里认为山谷诗《题小景扇》就是对唐人贾至《春思二首（其一）》"草色青青柳色黄，桃花历乱李花香。东风不为吹愁去，春日偏能惹恨长"仅改五字而成："《山谷集》中有绝句云：'草色青青柳色黄，桃花零落杏花香。春风不解吹愁去，春日偏能惹恨长。'此唐人贾至诗也。"③ 至于使事用典，更是山谷诗中常用的手法，黄庭坚曾说："诗词高胜，要从学问中来。"④ 正是在这种思想的指导下，他的诗作中便多有先秦典籍、佛家内典、魏晋小说中的典故出现。此仅举《和答钱穆父咏猩猩毛笔》为例："爱酒醉魂在，能言机事疏。平生几两屐，身后五车书。物色看王会，勋劳在石渠。拔毛能济世，端为谢杨朱。"全诗几乎句句用典，前两句的"醉魂"出自韩愈《答张彻》"怪花醉魂馨"，"能言"出自《礼记·曲礼》"猩猩能言"，"机事"出自《易经》"机事不密则害成"；三四句的"几两屐"出自《晋书·阮孚传》"未知一生能着几两屐"，"身后"出自《晋书·张翰传》"使我有身后名"，"五车书"出自《庄子》"其书五车"；五六句的"物色"出自《列仙传》"物色而留之"，"王会"出自《汲冢周书·王会》篇"王城既成，大会诸侯及四夷也"，"勋劳"出自《礼记》"有勋劳于天下"，"石渠"出自班固《西都赋》"天禄、石渠，典籍之府"；末两句则分别出自《孟子·尽心上》"拔一毛而利天下"和《列子·杨朱》"禽子问杨朱曰：'去子体之一毛以济一世，汝为之乎？'"。由此可见黄庭坚之善于用典。

正因为黄庭坚在诗创作上有自己独特的见解，且在创作实践中所体现出的特色，所以在北宋诗坛别树一帜，开创了一个在中国古代诗歌发展史上具有重

---

① （宋）惠洪、朱弁、吴沆撰，陈新点校：《冷斋夜话·风月堂诗话·环溪诗话》，中华书局1988年版，第15—16页。
② 虽然其间也有人对此提出了批评意见，如王若虚在《滹南遗老集》卷四十中就曾说："鲁直论诗有夺胎换骨、点铁成金之喻，世以为名言，以予观之，特剽窃之黠者耳。"但接受其影响者，仍为主流。
③ （宋）杨万里撰，辛更儒笺校：《杨万里集笺校》，中华书局2007年版，第4349页。
④ （宋）胡仔纂集，廖德明校点：《苕溪渔隐丛话·前集》，人民文学出版社1962年版，第320页。

要影响的诗派——"江西诗派",黄庭坚也被奉为诗派领袖:"闻有豫章先生乎?此老句法为江西第一祖宗,而和者始于陈后山。派而为十二家,皆铮铮有名。自号江西诗派。"(宋贺允中《江东天籁集序》)① 江西诗派不仅在当时影响很大,对后世诗坛所产生的影响更为深远。孙觌在《西山老文集序》中,述其影响云:"元祐中,豫章黄鲁直独以诗鸣。当是时,江右之学诗者皆自黄氏。至靖康、建炎间,鲁直之甥徐师川、二洪驹父玉父,皆以诗人进居从官大臣之列。一时学士大夫向慕,作为江西宗派,如佛氏传心,推次甲乙,绘而为图。凡挂一名其中,有荣辉焉。"② 陆九渊在《与程帅》一文中,也说:"至豫章而益大肆其力。包含欲无外,搜抉欲无秘,体制通古今,思致极幽眇,贯穿驰骋,工力精到。一时如陈、徐、韩、吕、三洪、二谢之流,翕然宗之。由是江西遂以诗社名天下,……开辟以来,能自表见于世若此者,如优昙花,时一现耳。"③ 在统治宋代诗坛多年后,江西诗派在南宋中后期,也出现了式微局面,宋末罗椅《与葛山诗人论诗》称:"屏弃江西,乃年来江西不得时,故为人所轻姗。"④ 在南宋,一些诗评家对江西诗派及黄庭坚有过激烈的批评,如张戒就说:"鲁直又专以补缀奇字,学者未得其所长,而先得其所短,诗人之意扫地矣。""国朝黄鲁直,乃邪思之尤者。鲁直虽不多说妇人,然其韵度矜持,冶容太甚,读之足以荡人心魄。此正所谓邪思也。"⑤ 虽然从南宋开始,就有诗人或评家对黄庭坚及江西诗派有所指责,然而,从宋至元近二百年的时间里,黄庭坚和江西诗派的影响仍然相当大,如元代的元好问在《论诗三十首(其二十八)》中就说:"论诗宁下涪翁拜,未作江西社里人。"而且这种影响在明清两代仍有延续,及至近代"同光体"的赣派代表人物陈三立,其后期诗创作也受黄庭坚的影响,承续了江西诗派的传统,可见其影响之深远。

四

在两宋江西诗人中,还有一位不得不提的著名诗人——杨万里。杨万里是宋代江西诗人中诗作数量最多的一位,仅现存的诗作就有4284首。在两宋诗人中,其数量也是名列前茅的。

杨万里对自己的诗创作曾有这样的总结:"予之诗,始学江西诸君子,既又学后山五字律,既又学半山老人七字绝句,晚乃学绝句于唐人。学之愈力,

---

①转引自刘文刚:《一则关于江西诗派的新材料》,《文学遗产》1998年第3期。
②(宋)孙觌:《鸿庆居士集》卷三十,文渊阁四库全书本。
③(宋)陆九渊著,钟哲点校:《陆九渊集》,中华书局1980年版,第104页。
④(宋)罗椅:《涧谷遗集》卷三,民国罗嘉瑞刻本。
⑤(宋)张戒:《岁寒堂诗话》卷上,文渊阁四库全书本。

作之愈寡。……戊戌三朝，时节赐告，少公事，是日即作诗，忽若有寤，于是辞谢唐人及王、陈、江西诸君子，皆不敢学，而后欣如也。试令儿辈操笔，予口占数首，则浏浏焉无复前日之轧轧矣。自此，……万象毕来，献予诗材，盖麾之不去，前者未雠，而后者已迫，涣然未觉作诗之难也。"（杨万里《荆溪集序》）杨万里从最初学习江西诗派，到后来再学王安石绝句，既而又转学晚唐诗人绝句，直到最后"皆不敢学"，从而进入挥洒自如的自由状态。这反映出杨万里在诗创作方面是一位具有自觉意识和自觉追求的诗人。也正是有了这种"顿悟式的转身"，于是南宋诗坛便出现了一位跳出前人藩篱、走出江西诗派畛域而独树一帜的诗人。

  杨万里的诗，构思新巧，通俗明畅，幽默风趣，自成一家，被严羽称为"杨诚斋体"。对于"诚斋体"，周汝昌先生认为，其最大特点就是"奇趣"和"活劲儿"："诚斋的诗，首先给你的印象就是这种奇趣，这种活劲儿，令你耳目一新，令你为之拍案叫绝。……这种奇趣，这种活劲儿，就是诚斋的首创，也是诚斋的独擅。……奇与活之间，自然时时流露出风趣、幽默。……讨论诚斋诗的，大都先要谈到他的奇趣和活劲儿，……诚斋诗的'活法'，除了包括着新、奇、活、风趣、幽默等几层意思之外，还有一点，就是层次曲折、变化无穷。"① 钱钟书先生则认为"诚斋体"诗"新鲜泼辣"，是当时诗歌转变的主要枢纽："在当时，杨万里却是诗歌转变的主要枢纽，创辟了一种新鲜泼辣的写法，衬得陆和范的风格都保守或者稳健。因此严羽《沧浪诗话》的'诗体'节里只举出'杨诚斋体'，没说起'陆放翁体'或'范石湖体'。"② 杨万里诗确实有"奇趣""活劲儿"，如《鸦》"稚子相看只笑渠，老夫亦复小卢胡。一鸦飞立钩栏角，仔细看来还有须"，《小池》"泉眼无声惜细流，树阴照水爱晴柔。小荷才露尖尖角，早有蜻蜓立上头"，《宿新市徐公店》"篱落疏疏一径深，树头新绿未成阴。儿童急走追黄蝶，飞入菜花无处寻"，《晓行望远山》"霁天欲晓未明间，满目奇峰总可观。却有一峰忽然长，方知不动是真山"，等等，读后常常令人感叹，甚至使人捧腹大笑。清人吕留良在谈到诚斋诗时，就说："见者无不大笑。呜呼！不笑不足以为诚斋之诗！"③

  对于诚斋诗，历代评家大都给予了高度评价，如姜夔赞其诗云："翰墨场中老斫轮，真能一笔扫千军。年年花月无闲日，处处山川怕见君。"（姜夔《送朝天续集归诚斋时在金陵》）陆游也说："四百年来无复继，如今始有此翁诗。"（陆游《杨廷秀寄〈南海集〉（其二）》）对诚斋诗的成就，陆游自认不

---

①周汝昌选注：《杨万里选集·引言》，上海古籍出版社1979年版，第2—6页。
②钱钟书：《宋诗选注》，生活·读书·新知三联书店2002年版，第252页。
③（清）吕留良：《吕晚村先生文集》续集卷二《宋诗钞·列传》，清雍正三年吕氏天盖楼刻本。

如：" 文章有定价，议论有至公。我不如诚斋，此评天下同……我望已畏之，谨避不欲逢。"（陆游《谢王子林判院惠诗编》）姜特立更是将杨万里视为当时诗坛霸主："今日诗坛谁是主？诚斋诗律正施行。"（姜特立《谢杨诚斋惠长句》）张镃也很佩服诚斋诗："目前言句知多少，罕有先生活法诗。"（张镃《携杨秘监诗一编登舟因成二绝（其二）》）葛天民在《寄杨诚斋》诗中也说："参禅学诗无两法，死蛇解弄活泼泼。气正心空眼自高，吹毛不动全生杀。生机语熟却不排，近代独有杨诚斋。"再如，金人刘祁《归潜志》载："李屏山教后学为文，欲自成一家，……晚甚爱杨万里诗，曰：'活泼刺底，人难及也。'"[①] 元方回则认为："自乾、淳以来，诚斋、放翁、石湖、遂初、千岩五君子，足以蹑江西，追盛唐。"（方回《晓山乌衣圻南集序》）明胡应麟也说："南渡诸人诗尚有可观者，如尤、杨、范、陆，时近元和。"[②] 清陈訏则说："杨诚斋，矫矫拔俗，魄力又足以胜之杰雄，排戛，有笼挫万象之概，攀韩颉苏宜也。"[③]

当然，对于诚斋诗，在历代好评如潮的同时，也杂有批评言论，如宋周密曾载："诗家谓诚斋多失之好奇伤正气。"[④] 元陈栎也说："杨诚斋亦间气所生，何可轻议。其诗文有无限好语，亦有不惬人意处。文过奇带轻相处。"[⑤] 明何良俊亦云："南宋陈简斋、陆放翁、杨万里、周必大、范石湖诸人之诗，虽则尖新太露圭角，乏浑厚之气。"[⑥] 到了清代，这种批评似乎更甚，如清朱彝尊，他对诚斋诗就有过猛烈抨击："今之言诗者，每厌弃唐音，转入宋人之流派，高者师法苏、黄，下乃效及杨廷秀之体，叫嚣以为奇，俚鄙以为正。"（朱彝尊《叶李二使君合刻诗序》）清叶燮也曾有全盘否定诚斋诗的言论："宋人富于诗者，莫过于杨万里、周必大。此两人作，几无一首一句可采。"[⑦] 清田雯在其《论诗》中对诚斋诗亦无好感："诚斋一出，腐俗已甚。"[⑧] 虽然好评与抨击交织于历代对诚斋诗的评论中，然而，从总体上看，对诚斋诗的肯定性评论还是占主流的，尤其是诚斋诗对江西诗派的突破，其意义更是得到了多数评论家的认同。而且，诚斋体对后代诗人的直接影响体现在其常常被人所模仿，这也能从另一个角度看到后人对诚斋体的喜爱。此仅举几首诗的诗题便可说明

---

① （金）刘祁撰，崔文印点校：《归潜志》，中华书局1983年版，第87页。
② （明）胡应麟：《诗薮》，上海古籍出版社1979年版，第215页。
③ （清）陈訏：《宋十五家诗选·诚斋诗选》，康熙刻本。
④ （宋）周密撰，孔凡礼点校：《浩然斋雅谈》，中华书局2010年版，第41页。
⑤ （元）陈栎：《勤有堂随录》，文渊阁四库全书本。
⑥ （明）何良俊：《四友斋丛说》，中华书局1959年版，第229页。
⑦ （清）叶燮著，霍松林校注：《原诗》，人民文学出版社1979年版，第86页。
⑧ （清）田雯：《古欢堂集》卷十七，文渊阁四库全书本。

这个问题：宋代张侃《对梅效杨诚斋体》，清代曹寅《夜长不寐戏效诚斋体》、查慎行《晚过始兴江口再效诚斋体二首》、邵长蘅《中秋客庐陵使院戏效杨诚斋体》、汪琬《九月十四夜对月效诚斋体》、文昭《石垡一首效诚斋体》，等等。

　　以上仅对宋代江西几位有代表性的诗人做了简要的评述，其实，宋代的江西，还涌现了一大批很有成就的诗人。如名列"唐宋八大家"的曾巩，不仅散文成就突出，诗也写得不错。当然，也有人认为，曾巩"以文名天下，而有韵者辄不工"①，"曾子固短于韵语"②。这一争论旷日持久，至今仍有余波泛起。对此，钱钟书先生有一段公允评语："看来判他胜诉的批评家居多数。就'八家'而论，他的诗远比苏洵、苏辙父子的诗好，七言绝句更有王安石的风致。"③ 曾巩现存诗457首，在宋代江西诗人现存作品量中排第23位，也是一位多产的诗人。他的诗，具有"清""淡"与"峻""壮""雄""奇"等特色。潘德舆曾对他不同体裁的诗评述说："昔人恨曾子固不能诗，然其五、七言古，甚排宕有气。近体佳句……颇得陶谢家法。七言……又七言绝句……皆清深婉约，得诗人之风旨。谓其不能诗者，妄矣！"④ 在北宋，诗创作有一定特色和影响的还有李觏，他在北宋虽不以诗名，但他不仅能诗，且其诗还颇有特色："觏在宋不以诗名，然王士禛《居易录》尝称其《王方平》《璧月》《梁元帝》《宋僧还庐山》《忆钱塘江》五绝句，以为风致似义山。今观诸诗，惟《梁元帝》一首不免伧父面目，余皆不愧所称，亦可谓渊明之赋闲情矣。"⑤ 除此之外，北宋江西还有一些诗人及诗人群体活跃在诗坛上，他们也同样为宋代江西诗坛的繁荣和宋诗的发展做出了贡献。如"临江三孔"（孔文仲、孔武仲、孔平仲）、豫章四洪（洪朋、洪刍、洪炎、洪羽）、临川二谢（谢逸、谢薖）、彭汝砺、吕南公、刘弇、李彭、饶节、徐俯、善权、汪革、惠洪等人。北宋江西诗人的这种创作势头，发展到南宋仍很强劲。

　　谈到南宋江西诗人，必须提到曾几。曾几现存诗作623首。他在诗创作方面，主张远祖杜甫，近效黄庭坚及"江西诗派"："老杜诗家初祖，涪翁句法曹溪。尚论渊源师友，他时派列江西。"（曾几《李商叟秀才求斋名于王元渤以养源名之求诗（其二）》）"工部百世祖，涪翁一灯传。闲无用心处，参此如参禅。"（曾几《东轩小室即事五首（其四）》）由此可见，他对杜甫、黄庭坚及"江西诗派"的推崇。然而，正是这样一位对杜甫、黄庭坚和"江西诗派"

---

① （宋）胡仔纂集，廖德明校点：《苕溪渔隐丛话·前集》，人民文学出版社1962年版，第55页。
② （宋）胡仔纂集，廖德明校点：《苕溪渔隐丛话·前集》，人民文学出版社1962年版，第255页。
③ 钱钟书：《宋诗选注》，生活·读书·新知三联书店2002年版，第63页。
④ （清）潘德舆：《养一斋诗话》卷四，道光十六年徐宝善刻本。
⑤ （清）纪昀等：《钦定四库全书总目·盱江集》，中华书局1997年版，第2048页。

情有独钟的诗人,却对吕本中"活法"理论产生了浓厚兴趣。对于"活法",吕本中有这样一段论述:"学诗当识活法。所谓活法者,规矩备具,而能出于规矩之外;变化不测,而亦不背于规矩也。是道也,盖有定法而无定法,无定法而有定法。"(《江西诗派总序·吕紫微》)① 曾几对"活法"不仅心领神会,而且运用到诗的创作中:"当其参寻时,恣意云水间。松风漱齿颊,萝月入肺肝。政使不学诗,已见诗一斑。况复用心苦,俗氛何由干?今晨出数篇,秀色若可餐。清妍梅著雪,圆美珠走盘。乃知心镜中,万象纷往还。皆吾所现物,摹写初不难。谁能效我辈,造语出险艰。"(曾几《赠空上人》)也正是由于他对"活法"的倡导和实践,南宋诗风开始逐渐变化,正如钱钟书先生所言:"(曾几)已经做了杨万里的先声。"② 还需提到的一位南宋诗人,就是文天祥。他的爱国精神及爱国诗篇至今仍然在发挥着重要影响。文天祥的诗,在当时及后世都有较高的评价,此仅举一例,即可略窥一斑:"宋诗以公殿,唐代未能及。可知忠孝情,诗教所由立。例之巡远传,编共叠山集。"(曾燠《编江西诗征得论诗杂咏五十四首(其二十七)》)③ 在诗评家曾燠的眼中,文天祥被看成是宋诗的殿军,可见其影响之大。对于南宋诗坛做出贡献的江西诗人还有曾纮、曾思父子和婺源朱氏家族(朱弁、朱松、朱槔、朱熹)、姜夔、汪藻、周必大、胡铨、王庭珪、王炎午、谢枋得,等等。

(夏汉宁:江西省社会科学院文学研究所所长、研究员;黎清:江西省社会科学院文学研究所副研究员)

---

① (宋)刘克庄:《后村集》卷二十四,文渊阁四库全书本。
② 钱钟书:《宋诗选注》,生活·读书·新知三联书店2002年版,第203页。
③ (清)曾燠:《赏雨茅屋诗集》卷六,嘉庆刻增修本。

广府风情的文学书写及其价值探绎

纪德君

明清以来,不同时期、各种体裁的文学文本从不同角度描绘了千姿百态的广府生活图景,颇为形象地反映了广府地区的社会生活和文化精神风貌。以往人们还很少从文学文本入手,系统地探索其中以各种形态存在的广府图景及其文化意蕴。近两年来,笔者因研究广府文学,遂对广府文学所反映的广府风情(包括商业风情、饮食文化、礼仪习俗、岁时节庆、民间信仰、娱乐习尚、园林建筑等),进行了具体而微的发掘、梳理与初步研究,目的在于追寻广府文学的"广味",揭示其所蕴含的审美认识价值。

一、广府文学的本土化创作倾向

俗话说:"一方水土养一方人,一方山水有一方风情。"一个人在一个地方生活久了,耳濡目染,自然会对该地的风土人情熟稔于心,不知不觉地浸染该地的生活气息与文化风习,并在心理上产生一种文化认同感与亲和力。这时,如果他拿起笔来从事文学创作,并从其熟悉的生活环境中取材,那么他的作品就自然会带有该地方的文化色彩。这一点,就连作者本人也往往直言不讳。如梁启超在其小说《新中国未来记·绪言》中就明确地说:"此编于广东特详者,非有所私于广东也。……吾本粤人,知粤事较悉,言其条理,可以讹谬较少,故凡语及地方自治等事,悉偏趋此点。因此之故,故书中人物,亦不免多派以粤籍,相因之势使然也。"①

不独梁启超如此,其他广府文学作者也多怀有这种自觉的乡土文化意识。如吴趼人,可谓近代最著名的小说家之一。他是广东佛山人,虽说年纪轻轻就离家赴上海谋生,但始终怀有深厚的乡土文化情结,故而其所著小说多署名"我佛山人",以示不忘故土之意。他还与居沪粤人组建"两广同乡会",集资创办"广志小学",方便同乡子弟入学。他的小说代表作如《九命奇冤》《恨海》《劫余灰》《发财秘诀》等,多以广府地区的人物故事与风土民情作为描写对象;《二十年目睹之怪现状》,则是以亲身经历与见闻作为主要素材来源,书中频繁涉笔广府地区的风俗民情。

又如黄世仲,他本来是广州番禺人,很熟悉粤港地区的生活与风俗,加上

---

① 梁启超著,吴松等点校:《饮冰室文集点校》(第六集),云南教育出版社2001年版,第3868页。

他又是粤港地区著名的政治活动家与宣传家,其小说大都连载于粤港地区的报刊上,因而其小说创作便有意取材于本地的要事、新闻;主要叙写本地人、本地事和本地的风俗民情,从而使其小说流溢出浓厚的乡土文化气息。例如,《大马扁》讥斥广东南海人康有为的改良立宪,《宦海潮》写清末外交官南海人张荫桓的宦海浮沉,《廿载繁华梦》写广州富商周栋生廿载繁华恍若一梦,《洪秀全演义》写广东花县(今花都)人洪秀全领导的太平天国运动,《陈开演义》写佛山人陈开领导的天地会起义,《五日风声》写广州黄花岗起义等,其所叙都是粤籍名人与大事要闻,旨在配合粤港地区兴起的资产阶级民主革命,为之鸣锣开道。至于这些小说对粤港地区风俗民情(如经商风气、节庆娱乐、婚丧嫁娶、饮食起居等)的描写,则展现了一幅幅用文字描绘的市井风俗画,这自然会让粤港地区的受众读来倍感亲切。

再如梁纪佩,他是广府南海县(今佛山南海)人。其小说创作的一大特点是善于就地取材,着重演绎粤地人物、时事、掌故、奇闻等,"凡粤中时事,与及诸前人,或有大造功于社会,或有蠹害夫人群,或时事,或侦探,皆著成一卷,刊诸坊间"①。他晚年所著的《粤东新聊斋》初集与二集,更集中体现了他对本土文化的喜爱以及向受众传播家乡文化的创作用意。他在《粤东新聊斋》初集《例言》中即明说该集内的故事,一来自"故老相传",二为"搜自时怪",而地域则限于粤东,故冠以"粤东新聊斋"之名。该小说集所写均为粤东奇闻怪异之说,内容多为仁孝节烈义侠之事,也涉恋爱情事、名迹掌故等,因而具有鲜明的地域文化特点。罗界仙在《粤东新聊斋二集·序》中所说:"其言虽志异而事必求真,且所叙皆粤东轶闻,并无夹杂杜撰,其有功掌故,阅者不仅作小说观,直作广东乡土史读可也。"

至于现当代广府文学的代表作家如欧阳山,他的祖籍原是湖北荆州,可是其76年的文学生涯中有61年是在广州度过的,他对广州有着极其深厚的感情。他的代表作《三家巷》,"就是他生活的那个时代的真实记录,是他看到的、体验的、感悟的、了解到的那个时代的广州人民生活的历史画卷"。他一生中为中国的现当代文学画廊所创造出来的那些最为成功的典型形象和风俗画卷,也大部分来源于广州市或广东地区的生活原型。

总之,大凡生长在广府地区的文学家,由于多有一种较深厚的本土文化情怀,故而其创作能自觉地接地气,表现出较突出的本土化创作倾向,这就使不少广府文学作品能在不同程度上形象、逼真地展现广府地区的风俗民情,具有较丰富的文化内涵与较高的审美认识价值。

---

①曾少谷:《革党赵声历史·序》,梁纪佩:《革党赵声历史》,岭南小说社辛亥年刊本。

二、广府文学描绘广府风情的审美功能

从审美的角度来说,文学作品涉笔地域风情,无疑可以营造一种真实可感的环境氛围,凸显作品的历史色彩、个性魅力乃至民族风格。对此,中外文学大师曾发表过精辟的见解。如巴尔扎克指出文学家应成为当代社会的"风俗史家"。他说:"在我们这个时代,大家潜心钻研,主要是改造艺术形式,就在同时,找到了一种猎取读者注意的新方法,多给读者一种证据,证明故事的真实性:这就是所谓历史色彩。一个时代复活了,跟着复活的还有当时那些重要名胜、风俗、建筑、法律以及事件,我们必须承认,实际就带来了一种类似威信的东西;大家看见虚构的人物在大家熟悉的那些历史人物的氛围之中走动,就是不相信真有这个人,也不大可能。"① 鲁迅在给友人的信中也指出:"现在的世界,环境不同,艺术上也必须有地方色彩,庶不至于千篇一律。"② "有地方色彩的,倒容易成为世界的,即为别国所注意。"③

广府文学对广府风情的书写,就使其或多或少地带有与众不同的"广味",有效地增强了文学描写的真实性、时代感与吸引力。比如清代小说《蜃楼志》,题"庾岭劳人说,禺山老人编",卷首序称:"劳人生长粤东,熟悉琐事,所撰《蜃楼志》一书,不过本地风光,绝非空中楼阁也。"④ 该小说以广州十三行洋商苏万魁及其子苏吉士的兴衰际遇为主线,描写当时广州"海关贸易,内商涌集,外舶纷来",十三行洋商富可敌国、生活奢靡、时兴使用舶来品,粤海关对十三行洋商"任意勒索""病商累民",以及粤东地区"洋匪"横行、窃盗蜂生、赌兴娼盛,诸如此类,具有浓郁的时代气息和鲜明的地方色彩,生动地展示了一幅清中叶广东沿海地区的社会风俗画,使读者可以真切地感受广府文学的地域特色及其个性魅力。郑振铎就曾这样评价《蜃楼志》:"因所叙多实事,多粤东官场与洋商的故事,所以写来极为真切。"⑤ 这种取材及其表现的地域风情在明清小说中是极为罕见的。

广府文学对广府风情的书写,也是为了营造一种特定的环境氛围,增强叙事的新奇性与感染力。例如,梁纪佩的《粤东新聊斋·素馨田》,就将广州花田风情的描绘与浪漫伤感的爱情故事有机地交融在一起,营造了一种感人至深

---

① [法] 巴尔扎克:《评〈流氓团伙〉》,《巴尔扎克论文选》,新文艺出版社1958年版,第199页。
② 鲁迅:《致何白涛》,《鲁迅全集》(第13卷),人民文学出版社2005年版,第5页。
③ 鲁迅:《致陈烟桥》,《鲁迅全集》(第13卷),人民文学出版社2005年版,第81页。
④ (清) 庾岭劳人:《蜃楼志》,山西人民出版社1993年版,第1页。
⑤ 郑振铎:《巴黎图书馆中之中国小说与戏曲》,《郑振铎全集》(第5卷),花山文艺出版社1998年版,第434页。

的艺术情境。该小说首先讲述了素馨的来历及素馨田的历史变迁："素馨，乃南汉王刘鋹之妃。花田在城西十里。宋方孚若《南海百咏》，谓刘氏美人葬此平田。弥望皆种素馨花，实则今之河南庄头也。按鹅潭之侧，有素馨田，阡连黄木湾，居民以种树为生，家世以贩花为业。环顾汀渚，为广州产名茶地。"接着，便叙述了一段有关素馨花的凄美故事。闽县王生，随父宦至粤。爱慕素馨之美而购置之，遍种署内。后来其父去官归里，王生将数千盆素馨一同运回闽县。里中之人未睹此花者，皆惊羡其美。后经霜雪，素馨枝叶黄落，待至明春，萎处虽复萌发，但花儿已是秀而不华。王生甚为懊恼。后闻知乃易地栽植，土非原土之故。王生于是返粤购泥。怎奈购运泥土为当时官吏所禁，王生无计，便居留粤省，以种植素馨为业。某日偶于田间闻采茶之歌，不禁心摇神荡。次日复闻之，恋慕不已。后得知该歌女已为人妇，心甚怅惘，未几病卒，葬于花田。来年，坟头忽生素馨一株，高大异常。每逢王生病卒之期，花则盛开，形大如盏，璀璨若银。远近之人争先观赏，前歌女张氏亦往观之，闻王生因听其采茶之歌而后病卒，心为之恻，乃购楮帛奠之。今人读此篇小说，可知清末广州城外河南庄头村一带，遍种素馨花，鹅潭之侧还有素馨田与产茶地，当地百姓多以贩花采茶为业。时人所作《竹枝词》即云："古墓为田长素馨，素馨斜外草青青。采茶人唱花田曲，舟外桥边隔树听。"试想在素馨花的阵阵香风中，聆听那婉转悠扬的采茶歌，是何等销魂！难怪痴爱素馨花的王生会迷失在香花甜歌之中，为采茶女子的歌声勾去了三魂七魄，殉情于花田之中了。

广府文学作者书写广府风情，也是为了更好地设置故事情节，增强文学叙事的现场感与趣味性。如吴趼人的小说《劫余灰》，写陈耕伯考中了秀才，父母欢天喜地，便安排舀酒祝贺。书中写道：

> 这里李氏便忙着叫人买酒，预备后天行聘，顺便舀酒，索性热闹在一起。原来广东风气，凡遇了进学中举等事，得报之后，在大门外安置一口缸，开几坛酒，舀在缸里，任凭乡邻及过往人取吃，谓之"舀酒"。那富贵人家，或舀至百余坛；就是寒酸士子侥幸了，也要舀一两坛的。所以李氏兴头里，先要张罗这个。又叫预备一口新缸，不要拿了酱缸去盛酒，把酒弄咸了，那时候我家小相公不是酸秀才，倒变成咸秀才了。说的众人一笑。……那些乡邻亲族及过往之人，都来争取，也有当堂吃了的，也有取回去给读书小孩子吃，说是吉利的。跋来报往，好不热闹。乱过一阵，三四十坛酒，都舀完了，人也散了。（第二回）①

---

①（清）吴趼人：《吴趼人全集》（第5卷），北方文艺出版社1998年版，第90－91页。

这种"舀酒"风俗令人耳目一新,既渲染了一种喜庆氛围,又增强了叙事的趣味性。可谁知乐极生悲,陈耕伯竟被其表叔朱仲晦乘机卖了猪仔。可见,这一段舀酒风俗的描写也是为此后情节的开展做铺垫的。又如,黄世仲的小说《廿载繁华梦》第十六、十七回,描写周庸佑府中在除夕之夜隆重祀神,焚化纸帛,不慎失火,结果将整座大宅烧得罄尽,由此生发了周庸佑夫人马氏移居香港、周庸佑另觅新宅寻欢作乐等重要情节。

至于用风俗描写来映衬人物的情感心理或个性风采等,这在广府小说中更是司空见惯。如欧阳山的《三家巷》为了刻画区桃心灵手巧、聪慧过人的美好形象,就惟妙惟肖地再现了西关小姐过乞巧节的全过程。书中写道:

> 这七月初七是女儿的节日,所有的女孩子家都要独出心裁,做出一些奇妙精致的巧活儿,在七月初六晚上拿出来乞巧。大家只看见这几盘禾苗,又看见区桃全神贯注地走出走进,都不知道她要搞些什么名堂。……到天黑掌灯的时候,八仙桌上的禾苗盘子也点上了小油盏,掩映通明。区桃把她的细巧供物一件一件摆出来。有丁方不到一寸的钉金绣花裙褂,有一粒谷子般大小的各种绣花软缎高底鞋、平底鞋、木底鞋、拖鞋、凉鞋和五颜六色的袜子,有玲珑轻飘的罗帐、被单、窗帘、桌围,有指甲般大小的各种扇子、手帕,还有式样齐全的梳妆用具,胭脂水粉,真是看得大家眼花缭乱,赞不绝口。此外又有四盆香花,更加珍贵。那四盆花都只有酒杯大小,一盆莲花,一盆茉莉,一盆玫瑰,一盆夜合,每盆有花两朵,清香四溢。区桃告诉大家,每盆之中,都有一朵真的,一朵假的。可是任凭大家尽看尽猜,也分不出哪朵是真的,哪朵是假的。只见区桃穿了雪白布衫,衬着那窄窄的眼眉,乌黑的头发,在这些供物中间飘来飘去,好像她本人就是下凡的织女。①

这样的描写就将人物形象的刻画与民俗风情的呈现巧妙地结合起来了,使两者相得益彰,相映成趣,给人留下美好难忘的印象。

总之,广府风俗民情的文学书写,对于文学作品本身来说具有多方面的审美艺术价值,它能赋予小说文本以较为鲜明的地域特色乃至民族风格,使其更有新奇动人的个性魅力。唐弢曾说:"民族风格的第一个特点是风俗画——作品所反映的具有中国特色的社会生活:风土人情、世态习俗,也就是历来强调的采风的内涵。文学作品要表现社会生活,也要表现社会情绪,离不开富有民

---

① 欧阳山:《三家巷》,人民文学出版社1960年版,第40-42页。

族色彩的风土人情、世态习俗。"① 沈从文也说,文学作品如果能写好民俗风情,那么作品"必然会充满了传奇性而又富于现实性,充满了地方色彩也有个人生命的流注"②。可以说,广府的一些文学名著如《廿载繁华梦》《九命奇冤》《三家巷》等之所以出名,也与它们善于描写本地故事与本地的风土人情有着非常密切的关系。

三、广府风情文学书写的认识价值

就认识价值而言,文艺作品对一方一隅风土人情的形象描绘,无疑能开阔读者的眼界,增长其见识。鲁迅在《致罗清桢》的信中说:"地方色彩,也能增画的美和力,自己生长其地,看惯了,或者不觉得什么,但在别地方人,看起来是觉得非常开拓眼界,增加知识的。"③ 这虽然是就绘画来说的,但是借用来评价文学创作也同样是合适的。

广府文学对广府风情的摹绘,无疑有助于今人了解广府地区的风俗民情,为当今的广府文化研究与传承等提供鲜活可感的文献资料。例如,关于饮食文化,广府文学作品所描写的"无鸡不成宴"与广式烧腊、茶楼风情与精美点心、"粤菜三绝"与河鲜海味、坊间小食与特产瓜果,以及广府饮食融入的外国元素,等等,就可以使我们对"食在广府"有一种活色生香的感性体验,从而有效地弥补了历史文献记载的不足。

又如清末民初粤港地区频繁出现的"卖猪仔",也即西方侵略者在我国东南沿海地区大肆拐、掳华工赴南洋、美洲等地转卖,虽然相关文献也有记载,但很少从受害者的角度对"卖猪仔"的整个过程做真切详尽的描述。而吴趼人则在《二十年目睹之怪现状》《发财秘诀》《劫余灰》等小说中多次暴露了"卖猪仔"的黑幕。这些小说告诉人们,被"卖猪仔"的人大多是因生活所迫,或被人拐骗,或遭人利诱,在西方殖民者眼中他们就像"猪仔"一样卑贱,过着"被驱不异犬与鸡"的屈辱生活。如《劫余灰》第十六回所写的陈耕伯,劫后余生,痛苦地回忆其被卖猪仔的经过:

入得门时,却是一所黑暗房子,里面有个人出来招呼,带了我到后面一间去。见有许多囚首垢面的人,柴、游两个也在那里,我便约他们出去。他两个哭道:"我们出去不得的了!这里是猪仔馆,进来了,便要贩

---

①唐弢:《西方影响与民族风格——中国现代文学发展的一个轮廓》,《文艺研究》1982年第6期。
②沈从文:《一个边疆故事的讨论》,《沈从文全集》(第17卷),北岳文艺出版社2002年版,第467页。
③鲁迅:《致罗清桢》,《鲁迅全集》(第12卷),人民文学出版社2005年版,第532页。

到外洋去卖的。"我听了,吃了一惊,连忙要出去时,那门早反锁了。在这黑房里住了两天,吃的都是冷饭,又没有茶水。到第三天,一个人拿了一叠纸来,叫我们签字在上面,说是签了字,就放出去的。大家不知所以,便签了给他。忽然又有人送了一大壶茶进来,大家渴了两天了,便尽情痛饮。谁知喝了那茶之后,舌头都麻了,说不出话来,人也迷惘了。①

这是说自己被骗误入"猪仔馆",接着是说他被装载入船,卖到国外:

在船上受的苦,比在黑房时还胜十倍……昏昏沉沉,也不知走了多少天,到了一处,把一众人赶上岸。到了一处房屋,把我们一个个用麻布袋装起来。便有人来讲论价钱,逐个磅过,又在袋外用脚乱踢一会儿,便又把我放了出来。还有几十个同放的,却不见了柴、游两个……此时便有两个外国人,把我们当猪羊般驱赶出去,又到了一个轮船上。行驶了三天,才到了一个地方。重复驱赶上岸,到了一所烟园里,叫我们给他种烟。……据说,卖到这烟园里,还是好的;若是卖到别处地方,还要受罪。然而这一个园子里,总共五百人做工,每日受他那拳脚交下,鞭挞横施,捱饥受渴的苦。一个月里面,少说点也要磨折死二三十个人。②

这就是"卖猪仔"的全过程,参照相关文献记载,可知其所写相当真实,作者借受害人之口诉说,所以读起来感人至深,激起了人们对那些骗卖同胞的汉奸与西方殖民者的无限痛恨。

当然,文学作品对风俗民情的描写也难免有艺术想象与虚构的成分,如何鉴别其虚实、真假,也非易事。对此,我们可以采用文史互证的方法,将文学文本对广府风情的描写与一些史书、方志、笔记的有关记载,相互参证,以辨其虚实,甚至还可由此发现新的历史事实。比如按一些文献记载,过去称疍民之女为"咸水妹",这是因其在海上活动,以船为家。可是清代的徐珂在《清稗类钞》中却说"咸水妹"是粤东蜑妇"为洋人所娱乐者也。西人呼之为咸飞司妹,华人效之,简称之曰'咸水妹',亦以其初栖宿海中,以船为家也。又有称之咸酸梅者,则谓其别有风味,能领略于酸咸之外也"③。吴趼人在《二十年目睹之怪现状》第五十七回中也说:"香港是一个海岛,海水是咸的,

---

① (清)吴趼人:《吴趼人全集》(第5卷),北方文艺出版社1998年版,第195页。
② (清)吴趼人:《吴趼人全集》(第5卷),北方文艺出版社1998年版,第196页。
③ (清)徐珂:《清稗类钞》,中华书局1984年版,第2577页。

他们都在海面做生意,所以叫他做'咸水妹'。以后便成了接洋人的妓女之通称。"[1] 这样的记述,就提供了可资研究的新材料。

另外,广府文学有关民俗风情的描绘是否有地道的"广味"呢?这也需要辨析。对此,不妨参照广府之外其他地区相关民俗风情的文献记载来加以鉴别。比如上文提到"乞巧"习俗,各地皆有,但又各异其趣。《三家巷》写乞巧节到来前,西关小姐区桃将三盘用稻谷发芽长到二寸长的禾苗摆在八仙桌上,每盘禾苗都用红纸剪的通花彩带围着,预备"拜仙禾";然后又编制各种奇巧的小玩意,"摆设停当,那看乞巧的人就来了。依照广州的风俗,这天晚上姑娘们摆出巧物来,就得任人观赏,任人品评。哪家看的人多,哪家的姑娘就体面"。之后,便是焚香点烛,对星空跪拜"七姐",自三更至五更,要连拜七次。拜仙后,姑娘们手执彩线对着灯影将线穿过针孔,如一口气能穿七枚针孔者叫"得巧",穿不到七个针孔的叫"输巧"。这些习俗,外地乞巧节比较少见,小说写得绘声绘色,别具风味。

最后,追寻广府文学中的"广味",不仅可以感受其独特的审美文化意蕴,对于今天的广府文学创作也不无借鉴与启发价值。目前,我们正处在一个经济全球化、文化趋同化的时代。重温过去广府文学的"广味",反观今天的广府文学创作,我们吃惊地发现,广府文学的地域文化色彩几乎流失殆尽。在此背景下,强调广府文学创作要接地气,抵御趋同化,写出有广府风味的社会生活、风土人情、世态习俗,以诗意的方式参与当代的广府文化建设,其重要意义是不言而喻的。

(纪德君:广州大学广府文化研究中心主任、教授)

---

[1] (清)吴趼人:《吴趼人全集》(第2卷),北方文艺出版社1998年版,第464页。

文学家之地理分布

时空视域中的明清回族文学家族刍论[①]

多洛肯

回族是中华民族大家庭中的重要成员之一，也是一个独具特色的民族共同体。"她，既非华夏古国土生土长的固有民族（如汉、苗、羌等族），又非纯粹移植赤县神州的外来民族（如朝鲜、俄罗斯等族），亦非边疆毗邻而跨界接壤的民族（如哈萨克、傣等族）"[②]，回族是外来文化与中华文明在特定历史条件下，经过复杂的融合而形成的一个稳定的民族共同体。回族的分布特点是大分散，小聚居；多与汉族杂居在一起，并在一定程度上保留自己的民族习性，自然不自然地受到主流文化的深刻影响，汉语也成了回族的语言。在逐步交融过程中，回族对于儒家文化持认同态度，并积极主动学习儒家文化。明清时期，由于科举制度的恢复，更多的普通回族百姓通过科举进入仕途。农耕传家的家族，也积极入仕，并教育子孙后代，进而形成许多诗书传家的回族文学家族。

中国古代社会是以宗法、血缘为基础的社会，家族居于核心地位。以往文学史线性排列，通常仅写一个时期最具代表性的作家作品，往往隐藏了文学史真实的样貌，许多作家作品未能写进文学史。而家族文学的研究正好丰富了某一时期的文学史研究，从不同角度阐释文学，使文学史更加立体、真实。从家族的视角来研究古代文学方兴未艾，然而，涉及少数民族文学家族的研究还不是很多，至于回族文学的研究也较少，文学家族研究更是寥寥，如李小凤《回族文学家族述略》（《北方民族大学学报（哲学社会科学版）》2009 年第 4

[①] 本文为国家社会科学基金项目"民汉文化交融中的清代少数民族文学家族研究"（项目编号：14BZW156）阶段性研究成果。
[②] 叶哈雅·林松、苏莱曼·和龚：《回回历史与伊斯兰文化》，今日中国出版社1992年版，"前言"第1页。

期)、《古代回族文学家族的兴起及创作特征初探》(《民族文学研究》2010年第1期)、《回族文学家族的文化特征及内涵——以陈埭丁氏家族为例》(《伊斯兰文化》2011年第1期)、《福建陈埭丁氏回族文学家族研究》(北方民族大学硕士论文，2008年)、《民族身份遗产与多元文化交融——泰州回族俞氏家族的个案考述》(《中外文化与文论》2014年第1期)等论文，简单介绍了古代回族文学家族的一些情况，或以具体家族为例来分析回族文学家族。因此，对于明清时期的回族文学家族进行整体考察与研究，仍有开掘的必要。

一、明清回族文学家族及其创作情况

这里的回族文学家族是指文学作品的创作主体是回族，以文学为家学，有作品流传（现存或曾经存在），以此传承的同姓家族及其姻亲所构成的家族，有两人或两人以上即可成立。据笔者统计，明清回族文学家族有17家。

（一）云南昆明沐氏

①沐英，沐昂父，曾作《赠掌记刘彦昺之东阿》诗："大府多军务，频年案牍劳。趋廷宫漏转，簪笔殿香飘。柳外流莺语，花边立马骄。莫嫌州县职，汉业说萧曹。"②沐昂（1378—1445），字景高，今有《素轩集》十二卷，卷一至卷十为诗，卷十一为序，卷十二为记、跋。共收诗900余首，文章21篇，辑《沧海遗珠》（有四卷本、八卷本）。沐昂《素轩集》与其子沐僖《敬轩集》四卷、其孙沐璘《继轩集》十二卷，合称"三轩集"。③沐崑，沐英六世孙，有《玉冈集》。④沐绍勋，沐崑子，有《文楼漫稿》。

（二）江苏南京金氏

①金贤，字士希，号东园，金大车父，约生于明景泰末年，明弘治十五年（1502）进士。②金大车（1491—1536），字子有，号方山，今有《金子有集》一卷，朱彝尊《明诗综》载有《方山遗稿》（佚）。③金大舆（约1494—1559），字子坤，号平湖，金大车弟，今有《金子坤集》一卷。

（三）山东益都杨氏

①杨鸾，字世亨，杨应奎父，今有《邀云草》一卷、《续草》一卷，另有《邀云三编》（《邀云诗草》）一卷、《词钞》一卷、《四编》一卷、《邀云楼文集》四卷、《悼亡诗》一卷、《选梦阁词钞》一卷、《诗集》七卷。②杨应奎，字文焕，号渑谷，明正德六年（1511）进士，今有《陶情令》一卷，有《渑谷文集》（佚）、《吟稿》，海岱诗会辑《海岱会稿》一卷。③杨铭，字日新，

杨应奎子，有《袜线集》。④杨延嗣，字琳，初名演新，杨应奎五世孙，杨珽子，有《青崵集》。⑤杨峒，杨应奎族人，今有《杨书岩先生古文钞》二卷、《书岩剩稿》一卷，有《师经堂存诗》一卷。⑥杨绍基，杨岎子，杨峒侄，今有《况梅斋诗草》一卷，附《京江游草》一卷。⑦杨滇，字南池，杨绍基子，有《邑先辈纪略》《趋庭录》。

（四）福建晋江丁氏

①丁仪，字文范，号汾溪，明弘治十八年（1505）进士，诸稿散佚，其孙丁衍夏搜获少量散诗，刻为《归囊遗稿》。②丁自申（1526—1583），字朋岳，号槐江，丁仪堂侄，明嘉靖二十八年（1549）、二十九年（1550）连登举人、进士，有《三陵集》十二卷。③丁日近，丁自申子，明万历十七年（1589）进士。④丁启浚，字亨文，号哲初，丁自申孙，明万历二十年（1592）进士，有《哲初诗集》《平圃集》。⑤丁启汴，字享中，号东畴，有《香雨堂诗文集》。⑥丁炜（1631—1701），字澹汝，号雁水，丁自申四世孙，今有《问山诗集》十卷、《问山文集》八卷、《紫云词》一卷、《涉江词》一卷。⑦丁焯，丁炜弟，有《沧露诗集》《沧露词》。⑧丁莲，字青若，清康熙五十二年（1713）进士，有《聚景堂文集》。

（五）云南昆明孙氏

①孙继鲁，字道甫，号松山，明嘉靖二年（1523）进士，有《破碗集》《松山文集》，今存《孙清愍公文集》一卷、《诗集》一卷。②孙鹏（1688—1759），字乘九、图南、铁山，号南村，孙继鲁六世孙，有《来复堂存草》一卷、《二十四友韵》一卷，今存《南村诗集》（有八卷本、二卷本）。

（六）江苏溧阳马氏

①马从谦（1495—1552），字益之，号竹湖，明嘉靖十四年（1535）进士，其子马有骍辑其遗稿为《竹湖遗稿》。②马有骍，马世俊祖父，有《玉兰斋遗稿》。③马性鲁，马一龙父，明正德六年（1511）进士。④马一龙（1499—1571），字负图，号孟河，又号玉华子，马性鲁子，马从谦从侄，明嘉靖二十五年（1546）进士，今有《玉华子游艺集》（有二十六卷本、八卷本）。这部文集根据他一生经历的各个时期分卷，分为髫年溪上上稿二卷，弱冠湖上上稿二卷，读书湖上上稿四卷，读书江上上稿三卷，读书山中中稿二卷，秘书馆中中稿四卷，翰林院中中稿二卷，国子监中中稿二卷，林下下稿五卷，共二十六卷。⑤马世杰，马世俊长兄，有《欷斋集》《孑遗集》不分卷。沈德潜《清诗别裁集》录其《秦宫》诗一首："阿房周阁百重环，美女充庭尽

日闲。频望翠华终杳渺，亦如天子望三山。"沈氏评曰："印合秦皇求仙，便觉词意俱新。"⑥狄马氏，马世俊姐，8 岁能诗。⑦马伯绳，马世俊从兄，有《丸阁诗集》。⑧马世俊（1609—1666），字章民，号甸臣，马世杰弟，清顺治十八年（1661）一甲一名进士，今有《马太史匡庵前集》六卷、《马太史匡庵集》六卷。⑨马宥，马世俊长子，有《溧诗近选》《砚畴集》六卷。⑩马容，马世俊次子，有《谷含集》。

（七）陕西同州马氏

①马自强（1513—1578），字体乾，明嘉靖三十二年（1553）进士，今有《马文庄公文集选》十五卷。②马慥，字顾甫，马自强次子，明万历二年（1574）进士。③马朴，马自强侄孙，今有《阆风馆诗集》二十二卷，另有《四六雕虫》十卷、《雕虫编》二十卷。④马鲁，马朴五世孙，今有《山对斋诗文存稿》二卷（马先登辑）、《南苑一知集》和《论诗》二卷，另有《丛谈》二卷。⑤马械土，字相如，马自强五世孙，有《卷石斋语录》《白楼存草》。

（八）安徽宣城詹氏

①詹沂（1535—1617），字裕之，号鲁泉，明隆庆五年（1571）进士，有《洁身堂稿》。②詹应鹏，字翀南，詹沂长子，明万历四十四年（1616）进士，辑有《群书辑释疑》一书，已佚；有《巢云阁集》及理学诸书。③詹应凤，詹应鹏弟。《宣城县志》录其诗《过闲云庵》一首，诗云："久约到招提，春游共杖藜。不辞北山路，来向竹林西。远岫封残雪，疏篱带浅泥。十年曾过此，回首忽幽栖。"④詹希颢，詹应鹏子，有《清寂遗居文集》。

（九）河南新野马氏

①马化龙（1549—1603），马之骏父，明万历五年（1577）进士。②马之骐（1580—?），马之骏兄，有《静啸堂诗》八卷。③马之骏（1588—1625），字仲良，与其兄马之骐同为明万历三十八年（1610）进士，今有《妙远堂全集》四十卷、《妙远堂诗钞》五卷。

（十）云南永昌闪氏

①闪继迪（?—1637），字允修，明万历十三年（1585）举人，一生著作颇多，有《羽岑园秋兴》《吴越吟草》《广山先生集》等，可惜均已佚；《滇南诗略》《诗源》等书中存其诗 60 余首。②闪仲俨（1597—1642），字人望，一说字中畏，闪继迪长子，明天启五年（1625）进士，著有诗集，已佚，现

仅存诗《寄答萧五云孝廉》一首。③闪仲侗，字士觉，号知愿，闪继迪次子，明天启七年（1627）举人，有《鹤和篇》三卷。

（十一）山东胶州法氏

①法若真（1613—1696），字汉儒，号黄山，法寰子，清顺治三年（1646）进士，今有《黄山诗留》十六卷、《黄山集》（有六卷本、二卷本）。②法樟，字岘山，法若真子，有《又敬堂诗草》。③法橒，字舆瞻，一字书山，法若真子，清康熙十八年（1679）进士，有《书山草堂诗稿》二卷。④法宗焞，字中黄，法橒从子，有《墨山堂全集》《铁麓山房诗》。⑤法辉祖，字稚黄，法橒从子，有《念庐诗》四卷。⑥法坤振，字兰野，一字怡斋，法若真曾孙，有《怡斋集》四卷、《西墅词》一卷。⑦法坤厚，字南野，一字黄裳，法坤振弟，有《荫松堂诗集》十六卷、《白石居文集》四卷。⑧法士谔，字尺永，法坤宏从子，有《疥驼集》《艾炷集》《拟金源宫词咏史》《小乐府》。

（十二）浙江仁和丁氏

①丁澎（1622—1686），字飞涛，号药园，清顺治十二年（1655）进士，今有《扶荔堂诗稿》十三卷、《扶荔堂诗集选》十二卷、《信美轩诗选》一卷、《扶荔堂文集》十二卷、《扶荔词》三卷。②丁潆，字素涵，号天庵，丁澎弟，今有《秉翟词》一卷，有《青桂堂集》（佚）。③丁景鸿，字弋云，丁澎仲弟，清顺治五年（1648）举于乡，能诗，善画，工书法。④丁灏（1637—1718），字勖庵，今有《鼓枻文集》。⑤顾永年，丁澎女婿，今有《梅东草堂诗集》（有七卷本、九卷本）。

（十三）江苏泰州俞氏

①俞铎，清顺治九年（1652）进士。②俞瀔，字锦泉，号言隐，俞铎侄孙，有《留香阁诗选》。③俞楷（约1652—1710），字陈芳，号正林，俞瀔子，今有《俞子弟一书》十三卷，《霄峥集》选其诗。④俞梅（1669—1718），字师岩，一字太羹，俞瀔次子，清康熙四十二年（1703）进士，有《云斤诗集》不分卷，另今有《甲申集》一卷、《梦余集》一卷、《承仁堂诗集》一卷，部分作品收入到《霄峥集》。⑤俞煮，俞梅子，《霄峥集》选其诗。⑥俞廷元，字素兰，俞堉、俞圻姐，工诗。⑦俞堉，字容万，号衡皋，俞煮子，今有《率意吟》一卷。⑧俞圻，字越千，号让林，俞煮次子，有《剪春词》一卷、《剪烛吟》一卷（今存）、《截流吟》。⑨俞国监，字玉衡，号澄夫，俞圻子，今有《樵月山房诗集》。

（十四）江苏山阳杨氏

①杨开沅（1662—1713），字用九，号芷畹，杨臣子，清康熙四十五年（1706）进士，今有《杨禹江集》不分卷。②杨开泰，字汇征，杨开沅弟，有《春帆》《南村草堂》和《爱日轩诗》一卷。③杨庆之，字云五，号筎山，杨开沅五世孙，今有《一草亭诗草》六集六十卷。④杨才瑰，字赋臣，康熙三年（1664）进士，今有《云间皋声堂诗》二卷。⑤杨寿恒，字大声，号叕也，杨光曾（杨才瑰后裔）之子，有《蠡测集》《热恼篇》《梅花书屋诗钞》，惜不传。

（十五）福建福州萨氏

①萨玉衡（1745—?），字葱如，号檀河，萨大年父，今有《白华楼诗钞》四卷、《焚余稿》一卷，《白华楼诗钞笺注》五卷，其子萨大年笺注。②萨大文（1820—?），字肇举，号燕坡，萨玉衡子，与弟萨大年合著《荔影堂诗钞》二卷（今存）。③萨大年（1826—?），字肇乾，号兰台，清道光三十年（1850）进士，与兄萨大文合著《荔影堂诗钞》二卷；另笺注《白华楼诗钞笺注》五卷。④萨察伦（1785—1862），字肇文，号珠士，今有《珠光集》四卷。⑤萨龙田（1811—1881），字肇珊，号燕南，萨察伦族弟，今有《湘南吟草》一卷。⑥萨树堂（1814—1849），字大滋，萨察伦子，今有《望云精舍诗钞》一卷。

（十六）浙江钱塘李氏

①李若虚（约1755—1824），字实夫，今有《实夫诗存》六卷、《海棠巢词稿》一卷。②李瑜，字观澜，李若虚之子，有《颐云书屋诗钞》。③李征棠，字雨农，李若虚孙。知州通判，四川诸生，原籍浙江，其祖任绵州，其伯镇远府知府殉难。与胡文忠友善，曾在胡幕二年。光绪间任湖北南漳县尹，有《养愚书屋诗钞》。

（十七）江苏南京蒋氏

①蒋国榜，辑《醇雅堂诗略》六卷，今有《饮恨集》。②蒋国平（1894—1911），字平叔，蒋国榜弟，今有《平叔诗存》二卷。

明清时期回族文学家族的文人，创作了大量的文学作品，据笔者统计有136部文学作品集，其中保存下来流传至今的有58部。还有不少作家的作品未能完整保存下来，遗稿被后人整编成集。如福建晋江丁氏家族的丁仪，据载他"为诗本性情而谐音律格调,卓然名家"①。其诗稿如《蜀道之行》《崎岖旅途》,诸稿均散佚。后来,其孙四处搜集,寻得部分,刊刻行世,名曰《归囊遗稿》,仅一卷,光绪刊本福建师大图书馆藏。再如江苏溧阳马氏家族的马从谦著述甚丰,有《四子书心得》《尚书毛诗日记》《札记同兰集》,另有《诗论稿》四卷、《应制稿》二卷和《诗文集》十八卷,大多佚失。其子马有骍将遗稿辑为《竹湖遗稿》。还有的作家仅有个别作品收录在选集里或者地方志中。如云南永昌闪氏家族的闪继迪,一生著作颇多,有《羽岑园秋兴》(一作《雨岑园秋兴》)、《吴越吟草》《广山先生集》等,惜均已佚,《滇南诗略》《诗源》等书中存其诗60余首。有的人甚至仅存一首。据1805年版《宣城县志》载,安徽宣城詹氏家族的詹应凤只有《过闲云庵》传世。诗云:"久约到招堤,春游共杖藜。不辞北山路,来向竹林西。远岫封残雪,疏篱带浅泥。十年曾过此,回首忽幽栖。"又如江苏南京金氏家族金贤,《明诗纪事》丁签卷九录其诗《赠刘松隐》一首:"松隐先生屏俗缘,三层高阁咏游仙。我来不解琴中理,但乞松风白昼眠。"② 还有的作家作品迄今未见,不能不令人扼腕叹息。

二、明清回族文学家族的时空分布及其特征

明清回族家族在地域分布上较广,17个家族分布在8个省,包括江苏、浙江、安徽、福建、山东、河南、陕西、云南。这些家族西北到陕西,西南到云南,多分布在东部沿海省份,如山东、江苏、浙江、福建四省之内有11个文学家族。这些家族分布不均、大小不一,有的家族只有两人,如江苏南京蒋氏家族,仅有蒋国平、蒋国榜两兄弟;有的则延续明清两代,200余年,如福建泉州陈埭丁氏家族。

(一)明清时期回族文学家族时空分布情况

为了在整体上对明清回族文学家族进行了解,以便分析其整体特点,笔者据现有材料将这17个家族按地域分为8个地区,并标注时代作为时间坐标,同时统计了各家族的基本情况,包括家族内部人数、考取进士人数、家族创作作品数目及现存作品数目,如表1所示:

---

①(清)郭赓武、黄任纂,怀荫布修:《泉州府志》卷五十五,乾隆本。
②(清)陈田辑撰:《明诗纪事·丁签卷九》(第3册),上海古籍出版社1993年版,第1265页。

表1 明清回族文学家族基本情况一览

地区	序号	家族	朝代	人数	进士人数	作品数目	现存作品数目
江苏	1	南京金氏	明	3	1	3	2
	2	溧阳马氏	明、清	10	4	11	3
	3	泰州俞氏	清	9	2	11	7
	4	山阳杨氏	清	5	2	9	3
	5	南京蒋氏	清	2	0	2	2
合计				29	9	36	17
云南	1	昆明沐氏	明	6	0	5	1
	2	昆明孙氏	明、清	2	1	7	3
	3	永昌闪氏	明	3	1	4	0
合计				11	2	16	4
浙江	1	仁和丁氏	清	5	1	9	8
	2	钱塘李氏	清	3	0	4	2
合计				8	1	13	10
山东	1	益都杨氏	明、清	7	1	21	7
	2	胶州法氏	清	8	2	15	2
合计				15	3	36	9
福建	1	晋江丁氏	明、清	7	5	12	4
	2	福州萨氏	清	6	1	7	7
合计				13	6	19	11
陕西	1	同州马氏	明、清	5	2	10	5
安徽	1	宣城詹氏	明	4	2	3	0
河南	1	新野马氏	明	3	3	3	2
总计				88	28	136	58

注：
①辑的作品不计算在内。
②"今有"表示现存，"有"表示未见或者已佚。
③有科名而无作品传世者算入总人数。
④诗人李若虚之子李瑜，字观澜，咸丰时任湖北蕲州牧，善诗，有《颐云书屋诗钞》；李瑜子征棠，字雨农，光绪间任湖北南漳县尹，有《养愚书屋诗钞》。

据统计，明清时期的17个回族文学家族按照地区分布分为8类：①江苏：南京金氏、溧阳马氏、泰州俞氏、山阳杨氏、南京蒋氏；②云南：昆明沐氏、昆明孙氏、永昌闪氏；③浙江：仁和丁氏、钱塘李氏；④山东：益都杨氏、胶州法氏；⑤福建：晋江丁氏、福州萨氏；⑥陕西：同州马氏；⑦安徽：宣城詹氏；⑧河南：新野马氏。

这17个回族文学家族按时间分为3类：①家族文学活动在明代，包括云南昆明沐氏、云南永昌闪氏、江苏南京金氏、安徽宣城詹氏、河南新野马氏5个家族。②家族文学活动跨明、清两代，包括山东益都杨氏、福建晋江丁氏、云南昆明孙氏、江苏溧阳马氏、陕西同州马氏5个文学家族。③家族文学活动在清代，包括山东胶州法氏、浙江仁和丁氏、浙江钱塘李氏、江苏泰州俞氏、江苏山阳杨氏、江苏南京蒋氏、福建福州萨氏7个文学家族。

（二）明清回族文学家族在时空分布上的特点

（1）在时代阶段上：明代回族文学家族分布较为分散，清代则相对集中，且由明至清，家族数量在增加。明代5个家族分布在4个不同的地区：云南、江苏、安徽、河南，较为分散。清代7个家族分布在江苏、浙江、福建、山东4个地区，分布较为集中。

（2）在空间分布上：这些家族多分布在沿海省份，并随着时间发展而兴盛。这17个家族，江苏占了5个，浙江、山东、福建各2个，云南3个，陕西、安徽、河南各1个；沿海省份的江苏、浙江、山东、福建有11个家族，约占总数的65%，这11个家族除了江苏南京金氏家族只在明代活动，其余10个家族均在清代或跨明、清两代活动，在清代沿海地区家族更为繁荣，浙江的2个家族均在清代发展起来。云南一地有3个家族存在，主要活动在明代，到了清代逐渐没落了。

（3）在作家作品数量上：家族数、家族人数与作品数量及现存作品数量呈正相关。江苏的5个家族有29位作家36部文学作品集，现存17部；云南的3个家族有11位作家16部文学作品集，现存4部；浙江的2个家族有8位作家13部文学作品集，现存10部；山东的2个家族有15位作家36部文学作品集，现存9部；福建的2个家族有13位作家19部文学作品集，现存11部；陕西的1个家族有5位作家10部文学作品集，现存5部；安徽的1个家族有4位作家3部文学作品集，作品均散佚；河南的1个家族有3位作家3部文学作品集，现存2部。可见，一般情况下一个地区家族越多，作家及作品也越多。其中，山东的两个家族作品较其他家族多，保存下来的作品也多。

（4）在进士数量上：明代进士多于清代，江苏、福建地区进士较多。17个回族文学家族中，中进士者28人。其中，有18人是明代取得功名，10人在清代取得功名。这与明清时期的民族政策不无关系。在地区上，江苏、福建较多，分别为9人、6人，占进士总数的一半还多。除了江苏南京蒋氏、云南昆明沐氏、浙江钱塘李氏无进士外，其余 14 个家族均有进士，其中河南新野马氏家族父子三人均为进士出身。

三、明清回族文学家族的几个鲜明特点

（一）家族文人既有结社雅集，又不囿于文学创作

这些诗书传家的家族风雅大兴，常常集会结社，创作雅集，不少因创作赢得诗名；然而他们又不囿于文学创作，对于书法、绘画、农业、水利等多方面均有涉及，展现出另类风采。山东益都杨氏家族的杨应奎辞官归乡以后，与石存礼、刘澄甫等 8 人结诗社于北郭禅林，所作诗作收入《海岱会集》。不少回族文人在当时亦有诗名。又如浙江仁和丁氏家族的丁澎因与同里陆圻、柴绍炳、沈谦、陈廷会、毛先舒、孙治、张纲孙、虞黄昊、吴百朋 9 位诗人结社于西湖之滨，合称"西泠十子"。丁澎通籍北上后与宋琬、施闰章、张谯明、周茂源、严沆、赵锦帆，唱酬日下，因又称"燕台七子"。还有的是回族文学家族里的成员并称。如丁澎与仲弟景鸿、季弟漾皆以诗名，时称"盐桥三丁"。江苏南京金氏家族的金大车、金大舆两兄弟在江南诗坛负有盛名，并称"金陵二金"。江苏溧阳马氏家族的马世俊与同胞兄长马世杰，两人都以诗闻名于江右，时人并称"二马"。以上种种，不难看出，回族文人在诗文创作上取得了一定的成就，同时回族文学家族内部文学风气甚浓。

回族文学家族内的文人不仅仅囿于文学创作，不少人诗书画兼擅，有的还身兼数能。如山东益都杨氏的杨应奎平生喜爱博览群书，精研王右军书法。江苏溧阳马氏家族的马一龙，亦擅长书法，他的书法在当时也很有名，而且研究领域很广，并对自然科学研究也有涉及，至今还有《农说》一书传世。山东胶州法式家族的法若真，最为人称道的是他的书画作品。历来论者谈及法若真的书法，皆认为此人才气横溢、不受拘束，书法"惟其意所欲为"。著名文人安致远在《黄山诗留》中说："盖少时以诗名，书画则其余。"陕西同州马氏家族的马鲁，罢官后居家课徒读书自娱。"关学谈理者多，而游艺者少。自天文、地理、星命、壬遁、勾股之术。无不精研细究，而类著之，其诗文工力尤深。"[①] 江苏山阳杨氏家族的杨开沅，注重实用之学。对于东南一带，特别是对他家乡一带的江淮水利很有研究。出仕后，他写给康熙帝有关东南一带水利问题的文字，受到康熙帝的赞赏。康熙帝又命他编修《方舆考略》，并参加编写《御选唐诗》《月令辑要》等书籍，足见其学问渊博。这些都表现出回族文

[①]《大荔县新志存稿》卷九，陕西省印刷局 1937 年版。

人在各领域的才能。

（二）才气不凡的女性作家

回族文学家族人才济济，不仅男子诗文并长，女子也展现出不凡的才气，不少家族内出现女性文人。如福建晋江丁氏家族的丁报珠，是丁炜的女儿，字含章，聪慧过人，幼承家学，能诗善文，年十九未嫁而卒，曾作《越中寄父》一首，诗云：

　　遥望白云飞欲回，亲闱长隔蓟门隈。凭栏乡国知何处，寂寞庭前花又开。

此诗融情于景，字里行间洋溢着对宦游在外的父亲的无限思念。时人大为惊异，誉其为"神童"。惜其年十九时尚未成婚就香消玉殒了。丁炜有诗《哭亡女》六首，其三：

　　旧椟书来就北移，无端玉陨转堪疑。始知多慧原非福，肠断当年咏絮诗。

其五：

　　女美生前白傅夸，清心丽质比幽花。凤凰未驾钗先折，寥落箫声隔彩霞。

江苏溧阳马氏家族的狄马氏，是马世俊的大姐，长世俊两岁。她和马世杰、马世俊为一母所生，他们三人"幼时相率入塾，不拘男女异长之例"①。狄马氏"八岁能诗"②，她是马氏家族中的女诗人。在《匡庵诗前集》卷四中，附载有她的七律一首。她在这首诗中赞扬家族众弟兄的才华，也感叹弟兄们的怀才不遇。全诗如下：

　　月照池花砌草间，桂丛天际孰能攀？
　　临流上下如分影，对镜悲欢失故颜。

----

① （清）马世俊：《匡庵文集》，《回族典藏全书》（第184册），甘肃文化出版社、宁夏人民出版社2008年版。
② 《溧阳县志》卷十三，光绪二十二年重刻本。

南北卜居虽隔院，弟兄校史不输班。
风云何事沾闺管，休讪诗成片纸悭。

浙江仁和丁氏家族的丁氏，字一揆，丁大绶女，丁澎妹，出家为尼，号自闲道人，栖雄圣庵，著有《茗香词》。《众香词》录存《菩萨蛮》《凤栖梧》二首。今录如下：

菩萨蛮
冬日写梅作
素梅点点铺香雪，疏篁渐长凌云节。同结岁寒盟，冰霜不易心。
罗浮当日种。翠羽双栖共，看取绿盈枝，和羹结子时。

凤栖梧
观庭梅
半折琛蕤香暗吐，相对盈盈，似欲将愁诉。傲骨天生谁与护。可怜零落埋荒圃。　忆昔广平曾作赋。千载寥寥，若个知音和。受尽几多霜雪妒。算来总是东皇悮。

江苏泰州俞氏家族的俞廷元，字素兰，俞梅孙女，工诗，有《送蘅皋、让林两弟北上》《哭夫》诗二首。其《哭夫》诗云：

一闭铜棺俟五年，相依形影縂帷前。纷纷血泪啼枯后，只是春深怕杜鹃。

丈夫逝去五年后诗人还悲痛不已，生前在一起时的情景还历历在目，伤心之时，不忍听见杜鹃啼叫，这样只会徒增伤心。表现出失去丈夫的无限悲痛。

现有资料能查到的回族女性作家并不多，但从这仅有的几位女性作家身上可以管窥以诗书传家的回族文学家族内部情况。

（三）创作作品较多，各体兼备

与其他少数民族相较，虽不及满族、蒙古族文学家族作品那么多，相对于白族、壮族、土家族、纳西族等少数民族文学家族，回族文学家族的文人及文学作品还是比较多的。体裁上涵盖古体诗歌、律诗绝句、词、古文，可谓各体兼备。在题材上网罗写景抒情、描写山水田园、关心生民疾苦、心系天下、民生风俗等各种类型。

在体裁上，如福建晋江丁氏家族的丁炜，现存作品包括了诗、词、文。《问山诗集》十卷，收诗702首，其中古乐府诗29首，卷二收五言古诗71首，卷三收七言古诗38首，卷四收五言律诗165首，卷五收七言古诗228首，卷六收五言排律18首，卷七收七言排律2首，卷八收五言绝句45首，卷九收六言绝句13首，卷十收七言绝句93首。《涉江词》一卷，已散佚。《紫云词》一卷，收词192首，清咸丰四年（1854）丁拱辰刻，有清光绪八年（1882）、二十四年（1898）递修本。《问山文集》八卷，收散文93篇，有清康熙希邺堂刻本、清咸丰四年（1854）雁江景义堂刻本、清光绪八年（1882）刻本。[①]

再如浙江仁和丁氏家族的丁澎，现存作品诗、词、文兼有，《扶荔堂诗稿》包括风雅体30首、拟古乐府93首、古逸歌辞19首、五言古诗43首、七言古诗22首、五言律诗130首、七言律诗97首、五言排律8首、五言绝句34首、七言绝句70首，凡十三卷，共546首；收录丁澎入仕前所作诗歌，包含《西泠十子诗选》中所收录的一百首诗歌。《扶荔堂诗集选》内容分五古、七古、五律、七律、五绝、七绝；按行迹分杂集、京集、游集、居东稿四类，包含燕台七子诗刻中的《信美轩诗选》68首诗歌。《扶荔词》四卷。《扶荔堂文集选》十二卷，选文96篇，按题材分为序、议表、策对、史论、书牍、纪传、赋、题跋、墓碣、铭等。

题材上，江苏南京金氏家族金大舆山水诗写得恬静清新，新鲜活泼，意趣横生。如《白下春游曲》之一：

> 江南春暖杏花多，拾翠寻芳逐队过。满地绿阴铺径转，隔枝黄鸟近人歌。

山东益都杨氏家族杨应奎的田园诗乡土气息浓郁，文风淳朴实在，吟之朗朗上口。如"田畴时雨足，禾黍正油油。闲步看青野，偶然随海鸥"（《渑水田家》）。

江苏南京金氏家族金大车《归途杂诗》之二"布褐不掩形，藜藿不充口。沟壑半流离，十室空八九"，反映了农民生活的艰辛苦难，描绘了农村的悲惨情景；江苏溧阳马氏家族的马世俊在他去世一年前写的《闷雨》一诗，表现了他身处他乡仍关心家乡人民的疾苦：

> 虹脚仍生雨，云端未肯晴。

[①] 多洛肯：《元明清少数民族汉语文创作诗文叙录（清代卷）》，中国社会科学出版社2014年版，第238－241页。

> 柳烟牵荇带，竹响杂蕉声。
> 客思怜浮梗，乡愁问市粳。
> 荒田湖水畔，闻道未能耕。

同样也有大胸怀、忧国忧民的诗作，云南昆明孙氏家族孙继鲁《破碗集》中有一首备受称颂的七言绝句，表现他关心国家的情怀：

> 忧国忧民意自深，谏章一上泪沾襟；男儿至死心无愧，留取芳名照古今。

还有描写藏族人民风俗生活的诗歌，如浙江钱塘李氏家族李若虚《西招杂诗（其六）》：

> 锦伞蛮靴马上娘，笑开金埒作盘场。惯从云外落双雁，不解红闺针线箱。

这首诗描写了藏族妇女骑射围猎的情景，展现了藏族妇女虽不善针线却能箭射双雁的飒爽英姿。

总体来看，明清时期的回族文学家族，在儒家文化的影响下不断地发展壮大，他们积极入仕，重视科举制度，发展家族文学，表现出多重特点。通过梳理明清时期的回族文学家族，从家族的视角发现新的文学现象，可以更好地把握和了解回族文学，构建中华多民族文学史观下的文学史。

（多洛肯：西北民族大学文学院教授，少数民族文学典籍研究所所长，博士生导师）

论宋代女性作家的流徙与分布[①]

刘双琴

中国古代女性文学源远流长，女性文学家可谓代不乏人。至宋代，女性文学发展更为繁盛。据《全宋诗》《全宋词》《全宋文》等文献统计，宋代有作品传世的女性约280人，传世作品约1197篇，其中诗约819首，词约240首，文约138篇。另据胡文楷《历代妇女著作考》统计，中国历代女性有集者汉魏六朝有33人，唐、五代有22人，而宋代有43人。虽然收入《全宋诗》《全宋词》《全宋文》的女性不能全都冠以女诗人、女词人、女文学家之称，但也能反映出宋代女性中有不少人具有一定的文学修养，进行了文学创作，我们姑且称这些有作品传世的女性为"作家"。宋代女性作家虽然占当时人口的比例还不是很大，但与宋以前各代相比，已有了相当大的进步。宋代李清照的出现，标志着中国古代女性文学达到前所未有的高峰。宋代女性作家数量众多，文学成就突出，地理分布较广，流动性较强，与文学家庭关系也更为密切，因而显示出新的时代特征。本文拟对宋代女性作家流布及特点进行研究。

一、宋代女性作家地理分布概况

《宋史·地理志》："大抵宋有天下三百余年，由建隆初讫治平末，一百四年，州郡沿革无大增损。熙宁始务辟土。……自崇宁以来，……凡所建州、军、关、城、寨、堡，纷然莫可胜纪。厥后建燕山、云中两路，粗阅三岁，祸变旋作，中原版荡，故府沦没，职方所记，漫不可考。高宗仓惶渡江，驻跸吴会，中原、陕右尽入于金。"[②] 宋代建朝之后，逐渐收复汉唐故疆，并随经济的发展调整州县政区，至徽宗宣和四年（1122），复得燕、云，幅员之广，于宋已臻极致。据李昌宪《中国行政区划通史·宋西夏卷》（复旦大学出版社2007年版）统计，宣和五年（1123），宋有39府、247州、51军、4监、1245县。两宋时期州军府属县虽时有变动，但各个地区的划分并没有根本性变化。为避免重复，本文所涉之宋代地名，均以北宋宣和五年为准。

从籍贯分布来看，宋代有作品传世且籍贯大致可考的女性作家有114名，

[①] 本文为江西省社会科学"十二五"规划一般项目"中国古代女性作家流布研究"（项目编号：13WX03）阶段性成果。

[②]（元）脱脱等撰，刘浦江等标点：《宋史》卷八十五，吉林人民出版社1995年版，第1343–1344页。

其中两浙路 30 人（北宋 4 人，南宋 20 人，年代不详者 6 人），福建路 13 人（北宋 8 人，南宋 2 人，年代不详者 3 人），江南西路 11 人（北宋 5 人，南宋 5 人，年代不详者 1 人），京畿路 9 人（北宋 8 人，南宋 1 人），江南东路 8 人（北宋 6 人，南宋 1 人，年代不详者 1 人），河北西路 7 人（北宋 7 人），成都府路 6 人（北宋 5 人，年代不详者 1 人），京西北路 5 人（北宋 5 人），淮南东路 4 人（北宋 3 人，南宋 1 人），河东路 3 人（北宋 3 人），京西南路 3 人（北宋 2 人，南宋 1 人），永兴军路 3 人（北宋 3 人），广南西路 2 人（北宋 1 人，年代不详者 1 人），京东东路 2 人（北宋 2 人），荆湖北路 2 人（南宋 2 人），潼川府路 1 人（北宋 1 人），河北东路 1 人（北宋 1 人），夔州路 1 人（年代不详），广南东路 1 人（年代不详），另有 2 名女性作家分别为淮地、江南人。若转化为今地名，其分布大致如下：浙江 23 人，河南 16 人，江西 15 人，福建 13 人，江苏 12 人，河北 6 人，四川 6 人，湖北 4 人，山西 4 人，安徽 3 人，重庆 2 人，山东 2 人，陕西 2 人，广东 1 人，广西 1 人，海南 1 人，湖南 1 人，另外 2 名淮地、江南人不能确定籍贯。就宋代州军府及其辖县的女性作家籍贯分布来看，如表 1、表 2 所示：

表 1　宋代州军府女性作家籍贯分布

州军府	人数	州军府	人数	州军府	人数	州军府	人数	州军府	人数
开封府	9	江宁府	2	河中府	1	处州	1	相州	1
杭州	8	河南府	2	磁州	1	高邮军	1	兴化军	1
抚州	6	襄阳府	2	亳州	1	汉州	1	秀州	1
平江府	4	洪州	2	隆德府	1	怀州	1	扬州	1
温州	4	湖州	2	邠州	1	京兆府	1	鄞州	1
成都府	3	吉州	2	桂州	1	筠州	1	岳州	1
建州	3	眉州	2	济南府	1	洺州	1	越州	1
泉州	3	明州	2	江陵府	1	南康军	1	镇江府	1
饶州	3	邵武军	2	昌州	1	庆源府	1	郑州	1
台州	3	太原府	2	恩州	1	琼州	1		
常州	2	宣州	2	恭州	1	衢州	1		
福州	2	颍昌府	2	广州	1	泰州	1		
漳州	2	中山府	1	淄州	1	真定府	1		

注：本表只统计了 112 名籍贯可具体至州军府的女性作家。另有 2 名女性作家为淮地、江南人。

表2 宋代州军府辖县女性作家籍贯分布

辖县	人数	辖县	人数	辖县	人数	辖县	人数	辖县	人数
吴县	4	建安	1	清河	1	海盐	1	永新	1
临川	4	安仁	1	巴县	1	江都	1	建阳	1
钱塘	4	临海	1	增城	1	巴陵	1	浦城	1
金溪	2	武进	1	松阳	1	山阴	1	祥符	1
乐清	2	侯官	1	高邮	1	丹阳	1	鄞县	1
成都	2	庐陵	1	德阳	1	安喜	1	晋江	1
江宁	2	泾县	1	河内	1	宜兴	1	同安	1
眉山	2	滏阳	1	长安	1	华阳	1	盂县	1
建宁	2	蒙城	1	高安	1	罗源	1	平阳	1
漳浦	2	上党	1	建昌	1	新城	1	永嘉	1
开封	2	临桂	1	宁晋	1	洛阳	1	宣城	1
鄱阳	2	章丘	1	江山	1	武宁	1	荣河	1
天台	2	大足	1	海陵	1	长兴	1	灵寿	1

注：本表只统计了84名籍贯可具体至州军府辖县的女性作家。

从寓居地来看，宋代有作品传世且寓居地大致可考的女性作家有89名，其中两浙路58人（北宋10人，南宋43人，年代不详者5人），京畿路18人（北宋18人），成都府路3人（北宋2人，年代不详者1人），福建路2人（北宋2人），荆湖南路2人（南宋1人，年代不详者1人），江南西路1人（南宋1人），永兴军路1人（北宋1人），潼川府路1人（北宋1人），京东东路1人（北宋1人），另有2人寓居蜀地（南宋1人，年代不详者1人）。具体至州军府及其辖县，如表3、表4所示：

表3 宋代州军府女性作家寓居地分布

州军府	人数	州军府	人数	州军府	人数	州军府	人数	州军府	人数
杭州	46	明州	2	京兆府	1	泉州	1	温州	1
开封府	18	福州	1	泸州	1	台州	1	越州	1
平江府	5	衡州	1	青州	1	潭州	1		
成都府	3	抚州	1	湖州	1	镇江府	1		

注：本表只统计了87名寓居地可具体至州军府的女性作家，另有2名女性作家寓居蜀地。

表4 宋代州军府辖县女性作家寓居地分布

辖县	人数	辖县	人数	辖县	人数	辖县	人数	辖县	人数
临安	38	钱塘	2	衡阳	1	乌程	1	会稽	1
开封	18	慈溪	1	长安	1	惠安	1	丹阳	1
成都	3	古田	1	益都	1	天台	1	鄞县	1

注：本表只统计了72名寓居地可具体至州军府辖县的女性作家。

二、宋代女性作家地理分布数据分析

前文统计数据显示：

第一，北宋时期，除以京畿路、河北西路、京西北路为中心的中原开封府一带涌现出众多女性作家外，江南的两浙路、福建路、江南东路、江南西路以及西南的成都府路也是女性作家密集之地。这一时期女性作家人数在3人及以上者就有福建路、京畿路、河北西路、江南东路、成都府路、江南西路、京西北路、京西南路、两浙路、河东路、淮南东路、永兴军路，有女性作家寓居且寓居人数在10人以上者有两浙路及京畿路。靖康之变后，随着宋室南渡，文化中心迅速南移，这一时期籍贯可考的女性作家主要分布于两浙路，共计20人；江南西路也是女性作家密集之地，有5人。寓居地可靠的女性作家也集中于两浙路，达43人。与北宋时期女性作家密集区域南北遍地开花的格局相比，南宋时期女性作家在地理分布上呈现出两浙路一枝独秀的状态。

第二，就籍贯分布来看，在宋代300多个州军府以及1200多个州军府辖县中，有女性作家分布者分别有61个、65个。除开封府、杭州、抚州以及吴县、临川、钱塘等少数州军府及辖县女性作家数量略高外，其他州军府及辖县女性作家分布较为平均。就寓居地而言，有女性作家分布的州军府及辖县分别为18个、15个，其中，杭州、开封府二州府及临安、开封二县女性作家数量众多，遥遥领先于其他州军府及辖县。宋代有籍可考的女性作家为114人，寓居地可考的女性作家有89人，两个数字相去不远，而有女性作家籍贯分布的州军府及辖县和有女性作家寓居的州军府及辖县其数目相去甚远，后者远少于前者。可见，女性作家多托身、寓居在繁华的京城、喧闹的都会。

第三，如果将宋代女性作家与两宋时期有作品传世的所有作家进行比较，则二者在地理分布上大体一致，但也存有些许差异。据《全宋诗》《全宋词》《全宋文》等文献统计，宋代有籍可考的作家共有约10260人，分布于270余州军府的800余辖县，作家人数排名前二十位的州府分别是福州、建州、温州、明州、开封府、杭州、婺州、兴化军、平江府、越州、徽州、吉州、台州、泉州、常州、河南府、湖州、眉州、处州、饶州。宋代女性作家人数排名前十位的州府分别是开封府、杭州、抚州、平江府、温州、成都府、建州、泉州、饶州、台州,其中就有8个州府其作家总人数排名前二十,二者呈现出一致性。如果进行更具体的比较,则女性作家更多地集中于京都一带。

三、宋代女性作家流徙方式与特点

通过对宋代女性作家籍贯分布与寓居地分布的比较可以看出,宋代女性作家较为广泛地分布于各州军府及其辖县,然而就寓居地来看,临安、开封等经济文化中心具有明显的优势,城市商品经济的发展对女性作家形成巨大吸引力。此外,女性作家由于其特殊身份和地位,她们多为被动流动,较之男性文人群体由求学、应举、仕进、授业以及隐逸、流贬、游历、迁居等活动经历构成的向心型、离心型、交互型流向,[①] 宋代女性作家的流动尽管也呈现出向心型、离心型、交互型三种形态,但在具体流动方式上与男性文人的流动极为不同。

(1) 向心型流动。主要体现在婚嫁方面。在中国古代,几乎所有女性都会经历离开原生家庭嫁至夫家生活的过程,故因婚嫁而流动是宋代女性作家最主要的流动形式。

宋代女性作家的婚嫁主要分两种,一种是普通婚嫁。"生男愿封侯,嫁女在比邻。此是古人言,最知天理真"[②],中国传统社会通常都以近距离婚姻为主流,婚姻的地域圈相对狭小,同时,由于科举功名、家世门第以及金钱至上等择偶价值观的影响,女性的婚姻往往是在长辈安排下,以才学、官禄、财富等为考量因素而达成,故其流动呈现出的大多不是不同地域之间由荒疏向繁荣的向心迁移,而是不同家庭之间由寻常向优胜的向心靠拢。宋代女性作家因婚姻而呈现出的流动特点亦如此。经考查统计,宋代有籍可考且丈夫籍贯也可考的女性作家约有32人(不含入宫女性),以路为界限划分,夫妻籍贯属同一路的有21对,籍贯属相邻路的有4对,占夫妻籍贯皆可考的女性作家总数的78%;以州军府为界限划分,夫妻籍贯属同一州军府的有15对,籍贯属相邻州军府的有2对,占夫妻籍贯皆可考的女性作家总数的53%。宋代女性作家

[①]关于文人的"京都情结"以及男性文人群体的流向划分,参见梅新林:《中国古代文学地理形态与演变》,复旦大学出版社2006年版,第431-438页。
[②]张侃:《朱陈嫁娶图》,傅璇琮等主编:《全宋诗》卷三一〇九,北京大学出版社1998年版,第59册,第37104页。

还有一些不拘于地域的婚姻，或因随父宦游至某地，并嫁给居于当地的士子，如周仲美；或因流转于烟花之地，幸遇知音，从而落籍并缔结良缘，如胡文媛；或因结识流寓至本地的男性，互相倾慕，结为夫妻，如戴复古妻金伯华。如果抛开地域因素，仅考量配偶的家庭与身份，则宋代女性作家其配偶姓名及生平信息约略可考者共约109人，从其家庭背景、生平履历来看，具有才子、进士、官宦等较高身份者就有62人，约占57%，可见宋代女性作家的择偶价值观。

宋代女性作家的另一种婚姻方式就是嫁入皇宫，这也是比较重要的流动方式。进宫伴驾、光耀门庭是不少女性的夙愿。一个女子社会地位的改变，往往能影响整个家族的社会地位。通过婚姻进入后宫的女子，其家族一跃跻身高层，故女性因嫁入宫中呈现出的流动性具有较强的向心性。经统计，宋代有作品传世的280名女性作家中，就有帝后妃17人，她们或为名门之后，如太宗李皇后为温州刺史李处耘之女，神宗向皇后为大臣向敏中曾孙女，徽宗郑皇后为直省官郑绅之女，理宗谢皇后为宰相谢深甫孙女；也有部分女性为平民之女，身份低微，被选入宫中，经层层遴选，终为后宫之尊，如徽宗刘皇后本为酒保家女，宁宗杨皇后少选入宫时已忘其姓。因社会地位特殊，这些女性作家所留下的作品多为应制性的手诏、札子、表、诰等，这些作品体现出作者的修养、心性，反映出某些社会事件与现象，具有较高的史料价值。

除以上帝后妃外，还有一批被采选入宫的女性，或出身于良家，品德素质较高，并晋升为宫中女官，或因罪没入宫中，在后宫承担较为繁重的体力劳动。这类女性作家约有27人，如陈真淑、方妙静、何凤仪等。入宫为她们创造了接近帝王之家的机缘，也给她们带来了提升自身文化品位的条件。与帝后妃不同，这些具有较高文化素养的宫女留下了大量抒情达志、脍炙人口的诗词篇章，其中许多作品被收入汪元量《宋旧宫人诗词》，反映出宫中女性的生活以及在社会变革与动荡期的遭遇与情感，极具社会价值与文学价值。

（2）离心型流动。主要包括流落为妓与出家为尼为道两种形式。隋唐以降，歌妓这个群体开始涌现出许多具有较高文学修养的女性，宋代歌妓制度的流行，造就了众多才华横溢的歌妓，这类女性作家约有32人。她们为生存流落烟花之地，侑酒佐觞，如蜀妓、蜀中妓、陈凤仪、尹温仪、赵才卿、周氏、抚州乐妓、乐婉、琴操、仪珏、苏小娟、王幼玉、张珍奴、聂胜琼、老妓、胡文媛、都下妓、盼盼、平江妓、苏琼、严蕊、洪惠英、单氏、盈盈、谢李氏、襄阳妓、某邑妓、青幕子妇，有的甚至沦为营妓，随军流徙，如胡楚、龙靓、周韶、僧儿。她们活动地区的分布大致如下：杭州7人，成都府4人，开封府3人，平江府3人，台州1人，湖州1人，越州1人，京兆府1人，汉州1人，泸州1人，福州1人，衡州1人，抚州1人，饶州1人，襄阳府1人。从这些数据看出，两浙路（即今浙江地区）是歌妓作家分布最密集、活动最频繁的区域，歌妓数量高达 12 人，京畿路（即今河南一带）以及成都府路（即今四川地区）也吸引、聚集了不少歌妓作家。《周礼》载："东南曰扬州，其山镇曰会稽，其泽薮曰具区，其川三江，其浸五湖，其利金锡竹箭，其民二男五女，其畜宜鸟兽，其谷宜稻。"① 《魏书》继云，扬州"春秋时为吴越之地。……晚与中国交通。俗气轻急，不识礼教，盛饰子女以招游客，此其土风也"②。《晋书·地理志》称："江南之气躁劲，厥性轻扬。"③ 苏轼《表忠观碑》也记载："吴越地方千里，……其民至于老死不识兵革；四时嬉游，歌鼓之声相闻，至于今不废。"④ 早在上古时期，吴越之地其俗即女子多盛饰以招游客，其风绵延不绝，至宋室南渡后，经济、文化中心迅速南移，临安作为南宋都城，更有山川台榭之胜，鱼稻茶笋之饶，民习侈巧，廛屋繁丽，歌管之声不绝于西湖之上。南宋淳熙年间诗人林升《题临安邸》曾这样感慨："山外青山楼外楼，西湖歌舞几时休。暖风熏得游人醉，直把杭州作汴州。"⑤ 这样的地域风气有利于歌妓的生存，许多歌妓作家因此云集于以临安为中心的江浙地区，她们的作品题材多为自陈身世、赠别、祝寿，种类虽然不多，然感情深挚，艺术手法高明，语言技巧老到，极大地丰富了该区域女性文学的内涵。

随着宋代以来佛教、道教的发展，一些颇富才华的女性选择出家为尼为道，方外女性作家不断出现。这类女性作家约有 16 人，包括洪圣保、计法真、觉庵道人、尼法灯、尼法海、尼净智、尼妙云、尼文惠、尼文照、尼正觉、尼志华、尼智通、释妙总、释惟久、无际道人、俞道婆。她们或就近修行，如尼妙云，明州（今浙江宁波）人，依清修久法师，历慈溪南湖，居明州慈溪之溪口吴氏庵而卒；或求远问道，如尼文照，本温陵（今福建泉州）人，长住平江府（今江苏苏州）妙湛寺，又如释惟久，本宣城（今安徽宣州）人，于姑苏（今江苏苏州）西竺院削发为尼。这些方外女性作家籍贯可考者共 9 人，分布大致如下：江宁府 2 人，宣州 1 人，泉州 1 人，邵武军 1 人，明州 1 人，秀州 1 人，桂州 1 人，相州 1 人。其中江南地区方外女性作家多达 8 人，优势明显。从她们的出家地点来看，主要分布为：平江府 4 人、明州 1 人、温州 1 人、泉州 1 人，开封府 1 人。较之其籍贯分布，方外女性作家所选择的出家地点也多位于江南地区，且主要集中于平江府一带。

---

① 崔高维校点：《周礼·仪礼》之"夏官司马第四"，辽宁教育出版社 1997 年版，第 59—60 页。
② 李海洋、马红艳等主编：《二十五史》卷四《魏书》卷九十六，中国文史出版社 2003 年版，第 454 页。
③（唐）房玄龄等撰，王永平等校订：《晋书》卷十五，中华书局 2000 年版，第 295 页。
④ 曾枣庄、刘琳主编：《全宋文》卷一九九三，上海辞书出版社 2006 年版，第 92 册，第 1 页。
⑤ 傅璇琮等主编：《全宋诗》卷二六七六，北京大学出版社 1998 年版，第 50 册，第 31452 页。

（3）交互型流动。主要包括从夫、从父宦游以及因战争等原因迁居、流寓他乡。至汉以后，中央集权的封建国家形成，士人往往流转各地为官，通常情况下，官吏游宦于外，妻妾等家属并不能随从，而是守候在家，所以中国古代文学史中的思妇、怨妇诗才蔚为大观。尽管大部分士人不得不抛别双亲妻子，但是也有一些人其家室偶能相随，宋代亦如此。如李清照，婚后就随赵明诚流徙汴京、青州、莱州、淄州、江宁府、池阳等地。又如襄阳魏玩，其夫南丰曾布一生为官，辗转各地，魏夫人虽不时与夫君分居两地，并留下"使君自为君恩厚，不是区区爱华山"① 及"三见柳绵飞，离人犹未归"② 这样的诗词，但亦有幸能从夫多处流徙。据脱脱《宋史》以及同治《建昌府志》等文献载，曾布登第后，初调宣州司户参军，后为怀仁令。熙宁二年（1069），徙开封。熙宁末，黜知饶州，西徙潭州，道经洪州。元祐初，曾布以龙图阁学士知太原府，历真定、河阳及青、瀛二州。绍圣初，徙江宁，过京，留为翰林学士，迁承旨兼侍读，拜同知枢密院，进知院事。由史籍对魏夫人的记载可知，魏夫人足迹亦至海州、洪州、太原府、真定、开封等地。如宋王明清《挥麈录》载：

> 曾文肃熙宁初为海州怀仁令。有监酒使臣张者，小女甫六七岁，甚为惠黠；文肃之室魏夫人怜之，教以诵诗书，颇通解。其后南北睽隔。绍圣初，文肃柄事枢时，张氏女已入禁中，虽无名位，以善笔札，掌命令之出入。忽与夫人相闻。夫人以夫贵，疏封瀛国，称寿禁庭，始相见叙旧。自后岁时遣问。③

同治《建昌府志》引《南丰州志》云：

> 熙宁末，文定公镇洪州兼江西兵马钤辖；文肃公自饶州移镇潭州，道洪而西，实邻境也；文昭公时在馆阁，欲至洪省视母夫人，假使指暂出文定公，大合乐享邻帅及诏使，乃同气三人亲为宾主。文肃公魏夫人文笔素高，遂为口号一联云："金马并游三学士，朱幡相对两诸侯。"盖文定带帖职，文肃历翰林，文昭现任馆阁，皆学士也。时人赏其切而美其荣。④

---

① 傅璇琮等主编：《全宋诗》卷七八二，北京大学出版社1998年版，第13册，第9068页。
② 唐圭璋编：《全宋词》（第1册），中华书局1965年版，第268页。
③ （宋）王明清撰，田松青校点：《挥麈录》之《挥麈第三录》卷二，上海古籍出版社2012年版，第158页。
④ （清）邵子彝：《建昌府志》卷十，清同治十一年刻本。

曾布自饶州移镇潭州，经过洪州，与曾巩、曾肇探视住在洪州的母亲，兄弟三人共聚一堂，其乐融融，魏夫人当即口占诗歌一联。可见此时魏夫人亦身在洪州。

民国《南丰县志》引《能改斋漫录》称：

> 曾文肃公夫人魏氏在太原府，一日睡起，语左右曰："适来梦中分明见两妇，青衣，各有娠，哀鸣泣诉云'某等无罪，乞贳其命'。"未几，庖者白云："买到大青鱼两尾，请烹饪之。"夫人惊曰："庶几是乎？"遽取视之，腹大有子，乃令放之。①

同治《建昌府志》引《文献通考》云：

> 布镇真定，尝携教授李撰子及宋提刑子至署内。宋子眉目如画，衣装殊华焕，李不及也。既去，玩谓布曰："教授今虽贫，诸郎皆令器；提刑子虽楚楚，趋走才耳。"李后五子皆登科，而弥逊、弥大尤著，宋子止合门祗侯，一如其言。②

以上两则故事分别记载的是魏夫人随曾布居太原府以及真定时的逸事。除魏夫人之外，周仲美、陈襄之女、丁氏、梅询之女、英州司寇女、卢氏等人随父、随夫流动的情况亦载入史籍。《诗话总龟》引《王直方诗话》曰：

> 周仲美，不知何许人。自言世居京师，父游宦，家于成都。既而适李氏子，侍舅姑宦泗上，从良人赴金陵幕。③

宋陈鹄《西塘集耆旧续闻》道：

> 陈述古诸女，亦多有文。有适李氏者，从其夫任晋宁军判官，部使者以小雁屏求诗，李妇自作黄鲁直小楷，题其上二绝云……④

---

① 包发鸾：《南丰县志》卷之十二，民国十三年铅印本。
② (清) 邵子彝：《建昌府志》卷八，清同治十一年刻本。
③ (宋) 阮阅，周本淳校点：《诗话总龟》前集卷四五，人民文学出版社1987年版，第429—430页。
④ (宋) 王辟之、陈鹄撰，韩谷、郑世刚校点：《渑水燕谈录 西塘集耆旧续闻》，上海古籍出版社2012年版，第95页。

元王逢《梧溪集》称：

　　蜀士大夫妻丁氏，美姿色，善诗文，自号"清风居士"。宣和间，夫浮家赴阙求调，王黼荐丁姓名于禁中。时尚文，女郎才慧者多得进，于是有旨召见。丁曰："吾夫庶官，吾非命妇，安有入内见君之理，不敢拜命。"且谓夫曰："君素非贪冒富贵者，何苦自辱。"题诗汴邸，竟不知所如往。①

宋释晓莹《罗湖野录》云：

　　空室道人者，直龙图阁梅公珣之女，幼聪慧，乐于禅寂，因从夫守官豫章之分宁，遂参死心禅师于云岩。②

　　宋彭乘《墨客挥犀》也记载了两名女子随父、随夫宦游时的行踪。其一为汉州令之女卢氏："蜀路泥溪驿，天圣中有女郎卢氏者，随父往汉州作县令，替归，题于驿舍之壁。"③ 其二为英州司寇女，女子途经大庾岭时自述云："妾幼年侍父任英州司寇，既代归。父以大庾本曰梅岭之号，今荡然无一株，遂市三十本植于岭之左右，因留诗于寺壁。今随夫任端溪，复至此岭，诗已为圬镘者所覆，即命墨于故处。"④ 这些珍贵的史料均反映出宋代女性作家随父、随夫各地流动的真实情况及其文学活动的本事与背景。从夫、从父宦游是宋代女性流动的常见形态，同时也是一种典型的依附性流动，这是由财产私有制和男尊女卑社会制度决定的。即使在现代，女性在公共领域仍处于不利地位，通俗文化的每一个方面都强调女性为了寻求男性的认可和支持，必须培养自己的性吸引力。在性别关系的不平等继续存在的情况下，讨论中国古代女性流动、出游的依附性特征，就仍有现实意义。

　　在交互型的流动形态中，因战争原因迁居、流寓他乡也是一种重要方式，其中最为典型的莫过于李清照。靖康之变，局势危急，宋室南渡，很多士人纷纷南迁，李清照也流徙浙东越州、台州、明州、温州、衢州、杭州、婺州一带。漂流辗转，流离失所。据《金石录后序》载，李清照至帝王行在建康安葬完赵明诚后，无处可去，"上江既不可往，又虏势叵测，有弟远任敕局删定

---

① (元) 王逢：《梧溪集》卷二《丁清风》，见《知不足斋丛书》第二十九集，民国古书流通处影印。
② (宋) 释晓莹：《罗湖野录》卷一，中华书局1985年版，第2页。
③ (宋) 彭乘：《墨客挥犀》卷四，中华书局1991年版，第21页。
④ (宋) 彭乘：《墨客挥犀》卷四，中华书局1991年版，第21页。

官，遂往依之。到台，台守已遁。之剡，出陆，又弃衣被，走黄岩，雇舟入海，奔行朝，时驻跸章安。从御舟海道之温，又之越。庚戌十二月，放散百官，遂之衢。绍兴辛亥春三月，复赴越，壬子，又赴杭"①。《打马图经序》又说："今年（按：绍兴四年）冬十月朔，闻淮上警报，江浙之人，自东走西，自南走北，居山林者谋入城市，居城市者谋入山林，旁午络绎，莫不失所。易安居士亦自临安泝流，涉严滩之险，抵金华，卜居陈氏第。"②元袁桷《清容居士集》卷四十六《跋定武禊帖不损本》亦有"明诚之妻李易安夫人避难奉化，其书画散落，往往故家多得之"的记载。除李清照外，南宋末元兵攻下临安时，被逼北行的大批宫女也具有代表性。这些宫女中有相当多数人极具文学素养，并留下了许多文学作品。如王清惠《满江红》"太液芙蓉"、徐君宝妻《满庭芳》"汉上繁华"，都是北上路途中的抒怀寓愤之作。

两宋时期，随着女性作家的流动与迁徙，她们获得更多接触社会与自然的机会，同时获得更多与男性文人及其他女性作家交游的机会。她们虽还不像明清时期那样形成集中、明显的创作群体，但也出现了某些苗头，产生了一定的群体性特征。宋代女性作家的群体性特征首先表现在以血缘、亲缘关系而形成的家庭性。如宋代王安石文学家庭的女性作家群。出身于诗书世家的吴夫人带着明显的文化优势嫁到王家，使当时文化积淀尚薄的临川王氏受益匪浅，自此之后，"吴、王二家外戚妇女，多知书能诗"③。其中王安石之妹、王安石之女、王安国之女、王雱之女等都有作品传世。宋代女性作家还与家庭中的男性作家一起参与文学创作，相互指点，共同成长，对文学家庭的形成与发展产生过一定作用，据王毅《宋代文学家庭》研究，宋代夫妻以文学见称于时的文学家庭就有28家。经对《全宋诗》《全宋词》《全宋文》等相关文献的统计，宋代有作品传世的文学家庭中，有女性作家出现的就约有66家，其中夫妻以文学见称于时的文学家庭有37家，如表5所示：

表5　宋代夫妻以文学见称于时的文学家庭

男性作家姓名	女性作家姓名及与男性作家关系	男性作家姓名	女性作家姓名及与男性作家关系	男性作家姓名	女性作家姓名及与男性作家关系
寇准	妾蒨桃	李之问	妻聂胜琼	王安石	妻吴氏
吴充	妻徐氏	毛友	妻某氏	凌唐佐	妻田氏

---

① (宋) 李清照著，徐培均笺注：《李清照集笺注》，上海古籍出版社2002年版，第312页。
② (宋) 李清照著，徐培均笺注：《李清照集笺注》，上海古籍出版社2002年版，第340-341页。
③ (清) 蔡上翔：《王荆公年谱考略》，上海人民出版社1959年重印版，第118页。关于临川王氏与乌石岗吴家的联姻情况可参看王育济：《宋代王安石家族及其姻亲》，《东岳论丛》2001年第3期。

续上表

男性作家姓名	女性作家姓名及与男性作家关系	男性作家姓名	女性作家姓名及与男性作家关系	男性作家姓名	女性作家姓名及与男性作家关系
吴安持	妻王氏	张俞	妻蒲幼芝	程之才	妻苏氏
曾布	妻魏玩	沈佺	妻张玉娘	丁宥	侧室周氏
赵明诚	妻李清照	岳霖	妻大宁夫人	谢枋得	妻李氏
王彦龄	妻舒氏	徐应镳	妻方氏	贾似道	妾张淑芳
黄由	妻胡惠斋	程珦	妻侯氏	陈著	妻赵必兴
陆游	前妻唐婉、妾某驿卒女	戴复古	前妻某氏、妻金伯华	司马朴	妻张氏
易祓	妻某氏	曹利用	妻李氏	陆秀夫	妾蔡荔娘
赵院判	妻苏小小	韩世忠	妻茆氏	王元	妻黄氏
王渊	妻俱氏	潘正夫	妻秦国康懿长公主	徐元杰	妻张氏
赵令畤	妻王氏	赵居端	妻任氏		
花仲胤	妻某氏	杨朴	妻某氏		

注：以上表格中出现的所有人名，均为有作品传世的作家。下同。

父女、母子以文学见称于时的文学家庭18家，如表6所示：

表6 宋代父女、母子以文学见称于时的文学家庭

男性作家姓名	女性作家姓名及与男性作家关系	男性作家姓名	女性作家姓名及与男性作家关系	男性作家姓名	女性作家姓名及与男性作家关系
李格非	女李清照	秦观	女某氏	王安国	女王氏
曹纬、曹组	母王氏	张浚	母计法真	王雱	女王氏
黄铢	母孙道绚	施宿	女施氏	徐应镳	女徐元娘
胡元功	女胡惠斋	梅询	女释惟久	张舜民	女张氏
陈仲微	女陈梅庄	苏洵	女苏氏	张良臣	女张氏
陈襄	女陈氏	王纶	女王氏	黄友	母郑氏

兄弟姐妹以文学见称于时的文学家庭 6 家，如表 7 所示：

表 7　宋代兄弟姐妹以文学见称于时的文学家庭

男性作家姓名	女性作家姓名及与男性作家关系
谢伯初	妹谢希孟
杨娃	姐杨皇后
陈格	姐陈碧娘
魏泰	姐魏玩
李常	姐李氏
王令	姐王氏

祖孙以文学见称于时的文学家庭 3 家，如表 8 所示：

表 8　祖孙以文学见称于时的文学家庭

男性作家姓名	女性作家姓名及与男性作家关系
曹利用	族孙曹希蕴
郭三益	孙女尼正觉
吕祖谦	祖姑吕氏

此外还有一些成员数目较多、关系相对复杂的文学家庭，如王安石，其妹王文淑、长女王氏；苏颂，其妹延安夫人、孙女释妙总。还有相当一部分能文之女性，也是文学家庭中的重要成员，可惜今无作品传世。

宋代女性作家的群体性特征还表现在由传承关系形成的师徒性以及由空间分布不均而形成的地域性。宋代女性作家不仅在家庭内部进行唱酬应和，还走出闾巷中，有意识地培养女性弟子。由罗烨《醉翁谈录》可知，李清照就曾教授林子建妻韩玉父以诗。韩玉父《题汉口铺》诗自序云："妾本秦人，先大父尝仕，朝乱离落，因家钱塘。儿时，易安居士教以学诗。"[1] 据陆游《夫人孙氏墓志铭》记载，李清照还曾打算传学于孙夫人，"时夫人始十余岁，谢

---

[1] 罗烨：《醉翁谈录》乙集卷二《妇人题咏》，古典文学出版社 1957 年版，第 19 页。

不可，曰'才藻非女子事也'"①，可惜的是孙夫人谢绝了李清照的好意。魏夫人也曾为海州怀仁监酒使臣女张夫人等教诵诗书。魏夫人死后，张氏作诗哭云："香散帘帏寂，尘生翰墨闲。空传三壶誉，无复内朝班。"② 王明清《挥麈三录》对这段故事有详细记载，此不赘述。关于宋代女性作家因空间分布不均而形成的地域性，前文已有统计与分析，这里也不再展开论述。值得一提的是，宋室南渡之后，随着女性作家的流动与迁移，以临安为中心的江南一带成为女性作家最为集中的区域，这种分布格局一直持续到明清时期都没有发生重大变化。

（刘双琴：江西省社会科学院副研究员）

---

① 曾枣庄、刘琳主编：《全宋文》卷四九四九，上海辞书出版社2006年版，第223册，第214页。
② (宋) 王明清撰，田松青校点：《挥麈录》之《挥麈第三录》卷二，上海古籍出版社2012年版，第158页。

国际视野

跨越茫茫海洋的对话[①]
——唐朝中日文化及诗人交往述论

高建新

日本、日本人被称为倭、倭国、倭人，始见于汉代文献。《汉书·地理志》："乐浪海中有倭人，分为百余国，以岁时来献见云。"颜师古注引《魏略》云："倭在带方东南大海中，依山岛为国，度海千里，复有国，皆倭种。"乐浪海，即今之日本海。《后汉书·东夷列传》："建武中元二年（57），倭奴国奉贡朝贺，使人自称大夫，倭国之极南界也。光武赐以印绶。安帝永初元年（107），倭国王帅升等献生口百六十人，愿请见。桓、灵间，倭国大乱，更相攻伐，历年无主。"[②]《后汉书·孝安帝纪》载，永初元年"冬十月，倭国遣使奉献"。中日交往从汉朝开始一直延续至今天，长达二千余年。

一、历史上的日本及唐人眼中的日本

从东汉到唐王朝建立的四百年间，中国文献一直称日本为倭国、日本人为倭人。《三国志·魏书·乌丸鲜卑东夷传》："倭人在带方东南大海之中，依山

[①] 本文在写作过程中得到了中国社会科学院文学研究所陶文鹏教授、复旦大学陈允吉教授、四川大学周裕锴教授的具体指导。文中对皮日休诗的阐释，主要取自周裕锴教授2011年4月给笔者的来信。特此说明，并深表谢忱。
[②] 汉光武帝赐当时倭国之金印，于江户时代天明四年（1784）2月23日，在日本福冈志贺岛被耕地农民发现，金印上刻有"汉委奴国王"字样，金印边长2.3厘米，厚0.8厘米，正方形，重108.7克，印柄为蛇，现藏于日本福冈市博物馆。1975年，日本在志贺岛金印发现之地附近建立金印公园，以永久纪念这一历史性的发现。公园立有一块高近10米的石碑，上刻"汉委奴国王金印发光之处"字样。笔者于2015年8月26日至29日赴日本福冈国际大学参加"2015年日本福冈·文学地理学国际学术研讨会暨中国文学地理学会第五届年会"期间，曾前往金印公园考察。"汉委奴国王"金印为早期中日交流的代表性文物。

岛为国邑。旧百余国,汉时有朝见者,今使译所通三十国。从郡至倭,循海岸水行,历韩国,乍南乍东,到其北岸狗邪韩国,七千余里,始度一海,千余里至对马国。""其国本亦以男子为王,住七八十年,倭国乱,相攻伐历年,乃共立一女子为王,名曰卑弥呼,事鬼道,能惑众,年已长大,无夫婿,有男弟佐治国。"又引《魏略》云:"其俗不知正岁四节,但计春耕秋收为年纪。"《三国志·魏书·三少帝纪》:正始四年(243)"冬十二月,倭国女王俾弥呼遣使奉献";《晋书·四夷列传》:"倭人在带方东南大海中,依山岛为国,地多山林,无良田,食海物。旧有百余小国相接,至魏时,有三十国通好。户有七万。男子无大小,悉黥面文身。"《宋书·倭国传》:"倭国,在高骊东南大海中,世修贡职。高祖永初二年(421),诏曰:'倭赞万里修贡,远诚宜甄,可赐除授。'太祖元嘉二年(425),赞又遣司马曹达奉表献方物。"南朝文学家江淹(444—505)《遂古篇并序》:"东南倭国,皆文身兮。"从这些文献记载中可以看出,历史上的倭国地处僻远的海中,倭人文明程度不高,但一直与中国保持着密切和良好的关系,历代王朝对倭国的态度也都是和善的。

在与唐王朝往来的各国中,西域诸国及新罗、高句丽等与唐王朝同处一块大陆上,可以通过"丝绸之路"及其他陆路抵达长安。唯有日本诸岛远在海上,不与中国大陆相连,须远涉大洋,方能抵达长安。虽然远隔大海,有地理上的巨大阻碍,但当时中日两国的交往还是相当频繁的,唐人对日本的地理、风俗、国民性以及行政建制等还是比较了解的。《旧唐书·东夷列传·倭国》载:

> 倭国者,古倭奴国也。去京师一万四千里,在新罗东南大海中。依山岛而居,东西五月行,南北三月行,世与中国通。其国,居无城郭,以木为栅,以草为屋。四面小岛五十余国,皆附属焉。其王姓阿每氏,置一大率,检察诸国,皆畏附之。设官有十二等。其诉讼者,匍匐而前。地多女少男。颇有文字,俗敬佛法。并皆跣足,以幅布蔽其前后。贵人戴锦帽,百姓皆椎髻,无冠带。妇人衣纯色裙,长腰襦,束发于后,佩银花,长八寸,左右各数枝,以明贵贱等级。衣服之制,颇类新罗。

> 日本国者,倭国之别种也。以其国在日边,故以日本为名。或曰:倭国自恶其名不雅,改为日本。或云:日本旧小国,并倭国之地。其人入朝者,多自矜大,不以实对,故中国疑焉。又云:其国界东西南北各数千里,西界、南界咸至大海,东界、北界有大山为限,山外即毛人之国。

"日本"之称,始见于唐代文献。在唐人眼里,日本一是小,二是远。唐人知道日本是岛国，由大大小小的岛屿组成，《唐才子传·李洞》卷九载："《归日本》云：'岛屿分诸国，星河共一天。'"①唐人知道日本在中国东面的海上，距离中国路途遥远，在历史上就与中国相通。唐开元时代张守节《史记正义》称"《括地志》云：'百济国西南海中有大岛十五所，皆置邑，有人居，属百济。又倭国西南大海中岛居凡百余小国，在京南万三千五百里。'案：武后改倭国为日本国"（《史记·五帝本纪》注引）；"倭国，武皇后改曰日本国，在百济南，隔海依岛而居，凡百余小国。此皆扬州之东岛夷也"（《史记·夏本纪》注引）。《括地志》是唐初魏王李泰主编的一部大型的地理学著作，于贞观十六年（642）表上。张守节作《史记正义》，主要依靠本书解释古代地名。②新罗（503—935），是朝鲜半岛国家之一，公元660年、668年，新罗联合唐朝先后灭亡百济和高句丽；百济（前18—660），又称南扶余，是古代朝鲜半岛西南部的国家，与高句丽、新罗一起被称为"三国"。"毛人之国"，即今天的北海道岛，当时并未并入日本国版图。《新唐书·日本传》记载：日本"咸亨元年，遣使贺平高丽。后稍习夏音，恶倭名，更号日本。使者自言，国近日所出，以为名。或云日本乃小国，为倭所并，故冒其号。使者不以情，故疑焉。又妄夸其国都方数千里，南、西尽海，东、北限大山，其外即毛人云"。咸亨是唐高宗李治的年号，咸亨元年，即公元670年。

在唐人眼里，远在海上的日本，是大唐德化理应抵达的地方。唐人也以"扶桑"称日本："斩鲸澄碧海，卷雾扫扶桑"（李世民《宴中山》），"廓然混茫际，望见天地根。白日自中吐，扶桑如可扪"（独孤及《观海》），"谁得似君将雨露，海东万里洒扶桑"（殷尧藩《送源中丞使新罗》），"北极夷障，无限于幽荒；东绝扶桑，尽同于封内"（冯万石《对议边塞事策》），"丹穴南裔，扶桑东极，自古未化"（许孟容《德宗神武孝文皇帝谥议》）。关于"扶桑"，《梁书·东夷列传》说："扶桑国者，齐永元元年（499），其国有沙门慧深来至荆州，说云'扶桑在大汉国东二万余里，地在中国之东，其土多扶桑木，故以为名'。""扶桑"又是中国神话中的日出之地，所谓"日出扶桑，云飞苍梧"（柳宗元《桂州裴中丞作訾家洲亭记》），日本自称是"日出之国"，故有此名。

盛唐的李白、杜甫在诗中都曾提到了日本，李白说"东风日本至，白雉越裳来"（《放后遇恩不沾》），杜甫说"巴陵洞庭日本东，赤岸水与银河通，中有云气随飞龙"（《戏题王宰画山水图歌》）。前者说惠风远自日本，何来之

---

①李洞《归日本》诗题，《唐摭言》卷十《海叙不遇》作《送人归日本东》；《诗话总龟·前集》卷十《雅什门上》作《送人归日本》。
②参见（唐）李泰等著，贺次君辑校：《括地志辑校》，中华书局1980年版。

遥远；后者说水流之长，一直通到日本东面的海上。总之，在李杜那一代人眼里，日本是一个神秘又极其遥远的地方。与李杜同时期的诗人周繇有《望海》诗说："苍茫空泛日，四顾绝人烟。半浸中华岸，旁通异域船。岛间应有国，波外恐无天。欲作乘槎客，翻愁去隔年。"这能代表当时一般人对包括日本在内的东边海上之国的看法。

二、唐朝中日官方交往

作为当时世界上最为强盛统一的帝国，唐王朝实行开明、开放、平等的对外政策，敞开国门，迎接四面八方的宾朋。唐朝廷虽然把日本及新罗、吐蕃、南诏等各国看作藩国来对待，但大致说来，当时唐王朝与日本的交往是平等的，对日本的态度是尊重的，有些时候甚至是体恤入微、仁爱有加，并不以天朝大国自居。据《旧唐书·东夷列传·倭国》记载，贞观五年（631），日本遣派王子来长安进献方物，唐太宗矜其路途遥远，敕所司不需岁贡，又遣新州刺史高表仁持节前往，抚慰日本王子。对于远道而来的日本使节，唐王朝的皇帝经常亲自出面接待，给予最高的礼遇。长安三年（703），日本使节朝臣真人来华朝觐，则天皇帝宴之于麟德殿，《旧唐书·东夷列传·倭国》载：

> 长安三年，其大臣朝臣真人来贡方物。朝臣真人者，犹中国户部尚书，冠进德冠，其顶为花，分而四散，身服紫袍，以帛为腰带。真人好读经史，解属文，容止温雅。则天宴之于麟德殿，授司膳卿，放还本国。

麟德殿是皇帝举行盛大宴会和接见外国使节、少数民族代表人物的地方，有前中后三殿，南北长130米，东西宽77米，规模宏伟。[①] 与"皆文身"的前代日本人不同，朝臣真人"好读经史""容止温雅"，颇有儒者之风。真人莫问等来华朝觐，唐中宗则宴之于中书省，唐中宗《宴集日本国使臣敕》说："日本国远在海外，遣使来朝。既涉沧波，兼献方物，其使真人莫问等，宜以今月十六日于中书宴集。"[②]（《全唐文》卷十七）中书省是全国政务的中枢。宴请之外，朝廷还厚其行李、馈赠礼物给来华的日本国王及使节。《旧唐书·顺宗本纪》载：顺宗永贞元年（805），"日本国王并妻还蕃，赐物遣之"。在德宗朝担任中书舍人、京兆尹的杨于陵曾向德宗进表，提议厚赐日本来使，其《谢恩宣慰并赐手诏表》说：

---

① 王仲荦：《隋唐五代史》（上），上海人民出版社2003年版，第707页。
② （清）董诰等编：《全唐文》（第1册），上海古籍出版社1990年版，第83页。

> 臣某言：押领日本国朝贡使回，伏奉宣圣旨，并赐臣手诏，宠私累降，荷载难胜。臣某中谢。伏惟皇帝陛下重光嗣圣，元德升闻；九有来王，万方率职。以日本国使远献琛贽，毕事旋归。言念梯航之劳，厚其行李之费。恭承诏旨，伏见天慈。臣当道发遣，素有旧例；今则稍加丰备，上副怀柔。已具别状，分析闻奏。（《全唐文》卷五百二十三）①

日本使节"远献琛贽，毕事旋归"，来去匆匆，辛劳异常，杨于陵认为理应厚加犒劳，以明天朝的慈爱之心和怀柔之意。通常获准进京的使团主要成员，不仅有各级官员引领陪同，路途的一切费用也均由中国政府负担。② 对于日本使者来华朝贡中遭遇到的不幸和灾祸，唐王朝也真情表示慰问和关切，玄宗开元时的贤相张九龄在《敕日本国王书》中说：

> 敕日本国王王明乐美御德：彼礼义之国，神灵所扶，沧溟往来，未尝为患。不知去岁，何负幽明？丹墀真人广成等入朝东归，初出江口，云雾斗暗，所向迷方，俄遭恶风，诸船飘荡。其后一船在越州界，其真人广成寻已发归，计当至国。一船飘入南海，即朝臣名代，艰虞备至，性命仅存。名代未发之间，又得广州表奏，朝臣广成等飘至林邑国，既在异国，言语不通，并被劫掠，或杀或卖，言念灾患，所不忍闻。然则林邑诸国，比常朝贡，朕已敕安南都护，令宣敕告示，见在者令其送来，待至之日，当存抚发遣。又一船不知所在，永用疚怀，或已达彼蕃，有来人可具奏。此等灾变，良不可测，卿等忠信则尔，何负神明？而使彼行人罹此凶害。想卿闻此，当用惊嗟，然天壤悠悠，各有命也。中冬甚寒，卿及首领百姓并平安好，今朝臣名代还，一一口具，遣书指不多及。（《全唐文》卷二百八十七）③

日本使者来华朝贡的三艘船，在归途中遭遇大雾、迷失方向，漂泊海上，吉凶难料，张九龄代表朝廷对船队遭遇到的不幸向日本国王表示了慰问，并具体说明了三艘船的情况，其细致入微，周到体贴，殷殷之情，关切之意，都着实令人感动。张九龄从维护中日两国关系的高度出发，体现了一个负责任大国的风范，也提高了唐王朝在国际上的声誉。

唐朝廷举行重大奠仪时，也会请包括日本在内的各国使节出席，《旧唐

---

① （清）董诰等编：《全唐文》（第3册），上海古籍出版社1990年版，第2352页。
② 参见王晓秋：《中日文化交流史话》，商务印书馆1996年版，第38－39页。
③ （清）董诰等编：《全唐文》（第2册），上海古籍出版社1990年版，第1286－1287页。

书·仪礼志》载:"壬辰,玄宗御朝觐之帐殿,大备陈布。文武百僚,二王后,孔子后,诸方朝集使,岳牧举贤良及儒生、文士上赋颂者,戎狄夷蛮羌胡朝献之国,突厥颉利发、契丹、奚等王,大食、谢䫻、五天十姓,昆仑、日本、新罗、靺鞨之侍子及使,内臣之番,高丽朝鲜王,百济带方王,十姓摩阿史那兴昔可汗,三十姓左右贤王,日南、西竺、凿齿、雕题、牂柯、乌浒之酋长,咸在位。"壬辰,是玄宗天宝十一年(752),此时的唐王朝达到了繁盛的顶峰,周边的国家竞相前来依附,向唐王朝示好。唐玄宗主持的这次朝觐,实际上是帝国首脑和藩王的一次空前聚会。为了保持与唐王朝的良好关系,日本经常以藩国的身份向唐王朝进贡,《旧唐书》中有多处关于日本使节来朝进贡的记载:武则天长安二年(702)"冬十月,日本国遣使贡方物"(《则天皇后》);唐德宗建中元年(780)二月,"日本国朝贡"(《德宗上》);贞元二十年(804),"十二月,吐蕃、南诏、日本国并遣使朝贡"(《德宗下》)。为了与唐王朝修好,地处今天东北的渤海靺鞨也来朝进贡:"大历二年(767)至十年(775),或频遣使来朝,或间岁而至,或岁内二三至者。十二年(777)正月,遣使献日本国舞女一十一人及方物。"这里的"日本国舞女",不知是不是今日日本国粹歌舞伎的前身。日本使节来唐朝,唐朝的使节自然也要远赴日本,行使使命。钱起就有一首《重送陆侍御使日本》诗:

万里三韩国,行人满目愁。
辞天使星远,临水涧霜秋。
云佩迎仙岛,虹旌过蜃楼。
定知怀魏阙,回首海西头。

三韩,汉代时朝鲜半岛南部的马韩、辰韩、弁韩三个部落,后指朝鲜。日本岛与中国大陆远隔万里,途中要经过朝鲜半岛。虽然海上风浪滚滚,行者满目愁情,但旅途中有无数的仙岛,有变幻的海市蜃楼,有壮阔奇异的自然风光。以当时的交通条件,无论是遣唐使来华,还是中国使节前往日本,都要顶风冒雨,越过万顷波涛,都是一件辛劳和危险的事情,没有决心和毅力是难以完成的。曹松《送胡中丞使日东》诗中胡中丞出使的只是与中国大陆相连的新罗,就已经说"张帆度鲸口,衔命见臣心。渥泽遐宣后,归期抵万金"了。但总的来说,当时日本来华者多,中国赴日者少,这主要是由于中日国力悬殊造成的。查阅《全唐诗》,也仅有一首方干的《送人游日本国》:"苍茫大荒外,风教即难知。连夜扬帆去,经年到岸迟。波涛含左界,星斗定东维。或有归风便,当为相见期。"说日本处于苍茫的大荒之外,风气教化难以知晓。即使追星赶月,也要经年到达。诗人提醒游者不要迟留,乘着顺风,一有机会,即当归来。

　　中华文化博大精深、魅力无穷,深深地吸引了日本学者。来华的日本人渴望接受中国文化的熏陶,接触中国的文化典籍。当时遣唐使大量购买中国的图书典籍,约占到当时官方藏书的四分之一,多达一万六千卷。他们不辞劳苦,将这些典籍辗转带回日本。《新唐书·张荐传》载:张荐的祖父张鷟(字文成),"聪警绝伦,书无不览","鷟下笔敏速,著述尤多,言颇诙谐。是时天下知名,无贤不肖,皆记诵其文","新罗、日本东夷诸蕃,尤重其文,每遣使入朝,必重出金贝以购其文,其才名远播如此"。日本人喜欢唐朝诗人的作品,尤其喜欢白居易的作品。这从白居易《白氏长庆集后序》中也可以反映出来:"白氏前著《长庆集》五十卷,元微之为序,《后集》二十卷,自为序。今又《续后集》五卷,自为记。前后七十五卷,诗笔大小凡三千八百四十首。集有五本,一本在庐山东林寺经藏院,一本在苏州南禅寺经藏内,一本在东都胜善寺钵塔院律库楼,一本付侄龟郎,一本付外孙谈阁童,各藏于家,传于后。其日本、新罗诸国及两京人家传写者,不在此记。"白居易在世时,日本人就已经在传写他的诗歌了。产生于公元1001—1008年间的《源氏物语》,代表了日本古典文学的最高成就,对于日本文学的发展产生过巨大影响。作者紫式部谙熟中国文化及其典籍,在小说中大量引用汉诗文,仅是白居易的诗歌如《长恨歌》《琵琶行》《重赋》《闻夜砧》等就达九十余处,①使全书呈现出浓郁的中国古典文学的氛围,读来让人觉得十分亲切。

　　唐王朝海纳百川、气魄雄伟,以博大的胸怀接纳了东夷诸国,所谓"大业来四夷,仁风和万国。白日体无私,皇天辅有德"(张衮《梁郊祀乐章·庆休》),"百灵侍轩后,万国会涂山。岂如今睿哲,迈古独光前。声教溢四海,朝宗引百川"(魏征《奉和正日临朝应诏》),唐王朝的开放和繁盛,吸引了周边众多的国家,就像大禹当年涂山盟会一样,有万国争相执玉前往。《唐语林·补遗》(卷五)记载,当时"太学诸生三千员,新罗、日本诸国,皆遣子入朝受业"②,新罗、日本诸国,竞相遣子入唐,就是为了接受当时世界上最先进、最优质的教育。《旧唐书·东夷列传·倭国》记载:

　　　　贞元二十年,遣使来朝,留学生橘免势、学问僧空海。元和元年,日本国使判官高阶真人上言:"前件学生,艺业稍成,愿归本国,便请与臣同归。"从之。开成四年,又遣使朝贡。

---

① 叶渭渠:《源氏物语·前言》,丰子恺译:《源氏物语》,人民文学出版社1980年版。
② (宋)王谠:《唐语林》,上海古籍出版社1978年版,第167–168页。

贞元二十年是 804 年，元和元年是 806 年，开成四年是 839 年。有文献记载，从唐初贞观四年（630）开始，一直到晚唐乾宁元年（894），日本 264 年来持续不断地派遣唐使来华学习，多达 19 批，最多一批人数达 651 人。他们冒着生命危险，或从大阪出发，沿着朝鲜半岛到达现在的仁川附近，然后直渡黄海，在山东、辽东半岛登陆；或从日本海直达扬子江口，在今天的宁波、绍兴、温州、台州上岸。遣唐使的选拔很严格，要由汉学水平高又博通经史者担任，并不是人皆可来。① 一批又一批的留学生、留学僧学成归国，为日本社会、文化的发展做出了无可估量的贡献。他们到达中国后，"目的十分明确，就是最大限度地吸取唐朝文化，千方百计收集各种有助于日本发展的书籍、器物、技术和艺术制品，车载船运，恨不得把整个唐朝都带回日本，复制再现"②。不仅是日本，当时周边各国都争相派人来长安求学，《旧唐书·儒学列传》记载：

> 又于国学增筑学舍一千二百间，太学、四门博士亦增置生员，其书算合置博士、学生，以备艺文，凡三千二百六十员。其玄武门屯营飞骑，亦给博士，授以经业；有能通经者，听之贡举。是时四方儒士，多抱负典籍，云会京师。俄而高丽及百济、新罗、高昌、吐蕃等诸国酋长，亦遣子弟请入于国学之内。鼓箧而升讲筵者，八千余人。济济洋洋焉，儒学之盛，古昔未之有也。

这是贞观二年（628）的盛况，"当时的长安，可以说是亚洲各国留学生聚集的中心，也是四向传布文化的中心"③。那时的日本还没有文字，是在唐朝留学 20 年的浮屠海空仿汉书草字制定了平假名，在唐朝留学 19 年的吉备真备仿汉字偏旁制定了片假名，日本才有了文字，一直沿用到今天。日语借用了大量汉语词汇，借词超过 30%。日本的《大宝律令》也是仿《唐律》制订而成的。唐王朝规定，新罗、日本来唐留学生每人每年供给绢二十五匹及四季衣服；④ 对于留唐学习不归者，唐王朝还给予特殊的政策优惠，《新唐书·百官志》记载，"新罗、日本僧入朝学问，九年不还者编诸籍"，即在唐朝留学超过九年不回国者，就被编入中国僧籍，所受待遇与中国僧人相同。日本京都大学川合教授说："长安就是一颗历史的种子，早已种在了日本人的文化基因

---

① 参见王仲荦：《隋唐五代史》（上），上海人民出版社 2003 年版，第 631 页。
② 韩昇：《遣唐使和学问僧》，中华书局 2010 年版，第 3 页。
③ 韩国磐：《隋唐五代史纲》，生活·读书·新知三联书店 1961 年版，第 176–177 页。
④ 参见王仲荦：《隋唐五代史》（上），上海人民出版社 2003 年版，第 632 页。

国际视野

里。可以说，每个日本人都有一个长安梦。"长安始终是日本"众多具有汉学修养的知识分子心目中的'文化乡愁'"。①

在中日文化交往过程中，鉴真大师的贡献为历史所铭记。为了弘扬佛法，天宝十二年（753）十二月，66岁高龄且双目失明的鉴真和尚，在日本遣唐使藤原清河一行的陪同下，在五次东渡日本失败后，开始了第六次东渡日本，历尽艰辛，在海上航行了40多天后，终于踏上日本国土，实现了多年的愿望。鉴真大师一到日本，就开始指导日本医生鉴定中草药，传播唐朝的建筑和雕塑艺术，设计并主持修建了著名的奈良唐招提寺，为中日文化交往做出了重要贡献。鉴真大师在日本生活了十年之后，于唐代宗广德元年（763）在日本圆寂，终年76岁。关于鉴真大师东渡的缘由，日本相国长屋有《绣袈裟衣缘》（《全唐诗》卷七三二）一首，诗前有小序说："明皇时，长屋尝造千袈裟，绣偈于衣缘，来施中华。真公因泛海之彼国传法焉。"从语气来看，小序的作者并不是长屋本人，而是记诗者。鉴真大师为长屋的行为感动，遂决定泛海传法于日本。长屋的诗是这样的："山川异域，风月同天。寄诸佛子，共结来缘。"山川有异，但风月同天，不只是佛子，"共结来缘"应该是唐朝诗人与日本诗人的共同心愿。这期间，不断有唐朝僧人去日本送经传法。上元元年（760），唐朝僧人道璿就是在日本圆寂的。②

朝贡之外，日本和唐王朝也还有其他方面的交往，比如围棋。《旧唐书·宣宗本纪》载：宣宗大中元年（847）三月，"日本国王子入朝贡方物。王子善棋，帝令侍诏顾师言与之对手"。《太平广记》卷二二八《日本王子》详细地记载了这次博弈：

> 大中中，日本国王子来朝，献宝器音乐，上设百戏珍馔以礼焉。王子善围棋，上敕待诏颜师言对手。王子出楸玉棋局，冷暖玉棋子，云："本国之东三万里，有集真岛，岛上有凝霞台，台上有手谭池，池中出玉子。不由制度，自然黑白分明。冬温夏冷，故谓之冷暖玉。更产如楸玉，状类楸木。琢之为棋局，光洁可鉴。"及师言与之敌手，至三十三下，胜负未决。师言惧辱君命，而汗手凝思，方敢落指，即谓之镇神头，乃是解两征势也。王子瞪目缩臂，已伏不胜。回话鸿胪曰："待诏第几手耶？"鸿胪诡对曰："第三手也。"师言实称国手。王子曰："愿见第一。"曰："王子胜第三，方得见第二，胜第二，得见第一。今欲躁见第一，其可得乎？"王子掩局而吁曰："小国之第一，不如大国之第三，信矣！"今好事者，

---

① 郭雪妮：《日本人的长安梦》，《美文》2012年第8期。
② 参见范文澜：《唐代佛教》，人民出版社1979年版，第285、288页。

尚有《颜师言三十三下镇神头图》。①

顾师言虽说善棋，是国中高手，但面对日本王子时也是手心出汗，屏住呼吸，不敢有丝毫的懈怠。如此看来，日本人善于围棋也是有悠久历史的，20世纪80年代举行的"中日围棋擂台赛"，其实从唐朝就已经开局了。"小国之第一，不如大国之第三"，确实是当时日本人对待唐王朝的态度，不只是围棋。

从唐太宗贞观四年（630）八月到唐昭宗乾宁元年（894）八月，264年间日本先后19次派出遣唐使团，使团人数最多一次是唐文宗太和八年（834），达651人。②在华逗留时间除了一两次是半年多外，其他的都在二到三年以上。最后是由于晚唐藩镇割据、政局混乱，日本才不得不终止遣唐使团的派遣。在往返两国的途中，遣唐使团还多次遭遇不幸，或发生海难导致船毁人亡，或迷失方向、团员被土人杀害，但这并不能丝毫动摇日本向中国学习的决心。圆仁《入唐求法巡礼行记》卷一旁注说："此行四舶共六百五十一人于837年自博多首次出海，遇台风，第三舶一百四十人仅二十余人生还。838年，修复后的三舶再次出海，再遇逆风。839年6月13日，第一、第四舶结队自博多第三次出发，第二舶稍迟亦启航。"③派遣遣唐使在当时作为一项基本国策，日本一坚持就长达两个半世纪，其矢志不渝、坚忍执着在让人感叹之余，又不能不大加赞扬。可以说，在明治维新之前，影响日本最多的是中国文化，尤其是唐朝文化。毋庸置疑，是中国文化的母胎孕育了日本文化，日本文化和中国文化是有血缘关系的。

三、唐朝中日诗人交往

在唐王朝与日本交往的几百年中，除去官方的外交往来，日本来使与唐朝诗人也频繁往来。遣唐使团中有很多人本身就是诗人，来华一住就往往长达数年，他们有较多的机会与唐朝诗人交往，相互唱和，研讨诗艺，成为朋友，这对当时及后来的日本文学创作及学术研究产生了重要影响。成书于天宝十年（751）的《怀风藻》，是日本现存最早的汉诗集，也是日本在汉唐诗歌影响下的标志性成果。从中可以看出，当时的日本诗人是如何小心谨慎地向汉诗学习，生怕创作出不伦不类的诗歌。空海（774—835）法号遍照金刚，所著《文境秘府论》，是日本汉诗学的第一部著作，是作者贞元、元和年间来华留

---

① （宋）李昉等编：《太平广记》（二），上海古籍出版社1990年版，第483-484页。
② 参见王仲荦：《隋唐五代史》（上），上海人民出版社2003年版，第628-631页。
③ [日] 圆仁：《入唐求法巡礼行记》，广西师范大学出版社2007年版，第3页。

学回国后，为向日本介绍汉语、汉诗而编写的。作者谙熟中国诗歌及其理论，如"夫作文章，但多立意。令左穿右穴，苦心竭智，必须忘身，不可拘束。思若不来，即须放情却宽之，令境生。然后以境照之，思则便来，来即作文。如其境思不来，不可作也""夫置意作诗，即须凝心，目击其物，便以心击之，深穿其境。如登高山绝顶，下临万象，如在掌中""春夏秋冬气色，随时生意。取用之意，用之时，必须安神净虑，目睹其物，即入于心，心通其物，物通即言。言其状，须似其景，语须天海之内，皆入纳于方寸"（《南卷·论文意》）等论述，有理有悟，颇得中国诗学的精神。中唐诗人刘长卿、徐凝都有赠日本使节的诗作。刘长卿《同崔载华赠日本聘使》诗说：

怜君异域朝周远，积水连天何处通？
遥指来从初日外，始知更有扶桑东。

此诗大约写于大历十年（775）诗人贬居睦州（今浙江建德）期间。诗写日本聘使越过"积水连天"的茫茫大海，从遥远的异域来朝觐唐朝皇帝；日本聘使也说自己是从太阳升起的地方来的，诗人这才知道还有扶桑更东的地方。"朝周"，本指周代的诸侯朝见周天子，这里喻日本为藩国。徐凝《送日本使还》诗说：

绝国将无外，扶桑更有东。
来朝逢圣日，归去及秋风。
夜泛潮回际，晨征苍莽中。
鲸波腾水府，蜃气壮仙宫。
天眷何期远，王文久已同。
相望杳不见，离恨托飞鸿。

徐凝始终未获官职，以布衣终其一生，他的送别日本使还国，不带有官方色彩。诗说日本地处绝远之地，在扶桑的更东面。来朝朝贡适逢圣时，归去的时候要在秋风起时。归船追风逐浪，昼夜兼程。一路上与鲸波、水府、蜃气、仙宫相随。获得一次皇天的眷顾并不容易，幸好长久以来追随大唐，日本的文化、风俗已经和大唐相同。相望杳然，不能相见，只能把离别之恨寄托于飞鸿。圣日，犹圣时，晚唐张乔《北山书事》诗有"圣日雄藩静，秋风老将闲"；天眷，指帝王对臣下的恩宠，这里指唐朝廷对日本的友好。

在中日漫长的文化交往中，唐朝诗人与日本遣唐使朝衡结下的友谊堪称典范。《旧唐书·东夷列传·倭国》记载：

开元初,又遣使来朝,因请儒士授经。诏四门助教赵玄默就鸿胪寺教之,乃遗玄默阔幅布以为束修之礼,题云"白龟元年调布",人亦疑其伪。所得锡赉,尽市文籍,泛海而还。其偏使朝臣仲满,慕中国之风,因留不去,改姓名为朝衡,仕历左补阙、仪王友。衡留京师五十年,好书籍,放归乡,逗留不去。天宝十二年,又遣使贡。上元中,擢衡为左散骑常侍、镇南都护。

遣唐使来到长安,主动要求拜师求教,学习儒家经典。从"所得锡赉,尽市文籍"中,可以看出日本使者的精明和远见。而19岁的偏使朝臣仲满(698—770)因崇拜、热爱中国文化,则留在了中国。朝臣仲满,原名阿倍仲麻吕,入唐后易汉名朝衡,一作晁衡。朝衡是开元五年(717)随着第九次遣唐使团来到长安的,全团共570人,分乘四艘船,同团来的有后来发明片假名的吉备真备(695—775)。因喜好中国的风土、文化,朝衡留在长安,由唐朝廷提供学费,进入国子监太学学习,学成后留唐任左春坊司经局校书,职掌刊校经史典籍事宜。朝衡与时任监察御史的储光羲友善,储光羲有《洛中贻朝校书衡,朝即日本人也》诗赠朝衡:

万国朝天中,东隅道最长。
吾生美无度,高驾仕春坊。
出入蓬山里,逍遥伊水傍。
伯鸾游太学,中夜一相望。
落日悬高殿,秋风入洞房。
屡言相去远,不觉生朝光。

诗说在朝觐唐朝的诸多国家中,要数日本来长安的路程最远。朝衡天资独迈,能在左春坊司经局任职。自己远在洛中,出入于蓬山,逍遥在伊水之滨,一想到朝衡如汉代的梁鸿(字伯鸾)一样敏思好学,不免生思念之情。就在不知不觉中,早晨的太阳已经升起来了。

开元十九年(731),在京兆尹崔日用的推荐下,朝衡擢任门下省左补阙,职掌供奉、讽谏、扈从、乘舆等事。开元二十二年(734),朝衡以双亲年迈,请求归国,因玄宗皇帝不许,未能成行,朝衡感而赋《思归》诗云:"慕义空名在,输忠孝不全。报恩无有日,归国定何年。"[1]诗中痛惜忠孝不得两全,抒发了强烈的思归之情。天宝初年,李白应诏入京,朝衡与之结识,二人成为

---

[1] 陈尚君辑校:《全唐诗补编》(上),中华书局1992年版,第558页。

挚友。李白《送王屋山人魏万还王屋》说:"身著日本裘,昂藏出风尘。"自注:"裘则朝卿所赠,日本布为之。"天宝十一年(752),朝衡任卫尉少卿、卫尉卿,十二年(753)迁秘书监。是年,以藤原清河大使、吉备真备等为副使的日本第十一次遣唐使团准备回国,朝衡再次请求归国,终获玄宗批准,同时任命他为聘贺使,作为唐朝的使节返回日本,此时朝衡已经56岁,在唐朝生活了37年。这年的五月,朝衡还曾陪同藤原清河、吉备真备等到扬州延光寺参谒鉴真和尚,请他东渡过海。[①] 朝衡获准回国的消息传出,长安朝野人士纷纷送别,依依不舍。当时即有王维、赵骅、包佶等人先后赋诗话别。时任文部郎中的王维有著名的《送秘书晁监还日本国》:

积水不可极,安知沧海东?
九州何处远,万里若乘空。
向国惟看日,归帆但信风。
鳌身映天黑,鱼眼射波红。
乡树扶桑外,主人孤岛中。
别离方异域,音信若为通。

对朝衡要穿越苍茫的大海回到日本王维充满了担忧,王维认为朝衡的此次旅行是一次危险的旅行,后来的事实也证明了王维的担忧。诗一开始就说,苍茫的大海简直就没有尽头,谁又能知道大海的东面究竟是什么样的景象。在中国之外,要数浮在海上的万里之外的日本最为遥远了。航行大海寂寞无伴,唯有看太阳;一片孤帆,盼有信风相随。接下来的"映天黑""射波红"两句,色彩浓重,表现的景象惊心动魄:浮上海面的巨龟把天空都映黑了,游动的大鱼的眼睛把汹涌的波涛都映红了。"黑""红"并置,阴重又浓艳,展示了神秘海上的奇特景象,也暗示了此次旅行的危险,表达了诗人对朝衡安危的深深忧虑。后四句突出了依恋的深情:朝衡的故乡尚在扶桑国之外,朝衡自己独立于日本孤岛之上。这一别离朝衡和友人不在一域,如何才能互通音讯。全诗交织着关切、祷祝、迷惘、忧虑等种种感情,读后让人怅然若失又心存感动。《而庵说唐诗》说此诗"总写不忍相别之情,可谓淋漓尽致矣"[②]。为了郑重其情,表达对友人的殷殷之意,在这首诗的前面,王维还特地写了一篇长达五百余字的序言,这在王维诗歌创作中是罕见的。序言说:

[①] 参见(唐)李白著,瞿蜕园、朱金城校注:《李白集校注》(四),上海古籍出版社1980年版,第1504页。
[②] 陈伯海主编:《唐诗汇评》(上),浙江教育出版社1995年版,第324页。

> 海东国日本为大，服圣人之训，有君子之风。正朔本乎夏时，衣裳同乎汉制。历岁方达，继旧好于行人；滔天无涯，贡方物于天子。司仪加等，位在王侯之先；掌次改观，不居蛮夷之邸。我无尔诈，尔无我虞。彼以好来，废关弛禁。上敷文教，虚至实归，故人民杂居，往来如市。晁司马结发游圣，负笈辞亲，问礼于老聃，学《诗》于子夏。

在王维看来，大海东面的日本之所以为大，是因为能够领受东方中国的圣人之训，有君子之风。中日关系源远流长，日本的纪年用的是夏历，穿戴与中国相同。在漫长的岁月中，通过使节一直持续着传统的友好关系；即使远隔无涯大海，也不忘呈贡方物给中国的天子。为此，唐王朝也给日本使节以特殊的礼遇：朝廷一有重要活动，日本使节的位置是排在王侯之前的，下榻的地方也是专门精心安排的。中日两国相互信任，并无尔虞我诈之事。因为日本使节是为了两国的友好而来的，唐王朝便洞开国门，敞开怀抱迎接日本来使。唐皇布播礼仪法度、道德教化，日本来使皆有所得而归。所以两国百姓可以自由互通，频繁往来，有如闹市。王维在热情追溯中日友好往来之后，称颂朝衡的远见卓识和谦逊品德：朝衡成年之初，就辞别亲人、负笈远游，幸运地来到了文明的发祥地——中国，像先贤孔子问礼于老子、子夏学《诗》于孔子一样俯下身来，虚心学习。序中还说朝衡"名成太学，官至客卿"，应该"在楚犹晋"，亦即生活在唐朝和生活在日本完全一样，不该有什么差别。接下来，王维又描述了前往日本恶劣危险的自然环境并对朝衡有所嘱托：

> 扶桑若荠，郁岛如萍。沃白日而簸三山，浮苍天而吞九域。黄雀之风动地，黑蜃之气成云。森不知其所之，何相思之可寄？嘻！去帝乡之故旧，谒本朝之君臣。咏七子之诗，佩两国之印。恢我王度，谕彼藩臣。三寸犹在，乐毅辞燕而未老；十年在外，信陵归魏而逾尊。子其行乎！余赠言者。

在茫茫的大海中，扶桑国仿佛荠菜，郁岛有如浮萍。巨浪滔天，洗荡白日，颠摇三山；海阔无边，浮起苍天，吞没九州。黄雀长风摇动大地，黑蜃之气凝成云雾。大海渺茫无际，不知其所往，如何寄去相思之意？郁岛，即郁州岛，在今江苏连云港东的云山一带，古时在海中，是传说中能移动的仙山。黄雀之风，《太平御览》卷九《天部九》："《风土记》曰：南中六月则有东南长风，风六月止，俗号黄雀长风。时海鱼变为黄雀，因为名也。"[①] 想到海上变

[①]（宋）李昉编纂，夏剑钦、王巽斋等校点：《太平御览》（第1卷），河北教育出版社1994年版，第76页。

幻难测的景象，诗人感慨万端，虽说如此，朝衡还是要离开京城的故旧，拜别唐朝的君臣。行前的朝衡，带着京城古旧的送别之诗，兼有日本朝臣与唐朝使节的两种身份。诗人希望朝衡把大唐的风度、气量传递给远方的日本君臣，并祝福朝衡能像当年的乐毅归赵、信陵君归魏一样有所作为。藩臣，指日本君臣。在序文的结尾，诗人深情地说"子其行乎！余赠言"。王维的序文追溯历史，描述现状，兼涉地理自然，有情有理，充分体现了一个大国诗人的胸襟学识、风度气质。

赵骅的《送晁补阙归日本国》诗说：

> 西掖承休浣，东隅返故林。
> 来称郯子学，归是越人吟。
> 马上秋郊远，舟中曙海阴。
> 知君怀魏阙，万里独摇心。

赵骅是开元二十三年（735）的进士，曾任大理评事。诗说任职于中书省的朝衡就要返归故乡了。朝衡当初是带着小国的仁厚而来的，现在归去已有大国的气调了。骑在马上，秋郊在身后愈来愈远；归舟在风波中出没，航行了一天又一天。朝衡一想起生活多年的唐朝，即使在万里之外，也会心神摇动，不能自已。西掖，是中书省的别称，刘桢《赠徐干》诗有"谁谓相去远，隔此西掖垣"；又，《太平御览》一百八十三《居处部十一》引《洛阳故宫名》，洛阳有"神虎门、云龙门、东掖门、西掖门"等①。郯子，是春秋时期郯国国君，郯国虽是小国，郯子却是"二十四孝"中"鹿乳奉亲"的主角，以仁厚著称。"知君怀魏阙"，虽然是赵骅的推想，却也设身处地，符合朝衡自己的思想。

包佶的《送日本国聘贺使晁巨卿东归》诗是这样的：

> 上才生下国，东海是西邻。
> 九译蕃君使，千年圣主臣。
> 野情偏得礼，木性本含真。
> 锦帆乘风转，金装照地新。
> 孤城开蜃阁，晓日上朱轮。
> 早识来朝岁，涂山玉帛均。

---

① (宋) 李昉编纂，夏剑钦、王巽斋等校点：《太平御览》（第2卷），河北教育出版社1994年版，第539页。

包佶是开元时期"吴中四士"之一包融之子,天宝六年(747)进士,也曾任大理评事。诗题中的"聘贺使",即指朝衡担任代表唐王朝出使日本的使节。朝衡这样的"上才"偏偏生于日本这样的"下国"(小国),日本的西邻正是中国的东海。朝衡既是来自边远地区的蕃国("九译")国王的使节,又是大唐皇帝的臣子。诗人说朝衡本无约束的闲散之心有幸受到了华夏文明的洗礼,其质朴的本性中原本就含有真淳。现在锦帆乘风、金装照地,朝衡可以衣锦还乡了。还乡后,岛国城门洞开,一轮晓日照在朝衡所乘的华贵车子上。结句大有意味,说日本早早就知道远来朝贡,像当年各部落执玉参加大禹在涂山举行的会盟一样,是值得嘉奖的。涂山玉帛,《左传·哀公七年》:"季康子欲伐邾,乃飨大夫以谋之。子服景伯曰:'小所以事大,信也。大所以保小,仁也。背大国,不信。伐小国,不仁。民保于城,城保于德,失二德者,危,将焉保?'孟孙曰:'二三子以为何如?恶贤而逆之?'对曰:'禹合诸侯于涂山,执玉帛者万国。今其存者,无数十焉。唯大不字小,小不事大也。知必危,何故不言?鲁德如邾,而以众加之,可乎?'不乐而出。""执玉帛",指当时各部落须手执玉帛参加大禹在涂山举行的盛大盟会。包佶意在说明,像日本这样的"下国",如当年手执玉帛参加大禹会盟的"万国",如果守信,知道"小所以事大"道理,是会得到唐朝这样的仁义大国爱护的。唐人喜用"涂山玉帛"的典实以明大国之尊贵,唐中宗说"戎车盟津偃,玉帛涂山会"(《祀昊天乐章·凯安》),骆宾王说"涂山执玉应昌期,曲水开襟重文会"(《畴昔篇》),张循之说"执玉来朝远,还珠入贡频"(《送泉州李使君之任》),胡曾说"大禹涂山御座开,诸侯玉帛走如雷"(《咏史诗·涂山》)。

面对诸多故旧的深情厚谊,朝衡心潮翻涌,感动不已,写下了《衔命还国作》(《全唐诗》卷七三二),赠答友人:

衔命将辞国,非才忝侍臣。
天中恋明主,海外忆慈亲。
伏奏违金阙,騑骖去玉津。
蓬莱乡路远,若木故园林。
西望怀恩日,东归感义辰。
平生一宝剑,留赠结交人。

这是《全唐诗》中仅存的朝衡诗作,弥足珍贵。在诗中,朝衡抒发了留恋中国、惜别故人及对唐玄宗的感戴之情。他说自己背负着使命,作为唐王朝的聘贺使要辞别中国、前往日本;唐王朝厚遇自己,自己无才却忝列皇帝的近臣。临行之际,既留恋唐王朝的圣明之主,又思念多年未见的海外慈亲。上奏唐皇之后，即乘车抵达码头，而后乘船启程。通往故乡的路途遥远，故园有久违的扶桑林。西望不由得感念唐王朝的恩德，东归则感于节义。临行在即，别无所有，唯将平生钟爱的这把宝剑留赠友人，作为金石般友谊的见证。对于朝衡来说，无论第一故乡日本还是第二故乡中国，无论唐朝皇帝还是日本国王，两头都割舍不得，真是去难不去亦难。日本古籍《古今集钞》说："仲麻吕在唐凡五十余年，身虽荣贵，思归不已，言及乡国，未尝不悽恻也。"① 若木，古代神话中的树名。《山海经·大荒北经》："大荒之中，有衡石山、九阴山、洞野之山，上有赤树，青叶赤华，名曰若木。"一说，若木就是扶桑。这年十二月，朝衡所乘船在琉球遭遇风暴，与其他船（其中有鉴真大师乘坐的船）失去联系，漂流到安南驩州（今越南河静省）海岸，遇盗，同船死者170余人，仅朝衡、藤原清河等10余人幸免于难。天宝十三年（754）秋，李白于传闻中得知朝衡在海上遇难，悲痛万分，挥泪写下了《哭晁卿衡》：

　　日本晁卿辞帝都，征帆一片绕蓬壶。
　　明月不归沉碧海，白云愁色满苍梧。

这是一首悼亡诗。诗题中的一"哭"字，就已经为全诗罩上了一层浓重的悲伤哀婉气氛，表达了诗人与朝衡超越国界、种族的异乎寻常的深厚友情，有撕心裂肺的哀痛在内。朝衡辞别帝都、浮海返乡的情景宛在昨天，友人争相前来送别、真心诉说依恋不舍之情之后，朝衡的归船随大风巨浪颠摇在茫茫的海上。谁料想，这次生离竟是死别，回乡路原是不归路！品行高洁的朝衡竟像明月一样缓缓地沉入碧蓝的大海，而且再也不会升起了，天地霎时间变得灰暗阴沉，万里长云笼罩着海上的苍梧山。诗的境界清奇壮丽，别有一种感动人心的情愫在内。《李太白诗醇》说此诗"是闻安陪仲麻吕覆没讹传时之诗也。而诗词绝调，惨然之情，溢于楮表"②。天宝十四年（755），朝衡历尽艰险，再次辗转回到长安。肃宗上元时，擢左散骑常侍，后历镇南都护、镇南节度使。大历五年（770）正月，朝衡在长安去世，终年73岁。

　　从开元初年（713）一直到大历五年（770），朝衡在华生活了50余年，历仕玄宗、肃宗、代宗三朝，在备受厚遇的同时，与中国诗人结下了深厚的友谊。唐王朝真诚接纳这位来自东瀛的学者，让他在唐朝做官，并且一直做到镇南节度使这样的高官，管辖着有相当规模的区域，负责着重要的军政事务。"当时唐朝对日本的交涉事务，常由晁衡参与或主持，为中日友好与文化交流

---

① 王晓秋：《中日文化交流史话》，商务印书馆1996年版，第51页。
② 陈伯海主编：《唐诗汇评》（上），浙江教育出版社1995年版，第736页。

作了许多贡献。"① 从朝衡的经历可以看出，那时的日本学者，是俯下身来诚心向中国学习的，由衷地热爱中国，并且把中国当作自己的故乡。朝衡一生仕唐，那时的中国诗人，倾心与朝衡交往，对朝衡等日本友人的感情是真挚的、发自心底的，对朝衡在唐朝做官不仅没有一丝排斥之意，而且是敞开胸襟、热烈欢迎的。

四、唐朝中日佛教文化交往

在中日文化交往中，佛教文化的交往是一个重要方面。一般认为，佛教在6世纪中叶自中国经朝鲜传入日本，奈良时代（710—794）是日本佛教的极盛期，相当于唐朝的中宗、玄宗、肃宗、代宗及德宗朝前期。在飞鸟时代（600—710）至奈良时代之间，直接或间接从中国传入六个佛教宗派、学派，即三论宗、法相宗、华严宗、律宗、俱舍学派、成实学派，称"奈良六宗"②。汤用彤先生说："日本所谓古京六宗，是唐代中国的宗派。而其最早的两个名僧，一是传教法师最澄，一是弘法大师海空（即遍照金刚——笔者注）。其所传所弘的都是中国佛教。所以到了隋唐，佛教已为中国的，有别开生面的中国理论，求佛法者都到中国来。"（《隋唐佛教之特点》）③ "六宗"中的法相宗是道昭传入日本的。道昭在高宗永徽四年（653）随遣唐使入唐，受教于玄奘，在唐留学七年后回日本，巡历日本各地，弘扬佛法。

从初唐到晚唐，中日佛教文化一直交流频繁，日本僧人接连不断地入唐学习，拜谒中国的佛教名胜，参与佛经翻译，所谓"钦慕释教。远投仁境。归心圣迹。志乐巡礼"④。元和五年（810），"日本入唐僧灵仙亦奉命参与般若三藏译事"⑤。据不完全统计，从公元653年以后的二百余年间，见于文字记载的日本学问僧入唐的就有一百人左右。⑥ 他们中间的一部分僧人还与唐朝的诗人、诗僧密切交往，这从中晚唐诗人赠日本僧人的诗歌中也可以获得证明。钱起《送僧归日本》诗说：

　　上国随缘住，来途若梦行。
　　浮天沧海远，去世法舟轻。

---

①王晓秋：《中日文化交流史话》，商务印书馆1996年版，第51页。
②《中国大百科全书·宗教》，中国大百科全书出版社1988年版，第319页。
③汤用彤：《汤用彤学术论文集》，中华书局1983年版，第8页。
④[日] 圆仁：《入唐求法巡礼行记》，广西师范大学出版社2007年版，第59页。
⑤范文澜：《唐代佛教》，人民出版社1979年版，第240页。
⑥参见王晓秋：《中日文化交流史话》，商务印书馆1996年版，第64页。

> 水月通禅观，鱼龙听梵声。
> 惟怜一灯影，万里眼中明。

诗说唐朝这样的"上国"是可以随缘而至的，来唐行程遥远，恍若梦中的旅行。归船漂浮在苍茫的大海上，渐行渐远，轻快异常。水月原本连通禅观，鱼龙也能听到梵声。船上一灯闪耀，即使在万里之外也能使人眼前一亮。诗将日本僧人归国描绘得有声有色，充满情致，深深的祝福不着痕迹地含蕴在其中。

刘禹锡《赠日本僧智藏》诗说：

> 浮杯万里过沧溟，遍礼名山适性灵。
> 深夜降龙潭水黑，新秋放鹤野田青。
> 身无彼我那怀土，心会真如不读经。
> 为问中华学道者，几人雄猛得宁馨。

航船如"浮杯"一样飘荡在苍茫的海上，智藏一来到中国就遍拜名山，以适性灵。深夜降龙，新秋放鹤，智藏既勇猛又逍遥。因为没有分别心，在唐朝和在日本都一样，所以就不必那么急切地怀念故土；因为以心体会宇宙万物的真实本性，也就不必死读佛经了。诗人为日本僧人的执着坚韧感动，禁不住发问：请问我国的学道者，有几人雄壮威猛像日本僧人？

许总《蓬瀛五岳汇诗情》[①]一文辑有智藏的回赠诗：

> 杯浮碧海海浮天，飘向中华五岳巅。
> 佛法精微期妙悟，诗灵肸蚃总勾牵。
> 流连胜境忘来处，契翕嘉宾结异缘。
> 谁说个中多障碍，试开心镜照飞烟。

一叶小舟如杯一样浮在碧海之上，碧海又漂浮起了蓝天；远道而来，为的就是朝拜著名的中华五岳。佛法精微，还期妙悟；诗灵一来，振动万物。流连于大唐的山水胜境，已经忘了来处；访朋交友，由此再结异国之缘。谁说来华多有障碍，只要打开心镜，世界原本一派通明。智藏为自己能够亲访圣地、精研佛法而庆幸不已。肸，振动；蚃，土中之蛹。"肸蚃"在这里比喻诗情涌动。

[①]霍松林、林从龙选编：《唐诗探胜》，中州古籍出版社1984年版。

贾岛《送褚山人归日本》诗说：

悬帆待秋水，去入杳冥间。
东海几年别，中华此日还。
岸遥生白发，波尽露青山。
隔水相思在，无书也是闲。

诗说高悬白帆等待着秋风的吹起，一驶入大海便杳然难寻。东海一别就是几年，离开中华，此日始返归故乡。海路漫长，等到踏上日本海岸，白发已经生出；涉过波水，才能看到陆地上的青山。虽然远隔大海，相思却无时不在；没有书信往来，内心的牵念也不会稍解。

日本僧人圆载来华求法，和晚唐的许多诗人都是朋友。大唐文宗开成三年（838）七月，圆载与圆仁等同船入唐求法。① 圆仁所著《入唐求法巡礼行记》，史料丰富，记述详细，颇为学界所重。据赞宁《宋高僧传》卷三十《唐天台山禅林寺广修传》记载，圆载于开成三年至天台山禅林寺广修法师处请法。② 又据日本僧最澄等《天台宗未决（附释疑）》卷三记载，开成五年（840）台州刺史漆迈给付圆载佛教经论，返日本国，并说：

圆载阇梨是东国至人，洞西竺妙理。梯山航海，以月系时，涉百余万道途之勤，历三大千世界之远。经文翻于贝叶，乡路出于扶桑。破后学之昏迷，为空门之标表。遍理白足，淹留赤城。游巡既周，巾锡将返。恳求印信，以为公恁。行业众知，须允其请。

其后圆载又住长安西明寺，当为重返大唐留学，然事不可考。据赞宁《大宋僧史略》卷三《赐僧紫衣》条，唐懿宗咸通十一年（870），日本国僧圆载住西明寺，辞回本国，赐紫遣还。

皮日休的《送圆载上人归日本国》诗当作于是年，全诗如下：

讲殿谈余著赐衣，椰帆却返旧禅扉。
贝多纸上经文动，如意瓶中佛爪飞。
飓母影边持戒宿，波神宫里受斋归。
家山到日将何入，白象新秋十二围。

---

① 参见［日］圆仁：《入唐求法巡礼行记》，广西师范大学出版社2007年版，第5页。
② 参见（宋）赞宁撰，范祥雍点校：《宋高僧传》（下），中华书局1987年版，第742页。

皮日休，字袭美，咸通八年（867）进士，曾任著作郎、太常博士等职。"讲殿谈余著赐衣，椰帆却返旧禅扉"谓在大殿讲解佛经之余穿着紫衣袈裟的圆载，将乘船返回日本国旧日参禅之所。圆载为天台宗僧人，善讲佛教经论，因受唐懿宗赏识，得赐紫衣；"椰帆"是指以椰木为帆樯，此代指海船。"贝多纸上经文动"，谓圆载翻译佛经之事，即前引台州刺史漆迈所云"经文翻于贝叶"。"贝多"是梵语 pattra 之音译，意为树叶。古印度常以多罗（tala）树叶即贝多叶写经书，故以"贝多"借指佛经，如唐张鼎《僧舍小池》诗："贝多文字古，宜向此中翻。""如意瓶中佛爪飞"，谓圆载得密宗陀罗尼咒之法，于宝瓶中盛佛骨。"如意瓶"，即所谓吉祥瓶。密宗之经典《大陀罗尼末法中一字心咒经》曰："若欲成就如意瓶法，当作一金瓶，一切谷子、一切药子及诸宝物满其瓶中。其瓶上盖白净迭布。腊月一日起首诵咒，至一周年即得成就。于其瓶中所须之物，常取不尽。若其欲得如意宝者，若金若宝若水精，一依前法，以布盖上，诵咒一年，速得成就，所求皆得。"（按：圆载入唐，亦得密宗教法之血脉。参见《两部大法相承师资付法记下》《金胎两界师资相承》《胎金两界血脉》等。）"佛爪"，代指佛骨，宋代释志磐《佛祖统纪》卷三六宋文帝元嘉二年（425）："敕沙门道佑往鄮县修阿育王寺。掘地得金合，盛三舍利、佛爪、佛发，诏建浮图三级。"又，元释觉岸《释氏稽古略》卷二陈太建三年（571）："陈宣帝再为孝太妃母氏也，于太皇寺建灵刹，高一十有五丈，下安佛爪，贮于宝函。"① 所谓"如意瓶"，无非"金合""宝函"之类器物。第五句"飓母影边持戒宿"，谓圆载渡海归国，即使在飓风将来袭击之际，仍能持戒安宿。"飓母"，预兆飓风将至之云晕。唐刘恂《岭表录异》卷上："南海秋夏间，或云物惨然，则其晕如虹，长六七丈，比候则飓风必发，故呼为飓母。忽见有镇雷，飓风不能作矣，舟人常以为候，预为备之。"② 又，李肇《唐国史补》卷下："飓风将至，则多虹蜺，名曰飓母。"第六句"波神宫里受斋归"，谓圆载能在龙宫里食斋饭而安然归来。"波神"泛指水神，此"波神宫"犹言龙宫。以上二句设想圆载渡海回国路途上风波险恶之情景，既赞其持戒精严，法力广大，亦祝其战胜风浪，平安无恙。结尾"家山到日将何人，白象新秋十二围"，"入"字一本作"日"，谓不知圆载何日到家，应能在秋日见到家乡旧禅扉前十二围粗之白象树。"白象树"，见《洛阳伽蓝记》卷五："城北一里有白象宫，寺内佛事皆是石像，装严极丽，头数甚多，通身金箔，眩耀人目。寺前系白象树，此寺之兴，实由兹焉。花叶似枣，季冬始

---

① 《影印文渊阁四库全书》（第1054册），台湾商务印书馆1983年版，第88页。
② 《影印文渊阁四库全书》（第589册），台湾商务印书馆1983年版，第81页。

熟。父老传云：'此树灭，佛法亦灭。'"① 又，唐段成式《酉阳杂俎》卷三："干陀国头河岸有系白象树，花叶似枣，季冬方熟。相传此树灭，佛法亦灭。""十二围"，乃泛指树干之粗细。全诗表现了皮日休对圆载的赞赏和入微的关切。皮日休又有《重送》一诗，可见与圆载的深厚友谊：

> 云涛万里最东头，射马台深玉署秋。
> 无限属城为裸国，几多分界是亶州。
> 取经海底开龙藏，诵咒空中散蜃楼。
> 不奈此时贫且病，乘桴直欲伴师游。

一、二句谓圆载在深秋时节，要回到远在万里云涛最东头的日本国。三、四句谓那一片无限的区域正是"裸国"之所在，需过多少分界才能抵达日本。"裸国"，《淮南子·墬形训》："凡海外三十五国"，"自西南至东南方"，有"谨头国民""裸国民""交股民"等；又，《后汉书·东夷列传》："自女王国东度海千余里，至拘奴国，虽皆倭种，而不属女王。自女王国南四千余里，至朱儒国，人长三四尺。自朱儒东南行船一年，至裸国、黑齿国，使驿所传，极于此矣。"又，《论衡·书虚》："禹时吴为裸国，断发文身。""裸国"，实指未开化之地。"亶州"，《史记正义》引《括地志》云："亶州在东海中，秦始皇遣徐福将童男女，遂止此州。其后复有数洲万家，其上人有至会稽市易者。"或以为即今日本。五、六句"取经海底开龙藏，诵咒空中散蜃楼"，意思与《送圆载上人归日本国》中的"飓母影边持戒宿，波神宫里受斋归"大致相同，谓圆载的法力能于海底取佛经，能以咒语消除蜃气所结之风暴。相传海底龙宫藏有佛教经书，故号曰"龙藏"；而翻佛经、念咒语，正是圆载入唐所求天台宗与密宗之佛法。结尾谓如果不是贫病交加，诗人自己也欲乘船与圆载大师一同东渡日本，留恋之情溢于言表。

陆龟蒙亦有《和袭美重送圆载上人归日本国》诗：

> 老思东极旧岩扉，却待秋风泛舶归。
> 晓梵阳乌当石磬，夜禅阴火照田衣。
> 见翻经论多盈箧，亲植杉松大几围。
> 遥想到时思魏阙，只应遥拜望斜晖。

皮日休与陆龟蒙友善，时有唱和，史称"皮陆"。"上人"，《释氏要览·

---

①（北魏）杨衒之著，杨勇校笺：《洛阳伽蓝记校笺》，中华书局2006年版，第214页。

称谓》引古师云："内有德智，外有胜行，在人之上，名上人。"南朝宋以后，多用作对僧人的尊称。诗说圆载虽然禁不住地思念远在东方尽头的家乡，却也只能等到秋风起时乘船返回。拂晓诵经以阳乌为磬，夜里坐禅海上有光映照袈裟。翻阅过的经论堆满了箱子，亲手种植的杉松又长粗了几围。诗人推想，回到故乡后的圆载，在禁不住思念唐朝生活的那些日子时，也只能西望落日斜晖，遥拜大海这边的中国。"田衣"，袈裟的别称；"阳乌"，古代神话传说太阳中的三足乌，也称"金乌"；"阴火"，海上生物所发之光。

不仅如此，陆龟蒙还有《闻圆载上人挟儒书泊释典归日本国，更作一绝以送》诗说：

> 九流三藏一时倾，万轴光凌渤澥声。
> 从此遗编东去后，却应荒外有诸生。

从"更作一绝以送"中可以看出，陆龟蒙对圆载上人不仅非常牵挂，而且有所期待。圆载上人是带着大量的儒家和佛教经典越过渤海回到日本国的。诗人认为，经过圆载上人的苦心努力，中华文明再次远播海外，这样大荒之外也该有通晓儒家学说、谙熟佛教经典的诸多子弟了。事实上也是如此，当时对传播中华文明贡献最大的国家，一是日本，二是朝鲜半岛诸国。"渤澥"，古代称东海的一部分，即渤海。

圆载的归国，受到了晚唐诗人的关注，与皮日休、陆龟蒙友善的颜萱亦有《送圆载上人》诗：

> 师来一世恣经行，却泛沧波问去程。
> 心静已能防渴鹿，辈喧时为骇长鲸。
> 禅林几结金桃重，梵室重修铁瓦轻。
> 料得还乡无别利，只应先见日华生。

一、二句谓圆载禅师一生都随心行脚云游，今天却要海上归去了；三、四句谓圆载佛法精深、慈心常在。"渴鹿"，焦渴的鹿见阳炎以为水，比喻迷妄之心。《楞伽经》卷二曰："譬如群鹿，为渴所逼。见春时焰，而作水想。迷乱驰趣，不知非水。""骇长鲸"，即骇鲸，受惊吓的鲸鱼，陈琳《为曹洪与魏文帝书》："我军过之，若骇鲸之决细网，奔兕之触鲁缟。"五、六句谓圆载在日本旧居的禅林已结了果实；离开经年，禅室需要重新翻修方能居住。"金桃"，南朝梁任昉《述异记》卷上："日本国有金桃，其实重一斤。"末两句挽留圆载，说他不用急着返乡，回去也不过是能更早地见到东方升起的太阳而已；亦谓为圆载回去别无他图，只为看到佛法在日本传播，在日本开花结果。然而，圆载却在归途中不幸遭遇了海难，据范文澜先生《隋唐五代佛教大事年表》载：懿宗咸通十一年（870），"日本沙门圆载辞归本国，赠紫遣还"；僖宗乾符四年（877），"日本学僧圆载、智聪同乘唐商李延孝舶返国，携归释典儒书数百部，皮日休、颜宣、陆龟蒙均有诗赠之。圆载于途中船破遇难"。虽然持法悟道的圆载为传播佛教文化付出了生命的代价，但这并不能阻挡日本僧人来华学习的脚步。

当时的日本僧人，带着信仰的执着，或搭乘遣唐使船或搭乘商船不断来到中国，在日本海、东海、黄海、渤海上，经常可以看见搭载着日本僧人的航船。这些勤奋的日本僧人，把在中国学到的佛教文化源源不断地带回日本的同时，也为其国家赢得了声誉。贞元二十一年（805），日本僧人最澄来华学习天台宗、禅宗，成绩斐然，台州刺史陆淳、明州刺史郑审则盛赞最澄，称"日本为礼仪之国"，① 晚唐诗人方干、吴融、韦庄、无可、齐己都有送别日本僧人的诗作，也能说明这一点。

方干《送僧归日本》诗说：

> 四极虽云共二仪，晦明前后即难知。
> 西方尚在星辰下，东域已过寅卯时。
> 大海浪中分国界，扶桑树底是天涯。
> 满帆若有归风便，到岸犹须隔岁期。

诗中说中日两国所处地理位置殊异，距离遥远。中国和日本虽然都是由天地自然所生，但两国的晦明、时间前后却不一样。地处西方的中国尚在星辰的照耀之下，而处在东域的日本已经是旭日初升的清晨了。浩瀚的大海把两国分开，神话中的扶桑树下即是天涯。即使有满帆归风的便利，到达日本海岸也须隔年的时间。"四极""二仪"，这里指天地自然，《易·系辞上》："《易》有太极，是生二仪，二仪生四象，四象生八卦。"

吴融《送僧归日本国》诗说：

> 沧溟分故国，渺渺泛杯归。
> 天尽终期到，人生此别稀。
> 无风亦骇浪，未午已斜晖。
> 系帛何须雁，金乌日日飞。

---

① 参见范文澜：《唐代佛教》，人民出版社1979年版，第235－236页。

国际视野

大海把故国日本隔在了天的另一方,在渺渺的海上,飘荡的归船如泛杯一样轻飘。到了天的尽头,也就回到了故乡;人生在世,这样的分别实属稀见。海上旅行险象环生,即使无风也有惊骇巨浪,还没有到正午太阳就已经开始下落。何须雁足系上帛书,金乌般的太阳日日飞升,一样可以传递信息。

韦庄《送日本国僧敬龙归》诗说:

> 扶桑已在渺茫中,家在扶桑东更东。
> 此去与师谁共到,一船明月一帆风。

韦庄《渔塘十六韵》诗中有"路熟云中客,名留域外僧"句,诗题下注"在朱阳县石岩下",可知韦庄在朱阳县(今河南灵宝)村居时曾与"域外僧"有交往。诗说扶桑国已远在渺茫的大海中,敬龙的家更在扶桑国的东面又东。此番行程遥远,希望敬龙的归船在明月的映照下,顺风顺水,安全抵达日本故乡。此诗用语自然朴素,在不经意中流露出关切和深情。

无可《送朴山人归日本》诗说:

> 海霁晚帆开,应无乡信催。
> 水从荒外积,人指日边回。
> 望国乘风久,浮天绝岛来。
> 傥因华夏使,书札转悠哉。

无可是晚唐诗僧贾岛的从弟,曾与贾岛同居山西稷山的青龙寺。无可的诗说,趁着天气晴朗,朴山人所乘之船张帆归去。水天苍茫无际,故乡远在日边。即使乘着长风,也要许久才能回到巨浪浮天的绝远之海岛。诗人殷殷嘱咐,回国后一旦遇到来华的使节,一定要捎书信过来,以慰唐朝友人的思念之情。

齐己《送僧归日本》诗说:

> 日东来向日西游,一钵闲寻遍九州。
> 却忆鸡林本师寺,欲归还待海风秋。

齐己也是晚唐著名的诗僧,曾居长沙道林寺、庐山东林寺,"陶岳《五代史补》载:徐东野在湖南幕中赠齐己诗,称'我唐有僧号齐己'"(《四库全书总目》卷一百五十一《白莲集》)[1],作为僧人,齐己在晚唐诗名很大。齐

---

[1](清)永瑢等:《四库全书总目》(下),中华书局1965年版,第1304页。

己的诗说，太阳之东的日本僧人来到太阳之西的中国行游，身携一钵即可遍游九州。虽然一想起远在鸡林的本师寺即想东还，但还须等到海上的秋风吹来才好顺风归去。鸡林，指新罗，唐朝在此曾设立鸡林都护府。

中晚唐诗人送日本僧人归国诗有共同的特点：一是说日本国处在茫茫的大海中，距离中国大陆路途遥远，僧人浮海而来又浮海而去；二是赞扬日本僧人悉心学习、游遍九州的执着和辛劳；三是依依惜别，抒发真挚的思念之情，衷心祝福日本友人安全返归；四是诗歌风格朴素，用语自然，从中可见两国诗人、僧人交往的真诚平等。这些仅存的诗歌见证了历史上的中日友好关系，弥足珍贵，值得重视。

五、结　语

在唐朝与日本长达二百余年的友好交往中，唐朝文化从制度、礼仪、文字及日常生活的方方面面，都对日本产生了巨大影响，全面促进了日本社会的进步和发展。吕振羽先生说当时的"日本在实质上虽是奴隶制，形式上，却自一切制度以至服装，全部都仿效唐朝"[1]。英国史学家阿诺德·汤因比教授说贞观二十年（646），"中国唐代帝国制度传入；一种独特的日本文明开始形成"[2]。牛津大学杰弗里·巴勒克拉夫教授也说"当中国的军事力量在创建这个巨大帝国之时，中国的文化，他的文字和政治法律为环绕着中国东部形成的国家——新罗（朝鲜）、日本、渤海（满洲）和南诏（云南）采用。于是开始形成了在远东的中国世界，它在唐朝的军事力量衰弱之后还持续了很久"；日本"从六世纪起日益受中国文化影响，七世纪时，根据中国制度建立坚强的中央集权王国"[3]。

由仿效大国再到自我创新，对于日本这样当时尚处在社会发展低级形态的岛国，大概也是一条必由之路。直至今日，日本人善于学习、汲取他国经验也还是让人称道。唐代诗人与日本诗人、使节及僧人的来往，将两国的文化往来民间化、具体化，进一步加深了两国的了解和友谊，"也从一个侧面反映了以唐朝文明为基础的东亚文化圈的形成历程"[4]。

（高建新：内蒙古大学文学与新闻传播学院教授）

---

[1] 吕振羽：《简明中国通史》，人民出版社1955年版，第324页。
[2] [英] 阿诺德·汤因比：《历史研究》，刘北成、郭小凌译，上海人民出版社2000年版，第465页。
[3] [英] 杰弗里·巴勒克拉夫主编：《泰晤士世界历史地图集》，毛昭晰、刘家和等译，生活·读书·新知三联书店1985年版，第126、127页。
[4] 韩昇：《遣唐使和学问僧》，中华书局2010年版，第3页。

《阿罗史密斯》中的地理空间和帝国意识

胡朝霞

辛克莱·刘易斯是第一个获诺贝尔文学奖的美国作家,他创作的小说《阿罗史密斯》获得了1926年普利策文学奖。马丁·阿罗史密斯是这部小说的主人公,他从小酷爱医学,几经努力,终于成为一名细菌学专家。小说呈现了一个正直不阿、刻苦钻研、献身科学而又历经坎坷的医生形象。在这部小说中,主人公阿罗史密斯的成长轨迹离不开地理空间的建构,地理作为一种叙事,对人物刻画、主题呈现有着不可替代的作用。一部文学作品既包含作者本人生活经历中的地理因素,也包括作者创作中体现出来的地理因素。"文学的地理批评主要是分析与研究具体作家与作品中地理因素的种种现实,即作为作家的人所生存的特定地理空间与作为艺术的作品所反映和创造的、具有虚拟性的地理空间之间的关系,及其存在的意义与价值。"① 作者创作该作品时,正值美国殖民扩张时期,从后殖民主义的视角来看,作品构建了两个对立的地理空间:一个是主人公成长、学习的以美国为背景的西方文明空间,另外一个就是主人公实现其人生理想与价值的以西印度群岛的圣休伯特岛为背景的他者殖民空间。通过这两个空间的构建和对照,可以看到在后殖民语境下,通过后殖民这个视角,作者所要竭力刻画的是一个推行殖民医学的殖民医生的形象,而作品也时刻透露出"作者在创作中无意识流露出来的帝国作家意识"②。

一、西方文明空间的建构

"任何国家与民族的文学,甚至作家与作品,都有一个地理基础与前提的问题,因为任何作家与作品都不可能在真空中产生出来,任何文学类型也不可能在真空中发展起来,任何作家与作品及其文学类型绝对不可能离开特定的时间与空间而存在。"③《阿罗史密斯》的小说同名主人公成长、学习以及前期工作的一系列地方构成了作者笔下的美国自然地理空间。福柯认为空间是一种通过权力构建的人为空间,因而空间从来都不是空洞的纯粹的物理空间,它是文

---

① 邹建军、周亚芬:《文学地理学批评的十个关键词》,《安徽大学学报(哲学社会科学版)》2010年第2期。
② 蒋天平:《〈阿罗史密斯〉中的殖民医学与帝国意识》,《外国文学评论》2014年第1期。
③ 邹建军:《文学地理学研究的主要领域》,《世界文学评论》2009年第1期。

化和社会关系的产物。"温尼麦克州与密执安、俄亥俄、伊利诺斯和印第安纳等州接壤。它像这些州一样,一半是东部风味,一半是中西部风味。它那砖瓦房和长着美国梧桐的村庄、稳固的工业、革命战争时期流传下来的传统,给人一种新英格兰的感觉"①,这是美国在作者笔下的一个基本概貌。

  美国初始是英国宗教迫害者和政治犯的流放地,与其宗主国相比,落后、贫穷、愚昧,但是自 20 世纪 20 年代中期开始,北美经济规模开始凌驾于欧洲之上,工业迅猛增长,被称为"咆哮的二十年代"。美国梧桐、稳固工业、革命传统、新英格兰感觉等无一不流露出作者对这一空间充满着自豪和喜悦。这是一个物质化的空间,这个空间里的成果表明美国已成功超越其宗主国英国。"咆哮的二十年代"的精髓可以被描述为现代主义与反传统精神的某种不协调结合,美国人认为现代科学似乎能够化一切为可能。"温尼麦克大学在摩哈利斯,离济尼斯十五英里,有一万二千名学生。和这所奇迹般的学府相比牛津大学只不过是一所小小的神学院,哈佛大学是一所专供年轻绅士们就学的学院罢了。""温尼麦克大学也是世界上第一所通过无线电广播实施补习课程的学校。"(7) 在作者看来,历史悠久的牛津大学远不及新建的这座美国大学,温尼麦克大学开设了涉及当时各个领域的先进学科,包括"航海学""卫生工程学""汽车设计""梵文"等。"它不是一所专门供有钱人在那里无聊消闲的庸俗大学,它是全州人民共有的财产"(7),温尼麦克大学构成了城市的教育空间,经济技术和新科技在这样的教育空间中得以传播。这所大学旨在培养各种男女人才,让他们过着有道德的生活、开着高级汽车,在事业上有进取心。那个时候,经济与技术的发展潜力似乎无限巨大,所有人都感到一个全新的、截然不同的时代即将到来,作者在书中也下了这样的一个预言:"到一九五〇年,人们可以预期到它将创造出一种崭新的世界文化,一种更加广阔、更加繁荣、更加纯正的文化来。"(8) 咆哮的十年中,美国凭借工业的批量生产化和社会上盛行的消费主义文化而成长为世界第一经济强国。城市空间不仅是以温尼麦克大学为代表的教育空间,它还有以济尼斯为代表的商业空间。济尼斯的大饭店"在它的全盛时期,它是芝加哥和匹兹堡之间的最值得夸耀的旅馆;是一个豪华的东方宫殿式建筑物,入口是二十个砖砌摩尔式拱门,大厅从黑白花纹的大理石地板,向上经过一些镀金的铁制阳台,一直高耸到七层楼上面的由翠绿、粉红、珍珠、琥珀等色彩组成的天窗"(81)。这样一个奢华的空间,是美国消费主义奢华消费的一个窗口。这表明战后的美国经济稳定、繁荣,人们的消费态度也就发生了改变。

---

① [美] 辛克莱·刘易斯:《阿罗史密斯》,李定坤、李习俭、郑克司译,江苏人民出版社 1987 年版,第 7 页。论文所引小说原文均出于此,后仅在正文引文后括注页码。

卢卡契认为，消费文化是一种肯定的文化，它为社会提供一种补偿性的功能。幸福有的时候被等同于消费。一个社会的文明程度越高，其消费层次也就越高。其时的美国是一个经济发达的、文明的国家。与此同时，作者也构建了一个温馨、温暖的美国乡村空间。马丁的家乡——埃尔克米尔斯村"在这秋季时节，大草原上一派清新气息"（12），一般的乡村都是肮脏、凌乱不堪的，并且味道也不是那么好闻，而作者笔下的美国乡村却是清新、甜美的。马丁在大学期间的一个夏天充当了临时的电线架线工，地点是蒙大拿州的一个乡村。"他好像刚刚醒来，看到草原浩瀚，和煦的阳光沐浴着茸茸的牧草和成熟的小麦，沐浴着温顺友好、臀部宽阔的老马，沐浴着红光满面、诙谐有趣的伙伴；草地上百灵鸟婉转歌唱，小水池旁乌鸫的羽毛闪闪发光；由于这和煦的阳光，一切生物都显得生机勃勃"（37—38）。一切都沐浴在暖阳里，一切都显得生机勃勃，年轻的美国也是如此。"一战"让其他的参战国还处于待建中，而美国借着发战争财的机会，得以在资本主义世界迅速崛起，乡村空间的勃勃生机也预示着年轻的美国的勃然生机。"大草原从河的陡岸向两边连绵伸展，形成了蜿蜒起伏，郁郁葱葱的山峦。在那长长的大麦地里，在崎岖不平的牧场上，在矮小的栎树和鲜艳的白桦林间，有一种边疆冒险的意味。他们像年轻的平原居民一样，在陡岸上徒步行走，彼此谈着他们将要征服世界。"（29）美国的西进拓疆运动就是一种边疆冒险，也是一种殖民扩张运动。之前的美国疆土只有150万平方千米，经过西进之后国土面积达到了230平方千米。马丁要征服世界的决心也就是美国要征服世界的决心。通过马丁的视角，作者构建了一个以新英格兰为代表的美国国家空间、以温尼麦克为代表的城市空间、以大草原为背景的乡村空间。这些大大小小的空间是以主人公的成长、学习、工作背景串在一起的，作者所竭力描绘的是一个工业发达、科技发达、教育发达、高度文明、温暖温馨的空间。在作者的自我凝视中，这个空间是处于中心的，是一个文明的空间，其他的异化空间都是被该空间凝视、审查的。

二、东方殖民地空间的建构

由于圣休伯特岛发生了严重的鼠疫，故事的主人公阿罗史密斯被派往该岛进行防治。圣休伯特岛位于拉丁美洲南部，属于西印度群岛的一部分，位于南北回归线之间，地处赤道两侧，南北纬度为23°26′，属于热带气候。"文学作品里的空间地理建构，往往体现了作家的审美倾向与审美个性，以及他的创作理想与创作目标"[①]，在这一个充满了异域风情的地方，作者通过主人公的视

[①] 邹建军：《文学地理学研究的主要领域》，《世界文学评论》2009年第1期。

角,建构了一个热带地区的殖民空间。"东方主义"(Orientalism)或译为"东方学",是后殖民主义批判理论家赛义德所提出的,认为是一种西方人藐视东方文化,视东方文化为"他者"并任意虚构"东方文化"的一种偏见性的思维方式或认识体系。"马丁意识到自己是出发到那危险的海洋和那危险的鼠疫地区去"(436),他"望见了雾气濛濛的山脉和修筑在山脉侧面古时防御海盗用的有棕榈覆盖的要塞"(443),这是马丁对该岛的一个初步的整体印象,同时也映衬出这一群西方医学家在当地的情形是不明朗的,是一次充满了冒险的人道主义精神探索。

布莱克沃特是圣休伯特岛的港口小镇,也是马丁抵达的第一站。这是"一个单调没有生气的小镇……炽热的白骨色的道路……径直与令人窒息的街道相通,中间没有栅栏。小镇的一边是港湾,另一边是沼泽地"(417)。"港湾"和"沼泽"都是流动的,都有太多的不确定因素,并且都暗含危险。在这样的一个空间中,暗示马丁他们要面对的是不可预知的危险。"这个地方显得虚无缥缈,使人感到极不友好"(444),"在黑暗中布莱克沃特慢慢地对着他们转过来,在散发着臭污泥气味的低湿地上是一片矮小简陋的棚屋。市面上大半是黑沉沉的,寂静到了极点"(447)。布莱克沃特就是一个炎热、毒阳、黑沉、死气、恶臭的异化殖民空间,这些外在特征都是通过马丁的双眼来表现的。死亡是笼罩在这里的一个幽灵,对于陌生人的到访,当地人表现为"游魂似的"惊恐。马丁第一次看到当地人的生活情景时,被描述成是"激动人心的"。什么样的情景让他激动人心呢?原来是号啕大哭的女人、懵懵懂懂的孩子和十几具僵硬的尸体。在他的眼中,无知、懵懂、死亡让他激动,因为他可以用"噬菌体来挽救他们所有的人"(447)。

布莱克沃特所构建的是一个城市的空间,而凯里布村则构建了一个乡村的空间。在作者笔下,凯里布村是"一个使人恐怖战栗的地方"(459)。村子四周的每个园子的地面上都是松鼠洞,松鼠洞成为当地的一大自然景观。松鼠是鼠蚤的孳生地,众多的鼠洞引来更为凶猛的鼠疫。在这里,"家家户户在死人",散发着"臭气的街道","棕榈树叶盖的屋顶","牛粪灰泥做的墙","雄鸡和山羊也放在屋内",精神昏迷状态中的病人,尖声喊叫、哭泣,"可怖的面孔——凹陷充血的眼睛,歪扭了的脸面,张开的嘴巴"(460)。

"Orientalism"本质性的含义是西方人在文化上对东方人控制的一种方式。作者通过阿罗史密斯的眼睛,扫描了圣休伯特岛屿的方方面面。岛屿全方位地向西方殖民主义者开放,从圣休伯特岛屿—布莱克沃特—凯里布村,从都市到农村等地理空间,无一不接受阿罗史密斯——个西方殖民主义者的审视。东方和主流社会相比,具有强烈的异质性,"东方人很少被观看或凝视;他们不是作为公民甚至不是作为人被审视和分析,而是作为有待解决的问题,有待限定或——当欧洲殖民强力公开觊觎他们的领土时——有待接管的对象"①。圣休伯特岛上深受鼠疫灾难的居民在阿罗史密斯的眼中就是他实验的对象,他需要通过他们获取实验的数据,因而"一半人将获得噬菌体,而坚决剥夺另一半人的机会"(460),这是他和他的精神导师戈特利布的"小小计划"。"东方人是在一个生物决定论和道德—政治劝谕的结构框架中被加以审视的"②,在殖民医生眼中,当地人是一群傻瓜,拯救他们"毫无用处";他们这些土人有许多的邪恶行为,包括撒谎、唱淫秽歌曲等,在这群外来入侵者眼中,他们简直无恶不作,沉沦在罪恶之中。外来入侵者自认为是上帝派来的救世主。西方殖民者通过医学,顺利地清除圣休伯特岛上的鼠疫从而达到控制该岛的目的。艺术与科学是帝国的基础。在阿罗史密斯等西方殖民医生的大力推动下,西方对东方的控制是如此霸道,经过逐渐积累,其结果是将东方的异域文化空间转变成了殖民空间。小说的主人公,其实也就是作者本人在对这个空间进行审视和评判,是西方对东方的统治和霸权。

三、地理空间建构的意义和空间意象下的男性气质

"它一直都是政治性的、战略性的……空间是政治性的、意识形态性的。它是一种完全充斥着意识形态的表现。空间的意识形态是存在的"③,通过地理学和空间视角解读文本,看出作者是一个潜在的帝国主义者和殖民主义者。他通过想象,建构了一个西方文明的空间和殖民地上的殖民地空间。地理学家既从特定地区、特定地点关注特定人群的独特性,又从一些普遍法则入手,考察空间的构成对人类行为的影响。这里的空间,是一特定的地理形势呈现给我们的空间。由地形、气候、植被、农业、工业、人口等因素所知名的空间。④"上帝的得意杰作是热带"(468),作者把热带地区的人们所患的一些疾病都解读成是因为他们的懒惰导致了上帝对他们的惩罚。早衰、鼠疫、疟疾这一类疾病并不仅仅是发生在热带地区,在其他的温带地区也会发生,而热带地区的高发病率是因为贫穷、落后、营养匮乏等造成的。"在殖民主义时代,热带医学构成殖民医学的主要内容,并促成了殖民医学中的环境决定论,即热带环境决定种族和文明的优劣"⑤,因而"空间是政治的,是被建构出来的,建构的过程也是被赋予意义的过程。被建构的现代民族国家总是充盈着强烈的国家意

---

① [美] 萨义德:《东方学》,王宇根译,生活·读书·新知三联书店1999年版,第264页。
② [美] 萨义德:《东方学》,王宇根译,生活·读书·新知三联书店1999年版,第263-264页。
③ [法] 亨利·勒菲弗:《空间与政治》,李春译,上海人民出版社2008年版,第46页。
④ 参见童强:《空间哲学》,北京大学出版社2011年版,第17页。
⑤ 蒋天平:《〈阿罗史密斯〉中的殖民医学与帝国意识》,《外国文学评论》2014年第1期。

识形态,即民族国家共同意识"①。因此,阿罗史密斯必然带有东方主义的意识形态和帝国主义意识来审视东西方空间和地理学的存在。

在作者建构的两个相对立的空间中,有很多的空间意象,如冰宫意象、实验室意象等,藏在这些空间后面的是作者所关注的男性气质问题。19世纪末20世纪初是美国社会转型时期。在这一时期,美国从传统的农业国转向了资本主义的工业国。由于生产方式的改变,男人/父亲必须要把更多的时间和精力投放在资本主义市场体系以便能够养家糊口,而教育监管孩子的任务全部交由女性。此外,更多的女性走向社会,家庭、学校、教会越来越多地受到女性的影响,由此社会上渐渐产生"女性化"焦虑。男性气质危机是当时美国文化"女性化"焦虑的主要表现。男性气质似乎成为一个全国性话题,从个人对于自己男性特质的担心到集体对于国家身份中男性气质的焦虑、对于男性气质的认识等都弥漫在日常话语之中②。辛克莱·刘易斯在他的前一部小说《巴比特》中就特别审视了男性气质问题。小说的主人公巴比特性别角色模糊,对传统性别规范焦虑,对社会理想"男性气质"质疑,最后甚至反叛。这就说明了刘易斯意在探讨美国当时社会的"男性气质危机"。美国的学界担心"当我们行将就木之际,就让我们死去,但在我们身后留下的是男人,而不是一群声名显赫、令人尊敬的女性圣徒"③。殖民主义时期资产阶级白人的男性气质决定着殖民地的安危,因此在小说中,鼠疫被描述为损害英国人男性气质的最重要因素之一。热带地区炎热和闷湿的气候、殖民地上过强的工作压力、殖民者过度的欲望和激烈的竞争都易使白人患上热带精神衰弱症(tropical neurasthenia),造成白人精神、道德和生命力的退化,妨害白人的男性气质,影响殖民事业的发展。④ 在帝国扩张和殖民竞争时代,热带医学成为帝国之间斗争的焦点。洛克菲勒公司在1901年成立了洛克菲勒医学研究所,洛克菲勒公司和研究所在提高美国的医学科学研究、传播西方医学等方面起到极为重要的作用。作者以它为原型虚构了《阿罗史密斯》中的麦格克研究所⑤。麦格克研究所位于纽约市中心,配有摄影室、气派的图书馆、用于海洋生物研究的水族馆、供访问学者随便使用的实验室,还配有世上最尖端的离心机——每分钟

---

① 谢纳:《空间生产与文化表征——空间转向视阈中的文学研究》,中国人民大学出版社2010年版,第149页.
② Summers, Martin. *Manliness & Its Discontents*: *The Black Middle Class & the Transformation of Masculinity*, 1900—1930. Chapel Hill &London: The University of North Carolina Press, 2004.
③ Duffield Osborne. A Defense of Pugilism. *The North American Review*, 1888, 146 (377): 430 – 435.
④ Warwick Anderson. *Colonial Pathologies*: *American Tropical Medicine*, *Race and Hygiene in the Philippines*, London: Duke University Press, 2006: 113 – 133.
⑤ Charles E. Rosenberg, *Modern Critical Views*: *Sinclair Lewis*, Harold Bloom, ed. Chelsea House Publishers, 1987: 45.

转速两万次。其中科学研究人员个个都功绩显赫,为人类的生存和发展做出过重要贡献。这些描述都使研究所成为美国医学甚至西方医学的典范,凸显出美国医学的现代性和先进性,展示了美国白人的优越感和民族骄傲。个人的男性气质代表着国家的气质,大学时候的马丁是"一个很不错的赛跑运动员,一个相当好的篮球中锋,又是一个凶猛的曲棍球运动员","他总是和男生为伍,把抽肮脏的玉米芯烟斗和穿肮脏的运动衫视为男子汉的荣耀"(8)。一个健康、活力四射、粗犷的男性形象就跃然纸上。戈特利布作为马丁的精神导师,评价他具有探索新事物的好奇心,很顽强并不受各种条条框框的束缚。坚定的意志、探索创新、不拘泥于现状是男性气质的最本真体现。戈特利布认为"当一名科学家宛如当一名歌德:这得有天生的气质。有时我想,你就有这么一点天生的气质"(340),马丁身上体现了美国"霸权式"的男性气质,构建了作者认为理想的男性气质。马丁的种种特质使他成为一个"美国式"的英雄。他能够逐步控制鼠疫的肆虐并且借机打败英国殖民者,从而顺利推进美国在该地的殖民占领和统治。国家建构了男性气质,同时男性气质也建构了国家。男性气质被视为一种意识形态,也是一种权利联系。冰宫是岛上英国人群集的公共场合,这些英国人被刻画为堕落的酒鬼、流浪汉,因为贫穷,狂饮着劣质的白酒,因为恐惧、焦虑、萎靡、思乡,冰宫弥漫着末日情怀。"贫穷、落魄的白人都是帝国失败的产物"。公共卫生局长英奇卡普在桑得利厄斯死后,"陷于惶惶无主的疯狂状态"(469),试图潜逃,精神崩溃导致了最后的畏罪自杀。英奇卡普身上缺乏男性气质,作者把美国人"女性化"的男性气质投射到了以他为代表的英国人身上,连同冰宫的污秽、混乱、疾病、堕落等都预示着英国殖民者在这场殖民角斗中的失败。新兴的美国,正如地处纽约中心,在三十层高楼上俯瞰这个城市的麦格白实验室一样,在马丁的男性气质彰显下的本质是美国战胜老牌资本主义国家英国,成为世界新的中心,俯视世界,统治世界。在作者建构的空间里可以看到作家的帝国意识和殖民本质。

四、结　语

萨义德认为,"处在边缘地带的我们家园的空间被外来人为了他们自己的目的而占用了,因此必须找出、划出、创造或发现第三个自然,不是远古的、史前的,而是产生于当前被剥夺的一切之中。因此就产生了一些关于地理的作品"[①]。邹建军教授也认为,文学作品中所有的东西都是一种艺术想象,都是

[①] [美] 萨义德:《文化与帝国主义》,李琨译,生活·读书·新知三联书店2003年版,第321页。

作家的心理意象，都是作家的情感符号。从这个意义上说，文学作品中的自然山水都是一种符号，或者是一种具有象征性的符号。① 阿罗史密斯医生是后殖民主义视野中推行美国医学殖民的殖民医生形象，而作者刘易斯本人也是一个具有浓烈帝国意识的作家。

（胡朝霞：南华大学外国语学院副教授，华中师范大学文学院博士生）

---

① 参见邹建军：《文学地理学研究的主要领域》，《世界文学评论》2009 年第 1 期。

《喧哗与骚动》中"栅栏"的伦理审美意义

王海燕

一、引 言

"伦理景观"是邹建军教授结合西方景观学和文学伦理学批评而提出的一个文学地理学批评的概念。在现代社会，由于很少有纯自然状态的景观或重建自然景观的外貌，"所有的景观都变为文化景观"①。一个景观之所以成为文化景观，除了它的自然属性，还有它的人文属性。文学景观是人文景观的一种，指的是同时具有人文属性和文学属性的可视性物体。而"伦理景观"作为文学地理学批评中常用的一个术语，特指"文学作品中由于人物与人物的伦理关系而产生的种种情景，如对于伦理冲突、伦理困惑、伦理困境、伦理纠葛的具体描写与刻画"②。"伦理景观"大多融自然景观与人文景观为一体，比如大海、港湾、河流、山川、花园、广场等，所有这些可视性的景观因为与人的存在有着千丝万缕的关系，所以它们都具有某种特定的审美意义。在福克纳"约克纳帕塔法"世系小说中，作者构建了各种丰富多彩的伦理景观。在《喧哗与骚动》中，"栅栏"隐含了丰富的人文属性，不仅展现了人物的伦理困境以及人物之间各种复杂的伦理关系，而且作为一种结构性因素推动叙事伦理的发展，具有独特的伦理审美意义。

二、"栅栏"与伦理关怀

米克·巴尔认为空间一方面是行动的地点即"背景要素"，一方面"自身就成为描述的对象本身"，幽暗的林中空间和喧闹的城市街道等，都具有不同的主题意义。③《喧哗与骚动》中的景观"栅栏"也不例外，作为一个场所或地点的空间本身是静态的；但是，作为话语要素的空间则是动态的，"栅栏"作为一种主题结构因素在伦理主题上建立了统一性。小说中一系列的"栅栏"

---

① [英] R. J. 约翰斯顿主编：《人文地理学词典》，柴彦威等译，商务印书馆2004年版，第368页。
② 胡朝霞、邹建军：《伦理景观的重现及其审美意义建构——易卜生长诗〈泰尔耶·维根〉的艺术特质》，邹建军：《江山之助》，中央编译出版社2014年版，第178页。
③ Mieke Bal. *Narratology*: *Introduction to the Theory of Narrative*, Toronto: University of Toronto Press, 1997: 160.

叙事，勾勒出班吉真实的物理生活空间：狭小、封闭、绝望，读者不难看出班吉所处的无爱的伦理困境。尽管智力低下，班吉仍有着丰富的感官和情感内心需求：对亲情无法抑制的渴望和对现实生活无处可逃的绝望感。为什么班吉的活动会被限制在栅栏里面？因为班吉是个白痴，33岁了智商还停留在3岁小孩的水平。一个日益衰落的家族出了这样一个白痴，也不是什么光彩的事情。班吉3岁时被发现是一个白痴，其母康普生夫人不仅不给班吉额外的怜爱，反而引以为耻，认为是"老天对我的一种惩罚"①。在整个家族中，除了姐姐凯蒂和迪尔西对班吉是毫无条件地接纳以外，其他家人包括家中的黑仆只是把他当作一个傻子，或者说一只动物看待的。为什么班吉如此渴望栅栏外面的世界，他真的是渴望栅栏外面精彩的世界吗？不是的。班吉每次挨着栅栏的活动，其实都是和他等待姐姐凯蒂有关。对于班吉来说，栅栏本身和铁门是冷冰冰的，只有姐姐的相伴，才让他感到温暖。但是，一道栅栏阻隔了这种珍稀的亲情。所以班吉在栅栏边的一系列活动，实际上就是对姐姐凯蒂带给他的温情与毫无条件的爱怜的极度渴望。可是姐姐凯蒂出嫁后，他还是一如既往地痴痴地等候在栅栏旁边，就像小时候在栅栏边等姐姐放学回来一样。而凯蒂由于自身爱情和婚姻的原因，不能像正常人那样回娘家看望弟弟，所以班吉每次的等待，只能是落空。终于有一次，因为他忍不住走出栅栏，而被做了去势手术。即使这样，在以后的岁月中，班吉还是一如既往地痴痴守候在栅栏边上，等待姐姐回来。

　　在栅栏的背后，到底反映了什么样的伦理现实？为什么在一个大家族里，是姐姐而不是父母让班吉感到被爱的幸福？在当时的美国南方，人们还是普遍相信："家庭即是命运；南方被视为一个庞大的具有象征意义的家族，被血缘关系连为有机的整体。"② 但是小说中，作为妻子和母亲的康普生夫人本应该是爱的中流砥柱，但她却是一个冷漠、自私、自怜、虚伪的女人，她对丈夫发出这样的抱怨："我本来以为班吉明已经是对我所犯的罪孽的够沉重的惩罚了。他来讨债是因为我自卑自贱嫁给了一个自以为高我一等的男人。"（103）。而班吉改名这个情节，足以说明康普生夫人是很虚伪自私的。具有讽刺意味的是，"班吉明"本义是上帝最宠爱的儿子，而康普生夫人对这个白痴儿子，一点怜爱也没有。改名那天，班吉骚动不安，凯蒂不停地安抚他。8岁的凯蒂吃力地抱着5岁的班吉，跌跌撞撞向母亲走去。可是坐在靠椅上的母亲，却拒绝

---

① [美] 威廉·福克纳：《喧哗与骚动》，李文俊译，上海译文出版社2007年版，第5页。论文所引小说原文均出于此，后仅在正文引文后括注页码。
② R. H. King. *A Southern Renaissance: The Cultural Awakening of the American South 1930—1955*, New York: Oxford University Press, 1980: 27.

拥抱安抚一下小儿子。改名这件事反讽地表现了康普生夫人对智障儿子在心理上和伦理责任上的拒绝和抛弃。但是，康普生太太对其他健康的孩子也没有什么温情。她总是觉得昆丁和凯蒂"老是鬼鬼祟祟地联合起来反对我"（253）；而昆丁的自杀，则被她理解成是为了"嘲弄我，伤我的心"（288）。而她对口口声声挂在嘴边的杰生，也是防范有加。可以说康普生夫人在永不休止地哀叹和悲怜自己的身体和命运，对丈夫和孩子不仅毫无体贴、关心和爱护之情，还把这一切归罪于他们。显然，无论是作为妻子还是母亲，从伦理道德上来讲她都是失职的，因为她连最基本的为妻之道和为母之道都没有。她的伦理道德标准是沦丧的，因为她的伦理标准惠及对象只是指向自身，而与丈夫和孩子们绝缘。

在康普生家族中，母爱缺失，父爱也显得软弱无力。作为一家之主的康普生先生，无论是自身修养、治家能力还是事业心方面，其自暴自弃的颓废表现都不足与家族精神领袖的地位相称。康普生先生（杰生三世）接管家族事务时，家族已很破落，以前属于家族的土地，只剩下最后一块。他毫无其父那种勇往直前的魄力，一生都沉溺在童年时代家族的荣光与依赖之中不可自拔。他本是学法律的，在那个时代做律师应该是很有前途的，可是他整天除了在酒精中麻痹自己，撰写尖酸刻薄的颂诗外，消极虚无，毫无作为。康普生先生没有做到"爱己"，即面对困难时没有做到坚强不屈，也没能给孩子们传递爱的正能量，甚至这样教导长子昆丁："这只表是一切希望与欲望的陵墓……你靠了它，很容易掌握证明所有人类经验都是谬误的。"（77）面对家族的衰败他不是竭力振作起来重振往日的辉煌，而是用自己的颓废加速了家族的衰落。从精神层面上来讲，康普生先生没有直面现实生活的勇气和信念，在孩子们成长的过程中给出了负面的消极的精神指导。从家庭伦理上讲，这种态度和做法是极不负责任的，是对家庭伦理责任的推卸。

父母伦理责任感的丧失，也造成康普生家族成员之间亲情的缺失。在康普生这个曾经显赫一时的家族里，随处可见"爱"的缺失与生存的绝望。夫妻之间、亲子之间和手足之间的伦理关系，可用四个字来总结：冷漠无爱。康普生家里的每个人都生活在自己的世界里，对他人的感受都毫不关心。长子昆丁爱的是家族过去的荣誉，而不是他的弟弟妹妹们。他视凯蒂的童贞如生命，因为凯蒂的贞操代表的是门第和荣誉，而不是凯蒂这个有血有肉的妹妹。作为长子，昆丁没有尽到传承家族荣耀、引领弟妹健康成长的责任。他"最爱的还是死亡，他只爱死亡，一面爱，一面在期待死亡"（315）。对死亡的爱以及对于消逝了的家族荣耀的爱，导致他对现世亲人的爱的能力的缺失。尽管父亲为了支付昆丁的学费卖掉了家族最后一块土地，但是昆丁内心毫无感恩之情。他最终选择自杀，结束了自己短暂的无爱的一生。昆丁选择死亡是出于本能而不是出于决心，换言之，他的死并不是神圣的，因为他觉得只有死才能让他免于内心的沉沦。对尘世的人而言，只有上帝宣判的死亡才是神圣的赎罪（就像上帝让亚伯拉罕献祭自己的儿子），而处于本能或者自由意志的死亡是不可能得到救赎的，因为这样的死是对正常人伦关系的背弃。

凯蒂虽说小时候对弟弟班吉充满了爱心，可是成年后对自己心仪的初恋情人达尔顿·艾密司没有勇敢地去追求，后来她干脆自暴自弃导致未婚怀孕，在家人安排下赶紧找了个丈夫嫁了。婚后被发现真相遭丈夫离弃，不得不变卖色相，最终沦为纳粹将军的情妇以抚养留在娘家的女儿小昆丁。童年的凯蒂是充满爱心的，成年后即使被丈夫遗弃，独自抚养私生女，甚至被弟弟不停地敲诈的时候，也是富有责任感和爱心的，只是她的做法僭越了伦理的底线。其母亲康普生夫人恨其堕落的行径辱没了康普生家族的名声，拒绝使用她寄给小昆丁的生活费用，禁止她回娘家探望女儿，甚至禁止家里人再提到她的名字。凯蒂被挡在栅栏之外，被斩断了和康普生家族的伦理联系。恶之花结出来的也只能是恶之果，康普生家族的最后一代小昆丁最后想方设法偷到了舅舅杰生通过克扣积攒的一大笔钱，决然地跟随流动戏班的戏子离家出走，不知所终。两代大家闺秀最后竟然都沦落风尘，无疑是对康普生家族伦理的背叛与践踏。

二儿子杰生四世自私冷酷、缺乏信义，对父亲酗酒和无能的怨恨，利用母亲的无能骗取钱财，对长兄昆丁上大学的妒恨，对姐姐凯蒂先天的仇视与敲诈，对班吉的冷漠与残忍，还有对于下人的苛刻和吝啬，以及对情人的性利用都充分说明了杰生四世的无情无义，他根本无法与任何人建立一种正常的人际关系。因为他的内心只有对钱的渴望，对于爱没有留一点空间，对于人世间最基本的伦理道德没有一丝一毫的顾忌。在当时那个清教伦理道德日渐式微的大时代里，杰生追随的是新兴资产阶级那种赤裸裸的经济伦理，即金钱至上。

小儿子班吉的智力水平及情感记忆，永远停留在有姐姐凯蒂相伴的幼儿时期。他不会爱自己，更没有能力爱别人，不仅被阉割而且最后被送进了疯人院。被困在栅栏里的班吉缺乏家人的关爱，注定只能无望地守候在栅栏边上，生活在已经消逝了的爱的回忆里。栅栏里的班吉的存在注定了整个康普生家族伦理道德的中断和不可延续。

"栅栏"是福克纳精心建构的独特的伦理景观，除了能反映康普生家族成员的伦理困境和相互之间伦理关系的发展变化外，它还具有一种普世的伦理意义。当班吉被差使着独自给舅舅的情人送信时，他看到"帕特生太太伛身在栅栏上，手伸了过来。她想爬过来"抓取班吉手里的信。可是，帕特生先生翻过了栅栏，把信夺了过去。因为"帕特生太太的裙子让栅栏挂住了"（13）。帕特生先生翻过栅栏夺信与帕特生太太的裙子让栅栏挂住了这样的隐喻，暗示毛莱舅舅与帕特生太太之间的私情是对道德伦理的僭越，以及情书被帕特生先生夺过去之后的尴尬处境。在两次去给帕特生太太送信的时候，班吉都注意到了栅栏上那些衰败枯萎的花，班吉一生都很爱花，衰败枯萎的花则是班吉对毛莱舅舅和帕特生太太僭越伦理的无声的批判。栅栏内外的人都要遵守栅栏所象征的伦理规则。康普生家族最辉煌的时代已经消逝，栅栏只不过是其家族维持其外表风光的一种虚设，而班吉作为康普生家族的小儿子是个白痴，他的活动范围被限定在被栅栏围起来的越来越小的自家的花园以内。班吉偶尔被勒斯特带出栅栏去玩，而这一旦被杰生发现，定会遭到呵斥。班吉只有痴痴守候在栅栏边上等姐姐，终于有一次走出栅栏却被认为是企图性骚扰女学生而被打晕，后被送往医院做了去势手术。

从上述分析可以看出，栅栏这个伦理景观作为一个窗口，从具体的有限的空间折射出康普生家族成员之间的伦理关系以及伦理关系不断发展变化的整个过程，这个曾经显赫一时的家族到最后完全没落，其家族伦理底线不断受到挑战直至最后的崩溃不仅是康普生家族的故事，康普生家族所具有的时代代表性和栅栏所隐含的普世伦理价值取向，实际上也是当时整个南方甚至整个人类在面对新的伦理挑战时所具有的普遍的应对状态，体现了作者对全人类的深切的伦理关怀。

三、"栅栏"与叙事伦理艺术

"叙事伦理"是指叙事技巧、叙事过程、叙事形式如何展现伦理意蕴以及小说叙事中伦理意识与叙事呈现之间，作者与读者、作者与叙事人之间的伦理意识在小说中的互动关系，"叙事伦理"具有诗学意味。[①] 也就是说，每部文学作品必然会用自己独特的呈现方式与美学诉求来表达其伦理主题，而这种呈现方式与美学诉求也往往与其伦理倾向有着各种各样的联系。通过分析这种联系，我们就可以在诗学层面上达到对作品更加深入与精微的理解。

栅栏是福克纳精心构建的一个伦理景观，从开篇班吉的叙述部分到最后迪尔西的叙述部分随处可见。而栅栏与小说中最重要的主人公之一——康普生家族中的小儿子班吉——可以说是如影随形，息息相关的。

第一个情节就是在"当下"——1928年4月6日。班吉在他叙述的第一页，提到栅栏的次数高达7次："透过栅栏，穿过攀绕的花枝的空当，我看见他们在打球""我顺着栅栏朝前走""他们接着朝前走，我也顺着栅栏朝前走""我们沿着栅栏一起走""我透过栅栏张望"（3）。"栅栏"交代了主人公班吉真实的物理生活空间。班吉之所以沿着栅栏走，视线紧随那些打高尔夫的人，

[①] 参见魏旭：《论威廉·福克纳小说的伦理叙事与叙事伦理》，山东大学硕士学位论文，2009年。

是因为他听到了"开弟"——那些打高尔夫的人召唤球童——心智如3岁幼儿的他误以为是叫姐姐凯蒂,因为"凯蒂"和"开弟"发音相同。这些高密度出现的与栅栏相关的活动,表现出了班吉内心充满见到姐姐凯蒂的希望。但是,他很快就失望了,"我贴紧栅栏,瞧着他们走开",于是开始哼哼起来。过了好久,他们才打一下球,球在操场上飞过去,班吉内心重新燃起希望,因为可能又会听到别人叫"开弟"的声音,所以他"顺着栅栏走回到小旗附近去"(3),接着他内心充满了对凯蒂的温情渴望,于是"我紧紧地贴着栅栏"(4)。可是希望又落空了,他又开始哼哼。勒斯特"来到栅栏边"告诉班吉,他们不会再回来了,断了他的念想。于是"我们顺着栅栏,走到花园的栅栏旁,我们的影子落在栅栏上,在栅栏上,我的影子比勒斯特的高"(4)。如果仔细琢磨这些关于"栅栏"出现的先后顺序,就会发现仅仅围绕栅栏,就很容易捕捉到班吉内心情感的起伏跌宕,人在经历了一番希望—渴望—失望—再度希望—绝望的跌宕起伏的情绪挣扎之后,无可奈何只好望"栅"兴叹。

在小说的开篇,"栅栏"只是一个引子,班吉当下的物理位移和心理活动的空间,真切地展现在读者面前。由于班吉特殊的意识特点,"栅栏"就像一个魔法棒引领着时间层面的和生活场景的不断切换,仅在班吉叙述的这一节中,场景转移发生了100多次,时间层次多达15个。[①] 表面上看起来很混乱,但班吉生活的各个重要阶段异常鲜明地呈现了出来。当班吉和勒斯特从栅栏上的缺口钻出去时,栅栏上的钉子让班吉的思绪穿越时间隧道,回到30年前被钉子挂住的情景。同样是被栅栏上的钉子挂着,33岁的班吉只会遭到14岁的勒斯特的责怨;而凯蒂不但不呵斥他,还耐心地教他怎么猫腰走路,提醒他把手插在兜里免得冻坏了。虽说和凯蒂一起送信时天气寒冷,可是在班吉的回忆里,只留下了温情和美好。稍后,班吉的思绪又闪回到在栅栏铁门边等姐姐放学回来的情景:班吉的手抓着铁门,感觉到"铁院门冰冰冷","我能闻到冷的气味。铁门是冰冰冷的","已经一点也不觉得铁门冷了,不过我还能闻到耀眼的冷的气味"(6),那是因为班吉看到放学归来的凯蒂正在向他走来。通过照顾班吉的黑小厮威尔许的话,我们知道"他喜欢抓住铁门","没法把他圈在屋里","他一出来就直奔这儿,朝院门外面张望"(6—7)。

而在小说的同一部分,"我们在大房子的拐角上望着一辆辆马车驶走","他抱起小昆丁,我们跑到栅栏的拐角上,瞧它们经过","瞧见那辆有玻璃窗的了吗。好好瞧瞧。他就躺在那里面。你好好看看他"(31)。这是班吉通过栅栏目送父亲的灵柩去墓地。而在最心爱的姐姐出嫁时,白痴班吉则被限定了活动范围,"只是别让他进大宅子"(37)的话虽然是从仆人迪尔西嘴里说出

[①] 李文俊:《福克纳画传》,重庆大学出版社2014年版,第42页。

来的，但是这肯定是康普生家的主人吩咐下来的。所以班吉只能通过栅栏的"拐角朝外看，可以看到马车的灯光从车道上照射过来"（36）的婚礼盛况。随后班吉被 T. P. 安置到地窖里，因为班吉耳朵灵敏，虽然看不见婚礼现场，但是他听得到声音，"我用双手攀住了墙"（38），T. P. 拖来了一个木箱放在窗子底下。班吉踩在木箱上，"接着我瞧见凯蒂，头发上插着花儿，披着条长长的白纱，像闪闪发亮的风儿"（39）。他不由自主地不停地呼唤着凯蒂。T. P. 只好把他拉下来给他喝沙士水，即使喝醉了班吉还跑出去撞在栅栏上，显然他试图突破栅栏去参加姐姐的婚礼。可是，作为白痴的班吉被自己的母亲认为是家族的耻辱，康普生夫人又怎么会让他出现在风光的婚礼上大煞风景？即使是他最爱的姐姐的婚礼也绝不会被允许的。凯蒂出嫁后，只要有机会，班吉就会滞留在栅栏周围等姐姐，这样的等待持续了整整 18 年，即使因此遭遇去势之灾也痴心不改。而小说最后部分在小昆丁卷走杰生的钱之后，班吉预感到家里即将发生重大变故，因此整天处在骚动不安中。从教堂回来后，勒斯特带他到栅栏边看别人打高尔夫球，班吉沿着栅栏"用嘶哑、绝望的声音哭喊着"，"攥紧了栅栏，不停地嘎声嚎叫"（302）。在迪尔西看来，班吉那"一声声拖长的叫唤"，是"世界上所有无言的痛苦中最最严肃、最最绝望的声音了"（303）。栅栏边的叙述把班吉所处的无爱的伦理困境清晰、生动地展现出来，而康普生家族成员之间的伦理关系也若隐若现地浮出水面。

如果按照时间线性的发展顺序去叙事，班吉生活中的重要情节依次是：1898 年班吉 3 岁时和哥哥姐姐们在栅栏外面的小河里玩水，大姆娣去世—1900 年 11 月 5 岁时改名—1900 年圣诞前两天等姐姐放学回来—跟姐姐一起去给舅舅的情人帕特生夫人送信—1908 年独自一人给帕特生太太送信—1910 年 4 月姐姐出嫁—1910 年 6 月大哥昆丁自杀身亡—1910 年 6 月班吉遭去势—1912 年父亲酗酒离世—1928 年"当前"小昆丁卷款潜逃，班吉预感不祥，在栅栏边嚎叫不止。但是，福克纳并没有遵循传统的线性发展的时间线索，他除了在每一部分正文开始之前给出一个具体的时间（分别是 1928 年 4 月 7 日、1910 年 6 月 2 日、1928 年 4 月 6 日、1928 年 4 月 8 日）外，所有主要情节发生的时间线索几乎都隐去（除昆丁部分钟点报时外）。但是，这并不意味着整部小说没有时间线索。柏格森突破了传统观念的时间限制，把时间看作是人的意识和感觉的自由活动的产物。福克纳说："我很赞同柏格森的绵延学说。时间里只有现在，我把过去和将来都包含在其中，我认为艺术家可以对时间进行创造。"①"时间成为一种无形的流动状态，过去、现在和将来往往互相穿插，彼此交

---

① J. B. Meriwether, M. Millgate. *Lion in the Garden*: *Interviews with William Faulkner*, New York：Random House，1968：70.

融，经常在某个人物意识中同时得到体现。"① 栅栏的构建正是作家精心设计的叙事伦理技巧，作者通过栅栏所营造的时空特征把他的伦理价值展现出来，过去、将来与现在的伦理关系相互交织，绵延成一体。

  福克纳认为，空间的作用不在其范围的大小，而在于它的象征意义。作为空间建构的栅栏不仅具有伦理主题上的象征意义，而且作为时间结构因素具有一种叙事伦理的意义。福克纳通过栅栏的建构来推动叙事伦理的发展，这与传统的历时性的线性叙事方式截然不同。栅栏这道伦理景观与叙述者独特的意识流联系在一起。意识流的主要特征就是通过主人公的自由联想把不同时空内发生的事件进行并置组合。班吉在栅栏边的物理时空保持相对静止，而他的意识活动却经历了 100 多次的场景转移和多达 15 个的时间层次。班吉的心理时空突破了栅栏和当下的客观时空限制，呈现出一种内在的超越时空的复杂、隐秘的变化。所有这些变化都是围绕班吉的伦理困境和他与家人之间的伦理关系而展开的。由于省去历时线性的过渡性机制，班吉所叙述的重要事件不再具有时间上的因果连接，而呈现出空间状态的网状关联，就像电影中蒙太奇的拍摄手法，这无疑增强了作品在叙事伦理表达上的立体感和层次感。福克纳利用时空变异，把迂回反复、变换的时空片段串联起来，他把小说的主要情节分成碎片，却又通过"栅栏"这个统一的时空相容的结构因素和"伦理"这个统一的主题结构因素把整个故事有机地拼接起来，跟随栅栏，整个故事情节以及人物之间伦理发展线索就可以一目了然。时空变异的艺术手法使整个叙事伦理结构慢慢铺展开来，不难看出作者在艺术手法上的独具匠心的创新价值。

四、结　语

  康普生家族第三、第四代都是活在自己的世界里，要么如康普生先生和班吉生活在虚无之中，要么如昆丁和康普生夫人生活在消逝的荣光之中，要么如杰生生活在彻底的物质追求中，或如凯蒂和小昆丁生活在性欲追逐之中。可以说没有一个人具有正常的人性和正常的伦理道德底线，所以哪怕是至亲的家人之间也不可能有正常的人际交流，更谈不上对别人的关爱了。就这样，这个曾经出过州长和将军、曾经显赫一时的家族败落并消亡了。这个家族从建立之初，其伦理价值取向就背离了传统的基督教家庭伦理：为了自己的利益不择手段，缺乏对他人甚至对家人应有的"爱"的伦理关怀。"爱"的缺席与康普生的家庭悲剧有着直接的联系，正如蒂里希所指出的："生命是现实性中的存在，而爱是生命的推动力量。……若没有推动每一件存在着的事物趋向另一件

---

① 李维屏：《英美意识流小说》，上海外语教育出版社 1996 年版，第 19 页。

存在着的事物的爱，存在就是不现实的，在人对于爱的体验中，生命的本性才变得明显。"① 一道栅栏把康普生家族几十年发生的关乎伦理境况的重要事件都展现在读者面前，向读者展示了主要人物之间伦理关系的发展变化，以及康普生家族伦理道德沦丧的严重性。"福克纳先生所追求的可以说是一个连续统一体。他需要一种没有停止、没有中断的媒介，永远是当时的，它从一刹那到另一刹那的推移是流动而不知不觉的，正如他所要揭示的生活本身一样。"② 福克纳自己也认为，"过去不是独立存在的个体，而是流动的时间连续体的一部分"③。而"栅栏"正是福克纳所追求的连续统一体的媒介，他利用班吉的记忆和意识把一个个孤立的瞬间连接起来形成一幅关于世界的整体性画面，由当时流动到过去甚至将来，生活本来的面目也一层一层清晰地展现在读者面前，从而引导读者认知他所创造的世界。可见福克纳是一位真正的现代主义艺术大家，在他自己创造的"有序的整体性世界"④ 里，在小说叙事艺术上的实验和创新，并非出于对于单纯的形式主义的追求，而是将小说形式和主题表达有机融合：在资本主义强大威力之下，南方社会在维系传统的家庭伦理方面的无力作为，内心世界的痛苦绝望淋漓尽致地表达出来，而康普生家族作为南方社会的典型代表，其家族伦理道德的沦丧实际上是整个南方社会伦理道德秩序崩溃的历史缩影，表达了福克纳对整个南方社会乃至全人类命运的哲学思考。

（王海燕：华中师范大学博士研究生，中南民族大学外语学院副教授）

---

① [美] 保罗·蒂里希著，何光沪选编：《蒂里希选集》，何光沪等译，上海三联书店1999年版，第308页。
② [美] 康拉德·艾肯：《论威廉·福克纳小说的形式》，李文俊编：《福克纳的神话》，上海译文出版社2008年版，第81页。
③ 虞建华等：《美国文学的第二次繁荣：二三十年代的美国文化思潮和文学表达》，上海外语教育出版社2004年版，第486页。
④ J. B. Meriwether, M. Millgate. *Lion in the Garden: Interviews with William Faulkner*, New York: Random House, 1968: 255.

学科建设动态

文学地理学向国际化迈出第一步
——2015年文学地理学国际学术研讨会暨中国文学地理学会第五届年会综述

黎 清

2015年8月26日至29日,"文学地理学国际学术研讨会暨中国文学地理学会第五届年会"在日本福冈市举行。本次会议由江西省社会科学院、日本福冈国际大学、广州大学和中国文学地理学会联合主办,江西省社会科学院文学研究所(宋代文学重点学科)、福冈国际大学海村研究室(汉字文化共同体研究会)、广州大学广府文化研究中心(广东省地方特色文化重点研究基地)共同承办,这也是该会第一次在国外召开,来自中日两国高等院校和人文社会科学研究机构的40余位专家学者出席了会议。

从与会代表提交的论文来看,本次会议主要围绕以下几个方面展开了探讨。

(1)文学地理学学科建设的国际化。由于研讨会首次在国外召开,在此语境下,关于文学地理学学科建设的国际化问题被自然而然地引发出来。福冈国际大学校长大浦隆阳先生在开幕式的致辞中说,中国文学地理学会在福冈举办学术高峰论坛,显示了学会向着学术国际化实实在在地迈出了第一步。江西省社会科学院副院长孔凡斌教授在讲话中也指出,文学地理是世界各国文学研究普遍关注的一个焦点,具有较为广泛的国际性,如法国的斯达尔夫人与丹纳、英国的迈克·克朗、德国的康德、日本的久松潜一、韩国的许世旭等,都在文学地理研究方面发表过重要的论述。他希望中国文学地理学的研究要与国际同行专家进行交流,与国际文学地理学界进行广泛接触,更多地了解和吸纳国际学术界相关的研究成果,不断提升和完善自己的理论体系,创造出既有国际意义,又具有中国特色的文学地理学学科。他高度评价了此次年会的召开,认为中国文学地理学在迈向国际化的道路上开了一个好头,具有重要的意义。在小组讨论及总结大会上,大家对中国文学地理学的国际化问题也展开了热烈讨论,并进行了乐观的展望。

(2) 文学地理学学术发展的历史。将文学地理学作为一个学科来建设,这是中国文学地理学会的目标之一。而作为一个学科,必然有其学术研究发展的历史。中国文学地理学会会长曾大兴教授提交的《文学地理学学术史略》,首次对中外文学地理学研究的历史进行了梳理。文章认为,迄今为止,文学地理学的研究在中国至少有 2559 年的历史,在国外至少有 296 年的历史。对中国文学地理学的研究,曾先生将其分为三个阶段,即片断言说阶段(前 544—1905)、系统研究阶段(1905—2011)、学科建设阶段(2011 年至今);国外文学地理学研究,则从西欧(法国、德国、英国)、北美(美国、加拿大)和东亚(日本、韩国)三个大板块来进行论述。整个论述资料翔实、视野开阔,对文学地理学研究者来说,具有非常重要的参考意义和文献价值。

在学术研究史梳理的基础上,曾先生认为中国的文学地理学研究具有以下几个特点:一是中国的文学地理学研究在世界上是最早的,二是中国的文学地理学研究成果在世界上是最多的,三是中国学者的文学地理学研究注重实证研究,四是中国的文学地理学研究已经形成多学科参与的格局,五是文学地理学在中国的文学研究界已成"热门"。当然,他也清醒地认识到中国的文学地理学研究还存在一些问题,即理论研究比较欠缺、专业水平不够高、地理意识不够强、地方本位主义的干扰、应用研究比较滞后等。这种自省,对于中国文学地理学的发展是有益的。最后,他还揭橥了文学地理学学科在中国诞生的原因。总之,该文对于人们了解文学地理学的研究历史提供了丰富的史料,同时也足以引发人们更多、更深入的思考。

(3) 文学地理学相关理论的探讨。当前,中国文学地理学尚处于学科建设阶段,因此相关理论的探讨显得尤为重要。与以往年会一样,本次年会也出现一批重要的理论探索文章。如文学起源问题,邹建军、张三夕《简论文学地理学对现有文学起源论的修正》认为,文学起源与人类早期所生活的地理环境与地域文化有着重要关联,修正了过去的"劳动"说和"游戏"说;概念辨析,陈一军《文学地理学、地域文学与生态诗学》与刘川鄂、徐汉晖《地域文学、区域文学与文学地理学三个概念之辨析》二文,对文学地理学、地域文学、区域文学与生态文学等概念进行了详细辨析;关于微观与宏观研究的关系,戴伟华《中国文学地理学中的微观与宏观研究》认为,应坚持微观与宏观并重,微观研究要有宏观意识,宏观研究也应以微观为立论基础;对地理意象的研究,杜华平在《地理意象研究刍议》中,从地理意象的界定、区域意象、环境意象、地名意象、虚拟性与象征性地理意象等方面,对地理意象做了较为全面的探讨；文学地理学对图文互文文学研究的影响，龙其林《中国文学图文互文研究著作中地理意识的传达、文学地图的绘制及美术史料的选择刍议》认为，文学地理学为中国文学图文互文研究敞开了更为丰富的文化经验与生成场域，为文学研究、文学史编纂开拓了一条新的路径。以上理论探讨，大大拓展了文学地理学研究的内涵。

（4）中日文学的交往。由于本次会议在日本召开，关于中日文学之间交往的研究也成为学者关注的焦点。海村惟一、海村佳惟在《岛国山川自然交汇融合大陆半岛文学——以九州岛为时空轴心》一文中认为，以"中国文学的空间延伸"论、"域外汉学"论来研究日本的真名文学（汉学）和假名文学（国学），即日本文学的话，都很难把握日本文学的本质。若从"汉字文化圈文学地理学"的理论来研究的话，也许有可能揭示日本文学的本质，同时也能廓清九州岛文学（文化）西来东传、温故创新的文学精神：大陆、半岛的汉字、汉籍传入列岛，东海绝岛特有山川自然模仿、融化、再创形成了列岛文学，即日本文学；列岛文学以汉纳欧，创造了"我以我手写我口"的白话文小说《我辈是猫》，而白话文小说又反馈半岛大陆。文章从文学地理学的角度来考察大陆—半岛—列岛文学之间的互动关系，令人耳目一新。高建新《跨越茫茫海洋的对话——唐朝中日文化及诗人交往述论》，考察了中晚唐诗人与日本僧人的交往及诗歌酬唱活动，并对这些诗歌的共同特点进行了归纳，他认为这些诗歌见证了历史上的中日友好关系，弥足珍贵。

（5）地域文学研究。具体的地域文学个案研究不可或缺，是文学地理学研究的基石。此次会议，各个地域文学的研究成果较多，如江西文学研究，有夏汉宁、黎清《宋代江西文学家的诗创作——以欧阳修、王安石、黄庭坚、杨万里为代表》等；山东、山西文学、文化研究，有徐玉如、高振《文学地理视野下的沂蒙民俗》和延娟芹《论秦文化与晋文化的异同》；广府文学研究，有纪德君《广府风情的文学书写及其价值探绎》；西北文学研究，有王渭清《关陇文化生态与先秦文学精神论纲》、王忠禄《唐诗中的玉关书写》等；南方文学及南北方文学比较研究，有方丽萍《中晚唐士人的南方感知及其转型意义》等；汴京、燕京文学研究，有王昊《汴京与燕京：南宋使金文人笔下的"双城记"》。此外还有少数民族文学研究，如高人雄、唐星《民族地域文化制约下的北周乐府》和多洛肯《时空视域中的明清回族文学家族刍论》。以上这些研究，极大地丰富了中国文学地理的版图。

（6）其他方面研究。近年来，随着文学地理学研究的不断深入，其他学科自觉将其纳入研究视野的情况越来越多。如在外国文学的研究中，王海燕《〈喧哗与骚动〉中"栅栏"的伦理审美意义》和胡朝霞《〈阿罗史密斯〉中的地理空间和帝国意识》，便运用了文学地理学中文学景观及地理空间的研究视角来展开论述;文学城市建设对文学地理学的借鉴,周尚意、张乐怡《鲁迅在京足迹折射的文人城市空间结构意象——对〈鲁迅日记〉中北京地名的分析》和戴俊骋《世界文学之都比较研究及对中国文学景观建设启示》二文,希望透过文学作品中的文学景观和文学地名的挖掘和开发,营造城市文化景观乃至"文学之城",具有非常重要的现实意义和应用价值。此外,王青《"泗水捞鼎"图像在不同地区的变异与发展》,通过文献与考古材料,考察了"泗水捞鼎"图像在不同地域变化发展的情况,具有重要的民俗文化意义。

总之,本次学术研讨会探讨的范围非常广泛,问题意识不断加强,相关研究不断深入,并表现出以下特点:一是不断探索文学地理学的理论和研究方法,体现了文学地理学学科充满生机与活力;二是跨学科的编织整合,扩大了文学的相关研究;三是在方法论和学术史方面不断探讨和总结,取得不少成绩;四是出现不少国家级、省级研究项目,这将有力地推动文学地理学研究的持续发展。

(黎清:江西省社会科学院文学所副研究员)

文学地理学学科的国际化建设
——文学地理学国际学术研讨会暨中国文学地理学会第五届年会综述

龙其林

2015年8月26日至29日，由中国文学地理学会、日本福冈国际大学、广州大学和江西省社会科学院联合主办的"文学地理学国际学术研讨会暨中国文学地理学会第五届年会"在日本福冈市举行，来自中日两国高等院校和人文社会科学研究机构的40余位专家学者出席了这次会议。

本次会议就文学地理学的基本理论、基本概念、研究方法、学科建设和国际化进程等问题进行了热烈的讨论。日本福冈国际大学校长大浦隆阳教授在开幕式上致辞说："本次会议在日本福冈召开，是文学地理学走向国际化的一个尝试。"中国文学地理学会会长、广州大学曾大兴教授指出："文学地理作为一种研究视野或研究方法，在中西各国早已有之，但是作为一个学科，则是近年来在中国本土产生的。20世纪以来的100多年间，在中国流行的绝大多数学科都是从国外引进的，例如文学领域的文学史、文艺学、比较文学与世界文学等，就是从日本或西方引进的，文学地理学是一个例外，它是一个地地道道的'中国创造'。从国外引进的学科，往往要经过一个漫长的本土化的过程，有的学科甚至经过100多年的探索，直到今天也没有完成这个过程。在中国本土创立的学科，则需要经过一个国际化的过程。"江西省社会科学院副院长孔凡斌教授在讲话中也指出，文学地理是世界各国文学研究普遍关注的一个焦点，具有较为广泛的国际性，如法国的斯达尔夫人与丹纳、英国的迈克·克朗、德国的康德、日本的久松潜一、韩国的许世旭等，都在文学地理研究方面发表过重要的论述。他希望中国文学地理学的研究，要与国际同行专家进行交流，与国际文学地理学界进行广泛接触，更多地了解和吸纳国际学术界相关的研究成果，不断提升和完善自己的理论体系，创造出既有国际意义，又具有中国特色的文学地理学学科。中国文学地理学会副会长、首都师范大学陶礼天教授解释说："文学地理学作为一个在中国本土产生的学科，它的基本理论、基本概念和话语体系都是中国式的，所谓国际化，就是要通过与国际学术界的交流与对话，让这些理论、概念和话语体系能够逐渐为国际学术界所认可，使其最终成为一个世界性的学科。"中国文学地理学会副会长兼秘书长、江西省社会科学院夏汉宁研究员表示："如何让文学地理学完成国际化的转变？我们有一个三步走的构想：第一步，是由中国走向日本、韩国；第二步，是由日本、韩国走向欧美；第三步，是由欧美走向全世界。从这个角度来讲，这次在日本福冈召开文学地理学国际学术研讨会暨中国文学地理学会第五届年会，是文学地理学学科走向国际化的第一步。"国际地理联合会（IGU）文化地理专业委员会委员、北京师范大学周尚意教授应邀出席会议并发表演讲，她对中国文学地理学会近年来在推动学术研究和学科建设方面所取得的成绩给予高度评价，认为这是近年来地理学研究的一大亮点。第 33 届国际地理学大会定于 2016 年 8 月在北京举行，大会筹委会已邀请中国文学地理学会在本次大会设立"文学地理学专场"，届时将有更多的来自不同国家的文学地理学学者申请加入专场讨论，这将是产生于中国本土的文学地理学学科由中、日、韩走向欧美乃至全世界的一个重要机会。

在小组讨论中，大家对中国文学地理学的国际化问题也进行了热烈的讨论。将文学地理学作为一个学科来建设，则有研究学科发展历史的必要性。中国文学地理学会会长曾大兴教授提交的《文学地理学学术史略》，首次对中外文学地理学研究的历史进行了梳理。他认为迄今为止文学地理学的研究在中国至少有 2559 年的历史，在国外至少有 296 年的历史。对中国文学地理学的研究，曾大兴教授将其分为三个阶段，即片断言说阶段（前 544—1905）、系统研究阶段（1905—2011）、学科建设阶段（2011 年至今）；国外文学地理学研究，则从西欧（法国、德国、英国）、北美（美国、加拿大）和东亚（日本、韩国）三个大板块来进行论述。整个论述资料翔实、视野开阔，对文学地理学研究者来说，具有非常重要的参考意义和文献价值。曾大兴教授指出中国文学地理学研究具有如下特点：一是中国的文学地理学研究在世界上是最早的，二是中国的文学地理学研究成果在世界上是最多的，三是中国学者的文学地理学研究注重实证研究，四是中国的文学地理学研究已经形成多学科参与的格局，五是文学地理学在中国的文学研究界已成"热门"。当然，他也清醒地认识到中国的文学地理学研究还存在一些问题，即理论研究比较欠缺、专业水平不够高、地理意识不够强、地方本位主义的干扰、应用研究比较滞后等。

在文学地理学的理论建构方面，邹建军、张三夕《简论文学地理学对现有文学起源论的修正》认为，文学起源与人类早期所生活的地理环境与地域文化有着重要关联，修正了过去的"劳动"说和"游戏"说。戴伟华的《中国文学地理学中的微观与宏观研究》认为，微观与宏观应并重，微观研究也要有宏观意识，宏观研究也应以微观为立论基础。杜华平在《地理意象研究刍议》中，从地理意象的界定、区域意象、环境意象、地名意象、虚拟性与象征性地理意象等方面，对地理意象做了较为全面的探讨。刘川鄂、徐汉晖的《地域文学、区域文学与文学地理学三个概念之辨析》和陈一军的《文学地理学、地域文学与生态诗学》论文，对文学地理学、地域文学、区域文学与生态文学等概念进行了辨析。海村惟一、海村佳惟的《岛国山川自然交汇融合大陆半岛文学——以九州岛为时空轴心》认为，以"中国文学的空间延伸"论、"域外汉学"论来研究日本的真名文学（汉学）和假名文学（国学），即日本文学的话，都很难把握日本文学的本质。若从"汉字文化圈文学地理学"的理论来研究的话，也许有可能揭示日本文学的本质，同时也能廓清九州岛文学（文化）西来东传、温故创新的文学精神：大陆、半岛的汉字、汉籍传入列岛，东海绝岛特有山川自然模仿、融化、再创形成了列岛文学，即日本文学；列岛文学以汉纳欧，而白话文小说又反馈半岛。高建新的《跨越茫茫海洋的对话——唐朝中日文化及诗人交往述论》，考察了中晚唐诗人与日本僧人的交往及诗歌酬唱活动，并对这些诗歌的共同特点进行了归纳，他认为这些诗歌见证了历史上的中日友好关系，弥足珍贵。

在文学地理学的个案研究方面涌现了较多的成果，如夏汉宁、黎清的《宋代江西文学家的诗创作——以欧阳修、王安石、黄庭坚、杨万里为代表》，徐玉如、高振的《文学地理视野下的沂蒙民俗》，延娟芹的《论秦文化与晋文化的异同》，纪德君的《广府风情的文学书写及其价值探绎》，王渭清的《关陇文化生态与先秦文学精神论纲》，王忠禄《唐诗中的玉关书写》，方丽萍的《中晚唐士人的南方感知及其转型意义》，王昊的《汴京与燕京：南宋使金文人笔下的"双城记"》，高人雄、唐星的《民族地域文化制约下的北周乐府》，多洛肯的《时空视域中的明清回族文学家族刍论》，王海燕的《〈喧哗与骚动〉中"栅栏"的伦理审美意义》，胡朝霞的《〈阿罗史密斯〉中的地理空间和帝国意识》，周尚意、张乐怡的《鲁迅在京足迹折射的文人城市空间结构意象——对〈鲁迅日记〉中北京地名的分析》，戴俊骋的《世界文学之都比较研究及对中国文学景观建设启示》，王青的《"泗水捞鼎"图像在不同地区的变异与发展》等论文均结合文学个案进行了精彩分析，丰富了中国文学地理学的研究样式。

与会学者们表示，中国文学地理学的学科建设正在不断取得阶段性的重要成果，今后要不断探索文学地理学的理论和研究方法，继续坚持跨学科的编织整合，及时进行方法论和学术史的总结，加大力度推动文学地理学研究的持续发展。

（龙其林：广州大学人文学院副教授、中文系副主任）

附　　录

日本志贺岛纪行诗

【编者按】 2015 年 8 月 26 日至 29 日（农历七月十三日至十六日），文学地理学国际学术研讨会暨中国文学地理学会第五届年会在日本福冈市志贺岛举行。与会学者颇有诗作。这些作品描写了志贺岛一带独特的自然风光与人文景观，具有较鲜明的地域特点，是文学地理学学者通过自己的创作来实践自己的理论主张的一次有意义的尝试。因刊载于此，以飨读者。

志 贺 岛 行

曾大兴

（广州大学）

观 海 日

斗酒不能醉，依然胆气豪。
披襟观海日，缓缓过蘅皋。

夜 听 涛 声

夜半松风息，枕边闻海涛。
偶成三五句，明日待挥毫。

研 讨 会

平坐论风骚，群贤兴致高。
专题报告毕，研讨再分曹。

酒 会

持螯更把酒，古礼兼时髦。
醉后自歌舞[①]，楼头秋月高。

①8月27日（农历七月十四日）晚，东道主海村惟一教授设宴招待与会专家，宾主依汉唐古礼席地而坐，沿四壁围一大圈，食东海海鲜，饮日本清酒。席间，专家们赤足在圈内自行歌舞吟诵，无伴奏。夜阑方散。

访 古

驱车寻古印①，所见多蓬蒿。
稽首戒坛院②，菩提荫旧袍。

①江户时代天明四年（1784），志贺岛农民从大石下发现东汉建武中元二年（57）光武帝所赐"汉委奴国王"金印。此印现藏于日本福冈市博物馆。从志贺岛驱车至能古岛，在也良岬公园入口，有"汉委奴国王金印发光之处"石碑。

②此戒坛院在福冈县太宰府市，是唐代鉴真和尚于753年所建，院内还有鉴真和尚从扬州大明寺带来并种植的菩提树一株。鉴真和尚六渡扶桑，曾先后在太宰府、奈良的东大寺和下野的药师寺三处建有戒坛院，被称为"天下三戒坛"。

惜 别

驿馆酒旗飘，骊歌不嗷嘈。
主宾隔路对，举手长劳劳。

志贺岛有感

陶礼天

（首都师范大学）

乙未七月十三日飞抵福冈，傍晚入住志贺岛休暇宾馆，时台风刚过。海边漫步，忽有数鸟从东越宾馆飞过，余不识，或告曰：鸦也。余亦未能确定。会议毕，遂有此吟。

时近中元节，遽来瀛水涯。
台风净尘气，海岛沐云霞。
涌月潮新浪，迎宾感义鸦。
遥思遣唐使，曾去礼中华。

2015年8月30日（乙未七月十七日）

2015年8月29日在上海浦东机场候机，作福冈行

戴伟华
（华南师范大学）

夕 阳

海岛夕阳丽，惊讶第一遭。
温泉志贺浴，卧听蓬莱涛。

鉴 真

幽邃戒坛院，枯山水悟机。
鉴真播种处，海客对菩提。

金 印

西土水泱泱，委奴天一方。
灿然金印地，几度问沧桑。

瓷 色

陶都才艺女，巧遇在东洋。
瓷色传承古，红梅一朵香。

海 滩

台风吹我身，踏海洗凡尘。
追浪纵情趣，路人嗔至真。

福冈杂诗八首

杜华平
（江西师范大学）

志贺洪涛

迤逦轩车到北溟，赫然鼓怒雪涛惊。
沙头细数风波急，夜夜梦魂登八瀛。

玄海落日

开帘好赋洞庭歌，几席频供绿髻螺[①]。
最喜踏沙携旧友，红鳞片片看惊波。

①柳宗元咏洞庭湖有"白银盘里一青螺"句。8月27日黄昏与邹建军、王渭清二先生戏浪。

岛国论学

枕上谛听风伯怒，清音纵论酒余狂。
潢池月上披襟后，绝倒微言略有黄①。

①8月28日晚于浴池听诸公言笑。

百道浜海滩

冬夏宜人有博鳌，阳光艳说圣灵涛①。
谁知一带沙边海，百道堤前逸兴高。

①地中海圣灵岛海滩浴日，声名久著。

西南学院大学保存树林

故国扶桑日本东，太学泱泱殿阁红。
衿佩门开明日盛①，阴阴乔木更含风。

①时校内少见学人。

大濠公园

海国西湖曾指画①，而今烟雨一过寻。
吴姬姿色艳天下，粉本苏堤隔远浔。

①2014年兰州会议海村惟一教授曾细述福冈西湖之美。

日本神社

行健若天地载物，予兹貌矣虱其间。
几多庄士遗风在，寄得一枝瀛海湾①。

①访日期间得见御灵大神社，在志贺岛休假村后山，似中国土地庙。见元寇神社，在西南学院大学体育馆外一角。见下照姬神社，在祇园町。皆在人境，一隅之微，碑碣数尺，而为日人奉祀。

博德东林寺

远公卓锡光庐岳，薄晓钟清天下闻。
海外筑州人境里，閟宫幽邃隔墙分。

福冈行兼寄诸师友二首

高建新

（内蒙古大学）

其 一

梦入仙国海气通①，波摇落日带潮红。

访唐缅忆当年盛，竞渡千帆岛运隆。

①杜甫《戏题王宰画山水图歌》："巴陵洞庭日本东，赤岸水与银河通，中有云气随飞龙。"

其 二

日观碧海夜听涛，漫浸温泉月正高。

金印一掘潮浪涌①，汉来旧事自难销。

①金印，汉光武帝赐当时倭国之金印，于天明四年（1784）2月23日，为日本福冈志贺岛耕地农民掘得，金印上刻有"汉委奴国王"字样，现藏于日本福冈市博物馆。1975年，日本于志贺岛金印发现之地附近建立金印公园，以永久纪念这一历史性发现。公园立有近10米高的石碑，上刻"汉委奴国王金印发光之处"字样，"汉委奴国王"金印为早期中日交流的代表性文物。

2015年8月30日访日归来作于呼和浩特

志贺岛度假村席上即兴

赵维江

（暨南大学）

蓝天碧水白云翔，一线中分海与洋。

金印沉沉话古昔，碑题款款赋扶桑。

唐音又伴和风起，诗运相携舆道长。

饮尽江河此惟一，真情笑语入清觞。

日本行（组诗）

陈一军

（陕西理工大学）

志贺岛·海潮

日本的第一夜，

海潮挤占了我的睡眠。

不是因为敏感，
我冥冥感受，
这是缘于生命本源的冲动。
让思想休止吧，
就听这永不疲倦的吼声！

福冈·历史

海村说，福冈——
这是日中文化交流的原点；
有汉光武帝的金印作证。
珍重这一遗迹吧，
这是与海那边人的一次亲密接触！
如果能到戒坛院走走，
更会懂得大爱无限！

福冈·现在

我们在海滩漫步，
是老朋友无话不谈。
所有经历的过去，
都是生命的反刍。
不过要铭记一点，
海始终是联结我们的纽带。
日本文字原来是海的贝壳，
沉淀着海那边无尽的讯息。

日本福冈志贺岛贺文学地理学国际峰会并序

——现地会务组谨呈日本汉诗九首兼寄
参会诸位共记乙未叶月处暑后之友引

序

  日本福冈国际大学海村研究室和汉字文化共同体研究会奉中国文学地理学会之命与江西省社会科学院文学研究所、广州大学广府文化研究中心于2015年8月26日至29日在日本福冈志贺岛共同主办文学地理学国际峰会，即文学地理学国际学术研讨会暨中国文学地理学会第五届年会。现地会务组用九首日本汉诗概括了27日会议风景，27日正好是日本的六曜之一的"友引"日，这一天可以找到如意的朋友。我们非常荣幸，参会的诸位都成了我们如意的朋友。我们各作三首，以博诸位方家一笑。

海村佳惟（北京大学）、陈秋萍（日本久留米大学）

海村惟一（日本福冈国际大学）共吟

朝 日

台风礼让山海辉[①]，朝日笑迎踏浪归。
君子淑女聚志贺，文地[②]接轨开心扉。

[①]8月25日台风绕道而去。
[②]文地，即中国文学地理学会的简称。

蓝 天

无际视野仰蓝天，志贺山色润心田。
会神聚精讲坛热，高人忘景语前沿。

白 云

青山绿水休假村，景观人文爱智根。
白云悠悠退溪[①]志，汉字久久天地恩。

①退溪，即李退溪（1501—1570），朝鲜朱子学家，汉诗人。其诗多用白云，并以此表志。其用白云频率超过中国诗人和日本汉诗人。

碧　海
文人智者西边来，驱散台风现碧海。
志贺风光诱骚客，放歌长空抒情怀。

夕　阳
论坛真知频交融，不觉海中金龟红。
玄海波涛吟万叶，扶桑记忆越时空。

松　风
波光松风月朦胧，举杯清和情融融。
海燕①鸣曲催拥抱，顿时放怀乐其中。

①8月27日欢迎晚宴由现地会务组副组长孙铭悦和王海燕教授主持，风雅高尚，消除一天舌战之疲劳，把日中友好交流推向高潮。

印　泉①
钻井千米未见源，地崩山摇岩涌泉。
入汤②露天道趣段，羞得婵娟尽诉冤。

①"印泉"是金印温泉的简称。
②"汤"在日语里便是温泉之意。

汉　月
鸟鸣空山似清商，涛语夜空如莺簧。
汉月轻声述以往，宾客梦里游洛阳。

涛　声
情系千年枕涛声，梦续东汉古月升。
日出寻访汉唐迹，沐浴神光励至诚。